Sarah B. Franklin

Eine Tochter
Trojas

Roman

**Ins Deutsche übertragen
von Susanne Tschirner**

BASTEI
LÜBBE

BASTEI LÜBBE TASCHENBUCH
Band 20 464

Erste Auflage: Juli 2003

Vollständige Taschenbuchausgabe

Bastei Lübbe Taschenbuch
ist ein Imprint
der Verlagsgruppe Lübbe

Titel der englischen Originalausgabe: Daughter of Troy
© Copyright 1998 by D. J. Duncan
© Copyright 2003 für die deutschsprachige Ausgabe
Verlagsgruppe Lübbe GmbH & Co. KG,
Bergisch Gladbach
All rights reserved
Lektorat: Mona Gabriel / Stefan Bauer
Titelbild: Geoff Taylor
Umschlaggestaltung: QuadroGrafik, Bensberg
Satz: QuadroPrintService, Bensberg
Druck und Verarbeitung:
Imprimerie Maury
Printed in France

ISBN 3-404-28464-6

Sie finden uns im Internet unter
http:www.luebbe.de

Der Preis dieses Bandes versteht sich einschließlich der gesetzlichen Mehrwertsteuer

Dies Buch ist für Jessica Wynne Duncan.
Möge sie genau so viele Schiffe vom Stapel lassen,
wie sie will – weder mehr noch weniger.

Inhaltsverzeichnis

Die wichtigsten Personen

Briseis, die Erzählerin

König Brises und Königin Nemertes, ihre Eltern

Sphelos, Enops, Bienor, ihre Brüder

Aineias, Anführer des dardanischen Heers,
    ein Vetter von Briseis

Paris, Hektor, Polydoros, Söhne des Priamos,
    des Königs von Troja

Achilleus, Prinz von Thessalien,
    der größte der griechischen Helden

Patroklos, sein Freund und Stellvertreter

Agamemnon, der Große König der Griechen

Sein Bruder, Menelaos, König von Sparta,
    und seine Frau, Helena

Odysseus, König von Ithaka

Mynes und Epistrophos, Söhne des Euneos,
    des Königs von Hire

Eine vollständige Liste aller Personen und Orte befindet sich am Ende des Buchs.

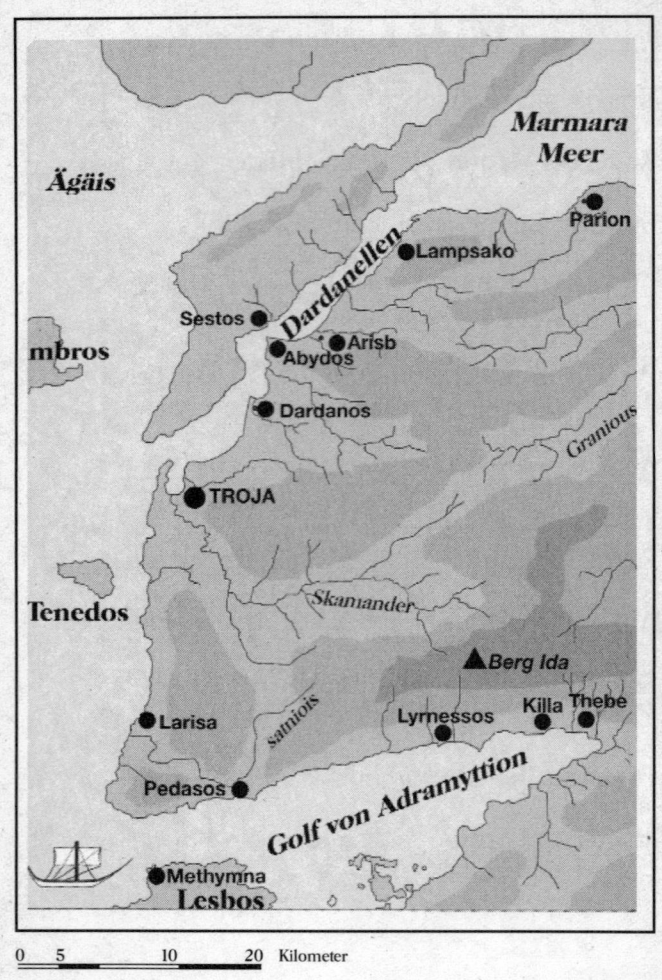

Die Trojas
1250 vor Christus

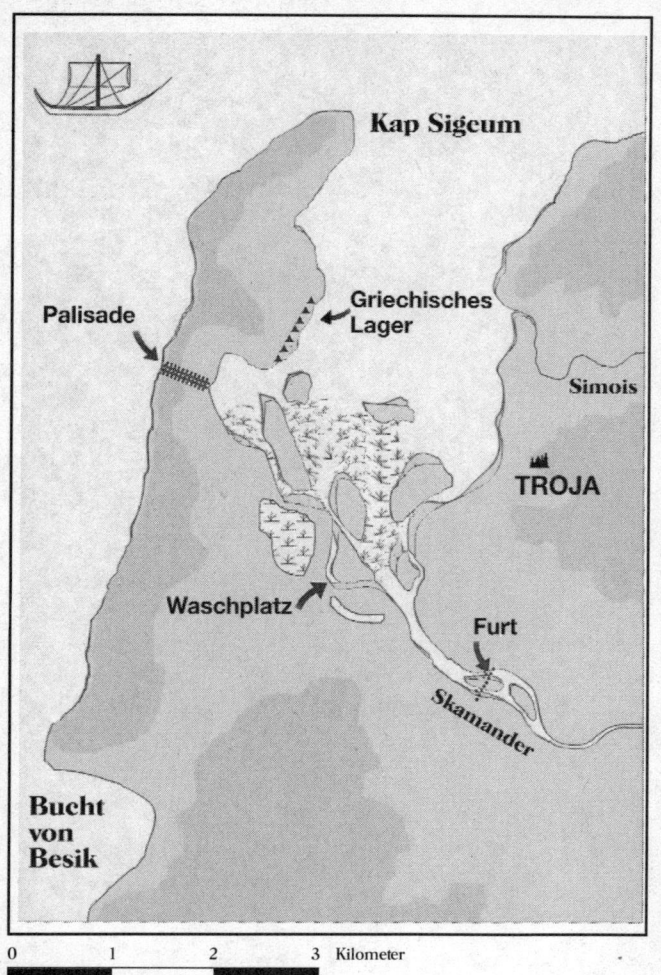

Die Bucht von Troja
1250 vor Christus

PROLOG

Nichts war vom Tag übrig außer einer roten Wunde zwischen Erde und Himmel. Dunkelheit und Unwetter stürmten von den Gipfeln herunter, als ich durch die Ruinen von Mykene stolperte – Dornengestrüpp und Disteln, eingestürzte Mauern und gähnende Kellerlöcher, deren verkohlte Holzbalken noch immer den scharfen Gestank des Begräbnisses und eines erloschenen Scheiterhaufens verströmten.

Mein Ziel war die Skelettruine der Burg, die über mir auf dem Hügel hockte wie eine Sphinx, die den Paß bewacht. Meine Chance, sie zu erreichen, bevor die volle Wucht des Sturms losbrach, war gering. Wenn ich nicht über meine aufgeschürften Schienbeine und verstauchten Knöchel fluchte, richtete ich Gebete an Hermes und erinnerte ihn an das Lamm, das ich ihm an diesem Morgen geopfert hatte. Der Götterbote mußte mich erhört haben, denn als ich an einem Dorngestrüpp vorbeikam, erklang eine Stimme fast an meinem Ohr.

»Reisender?«

Ich machte einen wilden Satz nach vorn und griff nach meinem Schwert. Mit meinen tränennassen Augen hatte ich den Sprecher völlig übersehen, und all die furchtbaren Erzählungen von menschlichen und nicht menschlichen Gefahren, die auf Reisende lauern, rasten mir durch den Kopf. Dann erkannte ich zu meiner Erleichterung, daß es sich lediglich um eine uralte Frau handelte, die sich, tief gebeugt unter einem Reisigbündel, schwerfällig auf einen Stock stützte. Der Wind peitschte ihr dunkles Gewand und die Strähnen weißen Haars.

»Großmutter, hast du mich erschreckt!«

Sie gackerte schrill.

»Dann bist du wirklich ein ängstlicher Mensch. Ich

hatte dich für einen tapferen Helden gehalten, als ich sah, daß du offensichtlich auf den Palast zusteuerst.«

»Ich suche einen Unterschlupf für die Nacht.«

»Du wirst einen Ruheplatz für die Ewigkeit finden, wenn du deinen Fuß in diese Räuberhöhle setzt.«

»Ich habe gehört, daß hier harte Zeiten aufgezogen sind«, gab ich zu. »Das sagenhafte Mykene, reich an Gold? Mein Großvater war einmal hier, durch das Löwentor hat er es betreten. Auf seinem Weg zum Palast hinauf kam er an vielen schönen Häusern und den Grabmälern berühmter Helden vorbei. Er hat sein Leben lang von der Pracht geschwärmt, die er hier erblickte.«

»Alles dahin! Geplündert, wiederaufgebaut und erneut geplündert.« Wieder ließ sie ihr finsteres Gackern ertönen, und diesmal klang es ziemlich zufrieden. »Ja, seine Mauern werden dort stehen bis ans Ende der Welt, aber seine königlichen Hallen sind zerstört. Die, die jetzt da oben hausen, würden dir nur für den Umhang über deinem Rücken diesen zarten Hals abschneiden, den du da auf den Schultern trägst – ganz zu schweigen von dem Schwert, das du an deiner Seite hast.«

Ich fragte mich, ob ihre Augen und ihr Verstand vielleicht scharf genug sein mochten, um zu erkennen, wie wertvoll mein Schwert wirklich war, denn es war von der neuen Art – Eisen, nicht Bronze –, und auf langen Handelswegen von Tälern im fernen Norden herbeigeschafft. Unglücklicherweise entsprach mein Geschick im Umgang mit ihm nicht im geringsten seiner Qualität.

»Ich bin kein Herakles, der diesen Stall da oben von ihnen säubern könnte«, gestand ich. »Du empfiehlst mir also, daß ich mich anderweitig nach Gastfreundschaft umsehe?«

»Dringend.«

Sie wartete auf mein Angebot.

»Die Götter heißen uns Gastfreundschaft gegenüber Fremden üben.«

»Die Götter kennen den Hunger nicht!«

Es begann zu regnen, und so entschloß ich mich, ihr zu vertrauen, auch wenn sie genausogut die Haushälterin von einem Dutzend Wegelagerern sein konnte, die übler als jede Räuberhöhle auf dem Hügel sein mochten. Ich war damals noch sehr jung.

»Hast du ein Dach, Großmutter, das du mit mir teilen kannst, so habe ich einen Beutel Bohnen und einen Käselaib. Führ mich in deinen Palast, damit wir uns in behaglicher Umgebung unterhalten können.«

»Palast? Ich habe in meinem Leben in einigen Palästen gewohnt, Bursche, aber der letzte ist nicht gerade der größte. Na schön, komm mit.« Sie setzte sich in einem schwankenden, gefährlich schnellen Schritt in Bewegung, wobei sie ihre drei Beine in einem so komplizierten Muster vor- und nebeneinander setzte, daß es eine Sphinx verwirrt hätte. Nach kurzer Zeit verschwand sie mitsamt Reisigbündel in einem Loch, das dem Eingang einer Tierhöhle glich.

Ich folgte ihr, rutschte die Überreste einer Treppe hinunter und kroch unter einem Vorhang aus Ochsenhaut hindurch. Sie hockte auf Händen und Knien und entfachte ein kleines Feuer. Der schwache Lichtschein reichte aus, um ihre ganze Behausung zu erleuchten. Es war ein Teil eines großen Raums, dessen gesamte Decke mit Ausnahme dieser einen Ecke eingestürzt war, so daß sie hier wie ein Zeltdach über unseren Köpfen hing. Selbst ein starker Regen mochte den Rest ihres Gewichts zum Einsturz bringen. Es stank nach Ruß und Rauch.

»Willkommen in meinem Megaron, Fremder!« krächzte sie fröhlich. »Bewundere den Fries aus

Löwen und Greifen hinter dir. Das Bodenmosaik zeigt ein Oktopusmotiv im kretischen Stil, obwohl ich zugeben muß, daß man es nicht mehr erkennen kann – du wirst also mein Wort dafür nehmen müssen. Aber bette deine müden Glieder auf ein weiches Ruhesofa, und ich werde den Barden rufen, damit er für dich singt.«

Es war kaum genug Platz für uns beide in ihrem stinkenden Bau, zusammen mit ein paar zerkratzten Töpfen, einem Lumpenhaufen, der als Bettstatt diente, und den Stöcken, die sie gerade hereingetragen hatte. Ich machte es mir auf einem Mauerrest so bequem wie möglich, den Rücken an die Wand gelehnt.

Meine Gastgeberin richtete sich mühevoll auf. »Bohnen, hast du gesagt?«

Ich warf ihr den Sack über das Feuer hinweg zu. »Bohnen und Käse. Kein Wein, kein Fleisch. Gepriesen seien die Unsterblichen.«

Sie stieß wieder ihr typisches Gackern aus und nestelte an der Schnur herum. Meine Augen tränten in dem Rauch so stark, daß ich schon fast genauso blind war wie sie.

»Wer also herrscht nun in den Hallen des Atreus?« fragte ich. »Wer sitzt auf dem Thron des Perseus?«

Einen Augenblick lang antwortete sie nicht, und ihre klauenartige Hand fuhr tastend umher, um einen irdenen Topf ausfindig zu machen. Schließlich murmelte sie: »Die Wohlwollenden.«

Ich schauderte und dachte an Orestes. »Pst, Frau! Sprich nicht von ihnen, damit sie dich nicht hören!«

»Dann also Fledermäuse. Falken schreien in den Hallen des Agamemnon.«

Der Sturm toste um die Ruinen, und die durch die Ritzen einfallenden Blitze offenbarten, daß sie wirklich uralt war – ihr Gesicht eine Wüste grausamer

Falten, ihre Hände verdreht wie verknotete Schnüre, weißes Spinnwebhaar über ihren Schultern. Dennoch war sie noch immer hochgewachsen. Ich fragte mich, wie sie wohl in ihrer Jugend ausgesehen haben mochte, bevor die Zeit ihre Brüste hatte flach werden lassen.

Im Flackern des Feuers versuchte ich, sie wieder mit dem verlorenen Fleisch zu bekleiden, die Falten zu glätten, die Glieder zu straffen. Ihre Augen waren dunkel, deshalb stellte ich mir ihr Haar schwarz vor. Lang und glänzend. Sie benahm sich nicht wie eine Sklavin und sprach auch nicht so. Sicher war auch sie einmal jung gewesen.

»Hast du lange im goldenen Mykene gelebt, Großmutter?«

»Zu lange.«

»Kanntest du Tisamenos, den König?«

»Nun, von ferne sehen heißt nicht kennen. Aber, ja, ich war schon hier, als Orestes' Sohn herrschte, und auch Orestes selbst, unseligen Angedenkens.«

Dann war sie noch älter, als ich geglaubt hatte, denn Tisamenos hatte zu Zeiten meines Großvaters regiert.

»Erzähl mir von diesen Männern! Oder erzähl mir von dir selbst. Hattest du einen Ehemann? Hast du keine Söhne geboren, die dir die Bürde des Alters tragen helfen?« Das war eine gedankenlose Frage, denn der blutrünstige Ares hatte im Verlauf ihres Lebens viele brave Männer in die Hallen des Hades geschickt.

»Keine Söhne.« Sie bleckte ihr Zahnfleisch zu einem teuflischen Grinsen. »Viele Männer sind in mich eingedrungen, aber keiner ist je aus mir herausgekommen. Jede Menge Liebhaber … Nein, eine Liebe und viele Männer. Genug Männersaft, um die gesamte Ägäis zu füllen, hat aber trotzdem nie meinen Schoß zum Leben erweckt. Da du mich nun in meiner Hinfälligkeit siehst, Fremder, staunst du wohl, daß mein Körper einst das Verlangen der Männer weckte? Ekelt dich die Vorstellung?«

»Nein, nein!« beeilte ich mich zu widersprechen. »Die Jungfrau, die Männer nicht zu entflammen vermag, muß eine furchterregende Vettel sein, und ich glaube nicht, daß du das warst. Du hast eine vornehme Art zu reden, die mir sagt, daß du nicht die Tochter eines Schweinehirten bist.«

»Aha, du willst mir den Kopf mit Schmeicheleien verdrehen.« Sie machte sich wieder daran, im Topf auf dem Feuer zu rühren.

Es mußte eine Ewigkeit her sein, daß sie zum letzten mal eine Schmeichelei gerochen hatte, und kein Parfüm ist billiger. »Großmutter, du hast nicht immer in solch bescheidener Umgebung gewohnt. Leugne nicht, daß du einst in Palästen von goldenen Tellern gegessen und das Bett eines edlen Kämpfers geziert hast.«

Sie gackerte. »Deine Worte sind wahrer, als du glauben magst, Fremder. Horden großer Krieger haben darum gekämpft, mein schwaches Fleisch zu unterjochen, haben ihre Lanzen bis zur Erschöpfung in dieses Fleisch gebohrt, und doch habe ich es stets überstanden, um den nächsten zu besiegen. König Theseus in alten Zeiten hat nicht so viele Helden flachgelegt wie ich. Würde ich dir die Wahrheit darüber erzählen, würdest du glauben, mein Verstand sei so verdorrt wie mein Leib.«

»Vater Zeus sei mein Zeuge, ich schwöre, ich werde nicht ein Wort von dem anzweifeln, was du mir erzählst. Komm, fang an«, drängte ich sie. »War es Orestes persönlich?«

»Der Muttermörder? Ja, er war einer von ihnen, allerdings so betrunken, daß er mich für einen Mann hielt und als einen solchen behandelte. Ich bezweifle, daß er sich am Morgen noch daran erinnerte.«

»Ist sie wahr, diese Geschichte? Daß er seine eigene Mutter umbrachte?«

»Das hat er, aber nur, weil sie seinen Vater getötet hat! Sie erschlug ihn, als er aus dem Trojanischen Krieg heimkehrte. Ich kann ihr das nicht übelnehmen. Agamemnon war ein ungehobelter Kerl.«

Ich lachte. »Oh, komm, meine Herrin! Du erwartest doch nicht, daß ich glaube, du hättest Agamemnon gekannt, den Völkerfürst?«

Ihr Stock klapperte zornig im Topf herum. Direkt über uns krachte der Donner und lockerte ein weiteres Gipsstück von der sich gefährlich neigenden Decke. Ich zuckte zusammen. Ich hatte auch allen Grund dazu.

»O weh! Hier habe ich dem Herrn der Stürme geschworen, ich würde alles glauben, was du mir erzählst, und schon werde ich meineidig. Erzähl weiter, und ich werde deine Worte nie wieder in Zweifel ziehen. Du kanntest den Sohn des Atreus?«

»Ich kannte ihn«, murmelte sie. Sie drehte sich unter Schmerzen um, um nach einem zweiten Topf zu greifen. »Beide Söhne des Atreus – Agamemnon, den Völkerfürsten, und den rothaarigen Menelaos, den Herrn von Sparta. Ich kannte sie beide. Sie hatten dieselbe königliche Begabung, sich Ärger wegen Frauen einzuhandeln.« Nachdem sie ihre Hand mit einigen Lumpen umwickelt hatte, nahm sie den Topf aus dem Feuer, schob ihn in meine Richtung und stellte eine leere Schale daneben.

Meine Kopfhaut prickelte. »Aber wenn du Menelaos gekannt hast, Herrin, wie alt bist du dann?«

»Zu alt, um Zeit damit zu vergeuden, über Zeiten zu reden, die für immer vergangen und tot sind.«

»Nein!« rief ich. »Diese Zeiten werden ewig weiterleben! Die Barden singen wundersame Geschichten über die großen Helden, die gen Troja zogen. So lange der Wind weht, werden ihre Taten unvergessen bleiben, jene großen Tage, bevor die Paläste brannten. Menelaos und Agamemnon, Diomedes und Aias, der listenreiche Odysseus – ruhmreiche Helden allesamt! Du kanntest diese Giganten?«

Als sie mir nicht antwortete, griff ich nach meinem Essen. Als erstes holte ich mit dem Stöckchen einen Mundvoll heraus und warf es ins Feuer, für die Götter. Dann kippte ich einen gerechten Anteil für die alte Frau in die leere Schale – natürlich nicht die Hälfte, aber ein gutes Drittel. Plötzlich ertönte ihre Stimme lauter, als ich sie je hatte reden hören, erhitzt von einer Verachtung, die ich nicht erwartet hatte.

»Giganten? Helden? Sie waren auch nur Männer, die aßen und pißten und schliefen genau wie du, die hurten, wie du es gerne tun würdest. Glaub nicht alles, was die Barden singen, junger Mann! Ich habe diese Lieder auch schon gehört; sie beschwören Geister nach Troja, erwecken Helden, die seit Jahrhunderten tot sind, um sie in Schlachten kämpfen zu lassen, die sie selbst nie erlebt haben. Barden! Trauern sie um Troja, die große Stadt, die dem Erdboden gleichgemacht wurde? Zählen sie die Erschlagenen oder die armen Gefangenen? Sie singen von Heldentum und Ruhm und vergessen den Schmerz, die Schande, das Leid.«

»Du warst dort?«

Sie seufzte mit dem Wind. »Ich war dort.«

»Tausend Schiffe!« rief ich aus. »Zehn Jahre kämpften sie vor den Stadtmauern …«

»Pfui! Du hast zu lange den Barden zugehört, Junge. Es hat nie tausend Schiffe gegeben. Das würde fünfzigtausend Mann bedeuten, und wer sollte

22

die wohl ernähren? Und der Kampf hat auch nicht zehn Jahre gedauert, obwohl er manch einem der armen Teufel, die sich dort schlagen mußten, so lang vorgekommen sein mag.«

»Oh«, murmelte ich ernüchtert. »Und du sagst, daß Agamemnon und die übrigen keine Giganten waren, keine großen Helden?«

»Ich sage nur, daß die Barden nur über den Triumph singen. Sie verschweigen dir, daß Agamemnon den Krieg fast verloren hätte.« Sie murrte zornig vor sich hin und langte nach ihrem Abendessen, indem sie den heißen Inhalt mit ihren knotigen Fingern aus dem Topf holte und an ihrem Gaumen zerdrückte.

»Einen gibt es noch, den wir bislang nicht erwähnt haben«, fuhr ich fort. »Der Größte von allen – Achilleus, der Städtebezwinger, der mehr als ein Mensch war, denn seine Mutter war eine Göttin … oder ist das auch eine Übertreibung?«

Da schaute sie auf, und ihre Augen leuchteten wie die einer Katze im letzten Lichtschein des erlöschenden Feuers, so daß es beinah so aussah, als sei das Strahlen in diesen Augen der Glanz der Macht und ihre Größe die einer Unsterblichen. Ich wich zurück, und der Spott blieb mir in der Kehle stecken.

»Nein, kleiner Mann. Der Sohn des Peleus war mehr als sie alle zusammen. Nie hat es einen Helden wie Achilleus gegeben, und es wird nie wieder einen solchen geben. Achilleus anzusehen war, als erblicke man einen Gott.«

»Du kanntest ihn also?« flüsterte ich. »Achilleus?«

»O ja! Ich kannte Achilleus.«

»Du verwöhnst mein Ohr mit Wundern! Der Sturm wütet noch, und wir haben eine lange Nacht vor uns, meine Herrin. Habe Mitleid mit einem Jüngling, der in eine Zeit geboren wurde, die so viel geringer ist als die deine, denn heutzutage gibt es keine solche Helden mehr. Ich werde nie Männer sehen, die würdig sind, auch nur auf ihren Schatten zu treten, also erzähle mir, was für Menschen sie waren. Ich weiß, daß Paris, Sohn des Königs Priamos, Helena stahl, die Frau von König Menelaos von Sparta, und sie heim nach Troja brachte. Ich weiß, daß Menelaos' Bruder, Agamemnon, der Völkerfürst, die Griechen zusammenrief, damit sie hinführen und sie zurückbrächten, und so begann der Krieg – soweit stimmt es doch, oder?«

»Es ist nicht die ganze Wahrheit. Selbst die Söhne des Atreus hätten nicht soviel Ärger wegen einer Frau anzetteln können. Aber belassen wir es dabei.«

»Aha. Also segelten die Griechen auf der Suche nach ihr nach Troja …?«

Sie seufzte und ließ sich auf ihrem schäbigen Lager nieder. Ihre Stimme war wieder zu einem Flüstern geworden, kaum hörbar im Heulen des Windes und dem Plätschern des Regens. »Sie segelten nach Troja. Vorher plünderten sie noch viele kleinere Städte, sammelten Streitwagen und Pferde, bevor sie über Troja selbst herfielen. Keiner plünderte mehr schöne Städte als Achilleus und seine Myrmidonen.«

»Und du hast den Sohn des Peleus gekannt?«

»Ich habe Achilleus gekannt, kleiner Mann. Wahrhaftig ein großer Lanzenkämpfer!« Sie seufzte tief. »Selbst splitternackt wußte er Großes mit seiner Lanze zu vollbringen! Du fragst mich, ob ich das Lager mit einem Krieger geteilt habe? Ich sage dir, ich habe das Lager mit dem größten von ihnen allen geteilt. Hör zu, und ich will dir erzählen, wie es in Troja wirklich war.«

Buch 1
CHRYSEIS

1 »Und wen haben wir denn hier, mein Kind?« fragte der Große König.

»Edler Sohn des Atreus, mein Name lautet Briseis«, erklärte ich stolz.

»Aber wessen Frau bist du?«

»Ich habe die Ehre, die Gefährtin des Prinzen Achilleus zu sein, mein Herr.«

»Gefährtin, tatsächlich?« Agamemnon zog seine struppigen Augenbrauen hoch. Seine Gefolgsleute lachten. »Was für ein Glück für dich! Und was für ein Glück für ihn, ein so prachtvolles Ehrengeschenk errungen zu haben.«

Eine zufällige Begegnung? Nur ein beiläufiges Wort, geäußert am Rande eines Begräbnisses? Nein, es waren die Götter selbst, die diese unbedeutende Begegnung herbeigeführt hatten, denn sie sollte viel Leid verursachen und den Tod vieler prächtiger junger Männer. Ich kannte Agamemnon natürlich vom Sehen, so wie ich alle Führer der Griechen kannte; er kannte mich aber nicht. Er hatte mich einmal gesehen, aber er erinnerte sich nicht mehr an diese erste Begegnung, weil es so arrangiert worden war. Diese zweite sollte er nicht vergessen.

Die Pest war über die Armee hereingebrochen, die vor Troja lagerte. Tagelang hatten die tödlichen Pfeile des Smintheus, den die Griechen Apollon nennen, sowohl Lasttiere als auch Menschen hinweggerafft, Adlige und Gemeine gleichermaßen, so daß die Scheiterhaufen Tag und Nacht brannten. Anders als die Trojaner bestatteten die Griechen ihre Toten lieber in der Erde, als sie zu verbrennen, aber sie weigerten sich, ihre Kameraden in fremder Erde zur Ruhe zu betten. Ihre Spaten hätten auch nicht Schritt gehalten mit den furchtbaren Verlusten. Es war auf dem Rückweg vom Entzünden eines dieser

Scheiterhaufen, daß Agamemnons Blick auf mich fiel. Sicher hat der große Zeus selbst diese unglückliche Begegnung herbeigeführt.

Ich hatte das Lager verlassen, um der Gebieterin der Winde zu opfern, deren Altar auf dem Hügel südlich der Bucht stand. Ich hatte es Achilleus am Morgen vorgeschlagen und ihm erklärt, daß die Herrin oft Heilung von Krankheit gewährt. Obwohl sie keine Göttin war, die in Thessalien bekannt gewesen wäre, hatte er eingewilligt, daß ich ihr opferte, weil alle Götter verehrt werden müssen und es durchaus sein konnte, daß sie zürnte, weil man sie vernachlässigt hatte. Er hatte sein Vorratslager durchforstet und eine Phiole mit seltenem parfümiertem Öl gefunden, das ich ihr darbringen sollte.

Selbstverständlich war ich nicht allein. Ich hatte eine bewaffnete Eskorte und eine Gefolgschaft von fünfzig oder sechzig Frauen, die Wäschebündel auf dem Kopf trugen. Viele wurden von ihren Kindern begleitet. Wir suchten uns einen Weg südlich vom Lager, froh über jede Ausrede, seine Grenzen eine Zeitlang verlassen zu dürfen. Ich beaufsichtigte die Frauen der Myrmidonen bei der Arbeit, und Wäsche im Fluß zu waschen machte einen Großteil ihrer Arbeit aus. Um die Wahrheit zu sagen, tagsüber hatte ich im Verlauf jener Monate, die ich vor Troja verbrachte, nur sehr wenig zu tun. Nachts wurde ich schon auf Trab gehalten - und auf eine höchst angenehme Weise –, aber tagsüber fand ich doch, daß die Schatten sich nur schleichend bewegten. Ich besaß keinen Webrahmen und keine Spindel, um mich mit jenen Web- und Spinnarbeiten zu beschäftigen, die meine Stunden daheim in Lyrnessos ausgefüllt hatten. Aber dort hatte ich schließlich den Palast geführt, und Achilleus' Lager zu führen, war auch nicht schwieriger.

Die Herrin eines großen Städtebezwingers zu sein, hatte eine Menge für sich, vor allem, was die Kleiderauswahl anging. Truhen voller Beutegut stapelten sich in der Vorhalle von Achilleus' Haus bis unters Dach, und er hatte mir oft genug gesagt, er könne sich keine bessere Verwendung dafür vorstellen, als meine Schönheit zu zieren. In zehn Jahren hätte ich die Reichtümer dort nicht erschöpfen können. Wenn ich eine Truhe gründlich durchgesehen hatte, pflegte ich Patroklos oder auch Achilleus selbst darum zu bitten, daß sie mir eine andere von oben herunterhoben. Sie lachten mich aus, weil ich sie wie Lastenträger behandelte, aber sie kamen meiner Bitte immer nach, und sei es nur, um ihre Stärke zu demonstrieren und sich einen Dankeskuß zu verdienen.

Zu Ehren der Göttin hatte ich das kostbarste Kleidungsstück angelegt, das ich hatte finden können – ein Gewand aus Wolle, so fein wie Gaze, gewoben in Rot und Gold und Purpur, mit einem weiten, mit Volants besetzten Rock, kurzen Ärmeln und einem enganliegenden Mieder, das meine Brüste im kretischen Palaststil bloß ließ. Die alte Maera salbte mich mit Öl und Duftwässern und frisierte mein Haar zu lang herunterhängenden Löckchen. Sie half mir in das Gewand und band goldene Schuhe aus weichestem Kalbsleder an meine Füße. Da ich Gold und Silber für eine solche Gelegenheit zu protzig fand, wand ich mir nur vier Stränge aus Bergkristallperlen um den Hals und bedeckte meinen Kopf mit einem durchsichtigen Schleier. Als Schutz gegen den unvermeidlichen Wind legte ich mir einen wollenen Umhang um die Schultern, und dann brach ich auf; die alte Maera folgte mir schlurfend.

Die Frauen warteten auf mich und schäkerten mit

grinsenden Lanzenkämpfern, die auf der Stelle jegliches Interesse an ihnen verloren und sich umdrehten, um mich mit schmeichelhaftem Staunen anzustarren. Seitdem ich ins Lager gekommen war, hatte ich solchen Staat nie außerhalb der Abgeschiedenheit von Achilleus' Privatgemächern getragen. Falls ihre Reaktionen typisch sein sollten, würde es ein interessanter Ausflug werden.

Obwohl Patroklos zugab, daß sich die Trojaner noch immer hinter ihren Mauern verbarrikadierten, bestand er doch stets auf bewaffneter Begleitung. An diesem Tag war der Anführer der Eskorte, der sich abseits von den anderen auf seine Lanze stützte, sein eigener Streitwagenlenker, Alkimos, Sohn des Polyktor. Alkimos war die blasseste Person, der ich je begegnet war, mit milchweißem Haar und Babyhaut, und demzufolge sah er aus wie ein Kind. Er lächelte nie, aber manchmal zog er seine Lippen zurück und entblößte seine Zähne, und dann ähnelte er einer Leiche. Er war gut im Trojanertöten, aber ich mochte ihn nicht, und die Männer fürchteten ihn.

Mit einem kalten Starren als einziger Begrüßung führte er uns nach Süden am Strand entlang, wo die Schiffe lagen. Die älteren Kinder rannten voraus, die kleineren blieben dicht bei ihren Müttern. Pferde grasten zwischen den Zelten und Hütten des Heeres zu unserer Rechten, während nach Osten hin die silbrig schimmernde Bucht mit der Ebene dahinter und Troja selbst lagen, mit der turmbewehrten Zitadelle auf dem Burghügel. Der Tag schien vollkommen zu sein und ließ nicht den geringsten Hinweis auf das Unheil erkennen, das er bringen sollte.

Wir schlugen einen Weg ein, der sich zwischen Sümpfen zur Rechten und den Wattflächen der Bucht zur Linken dahinschlängelte. An manchen Stellen hatte man ihn mit Reisigbündeln befestigt, an anderen war er noch morastig – unpassierbar für Streitwagen und nicht gerade eine würdige Straße, auf der man mit goldenen Schuhen hätte einherschreiten können, sondern vielmehr eine praktische Abkürzung. Die Alternative bestand darin, auf der Streitwagenstraße um den Sumpf herumzugehen, aber das war viel weiter. In der Ferne stieg von den morgendlichen Totenfeuern Rauch auf.

Auf halbem Weg vor uns erblickten wir eine Gruppe Männer, die sich uns näherte, angeführt vom Großen König persönlich. Ich hatte weder besondere Angst vor Agamemnon noch große Lust, ihm zu begegnen. Er wurde von vier der höchsten griechischen Anführer begleitet – zu seiner Rechten sein Bruder, der rothaarige Menelaos; zu seiner Linken Odysseus, der König von Ithaka; Achilleus und der Große Aias folgten ihnen und überragten alle anderen. Hinter ihnen kamen noch etwa fünfzig unbedeutendere Männer, obwohl jeder von ihnen in jeder anderen Gesellschaft als hervorragende Persönlichkeit gegolten hätte. Ihre Kleidung war unterschiedlich – Schurz, Chiton oder knielange Hosen –, aber jeder Mann trug bronzene Beinschienen vor den Unterschenkeln. Die Sonne glänzte auf ihren eingeölten Gliedmaßen und glatt rasierten Gesichtern; die Brise spielte mit ihren langen, gelockten Haaren.

Achilleus dozierte gerade so leidenschaftlich über irgend etwas, daß er uns nicht bemerkte, aber Agamemnon bemerkte uns sehr wohl. Wo sein Bruder rötlich und Achilleus golden war, war der König dunkler. Ihm fehlte Achilleus' riesenhafte Statur oder Odysseus' Breite, aber er war trotzdem ein imposanter Mann, einer, der sogar in dieser Gesellschaft auffiel. Nahm man ihm das goldene Zepter weg, das er trug, die kostbare purpurne Tunika mit der goldenen

Perlstickerei, den Schmuck an Hals und Armen, hätte ein Fremder ihn dennoch als den Großen König erkannt. Seine tief in den Höhlen liegenden Augen richteten sich aus einiger Entfernung auf mich.

Alkimos erspähte ein grasbewachsenes Stück Land, eine winzige Insel, und befahl uns, aus dem Weg zu gehen, so daß der Große König uns ungehindert passieren konnte. Ich sank auf die Knie, und die anderen Frauen taten es mir nach. Die Männer hoben zum Gruß die Lanzen.

Ich erkannte, daß Agamemnon mich bemerkt hatte und daß mehr als mein Prunkstaat seine Aufmerksamkeit geweckt hatte. Ich stand damals in der Blüte der hochbrüstigen Jugend und war so groß wie ein jeder der Lanzenkämpfer. Meine Lippen waren voll und so rot, daß ich sie nur selten schminkte; genau wie meine Brustwarzen und -höfe. Mein Haar war so schwarz und glänzend wie Jade. Jeder richtige Mann hätte mich bemerkt.

Der Große König blieb stehen. Sie alle blieben stehen. Achilleus verstummte. Ich erwartete, daß er mir zulächeln würde, wie er es sonst immer tat, aber er ignorierte mich einfach und nickte nur knapp, als billige er meine Kleider- und Schmuckwahl. Agamemnon bedeutete mir, mich zu erheben, und so richtete ich mich auf und ließ zu, daß sie alle mich aus einem anderen Blickwinkel bewunderten. Niemand würde das Wort ergreifen, bevor der Oberste Kriegsherr nicht gesprochen hatte, aber unter den Männern gab es eine Menge Ellbogengestoße und geschürzte Lippen. Achilleus würde zufrieden sein. Wie jeder erfolgreiche Krieger hieß er jede Gelegenheit willkommen, seine schöne Gespielin und andere Schätze zur Schau zu stellen, die er mit seiner Lanze gewonnen hatte.

Die Frage wurde gestellt: »Und wen haben wir denn hier, mein Kind?«

Jede andere Frau im griechischen Lager hätte vielleicht gehofft, das Interesse des Großen Königs auf sich zu lenken und so noch höher aufzusteigen, aber Achilleus war der größte Krieger im Heer. Ich verspürte nicht die geringste Neigung, meinen Platz zu wechseln, und auch keine Furcht, daß Agamemnon es wagen könnte, etwas in der Art vorzuschlagen. Voller Stolz verkündete ich ihm meinen Namen und den meines Herrn.

Die dunklen Augen funkelten. »Tatsächlich? Was für ein Glück für dich! Und was für ein Glück für ihn, ein solch prachtvolles Ehrengeschenk errungen zu haben!« Er warf einen fragenden Blick hinter sich zu Achilleus.

Achilleus sagte: »Lyrnessos.«

Die schweren Lider zuckten kaum, und doch legte sich eine Maske über Agamemnons dunkle Augen. Er war ein behaarter Mann, mit dichtbewachsenen Armen und einem schwarzen Büschel, das oben aus seiner Tunika herausquoll; für einen kurzen Moment sah er aus wie ein ausgestopfter Bär, der nachdenklich dort stand. Auch Achilleus war behaart, aber das Sonnenlicht ließ den rotgoldenen Flaum auf seiner gewaltigen Brust und den Armen aufflammen und ließ ihn leuchten wie einen der Unsterblichen.

»Seltsam!« murmelte der Große König vor sich hin. »Ich entsinne mich nicht, diese Göttin in Lyrnessos gesehen zu haben.«

»Sie stand dort mit den anderen, Sohn des Atreus.«

»Tatsächlich? Und ist sie so gut, wie sie aussieht?«

Achilleus' blauäugiger Blick wurde plötzlich tödlich. »Jeden Zoll so gut.«

Agamemnon kicherte hoheitsvoll und schritt ohne ein weiteres Wort weiter, während die anderen sich beeilten, ihm zu folgen. Ich sah Patroklos vorbeigehen, und er bedachte mich mit einem so finsteren Blick, wie ich es noch nie an ihm gesehen hatte.

Sonst geschah nichts, und doch sollte dieser kurze Wortwechsel – wie der kleine Mäusegott Smintheus, der ein ganzes Heer zu Boden strecken kann – zum Tode vieler mutiger Kämpfer führen.

2 Am Waschplatz war viel los an diesem Morgen. Hunderte von Frauen stampften auf Kleidern herum, wühlten den Schlamm auf, breiteten Chitons und Mäntel zum Trocknen aus, zankten, schrien, lachten und schäkerten mit den belustigten Soldaten, die sie bewachten. Nicht wenige hatten sich bereits ins Röhricht und Schilf verdrückt, ich aber sorgte dafür, daß die Frauen der Myrmidonen sich benahmen – nach Einbruch der Dunkelheit bekamen sie ohnehin mehr Spaß, als ihrer Gesundheit zuträglich war. Kinder tummelten sich um ihre Füße.

Die meisten Frauen waren natürlich von niedriger Herkunft, manche sogar von Geburt an Sklavinnen, aber einige waren auch adliger Abkunft wie ich. Ich hatte ein paar der besseren Damen aufgefordert, mich bei meinem Besuch bei der Göttin zu begleiten. Als ich Hekamede und Melantho im Gespräch unter einer einsamen Weide erblickte, die dem Abholzen der Ebene durch die Soldaten irgendwie entgangen war, suchte ich mir einen Weg durch den sumpfigen Untergrund zu ihnen hinüber.

Hekamede stammte aus Tenedos und konnte sich einer entfernten Verwandtschaft mit Antenor rühmen, einem der großen trojanischen Anführer, allerdings war die Verwandtschaft zu entfernt, um ein Lösegeld für sie erzielen zu können. Trotz ihrer reifen Jahre hatten ihr Verstand und ihre Herkunft den alten König Nestor dazu bewogen, sie als Lagergefährtin zu erwählen, denn sein Interesse an Frauen war mehr intellektueller Natur als das der jüngeren Männer. Melantho war die Witwe des Königs von Larissa und noch immer behende genug, um Menesthios von Athen als Schutzherrn gewonnen zu haben. Obwohl beide wesentlich älter als ich, waren diese beiden Damen eine angenehme Gesellschaft und hatten mir in meinen ersten Tagen im Lager sehr geholfen, als ich mich an mein neues Leben gewöhnen mußte.

Sie machten mir Komplimente für meinen Putz, als Chryseis sich herüberstahl und sich in unsere Unterhaltung mischte. Ihr Gemahl Pollis, Sohn des Eëtion, war Fürst von Thebe gewesen – eine weitere Stadt, die Achilleus erobert und geplündert hatte –, aber sie war ein ungezogenes Gör, die Tochter eines einfachen Priesters. Mit ihrem dünnen roten Haar und einer für ihre jungen Jahre erstaunlich üppigen Figur war sie die derzeitige Favoritin des Großen Königs und somit ein gutes Beispiel für katastrophales männliches Urteilsvermögen.

Ich lächelte ihr einigermaßen freundlich zu und fuhr fort:

»Meine Herrinnen, ich bin auf dem Weg, der Gebieterin der Winde ein Opfer darzubringen. Ich hoffe, sie dazu bewegen zu können, uns von dieser Seuche zu befreien oder uns zumindest ein Zeichen zu schicken, damit wir begreifen können, womit wir sie beleidigt haben. Vielleicht möchtet ihr euch mir anschließen und eure Gebete mit meinen vereinen?«

Melantho nickte zustimmend. »Das will ich gerne

tun, obwohl ich nicht deine gottgegebene Gabe besitze, Omen zu deuten.«

»Und ich auch«, erklärte Hekamede. »Ich wünschte nur, ich wäre passender gekleidet.«

Widerwillig richtete ich den Blick auf Chryseis, um sie in die Einladung miteinzubeziehen.

Sie grinste mich an. »Soll dieses Kleid so sitzen, meine Liebe, oder bist du nur herausgeplatzt?«

Eine solche Bemerkung ließ sich leicht ignorieren, denn Hekamede und Melantho wußten nur zu gut, was die Damen bei Hofe für eine Mode trugen. »Für die Jahreszeit ist es viel zu warm«, merkte ich an.

»Werden deine wundervollen Elfenbeintitten da nicht braun wie Walnüsse werden?«

Melantho murmelte mißbilligend vor sich hin, ich aber entschied, daß Chryseis nunmehr eine Lektion verdient hatte. »Beachtet sie nicht, meine Damen. Ihre schlechte Laune entspringt dem Müßiggang. Ich habe gehört, der Oberste Kriegsherr habe sie schon seit einem Monat nicht mehr in sein Bett befohlen.«

Chryseis' Gekreisch muß selbst die Wächter auf den Zinnen von Troja aufgeschreckt haben, und das war mehrere Meilen weit weg. »Das stimmt nicht! Er läßt mich immer rufen, wenn er sich zurückzieht. Möglicherweise läßt er sich danach noch andere Mädchen bringen, denn er ist stark und lüstern, aber mich nimmt er stets als erste!« Sie gab damit zu, daß es ihr entweder an Einfallsreichtum oder an Ausdauer fehlte, denn ich war mir völlig sicher, daß Agamemnon in Fragen der Männlichkeit Achilleus nicht das Wasser reichen konnte, und Achilleus hatte keine andere Frau mehr angerührt, seit er mich zum ersten Mal umarmt hatte. Aber ich hätte mich nie so weit erniedrigt, das laut zu sagen, selbst wenn sie mir die Zeit zum Luftholen gelassen hätte.

»Er schwört«, kreischte sie, »daß er mich, wenn der Krieg zu Ende ist, mit heim nach Mykene nimmt, damit ich die restlichen Jahre dort im Palast verbringen und ihn im Bett erfreuen kann.«

»Ich bin sicher, Königin Klytaimnestra wird es eine Freude sein, dich kennenzulernen und dir Tips in puncto Technik zu erteilen«, erwiderte ich würdevoll. »Der Sohn des Peleus wird mich heim nach Thessalien bringen. Das ist zugegeben ein weniger bedeutendes Land als Mykene, aber dafür hat er vor, mich zu heiraten.«

Rot wie die Brust eines Rotkehlchens, zielte Chryseis mit ihren Nägeln in meine Richtung. »Oh, deshalb also ziehst du diesen Schlächter Achilleus vor, nicht wahr? Das Ungeheuer, das so viele deiner Landsleute erschlagen, ein Dutzend Städte gebrandschatzt, Ströme von Blut ver…«

»Dreiundzwanzig Städte«, stellte ich die Details richtig. »Zwölf vom Meer und elf vom Land her.«

»Du betest zu den Göttern, daß sie den Griechen gegen dein eigenes Volk helfen sollen?«

Der Sinn ihrer Rede wollte mir ganz und gar nicht einleuchten. Ich lächelte den Damen zu, um zu zeigen, wie sehr ich dies kleinliche Gezänk verabscheute. »Krieg ist Männersache. Der Ausgang des Krieges liegt in der Hand der Götter. Mich interessiert nur, daß die Unsterblichen mich einem Mann gegeben haben, der allgemein als der trefflichste Krieger und als göttergleicher Held anerkannt wird. Darüber hinaus liebt er mich so wie ich ihn und weiß, daß ich ihn freudig zufriedenstellen werde, ganz gleich, wie anstrengend seine Befehle sein mögen. Ich danke Aphrodite für die Güte, die sie mir erwiesen hat. Was auf dem Schlachtfeld geschieht, kümmert mich nicht.«

Bevor das verzogene Gör erneut zum Kreischen

ansetzen konnte, fügte ich hinzu: »Was? Hältst du es etwa mit den Trojanern, Chryseis? Wenn du auf ihrer Seite stehst, dann ist es aber doch deine Pflicht, Agamemnon ein Messer zwischen die Rippen zu stoßen, wenn er dich das nächste Mal beglückt.«

Hekamede und Melantho blieb vor Schreck der Mund offen stehen. Selbst dem Priesterbalg verschlug es vorübergehend die Sprache.

Aber leider nicht lange. »Die Götter brauchen meine Hilfe nicht!« schrie sie schrill. »Weißt du denn nicht, daß die Sache der Griechen zum Scheitern verurteilt ist, weil sie mich entführt haben? Sie haben die inständigen Bitten meines Vaters verächtlich abgetan und sein Lösegeld zurückgewiesen, so daß er meinen Fall Smintheus vortragen mußte, und der hat ihnen die Pest geschickt. Laß es dir gesagt sein, die Griechen zahlen für mein Leid!«

»Du lästerst die Götter, Kind!« rief Hekamede aus.

»Oh, laß sie nur weiterreden«, sagte ich. »Sprich ein wenig lauter, meine Liebe, so daß das ganze Heer dich hören kann.«

Die lauschenden Soldaten warfen bereits wütende Blicke herüber. Chryseis, die erkannte, daß sie zu weit gegangen war, sah sich ängstlich um. »Du wirst schon sehen!« spuckte sie hervor und trat den Rückzug an. Platschend entfernte sie sich durch den Sumpf.

»Verstehe einer den Geschmack von Männern.« Ich seufzte. »Sogar den von Königen.«

In Begleitung von Hekamede, Melantho und einigen anderen adligen Damen machte ich mich auf den Weg über die Ebene zum Altar. Der Frühling breitete ein strahlend buntes Kleid über das Land, von dem neuen Laub auf den fernen Eichen und Weiden bis zum frischen Grün des von Blumen gesprenkelten Grases zu meinen Füßen. Die Lanzenkämpfer, die Alkimos uns mitgegeben hatte, folgten in respektvollem Abstand und drängten sich nicht um uns, um dem gewöhnlichen Geschäker zu frönen, wie sie es mit den niedriggeborenen Frauen hielten. Die alte Maera verlangsamte unser Fortkommen, aber Melantho zog mich ein Stückchen vor die anderen, um unter vier Augen mit mir zu reden.

Sie wirkte besorgt. »Glaubst du, Chryseis ist wirklich der Grund für den Zorn des Gottes?«

»Warum nicht? Es erscheint mir glaubhaft, daß die Göttin bereits durch ihren Mund zu uns gesprochen hat. Auf der anderen Seite ist sie schon seit mehreren Monaten bei uns, die Seuche aber hat erst vor wenigen Tagen eingesetzt.«

»Es war just nachdem ihr Vater versucht hat, sie freizukaufen. Der Große König weigerte sich und schickte ihn fort.«

Das hatte ich nicht gewußt. »Es kann kein hohes Lösegeld gewesen sein.«

»Es heißt, es sei gewaltig gewesen.«

Wahrhaftig, die Söhne des Atreus hatten einen unwiderstehlichen Hang, sich Ärger wegen Frauen einzuhandeln. Wie geheimnisvoll die Wege der Götter auch sein mochten, es war möglich, daß Smintheus die Pest schickte, weil die Griechen seinen Priester beleidigt hatten. Chryseis war das Problem, also mußte Chryseis gehen. Das war der Wille der Götter, und ich sollte mich glücklich schätzen, es für sie in die Wege zu leiten.

Der Altar bestand aus einem schlichten Hörnerpaar auf dem höchsten Punkt eines kahlen Hügels, der sicherlich der windigste Ort weit und breit war, und die Ebene von Troja war berüchtigt für ihren Wind. Ich brachte Wein und Gerste dar und goß

Achilleus' parfümiertes Öl aus einem silbernen Rhyton darüber, wobei ich erklärte, wer das Opfer darbrachte. Meine Gefährtinnen unterstützten mich, indem sie die eine oder andere Hymne sangen, und wir tanzten für die Göttin. Der Wind begann aufzufrischen und wirbelte unsere Gewänder und Haare durcheinander, so daß wir stolperten und lachen mußten – für gewöhnlich wäre dieser Wind ein sicheres Zeichen dafür, daß die Gebieterin unser Gebet gehört hatte, aber in Troja beginnt der Wind immer um die Mitte des Tages zu wehen. Nein, es war der einsame Vogel, der in dem einzeln stehenden Eichenbaum hinter dem Schrein saß und die ganze Zeit sein aufreizendes Lied zirpte, der mir sagte, unsere Gebete seien erhört worden. Keine meiner Gefährtinnen schien es zu bemerken; aber die Fähigkeit, Omen zu lesen, wird nur wenigen zuteil, und ich war eine dieser wenigen.

3 Während ich mit meinen Schutzbefohlenen und Wächtern heimwärts strebte, grübelte ich über das Problem Chryseis. Falls Agamemnon tatsächlich einen Gott erzürnt hatte, als er das Lösegeld für die rothaarige Schlampe zurückgewiesen hatte, würde ich nicht diejenige sein, die es ihm sagte. Genau wie ich war sie Kriegsbeute, auch wenn es mir nicht in den Kopf wollte, warum karottenrotes Haar und spitze Titten Männern den letzten Funken Verstand rauben. Nein, der Vorschlag mußte von Kalchas kommen, dem Wahrsager des Großen Königs. Ihm würde man glauben. Ich entschloß mich, die Sache in die Wege zu leiten.

Das langgezogene Vorgebirge stellte eine natürliche Festung dar. Man hatte seine Hügel von allen

Bäumen befreit, und selbst das Unterholz verschwand allmählich, denn gewaltige Tierherden grasten dort: Schweine, Ziegen, Rinder, aber vor allem Pferde – die berühmten Pferde von Troja, zusammengetrieben von den Griechen. Das Lager der Myrmidonen lag am äußersten Nordende, so daß ich am gesamten griechischen Lager vorbei mußte, zur Linken Unterstände und Zelte, zur Rechten die auf den Strand gezogenen Schiffe: Kreter, Spartaner, Mykener, Arkadier, Boiotier und unzählige weitere Heereskontingente. Selbst die Hunde, die mich anbellten, hatten alle ihren eigenen Akzent.

Als ich zum erstenmal hier eintraf, vor einem Jahr, fiel mir auf, daß Achilleus' Lager die sicherste Stelle einnahm, so weit wie möglich von jedwedem trojanischen Angriff entfernt. Ich wagte es, Patroklos wegen dieser merkwürdigen Tatsache zu befragen, weil ich nicht glauben konnte, der Sohn des Peleus würde die Gefahr scheuen.

»Gefahr?« antwortete Patroklos lachend. »Wenn er da ist, verkriecht sich die Gefahr unters Bett. Aber mach dir nichts' draus, wenn du es nicht verstehst.«

Und kichernd erzählte er mir die Geschichte.

»In den ersten Tagen nach der Landung, als wir erkennen mußten, daß wir Troja nicht im Sturm erobern konnten und uns auf einen längeren Aufenthalt einrichten mußten, beanspruchte Aias, der Sohn des Telamon, das südliche Ende des Lagers, das, welches dem Feind am nächsten lag, für sich. Sobald er den ehrenvollsten Platz bestimmt hatte, waren die anderen Führer gezwungen, ihm das Recht darauf streitig zu machen. Wenn auch keiner bestreitet, daß Aias nach Achilleus der mächtigste Krieger ist, so stellen seine Krieger aus Salamis doch zahlenmäßig nur ein geringes Kontingent dar. Führer wie Diomedes und Idomeneus, die die meisten Schiffe mitgebracht hatten, waren der Ansicht, diese Ehre stehe ihnen zu, und auch jeder der anderen versuchte zwingende Gründe dafür aufzuführen, warum sie ihm gebühre – einige ihrer Argumente waren wirklich äußerst einfallsreich.

Agamemnon, dem klar wurde, daß er vor einem großen Problem stand, berief einen Kriegsrat ein, um die Angelegenheit beizulegen. Zuerst führte er zu nichts, denn keiner der Feldherren wollte den Anspruch eines anderen außer seinen eigenen unterstützen. Einig waren sie sich lediglich darin, daß der Platz des Großen Königs in der Mitte sei, da sie alle sein aufbrausendes Temperament nur zu gut kannten. Achilleus saß einfach dabei und sagte nichts, doch niemandem außer Odysseus, dem Sohn des Laërtes, der ein Mann von feinem Gespür ist, fiel sein Schweigen auf. Schließlich erhob er sich und ergriff den Rednerstab.

»Meine Herren«, sprach er, »wir könnten noch den ganzen Tag hier diskutieren, während die Trojaner ihre Wunden lecken und ihre Lanzen schärfen. Dieser Streit muß rasch und einvernehmlich beigelegt werden. Wir könnten uns zum Beispiel darauf einigen, die Lagerplätze per Los zu bestimmen, so daß die Götter für uns entscheiden. Um jedoch Zeit zu sparen, möchte ich respektvoll darauf hinweisen, daß der Sohn des Telamon der erste war, der die südlichste Stellung erbat, und daß wir seiner Bitte entsprechen sollten. Zudem scheint der Sohn des Peleus, der gemeinhin als noch größerer Kämpfer gilt, ihm das Recht auf diese Stellung nicht streitig zu machen. Dürfen wir ihn fragen, worauf seine Wahl gefallen ist?«

Er reichte also den Stab an Achilleus weiter, und dieser erhob sich und nahm ihn.

»Sohn des Atreus«, begann er, »und alle ihr

Herren, laßt dem Sohn des Telamon unbedingt das Südende. Da niemand das Nordende haben zu wollen scheint, werde ich gerne dort mein Lager aufschlagen.«

Daraufhin setzte er sich wieder. Dem Rat hatte es die Sprache verschlagen, denn sie konnten nicht glauben, daß der kriegerische Sohn des Peleus den *sichersten* Platz für das Lager seiner Myrmidonen haben wollte. Nichtsdestoweniger erteilte der Große König dieser Übereinkunft schnell seine Einwilligung, und so war die Angelegenheit beigelegt!

»Eine amüsante Geschichte, mein Herr«, sagte ich, »aber eine törichte Frau wie ich vermag einfach nicht zu begreifen, welche Lehre man aus ihr ziehen könnte.«

»Ganz einfach«, antwortete Patroklos. »Die Trojaner besitzen Schiffe, nicht wahr? Sie fischen, treiben Handel, unternehmen Plünderungszüge genau wie die Griechen, habe ich recht?«

»So ist es.«

»Aber ihre Flotte war nirgendwo zu sehen! Wir haben sie noch immer nicht gefunden. Nun ist es so, daß die Dardanellen im Norden ein merkwürdiger Arm des Ozeans sind, ein Salzwasserfluß, der stets gen Westen fließt. Selbst ein grob gezimmertes Schiff kann jederzeit die Dardanellen *hinunter* segeln, doch an einigen wenigen Tagen im Jahr erlauben die launischen Winde es einer starken Mannschaft, sie ostwärts, gegen die Strömung, zu durchfahren. Achilleus vermutete daher, daß Hektor die trojanische Flotte in jenen Ländern des Ostens, von denen wir wenig wissen, in Sicherheit gebracht haben mußte – in der Heimat der Phrygier, Amazonen, Paphlagonen und Halizonen. Und ob nun die trojanischen Schiffe tatsächlich dort auf der Lauer liegen oder nicht, viele trojanische Verbündete befinden sich mit Sicherheit dort, und alle sind sie in der Lage, Flöße und Ruderboote zu bauen. Deshalb können die Trojaner jederzeit einen Angriff die Dardanellen hinunter in die Bucht von Troja hinein führen. Das Nordende des Lagers ist mindestens genauso gefährdet wie das Südende.«

»Ich verstehe. Aber so, wie ich Hektor kenne, wird er nie auf eine solche Kriegslist verfallen.«

Patroklos' Augen zwinkerten verschmitzt. »Man hat mir gesagt, er habe viele verschlagene Brüder, die ihn beraten.«

»O ja!« stimmte ich ihm mit einem wehmütigen Seufzer zu. »Einige seiner Brüder sind tatsächlich so verschlagen wie Füchse.«

Im Lager der Myrmidonen bemerkte ich reges Treiben, denn Achilleus würde seinen Männern Müßiggang nie gestatten. Er kannte jeden von ihnen mit Namen und drillte sie unablässig, so daß sie die besten und tüchtigsten Kämpfer im Heer waren. Wenn er nichts Besseres zu tun hatte – sprich, niemanden zu bekämpfen hatte –, pflegte er mit ihnen dort draußen zu sein, aber heute brüllten Peisandros und Menesthios die Befehle, während sie die Aufsicht über einen Ringkampf jeder gegen jeden im Wasser beaufsichtigten. Hunderte von Männern schlugen die Wogen schaumig, keuchend und fluchend, die meisten aber lachend. Ich erinnerte mich, daß Achilleus Patroklos am vorigen Abend diese Übung vorgeschlagen hatte. Alkimos und seine Gruppe entledigten sich hastig ihrer Kleider und rannten ins Wasser, um sich in das Handgemenge zu stürzen. Ich befahl den Frauen, das Gaffen zu lassen und mit den Vorbereitungen für das Mittagsmahl zu beginnen.

Nachdem ich Maera gebeten hatte, sich ein bißchen schneller zu bewegen, verließ ich den Strand und ging zwischen Zelten und abgestellten Streitwagen hindurch zur Pferdekoppel. Daneben stand das edle Holzgebäude, das die Soldaten für Achilleus errichtet hatten. Dort blieb ich stehen, um Atem zu schöpfen, während die Hunde mich schnüffelnd und schwanzwedelnd begrüßten. Oft pflegte Achilleus genau hier zu stehen, über die Bucht hinweg zum fernen Troja hinüberzuschauen und darüber nachzusinnen, wie er seine stolzen Mauern schleifen und seine Türme in Brand setzen könne. Manchmal aber pflegte er auch ein Stück nach Westen zu gehen und auf eine höhere Erhebung an der Küste zu steigen. Von dort starrte er dann auf die brausende See hinunter − nicht, um die Aussicht auf Imbros oder den blauen Gipfel von Samothrake dahinter zu bewundern, sondern weil westlich davon Thessalien lag. Heimweh war eine unter den Griechen allgemein verbreitete Krankheit, und selbst ihr größter Krieger war nicht dagegen immun.

Noch einen Monat, hatten sie gesagt, als ich neu ins Lager gekommen war − beim nächsten Vollmond würde in Troja der Hunger herrschen. Doch der Mond nahm ab und wieder zu, der Winter zog ins Land und ging wieder, und nun war die Rede von Verbündeten, die sich mit Verstärkungen und Vorräten durch die Berge schlichen: Thraker, Paionier, Lydier und andere. Das wären mehr Münder, die die Verteidiger stopfen müßten, aber auch mehr Lanzen, um die Stadt zu verteidigen oder einen Angriff auf das griechische Lager zu führen. Das, so glaubte Achilleus, würde Hektor als nächstes versuchen.

Und dank dieser kleinen karottenhaarigen

Hündin wurden die Griechen von dieser Seuche niedergestreckt!

Ich ging hinein, ohne darauf zu warten, daß Maera mich einholte. Es gab zwei große Räume. Der erste hieß ›die Vorhalle‹, obwohl er auch als Küche und Lager diente und die Truhen mit Beutegut sich auf beiden Seiten bis zur Decke stapelten. In den Schiffen war weitere Beute verstaut; und dennoch war all das, murrte Achilleus, nur ein Bruchteil der Schätze, die er erbeutet hatte. Agamemnon behielt den Löwenanteil der Kriegsbeute für sich.

Das Megaron dahinter war geräumig und hatte ein hohes Dach. Aber es war nur schwach erleuchtet, da es keine Fenster besaß und das Dach wenig Licht herein und noch weniger Rauch hinausließ. Der große Raum war kühl im Sommer und verhältnismäßig warm im Winter, und wenn er geschmackvoll mit einer Handvoll Schlachttrophäen und ein paar Stühlen um die zentrale Feuerstelle herum ausgestattet gewesen wäre, hätte es eine beeindruckende Kriegerhalle sein können. Unglücklicherweise wurde der Raum von der Einrichtung erdrückt. Funkelnde Kaskaden aus Bronzewaffen bedeckten die Wände, und man konnte kaum einen Fuß auf den Boden setzen, zwischen all den Tischen, Stühlen, Fußschemeln und reich verzierten Truhen, alle mit Elfenbein oder Silber eingelegt; jedes Stück ein Vermögen wert. Als ich hier eingetroffen war, vor einem Jahr, hatte ich versucht, diese Piratenhöhle etwas leerzuräumen, mußte aber feststellen, daß Achilleus es genau so liebte, wie es war. Er schwelgte in seinem Sammelsurium zur Schau gestellter Reichtümer, das er ständig vergrößerte.

Die alte Maera kam hereingehumpelt, winzig klein und gebückt, ein schwarzer Käfer von einer Frau.

»Beeil dich, schnell!« sagte ich zu ihr, als ich mein

Gewand auszog. »Wir müssen noch einmal ausgehen.«

»Du mischst dich wieder ein, Herrin!«

»Ich habe das Recht, mich einzumischen.«

Sie verzog ihre Runzeln zu einem Lächeln. »Nur, weil du ein Omen gesehen hast, ja?«

Ich hätte wissen müssen, daß es ihr nicht entgangen war. Maera war blind wie ein Maulwurf und so klein, daß sie in hohem Gras verschwand, aber wichtige Dinge konnte sie besser sehen als die meisten Leute.

In ein stumpfbraunes Gewand gehüllt, den Kopf unter einem Tuch verborgen, begab ich mich auf den Weg zu Kalchas. Es gab kein Gesetz, das mir verbot, durchs Lager zu gehen. Patroklos mochte sich Sorgen um meine Sicherheit machen, aber Achilleus sah gewiß keinen Sinn darin, einen Siegespreis zu gewinnen und ihn dann wegzuschließen, so daß kein anderer Mann ihn zu Gesicht bekam. Er wollte, daß sie mir lüstern hinterhersahen, und wäre nie auf die Idee gekommen, einer von ihnen könne es wagen, Hand an sein Eigentum zu legen. Trotzdem würde er das, was ich nun im Begriff stand zu tun, nicht gutheißen. Vorsicht war also vonnöten.

Mehrmals traten junge Männer an mich heran. Waren sie höflich, war ich es auch. Waren sie unangenehm, war ich kurz angebunden. Die meisten von ihnen taten mir leid, diese jungen Bauern, Hirten oder Holzschnitzer, die man aus ihren Familien und Heimen gerissen hatte, um in einem Krieg zu kämpfen, der sie nichts anging. Warum sollten sie sterben, um dem König von Sparta seine Frau zurückzuholen, die zu behalten er nicht Manns genug gewesen war? Also lächelte ich nur traurig und teilte ihnen mit, ihr Interesse schmeichele mir, ich könnte ihnen jedoch nicht zu Willen sein, da ich die Gefährtin des Sohns des Peleus sei. Dann sprangen sie wie Grashüpfer beiseite und wichen vor mir zurück.

Keinesfalls konnte ich einfach am Strand entlang bis zum Lager des mykenischen Kontingents marschieren und fragen, wo der berühmte Vogelschauer sich aufhielt. Nein, entschied ich, als ich an den Unterkünften der Lokrer vorbeikam, ich durfte keinen Mann fragen. Es war unwahrscheinlich, daß die Frauen mit ihren Herrn und Meistern darüber klatschen würden, daß Achilleus' Herrin durchs Lager wanderte und Fragen stellte. Sie wußten alle, wer ich war und wer ich vorher gewesen war.

Leider stellte sich heraus, daß nur sehr wenige von ihnen je von Kalchas, Sohn des Thestor, gehört hatten. Ich konnte den ganzen Tag lang das Kap hinauf- und hinunterlaufen, Maera jedoch nicht. Eine andere Vorgehensweise war geboten. Ich breitete also die Arme aus und sprach ein Gebet an die Göttin, die mich leitete. Dann beobachtete ich die Vögel.

Sie führten mich zu den Klippen im Westen, wo das Land steil zu den schäumenden Brechern des Meers abfiel. Sie brachten mich allerdings nicht genau an die Stelle, und so mußte ich eine Weile am Klippenrand entlangwandern, bis ich einen schmalen Weg fand, der sich nach unten schlängelte und unter einem Felsüberhang verschwand. Nachdem ich Maera Mantel und Tuch gegeben hatte, nahm ich den Abstieg in Angriff. Der Steg wurde immer schmaler, so daß ich am Ende kaum Platz hatte, meine Füße zu setzen. Seitlich mußte ich mich vorwärtshangeln, mich mit beiden Händen an Gräsern und Sträuchern festhalten, während der Wind an meinem Kleid zerrte und unter mir die Wellen gegen die Felsen brandeten. Nach einer Wegbiegung gelangte ich zu einem Hohlraum in der Klippe – man konnte es kaum eine Höhle nennen, denn der Boden fiel so gefährlich ab, daß niemand es wagen würde, hier zu schlafen.

Und dort, mit den Ellbogen auf den Knien vor sich hin brütend, saß Kalchas.

Er war lang und hager, in einen zerlumpten Mantel gehüllt, der ihm um seine ausgezehrten Glieder schlotterte. Seine eingefallenen Wangen und spärlichen weißen Haare zeugten von hohem Alter, und seine knochigen Kiefer mahlten die ganze Zeit, als versuchten sie seine Zunge zu kauen. Ärgerlich rollte er mit den Augen, als er mich erblickte.

»Tochter des Brises, du wirst großes Leid über die Griechen bringen!« Seine Stimme hatte einen hohlen, geisterhaften Klang, Echos aus einem Grabgewölbe.

»Dies liegt nicht in meiner Absicht, verehrenswürdiger Sohn des Thestor.«

»Doch solcherart wird deine Wirkung sein.«

Ich ließ mich so bequem wie möglich auf dem steinigen Felsabhang neben ihm nieder, auch wenn ich mich fühlte, als müßte ich gleich abrutschen und in die Brandung unten stürzen. »Dann hilf mir, diese Wirkung zu verhindern.«

»Dir geht der Ruf voraus, eine Seherin zu sein. Glaubst du, du könntest den Willen der Götter verhindern?«

»Natürlich nicht.« Ich merkte, daß er das Gespräch geschickt beendet hatte. Das ist meist das Problem, wenn man mit Leuten streitet, die meinen, den Willen der Götter besser zu kennen als man selbst. »Woher wußtest du, wer ich bin?«

»Aus Träumen. Aus dem Flug der Vögel. Wie hast du mich gefunden?«

»Durch den Flug der Vögel. Haben sie dir auch gesagt, warum der Fernhintreffende die Pestilenz geschickt hat?«

Er sah mich mit rollenden Augen an, in denen der Wahnsinn der Götter lag. »Du kennst den Grund.«

»Diese Schlampe von Chryseis.«

»Warum nennst du sie so?« Sein Kiefer arbeitete, er sabberte. »Weil ihre runden Arme weißer sind als deine?«

Ich geriet in Versuchung, ihn darauf hinzuweisen, daß sein Gesicht die Farbe roher Leber hatte, blieb jedoch ruhig und ehrerbietiger, als mir zumute war. »Weil sie es selbst zugibt. Ein Gott hat durch ihren Mund gesprochen. Und ich habe Unserer Herrin der Winde ein Opfer dargebracht, und sie hat mir ein Zeichen geschickt.«

Er funkelte mich an. »Was für ein Zeichen?«

»Einen Kuckuck, der auf einem Baum nahe des Altars saß und unablässig zwitscherte: ›Kuckuck, kuckuck!‹«

Er wiegte sich hin und her, fuchtelte mit den Armen herum, schlang sie um seinen Kopf und benahm sich alles in allem so, als würde er gleich einen Anfall bekommen. »Kuckuck! Was ist denn das für ein Omen? Im Augenblick gibt es hier Tausende von Kuckucken, Frau – wir haben Frühling! Und sie machen alle ›Kuckuck‹! Wenn er dir Hexameter vorgesungen oder wie eine Eule geschrien hätte, dann wäre es möglicherweise ein Zeichen gewesen.«

»Ich habe Tausende von Kuckucken *gehört*, Sohn des Thestor. Der Unterschied ist, daß ich diesen einen *gesehen* habe. Kuckucke verbergen sich im tiefsten Wald. Sie sitzen nicht auf gut sichtbaren Zweigen und sehen Frauen beim Tanzen zu. Was die Göttin uns mitteilen wollte, ist folgendes: Wir haben ein Kuckucksjunges im Nest – wer sonst als Chryseis könnte das sein?«

Er knurrte und starrte wütend aufs Meer hinaus.

»Habe ich recht?« fragte ich ihn.

Er nickte ärgerlich.

»Warum«, fuhr ich hartnäckig fort, »rätst du dann dem Sohn des Atreus nicht, sich zu bessern?«

Kalchas schmatzte und rollte mit den Augen. »Weil die Frau sein Ehrengeschenk war. Weil ich seinen Zorn fürchte. Selbst wenn er mich nicht auf der Stelle erschlägt, wenn ich so zu ihm rede, wird er doch in seinem Herzen Groll gegen mich ansammeln. Die Niedriggeborenen können es nicht mit Königen aufnehmen.«

»Wenn du mit deinen Worten das Wohl des Heeres im Sinn hast, wird Achilleus dich gewiß verteidigen.«

»Du verschreibst den Sohn des Peleus dieser Sache? Er tanzt nach deiner Pfeife?«

Aufreizender alter Gauner! »Natürlich nicht, aber er ist ein Mann von Ehre und hohen moralischen Prinzipien.«

»Er kann auch ein hitzköpfiger junger Narr sein, dem es an Respekt vor den Älteren mangelt.«

Nichts im Vergleich zu einem alten Narren! »Das sind kaum die Worte, mit denen man sich seine Freundschaft erwerben würde. Ich kann ihm erzählen …« Ich besann mich einen Augenblick. »Ich werde das Problem Patroklos, Sohn des Menoitios, darlegen, Achilleus' Gefährten. Er wird es Achilleus unterbreiten.«

»Und seinem liebsten Freund raten, in aller Öffentlichkeit den König anzuspucken?«

»Äh … Achilleus wird tun, was immer das Beste ist.«

»Das Beste für alle Griechen wäre, wenn Achilleus die Frau Briseis verstoßen würde.«

Meine Antwort war fast ein Schrei. »Wie *kannst* du es wagen? Der Sohn des Peleus liebt mich. Er hat geschworen, mich heim nach Thessalien zu bringen und zu heiraten!«

Kalchas wandte sein von der Zeit verwüstetes Gesicht in meine Richtung und kaute noch schneller. »Nein, er wird dich aufgeben.«

»Du redest wirr! Wenn er verspricht, dich vor dem Zorn des Königs zu beschützen, wirst du dann sprechen?«

»Ich werde sprechen, aber du wirst bereuen, was du tust, Frau.«

Ich erhob mich, ein gefährliches Unterfangen auf dem steil abfallenden Untergrund. »Ich vertraue Achilleus!« fuhr ich ihn scharf an und ging.

4 Achilleus' bevorzugte Freizeitbeschäftigung bestand darin, mit den Königen und Hauptleuten in Agamemnons Halle zu feiern, seine zweitliebste, seine eigenen Gefolgsleute in seinem Haus zu bewirten.

Ich zog die Nächte vor, die er nur mit Patroklos, Iphis und mir verbrachte. Ich genoß den Gesang, denn beide Männer hatten gute Stimmen und verstanden es, die Kithara geschickt zu schlagen, doch noch mehr genoß ich die Zärtlichkeiten, die stets früh begannen und lange dauerten. Heute abend hatte er die Anführer der Myrmidonen eingeladen. Ich hatte nicht vor, die Chryseis-Angelegenheit zur Sprache zu bringen, jedenfalls nicht direkt. Er erwartete von mir Entspannung nach den Anstrengungen des Krieges, und ich würde seine Sorgen nicht vertreiben, wenn ich ihm etwas über Politik vorplappern würde.

Lange vor Sonnenuntergang schickte ich die anderen Frauen fort, damit sie sich um ihre Herren kümmern konnten, denn Achilleus behielt seine weiblichen Gefangenen nicht für sich, wie manch andere Führer es taten. Er hatte nicht nur seinen ranghöchsten Gefolgsleuten Frauen gegeben, sondern den Rest unter den Kriegern verteilt. Jetzt besaß jedes Zelt mindestens eine, wodurch die Myrmidonen sich den Neid des übrigen Heers zuzogen. Maera trottete davon, um irgendwo bei einer Geburt zu helfen, so daß nur Iphis und ich zurückblieben. Iphis war ein wenig älter als ich, mit wundervoll dichtem Haar und strahlend dunklen Augen wie große Teiche aus Sternenhimmel. Sie war eifrig darauf bedacht, zu gefallen, aber wenn Patroklos mit einem Dummchen im Bett glücklich war, so ging mich das nichts an. Er war geduldig zu ihr – nie herablassend im Gegensatz zu den meisten anderen Männern.

Wir trafen die letzten Vorbereitungen für das Mahl und legten frische Kleider zurecht, die den ganzen Tag in der Sonne gelüftet worden waren und nun nach frischem Gras dufteten. Wir stellten Kessel auf die Feuerstelle, um Wasser zu erhitzen. Als letztes machten wir uns selbst zurecht, indem wir schlichte Leinenchitons anlegten, die mit einer einzigen Nadel an der Schulter zusammengehalten wurden; wir kämmten uns und richteten uns gegenseitig die Zöpfe. Jetzt brauchten wir nur noch Männer, die wir umsorgen konnten. An diesem Abend befahl ich Iphis, drinnen im Megaron zu bleiben, während ich in der Vorhalle Wache hielt.

Zu meiner Freude tauchte Patroklos als erster auf; allein ging er zwischen den Schiffen auf uns zu. Er war ein hochgewachsener Mann – auch wenn es nicht so aussah, wenn er neben Achilleus stand –, geschmeidig und gut gebaut, mit den eleganten Bewegungen einer Forelle in einem Teich. Sein Haar war haselnußbraun und so kraus, daß es nicht lang über seinen Rücken hing, wie die meisten Griechen ihre Haare trugen, sondern eine abstehende Mähne um Kopf und Hals bildete. Er hatte ein nettes Lächeln und eine sanfte Stimme. Kein Mann konnte so blendend aussehen, ohne sich dessen bewußt zu sein, aber ich habe nie erlebt, daß Patroklos seine Schönheit auf eine Weise eingesetzt hätte, wie schöne Menschen das oft tun. Er verdarb sein Aussehen nicht damit, sich mit übermäßig viel Gold oder Juwelen zu behängen, und er sammelte auch keine Knaben, obwohl er für ein Lächeln das halbe Heer hätte haben können. Achilleus stand er näher als sein Schatten, und doch sah ich sie nie intime Berührungen austauschen, die über jene Umarmungen zur Begrüßung hinausgegangen wären, die bei Männern üblich sind. Falls es in ihrer Jugend eine körperliche Leidenschaft zwischen ihnen gegeben hatte, so waren sie daraus herausgewachsen und richteten ihre Begierden nunmehr voll und ganz auf Frauen, wie Iphis und ich voller Freude bestätigen konnten. An jenem Abend wirkte er gedankenverloren. Seine Tunika war staubig und ungepflegt, sein Gesicht schweißverkrustet und womöglich noch staubiger, aber als er mich sah, leuchtete es mit einem dieser Lächeln auf, die einem den Tag versüßen konnten.

Als er in den Schatten der Vorhalle trat, verdüsterte sich dieses Lächeln jedoch wie eine blumenbedeckte Wiese, die in den Schatten einer Wolke gerät.

»Das war eine unselige Begegnung heute morgen, Briseis.«

»Ja, mein Herr. Äh … hat Achilleus etwas dazu gesagt?«

»Nein. Ich glaube auch nicht, daß er es noch tun wird.«

Wir sprachen natürlich von Agamemnon und sagten dabei nicht alles, was man vielleicht hätte sagen können.

»Was sonst führst du im Schilde, Löwin?«

»Im Schilde führen, Sohn des Menoitios? Ich? Ich komme selbstverständlich meinen Pflichten nach.«

Er schüttelte mit ungläubigem Sarkasmus den Kopf.

»Du wolltest mich etwas fragen, bevor Achilleus zurückkommt. Nun denn, erklär dich, rasch.«

Ich hatte nicht damit gerechnet, daß er mich so schnell durchschauen würde. Patroklos war ein wundervoller Mensch, der zweitbeste Mann der Welt, aber ich durfte bei ihm nie den Eindruck erwecken, ich würde gegen seinen Prinzen intrigieren.

»Ich habe etwas erfahren, das er wissen muß«, erklärte ich. »Wahrscheinlich nichts weiter als dummer Lagerklatsch, aber ...«

»Aber es geht dich nichts an, und du möchtest, daß ich die Dreckarbeit für dich erledige. Um welchen Skandal handelt es sich?«

»Mir ist ein Gerücht zu Ohren gekommen, daß die Seuche vom Sohn der Leto geschickt wurde, weil sein Priester eine Tochter hat, die ...«

»Stimmt, das geht dich wirklich nichts an! Jeder weiß davon.«

»Sie wissen es? Na ja, ich nicht. Bis heute jedenfalls nicht.«

Er zuckte die Schulter. »Sagen wir, sie vermuten es. Niemand spricht darüber.«

»Weiß es Achilleus?«

»Vielleicht, vielleicht nicht. Du wirst es ihm nicht erzählen, hörst du?«

Ich neigte gehorsam mein Haupt, flüsterte aber:

»Sollte nicht irgend jemand etwas dagegen unternehmen?«

»Wie Agamemnon sagen, er solle sie nach Hause schicken? Meldest du dich als Freiwillige?«

»Nein, mein Herr. Aber Kalchas, der Sohn des …«

Patroklos umfaßte meine Schultern mit seinen schönen, starken Händen. Seine Augen funkelten wie poliertes Ölbaumholz. »Briseis, du hast dich ungebeten eingemischt!«

»Nein, nein! Überhaupt nicht!«

»Wenn du Schande über Achilleus bringst, muß er dich verstoßen. Seine Ehre wird auf dem Prüfstein stehen, und dann hat er keine Wahl. Das wenigste, was er tun kann, ist, dich auf den Sklavenmarkt von Lemnos zu schicken.«

»Ich bin rein zufällig über Kalchas gestolpert!« verwahrte ich mich.

»Kalchas wurde schon seit Tagen nicht mehr gesehen. Der König hat auf der Suche nach ihm das ganze Lager auf den Kopf gestellt, und du bist zufällig über ihn gestolpert?«

Es platzte aus mir heraus: »Die Herrin hat mich zu ihm geführt. Er will nichts sagen, es sei denn, Herr Achilleus schützt ihn vor Agamemnons Zorn.«

Patroklos runzelte die Stirn. »Das wäre eine unverhüllte Herausforderung.«

»Ich wiederhole nur, was mir gesagt wurde, mein Herr.«

»O Briseis, Briseis! Achilleus ist der einzige, der Agamemnon auf diese Weise die Stirn bieten könnte, aber das müßte in einer Ratsversammlung geschehen, und Achilleus ist im Rat nicht einer der Geduldigsten. Der Sohn des Atreus ist mißtrauisch und behandelt jede Beschwerde wie offenen Aufruhr. Halt dich aus Männerdingen heraus! Nebenbei bemerkt, es ist nicht ungefährlich für dich, so durchs

Lager zu laufen. Weißt du denn nicht, daß ein Blick von dir Männer vor Begierde in den Wahnsinn treiben kann?«

Ich wußte, wie es Achilleus erregen konnte, und ich mußte über das Kompliment lächeln. »Du erscheinst mir ziemlich gefaßt im Augenblick, mein Herr.«

Ein Arm vom Umfang eines Schiffsmastes legte sich um mich und sein Pendant um Patroklos. »Auf welch üble Verschwörung bin ich da in meinem eigenen Haus gestoßen?« fragte Achilleus aufgeräumt. »Wer verführt hier wen?« Er küßte mich auf die Stirn, um dann mit Augen, die blauer als der Himmel waren, auf uns herabzusehen.

»Unsere schöne Herrin hat es auf den König abgesehen«, versetzte Patroklos. »Hast du nicht bemerkt, wie sie ihn heute morgen zu angeln versucht hat?«

»Niemals!« rief ich aus. »Ich wäre dem Sohn des Atreus nicht zu Diensten, wenn er mich von hier bis Kreta peitschen ließe.«

Mit einem Stirnrunzeln gab Achilleus uns frei. »Er ist der Große König, von Zeus ernannt. Sprich nicht so über ihn!«

Ich preßte meine Hände gegen seinen Rücken und legte meinen Kopf an seine Brust. »Vergib deiner fehlbaren Sklavin, mein Herr. Du hast mich für alle anderen Männer verdorben.«

Hinter mir stöhnte Patroklos vernehmlich. »Ich brauche Trost. Wo steckt diese wilde Hummel aus Skyros? Iphis, komm her und liebe mich!«

Ich hörte ihren Freudenschrei, als sie angerannt kam, achtete aber nicht darauf. Achilleus küßte mich wieder, diesmal mit mehr Sorge ums Detail, aber ich spürte, daß meine Bemerkung über Agamemnon ihn gekränkt hatte. Mein heldenhafter Liebhaber war stolz und großzügig, und ich betete ihn an. Die meiste Zeit ging er mit der schlichten Freude eines kleinen Jungen durchs Leben, der sich als Titan verkleidet; manchmal jedoch erhaschte ich flüchtige Blicke auf den anderen Achilleus, den grausamen Städtezerstörer, und dieser andere war absolut furchterregend.

Nun folgte das Ritual, das ich jeden Abend genoß, wenn ich ihn ganz für mich allein hatte. Er legte sein Schwert und seinen Helm ab, ließ seinen Schurz fallen und setzte sich auf den Schemel, den ich neben dem Herdfeuer bereitgestellt hatte. Nachdem ich ihm seine Beinschienen und Stiefel ausgezogen hatte, holte ich den Schwamm und wusch ihn von Kopf bis Fuß; dann spülte ich seine Haare aus und kämmte sie. Für gewöhnlich unterhielt er sich mit mir, während ich diese Handreichungen vollführte, und fragte mich, wie mein Tag gewesen sei, nach meinen Sorgen und Wünschen. Einmal hatte ich den Wunsch nach einem goldenen Armband geäußert, und er war, nackt und tropfnaß, wie er war, aufgestanden und in die Vorhalle gegangen und mit vier Armbändern zurückgekommen. Über seinen Tag sprach er nie, denn das war Männersache; an diesem Tag jedoch war er ungewohnt schweigsam, entweder noch immer ungehalten wegen meiner Kritik an Agamemnon oder mit anderen Sorgen beschäftigt. Iphis und Patroklos durchliefen auf der anderen Seite des Herdfeuers dieselbe Prozedur, mit unterdrücktem Kichern und lustvollem Flüstern, was ich nicht zu hören vorgab.

Als ich Achilleus abgetrocknet hatte, rieb ich ihn mit parfümiertem Öl ein, und an diesem Abend wählte ich eine mit Zypressen aromatisierte Phiole aus, einen seiner Lieblingsdüfte. Es gab eine Menge an ihm einzuölen, eine Prozedur, die ich immer sehr angenehm, ja sogar erregend fand. Wenn er Waffenübungen absolviert hatte, pflegte er sich hinzulegen, so daß ich ihm die Steifheit aus den Gliedern massieren konnte, aber an diesem Abend blieb er nur auf dem Schemel sitzen und wirkte so abwesend, daß ich mir Sorgen zu machen begann. Ich widmete mich seinem breiten Rücken, seiner gewaltigen Brust, den harten Armmuskeln. Ich kniete mich neben ihn und bearbeitete gerade seine Schenkel, als er zu bemerken schien, wie schweigsam er war.

»Meine Liebe, du hast heute morgen großen Eindruck auf die Könige gemacht. Die Hälfte von ihnen dachte, eine Göttin sei zu uns herabgestiegen. Ich war schrecklich stolz auf dich.«

»Ich bin glücklich, das zu erfahren.« Und auch erleichtert. »Wünschst du, daß ich mich jeden Tag so kleide?«

Er kicherte und schüttelte den Kopf, obwohl ihn die Idee vermutlich reizte. »Nein! Du würdest sie zu Tode quälen. Doch trag das Gewand heute nacht für unsere Gäste. Ist dein Opfer günstig verlaufen? Brauchst du etwas?«

»Nur das hier.« Ich streichelte sein Glied, erregte es mit voller Absicht. Es zuckte unter meiner Berührung, erwachte zum Leben. Sein Schweigen für Zustimmung nehmend, beugte ich mich darüber, um es zu küssen, und es reagierte noch heftiger. Inzwischen selbst erregt, fuhr ich fort, es zu necken, so daß es größer und wärmer wurde. Als ich mit der Hand nach seinem Hodensack griff, öffnete er die Schenkel, damit ich ihn streicheln konnte. In kürzester Zeit hatte ich die Lanze seiner Männlichkeit zu voller Größe aufgerichtet. Ich stand auf und legte meine Lippen erst um seine Brustwarzen, bis auch sie sich aufstellten, und dann auf seinen Mund; ich spürte das vertraute Pochen der Vorfreude zwischen meinen eigenen Schenkeln. Er öffnete die Nadel an meinem Chiton, so daß das Tuch von meinem Körper glitt, und fuhr mit seiner großen Mörderhand an der Innenseite meiner Schenkel hinauf. Wogen der Erregung durchliefen mich.

Nach meiner wahrlich nicht geringen Erfahrung gibt es nur sehr wenige Männer, die einer Frau erlauben, in der Liebe die Führung zu übernehmen. Die meisten beharren darauf, der Meister zu sein, obenauf und derjenige, der sagt, wo es langgeht. Achilleus war in dieser Hinsicht zuweilen eine Ausnahme. Rasch schlug ich das eine Bein über ihn und stand mit gespreizten Schenkeln über ihm, so daß er meine Brüste küssen konnte. Während ich seinen Kopf gegen sie preßte, begann ich mich Zoll um Zoll auf ihn aufzuspießen und seinen prachtvollen Phallus in mich einzuführen; das Schwert glitt in die Scheide, der Mann in die Frau. Ich stöhnte auf, als ich mich auf seinen Schoß setzte und ihn ganz in mich aufgenommen hatte − kein anderer Mann hat mich je so ausgefüllt und mir solche Erfüllung verschafft wie Achilleus. Selbst jetzt saß er einfach nur da, mit geschlossenen Augen; während seine Hände meine Brüste und Schenkel liebkosten, ließ er mich meine Lust finden. Ich richtete mich auf und sank wieder zurück. Als meine Bewegungen heftiger wurden, begann er schneller zu atmen, und sein hellhäutiges Gesicht errötete und überzog sich mit einem dünnen Schweißfilm, aber immer noch ließ er mich das Tempo bestimmen. Ich habe keinen anderen Mann getroffen, der das zuließ.

Manche Männer mögen es, ihren Bettgespielinnen weh zu tun, Achilleus jedoch tat das nie, jedenfalls nicht willentlich. Er war der rücksichtsvollste Liebhaber, den man sich wünschen konnte, aber dennoch verliehen seine Größe und gewaltige Kraft und auch sein blutiger Ruf seiner Liebeskunst eine furchterregende Würze, das Gefühl, mit einem ausgewachsenen, lohfarbenen Löwen das Bett zu teilen, der zwar nur schmusen will, seine Gespielin jedoch jederzeit irrtümlich in Stücke reißen kann. Oft fühlte ich mich hinterher wie geschunden, obwohl mir nie etwas mißfiel, während wir es taten, und ich es nie bereut habe – ich war bei solchen Begegnungen auch nicht zimperlich und verpaßte ihm im Gegenzug etliche Kratzer und Bißspuren. Aber diesen prachtvollen Körper zu besitzen und mit ihm spielen zu dürfen, wie es mir an jenem Abend am Feuer vergönnt war, war die größte Freude meines Lebens. Ich ritt ihn gnadenlos, ritt ihn im Galopp wie ein dardanisches Schlachtroß, und als schließlich mein ganzes Ich in höchster Ekstase explodierte, umklammerte er mich in einem schaudernden Stöhnen gleichzeitiger Lust, und ich fühlte, wie sein Sturm sich in mir brach.

Er hielt mich fest an sich gepreßt, während wir wieder zu uns kamen, unser Schweiß sich vermischte und unsere Herzen im Gleichklang hämmerten. Ich konnte hören, daß unser Beispiel Patroklos und Iphis zu ähnlichen Übungen angespornt hatte, sah jedoch nicht hinüber, um herauszufinden, welche Vorgehensweise sie sich ausgesucht hatten. In diesem Moment zählte für mich nur, daß mich die Arme des Mannes, den ich liebte, umfingen, und daß ich ihm Freude bereitet hatte.

Er hatte das Geheimnis erraten, das ich mit Patroklos teilte, und mir vergeben.

5 Patroklos trug die Kessel hinaus und schüttete das Wasser weg. Iphis und ich räumten Handtücher und abgeworfene Kleidungsstücke weg und säuberten auch uns – Achilleus war stets freigebig mit seinen Geschenken, und ich war naß bis zu den Knien. Als ich versuchte, ihm beim Ankleiden zu helfen, sagte er, ich solle mich um meine eigene Toilette kümmern; daher wußte ich, daß er darauf brannte, seine Schatztruhe zu öffnen und mich zu schmücken. Er liebte es, mich so mit pfundschwerem Gold und Juwelen zu behängen, daß es mich förmlich zu Boden zog. In dieser Nacht nahm er hauptsächlich Jaspis und Chalcedon, etwa zwanzig von ihnen, alle auf kostbarste Weise geschnitten und gefaßt, dazu noch Ketten und Armreife aus Gold und ein Filigrandiadem, das einem König gehört hatte. Ich rief, ich würde unter dem Gewicht zusammenbrechen, und er lachte und fügte noch mehr hinzu, und seine blauen Augen blitzten vor Vergnügen.

Als er zufrieden war und fand, ich sei für den Siegespreis eines großen Kriegers hinreichend geschmückt, suchte er einen goldbeschlagenen Gürtel und eine schwere Brustplatte aus Gold für sich selbst heraus und hieß mich, Goldreifen an seinen Armen zu befestigen. Dann nahm er auf dem einzigen Stuhl Platz, der wirklich groß genug für ihn war, einem geschnitzten Thron aus Ölbaumholz, besetzt mit Elfenbeinplatten, in die Ungeheuer und Helden geschnitzt waren. Er hatte König Lethos von Larissa gehört, der nun keine Verwendung mehr für ihn hatte. Ich brachte ihm kühlen thrakischen Wein in einem Silberpokal, der so lebensecht mit fliegenden Tauben verziert war, daß man meinte, sie würden gleich zu gurren anfangen. Lachend zog er mich erneut auf seinen Schoß – natürlich weniger vertraulich als zuvor – und teilte den Wein mit mir, Schluck um Schluck. Ich barg meinen Kopf an seiner Schulter und atmete den Duft nach Zypressen und Mann ein.

»Wie ist dein Besuch bei der Göttin verlaufen?«

»Gut, Sohn des Peleus. Ich bin sicher, sie hat unsere Gebete erhört.«

»Dann laß uns hoffen, daß sie Fürbitte bei dem Fernhintreffenden einlegt und er die Seuche von uns abwendet.« Er hielt mir den Pokal an die Lippen. »Und nun mußt du mich beraten. Welche Geschenke soll ich meinen Gästen reichen, wenn sie mich heute abend wieder verlassen?« Er grinste glücklich, denn er liebte es, über seine Gefolgschaft verschwenderisch Reichtümer auszuschütten. »Pferde? Rüstungen? Gold? Frauen? Aber die Frauen sind uns ausgegangen, nicht wahr?«

»Du hast sie alle verschenkt. Die meisten sind schon schwanger.«

Er bemerkte die Gereiztheit in meiner Stimme und küßte mich. »Deine Zeit kommt schon noch! Niemand, den Aphrodite so offenkundig bevorzugt, kann unfruchtbar sein.«

»Glaubst du das wirklich?« Ich schaute ihm eindringlich in die klaren blauen Augen, suchte nach Anzeichen, daß er nicht ganz ehrlich war. Ich nahm an, Achilleus sei ein überaus schlechter Lügner; aber ich hatte auch nie erlebt, daß er es versucht hatte, und konnte mir daher nicht sicher sein. Im Augenblick schien er mir in höchstem Maße zuversichtlich und aufrichtig zu sein.

»Natürlich glaube ich das!« antwortete er. »Und ich warte gerne, bis wir daheim in Thessalien sind, bevor ich mitansehen muß, wie du dick wirst wie ein Weinkrug.« Ein kaum merkliches Lächeln ließ Falten um seine Augenwinkel entstehen. »Das Leben zu

Hause in Phthia wird nach Troja sehr langweilig erscheinen. Ich werde Zeit haben, dich noch öfter zu lieben.«

»Das ist nicht möglich!«

»Nein?« erwiderte er mit einem selbstbewußten Grinsen. »Was also sollen wir Phoinix und dem Rest geben?«

»Möbel.«

Zwei flachsblonde Augenbrauen schossen nach oben. »Möbel? Für Krieger?«

Ich lachte. »Du bist ein Krieger, und ich habe noch nie jemanden gesehen, der so leidenschaftlich Stühle und Tische sammelt wie du.«

Fasziniert von dem Gedanken, zuckte er die Achseln. »Na schön, warum nicht? Ich gebe zu, davon haben sie noch nicht viel. In Ordnung, dann such ein paar aus. Für Phoinix?«

»Den Tisch aus Buchsbaumholz mit den Stierköpfen in Elfenbein und Bergkristall.« Dieses Stück mißfiel mir ganz besonders, weil es aus Lyrnessos gekommen war. Falls Achilleus sich daran erinnerte, so erwähnte er es nicht.

»Und für Alkimedon?«

In seine Arme geschmiegt, dachte ich wie immer, daß die Götter nie eine Frau mit einem stärkeren und schöneren Liebhaber gesegnet hatten. Iphis, die ähnlich in Patroklos vernarrt war, war nach mir die Zweitglücklichste.

Leider verkündeten kurz darauf bellende Hunde die Ankunft der Myrmidonen-Krieger. Der erste, ängstlich darauf bedacht, nicht zu spät zu kommen, und mit Sommersprossen übersät, war Automedon, Sohn des Diores, ein hochgewachsener und schöner Jüngling mit kastanienbraunem Haar und einer

Stupsnase. Er hatte Grübchen, die ihn, wenn er lachte, wie einen kleinen Jungen aussehen ließen, aber er war ein zäher und erprobter Kämpfer, der oft als Achilleus' Wagenlenker in die Schlacht zog, obwohl er selbst ein geschworener Krieger mit einer eigenen Kämpferschar war. Achilleus trat auf ihn zu, begrüßte ihn in der Vorhalle und führte ihn an der Hand herein. Iphis holte noch eine Weinflasche.

Direkt nach Automedon kam Alkimedon, der ein bißchen älter und ein Stückchen kleiner, dafür aber doppelt so breit war; ein junger Ochse mit gekräuselten schwarzen Flechten und jener Art von finsterem guten Aussehen, das Frauen reihenweise die Köpfe verdrehen kann. Umgekehrt war dies jedoch nicht der Fall. Er hatte mir noch nie zugelächelt oder mich angesprochen und war wesentlich mehr an seinem Wagenlenker interessiert als an der Frau, die Achilleus ihm geschenkt hatte. Zum Glück für sie hatte dieser jedoch vielseitige Interessen.

Als nächster traf Peisandros, Sohn des Maimalos, ein, ein ernster, humorloser Mann in den Dreißigern, dem der Ruf voranging, er sei der beste Lanzenkämpfer nach Patroklos und Achilleus selbst. Ich konnte mich nie dazu überwinden, ihn zu mögen, denn ich mußte mitansehen, wie er einen meiner Brüder erschlug, auch wenn es ein vollkommen fairer Kampf war. Bei ihm befand sich Menesthios, Boros' Sohn. Seine Mutter war Achilleus' Halbschwester. Er hatte dieselben strahlendblauen Augen und dasselbe goldene Haar wie sein Onkel, was jedoch die Größe anbetraf, lag er nur knapp unter riesig. Er hatte die Schultern eines Ochsen und wesentlich weniger Verstand.

Patroklos hatte mich in der Chryseis-Sache im Stich gelassen, so daß mein nächster Ansprechpartner Phoinix, Sohn des Amyntor, sein mußte.

Unter dem Vorwand, nach dem Essen zu sehen, trat ich in die Vorhalle hinaus und hoffte, die Götter würden mein Anliegen begünstigen und mir Gelegenheit geben, bei seinem Eintreffen rasch ein Wort mit ihm zu wechseln. Es ärgerte mich, ihn mit Eudoros, Enkel des Phylas, um die Ecke der Pferdekoppel biegen zu sehen.

Eudoros' fehlender Vaternahme bedeutete natürlich, daß er unehelich geboren war, und es hieß, er sei ein Sohn von Hermes. Solche Lesarten sind ziemlich weit verbreitet, wenn Töchter aus Adelsfamilien ansonsten unerklärliche Nachkommen in die Welt setzen, und nur der Unbesonnene oder Gottlose würde sie in Zweifel ziehen. Es ist allseits bekannt, daß Hermes häufig die Gestalt gutaussehender junger Reisender anzunehmen pflegt. Eudoros war, was das Aussehen betraf, gottähnlich genug und zudem ein begnadeter Kämpfer, auch wenn man ihm nie so recht vertraute – ob er diesen Ruf seiner väterlichen Abstammung verdankte oder umgekehrt, habe ich nie herausgefunden.

Als sich die beiden Männer näherten, hob ich den dicksten Holzscheit vom Stapel und schwankte damit zur Tür.

Ich lenkte Eudoros' Aufmerksamkeit auf mich und lächelte entschuldigend.

»Du wirst dir das Gewand ruinieren!« rief er aus und nahm mir die Last trotz aller Einwände ab. Den Scheit auf einer Hand balancierend, stolzierte er herein, und ich hörte Lachen und Zurufe von den Männern im Inneren – Witze über Geschenke, die der Gast mitbringt, und daß man nicht zulassen dürfe, daß Träger sich unter den Adel mischen. In Wahrheit kam es einem olympischen Wunder gleich, einen griechischen Kämpfer bei einer solchen Betätigung zu sehen. Auch die Myrmidonen taten dergleichen nur für mich, weil sie dadurch Achilleus eine Ehre erwiesen.

Ich überraschte Phoinix, indem ich ihn am Arm festhielt, als er nach einem weiteren Scheit griff.

»Die Götter seien mit dir, meine Herrin«, sagte er unsicher.

»Und mit dir, mein Herr.« Ich nahm ihn beiseite, weg von der Tür. »Ich habe ein Problem, bei dem ich deinen Rat benötige.«

Phoinix war doppelt so alt wie die anderen. Seine Gesichtszüge hatten die klar gemeißelte Kantigkeit der Jugend verloren, sein Haar wuchs nur noch spärlich, und seine Tunika beulte sich über dem Gürtel aus, obwohl er noch immer ein gefürchteter Krieger war. Er war Achilleus' Lehrer in der Kriegskunst gewesen. Achilleus betrachtete ihn als eine Art zweiten Vater, und nur für Peleus selbst hegte er mehr Achtung und Zuneigung. Wenn es einen Menschen gab, dem er völlig vertraute, dann war es Phoinix.

Ich legte ihm das Problem in kurzen Worten dar, während er stirnrunzelnd ins Gras sah. »Kalchas fürchtet den Zorn des Großen Königs«, schloß ich, »und wird erst das Wort ergreifen, wenn man ihm Schutz verspricht. Ich fürchte, Achilleus könnte davon hören und etwas Unbesonnenes tun.«

»Das sind in der Tat schlechte Neuigkeiten, meine Herrin. Aber offensichtlich muß irgend jemand das Thema zur Sprache bringen, und wer könnte das besser als Achilleus? Kein anderer vermöchte den Seher zu beschützen. Es könnte seine Pflicht sein – nein, es ist seine Pflicht.«

»Aber die Gefahr!«

»Es gibt Verfahren für solche Dinge. Achilleus wird einen Rat einberufen müssen.«

Ich erinnerte mich, daß Patroklos dasselbe gesagt hatte. »Ich dachte, nur der Große König könne –«

»Das gilt nur für einen Kriegsrat.« Phoinix hatte einen ausgeprägten Hang zum Dozieren. »Es ist ein uralter griechischer Brauch. Wenn ein Mann einen Streitfall mit einem anderen gleichen Ranges hat – irgendeine Angelegenheit, die einen Eid oder ein Sühnegeld oder sogar eine Lösung im Zweikampf erfordern könnte – , dann beruft er einen Rat von Gleichgestellten ein, um zu hören, was sie dazu sagen und auf welches Mittel zur Beilegung des Streits sie sich einigen. Agamemnon weiß, daß sein Heer nichts ist ohne Achilleus. Deshalb wird er es nicht wagen, ihn sich zum Feind zu machen. Du hast ihm nichts davon erzählt?«

»Nein, mein Herr. Ich hielt es nicht für richtig, mich in eine solche Angelegenheit einzumischen.«

Er nickte. »Sehr klug. Laß mich darüber nachdenken. Ich bin dir dankbar, daß du es zur Sprache gebracht hast.«

Er ging in die Halle. Ich folgte ihm, sobald ich mein Lächeln unterdrückt hatte.

Zuerst drehte sich das Gespräch um rein gesellschaftliche Themen. Diese Griechen waren unendlich neugierig in bezug auf die dardanische Angewohnheit, auf dem Rücken von Pferden zu reiten, und fragten mich oft darüber aus. Wie schnell konnten sie reiten und wie lange? Wie behielten sie ihre Beine oben, so daß sie nicht gegen Felsen stießen oder sich in Büschen verfingen? Wie konnten sie das schmerzhafte Auf und Ab an ihren Hoden ertragen? Ich erklärte erneut, daß die Reiter Felle auf ihre Pferde banden, um die Erschütterungen zu dämpfen.

»Aber wie zwingen sie den Wilden unter den Pferden ihren Willen auf?« wollte Menesthios grollend wissen.

Ich konnte mich daran erinnern, es ihm schon mindestens zweimal erklärt zu haben, aber seine Ähnlichkeit mit seinem aufgeweckten Onkel beschränkte sich auf das Äußere. »Sie trainieren sie darauf, auf Befehle zu reagieren, die die Reiter ihnen mit Knien und Füßen geben.«

Der Rüpel schnaubte ungläubig und leerte seinen Trinkbecher. Achilleus lenkte meine Aufmerksamkeit auf sich und grinste schwach. Wir wußten beide, daß das Pferd, das ihn längere Zeit hätte tragen können, noch nicht geboren war.

»Man kann auf dem Pferderücken nicht mit der Lanze kämpfen!« wand Phoinix ein. »Man würde herunterfallen! Noch nicht mal mit einem Bogen könnte man zielen.«

»Die Hethiter sollen es angeblich können«, bemerkte Achilleus nachdenklich.

»Man könnte mit einem Pferd aufs Schlachtfeld reiten«, schlug Automedon vor.

Patroklos schüttelte den Kopf. »Und wer hält es dann fest, während du kämpfst? Man bräuchte zwei Männer und zwei Pferde, um einen einzigen Kämpfer einzusetzen, also warum sollte man da nicht beim Streitwagen bleiben?«

Als das Gespräch sich kriegerischen Themen zuwandte, zogen Iphis und ich uns in die Vorhalle zurück. Wir konnten aber noch hören, was gesprochen wurde. Das meiste betraf die trojanischen Verbündeten, die vor Anbruch des Winters vertrieben worden waren. Nun kehrte der Frühling zurück und mit ihm die Verbündeten. Man hatte sie in den Bergen gesehen.

»Agamemnon geht davon aus, daß wir das Lager verlassen und die Zitadelle erstürmen werden«, sagte Achilleus, »ich jedoch denke, daß wir uns den Weg dorthin erst wieder werden freikämpfen müssen.«

»Hektor muß über diese Seuche Bescheid wissen«, knurrte Menesthios. »Warum greift er uns nicht an, solange wir schwach sind?«

»Weil er hofft, sie werde die Arbeit für ihn erledigen?« schlug Eudoros vor. »Oder er hat selbst die Pest in den Mauern von Troja.«

Ich wartete darauf, daß Phoinix das Chryseis-Problem zur Sprache brachte, aber er hielt sich noch zurück.

»Die Trojaner stehen mit dem Rücken zur Wand«, meinte Menesthios. »Sie werden verzweifelt kämpfen.«

Achilleus' Stimme dröhnte: »Sie haben immer verzweifelt gekämpft, aber um so größer wird unsere Ehre sein, wenn wir sie besiegen. Beim Barte des Zeus, was seid ihr heute abend für ein schlaffer Haufen! Ihr klingt wie eine Horde Dorfältester, die auf dem Marktplatz sitzen und über ihre schwachen Blasen jammern. Ist das alles, was ihr wollt? Nach Hause fahren und auf den Feldern verfaulen, euch die Rücken krumm schuften beim Getreideschneiden? Hier in Troja haben wir die Möglichkeit, ungeheure Reichtümer und ewigen Ruhm zu erwerben. Wie viele Männer hatten je solches Glück?« Er lachte, und es klang nicht unfreundlich. »Möchtet ihr lieber lange in Armut leben und vergessen werden?«

Menesthios widersprach, das habe er überhaupt nicht so gemeint, und Automedon besaß die Höflichkeit einzuwerfen, daß Boros' Sohn sich bereits nicht geringen Ruhm erworben habe.

»Kleinigkeiten!« sagte Achilleus. »Brotkrumen! Was wir bis jetzt errungen haben, ist nichts im Vergleich zu dem, was uns erwartet, wenn Troja selbst fällt. Schätze und Frauen und Ruhm! Das wird eine größere Plünderung als die von Theben, und denkt daran, wie man sich an jene Helden erinnert.« Er wurde lauter. »Wofür ist das Leben da, wenn nicht hierfür? Essen, schuften, sterben und vergessen werden? Ihr seid Krieger, oder? Ihr habt den Kriegsschwur geleistet, erinnert ihr euch? Dies ist der größte Krieg, seit die Titanen den Olymp gestürmt haben. Es kann gut sein, daß es nie einen größeren Krieg geben wird, nie eine bessere Gelegenheit, Ruhm zu erwerben.«

Und so weiter. Bis zum Ende des Abends würde er die Kampfeslust wieder in ihnen geweckt haben, aber ich wußte, was ihm Sorgen bereitete – die myrmidonischen Krieger waren nicht mehr das bellende, blutrünstige Rudel, das sie gewesen waren, als ich ihnen vor einem Jahr zum erstenmal begegnet war. Ein langer, untätiger Winter und dann diese Pestilenz hatten ihnen den Schneid abgekauft, und das galt für das gesamte Heer. Der Krieg dauerte zu lange.

Schließlich kam Patroklos nach draußen, um das Fleisch zu holen – zwei bereits geschlachtete zarte Lämmer –, und trug es nach drinnen, wo es auf den großen, vielzinkigen Gabeln briet. Iphis und ich brachten Weinkrüge hinein, die unter feuchten Tüchern gekühlt worden waren. Außerdem hatten wir noch ein paar Fische, die ein Soldat an diesem Nachmittag gefangen hatte, dazu feines weißes Weizenbrot aus dem Lager derer von Pylos. Ihre Männer schienen bessere Bäcker als die Myrmidonen zu sein, aber wir hatten den besseren thrakischen Wein, und Hekamede nahm ihn gerne im Austausch dafür an. Wir hatten Ziegenmilchkäse, Bohnen, Linsenbrei, viele Nußsorten sowie getrocknete Feigen und Pflaumen. Achilleus bediente seine Gäste, indem er vollbeladene goldene Schalen austeilte. Er lachte, als Eudoros und Menesthios mit mir zu flirten begannen und ich sie daraufhin neckte. Eifersucht und Mißtrauen waren ihm fremd, denn warum sollte eine Frau, die ihn haben konnte, einen anderen vorziehen?

Während der Mahlzeit wurde nicht mehr über den derzeitigen Krieg geredet, dafür aber viel altes Schlachtengarn gesponnen. Als jeder zu seiner Zufriedenheit gegessen und getrunken hatte, zogen Iphis und ich uns wieder in die Vorhalle zurück, während die Männer in Erinnerungen an ihr früheres Leben daheim in Thessalien schwelgten – was im großen und ganzen bedeutete, an ihre Kindheit, denn nur Phoinix hatte mehr, an das er sich zurückerinnern konnte.

Kühles Mondlicht erhellte die bleichen Wälle Trojas und warf silberne Muster über die Bucht. Von den tanzenden Feuern zwischen den Zelten drang das Gemurmel männlicher Stimmen zu uns herüber wie die ferne Brandung an einem Felsstrand, und zweifellos sprachen auch sie über die Heimat. Hier und da ein Sänger, eine Frau, die schrill auflachte, ein Trommelschlag für Tänzer.

Ich hörte Kalchas' Namen fallen. Phoinix hatte das Wort ergriffen.

Dann sagte Achilleus zornig: »Lösegeld? Davon habe ich nie etwas erfahren!«

Chryseis war so gut wie fort. Phoinix sprach noch eine Zeitlang weiter, aber seine Stimme war weniger gut zu hören als die der anderen, und so bekam ich nicht mit, was er Achilleus riet.

Dann stiegen vom Lager Laute des Zorns herauf. Metall klirrte gegen Metall. Ich sprang auf, aber es war überflüssig, Achilleus zu warnen. Er kam herausgestürzt, seine sechs Waffengefährten folgten ihm auf dem Fuße. Brüllend verschwanden sie alle in die Richtung, aus der der Krach gekommen war.

Sie waren unbewaffnet gegangen. Iphis klammerte sich entsetzt an mich.

»Die Trojaner?« schrie sie, die Augen wie bodenlose Brunnen.

»Nein, nicht die Trojaner. Dann würden wir Gongs und Trompeten hören. Nur die Myrmidonen selbst.«

»Sie bekämpfen sich gegenseitig?«

Ich hörte Achilleus' donnerndes Gebrüll.

»Es ist die Kriegsmüdigkeit«, erklärte ich. »Zu viele Belagerungen, Hinterhalte, Schlachten, zu lange fort von zu Hause, von allem Vertrauten. Männer benehmen sich merkwürdig, wenn man sie zu weit treibt. Selbst der stärkste Mann kann brechen.«

»Patroklos nicht!«

Ich lachte. »Nein, und Achilleus auch nicht. Laß uns zurückgehen und aufräumen.«

Einige Minuten später kam Patroklos zurück. Er wirkte erschöpft und verärgert. Iphis konnte nicht den Mund halten und stellte die unumgängliche Frage: »Mein Herr, was ist geschehen?«

»Nur eine Schlägerei. Eine Familienangelegenheit.« Er nahm sie in die Arme und küßte sie hingebungsvoll. »Man sollte meinen, sie hätten genug zu kämpfen, als daß sie sich auch noch untereinander streiten müssen! Die anderen sind in ihre Zelte gegangen. Du kannst jetzt das Bettzeug herauslegen.«

Das mußte er uns nicht zweimal sagen. Wir schufen Platz um das Herdfeuer und breiteten Felle und Decken aus.

»Idioten!« sagte Achilles, als er die Tür zuknallte. »Streitsüchtige Kleinkinder!« Der Zwischenfall konnte so unwichtig nicht sein, denn immerhin hatte er ihn das Verteilen der Geschenke vergessen lassen, das er fest eingeplant hatte. Seine Füße waren staubbedeckt und zerkratzt, und ich verfluchte mich dafür, daß ich nicht für diesen Fall vorgesorgt hatte.

»Mein Herr, ich werde heißes Wasser zubereiten.«

»Nein. Komm her.« Er zog mich in seine Arme,

mein Kopf lag an seiner Schulter. Ich konnte sein großes Herz schlagen spüren. Andere Männer mochten brechen, aber Achilleus war unverwundbar. »Du hast mich heute abend vergewaltigt, du trojanische Hexe! Jetzt werde ich dafür Rache nehmen!«

Ich schmiegte mich enger an ihn. »Tu dein Schlimmstes, du Ungeheuer!«

Kichernd begann er mich von dem Schmuck zu befreien, den er auf einem Tisch stapelte. »Jeder Widerstand ist zwecklos.«

»Solange du mir versprichst, zu gewinnen«, gab ich zurück und löste meine Bänder.

Er ließ das Gewand um mich herum zu Boden fallen, hob mich hoch, als sei ich eine Schwanenfeder, und legte mich auf die Bettstatt. Im Feuerschein erforschten seine Hände meinen Körper. »Wundervolles Geschöpf!« flüsterte er. »Von Aphrodite selbst auf Erden gesandt, um die Männer um ihren Verstand zu bringen. Wie ich mich danach sehne, in die Halle meines Vaters zurückzukehren und den edelsten Siegespreis zur Schau zu stellen, den ich in Troja erobert habe!«

Er beugte sich über mich und fuhr mit der Zungenspitze über meine Brustwarze. Mein Körper bäumte sich lustvoll auf. Niemand hatte daran gedacht, das Feuer zu zerstreuen. Wie aus weiter Ferne hörte ich, wie Patroklos und Iphis einander glühende Liebesworte zuflüsterten, aber ich hatte gelernt, nicht darauf zu achten, was auf der anderen Seite des Herdfeuers vor sich ging. Auf meiner Seite passierte mehr als genug, um mich in Atem zu halten.

6 Weit davon entfernt, Achilleus' Bemühungen im Bett zu bremsen, hatten meine Taten auf dem Badeschemel ihn nur zusätzlich angefeuert, und in dieser Nacht legte er eine übermenschliche Glut an den Tag, wie ich sie sonst erwartete, wenn er aus der Schlacht zurückkehrte. Als er schließlich befriedigt war, dämmerte es beinah schon. Ich verschlief, was kaum erstaunlich war.

Als ich endlich meine müden Augen aufschlug, schien mir das helle Tageslicht durch die Dachfenster ins Gesicht, und in der Ferne schrie jemand. Ich setzte mich auf und schloß, daß es sich um die Rufe von Herolden im Lager handeln mußte, die eine Ratsversammlung einberiefen. Iphis auf der anderen Seite des Herdes schlief weiter − nicht weiter verwunderlich, denn Patroklos hatte sich vom Beispiel seines Anführers anspornen lassen und hatte es ihm beim Beweisen seiner Männlichkeit fast gleichgetan. Beide Männer waren fort, vielleicht schon seit langem. Es hatte sie bestimmt erheitert, uns beide hier wie Leichen auf dem Schlachtfeld zurückzulassen.

Phoinix hatte nichts davon erwähnt, daß Frauen am Rat teilnehmen würden, aber ich hatte ein starkes Eigeninteresse am Schicksal der unausstehlichen Chryseis. Ich kleidete mich rasch an, wickelte mich in einen stumpfbraunen Mantel und lief nach draußen, um einen wunderschönen Morgen zu begrüßen. Die Myrmidonen strömten in Richtung Süden, an der Bugreihe der sich in der Sonne aalenden Schiffe entlang. Eine kurze Beobachtung der Schwalben, die so vielversprechend unter dem Dachgesims von Achilleus' Haus nisteten, ließ nichts Beunruhigendes erkennen, und so hastete ich den Kämpfern hinterher. Ich hielt die Augen offen für mögliche Omen, entdeckte aber nichts Ungewöhnliches.

Das Heer versammelte sich in einer flachen Senke einen Steinwurf von der Halle des Großen Königs entfernt, und die Diskussion war bereits in vollem Gange. Ermutigt durch die Tatsache, daß alle Augen auf die Vorgänge im Rat gerichtet waren und die Frauen, die sich verstohlen am Rande des Geschehens herumdrückten, ignoriert wurden, kauerte ich mich hinter ein paar nackten Rücken hin. Ich war die Unschuld und Unauffälligkeit in Person. Da ich größer war als die langhaarigen Männer vor mir, hatte ich einen guten Blick auf die Versammlung – Männer, die auf den Hängen der Senke saßen, Männer, die um den Rand herum standen, Tausende sorgfältig rasierter Gesichter. Wenige trugen Rüstung, viele waren mit blanker Brust gekommen, aber alle hatten Beinschienen an den Unterschenkeln, und die meisten waren mit Schwertern und langen Dolchen bewaffnet. Mein Vater hätte das nicht gutgeheißen, denn jede Menge ist gefährlich, und diese hier konnte tödlich werden. Aber so waren die Griechen nun einmal.

Die Niedriggeborenen waren bloße Zuschauer. Die richtige Versammlung bestand aus einem Doppelkreis aus Kriegern, die in der Mitte auf Bänken saßen und alle mit Quasten geschmückte Umhänge sowie Zeremonienhelme trugen, die aus Eberhauern gefertigt waren. Ich machte die wichtigsten Anführer unter ihnen aus – Achilleus, Menelaos, Diomedes von Argos, Odysseus von Ithaka, Idomeneus von Kreta, den Großen Aias, Telamons Sohn, und den Kleinen Aias, Oileus' Sohn. Sie funkelten alle vor Gold und Edelsteinen, Beweis ihrer Tüchtigkeit als Eroberer. Hinter Achilleus saßen seine Gefolgsleute – Phoinix, Eudoros und die übrigen –, und unmittelbar ihm gegenüber führte Agamemnon den Vorsitz der Versammlung auf einem eindrucksvollen Thron aus Goldregenholz, den Achilleus in Pedasos erbeutet hatte.

In Rot und Purpur gewandet, glitzerte am Großen König mehr Gold als an jedem anderen: ein verziertes Diadem auf seinem Kopf, Ringe und Armreifen, mehrreihige Halsketten und in seinen Händen das mit Nägeln beschlagene Zepter von Mykene mit den beiden Löwen an der Spitze. Sein grobschlächtiges Gesicht war zu einer finsteren Miene verzogen, und selbst aus dieser Entfernung konnte ich sehen, daß die Sache bisher nicht einfach gewesen war.

Der Redner in der Mitte war der ausgemergelte, verdreckte Kalchas. Während ich mich noch anstrengte, zu verstehen, was er sagte, schnitt Agamemnon ihm mit lautem Gebrüll das Wort ab. »Lügner! Scharlatan!« Der König sprang auf und stürzte sich, das Zepter schwingend, auf ihn. »Faulmäulige, krächzende Harpyie!«

Der Seher wirbelte herum und flüchtete sich mit einer für sein Alter erstaunlichen Behendigkeit zu Achilleus. Achilleus begann sich zu erheben, doch der alte Mann schlüpfte an ihm vorbei und verschwand in der Menge wie eine Maus im Mauseloch.

»Überbringer schlechter Omen!« gellte Agamemnon hinter ihm her. Er lachte, und die Krieger fielen ein, aber ihre Fröhlichkeit war wie Schafgeblök. Der König wartete, bis wieder Ruhe eingekehrt war, um dann seine mächtige Stimme ertönen zu lassen.

»Den Ehrenpreis aufgeben, den ihr mir zugestanden habt? Meine Herren, ist das gerecht? Das Mädchen ist ein kostbarer Schatz. Sie übertrifft meine Gemahlin Klytaimnestra in Hinsicht auf Äußeres, Verstand und Geschicklichkeit – und sie ist sehr viel jünger. Ich beabsichtige, sie heim nach Mykene zu nehmen, damit sie mich noch jahrelang erfreuen kann.« Er sah sich forschend um, um dann aufgrund mangelnder Zustimmung zu seufzen. »Nun gut, wenn ich den Gott erzürnt habe, muß ich das Opfer wohl bringen.«

Es klingt seltsam, wenn ich sage, daß ich die Welle der Erleichterung durch die Versammlung laufen sah, aber so war es.

Achilleus erhob sich und trat lächelnd vor. Agamemnon warf ihm das Zepter zu, blieb jedoch, wo er war, in der Mitte.

Achilleus fing den Stab gewandt auf, als wiege er nichts. »Ich habe den Rat einberufen, also ist es meine freudige Pflicht, dem Sohn des Atreus in unser aller Namen zu danken. Mein Herr, deine Einwilligung ist großzügig, wie es einem großen Krieger ansteht.«

Während die anderen Kämpfer diese Worte bejubelten, ging er zu Agamemnon hinüber, gab ihm den Stab zurück und wollte zu seinem Platz zurückgehen.

»Selbstverständlich«, fuhr der Große König fort, »ist es nur recht und billig, daß man mir gewährt, einen passenden Ersatz zu wählen.«

Die Zuschauer tauschten entsetzte Blicke aus. Achilleus fuhr herum und starrte ihn verblüfft an.

»Einen Ersatz? Woher? Hast du einen geheimen Vorrat an noch unverteilter Beute? Du wirst aus deinem eigenen Schatz wählen müssen.« Sein hellhäutiges Gesicht rötete sich. »Jeder Fetzen Beute wurde bereits aufgeteilt – das meiste davon an dich, wie wir alle wissen.«

Agamemnon richtete den Stab auf ihn, vielleicht als Hinweis, daß er nicht ohne ihn das Wort ergreifen solle. »Mir fiel die erste Wahl zu, und nun wird sie mir genommen. Ich werde mir eine andere aussuchen, die ihren Platz einnehmen soll.«

»Dieb!« brüllte Achilleus ungläubig. »Du würdest jemand zwingen, dir milde Gaben zukommen zu lassen? Nimm dir statt dessen einen Extraanteil, wenn wir Troja plündern. Du wirst dich ohnehin nicht davon abhalten lassen.«

Patroklos hatte mich gewarnt, daß der Sohn des Peleus nicht für seine Geduld bekannt sei. *Achilleus!* dachte ich. *Sei vorsichtig!*

Das Temperament von Königen ist selten ausgeglichen, und das von Agamemnon war berüchtigt; seinen Gleichmut zu bewahren fiel ihm schwerer, als ein eingeöltes Ferkel festzuhalten. Mit einem noch lauteren Brüllen verlor er endgültig die Beherrschung. »Du wagst es, mir Befehle zu erteilen, Knabe? Du glaubst, mich so leicht betrügen zu können? Entweder gesteht ihr mir einen Ersatz zu, oder ich nehme mir einen – von dir oder Aias oder Odysseus …« Er hielt abrupt inne, als bewege sich der Boden unter seinen Füßen. Mit einem Lachen fing er das Ferkel wieder ein. »Aber das soll uns jetzt nicht bekümmern! Komm, laß uns ein Schiff seetüchtig machen und die Dirne mit reichen Opfergaben an Apollon heimschicken.«

Sieg! dachte ich.

Ich hatte vergessen, daß auch Achilleus für seine Wutanfälle berühmt war. Mit drei ausgreifenden Schritten war er bei Agamemnon und riß ihm den goldenen Stab aus den Händen. »O nein! Du erwartest, daß wir dir nach der Ankündigung vertrauen?« Er war einen halben Kopf größer und konnte nun auf den Großen König hinabsehen wie auf ein ungezogenes Kind. »Zu den Bedingungen für dich kämpfen? Ich habe keinen Streit mit den Trojanern. Thessalien haben sie nichts getan.« Er hielt inne, um Luft zu holen, vielleicht überraschte ihn aber auch nur das Ausmaß seiner eigenen Empörung. »Du verachtenswerter Hund! Du drohst, uns unsere Ehrengeschenke zu nehmen? Wir sind hierhergekommen, um dir und Menelaos zu helfen. Wir setzten unser Leben aufs Spiel, um für dich zu kämpfen, und doch, wann immer wir eine Stadt einnehmen, beanspruchst du die erste Wahl unter den Frauen und den größten Anteil an den Schätzen. Brüder?« Er ließ den Blick durch die Versammlung der Krieger schweifen, aber es schien, als könne keiner seinem Blick standhalten.

Dieser Mangel an Unterstützung ermutigte Agamemnon. »Es ist mein gutes Recht. Ich bin der Oberste Befehlshaber – was du zu oft vergißt. Du bist unverschämt, Sohn des Peleus! Ich werde deinen Ehrenpreis nehmen, um dich Ehrerbietung zu lehren.«

Er griff nach dem Stab, aber Achilleus schwang ihn von ihm fort. »Oberster Befehlshaber? Wie oft sehen wir dich deine Rüstung anlegen und in die Schlacht ziehen? Nicht sehr oft! Das ist ja auch gefährlich, nicht wahr? Nein, du tauchst erst auf, wenn es Zeit ist, die Beute zu verteilen. Warum sollte ich kämpfen, um dich reich zu machen, und dann keine Ehre dadurch gewinnen? Eher gehe ich zurück nach Thessalien.«

Der Große König senkte den Kopf auf die Brust wie ein Stier, der zum Angriff übergeht. Mit einem Finger stupste er Achilleus unverschämt gegen die Brust.

»Dann geh! Lauf weg, wenn es das ist, was du willst. Du bist der übelste Unruhestifter im ganzen Heer, mein Junge, zu nichts gut außer zu Schlägereien. Geh und nimm deine Myrmidonen gleich mit. Wir brauchen euch nicht. Aber da der Gott mein hübsches Mädchen nimmt, werde ich zu dir kommen und mir dieses Flittchen aus Lyrnessos holen, mit dem du protzt – nur, damit du dich daran erinnerst, wem Zeus die Macht gegeben hat!«

Achilleus schleuderte das Zepter zu Boden und griff nach seinem Schwert. Das Sonnenlicht glitzerte auf der Bronze. Geblendet bedeckte ich meine Augen. Als ich wieder aufsah, hatte sich kein Grashalm bewegt, kein Finger und kein Muskel. Die beiden Männer standen wie erstarrt inmitten eines Tals voller Statuen – Achilleus mit seiner halbgezogenen Klinge und Agamemnon, der sich dem plötzlichen Tod gegenübersah. Wenn einer der beiden Männer starb, würde das darauffolgende Blutbad das halbe Heer in die Unterwelt schicken. In solchen Momenten fühlen wir die Gegenwart der Götter.

Ich wollte schreien: *Tu es nicht, Achilleus! Tu es nicht!*

Am Ende war es Agamemnon, der sich als erster bewegte. Er wandte dem Tod den Rücken zu und kehrte mit würdevollen Schritten zu seinem Thron zurück. Er ignorierte die nadelscharfe Klinge, die ihn jederzeit hätte durchbohren können – eine beeindruckende Zurschaustellung von Mut vor dem versammelten Heer, und nichts hätte Achilleus' Worte besser als die leeren Drohungen bloßgestellt, die sie waren.

Achilleus stieß das Schwert in seine Scheide zurück, und fünftausend Mann holten Luft wie einer. Er bückte sich, um das Zepter aufzuheben, und reckte es gen Himmel.

»Dann kämpfe ich nicht mehr für dich, du Hund! Der Tag wird kommen, an dem die Griechen wie reifes Korn unter den Streichen von Hektor fallen und nach dem starken Arm des Achilleus rufen. Und ich schwöre bei unserer Herrin Athene und dem Thron des Zeus, daß er nicht dort sein wird!« Verächtlich funkelte er den Kreis der Krieger an. »Geht und kämpft gegen die Trojaner, aber ohne mich. Schickt an meiner statt diesen feigen, betrunkenen Aasgeier, der im Bett liegt und seine Beute zählt, die andere mit ihrem Blut für ihn erobert haben, oder sich durchs Lager schleicht und den Helden ihre Ehrenpreise stiehlt. Ihr habt ihn verdient, ihr *Würmer!*« Er schleuderte den Stab zu Boden und stolzierte zu seinem Schemel zurück.

Nach einem Moment entsetzten Schweigens stolperte ein nervöser Herold herbei, um das Zepter aufzuheben. Bevor er es Agamemnon zurückgeben konnte, erhob sich der alte König Nestor, der in Pylos schon so lange herrschte, daß sich niemand mehr an eine Zeit erinnern konnte, in der es anders war. Sein Haar war mittlerweile weiß wie die Meeresgischt, sein Gesicht ganz Knochen und sonnengegerbtes Leder, sein Rücken jedoch noch immer gerade, seine Stimme kraftvoll. Er streckte eine knorrige Hand nach dem Stab aus, dann schwang er ihn über seinem Kopf, als wolle er die Götter herausfordern.

»Schande, Schande! Oh, wie Hektor und Troja jubeln werden, wenn sie von diesem unwürdigen Gezänk hören! Mich drückt nun die Last der Jahre nieder, aber in meiner Zeit habe ich mächtige Helden gekannt, größere Männer als alle hier: Kaineus, Perithoos, Exadios, Dryas, Polyphemos und viele andere. Gottähnliche Männer und herausragende Krieger, alle miteinander! Keiner der heute Lebenden wäre würdig, ihnen die Sandalen zu schnüren, diesen Helden von ehedem. Und doch hörten sie mir zu, wenn ich sprach, und lobten meine Rede. Auch ihr solltet das tun, meine Herren. Auch ihr solltet auf mich hören. Das ist mein Rat:

Edler Sohn des Atreus, laß die Hände weg von dem Mädchen, das das Symbol von Achilleus' Ehre ist, denn er hat es wohl verdient. Und du, junger Mann, mußt dich bei dem Großen König, den Zeus geschickt hat, uns zu führen, für deine unüberlegten Worte entschuldigen.«

Er nahm wieder Platz. Das Heer wartete gespannt. Mit hochrotem Kopf funkelte Achilleus den Oberbefehlshaber wütend an. Agamemnon blieb ihm an wütenden Blicken nichts schuldig; er sah aus, als könne er sich kaum beherrschen, aber als er schließlich das Wort ergriff, hatte er seine Stimme in der Gewalt.

»Die Götter haben den Sohn des Peleus zu einem mächtigen Krieger gemacht. Das berechtigt ihn indes nicht dazu, sich selbst zum Oberbefehlshaber aufzuschwingen und uns alle zu beherrschen.«

Natürlich hätte Achilleus eine solche Absicht weit von sich weisen können. Es war zwar kein Rettungsseil, das ihm da zugeworfen wurde, aber immerhin ein Faden, und ein vorsichtiges Rucken an dem Faden hätte vielleicht zutage gebracht, daß an seinem Ende ein Seil befestigt war. Unglücklicherweise war Achilleus weder der geduldige Patroklos noch der schlaue Odysseus, und seine rasende Wut war noch nicht gestillt. Er sprang auf und brüllte wie ein verwundeter Stier:

»Ich werde nicht hierbleiben, um mir deine Beleidigungen anzuhören. Was schert es mich, wenn du die Frau nimmst? Glaubst du, es ist die Frau, um die es mir geht? Denkst du, ich sei so vernarrt in sie? Nimm sie! Ich habe Hunderte von Mädchen erobert, und sie sind alle gleich. Nicht Weiberfleisch ist es, was mir Kummer bereitet, es ist die Ehre! Nimm das Mädchen, wenn du willst.«

Ich schrie vor Entsetzen und Ungläubigkeit laut

auf, als ich hörte, wie sich die Prophezeiung des Kalchas erfüllte. *Achilleus gab mich an Agamemnon weg!*

»Aber sonst nichts«, fügte er hinzu. »Keinen einzigen Pokal, kein einziges Kissen! Sonst nichts! Denn wenn du das tust, Sohn des Atreus, werde ich nicht mehr für dich kämpfen, für dich nicht und für keins der Schafe, die dir folgen.«

Aufmerksam gemacht durch meinen Schrei, drehten sich die in meiner Nähe stehenden Männer neugierig nach mir um. Wenn man mich erkannte, konnte es sein, daß ich in die Senke gezerrt und auf der Stelle meinem neuen Herrn übergeben wurde. Ich wandte mich ab und floh.

7 *Nimm das Mädchen, wenn du willst!* Wie hatte er so etwas nur sagen können? Die Worte wirbelten mir durch den Kopf wie Motten, während ich das Kap hinunter nach Hause lief. Herden stämmiger brauner Ponys flohen vor mir. Er hatte mir erzählt, er würde mich lieben und nach Ende des Krieges heim nach Thessalien nehmen! Schwärme weißer Möwen flatterten auf, als ich näher kam. Er war der größte Krieger im griechischen Heer, hatte mehr Städte erobert und geplündert als selbst Odysseus, und dennoch hatte er mich kampflos aufgegeben!

Atemlos keuchend taumelte ich ins Haus. Es war leer – was bedeutete, daß die Frauen ihre Pflichten vernachlässigten und entweder zur Versammlung gegangen waren wie ich, oder aber sich mit Soldaten in die Büsche geschlagen hatten. Es war auch gleich. Der Haushalt des Achilleus war nicht mehr meine Angelegenheit. *Nimm das Mädchen, wenn du willst!*

Schwindlig von der körperlichen Anstrengung,

wankte ich durch den Wald von Stühlen und Tischen und warf mich auf das weiche Lager, das wegzuräumen ich mir noch nicht die Mühe gemacht hatte. Nie wieder würde ich dort im Rausch von Achilleus' Umarmung aufschreien, nie mehr vor Lust sterben. Wie konnte er nur so grausam sein? Wie konnten die Götter nur so grausam sein – mir einen solchen Mann zu schenken und mich dann wieder von ihm fortzureißen? Ich konnte nirgendwohin gehen, nirgendwohin fliehen. Ich war schließlich eine Gefangene, ein Stück Besitz. Ich konnte nicht hoffen, unbemerkt aus dem Lager zu entkommen. Und selbst wenn mir das gelang, würde ich auf der weiten Ebene von griechischen Patrouillen aufgegriffen werden, und dann mochte mich ein schreckliches Schicksal erwarten ohne Achilleus' Namen, der mich bislang geschützt hatte. *Nimm das Mädchen, wenn du willst!* Wie konnten seine Lippen nur solche Worte formen, so kurz nachdem sie die meinen geküßt hatten?

Um Mynes und meine Brüder hatte ich nicht geweint, aber nun weinte ich krampfhaft, würgte und bekam fast keine Luft mehr in meinem Elend.

Als meine Tränen versiegten, kehrte die Wut zurück. Achilleus würde die Männer des Königs nur in sein Haus lassen, wenn er selbst anwesend war, also würde er mich persönlich abholen kommen. Ich mußte mich wieder vorzeigbar machen, die roten Spuren des Weinens beseitigen, mein Haar ordnen, das prächtigste Gewand anlegen, das ich auftreiben konnte – sollte er nur sehen, was für ein Ehrengeschenk er so gleichgültig aufgegeben hatte!

Als ich meine Toilette jedoch beendet hatte, dachte ich noch einmal über das Gewand nach. All diese feinen Kleider gehörten ihm. Mir gehörte nichts mehr – selbst mein Körper gehörte ihm, so daß er ihn weggeben konnte. Aber ich besaß noch den zerlumpten, schäbigen Sklavenkittel, den ich an dem Tag getragen hatte, an dem er mich als seinen Siegespreis beansprucht hatte. Ich hatte ihn versteckt, als ich vor einem Jahr zum ersten Mal in sein Haus gekommen war. Wenn ich ihn auch seitdem nicht mehr angeschaut hatte, so wußte ich doch, daß er noch dort war, wo ich ihn hingetan hatte – eine geheime Erinnerung an meine verlorene Heimat in Lyrnessos, das einzige, was ich vom Untergang hatte retten können. Er würde es wiedererkennen.

Ich holte es aus dem Versteck in der Vorhalle heraus, hastete zurück in die Halle und zog es an. Die prächtige Frisur, die ich mir gerade gemacht hatte, zerrte ich wieder auf und rieb mein Haar mit Asche ein. Auch meine Arme und mein Gesicht schmierte ich mit Asche ein, bis ich wie die Tochter eines Schweinehirten aussah.

So hatte ich ausgesehen, als er mich gewählt hatte – sollte er sich nur erinnern!

Die Sonne stand schon hoch am Himmel. Warum war noch niemand gekommen? Was ging da vor? Ich trat wieder in die Vorhalle hinaus, um Ausschau zu halten. Weder im Lager der Myrmidonen noch bei den Schiffen gab es einen einzigen Mann. Draußen in der Bucht glitt ein einsames Schiff vorbei, stach in See mit seinen Rudern, die sich wie Schwingen hoben und senkten. Lebewohl, Chryseis! Wie die kleine hundsgesichtige Schlampe lachen würde, nun, da sie wußte, daß ich ihren Platz im Bett des Königs einnehmen mußte! Weiter nach Süden zu verwehte der Wind kleine Rauchfahnen von Feuern, die am Strand brannten, wo ich in der Ferne größere Menschenmengen ausmachen konnte. Das bedeutete, daß das Heer opferte, Apollon Ochsen darbrachte und sich an deren Fleisch gütlich tat. Es kümmerte mich nicht mehr. Sollte Troja standhalten oder fallen; es bedeutete mir nichts mehr.

Ich lief in die Halle und schloß die Tür.

Es dauerte noch lange, bis ich männliche Stimmen in der Vorhalle poltern hörte und die Tür mit knarrenden Angeln aufschwang. Helligkeit, dann etwas, das die Helligkeit blockierte ... Die Tür fiel zu. Ich saß mit dem Rücken zur Tür in Achilleus' großem, mit Elfenbein verkleideten Stuhl.

»Warst du auf der Versammlung?« fragte Patroklos. Ich nickte, ohne mich umzudrehen.

»Ja.«

Er kam in mein Blickfeld und setzte sich auf einen Schemel. Er fuhr sich mit der Hand durch seine Locken, und dann blieb er eine Weile einfach so sitzen und starrte auf den Helm auf seinen Knien, als habe er nie zuvor bemerkt, wie die Plättchen mit den Eberhauern auf den ledernen Untergrund genäht waren. Schließlich seufzte er. »Ich war mir sicher, Agamemnon sei so gut wie tot, als Achilleus gegen ihn zog. Ein Gott muß ihm in den Arm gefallen sein. Nie habe ich Achilleus zorniger gesehen. Es beweist, wie sehr er dich schätzt.«

»Mich schätzt? Mich schätzt? Ja, er schätzt mich als Symbol, daß er ein tüchtigerer Mörder ist als andere Männer. Und ich dachte, er würde mich lieben, ich Närrin. Er hat mich weggegeben!«

Patroklos' Oberarme schwollen an; seine Augen nahmen plötzlich einen tödlichen Ausdruck an. »Natürlich liebt er dich! Er wollte dich in seine Heimat mitnehmen und heiraten. Hätte er das vorgehabt, wenn er dich nicht lieben würde?«

Ich schniefte und haßte mich gleichzeitig dafür. »Er hat es nie gesagt!«

»Aber ja, das hat er! Ich habe es ihn sagen hören, viele Male.«

»Er hat gesagt, er würde mich nach Thessalien mitnehmen und seinen Vater um Erlaubnis bitten, mich zu heiraten ...«

»*Briseis!* Hast du auch nur einen Moment geglaubt, der alte Peleus könnte seinem ruhmreichen Sohn irgend etwas in dieser Welt abschlagen? Oder willst du andeuten, Achilleus habe dich absichtlich in die Irre geführt – denn ich habe ihn nie in seinem Leben die Unwahrheit sagen hören, und ich kenne ihn seit seinem achten Lebensjahr. Deine Zunge spinnt böse Worte, Frau!«

Ein weiteres verachtenswertes Schluchzen entfuhr mir. »Es tut mir leid. Ich bin nicht ich selbst. Weder wollte ich dich aufbringen noch den Sohn des Peleus beleidigen ...«

Er lächelte, aber seine Fingerknöchel waren immer noch weiß. »Vielleicht bin auch ich nicht ganz ich selbst. Hast du nichts Besseres zum Anziehen gefunden als diesen alten Fetzen? Möchtest du wirklich, daß das Heer denkt, Achilleus habe dich so hinausgeworfen?«

»Ich – so hatte ich es nicht gesehen.«

»Dann beeil dich und zieh dich um. Die Herolde des Großen Königs warten – und sei nicht zu streng mit ihnen, denn sie hassen diese Angelegenheit genauso wie du. Sie heißen Talthybios und Eurybades. Sie sind nette alte Käuze.«

Ich ging zum Wasserkrug hinüber, zog meinen scheußlichen alten Lumpen aus und begann mich zu säubern. Ich war mir der Tatsache bewußt, daß Patroklos mir zusah, aber wir hatten zu lange in Achilleus' Haus zusammengelebt, als daß solche Dinge zwischen uns etwas bedeutet hätten. Er war für mich wie ein Bruder.

»Du hast Phoinix von Kalchas erzählt«, sagte er mit sanfter Stimme.

Ich schrubbte mir mit heftigen Bewegungen das Gesicht.

»Ich habe dich gewarnt, daß Achilleus es in der Ratsversammlung an Geduld fehlen lassen würde, Briseis.«

»Ich hab' es ihm nicht erzählt.«

»Hmmm!« *Wie konnte er es wagen, mir nicht zu glauben!* »Achilleus hat es versucht, weißt du. Als er Agamemnon sagte, er solle kommen und dich mitnehmen – da versuchte er es wiedergutzumachen.«

Ich drehte mich um und starrte ihn an. »Was wiedergutzumachen? ›Nimm das Mädchen‹ hat für mich ziemlich eindeutig geklungen, Sohn des Menoitios.«

Er seufzte und wandte den Blick ab, wobei er sich der Tatsache, daß er das zweitschönste Profil im griechischen Heer zur Schau stellte, völlig unbewußt war. »Und für Agamemnon auch. Was er meinte, war, daß du nur ein Symbol seist. Die anderen Heerführer hätten kein Verständnis dafür aufgebracht, wenn er zuviel Aufhebens um ein Mädchen machen würde. Jeder Mann kann sich in eine Frau vergucken, aber nur Schwächlinge wie Paris lassen sich dadurch zu unehrenhaftem Verhalten verleiten. Achilleus wollte klarstellen, daß es ums Prinzip ging, um eine Frage der Ehre. Wie hätten wir wissen sollen, daß Agamemnon so kleinmütig sein würde, ihn beim Wort zu nehmen? Er erkannte nicht, daß dem Sohn des Atreus in diesem Augenblick keine andere Wahl blieb. Auch für ihn war es zu einer Frage des Prinzips geworden. Nach all dem, was gesagt worden war, hätte der Oberste Befehlshaber der Griechen mit dem ganzen Heer im Rücken kommen müssen, um dich einzufordern. Wir Myrmidonen sind die besten Kämpfer, die die Griechen haben, aber wäre es rechtens, uns alle zu töten, nur um dich zu retten? Achilleus mußte dich aufgeben.«

Ich warf mein Waschtuch zu Boden und begab mich auf die Suche nach einem Gewand.

»Aber er hat versucht, es wiedergutzumachen«, wiederholte er. »Er sagte zu Agamemnon, er könne kommen und dich mitnehmen – was ja auf der Hand lag. Er dachte, Agamemnon würde, nachdem er erst einmal das Zugeständnis hatte, von seiner Forderung ablassen.«

»›Aber sonst nichts, keinen Pokal, kein Kissen.‹ Wie es das Herz einer Frau erwärmt, weniger wert zu sein als ein Kissen!«

Patroklos zuckte die Schultern. »Wenn Agamemnon seine Spielchen mit Odysseus gespielt hätte, hätte er ihm die Sache ausgeredet und ihn anschließend dazu gebracht, ihm vier oder fünf seiner eigenen Frauen zu überlassen. Achilleus geht die Gerissenheit ab, die man dafür braucht. Ein aufbrausendes Temperament ist ein Vorteil für einen Krieger, aber ein Nachteil im Rat.«

»Und jetzt fahrt ihr alle heim nach Thessalien?«

»Ich weiß es nicht. Er hat nicht befohlen, die Schiffe klarzumachen – noch nicht.« Er stand auf und kam herüber, um mir bei den Bändern an meinem Kleid zu helfen. Es war von feinster Webart, aber nicht in dem höfischen Stil, mit dem ich am Vortag geprotzt hatte. In so etwas würde ich nicht zu Agamemnon gehen.

»Wo ist er?« fragte ich. Es wäre besser, wenn ich Achilleus nicht sehen würde. Dann wäre es, als sei er in der Schlacht gefallen, wie ich es so oft befürchtet hatte. Viele schlaflose Nächte hatte ich in dieser Halle verbracht und mich um ihn gesorgt, wenn er auf Raubzügen unterwegs war. Besser, ihn nicht noch einmal zu sehen.

»Er ist auf die Klippe gegangen.«

Ohne auch nur Lebewohl zu sagen? Herzlos! »Um mit seiner Mutter, der Göttin, zu sprechen, nehme ich an?« versetzte ich ärgerlich.

»Höchstwahrscheinlich.« Patroklos hatte irgendwo einen Kamm gefunden und begann, mein verfilztes Haar zu entwirren.

»Du glaubst es nicht ... *Au!*«

»So, tue ich das nicht? Was hast du nur mit deinem Haar gemacht? Das ist ja ein Storchennest, Frau! Ich bin noch nie einem Mann wie Achilleus begegnet«, fuhr er still fort. »Die Götter gewähren ihm ihre Gunst in reichem Maße, weil er sie mit vielen großen Opfern ehrt. Nun hat Agamemnon ihn auf unerträgliche Weise herabgewürdigt. Sollten die Unsterblichen nicht auf ihn hören, wenn ihr Liebling sie um Vergeltung anfleht?«

»Ich vermute, sie werden.« Die Unsterblichen waren launenhaft.

»Dann darfst du die Hoffnung nicht aufgeben. So, das muß genügen. Wir dürfen die Herolde nicht länger warten lassen, oder sie werden sich fragen, was wir hier drin getrieben haben, du und ich. Und jetzt, liebe Briseis, beweise wieder deine edle Abkunft, jenen Mut, der uns alle in Lyrnessos so beeindruckt hat.«

Ich wandte mich ihm zu und umarmte ihn Wange an Wange. »Ich verabscheue Agamemnon. Er hat Hundeaugen.«

»Dann schnarch ihm ins Ohr! Die Götter waren Achilleus in der Vergangeheit immer hold. Warum sollte sich daran etwas geändert haben?«

Ein jähes, schrilles Zwitschern ließ uns zusammenfahren und nach oben schauen. Eine Schwalbe kreiste unter den Dachbalken und zirpte wütend. Dann stieg sie senkrecht empor und verschwand durch das Rauchabzugsloch.

»Ein Zeichen!« rief ich. »Es ist Potnia!«

Patroklos erbleichte. »Athene? Bist du sicher?«

»Ja doch, ja! Schwalben sind eins ihrer Symbole. Sie hat uns wissen lassen, daß die Götter Achilleus erhören werden.«

Er schlug sich mit dem Faustrücken gegen die Stirn, der traditionelle Gruß für die Zeustochter. »Ich glaube dir. Und vielleicht wirst du ihr Werkzeug sein.«

»Ich?«

Er lächelte ironisch. »Du bist Chryseis sehr elegant losgeworden. Sieh zu, was du mit dem schlichten Agamemnon anstellen kannst!«

Ich mied seinen Blick. »Ich bin nur eine Sklavin. Er ist der Große König.«

»Du bist die Tochter eines Königs, und auch du stehst in der Gunst der Götter. Komm.«

Was konnte ich schon gegen den Obersten Befehlshaber ausrichten? Patroklos versuchte nur, mich aufzumuntern. Er begleitete mich hinaus zu den Herolden. Zum zweiten Mal in meinem Leben – zum zweiten Mal in einem Jahr – wurde ich in die Sklaverei geführt.

Buch 2
PARIS

1 Wenn man sich den Krieg als einen gewaltigen Sturm vorstellt, der alles zerstört und vernichtet, dann erreichte mich die erste Vorwarnung, als er kaum mehr als ein winziges weißes Wölkchen am Horizont der sonnenbeschienenen See war. Ich wußte, er würde kommen, als alle anderen Opfer noch glücklich ihren alltäglichen Geschäften nachgingen, in Frieden vor sich hin lebten und den Göttern vertrauten. Die Menschen erwarten von den Göttern Schutz im Gegenzug für die Dankopfer, die sie ihnen darbringen. Unglücklicherweise bringen andere Menschen reichere Opfer dar und verdienen sich auf diese Weise noch höhere Gunst. Die Unsterblichen erklären ihre Entscheidungen nie, aber hin und wieder warnen sie vor ihnen, und mich warnten sie vor dem Kommen der Griechen.

Ich war dreizehn, das jüngste von vier Kindern, die von acht Geburten am Leben geblieben waren. Mein Vater, König Brises, Sohn des Mydon, war König von Lyrnessos, dort, wo das Meer die Füße des Berges Ida umspült. Alle anderen Mädchen meines Alters arbeiteten hart oder waren schon verheiratet, so daß ich ein einsames Kind ohne Spielgefährtinnen war. Mein Schädel war noch immer nach Art der Kinder kahlgeschoren bis auf eine kurze Stirnlocke und einen dünnen Pferdeschwanz im Nacken. Ich war schlaksig und häßlich, nichts als Beine, ein menschlicher Reiher. Ich besaß keine Anmut, kein Geschick darin, mich zu schmücken oder schöne Kleider so zu tragen, wie sie getragen werden sollten, und fürs Spinnen und Weben und andere Aufgaben einer Frau mangelte es mir an Geduld.

Denk nicht, es sei ein alltägliches Ereignis für mich gewesen, umherzulaufen und mit Göttern zu sprechen. Als ich noch jünger gewesen war, hatte ich Dryaden im schattengesprenkelten Sonnenlicht unter den Olivenbäumen tanzen sehen und das Wispern der Nymphen im Plätschern der Bäche gehört. Wenn hohe Brecher gegen die Felsklippen donnerten, hatte ich Nereiden in ihrer weißen Gischt tanzen sehen. Alle Kinder tun das, aber mit dreizehn gibt man solche Sinneswahrnehmungen nicht mehr zu, obwohl selbst Erwachsene häufig die Anwesenheit eines Gottes bemerken können. Eine plötzlich einsetzende Stille in einem lauten Raum, leise Echos, wenn scheinbar belanglose Worte eine besondere Bedeutung annehmen, die Gewißheit, daß etwas schon einmal geschehen ist, obwohl es unmöglich geschehen sein kann – nur Narren mißachten solche Zeichen. Was allerdings an jenem Tag geschah, war etwas ganz anderes.

Die Olivenernte hatte begonnen, so daß der Strand allein den Möwen und Seeschwalben gehörte und unsere kleine Flotte von Fischerbooten hoch auf das Ufer hinaufgezogen auf ihren nächsten Einsatz wartete, außerhalb der Reichweite der gierigen Brecher. Zephyros brachte uns Sturm aus dem Westen.

Den ganzen Morgen drinnen eingesperrt, war ich noch ruheloser als gewöhnlich, stromerte durch den Palast, suchte Wärme in der betriebsamen Töpferei, wo die Brennofen heiß glühten und der Ton in den Händen der Töpfer zum Leben erwachte, während Knaben für sie die Scheiben drehten. Ich ging in die Schmiede, wo rotglühende Bronze wie flüssiges Feuer in die Formen lief, aber die Schmiede jagten mich fort, indem sie mir drohten, sich bei Vater oder Sphelos, meinem ältesten Bruder, zu beschweren. Ich überprüfte die Webarbeiten der Frauen. Ich beaufsichtigte Tuchwalker, Flachsspinner, Tischler und Silberschmiede - machte Bemerkungen, tadelte und stellte endlose Fragen. Ich vermute, sie alle hielten mich für einen gefährlichen Quälgeist, ein naseweises, verzogenes Gör, das aber zufällig geäußerten Klatsch mitbekommen und weitererzählen könnte und deshalb mit unverdientem Respekt behandelt werden mußte.

Köstliche Düfte lockten mich schließlich in die Küche. In diesem Durcheinander von Hast und kochenden Kesseln war eine königliche Landplage nie willkommen, ganz besonders eine, die von einem riesigen, ungebärdigen Hund begleitet wurde. Ich hatte kaum genug Zeit, mir die Finger an einem heißen Brötchen zu verbrennen, als eine tiefe Stimme hinter mir sagte: »Meine Herrin?«

Ich sah mich um und erwiderte so freundlich, wie ich konnte: »Ja, Daos?«, obwohl Daos nur ein Lastenträger war. Er erschien mir sehr männlich und muskulös, konnte aber nicht viel älter als mein Bruder Enops sein, denn sie hatten als Kinder miteinander gespielt. Zwei oder drei Jahre machen in diesem Alter viel aus.

»Eh«, sagte er, »wir müssen ein Opfer zur Gebieterin der Bäume bringen, und, eh, da hab' ich mich gefragt, ob du es nicht hinbringen könntest. Ich meine, ich trage es natürlich, aber es muß eine edle Dame sein, die, eh, das Opfer, du weißt schon, durchführt. Der Regen hat aufgehört …?« Er schielte zu dem Pastetenbäcker hinüber, um sich zu vergewissern, ob er auch alles richtig wiedergegeben hatte.

Ich wußte, daß sie mich loswerden wollten, denn auf diese Weise hatten sie es schon oft versucht.

Die Aussicht auf ein bißchen frische Luft sagte mir aber durchaus zu, genauso wie die Gelegenheit, der alten Priesterin Maera einen Besuch abzustatten.

Also ließ ich Daos wissen: »Selbstverständlich werde ich das tun. Ich treffe dich an der Gerberei.«

Ich rannte nach oben, um meinen warmen Mantel und meine Schuhe zu holen, lief dann wieder hinunter und durch die Vorhalle nach draußen, wo Daos auf mich wartete. Er trug einen großen Korb. Gemeinsam brachen wir auf, während Gorgo ausgelassen vor uns durch den Matsch tollte. Der Regen hatte nur eine Verschnaufpause eingelegt, nicht aufgehört. Die Luft war voll von intensiven Düften nach Laub und Blumen und legte sich als feuchter Film über mein Gesicht, so daß ich instinktiv den Mantel enger um mich zog. Daos zitterte, da er gerade aus der Küche kam und nichts als einen Schurz trug. Ich lachte über all die schwarzen Haare, die auf seinen Armen hochstanden, und sagte ihm, er sehe aus wie ein Bär.

Wir hatten es nicht weit. Lyrnessos war keine große Stadt. Der Palast stand auf einer kleinen Erhebung, und in seinen Sklavenpferchen lebten mehrere hundert Frauen und Kinder. Die Freigeborenen wohnten in der Stadt unten am Strand, aber die meisten von ihnen stapften jeden Morgen zur Arbeit in den Palast hinauf, außer wenn sie ihre eigenen kleinen Felder bestellen mußten. Hauptsächlich lebten wir vom Handel und unseren handwerklichen Fähigkeiten, aber das wenige Land, das wir bestellten, war überaus fruchtbar – Felder und Weinberge und Olivenhaine drängten sich auf dem schmalen Streifen zwischen dem Ufer und dem höher gelegenen Weide- und Waldland. Der Berg Ida schirmte uns vor Boreas ab und schenkte uns ein Klima, das wesentlich milder war als das auf den nackten Ebenen Trojas. Es heißt, Zeus besuche oft den Gipfel des Ida, und tatsächlich könnte ein Gott, der sich ein irdisches Heim wünscht, nirgends ein schöneres finden.

In jenen Tagen gab es viele Altäre und Schreine rund um Lyrnessos, den unterschiedlichsten Göttern und Göttinnen geweiht − manche waren nur recht unbedeutende Geister wie die kleinen Bachgötter, andere wurden in der ganzen Welt verehrt, wenn auch unter verschiedenen Namen. Sie beispielsweise, die wir die Gebieterin der Bäume nannten, mag dieselbe sein, welche die Griechen als Artemis kennen, auch wenn sie behaupten, daß der Ölbaum der Athene heilig sei. Maera sagte, es sei unwichtig, welche Namen wir benutzten, solange wir den Göttern die gebührende Achtung erwiesen und Opfergaben darbrachten. Wehe, niemand pflegt nun diese Altäre und opfert auf ihnen!

Die sechs Ölbäume des heiligen Hains waren uralt und gewaltig. In ihrem stillen Schatten stand ein Altar der Göttin, eine knorrige Statue aus Zypressenholz, geschwärzt von dem seit Jahrhunderten darübergegossenen Öl und Wein. Sie war so alt und verwittert, daß die Gestalt der Gebieterin eher angedeutet als dargestellt wurde, aber in der heißen Stille des Sommers oder den rastlosen Winden des Winters konnte ich ihre Gegenwart an jenem heiligen Ort fast spüren. Ich ging selten in den Hain selbst, es sei denn, ich begleitete Mutter. Für gewöhnlich schaute ich nur bei der nahe gelegenen Hütte der Priesterin vorbei und gab dort meine Opfergaben ab.

Manchmal war die alte Maera griesgrämig und schickte mich mit einem kurzen Dankeswort wieder weg. Wenn sie in der Stimmung für Gesellschaft war, pflegte sie mich hereinzubitten und mit Honigkuchen und anderen Leckereien zu füttern, die denjenigen, die ich soeben für die Göttin gebracht hatte, erstaunlich ähnlich waren. Den Rest der Speisen aß sie selbst oder verteilte ihn an die Armen und Kranken der Stadt. Nicht, daß sie meine Hilfe gebraucht hätte; sie war durchaus in der Lage, geradewegs in den Palast zu marschieren und sich dort das zu besorgen, was Unsere Herrin ihrer Meinung nach brauchte, und das tat sie auch häufig.

Wenn sie ausgesprochen gute Laune hatte, pflegte sie mich mit Geschichten über ferne Länder und lange vergangene Zeiten zu unterhalten, über wunderschöne Prinzessinnen, die von Göttern geliebt oder von Helden vor schrecklichen Ungeheuern gerettet worden waren. In ihrer eigenen Jugend, die Jahrhunderte her sein mußte, war sie Priesterin in einem Schrein in der Nähe von Milet tief im Süden gewesen.

Sie wußte mehr über die Wege der Unsterblichen als irgendein anderer Mensch. Mutter, die eine entschiedene Gegnerin jeder nicht lebensnotwendigen Betätigung war, übertrug ihr viele ihrer religiösen Pflichten. Ich mochte die Alte auf eine Weise, wie ich nur wenige Erwachsene mochte. Nie quälte sie mich mit Vorschriften oder hielt mir Vorträge, und selbst Vater erteilte ihr nie Befehle. Die meisten Leute hatten eher Angst vor ihr, was eigentlich lustig war, denn sie reichte mir kaum bis zur Schulter und schien älter zu sein als Ägypten.

An jenem Tag war sie nicht zu Hause. Ich nahm meinem Begleiter den Korb ab und schaute zum Heiligtum hinüber. Selbst auf diese Entfernung spürte ich das Heilige. Der Hain schien voller Leben zu sein. Regenwasser tröpfelte herunter, der Wind seufzte in den nassen Blättern, und Vögel versuchten ärgerlich irgend etwas zu vertreiben, das in den Zweigen hockte − eine Eule oder einen Falken wahrscheinlich, der dort vor dem Sturm Schutz gesucht hatte.

»Sieh nur diesen Regen, der da auf uns zukommt!

Wir sehen besser zu, daß wir schnell nach Hause kommen, Junge.«

»Jawohl, meine Herrin.« Falls Daos meine Furcht ahnte, war er so klug, es unerwähnt zu lassen.

Nachdem ich meine Last voller Erleichterung in Maeras Hütte zurückgelassen hatte, damit sie das Weitere erledigen konnte, eilte ich zum Palast zurück. Ein grauer Regenvorhang trieb von der Küste herbei. Dann geschah es. Gorgo stieß ein lautes Geheul aus, Töne, wie sie sie nie zuvor von sich gegeben hatte, und wirbelte blitzschnell in den Wald davon.

Ich schrie hinter ihr her »Gorgo!« und »Komm sofort her, du verrückter Köter!« und andere sinnlose Dinge. Dann nahm ich die Verfolgung auf. Nach wenigen Minuten prasselte der Regen los, Grund genug für mich, jedes schlimme Wort hervorzustoßen, das ich kannte. Die Nase am Boden schnürte mein Hund den Abhang hinunter, wo sich der Pfad durch Obstbäume schlängelte. Die Ebenen dahinter waren wieder von großen Olivenbäumen beschattet, und ich hätte Gorgo zweifellos aus den Augen verloren, wenn sie einen geraden Weg verfolgt hätte. Aber alle paar Minuten verlor sie die Duftspur und begann, sich im Kreis zu drehen wie ein Knäuel Schlangen. Wenn ich sie dann fast erreicht hatte, fand sie das Gesuchte wieder und rannte erneut los. Für gewöhnlich sind die Haine zur Erntezeit voller Frauen, aber an jenem Tag sah ich keine einzige, der ich hätte zurufen können, die Hündin festzuhalten. So hatte sie sich noch *nie* benommen! Irgendein Gott mußte hier sein Spielchen mit mir treiben.

Daos trabte neben mir her. »Meine Herrin? Wohin laufen wir?«

»Meinen Hund einfangen, was sonst?«

»Sie hat halt ein Eichhörnchen gewittert oder

etwas ähnliches. Sie wird von allein zurückkommen. Ihr werdet noch ganz naß, meine Herrin.«

Ich war es bereits, und er hätte nicht nasser sein können, wenn er nach Tintenfischen getaucht hätte. »Du gehst zurück.« Ich schnappte nach Luft. »Das ist ein Befehl, Junge! Lauf nach Hause!«

Er gehorchte genausowenig wie Gorgo. Wollte denn hier niemand auf mich hören? Er runzelte nur die Stirn und biß sich auf die Unterlippe und behielt seinen lockeren Laufschritt bei. Wenn er mich allein im Wald ließ, würde er dafür büßen müssen. Wenn er mich anfaßte, würde es ihm noch viel schlimmer ergehen. Wahrscheinlich würde es ihm schlimm ergehen, ganz gleich, was er oder ich tat.

»Kann dich nicht allein lassen, meine Herrin«, erklärte er.

»Dann geh und fang Gorgo ein!«

»Das würde sie nicht zulassen.«

Da hatte er recht, und ich hatte keine Puste mehr, um mit ihm zu streiten. Jedesmal, wenn ich dachte, sie endgültig verloren zu haben, erhaschte ich wieder einen flüchtigen Blick auf sie. Der Weg stieg nun steil an. Bald würde der Pfad die Olivenhaine hinter sich lassen und sich durch die Felder und Weiden oberhalb davon winden, dicht bewachsen mit Eichen und Kiefern. Ich rutschte und stolperte im Schlamm, denn der Regenguß hatte den Weg in einen kleinen Fluß verwandelt. Ich schickte stumme Stoßgebete an Unsere Herrin der Bäume, Hermes und vor allem an Potnia.

Daos brachte mich allein dadurch, daß er noch Luft zum Reden hatte, zur Weißglut. Er schwatzte etwas von Wölfen und wilden Ebern und den Löwenspuren daher, die man im vergangenen Winter entdeckt hatte. Er versuchte es mit Dämonen. Dann mit irdischen Gefahren: »Hier oben gibt es eine Menge böser Männer! Holzfäller und Hirten. Dardanier.«

Das brachte mich zum Anhalten. Ich war noch nie so weit zu Fuß gekommen, und nie ohne Erwachsene zu meinem Schutz. Vater hatte mich ein- oder zweimal in die Berge hinaufgetrieben, als er seine Herden inspiziert hatte, und ein paarmal hatte man mich auf Besuche zu den Dardaniern mitgenommen, aber das war auch schon alles. Lyrnessos lag zwischen den Kilikiern im Osten, den Lelegern im Westen und den Dardaniern im Norden. Während meiner Kindheit herrschte Frieden im Land, aber die Tatsache, daß mein Vater, der König, keinen Ärger bekam, bedeutete nicht, daß auch ich keinen bekommen würde.

»Du wirst mich verteidigen«, stieß ich zwischen japsenden Atemzügen hervor, während ich mir die stechende Seite rieb.

»Warum?«

Mein kräftiger Gefährte verschränkte seine muskulösen Arme vor der Brust und wartete darauf, daß ich wieder zur Vernunft käme.

»Wie! Selbstverständlich würdest du … doch … mich verteidigen!«

Er zuckte die Schultern. »Hab' keine Waffe, und wenn ich einem Freien auch nur einen Kratzer zufüge, werde ich wahrscheinlich wegen seiner Wunde sterben. Du, na ja – eine Prinzessin bringt immer ein fettes Lösegeld, ein wirklich dickes Lösegeld. Zwölf Ochsen vielleicht. Oder mehr! Ich bin zwei Ochsen oder zwölf Schafe wert, wenn ich zum Verkauf stünde, weil ich jung und stärker als die meisten bin. Warum sollte ich für dich kämpfen? Ich würde strammstehen und sagen: ›Jawohl, Herr!‹«

»Wenn du mich nicht verteidigen willst, dann bist du hier überflüssig. Geh wieder an die Arbeit!«

Auf schmerzenden Beinen machte ich mich wieder auf den Weg.

Daos folgte mir. Schließlich ließ der Regen nach, bis er nur noch ein erbärmliches Nieseln war, und dann hörte er ganz auf. Mit erstaunlicher Schnelligkeit kam die Sonne heraus und malte Perlen auf jede Distel und jeden Felsen. Ein paar hundert Schritt vor mir, lediglich einen langen Bogenschuß vom Waldrand entfernt, lag Gorgo im Gras neben einem Felsen und leckte sich glücklich die Pfoten. Mit heraushängender Zunge und wedelnder Rute sah sie zu mir hoch.

»Dumme Töle!« Mein nasser Mantel hing an mir herunter wie eine Ochsenhaut. Als ich an einem Baum vorbeikam, bückte ich mich nach einem Stock.

»Schlag sie nicht!« sagte Daos mit scharfer Stimme. »Sie würde es nicht verstehen.«

»Willst du mir Befehle erteilen?«

»Nein, meine Herrin. Aber wenn du einen Hund schlägst, wenn du ihn eingefangen hast, wird er sich nie wieder von dir einfangen lassen. Sag ihr, sie ist ein braver Hund, und tätschel sie, und das nächste Mal wird sie kommen, wenn du sie rufst.«

Ich dachte kurz über seinen Ratschlag nach und ließ widerstrebend den Stock sinken. »Das klingt vernünftig, denke ich.«

»Sklaven wissen Bescheid über Prügel, meine Herrin. Ich zum Beispiel, ich kann dir sagen, was es bedeutet.«

Ich ließ mich auf den Felsen sinken und kraulte flüchtig Gorgos Ohr. Für mehr war ich immer noch zu wütend auf sie. Sobald ich wieder Atem geschöpft hatte, wollte ich nach einem heißen Bad für mich sehen.

Daos stand noch. »Hab' hier oben immer Schafe gehütet.«

»Gefällt es dir, ein Schafhirte zu sein?«

Sein Gesicht wurde leer.

»Spiel nicht den Narren vor mir, Junge.«

»Hat mir besser gefallen als einige der anderen Dinge, die ich im Palast tun mußte«, gab er zu.

Mir kam geflüsterter Klatsch in den Sinn, den ich in der Küche zufällig mitbekommen hatte, und folgerte, daß er bestimmte Pflichten meinte, die er für Sphelos zu erfüllen hatte. Ich hatte nur eine sehr vage Vorstellung davon, was diese Pflichten waren, und hätte ihn wahrscheinlich nach genaueren Einzelheiten gefragt, wenn ich nicht abgelenkt worden wäre. Ich entdeckte ein Segel.

Über uns die gewaltige Wand des Ida, in Regenschleier gehüllt. Nach Süden zu die Stadt war nicht auszumachen, da sie mit dem Strand verschmolz, und selbst der Palast mit den flachen Dächern auf seinem Hügel schien nicht größer als ein Käselaib zu sein, um ihn herum ein paar Brotkrumen, die Nebengebäude. Im Osten und Westen war die Küste ein zerknitterter Wandbehang aus Stoppelfeldern, Weinbergen und Olivenhainen, gesäumt von weißem Schaum, der sich zum Gebirge erhob. Lesbos war vollständig unseren Blicken entzogen, und zwischen den einzelnen Sturmböen zeigten sich immer nur kleine Streifen der grauen See.

Ich sprang auf. »Sieh!« rief ich.

Daos zuckte mit den Schultern. »Wir können nichts tun.«

Die kleine Landzunge, die unser Ufer vor den meisten Schlechtwetterlagen schützte, war bei Westwind eine tödliche Gefahr. Selbst wenn es dem Kapitän gelingen sollte, sie zu umschiffen, würde er in Kürze gegen das Ostende des Golfs gedrückt werden, weil es an jener Küste nirgends einen guten

Hafen gab. Deshalb fuhr er mit Höchstgeschwindigkeit auf den Strand zu. Vermutlich würde sein Schiff kentern – ich hatte das schon zweimal miterlebt, und meine Erinnerungen reichten nicht sehr weit zurück. Wenn Männer und Pferde zum Helfen bereitstanden, könnte es ihnen gelingen, das Gefährt aus den Brechern auf den Kiesstrand zu ziehen, doch selbst Vaters Steuereintreiber würden bei diesem Unwetter nicht nach Besuchern Ausschau halten. Und wenn ich Daos hinschickte, so würde er dort nie und nimmer rechtzeitig ankommen.

»Wir müssen beten!«

»Bete du, meine Herrin. Sklaven haben nichts anzubieten.«

Ich fühlte mich sehr gehemmt, als ich meine Arme erhob. »Vater Poseidon, Herr der See, Erderschütterer, wenn du diese Seeleute rettest, werde ich meinen Vater bitten, dir ein Pferd zu opfern, eine schöne junge Stute. Du hast den Regenschleier gehoben, so daß die Männer nicht ahnungslos an Lyrnessos vorbeisegelten, und es wäre sehr ungnädig, Männern eine solche Hoffnung zu geben und sie dann kurz vor dem rettenden Ufer Schiffbruch erleiden und ertrinken zu lassen. Ich gelobe es, und ich glaube, mein Vater wird tun, um was ich ihn bitte.«

Daos entbot dem Gott seinen Gruß. Ich spürte nicht, daß der Herr der Pferde zugegen gewesen wäre oder mein Gebet erhört hätte.

Das Schiff ging natürlich nicht unter – ich wünschte, es wäre mit Mann und Maus abgesoffen! Dann wären all die Qualen und all das Leid vermieden worden. Die Götter mögen ihren Willen durch Zeichen kundtun, aber manchmal ist das, was sie nicht tun, noch viel aufschlußreicher.

»Komm mit, Junge!« Ich fror. »Es hat keinen Sinn,

hier oben zu bleiben, um von Wölfen gefressen ...«
Ich drehte mich nach Gorgo um, um ihr eine Strafpredigt zu halten, aber Gorgo war nicht mehr da.

Sie war dreihundert Schritt weit weg, raste wieder
übers Land, die Nase am Boden und diesmal in
Richtung Osten. Ich vergaß das Schiff. Ich schrie ihr
mit schriller Stimme hinterher und wurde völlig
ignoriert. Vor Wut heulend stürzte ich erneut los. Ich
sprang und stolperte über den grasbewachsenen
Hügel, durch Dorngestrüpp und Disteln und langes,
nasses Gras, und fragte mich, wie weit sie wohl laufen könnte. Theoretisch würden wir irgendwann in
Thebe, der Stadt der Kilikier, ankommen. König
Eëtion stand in freundschaftlichem Einvernehmen
mit Vater, würde ihn für mich jedoch ein schmerz-
haftes Lösegeld zahlen lassen, rein aus Prinzip. Daos
würde er sicherlich behalten.

Eine weitere Regenwolke erreichte uns und ließ
ihre Tropfen auf meinen Schädel klatschen. Der Pfad
hatte sich verloren, und Ansammlungen von Eichen
und Kiefern verstellten uns den Weg. Ich beschloß,
die Verfolgung nur so lange fortzusetzen, wie ich
Gorgo noch im Blick hatte. Wie um mich Lügen zu
strafen, verschwand sie umgehend hinter einer
Hügelkuppe. Ich zwang mich zu einer letzten
Anstrengung und zuckte zusammen, weil meine
Seite so weh tat. Als ich keuchend die Anhöhe erreichte, war sie da, am Grund eines Wasserlaufs, und
trank aus dem Bach. Ich rutschte und glitt durch das
nasse Gras zu ihr hinunter, bis ich sie zu fassen
bekam.

Daos rutschte hinter mir den Abhang hinunter. Er
brach eine Weidenrute ab, streifte die Blätter ab und
knotete eine lange Schlinge, die er durch Gorgos
Halsband zog. Er versuchte krampfhaft, nicht zu
lächeln. »Möchtest du, daß ich sie festhalte?«

»Behalt sie. Ich möchte ihr den Hals umdrehen. Laß uns gehen.«

»Eh. Meine Herrin? Solltest du, eh … solltest du nicht der Göttin danken?«

Ich drehte mich um und erblickte, was ich übersehen hatte. Neben einer kleinen Quelle, die aus der Felswand sickerte, stand ein Altar, ein großer, flacher Felsblock auf mehreren kleineren, halb im Schilfgras versunkenen Steinen. Die Oberfläche des Felsens bröckelte an manchen Stellen und an anderen war sie moosbedeckt, was auf ein hohes Alter schließen ließ.

»Oh! Weißt du, wessen Schrein das ist, Daos?« Meine Frage war kaum mehr als ein Flüstern, weil die nebelgesättigte Luft mit einemmal in derselben Art von Heiligkeit zu pulsieren begann, die ich so oft im Hain gespürt hatte.

»Man hat mir gesagt, er gehört Unserer Herrin Diktynna.« Auch er flüsterte, verlegen, weil er mich belehren mußte. »Ich habe ihr Opfer von meiner Verpflegung dargebracht, und die Göttin hat für mich gesorgt.«

»Ich wünschte, ich hätte etwas, das ich ihr geben könnte.« Ich wußte nichts über die heilige Diktynna, aber ich hätte ihr vielleicht einen Hund geopfert, wenn ich ein Messer zur Hand gehabt hätte.

Dann kam das Omen.

Ein grauer Vogel kam vom Himmel heruntergeflattert und setzte sich auf den Altar, und kurz darauf bekam er Gesellschaft von einem zweiten. Es war nichts Weltbewegendes daran, in der Gegend von Lyrnessos Tauben zu sehen, auch wenn sie sich schnell in einer Pastete wiederfinden würden, wenn sie der Stadt zu nahe kämen – und doch prickelte meine Kopfhaut. Zweifellos wollten diese beiden auf dem Altartisch Schutz suchen, aber die Art und

Weise, wie sie sich diesen heiligen Ort ausgesucht hatten – just in dem Augenblick, als Daos und ich ihn betrachteten – war ganz entschieden merkwürdig.

Meine Gedanken gingen schon eindeutig in Richtung *Zeichen*, als über unseren Köpfen ein Schatten dahinschoß. Die Tauben stiegen mit verzweifeltem Flügelschlagen auf, zu spät jedoch, um dem schwarzen Tod, der da aus den Wolken herabstieß, zu entkommen. Eine der Tauben starb auf der Stelle, ohne auch nur einen Schrei auszustoßen. Ein gewaltiger Adler landete auf dem Altar und blieb dort hocken, und der wütende Blick in seinen goldenen Augen forderte uns heraus: Sollten wir doch nur versuchen, ihm das Recht auf das Opfer in seinen Klauen streitig zu machen. Meine Zähne klapperten. Nie hatte ich einen lebendigen Adler aus solcher Nähe gesehen. Er wirkte viel größer als ein toter. Er breitete seine Flügel so weit aus, daß ich an eine Dienerin denken mußte, die ihre Arme ausstreckt, um eine Decke zusammenzufalten.

Dann flog er geradewegs auf uns zu. Ich schrie auf und fiel auf die Knie.

Dump … dump … peitschten die gewaltigen Schwingen die Luft, einen Zoll von unseren Gesichtern entfernt. Und dann stürzte sich ein zweiter auf ihn. *Zwei* Adler kreischten und hieben die Klauen ineinander und wirbelten über unseren Köpfen umeinander. Der Körper der Taube plumpste in das Buschwerk neben uns. Die Adler, im Kampf ineinandergekrallt, folgten ihr und stürzten hinter der nächsten Biegung in den Wasserlauf. Kurz darauf stieg einer von ihnen wieder auf und flog davon.

Ich vergrub mein Gesicht zwischen den Knien und zitterte haltlos im Schlamm und feuchten Gras. Regen prasselte auf meinen Kopf und trommelte in dem Bach. Offensichtlich war mir ein Omen zuteil geworden, ein sehr mächtiges Omen – aber was bedeutete es? Was mußte ich tun?

»Gebieterin«, wisperte ich, »ich verstehe nicht.«

In der Stille hörte ich mein Herz schlagen und die Regentropfen platschen, und dann drückte Gorgo mir ihre nasse Schnauze ins Ohr.

»Alles in Ordnung, meine Herrin?« Daos war blaß, und seine Zähne schlugen aufeinander, aber daran war vermutlich die Kälte schuld.

Ich rappelte mich mühsam auf. »Wir sind Zeuge eines Omens geworden!«

»Du, meine Herrin. Sklaven sehen keine Omen. Der Hund hat dich hergeführt, nicht wahr?«

Der Gedanke schnürte mir fast die Kehle zu. Ein Gott hatte Gorgo an diesen Ort geführt, damit ich ein Omen sehen würde! »Ich nehme es an. Laß uns den Adler suchen.«

Ich hielt kurz nach der Taube Ausschau, aber sie war in dem Gestrüpp nicht mehr aufzufinden. Nach kurzer Suche entdeckte Daos den Adler, zerfetzt und blutend, aber er weigerte sich beharrlich, ihn zu berühren. Überrascht, wie leicht für seine Größe er war, zerrte ich ihn zum Altar zurück und legte ihn als Opfergabe darauf. Ich sprach ein kurzes Dankgebet an die Göttin des Schreins, ein zweites an Potnia und sogar noch ein drittes an Smintheus, nur um ganz sicherzugehen.

Dann machten Daos und ich uns auf den Heimweg. Gorgo trottete vor uns her und benahm sich wie der bravste Hund der Welt, nun, da der Gott mit ihr fertig war.

2 Zwei Regengüsse später schwankte ich durch das Tor, über den äußeren Vorhof, wo die Palasthunde mich stürmisch begrüßten, in den Schutz der Vorhalle. Der Tag verblaßte bereits unter dem grauschwarzen Wolkenmantel, obwohl es nicht viel später als Mittag sein konnte.

»Du gehst jetzt besser«, erklärte ich. »Wenn du Ärger bekommst, sag, du hättest nur meinen Befehlen gehorcht.«

Daos antwortete unschlüssig: »Danke, meine Herrin«, und lief in die Küche. Ich zog meine Schuhe aus und stapfte über den inneren Palasthof zum Säulengang. Im Vestibül dahinter kreuzten sich alle Wege, aber heute huschten dort wesentlich mehr Menschen als gewöhnlich umher. Becher und Weinkrüge und Teller wurden ins Megaron getragen, als bereite man ein Fest vor, aber es stand kein Fest an.

Die einzige Person, die nicht in Eile war, war Bienor, der ungeliebteste meiner Brüder, eine kahlköpfige Ansammlung von Schnüren, Stöcken und brauner Haut, mit Schorf an Ellbogen und Knien. Obwohl mein Zwillingsbruder, war er kleiner als ich, und ich konnte sein Gesicht in den Staub drücken, wenn es nötig war, was allerdings nicht oft vorkam. Ich stolzierte an ihm vorbei, während Gorgo und Greif sich schwanzwedelnd begrüßten.

»Du hast die ganze Aufregung verpaßt«, warf er lässig in den Raum.

Ich drehte mich um. »Was für eine Aufregung?« Er trug, wie gewöhnlich, nur einen enganliegenden weißen Schurz, der erstaunlicherweise sauber und ohne Flecken war.

»Oh, nichts Besonderes.«

Ich näherte mich ihm drohend.

»Ein Schiff ist eingelaufen.«

Das Schiff hatte ich völlig vergessen. Es machte alles noch schlimmer, denn nun schuldete ich dem Gott ein Pferd. Zum damaligen Zeitpunkt war mein Versprechen ziemlich ungefährlich erschienen. »Freut mich zu hören, daß es sicher gelandet ist.«

»Vater hat es als erster entdeckt! Er hat Sphelos und Enops mit Streitwagen hinuntergeschickt, um die Stadtbewohner zusammenzutreiben und es an Land zu ziehen. Es sind *sehr wichtige* Besucher an Bord.«

»Wer?«

Bienors Augen glänzten wie die von Orions Hund. »Fremde werden nicht ausgefragt, bevor man sie bewirtet hat – weißt du noch nicht mal das?«

»Dann ist es also nur eine Vermutung von dir.«

Natürlich war es nicht nur eine Vermutung, denn Greif war genauso naß wie Gorgo. Wenn es vorhin unten am Strand eine aufregende Rettungsaktion gegeben hatte, dann hätte eine Rotte wilder Eber Bienor nicht davon abhalten können, sie sich anzusehen. Er hatte bestimmt mit den Seeleuten geschwatzt oder gelauscht, wenn andere das taten. Nie und nimmer würde er es für sich behalten können. Ich wandte mich zum Gehen.

»Ich weiß es! Ein Prinz!«

Ich drehte mich abrupt um.

»Was für ein Prinz?«

Bienor war sich meines Interesses für Prinzen sehr wohl bewußt. Mutter hatte mir oft erzählt: »Eines Tages, wenn du erwachsen und eine wunderschöne Prinzessin bist, werden gutaussehende Prinzen nur so nach Lyrnessos strömen. Sie werden in ihren stolzen Streitwagen vorfahren und um deine Hand anhalten. Und dein Vater wird dir den tapfersten und edelsten als Gemahl aussuchen.« Mit dreizehn war ich noch zu jung zum Heiraten, aber ich war ganz gewiß alt genug, um verlobt zu werden – oder mich ködern zu lassen.

»Ich glaube dir nicht.«

»Aber es ist wahr! Komm mit zum Schrein, und ich schwöre es dir bei Potnia.«

Selbst mein abscheulicher Zwillingsbruder würde nicht bei Unserer Herrin lügen. Ich mußte seine Neuigkeit also ernst nehmen.

»Prinz wovon denn? Wie sieht sein Emblem aus?«

Bienor sah sich um und flüsterte dann: »Ein einzelnes Pferd!«

Troja! Ein einzelnes Pferd war das Wappen Trojas. König Priamos von Troja hatte fünfzig Söhne.

»Das glaube ich erst, wenn ich es mit eigenen Augen sehe!«

»Vater hat befohlen, einen Ochsen zu schlachten!«

Ich beäugte meinen Bruder, und er beäugte mich. Das Glitzern in seinen dunklen Augen sagte mir, daß er genau das dachte, was auch ich dachte.

»Ich muß gehen und mich umziehen«, erklärte ich.

Das Glitzern verstärkte sich. »Wir sind nicht eingeladen.«

»Man hat es uns aber auch nicht verboten, oder … Nein, sag's mir lieber nicht. *Mir* hat niemand gesagt, daß ich nicht dabeisein dürfte.« Wir wurden erwachsen – ich zumindest; Bienor natürlich nicht, noch nicht. Das letzte Jahr über hatte man uns gestattet, die offiziellen Ereignisse bei Hofe von einem Balkon aus zu verfolgen. »Ich muß mich fertig machen.«

Das war der beste Abgang, der mir einfiel. Ich ließ ihn stehen, um mir heißes Wasser und trockene Kleider zu besorgen. Ich war mir eines flauen Gefühls in meinen Innereien bewußt, und es kam nicht nur vom Hunger. Aller Wahrscheinlichkeit nach war das Schiff einfach vom Kurs abgekommen, aber es gab auch andere Gründe, warum ein Prinz nach Lyrnessos kommen könnte.

Auf dem oberen Treppenabsatz lief ich in eine Wolke von Rosenduft, die einem Ziegenbock den Atem verschlagen hätte. Im Mittelpunkt dieses Miasmas rauschte Mutter einher, und sie stellte einen Staat zur Schau, mit dem sie sonst nur an den höchsten Festtagen protzte – ein weiter Rock mit sieben Schichten vielfarbiger Volants, ein scharlachrotes, kurzärmliges und vorne offenes Mieder und sogar ihre Krone, eine flache Filzkappe, bestickt mit Tausenden von goldenen Ziermünzen in Spiralmustern. Sorgsam geölte Locken hingen ihr auf den Rücken herunter, und je eine Locke vor jedem Ohr fiel auf ihre üppigen Brüste, die mit Kalkpuder bestäubt waren, die Brustwarzen rot gefärbt. Dazu trug sie Silberarmreifen, ihre kostbare Karneolbrosche an der Schulter, Stränge aus bunten Perlen um ihren fetten Hals und Ringe mit geschnitzten Siegelsteinen an den Fingern. Sie füllte den gesamten Gang aus.

Hinter ihrem Rücken erblickte ich Alkmene und Antikleia, zwei ihrer Busenfreundinnen – Antikleia groß und krumm und abgemagert, mit einem störenden ständigen Nasehochziehen; Alkmene klein und noch faßartiger als Mutter, mit blondem Haar und einer Haut, die gleichmäßig grau wirkte. Beide Damen hatten sich in Schale geworfen, als seien sie in den Olymp eingeladen. Ich war Luft für sie.

Mutter blieb stehen und blinzelte mich geistesabwesend an. »Da bist du ja! Wir haben dich schon überall gesucht.«

»Ich habe ein Omen gesehen –«

»Du mußt dich beeilen und dich ankleiden. Sie werden jeden Moment eintreffen.«

»Da ist ein alter Altar oben –«

»Das Kleid mit den roten und gelben Perlen, denke ich, Liebes.«

»Ja, aber −«

»Scher dir den Schädel anständig. Du siehst aus wie eine halb gerupfte Gans. Du siehst völlig erfroren aus. In deinem Alter solltest du wirklich vernünftiger sein. Jetzt beeil dich! Beobachte alles genau, damit du weißt, wie man so etwas macht, aber ich möchte keinesfalls, daß du und Bienor uns da oben Schande bereitet.«

»Zwei Adler und −«

Mit einem seufzenden »Ja-Liebes-erzähl's-mir-morgen« raffte Königin Nemertes von Lyrnessos ihre Röcke und watschelte die Treppe hinunter, Antikleia und Alkmene in ihrem Kielwasser.

Sie hatte nicht extra darauf hingewiesen, daß ich mich auf den Balkon begeben sollte, nur, daß ich ihnen da oben keine Schande bereiten sollte − und das konnte ich natürlich am besten verhindern, indem ich gar nicht erst dorthin ging.

Die Chance, eine Badesklavin zu finden, war verschwindend gering. Ich lief auf mein Zimmer, riß mir die nassen Kleider vom Leib und rubbelte mich trocken. Das Zusammentreffen von Besuchern, die ankamen, kurz nachdem ich das Omen gesehen hatte, war außerordentlich beunruhigend, aber die Deutung von Omen war nichts, was ein dreizehnjähriges Mädchen auch nur ansatzweise versuchen sollte. Sobald ich mich vorzeigbar fühlte, hastete ich wieder ins Vestibül hinunter, und da packte mich Bienor am Handgelenk.

»*Komm* endlich! Wir sind spät dran. Sie können jede Minute hier sein.« Mich hinter sich herziehend, bahnte er sich einen Weg ins Megaron.

3 In dieser Nacht war das Wetter von übel in verheerend umgeschlagen, aber an den meisten Tagen des Jahres war der Palast luftig und hell, von Sonnenlicht durchdrungen wie der Schleier eines Regenbogens. Nun ja, er war nur ein verschachteltes Haus aus Holz und Mörtel mit flachen Dächern, aber immer, wenn ich mir die Unsterblichen im Olymp vorzustellen versuche, vermag ich mir kein anderes Bild vor Augen zu rufen als das einer etwas vergrößerten Version des Palastes von Lyrnessos. Bienor und ich hatten einmal versucht, seine Räume zu zählen. Wir hatten uns in der Wolle, bevor wir mit den Räumen im Erdgeschoß fertig waren, so daß wir die Angelegenheit nie klärten, aber zwanzig unten und etwa fünfzehn im oberen Geschoß wäre vermutlich keine allzu schlechte Schätzung. Ein großer Teil davon waren lediglich Lagerräume und riesige Speisekammern, aber außerdem gab es noch Dutzende von Nebengebäuden.

Was dieses labyrinthartige Gebäude zu einem Palast machte, war die Tatsache, daß sämtliche Oberflächen mit Fresken in Weiß und Karminrot, Kobaltblau und Gold, Meeresblau und Zinnoberrot bedeckt waren. Deckenbalken und Decken, ja sogar die Böden waren mit sich endlos wiederholenden Mustern geschmückt: Vögel und Blätter, Muscheln und Spiralen, Wellen und Karos, Zickzackbänder und Rosetten. Die Wände trugen Bilder, die meist Szenen mit Tieren oder Menschen zeigten. Ein Dutzend Delphine mochte die eine Seite eines Korridors verschönern, während auf der anderen Krieger in Streitwagen Hirsche jagten. Durch das Haus meines Vaters zu schlendern hieß, ein Wunderland aus Kriegern und Jägern, Adlern und Tintenfischen, Stieren und Hunden, Löwen und Greifen zu durchstreifen.

Das Megaron war im Gegensatz dazu für gewöhnlich kühl und lag in tiefem Schatten, voll von Geheimnissen, wie es sich für einen heiligen Ort gehörte. Selbst am strahlendsten aller Tage drang nur spärliches Licht durch die Öffnungen im Dach und fiel vorbei über den Balkon, der alle vier Wände säumte, ins Megaron herab. An Festabenden wie diesem pflegte ein großes Feuer in der offenen Herdstelle zwischen den vier dicken Säulen in der Raummitte zu brennen und die kostbarsten und schönsten aller Wandgemälde zu beleuchten. Meine Lieblingsszene war die Jagd mit Hunden und Männern, die gegen Löwen kämpften; Bienor jedoch zog die Schlacht vor, eine belagerte Stadt auf der einen und das Feldlager der Angreifer auf der anderen Seite. Eine Prozession weiblicher und männlicher Bittsteller brachte Potnia, erkennbar an ihrem Schwert und ihrer Größe, Opfergaben dar; und dann gab es noch eine Meeresszene mit einem Dutzend Delphinen, die mit Oktopussen herumtollten, obwohl kein Sterblicher je Delphine in solchen Farben zu Gesicht bekommen hat. Die Megaronfresken wurden alle paar Jahre aufgefrischt, da die Farben im ständigen Rauch verblaßten.

Die Halle war voller Menschen und sehr laut, und Dutzende von Leuten standen umher und tranken Wein aus bemalten Bechern. Bienor zog mich hinter sich her. Er hielt sich im Schatten, wo man uns weniger leicht entdecken würde, hatte aber offenbar die Absicht, sich möglichst nah an den Thron heranzuschleichen.

»Laß uns hierbleiben!« sperrte ich mich.

»Nein, komm *mit*! Ich will sie *sehen*!« Er zerrte stärker an meinem Arm.

Schon lehnten viele Zuschauer am Balkongeländer, Menschen von geringerer Abkunft, die gekommen waren, um bei den Festlichkeiten zuzuschauen, und hofften, etwas von den Überresten abzubekommen. In ihre Gesellschaft abgeschoben zu werden, wie üblich, wäre schlimm genug gewesen, aber im Angesicht all dieser Zeugen vertrieben zu werden, wäre eine tödliche Demütigung.

Lodernde Kiefernscheite knackten und spuckten in dem runden Herd. Alles hielt sich von ihnen fern außer einigen Küchensklaven, die das Pech hatten, Fleischstücke auf langen, sechszinkigen Bratspießen rösten zu müssen, und die fast selbst schon gesotten waren. Die wichtigen Leute von Lyrnessos hielten klug Abstand vom Feuer und zwitscherten wie die Schwalben: die Meisterin der Tuche, Lede, der Meister der Bienen, Amphimedes, Kreion, der knarrende alte Hauptmann der Wachen, der Meister der Bronze, Poias, der Hüter der Tontäfelchen, die Meister der Farbstoffe, der Weintrauben, der Wolle, der Düfte sowie viele andere kleinere Beamte und Handwerker des Palastes. Die reichen Bauern und Herdenbesitzer waren da, die Schiffskapitäne desgleichen, aber auch alle Priester und Priesterinnen, handelte es sich doch um dieselben Leute. In ein religiöses Amt berufen zu werden, war ein Kennzeichen hohen Rangs und königlicher Gunst, eine begehrte Auszeichnung, da zu jedem Schrein eigene Ländereien, Herden und Haine gehörten.

Der ehrenvollste Platz war der vor dem Thron, und dort standen selbstverständlich unsere Eltern, Mutters alte Tanten Melite und Klymene sowie einige besondere Freunde. Bienor und ich hielten am Rand der Menschenmenge inne und beäugten vorsichtig die Versammlung.

Vater war von den Ellbogen bis zu den Knöcheln in ein feines Wollgewand in Rot, Weiß und Purpur gehüllt. Um seine Schultern hing sein blauer Umhang, der die Delphine von Lyrnessos zeigte und mit den Quasten des Kriegers gesäumt war. Da er dieses Gewand nur zu offiziellen Gelegenheiten trug, sprach es der Behauptung Hohn, man erwarte keine Gesellschaft; es deutete vielmehr darauf hin, daß er erwartete, auch seine Gäste würden Krieger sein. Für den Fall, daß seine Besucher jetzt noch immer nicht genau wüßten, wen sie vor sich hätten, hielt er sein Zepter in der Hand, einen polierten Eichenstab, besetzt mit ein paar goldenen Nägeln. Seinen Achat-siegelstein hatte er sich ans linke Handgelenk gebunden, um den Hals trug er einen Reif aus Amethysten, an den Fußknöcheln juwelenbesetzte Kettchen. In seinen Bart waren Silberplättchen geflochten. Ich hatte ihn einige Zeit nicht in seinem vollen Prunk-ornat gesehen und war der Meinung, er sehe sehr beeindruckend aus – nicht minder majestätisch als Zeus persönlich. Natürlich nagte Zeus vermutlich nicht unablässig an seiner Unterlippe, aber wenn der Vater der Götter und Menschen die ganze Welt so im Auge behalten mußte, wie Vater versuchte, jeden einzelnen Gast im Megaron im Auge zu behalten, dann mochten seine Blicke auch so rastlos um-herhuschen.

Bienor stieß ein triumphierendes »Ha!« aus, als habe ein wohlmeinender Gott ihm gesagt, wo es langgehe. Er zerrte mich zu den Tanten hinüber.

»Ich vergesse nie, wie er Königin Hekube bei einem seiner Besuche mitbrachte«, schrie Klymene.

»Ja, meine Liebe«, brüllte Melite, »das will ich glau-ben. Es war im Frühling.«

»Ich erinnere mich noch genau, ich trug meine Bernsteinperlen.«

»Es muß aber früher gewesen sein. Enops war noch nicht geboren.«

Die Tanten konnten den ganzen Tag so weitermachen. Es war lange her, daß ich sie in offizieller Staatstracht gesehen hatte, und ich fand den Anblick höchst unerfreulich. Manche Dinge bleiben besser im Verborgenen.

Bienor setzte sein gewinnendstes Lächeln auf und lenkte Klymenes Aufmerksamkeit auf sich. »Ich habe ein totes Schwein in dein Bett gelegt, Tante.«

Sie lächelte affektiert mit dem zahnlosen Mund. »Danke«, rief sie. »Du siehst auch sehr gut aus.«

Mutter wirbelte mit aufbauschenden Röcken zu uns herum. »O nein! Wer hat euch denn erlaubt ...?«

Bienor lächelte, und ich erkannte, was ihm klargeworden war – wenn wir einmal drin wären, würde sie keine Szene machen, indem sie uns wieder hinausschickte. Ihre geschminkten Augen verengten sich zu zornigen Schlitzen, aber jetzt hatte sie uns am Hals. »Briseis, hab ich dir nicht gesagt, du sollst dir den Schädel scheren? Du liebe Güte, was soll die Prinzessin nur von uns denken?«

»Prinzessin? Was für eine Prinzessin?« Der Prinz war schon verheiratet? Ich warf meinem Bruder einen wütenden Blick zu. Er streckte mir die Zunge heraus.

Mutter umging die Frage elegant. »Und warum hast du nicht dein silbernes Armband angelegt? Hier.« Rasch streifte sie eins von ihren ab und gab es mir; nahm frech einer verdutzten Tante Klymene die Amethystkette ab und ließ sie über meinen Kopf gleiten; erleichterte Melite, die es gar nicht zu bemerken schien, von einem Strang tönerner Perlen und hängte ihn Bienor um; dann gab sie ihm einen ihrer eigenen Ringe – das alles in einer einzigen fließenden Bewegung wie eine Gans, die ihre Kleinen einsammelt. Sie nahm uns am Ellbogen, als seien wir Wasserkrüge, und bugsierte uns zu einem Platz in sicherer Entfernung.

120

»Bleibt hier, und benehmt euch um Ares willen!« Dann hastete sie wieder an Vaters Seite.

Ich wandte mich meinem Mitverschwörer zu, um ihm ein triumphierendes Grinsen zu schenken, und erntete einen wütenden Blick. Bienor haßte es, neben mir stehen zu müssen. Es wurde auch dadurch nicht besser, wenn man ihm erklärte, daß Mädchen in unserem Alter häufig größer als gleichaltrige Jungen sind und daß sich das mit der Zeit auswächst. Er war wohl der Ansicht, es bereite mir Vergnügen, ein menschlicher Storch zu sein.

Mutters kryptische Bemerkung über die Prinzessin bewies, daß mein lästiger Bruder die Wahrheit gesagt hatte – zumindest einen Teil der Wahrheit –, und natürlich bereiteten Könige mittellosen Reisenden keine Festbankette, was immer die Tradition dazu sagen mochte.

»Wer sind diese königlichen Besucher?« fragte ich ihn. »Und warum sind sie hier?«

Er grinste gehässig. »Hab's dir doch gesagt – niemand weiß es.«

»Du weißt es! Du bist zum Strand gegangen und hast mit den Seeleuten geredet, und ich wette, dieser Sphelos weiß es auch!«

»Könnte wohl so sein«, versetzte er nachdenklich.

Eine plötzlich einsetzende Stille warnte uns, daß der Besuch eintraf.

Mutter, wild mit ihren Röcken hantierend, ließ sich auf dem Thron nieder, einem Ungeheuer aus glänzendem Ölbaumholz, eingelegt mit Silber und purpurfarbenen Fayenceplättchen, während Vater auf dem mit Elfenbein eingefaßten Stuhl neben ihr Platz nahm: Wir in Lyrnessos hielten nämlich noch den alten Weg in Ehren. Unser Heim war Potnia geweiht, der Göttin des Palastes, und es war an der Königin, Gastfreundschaft zu gewähren – oder theoretisch auch zu verweigern, obwohl ich noch nie von einem solchen Fall gehört hatte.

Meine beiden ältesten Brüder führten die Prozession durch die großen Flügeltüren an. Ich fand, sie sahen sehr gut aus in ihren feinen, bunt gemusterten Schürzen, ihrem Gold- und Edelsteinschmuck. Zugegeben, Enops Bart ließ noch einiges zu wünschen übrig – wobei er selbst derjenige war, der am heißesten wünschte – , aber in den letzten ein, zwei Monaten hatte er Sphelos in puncto Größe überholt. Sphelos war der Traum einer jeden Jungfrau. Sein Bart glänzte, auf seiner Brust wuchsen lockige schwarze Haare. Gäbe ihm jemand ein Schwert in die Hand, so könnte er als einer der idealisierten Krieger auf einem der Fresken durchgehen.

Hand in Hand folgten ihnen der Prinz und die Prinzessin in das rauchgeschwängerte, vom Feuer erleuchtete Megaron mit seinen durchdringenden Essensdüften, die einem den Mund wässrig machten. Hinter ihnen schritten drei Gefolgsleute, Krieger in Eberzahnhelmen und quastenbesetzten Umhängen. Zu jeder anderen Gelegenheit hätte ein einziger dieser legendären Krieger im friedlichen Lyrnessos eine Sensation dargestellt, aber an jenem Abend hatten alle nur Augen für das königliche Paar. Die Zuschauer, die vergaßen, daß sie offiziell blind für die Anwesenheit von Fremden zu sein hatten, flüsterten und tuschelten über die Vorstellung, daß eine Frau zu dieser Jahreszeit zur See fuhr.

Die Ankömmlinge schritten vorwärts zu dem zentralen Platz zwischen den vier massiven Säulen und wandten sich dann nach rechts, um dem Thron und der königlichen Familie gegenüberzutreten. Falls sie überrascht waren, daß eine Königin den Thron einnahm, so ließen sie es sich nicht anmerken. Der

122

Prinz erfaßte die Situation mit einem Blick und entschied sich, neben dem Herdfeuer stehen zu bleiben. Er löste seinen Mantel und warf ihn einem seiner Gefolgsmänner zu. Einen Augenblick verweilte er in dem heißen Feuerschein, lächelte sein Publikum mit außergewöhnlich weißen Zähnen an und ließ sich von uns bewundern. Er trug lediglich eine schlichte, reinweiße Tunika, deren rote Quasten ihm bis zu den Knien reichten. Um die Stirn jedoch trug er ein Golddiadem, am Handgelenk einen Siegelstein aus Gold, und Gold auch um Handgelenke und Knöchel. Er wirkte nicht überdurchschnittlich groß oder breit oder muskulös, obwohl ein genauerer Blick zeigte, daß er all dies war. Sein Haar war dunkel, gewellt und glänzend, aber nicht über Gebühr, sein Bart kurz gestutzt. Kein einzelnes Merkmal war für sich allein genommen außergewöhnlich, die Gesamtwirkung indes atemberaubend: fleischgewordene Männerschönheit. Selbst wenn er Sklavenlumpen getragen hätte, hätte er alle Blicke auf sich gezogen. Wenn Gott Menschengestalt annähme, könnte er nicht besser aussehen.

Dann lüftete er den Gesichtsschleier und den Umhang seiner Herrin, damit wir auch sie in Augenschein nehmen konnten. Ein anerkennendes Raunen ging durch die Halle. Wenn der Mann ein Gott war, dann war das seine Göttin. Sie war natürlich sehr groß, und ihr mit sieben Volants besetzter Rock war ein regenbogenfarbenes Wunder der Webkunst unter einem vorne offenen Mieder aus reinstem Himmelsblau, das vollkommene Arme und Brüste enthüllte, deren umwerfende Blässe durch das flammende Kastanienrot ihres Haars unterstrichen wurde. Wie ihr Gefährte benötigte sie den Schmuck, den sie trug, gar nicht, um Ehrfurcht zu erwecken. Ihre Schönheit allein ließ jeden anderen im Megaron minderwertig erscheinen, entweder schäbig oder geckenhaft gekleidet, Enten um einen Schwan.

Sie schwebte über den Fußboden und sank vor meiner Mutter auf die Knie. Dabei legte sie wie nach alter Tradition eine Hand auf ihre Knie und griff mit der anderen nach ihrem Kinn. »Meine Herrin«, erklärte sie, »wir entbieten diesem Haus unseren Segen, dir und deinem Herrn und deinen Kindern, im Namen der Gebieterin dieses Palastes, der Mutter seines Herdes und Daches. Wir Reisende kommen in Freundschaft, suchen Schutz vor dem Sturm, bis wir unseren Weg fortsetzen können.«

»Zwei Tauben auf einem Altar!« murmelte ich.

»Was?« fragte Bienor.

Ich hatte zwei Tauben auf dem Altar landen sehen, und nun suchten zwei Fremde Schutz in meiner Eltern Haus. Ihre kriegerischen Gefolgsleute mochten selbst mächtige Fürsten sein, aber hierbei zählten sie nicht. Die Götter würden sich nicht dazu herablassen, als Herolde zu agieren und das Eintreffen von Besuchern zu verkünden – nicht, wenn der Besuch nicht auf irgendeine Weise unendlich wichtig wäre. Wer also waren die Adler? Und welche der beiden Tauben würde sterben?

Mutter blickte einen Moment schweigend auf diese Göttin hinunter, auf eine Art aus dem Gleichgewicht geworfen, wie ich es bei ihr selten erlebt hatte, um sich dann mit einer Anstrengung, die mich an Gorgo erinnerte, die sich nach einem Bad schüttelte, wieder zu sammeln. »Willkommen, Fremde, im Namen von Potnia, unserer Mutter.«

Mein Vater trat zu dem Mann, ergriff seine Hand und führte ihn vorwärts. Diener schafften reich eingelegte Stühle und Fußschmemel heran und breiteten Felle auf ihnen aus. Weitere Diener strömten herbei mit Schemeln und dreibeinigen Tischen für all die anderen Gäste. Wieder andere brachten die große silberne Mischschale herbei, die vielleicht Vaters liebster Besitz war, und begannen Wein mit Gewürzen und Honig zu vermengen. Bedienstete gossen Wasser über die Hände der Gäste und schöpften einige wenige Tropfen Wein in ihre Pokale. Wieder übernahm die Frau die Führung und schüttete das erste Trankopfer für Potnia aus. Ihr Begleiter brachte eins Vater Zeus für die Gastfreundschaft und das andere Poseidon für die gute Überfahrt dar. Sie wußten sich zu benehmen, diese schönen Fremden. Die Diener füllten die Becher erneut.

Auch meine Eltern wußten sich zu benehmen, aber obwohl ich sie beobachtete, wie sie sich höflich mit ihren Gästen über Belanglosigkeiten unterhielten, konnte ich ihre Mienen nicht deuten. Die Ankömmlinge waren leichter zu durchschauen, wie sie ständig Blicke und Lächeln austauschten. Jung, wie ich war, wußte ich dennoch, wann ich rettungslos Verliebte vor mir hatte. Melite und Klymene stritten sich über längst gestorbene Leute und schrien sich und alle anderen nieder wie Möwen, die sich um einen Fischkorb zankten. Ich war die einzige Person in der Halle, die auch nur ahnte, daß hier irgend etwas nicht stimmte, und ich war noch ein Kind. Der Kopf dröhnte mir.

Aber vielleicht war ich auch nicht allein. Die wunderschöne Frau, die meiner Mutter zu aufmerksam zuhörte, trug für jemanden, der mit solcher Schönheit und solchem Reichtum gesegnet war, einen merkwürdig verlorenen Gesichtsausdruck. Sie antwortete freundlich genug, lächelte, wenn sie sprach, und der Prinz konnte sie mit einem einzigen Blick über und über erröten lassen; und doch spürte ich, daß ihr Glück nicht dicker war als die zarte Haut auf ihren Wangen. Im Hintergrund starrte Enops sie mit offenem Mund an. Sphelos gaffte, wie ich peinlich berührt feststellen mußte, dümmlich den Prinzen an.

Den Tafelmeistern gingen langsam die Möbel aus – Bienor und ich erhielten Stühle, aber keine Fußschemel, und nur einen kleinen Tisch für uns beide.

»Sag mir, wer die beiden sind«, verlangte ich.

Hin- und hergerissen zwischen der Genugtuung, ein Geheimnis für sich zu behalten, und dem Vergnügen, es mit jemandem zu teilen, zögerte mein Bruder. Schließlich senkte er seine Stimme zu einem Flüstern: »Paris, Priamos' Sohn. Er ist auf dem Heimweg von Griechenland.«

Welcher von den fünfzig war er? Ganz gleich, er war ein Sohn des Priamos. Eine Ader an meinem Hals pochte. Tauben waren der Aphrodite heilig, und wenn je zwei Menschen von der Göttin der Liebe gesegnet worden waren, dann unsere beiden königlichen Besucher. Eine der Tauben war gestorben. Was würde mit Lyrnessos geschehen, wenn ein Sohn des Priamos in unserem Hause zu Schaden käme? Verglichen mit Troja war Lyrnessos ein Schwalbennest. Das Heilige Troja stand Mykene oder Knossos oder dem ägyptischen Theben in nichts nach – zumindest unserer Ansicht nach. Für einen guten Läufer lag Troja nur zwei Tage entfernt. Im Handumdrehen konnten sie ein Heer von Streitwagen gegen uns schicken. Lyrnessos besaß überhaupt kein Heer.

»Wer ist sie?« wollte ich wissen.

»Will keinen Klatsch verbreiten.«

»Ich muß es wissen. Ich habe ein Omen gesehen.«

Mißtrauisch fragte Bienor: »Was für ein Omen?«

»Du zuerst.«

Unsere Unterhaltung erstarb rasch, als er mich kniff

und ich ihm auf die Zehen trat. Irgendein Gott flüsterte Mutter eine Warnung ins Ohr, denn sie drehte den Kopf nach uns um und funkelte uns wütend an. Die Weindiener gingen ein zweites Mal herum, also wäre es bald an der Zeit für Vater, erst den Göttern und dann seinen Gästen Fleisch anzubieten. Ich war verzweifelt darauf bedacht, das Rätsel zu lösen, bevor es zu spät war, obwohl ich keine Ahnung hatte, wofür es zu spät sein könnte. Irgend etwas war verkehrt und unnatürlich.

Angeheitert vom Wein, konnte Bienor dem inneren Drang, sein großes Geheimnis loszuwerden, nicht länger widerstehen. »Königin Helena von Sparta!«

Königin? Ich sah zu den beiden Turteltäubchen hinüber, um dann voller Entsetzen und Ungläubigkeit meinen Bruder anzuglotzen. »Nein! Wirklich?«

»Wirklich!«

»Was macht ein Prinz mit einer regierenden Königin?«

Bienor kicherte lüstern. »Ich nehme an, er zieht ihr die Kleider aus und … na ja, du weißt schon!«

»Nein. Aber erzähl's mir.« Ich war überzeugt davon, daß er nicht mehr über die Einzelheiten wußte als ich. »Alter oder neuer Weg?« Vom Wein drehte sich mir der Kopf. Nach dem neuen Weg war es einem Prinzen gestattet, auszuziehen und sich eine Frau in der Fremde zu suchen und sie heimzubringen – obwohl sie nicht eines anderen Mannes Gemahlin sein durfte. Ich wußte, daß Troja selbst dem neuen Weg folgte, weil Priamos dort herrschte, wie zuvor sein Vater Laomedon geherrscht hatte und wie einer seiner zahlreichen Söhne nach ihm herrschen würde. Paris hatte Helena vorgeschickt, um Mutters Schutz zu erbitten, aber das bedeutete nichts. Ein Prinz würde darüber Bescheid wissen und die ortsüblichen Sitten und Gebräuche achten. Ich fragte noch einmal: »Folgt Sparta dem alten oder dem neuen Weg?«

Das schadenfrohe Grinsen meines Bruders wurde verschwörerisch. »Es muß der alte Weg sein, weil vor ihr ihre Mutter Königin war und sie zwei Brüder hat.«

Dann war sie also von Rechts wegen Königin. Nach dem alten Weg nahm der Prinz seine Braut nicht mit heim; er blieb und folgte ihrem Vater als König nach. Barden konnten dir zum ›Twäng‹ der Kithara von einem Dutzend Fälle vorsingen, und unser eigener Vater war ein solches Beispiel; aber der Gemahl einer Königin sollte an ihrer Seite bleiben und bis ans Ende seiner Tage ihr Bett beehren und ihr Reich regieren. Paris hatte eines anderen Mannes Frau und mit ihr sein Herrschaftsrecht gestohlen. Wenn das Kalb von meinem Bruder alles über unsere Besucher wußte, dann wußten meine Eltern es bestimmt auch. Konnten sie denn die Gefahr nicht erkennen?

»Aber dann hat ihr Gemahl ja seinen Anspruch verloren, König von Sparta zu sein. Er wird sie zurückverlangen! Die Trojaner werden sie doch sicher nicht behalten?«

Bienor kicherte, wobei er Zähne zeigte, die für sein Jungengesicht zu groß waren. »Das liegt beim alten Priamos, nicht wahr? Es könnte Krieg bedeuten!« fügte er fröhlich hinzu.

Ich dachte an die Adler. *Es könnte Krieg bedeuten.* Noch einmal sah ich meinen Zwillingsbruder an, der seine Aufmerksamkeit wieder ganz den Gästen zugewandt hatte. Er schien sich des Schreckens, den diese Worte bedeuteten, gar nicht bewußt zu sein, aber in meinem Kopf dröhnten sie wie Donnerschläge, und zum zweiten Mal an jenem Tag erkannte ich eine

128

Botschaft von den Göttern. Unversehens wurde mir die Bedeutung des Omens erschreckend klar.

Ich sprang auf. Just in diesem Augenblick senkte sich eine plötzliche Stille über das Megaron. Mein Becher fiel klirrend zu Boden und zersprang. Alle Köpfe drehten sich mir zu, und nur das Knistern des Feuers durchbrach die Stille. Die Götter hatten für mich Stille in der Halle einkehren lassen, und ich wußte nicht, was ich sagen sollte.

Voller Bestürzung starrte ich meine Mutter an, die diesen Unruhestiftern Gastfreundschaft gewährt hatte mit allem, was das nach sich zog. Sie hielt einem Vergleich mit der göttlichen Helena neben ihr in keinster Weise stand – sorgenvoller Mund, schlaffer Hals, aufgedunsene Oberarme. Nur das trickreiche Kunstwerk von Mieder stützte ihre Mehlsackbrüste, und Schminke färbte ihre Brustwarzen. Der Anblick erweckte nicht das geringste Mitleid in mir, nur Zorn, als sei ich betrogen worden.

Nicht anders mein Vater auf dem hohen Stuhl an ihrer Seite – immer war er mir stark und gebieterisch erschienen, als verehrenswürdiger und weiser König. Entsetzen! Neben dem göttlichen Paris wirkte er alt, dickbäuchig, mit dürren Gliedern, lächerlich in seinem Kriegermantel. Die Götter hatten mir ein Kriegsomen gesandt, aber was immer der König von Lyrnessos in seiner Jugend einmal gewesen war, heute war er kein Krieger mehr.

Der Wein hatte meine Sinne betäubt, denn mir war, als sei die Sonne durch den Nebel gebrochen und ich sähe meine Eltern zum ersten Mal klar und deutlich.

An ihrer Seite meine beiden älteren Brüder – Enops noch ein Knabe mit Flaum im Gesicht, Sphelos ... selbst Sphelos hielt keinen Vergleich mit Paris aus. In diesem göttergleichen Glanz wirkte er abstoßend gewöhnlich, zu knochig, zu behaart. Zu winzig.

»Er war sehr lebhaft«, schrie eine der Tanten, »hatte aber das liebenswerteste Naturell, das man sich denken kann. Ein weißes und ein braunes Ohr.«

»Oh, es dauert Jahre, weißt du«, sagte die andere, »und viele von ihnen schlagen nie richtig Wurzeln.«

Alle anderen starrten mich an. Paris konnte sich denken, wer die einzigen Kinder in der Halle sein mußten. »Deine beiden prachtvollen Söhne haben wir bereits kennengelernt, mein Herr. Stell uns doch den Rest der Familie vor!«

Offenbar hatte Vater uns bis zu diesem Zeitpunkt nicht bemerkt, und der wütende Blick, den er Mutter zuwarf, ließ erkennen, daß er unsere Anwesenheit beim Fest für ihre Idee hielt. Widerstrebend winkte er uns vorwärts ins Licht. Ich begann meine Füße in Bewegung zu setzen und wünschte mir, ich könnte aus dem Megaron verschwinden wie die Feuerfunken. Bienor stand schon dort.

»Mein jüngster Sohn, Bienor, mein Herr.«

»Ein vielversprechender Bursche!« bemerkte der Prinz mit sichtlichem Mangel an Interesse. Dann fiel sein Blick auf mich, und er hob seine schön geschwungenen Augenbrauen. »Und diese knospende Schönheit?«

Wenn ich auch jung war, Ironie erkannte ich. »Ich heiße Briseis«, antwortete ich unwirsch. »Du und deine Gefährtin seid hier nicht willkommen.« Meine Unverschämtheit kam so unerwartet, daß es meinen Eltern die Sprache verschlug. »Heute haben die Götter mir ein Omen geschickt, und es betraf euch. Ich sah zwei Tauben −«

»*Briseis!*« Mutters Stimme donnerte durch die Halle wie die Potnias, wenn die Göttin unter uns weilte. »Das interessiert uns nicht. Geh an deinen Platz zurück!«

»Warte!« Mit diesem königlichen Befehl schaffte Paris Ruhe. Nur die Tanten redeten weiter, taub gegenüber der Situation. Er fixierte mich mit Augen, die einen herabstoßenden Falken aufgehalten hätten. »Laß das Kind sprechen.«

Ich hätte nicht schweigen können, selbst wenn ich es gewollt hätte. Zitternd und stotternd sprudelte ich die Geschichte hervor – der Altar, die Tauben, die Adler, die Botschaft der Götter. Damals wußte ich nicht, daß man solche Dinge mit größter Vorsicht behandeln muß, wenn überhaupt. Ich muß wie eine Wahnsinnige geklungen haben. Meine Eltern starrten mich wütend an, Sphelos starrte mich wütend an, und Enops hatte offenbar vergessen, den Mund zuzumachen. Das ganze Megaron hörte mich, selbst die zu Salzsäulen erstarrten Diener.

»Verstehst du denn nicht, Mutter? Es bedeutet, daß du diese Fremden fortschicken mußt, wenn du nicht den Zorn der Götter erregen willst! Und Krieg –«

»Wir sehen nichts von alledem!« brüllte mein Vater. »Du bringst Schande über unser Haus, wenn du unsere Gäste be…«

»Warte!« Wieder schaffte Paris mit diesem einen Wort Stille.

»Also zog sie alles aus«, krähte Klymene, »und da sahen wir, daß sie eine Thrakerin war.«

Paris blinzelte irritiert zu ihr hinüber, um seinen Blick dann wieder uns zuzuwenden. »Omen darf man nicht auf die leichte Schulter nehmen. Meine Schwester Kassandra würde sich sehr dafür interessieren. Sie ist eine berühmte Seherin. Du weißt, wer ich bin, Mädchen?«

»Paris, Sohn des Priamos.«

Er lehnte sich zurück und schaute Vater mit trägem Blick an. »Was das Mädchen sagt, klingt sehr vernünftig. Nur der Donnerer tut uns seinen Willen mit Adlern kund. Falls Vater Zeus ihr ein solches Zeichen gesandt hat, dann ist ihre Deutung glaubwürdig. Es mag gut sein, daß meine Gemahlin und ich Krieg im Gepäck führen, Brises, Sohn des Mydon.« Er zuckte die Achseln und lachte. »Aber es gibt immer Kriege! Wenn du die Fremden zurück zu ihrem Schiff schicken willst, habe ich natürlich Verständnis für deine Vorsicht. Man darf Warnungen von den Unsterblichen nicht in den Wind schlagen, nicht wahr? Auf der anderen Seite wäre es möglich, daß deine Tochter über eine lebhafte Einbildungskraft verfügt. Das wirst du besser beurteilen können als ich.«

»Sie schwatzt dummes Zeug, mein Herr.«

Vater warf mir einen wilden Blick zu und bedeutete mir mit einem Kopfnicken, mich zu entfernen. Dann gab er den Dienern ein Handzeichen, mit der Arbeit fortzufahren. Sphelos trat vor, aber ich wartete nicht auf ihn. Ich machte kehrt und floh aus der Halle.

4 Ein Strom von Bediensteten drängte auf der einen Seite des Portals hinein, ein zweiter wieder heraus. Ich wurde ins Vestibül gespült, wo mein Ellbogen von knochigen, mit Hornhaut bedeckten Fingern gepackt wurde. Ich schaute in das staubige Dörrpflaumengesicht der alten Maera hinunter; sie war winzig und verkrümmt und von Kopf bis Fuß in stumpfes Schwarz gehüllt. Ihr Lächeln war immer eine schauerliche Angelegenheit mit verzerrten Falten und nassem, rosigem Gaumen; dieses aber schien ehrlich gemeint zu sein.

»Ich habe nicht alles mitbekommen, meine Liebe. Erzähl mir die Geschichte von Anfang an.«

Ich war den Tränen nahe. »Ich will nicht mehr darüber reden!«

Theoretisch hatte Maera keinerlei Befugnisse außerhalb des heiligen Hains und auch im Palast nichts zu schaffen, aber sie war Mutters Vertraute, und niemand stellte je ihre Autorität in Frage. Sie zog mich zu einer Steinbank vor einer Mauer und setzte mich darauf. Während sie mit frei baumelnden Füßen neben mir hockte, lockte sie die ganze Geschichte aus mir heraus, sogar Bienors schicksalhafte Prophezeiung, und ihr Kopf nickte auf und ab wie der einer Taube im Scheunenhof.

»Du glaubst mir?« flüsterte ich.

»O ja.«

»Mutter hat mir nicht geglaubt! Und Vater auch nicht!«

»Sie haben es nur nicht zugegeben.«

»Aber wenn sie glauben, was der Gott mir offenbart hat –«

»Die Göttin, Kind. Dieser Schrein gehört Diktynna, die manche Artemis nennen.«

»Paris behauptete, nur Zeus schicke Adler.«

»Was zählt, ist, daß du ein Omen gesehen hast.«

»Aber habe ich es auch richtig gedeutet? Bedeutet es Krieg?«

»Kämpfende Adler. Ich denke, ja.«

»Dann wünschte ich, du würdest Vater überzeugen. Er sollte irgend etwas tun!«

»Was kann er denn tun, Briseis, hm? Einen Sohn Trojas beleidigen, indem er ihn aus seiner Halle wirft?«

»Du meinst, es wird Krieg geben, ganz gleich, ob Vater mir glaubt oder nicht?«

Maera seufzte. »Wenn die Götter Krieg prophezeien und du diesen Krieg abwenden könntest, dann würde die Prophezeiung sich nicht erfüllen, oder? Willst du die Götter zu Lügnern machen, Mädchen? Schon bei unserer Geburt spinnen die Moiren den Faden unseres Schicksals. Wenn es Krieg lautet, wird Krieg sein.«

Es fällt Kindern schwer, das Schicksal hinzunehmen; sie erwarten Gerechtigkeit. »Und wir können nichts dagegen tun?«

»Das ist der Grund, warum die Götter uns so selten die Zukunft vorhersagen. Warum also haben sie sie diesmal enthüllt? Und warum dir?«

Sie wand sich von der Bank herunter. »Komm mit in die Küche, und ich besorge dir etwas zu essen. Auf dem Fest scheinst du nicht mehr willkommen zu sein.«

Ich blieb, wo ich war, durch dieses neue Problem aufgeschreckt. »Warum? Warum haben die Götter zu *mir* gesprochen? Ich bin die Jüngste! Ich bin ganz unwichtig!«

Das glaubte ich natürlich nicht. Das zweite Kind meiner Mutter war ein Mädchen gewesen, eine Tochter, die sie froh als nächste Königin von Lyrnessos begrüßt hatte, aber das Kind war zwei Tage später gestorben, und so hatten meine Eltern nie wieder über die Nachfolge gesprochen. Die Zukunft liegt bei den Göttern, sagten sie, und Sterbliche, die sie vorherzusagen versuchten, handelten vermessen und forderten ihren Zorn heraus. Bienor mochte boshaft behaupten, es sei Zeit, daß Lyrnessos sich zum neuen Weg bekenne und Sphelos Vater als König nachfolgte, ich jedoch vermutete, daß der alte Weg die Oberhand gewinnen und ich die Thronfolgerin sein würde.

Maeras vom Alter getrübte Augen schauten mich traurig an. »Die Götter gewähren ihre Gunst, wem sie

134

sie gewähren wollen. Sie warnen, wen sie warnen wollen.«

»Das ist keine Antwort! Wenn sie mir eine Botschaft schicken, dann müssen sie einen Grund dafür haben. Erklär mir, warum mir dieses Omen zuteil wurde. Warum mir?«

Sie legte einen gichtverkrümmten Arm auf meinen. Sie stand, ich saß, und doch mußte sie den Kopf in den Nacken legen, um mir in die Augen zu sehen. »Denk darüber nach. Den Krieg kannst du nicht verhindern, aber wenn du einen Rat erhalten hast, dann muß er etwas betreffen, was du tun kannst oder tun wirst oder eben nicht. Klingt das nicht vernünftig? Eine Wahl, die du treffen mußt? Du bist sehr jung und eine Frau, was also kannst du tun, welche Wahl kannst du treffen? Bleib hier und denk darüber nach, bis ich zurückkomme.«

Sie schlurfte davon, bevor ich widersprechen konnte. Ich saß also auf der kalten Bank und sah die Diener vorbeihasten, Schalen und Weinkrüge im Arm. Ich konnte hören, wie der Festlärm lauter wurde, auch wenn das Knurren meines leeren Magens ihn von Zeit zu Zeit übertönte.

Maera kehrte zurück und drückte mir eine Schale auf den Schoß, vollgehäuft mit Käse, Brot und Obst. Sie zog sich wieder auf die Bank hoch.

»Es ist furchtbar, jung zu sein«, sagte sie betrübt.

»Schlimmer ist es, alt zu sein«, mummelte ich mit vollem Mund.

»Nein. Es ist gut, alt zu sein. Mir kann jetzt nichts Schlimmes mehr widerfahren. Ein starker Wind kann mich wegpusten, deshalb nehme ich jeden Moment dankbar mit und sorge mich nicht um den nächsten. Aber du … vor dir liegt so viel Leben, so viel Furcht, so viel Leid vielleicht. Habe ich dir je von meiner Mutter erzählt?«

Ich schüttelte den Kopf.

»Aha. Sie aß nicht, wie du ißt, weil ihr Vater ein Schweinehirt war und sie sechs Schwestern hatte. Aber sie betete und brachte die kleinen Opfergaben dar, die sie aufbringen konnte, und ihre Gebete wurden erhört. Eines Tages, als sie im Feld heute, fuhr ein Krieger in seinem Streitwagen vorbei. Er war kein König wie dein Vater, aber ein gutgestellter Fürst, ein Gefolgsmann des Königs von Milet. Er war jung und stark. Er erblickte meine Mutter und hielt an, um sich mit ihr zu unterhalten.«

»Nur unterhalten?« fragte ich mit vollem Mund.

»Ich weiß es nicht. Ich war noch nicht da!« Maera gluckste vergnügt über ihren eigenen Witz in sich hinein. »Reden oder sich im Heu wälzen ... so oder so, jedenfalls gefiel sie diesem gutaussehenden Krieger so sehr, daß er noch am selben Tag zu ihrem Vater ging und ihm Vieh für sie bot. Er nahm sie mit sich in seinen Palast. Danach aß sie viel besser als vorher, und ihre Schwestern auch, wie ich mir vorstellen könnte.«

»Hat er sie geheiratet?«

»O nein! Sie war von niedriger Herkunft. Aber er behandelte sie ehrenvoll, zeugte Kinder mit ihr, liebte sie. Die Götter waren ihr gnädig, nicht wahr?«

»Ich denke, schon.«

Sie kicherte und tätschelte mein Knie mit ihrer Spinnenhand. »Ach, aber Krieger ziehen in die Schlacht, und manchmal kehren sie nicht zurück. Der König gab seine Ländereien einem anderen, der es vorzog, sich seine eigenen Frauen auszusuchen. Meine Mutter war zu alt, und ich war zu jung. Sie ging zurück auf die Felder, und ich ging zur Göttin. Ich weiß nicht, was mit meinen Brüdern geschah.«

»Du bist eine Sklavin?« Ich war schockiert. Ich

hatte nicht gewußt, daß man eine Priesterin kaufen und verkaufen konnte.

»Ich bin eine Dienerin Unserer Herrin des Hains«, erwiderte Maera milde. »Eines Tages erzähle ich dir von meinen Reisen. Aber du, siehst du es jetzt?«

»Nein. Überhaupt nicht.« Ich hielt im Essen inne. »Du meinst, ich brauche einen Ehemann? Aber ich blute noch nicht; ich bin doch nur ein Kind!«

Sie zuckte mit den Schultern. »Nicht mehr lange, und königliche Ehen werden nicht über Nacht geschlossen.«

Die Vorstellung barg durchaus Reizvolles. Ein umwerfender Ehemann, der vor meiner Schlafzimmertür wartete, konnte dem Leben durchaus Würze geben. »Wenn die Zeit kommt, werden meine Eltern einen Gemahl für mich aussuchen.«

»Zweifellos, zweifellos. Aber vielleicht sollten sie schon mal damit anfangen, nach einem Ausschau zu halten.«

»Ein Krieger, der in dem Krieg für Lyrnessos kämpfen würde?«

Sie schüttelte ihren Kopf mit überraschender Heftigkeit. »Wenn die Götter das gemeint hätten, hätten sie die Warnung deinem Vater zukommen lassen.«

Ich vertilgte zwei Feigen, während ich die Lösung fand. Bienor liebte es, höhnisch darauf hinzuweisen, daß Lyrnessos viel zu unbedeutend sei, um einen königlichen Prinzen daran zu verschwenden. Ein königlicher Bastard, nun ja, möglich, pflegte er zu sagen, aber ich würde nicht einmal darauf zählen. Bienor hatte häufig recht, aber nicht immer.

Ich schlang die letzte Feige herunter. »Troja? Die Götter haben mich vor Troja gewarnt?«

»Das zumindest. Oder mehr. Falls Griechen gegen Troja ziehen, können sie auch anderswo Unheil anrichten, Kind. Krieg ist wie Feuer – es breitet sich aus. Du kennst nur das Palastleben, aber die Welt da draußen ist hart. Tu, was meine Mutter tat. Such dir einen starken Krieger, der seine Frau und ihre Kinder beschützen kann. Und geh mit ihm in sein Land.«

Ich schrie entsetzt auf. »Den Thron aufgeben?«

»So würde ich das Omen deuten«, versetzte Maera. »Verlasse Lyrnessos, solange noch Zeit dazu ist.« Sie glitt von der Bank herunter und schlurfte ohne ein weiteres Wort davon.

5 Am nächsten Morgen erwachte ich, noch bevor es dämmerte. Einen kurzen Augenblick war alles so, wie es ein sollte. Gorgos warmes Gewicht lag auf meinem rechten Fuß; der Regen hatte aufgehört. Dann schlichen sich die Erinnerungen an und spülten meine Zufriedenheit fort – die Weissagung, die schreckliche Botschaft, die sie enthielt, mein verrücktes Benehmen im Megaron. Ich wand mich vor Scham, als mir wieder einfiel, wie ich meine Eltern vor den königlichen Gästen und allen treuen Untertanen in Verlegenheit gebracht hatte. Konnte ich ihnen je wieder ins Gesicht sehen oder meinen Brüdern unter die Augen treten? Konnte ich überhaupt noch weiter im Palast leben?

Nachdem ich festgestellt hatte, daß ich hungrig war – denn damals war ich ständig hungrig –, stand ich auf, kleidete mich an und schlich mich nach unten, ohne auch nur den kleinsten Mucks zu machen. Durch die Grabesstille der Korridore gelangte ich in die Küche, die noch immer warm war vom Vortag und vollgepfropft mit schlafenden Sklaven und Hunden. Ich raffte ein paar Früchte und einige Krumen altbackenes Brot zusammen, blieb

138

aber nicht, um es dort zu verzehren, denn bald würden die Schläfer aufwachen und sich an ihr Tagewerk machen. Ich ging ins Vestibül zurück und von dort ins Megaron, das still und schwarz dort lag und nach Wein, Asche und verbranntem Fett roch. Ich zwängte mich zwischen den Tischen und Stühlen hindurch, die noch nicht wieder in die Lagerräume zurückgebracht worden waren, und hielt auf die große Feuerstelle zu, geleitet vom Glühen der letzten Kohlenstücke und von der angenehmen Wärme auf meinem Gesicht. Ich setzte mich auf die steinerne Einfassung, um mein Frühstück zu vertilgen und meine Torheit noch ein wenig mehr zu bereuen.

Gorgos Schwanz peitschte gegen meinen Fuß. Ich hörte die Bewegung mehr, als daß ich sie sah, und dann wurde mir klar, daß ich auf der anderen Seite des gewaltigen runden Herdes Gesellschaft hatte. Nichts wollte ich so sehr, wie allein zu sein. Ich wollte mich gerade erheben …

»Sie nennen dich Briseis«, begann sie ruhig. »Hast du keinen eigenen Namen?« Helena höchstpersönlich saß mir auf der Herdeinfassung gegenüber.

Natürlich hatte ich einen, aber ich hatte ihn immer gehaßt und solche Wutanfälle gekriegt, daß sich selbst Bienor nicht traute, ihn zu benutzen. »Ich schäme mich nicht, die Tochter meines Vaters zu sein, meine Herrin.«

»Eine gute Antwort. Du bist zu jung für das, was dir widerfahren ist. Haben die Götter zuvor schon auf diese Weise zu dir gesprochen?«

»Oh, meine Herrin, ich schäme mich ja so! Ich wollte all diese gräßlichen Dinge gar nicht sagen!«

»Warum nicht? Du übermittelst lediglich die Botschaft der Unsterblichen, wie es sich geziemt. Jedes Wort, das du im Megaron gesprochen hast, war wahr.« Helenas Stimme klang trauriger als der Schrei des Falken, und ich entsann mich des wehmütigen Ausdrucks, den ich letzten Abend auf ihrem lieblichen Gesicht entdeckt hatte. »Die Götter haben durch deinen Mund gesprochen. Es ist wahr, durch und durch wahr. Ich war die Königin von Sparta, Königin Ledas Tochter. Ich folgte ihr nach dem alten Weg als Hüterin des königlichen Schreins.«

Sie seufzte. »Dann kam der Sohn des Königs Priamos als Gesandter an unseren Hof. Er ist wunderschön, findest du nicht auch?«

»Ja, meine Herrin.«

»Aphrodite hat mein Herz gestohlen und es ihm geschenkt. Ich verließ mein Reich. Ich verließ meinen Gemahl. Ich verließ sogar meine Tochter Hermione, und das war das Schwerste von allem, aber sie gehört zum Land. Ich hoffte, Menelaos würde sich damit zufriedengeben, sie großzuziehen und durch sie zu herrschen. Nun fürchte ich, es könnte anders kommen. Du hast mir etwas anderes mitgeteilt.«

»Ich?«

»Die Götter.« Helena schwieg so lange, daß meine Hand ganz still den Brotkanten an den Mund führte. Dann seufzte sie. »Aphrodite hat mich in Paris' Arme getrieben. Sie hat mich gezwungen, mein Volk im Stich zu lassen und damit Athene, die Beschützerin, herauszufordern. Sie hat mich gezwungen, Hera herauszufordern, denn in ihrem Namen gelobte ich, meinen Gemahl als König von Sparta zu ehren. Ach, wie fordernd und unersättlich ist die Liebe – das Feuer, die Pein, die Sehnsucht! Auf ihr Geheiß hin habe ich zwei mächtige Göttinnen beleidigt. Ich fürchte ihren eifersüchtigen Zorn. Du kennst diese Göttinnen?«

»Ich kenne sie, meine Herrin. Bei uns tragen sie andere Namen, aber das ist auch alles.«

Im Palast war das ein ewiger Streitpunkt. Mein Vater nannte Potnia oft Athene.

Ich wechselte das Thema.

»Ich dachte, die Griechen folgten dem neuen Weg, meine Herrin.«

»Mancherorts hält sich der alte Weg noch.«

»Er ist besser!« beharrte ich. »Starke Könige zeugen nicht zwingend starke Söhne, die ihre Nachfolge antreten können. Wenn eine Tochter ein Königreich erbt, dann kann ihr Vater ihr einen starken Krieger als Ehemann aussuchen. Das ist der bessere Weg.«

»Tatsächlich? In alten Zeiten wurde der König getötet, wenn seine Kräfte nachließen, und die Königin nahm sich einen jüngeren Liebhaber. Billigst du auch diese Sitte? Willst du damit sagen, Paris hätte Menelaos erschlagen und den Thron von Sparta offen für sich beanspruchen sollen?«

Verwirrt konnte ich nur stammeln.

»Ich habe nur gescherzt«, beschwichtigte mich Helena, »aber ich hätte es nicht tun sollen. Ich bin sehr töricht gewesen und bin es noch, aber es war die Göttin, die mir die Torheit gesandt hat. Ach, Briseis, du hast den süßen Wein der Liebe noch nicht gekostet! Ich könnte meiner Torheit abschwören, hier in Lyrnessos bleiben und meinen schönen Mann ohne mich nach Troja schicken, nicht wahr? Im Frühling könnte ich dann heimfahren und die Knie meines Gemahls umklammern und ihn um Verzeihung bitten.«

Ich schluckte, wußte ich doch, daß Troja viele Streitwagen und viele Krieger besaß. Paris und seine Gefolgsleute konnten indes vermutlich den Palast und die Stadt ganz allein erobern.

»Aber mein Schicksal ist vorherbestimmt«, erklärte sie mit fester Stimme. »Ich habe mich entschieden und werde jetzt nicht wankelmütig werden, ganz gleich, was die Menschen über mich sagen mögen. Ich werde mich deinen Eltern nicht aufdrängen. Ich hoffe nur, Menelaos tut nichts Unüberlegtes.«

Mir fiel nichts ein, was ich hätte antworten können. Verstohlen nagte ich an meinem Brotkanten. Als sie wieder die Stimme erhob, schien es mir, als spreche sie mehr mit sich selbst als mit mir.

»Aber nach dem zu urteilen, was du mir gestern abend mitgeteilt hast, wird er es zweifellos tun. Agamemnon ist ganz vernarrt in ihn. Menelaos kann sich nicht den Ellbogen stoßen, ohne daß sein großer Bruder angelaufen kommt, um ihm die Tränen zu trocknen. Man kann nie wissen, welche Dummheiten diese beiden miteinander aushecken. Werden die Trojaner mich zurückschicken, wie vernünftige Menschen das tun würden? Was meinst du? Sie sind dafür berüchtigt, ein stolzes Volk zu sein. Werden die Griechen halsstarrig sein? Sparta und Mykene allein könnten schon zahlreiche Schiffe bemannen ... Wir werden sehen. Aber – warum haben die Götter zu dir gesprochen? Warum ausgerechnet zu dir?«

»Ich weiß es nicht, meine Herrin.« Ich wartete einen Moment ab, aber auch Helena schwieg. »Möglicherweise ... vergangene Nacht habe ich mit einer weisen alten Priesterin gesprochen, und sie meinte, mein Vater solle mir so schnell wie möglich einen Ehemann suchen.«

Die Prinzessin seufzte. »Sie glaubt, Lyrnessos sei gefährlich für dich? Eine schnelle Hochzeit und der Umzug in eine weit entfernte Stadt, ja. Geh und lebe in Griechenland. Aber, Briseis, vergiß die Liebe nicht. Meine Eltern haben einen edlen Gemahl für mich auserwählt, einen tapferen Krieger, der mein Reich zu regieren und zu schützen vermochte. Zahllos waren meine Freier, aber sie haben eine gute

Wahl getroffen. Ich hätte mir keinen besseren Gemahl als Menelaos wünschen können. Er ist stark und männlich und aufrecht ... und, ach, so langweilig! Siehst du, wieviel Ärger uns das allen beschert? Alter Weg oder neuer Weg, sorg dafür, daß dein Vater dir einen Mann aussucht, der Freude im Herzen hat. Auch du wirst eine große Schönheit werden.«

Die letzte Bemerkung ergab noch weniger einen Sinn als das, was sie zuvor gesagt hatte. Ich entschied, sie habe wieder einen Scherz gemacht, denn es war die Art von gedankenloser Bemerkung, die ihr Prinz geäußert haben könnte. Ich lachte so höflich, wie es mir möglich war.

»Ich meine es ernst, Briseis. Dich werden schon bald so viele Freier umschwärmen wie Möwen ein Fischerboot. In gewisser Weise tust du mir leid. Schönheit sollte Glück hervorbringen, aber das ist nicht immer der Fall. Sei nicht so töricht wie ich und brich einen Krieg vom Zaun, versprichst du mir das?«

»Ich werde mich bemühen, meine Herrin.« Als ich noch einmal über meine Antwort nachdachte, kam sie mir genauso idiotisch vor wie ihre Frage. Und was mein zukünftiges Leben als gefeierte Schönheit betraf ... lachhaft! Ich biß geräuschvoll von dem Brotstück ab. Die schmalen Öffnungen im Dach wurden nun als graue Schlitze sichtbar. Ich konnte ihre Gestalt ausmachen, den durchsichtigen Schleier, der auf ihrem üppigen langen Haar lag.

»Achte auf die Zeichen der Götter, Briseis. Für die, denen die Götter die Fähigkeit zu sehen gegeben haben, sind sie überall. Du wirst lernen, wann du über sie sprechen und wann du besser schweigen solltest. Aber leugne die Götter niemals.« Helena erhob sich und kam um die Feuerstelle herum auf mich zu, verschwommen und leise wie eine

Spiegelung, die über eine dunkle Wasseroberfläche glitt. »Mögest du den Unsterblichen gut und lange dienen, Kind. Wie lautet dein wahrer Name?«

Ich erhob mich. »Panope, meine Herrin.« Es war heraus, bevor mir klar wurde, daß das, was mir immer als anmaßend und widerwärtig erschienen war, nun einen furchteinflößenden tieferen Sinn bekommen hatte – *die Allsehende.*

Helena gab einen Laut des Erstaunens von sich und lachte dann. »Was habe ich dir eben gesagt? Oh, Panope Briseis, sorge gut für das Wohl deines Volkes. Wir müssen beide unsere Bürde tragen, du und ich. Mit deiner königlichen Abstammung und deiner Schönheit wirst du gewiß eine Königin werden – wenn nicht in Lyrnessos, dann an einem anderen Ort. Über welches Reich auch immer du herrschen magst, mögest du ihm eine bessere Königin sein, als ich es Sparta gewesen bin. Jetzt muß ich gehen. Mein Herr wird mich brauchen, wenn er erwacht. Möge Aphrodite mit dir sein.«

Sie umarmte mich kurz und glitt dann davon in die Dunkelheit.

6 Der Wind hatte sich in der Nacht etwas gelegt, so daß das Schiff der Gäste seine Reise fortsetzen konnte. Mein Vater drängte sie, länger zu bleiben. Paris lehnte mit höflichem Bedauern ab, und wer könnte ihn für seine Ungeduld tadeln, seine Braut endlich in die lang vermißte Heimat zu bringen? Im Megaron wurden weitere Speisen aufgetischt, die so hastig, wie es die Höflichkeit gestattete, verzehrt wurden. Die Halle füllte sich schnell, denn jeder wollte bei der Verteilung der Gastgeschenke dabeisein.

Mein Vater versprach, eine Amphore Wein und ein

weißes Mutterschaf zum Strand bringen zu lassen, so daß die Reisenden Poseidon opfern konnten, bevor sie sich einschifften. Er fügte einen Bronzekessel, zwei mit Elfenbeinschnitzereien eingelegte Schemel und eine goldene Mischschale mit Tintenfischmuster hinzu, während jeder der Gefolgsleute des Prinzen einen geschnitzten Siegelring erhielt. Mutter schenkte Helena eine hübsche, mit Silber eingelegte Truhe, die einen Rhyton aus Serpentin in Form eines Stierkopfs, ein Straußenei mit Silberständer und einen Siegelstein aus Achat enthielt. Dieser zeigte einen ein Reh schlagenden Löwen, gefaßt mit einem Eisenring, der kostbarer war als Gold.

Die Zuschauer schrien begeistert auf, als diese Reichtümer an die Gäste verteilt wurden. Ich war sehr beeindruckt und sehr beunruhigt. Ich hatte nie erlebt, daß Vater so verschwenderisch gewesen wäre. Das gewöhnliche Geschenk an einen abfahrenden Gast war ein Mantel aus jener unvergleichlichen Wolle von den Schafen des Berges Ida. Mutter behauptete meist, sie habe ihn selbst gewebt – freie Erfindung! –, aber die trojanische Webkunst war berühmt, so daß Vater den Trojanern keine Mäntel überreichen wollte.

Wenn er sich gezwungen gesehen hatte, seine Schatztruhen zu leeren, um den Zorn der Gäste auf mich zu besänftigen, dann würde er mir nie vergeben.

Ich verfolgte alles vom Balkon aus, verließ ihn aber, bevor die Gäste aufbrachen. Die ersten Sklaven und Lakaien, die ich im Palast aufgestöbert hatte, waren vor mir geflohen wie Möwen am Strand vor einem bellenden Hund. Ich hielt nur inne, um mir Schuhe anzuziehen, und floh ebenfalls – durch die Stadt und fort ans Meeresufer, wo Schwärme von

Seevögeln über meinem Kopf durch die Luft wirbelten und Gorgo ausgelassen vor mir hertollte. Ihr zumindest machte es nichts aus, daß die Götter jetzt zu mir sprachen. Ich wanderte am Strand entlang, bis ich das Schiff in Richtung Westen davonsegeln sah. Erst dann lenkte ich meine Schritte widerstrebend wieder heimwärts.

Durch schlammige Gassen trottete ich durch die Stadt. Lyrnessos war nicht das große Troja mit seinen breiten Straßen, nur ein unordentlicher Haufen von Lehmziegelhütten und hölzernen Verschlägen. Frauen mit Kindern auf dem Rücken hielten Schwätzchen in den Türen, während die Spindeln flogen. Mit Lasten beladene Männer kamen zu zweit oder zu dritt an mir vorbei. Ich fühlte mich, als würden sie alle auf mich zeigen und hinter vorgehaltener Hand tuscheln. Ich ging den Hügel hinauf und betrat den Palast durch Tore, die nie geschlossen oder bewacht wurden. Als ich den Hof überquerte, meinte ich, jeder Diener, dem ich begegnete, würde sich nach mir umdrehen und Löcher in meinen Rücken starren.

Als ich an den Fuß der Treppe gelangte, kam Bienor heruntergetrabt. Bei meinem Anblick geriet er ins Stolpern und wich mit großen Augen eine Stufe zurück vor mir. Jahre der Ungerechtigkeit schrien plötzlich nach Vergeltung. Mir fielen Knoten ein, die auf mysteriöse Weise in meinen Webarbeiten aufgetaucht waren, tote Fische in meinen Kleidern, Nesseln in meinem Bett. Wer würde sich da nicht rächen wollen? Mit zu Krallen gespreizten Händen ging ich auf ihn los.

»Wehe!« rief ich aus. Das Wort hallte vom Stuck der bemalten Wände wieder. »Wehe!«

Ihm fiel die Kinnlade herunter. Er wurde blaß. »W… was?«

146

»Wehe, Bienor, Brises' Sohn, denn die Moiren haben seinen Lebensfaden gesponnen. In der Finsternis werden die Gütigen zu ihm kommen und nach Rache rufen!«

Mein unerträglicher Zwillingsbruder stieß einen schrillen Entsetzensschrei aus und stürzte die Treppe hoch. Hier boten sich ungeahnte Möglichkeiten, entschied ich. Ich war im Begriff, ihn zu verfolgen und seine Zähne noch ein bißchen mehr klappern zu lassen, als eine Männerstimme von unten mich anbrüllte: »Briseis!«

Dort, die Fäuste in die Hüften gestemmt, stand Sphelos, mein männlicher, ach so gutaussehender Bruder mit den wie von einem Bildhauer gemeißelten Gesichtszügen. Ich blieb stehen, wo ich mich gerade befand, eine Stufe über ihm, so daß meine Augen immer noch höher waren als seine. Ich fühlte mich wie eine Katze, die von einem großen Hund in die Enge getrieben worden ist. Sphelos würde sich nicht wie Bienor einschüchtern lassen. Sphelos' Verstand, in dem alles seine festgelegte Ordnung hatte, stellte Schwestern nicht auf die gleiche Stufe mit Göttern.

»Du rufst mich, Sohn des Brises?«

»Du bist jetzt nicht der Herold der Götter, Mädchen. Im Scherz von den Wolkenwanderern zu sprechen, ist eine gefährliche Torheit! Angenommen, sie hören dich?«

Ich erbebte und versuchte, reumütig dreinzublicken. »Ja, Sphelos.«

Er sah mich stirnrunzelnd an. »Du hast schon genug Unheil angerichtet. Vater spricht davon, Zeus zwei Färsen zu opfern, nur für den Fall, es könnte doch etwas dran sein an dem, was du sagst.«

Zwei Färsen! Er würde mir nie vergeben. Und selbst wenn er mir verzieh, Sphelos würde es nicht tun.

»Es tut mir leid«, entgegnete ich automatisch. Dann besann ich mich eines Besseren. »Gib mir nicht die Schuld für die Färsen – ich habe nichts getan, was den Donnerer erzürnt haben könnte! Ich gebe zu, es war taktlos von mir, so zu dem Prinzen zu sprechen, wie ich es getan habe – ich vermute, das war der Grund, warum Vater ihm all diese kostbaren Geschenke geben mußte?«

»Was? Natürlich nicht!« Der Tonfall meines Bruders ließ durchblicken, daß er meine Unwissenheit für absichtliche Begriffsstutzigkeit hielt. »Ein Gast muß Geschenke erhalten, die seinem eigenen Reichtum entsprechen. Nun, da Vater eine Gastfreundschaft mit ihm eingegangen ist, wird er eines Tages Troja besuchen, und natürlich wird Paris ihm Geschenke überreichen, die sogar noch verschwenderischer sind als die, die Vater ihm heute angeboten hat.«

»Oh.« Würde der Besuch in Troja auch Verhandlungen bezüglich einer Verlobung einschließen?

Die Miene meines Bruders wurde wieder kalt. »Aber was geschehen ist, ist geschehen.« Er lehnte sich gegen einen roten Delphin und verschränkte die Arme. »Das, was du gestern abend gesagt hast, das ist wahr? Du hast Adler miteinander kämpfen sehen?«

Ich nickte.

»Und du glaubst, das bedeutet Krieg?«

Daß er mir glaubte, war erstaunlich genug. Aber zu Rate gezogen zu werden, was das Omen meiner Meinung nach bedeutete, obwohl ich nie in die Kunst der Vogelschau eingeweiht worden war, übertraf das noch bei weitem. Mir wurde klar, daß seine Verärgerung echter Besorgnis entsprang, und das bereitete mir noch größere Sorgen.

»Maera glaubt es auch.«

Er seufzte, den Blick zu Boden gerichtet. »Du tatest unrecht daran, es zu diesem Zeitpunkt auszusprechen, Briseis, aber in deinen Worten lag Wahrheit. Ich habe Vater gewarnt, daß Paris Menelaos' Gastfreundschaft gebrochen haben muß, aber ich wußte nicht, daß Sparta dem alten Weg folgt und Helena eine Abtrünnige ist.« Er sah mich trotzig an. »Aber was hätten wir denn tun sollen? Einen Sohn des Priamos von unserer Schwelle weisen?«

»Ich weiß nicht«, flüsterte ich, den Tränen nah. Man gab mir die Schuld an etwas, das nicht mein Fehler war.

Er zuckte die Achseln. »Wie dem auch sei, Mutter will dich sehen.«

»Gut! Ich will sie ebenfalls sprechen.«

Er wölbte eine seiner schön geschwungenen Augenbrauen. »Wieso?«

Ich hatte schon zuviel gesagt, aber Sphelos' Reaktion konnte mir als Vorwarnung dienen, wie unsere Eltern auf meine sonderbare Bitte reagieren würden. »Ich will einen Ehemann.« Ich wartete auf das verletzende Gelächter.

Aber mein Bruder lachte nicht; er runzelte lediglich die Stirn. »Sie wird dir sagen, du seist viel zu jung. Vater wird die endgültige Entscheidung treffen.«

»Selbstverständlich.« Es war beängstigend, ernst genommen zu werden.

»Und er wird sich mit Alkathoos beraten müssen.«

»Dem Sohn des Aisyetes?« Was hatte denn der König der Dardanier damit zu schaffen? »Ich will nicht irgendeinen nach Dung stinkenden Hirten heiraten. Ich will hier weg und weit weg von hier leben – das war es, was die Götter mir mitteilen wollten. Es ist an der Zeit, daß Lyrnessos zum neuen Weg überwechselt und –«

»*Nein!*«

Verdutzt ob dieses jähen Wutanfalls glotzte ich ihn mit offenem Mund an. »Du willst nicht König werden?«

»Da bist du ja!« sagte Enops, der hinter ihm auftauchte.

»Hm. Na dann, viel Glück.« Das war nicht das, was Sphelos ursprünglich hatte sagen wollen. Er kochte noch immer vor Wut.

Enops ließ fragende Blicke zwischen uns beiden hin- und herwandern.

»Hast du ihnen aufgetragen, den Räucherfisch im Öllager zu verstauen, Bruder?«

Sphelos stieß eine Reihe schauerlicher Flüche aus. »Nein! Sorg dafür, daß unsere Familienprophetin geradewegs zu Mutter geht, ja?« Mit ruckhaften Bewegungen entfernte er sich.

Enops grinste und breitete die Arme aus, damit ich mich hineinwerfen konnte. Sein Jünglingsbart kitzelte mich an der Wange, als er mich umarmte. Dann küßte er mich. Enops hatte in jüngster Zeit ein leidenschaftliches Interesse an den jüngeren Frauen des Palastes entwickelt und wußte, was es mit dem Küssen auf sich hatte. Ich entwand mich seinem Griff und sagte: »Hör auf damit!«

Er grinste erneut ohne jede Spur von Reue. Für Enops schien immer die Sonne. Sphelos war hager und finster, Enops hingegen pausbäckig und knuddelig. Wo Sphelos fleißig und unermüdlich war, Vater bei der Kontrolle der riesigen Palastvorratslager zur Hand ging − wie ein umherstreifender Leopard, der auch das kleinste Versäumnis bei der Gersternte entdeckte −, war Enops so träge wie eine Katze in der Sonne. Es schien, als habe er keinerlei Ehrgeiz, der über einen gefüllten Weinschlauch und lustige Gesellschaft hinausging: Bis vor kurzem hatte das bedeutet, mit den Jungen auf die Jagd zu gehen, um dann in der Nacht den

Mädchen nachzustellen. Ein Prinz mußte allerdings nicht besonders lange jagen.

Aber als er sich erkundigte: »Wie geht's dir, Gänslein?«, lag darin aufrichtige Anteilnahme.

Ich schniefte. »Ganz gut.«

»Meine kleine Schwester hatte ein schreckliches Erlebnis.«

»Ich habe alle in Verlegenheit gebracht!« Das Kitzeln in meiner Nase verwandelte sich rasch in ein Prickeln unter den Augenlidern.

»Nicht im geringsten. Ein echtes Orakel im Megaron zu haben, das jeder hören konnte, war eine große Ehre, aber ich weiß, daß es für dich nicht besonders angenehm gewesen sein muß. Welche Laus ist Sphelos über die Leber gelaufen?«

»Ich weiß nicht. Haben sie wirklich den Fisch ins Öllager gesteckt?«

»Ich glaube nicht. Wird es Krieg geben?«

Es war furchterregend, jedermanns Wahrsagerin zu sein. Ich zitterte und nickte, wünschte, er würde mich noch einmal umarmen.

»Die Götter seien gepriesen!« Er strahlte und zeigte jeden Zahn, den er im Mund hatte. »Das ist eine wunderbare Prophezeiung, Schwester!«

»Wunderbar? Krieg ist schrecklich.«

»Nicht für die jüngeren Söhne von Königen, für die nicht! Wie lange wird er dauern? Wie bald wird er beginnen? Werde ich alt genug sein, um kämpfen zu dürfen?«

»Ich weiß es nicht! Ich will es auch gar nicht wissen.«

»Ich schon.« Er lachte und legte den Arm um mich. »Letztes Jahr wollten sie mich nicht mal auf die Eberjagd mitgehen lassen, aber von einem Krieg können sie mich nicht fernhalten – wofür sind Söhne sonst da? Mutter hat das halbe Königreich auf die Suche nach dir geschickt. Komm. Wie lange dauert es noch, bis er anfängt, dein Krieg?«

Er führte mich fort und plapperte die ganze Zeit auf mich ein, redete über das große Abenteuer, das ich ihm geweissagt hatte.

7 Die erste, die ich beim Hereinkommen sah, war Maera, diese kleine, verschrumpelte Rosine. Was hatte die alte Priesterin über mich gesagt?

Die Halle der Königin war kleiner und schlichter als das Megaron. Ihre Fresken waren lebhafter, ihre Fenster umrahmten den Blick auf Stadt und Meer auf der einen und Obsthaine und honigfarbene Stoppelfelder auf der anderen Seite, im Hintergrund der finstere Berg Ida. Für gewöhnlich war der Fußboden übersät mit Körben gefärbter Wolle, farbenfroh wie Blumen; und stets standen drei oder vier große Webstühle in dem Raum, deren Hunderte von Gewichten in der kleinsten Brise sanft klimperten. Der Arbeitsertrag an fertigem Tuch war jedoch gering. Mutter verbrachte ihre Tage damit, so zu tun, als webe sie komplizierte Wandbehänge mit Szenen aus der Mythologie, aber meistens tratschte sie nur mit ihren Frauen oder naschte Honigküchlein. Es war Königin Nemertes von Lyrnessos, von der Enops seine königliche Faulheit geerbt hatte.

In der sonnigsten Ecke krächzten Klymene und Melite wie üblich aus vollem Hals.

»… Delphine und Seesterne auf den Seiten, aber die Griffe waren blau.«

»… hab' ich ihr gesagt, ich würde mich nicht herumschubsen lassen, ganz gleich, wie heiß es sei.«

Omen waren einfacher zu verstehen als diese beiden.

Mutter saß auf ihrem Lieblingsstuhl, halb verdeckt von einem Webstuhl. Mit Erleichterung stellte ich fest, daß die Illusion von Alter aus der vergangenen Nacht sich aufgelöst hatte. Die aufgedunsenen Arme und der fette Hals waren nicht verschwunden, aber wenn sie mir vorher nicht aufgefallen waren, dann deshalb, weil sie normalerweise Kleider trug, die sie kaschierten. Warum also hatte sie den Schmuck und das Staatsgewand, die sie zur Verabschiedung der Gäste getragen hatte, noch nicht ausgezogen?

Vater, der nur selten hierherkam, saß ihr gegenüber auf einem Stuhl, stocksteif und gerade und so fehl am Platze wie ein Bulle im Kräutergarten. Auch er trug noch seine offiziellen Gewänder, Umhang und Eberzahnhelm lagen zu seinen Füßen. Sein Haar war durcheinander.

»Da ist sie ja endlich!« begrüßte er mich stirnrunzelnd. Er hielt ein Knäuel blauen Garns in der Hand und spielte unablässig damit.

Mutter strahlte, als stelle mein Eintreffen eine ungeheure Erleichterung für sie dar. Mit einem rundlichen Arm zog sie mich halb an sich, als ich sie auf die Wange küßte. »Wo in aller Welt hast du gesteckt, meine Liebe? Wir haben uns schon Sorgen um dich gemacht. Du hast uns alle warten lassen.«

»Hast die Götter warten lassen!« knurrte Vater. Seine Mißbilligung wirkte merkwürdig unecht, eine dünne Tünche aus Zorn über tiefer Besorgnis.

Ich entschuldigte mich, während ich ihn verstohlen musterte. Ja, er war der beeindruckende königliche Vater, als den ich ihn kannte, und das Silber in seinem Bart zeugte von Weisheit und Reife, nicht von Hinfälligkeit; und dennoch vermochte ich Spuren des geringeren Mannes zu entdecken, auf den ich während des Festmahls gestern abend einen flüchtigen Blick erhascht hatte – Tränensäcke unter den Augen, Wampe unter dem Gewand. Dahin zu kommen, seine Eltern als menschliche Wesen zu sehen, muß wohl ein Bestandteil des Erwachsenwerdens sein, aber die meisten Jugendlichen erleben es allmählicher als ich.

Maera sagte nichts, nur ihre kleinen schwarzen Knopfäuglein spähten so aufmerksam aus ihrem Runzelgespinst wie ein Eichhörnchen aus seinem Loch.

»Nun denn, sie ist hier, also laßt uns beginnen«, erklärte Mutter bestimmt. Ich fragte mich, was meine Ankunft wohl unterbrochen hatte, worüber sie sich gestritten haben mochten.

Vater stimmte ihr zu. Er drehte seinen Wollball in den Händen.

»Setz dich, mein Liebes. Und erzähl uns die ganze Geschichte.«

Ich begann also wieder von vorne. Sie runzelten die Stirn, als ich Daos erwähnte, um dann dem Rest mit einer Konzentration zu lauschen, die ich äußerst schmeichelhaft fand. Ich kam zu einer schwierigen Stelle, als ich berichtete, wie ich das Schiff entdeckt hatte.

»Ich habe zum Herrn Poseidon gebetet, Vater. Ich versprach ihm, wenn er die Seeleute rettete, würde ich dich bitten, ihm ein Pferd zu opfern, eine gute Stute.«

Er grunzte und warf mir unter seinen buschigen Augenbrauen einen finsteren Blick zu. »Ach ja, das hast du also?«

Ich nickte schüchtern.

»Gut, nur zu.«

»W—was?«

»Du hast versprochen, mich zu fragen, richtig? Also frag!«

»Oh. Bitte, mein Herr, wirst du dem Erderschütterer ein Pferd opfern?«

154

»Nein.« Er lächelte grimmig. »So! Du hast deinen Schwur erfüllt.«

»Das war alles, was du versprochen hast, oder?« erkundigte sich Mutter, meine Knie tätschelnd. »Ihn zu fragen? Hast du wirklich geglaubt, du könntest die Götter von ihrem Willen abbringen, Kind? Was immer sie für den Prinzen und die – ähm – Prinzessin geplant haben, hätte sich erfüllt, ganz gleich, was du gesagt oder getan hast. Und jetzt hör auf, dir Sorgen darüber zu machen, und fahr mit deiner Erzählung fort.«

Mir schien das ein sehr spitzfindiger Ausweg aus meiner Verpflichtung zu sein, doch wenn meine Eltern meinten, das habe so seine Richtigkeit, dann glaubte ich ihnen natürlich; außerdem war ich wirklich erleichtert, es los zu sein. Ich redete weiter, und sie stellten keine Fragen mehr, bis ich ihnen erzählte, wie der Gott durch Bienor zu mir gesprochen hatte.

Vater schnaubte ungläubig.

»Bienor meckert wie eine Ziege, die sich verlaufen hat. Wie kommst du zu der Annahme, es sei ein Gott gewesen?«

»Ich weiß nicht, woher ich das weiß, mein Herr. Als er es sagte, war es mir noch nicht klar, aber dann schien es irgendwie nachzuhallen. Nur seine letzten Worte.«

»Du warst müde, du hattest getrunken. Wann hattest du zum letzten Mal etwas gegessen?«

»Ach, sei doch nicht so ungläubig!« fuhr Mutter ihn an. »Selbst wenn du nicht glaubst, daß ein Gott durch Bienors Mund zu ihr gesprochen hat, wie sonst würdest du das Omen deuten, das sie gesehen hat?«

Vater drehte den ausfransenden Wollball in seinen Händen immer schneller und fester. »Du bist mit Daos hoch in die Wälder gegangen?«

»Ja, mein Herr …«

»Und wessen Idee war das?«

Ich bezweifle, daß ich ahnte, wessen ich verdächtigt wurde, aber jedes Kind vermag Mißbilligung zu spüren, und ich wollte nicht, daß Daos bestraft würde. »Meine natürlich. Denkst du, ich würde tun, was ein Sklave mir sagt? Ich mußte hinter meinem Hund herlaufen und wollte nicht alleine gehen.«

Blicke wurden ausgetauscht.

»Das war sehr dumm von dir!« tadelte mich Vater. »Die Leute werden reden. Du bist kein Kind mehr. Du darfst nicht mit Sklaven in den Wald laufen!«

Mutter widersprach ihm.

»Sie ist noch ein Kind.« Dann stärkte sie ihm wieder den Rücken. »Aber das wissen die Leute nicht. Du darfst auf keinen Fall einen Skandal verursachen.«

»Ich habe nur versucht, meinen Hund einzufangen!« rechtfertigte ich mich.

»Du hättest den Sklaven hinter dem Hund herschicken sollen«, erklärte Mutter streng. »Prinzessinnen verkehren nicht mit Sklaven.«

»Er hat mich nicht berührt. Und ich habe ihn nicht berührt.«

»Wir glauben dir, Liebes, aber andere Leute könnten falsche Schlüsse ziehen.«

»Was habt ihr denn gegen Daos? Er ist sehr« – im Begriff, ›hübsch‹ zu sagen, schwenkte ich hastig um auf – »höflich. Und Enops *verkehrt* ständig mit Sklavenmädchen.« Wie auch Vater, wenn wir schon beim Thema waren. Sphelos stellte etwas ähnliches mit Knaben an.

Weitere Blicke flogen hin und her, finstere Blicke.

»Und du möchtest also ein paar Sklavenkinder zur Welt bringen, vermute ich?« meinte Vater. »Weber und Badedienerinnen? Kennst du denn den Unterschied zwischen Mann und Frau nicht?«

»Mein Herr!« empörte sich Mutter. »Briseis und ich werden das unter vier Augen besprechen.«

»Tut das!« brummte Vater. »Was sage ich den Priestern? Ein schwarzer Stier für Poseidon natürlich – und eine Silberschale? Unsere Herrin von der Quelle … einen Bronzekessel und einen Widder? Eine Färse für Apollon sollte es tun, und …«

»Du kannst doch gewiß großzügiger sein? Warum läßt du dich nicht von ihnen beraten?«

Vater stöhnte auf und warf den übel zugerichteten Wollball voller Wut hinter sich. »Sie saugen mir das Blut aus!« Er hatte nichts übrig für Priester und Priesterinnen, obwohl er sie alle persönlich auswählte. Er nannte sie in aller Öffentlichkeit Bettler und Erpresser. Er grummelte und murrte stets, wenn sie zu ihm kamen, um den ihren Göttern zustehenden Teil einzufordern, besonders bei der reichen Opfergabe, die an jedem siebten Tag des Monats an Smintheus wanderte.

Mutter herrschte ihn auf eine Art und Weise an, wie ich es noch nie erlebt hatte. »Brises! Merkst du denn nicht, daß dies ein Notfall ist? Geh lieber und ertüchtige statt dessen das Heer! Briseis, Maera und ich kümmern uns um den Palast und Diktynna.«

Er sah sie wütend an. »Und Chthonia?«

Mutter zuckte zurück, biß aber die Kiefer stur zusammen. »Darüber nachzudenken bleibt uns noch genügend Zeit. Und jetzt fort mit dir!«

Ich blinzelte, hatte ich doch noch nie gesehen, daß der König auf diese Weise entlassen wurde.

Ich bezweifle, daß er diese Erfahrung schon einmal gemacht hatte. Er hob Umhang und Helm vom Boden auf und erhob sich, ganz anklagendes Schmollen. »Du wirst vermutlich auch wünschen, daß ich deinen Streitwagen anschirren lasse?«

»Du darfst die Nachricht verbreiten, wenn du

willst. Sei nicht zu herrisch zu den Priestern!« Dieses anmaßende Gebaren war ein beunruhigendes Zeichen, etwas, das ich von meiner Mutter nicht kannte; für gewöhnlich zog sie es vor, stürmischer See mit ruhigem Abwarten zu begegnen. Auch wenn Helena die Welt noch nicht vollständig aus den Angeln gehoben hatte, einen kleinen Stoß hatte sie ihr schon versetzt.

»Du kannst dir einfach nicht vorstellen, was sie daraufhin gesagt hat«, bellte Melite.

Nein, Klymene konnte es sich nicht vorstellen, denn sie schnarchte friedlich vor sich hin.

König Brises schnaubte und stolzierte hinaus. Maera war während des Wortwechsels still wie eine Katze auf der Lauer gewesen, doch nun verzog sich ihr Mund belustigt. Ich fragte mich, warum man die furchtbare Chthonia miteinbeziehen wollte.

»Zerbrich dir nicht den Kopf wegen deines Vaters, Liebling«, sagte Mutter versöhnlich. »Er sorgt sich wegen des Handels.«

Ich nehme an, ich schaute so leer drein wie ein frisch ausgerolltes Tontäfelchen.

»Die Schiffahrt, Liebes!« führte sie aus. »Wenn Troja eine Auseinandersetzung mit den Griechen hat, ist das schlecht fürs Geschäft. Piraterie und so weiter.«

Ich glaubte, mein Vater sorge sich um wesentlich mehr als das, und sie selbst ebenfalls. Er konnte kein Heer ertüchtigen, wie sie so giftig vorgeschlagen hatte, da er der einzige Krieger in Lyrnessos war. Das, was einer Kämpferschar noch am nächsten kam, war die Palastwache, ein bunt gescheckter Haufen alternder Lanzenkämpfer unter der Führung von Hauptmann Kreion, der nicht einmal von adliger Abstammung war.

»So«, fuhr Mutter fort, »jetzt müssen wir zu unserer Herrin gehen und ihr dafür danken, daß sie dir die Prophezeiung gesandt hat.«

Ich verspürte keine besondere Dankbarkeit. »Jawohl, Mutter.«

»Zuerst der Palastschrein, und dann fahren wir zu dem Schrein hinauf, an dem du gestern die beiden Adler gesehen hast.«

»Mutter, glaubst du, es wird Krieg geben?« Wenn Vater bereit war, mit Widdern und Färsen und goldenen Schalen um sich zu werfen, dann hielt er die Angelegenheit offensichtlich für überaus ernst. »Und wurde unser Haus dadurch entweiht, daß wir Helena Gastfreundschaft gewährt haben?«

»Pah! Man kann nie wissen, Liebes. Wir werden Potnia fragen, wie wir Palast und Stadt wieder reinigen sollen. Sie wird nicht hart sein zu denjenigen, die sich unwissentlich versündigt haben.«

»Ach ja?« schrie Maera mit schriller Stimme; sie mischte sich so jäh in unser Gespräch ein, daß wir beide zusammenzuckten. »Was ist mit Aktaion? Er wußte auch nicht, daß er in Artemis' heiligen Hain geraten war, und denk nur dran, was ihm widerfahren ist, nur weil er Artemis zufällig beim Baden beobachtet hat! Das hätte jeder Mann getan. Ich kann mich an viele Menschen erinnern, die die Götter unabsichtlich beleidigt haben und dennoch die Zeche zahlen mußten. Was ist mit Oidipus? Er heiratete Iokaste, weil sie Königin von Theben war und er König sein wollte, nicht, weil sie seine Mutter war. Ihm war nicht bewußt, daß er etwas Falsches tat. Er wußte nicht, daß der König, den er tötete, sein eigener Vater war.«

Das unerschütterliche Vertrauen meiner Mutter geriet ein wenig ins Wanken, festigte sich aber schnell wieder. »Das sind uralte Geschichten.«

»Es ist die Tat, die zählt!« erklärte Maera.

»Nun denn, Unsere Herrin hat uns durch Briseis eine Warnung zuteil werden lassen, also können wir davon ausgehen, daß sie uns wohlgesonnen ist. Wir werden sie fragen, was not tut.«

Maera ließ ein zahnloses Feixen sehen. Wenn sie ihre Deutung des Omens nicht zur Sprache brachte, würde ich es selbst tun müssen.

»Mutter, die Götter haben uns sagen wollen, daß ich einen Ehemann brauche.«

Mutter zuckte zurück, als wenn ich ihr ins Gesicht geschlagen hätte. »Einen *was*?« plärrte sie.

»Einen Ehemann. Die Götter haben mich gewarnt, daß ich mir einen Beschützer suchen muß, einen Krieger, der mich heiratet und von hier weg bringt −«

Ihre Pausbacken waren unter der Schminke ganz blaß geworden. »Ach, Unsinn! Nein! Nein! Nein!« Nie hatte ich sie so erschüttert gesehen. »Du bist viel zu jung, um an eine Heirat zu denken. Wie, selbst Sphelos ist noch unverheiratet. Mach dich nicht lächerlich! Das kann es nicht gewesen sein, was die Götter gemeint haben.« Sie funkelte Maera wütend an und bemühte sich, sich wieder zu fassen. »Nun, sitzt meine Frisur richtig? Welche Opfergabe kannst du darbringen? Eine Webarbeit?«

»Ich habe die mit dem Delphin darauf.«

»Nicht sehr angemessen! Laß mal sehen, du hast Alkmene bei der mit der Lilie und der Hyazinthe geholfen, also ist das in gewisser Weise deine Arbeit.« Königin Nemertes wuchtete sich aus dem Stuhl hoch, um nach dem besagten Wandteppich Ausschau zu halten.

»Nun?« wandte ich mich an Maera, was soviel heißen sollte wie: *Deine Deutung ist hier oben nicht sehr beliebt, nicht wahr?*

Die alte Frau überhörte meine Frage. »Sie ist die ewige Jungfrau«, rezitierte sie mit ihrer krächzenden alten Stimme. »Sie ist die ewige Geliebte. Sie ist die ewige Mutter.« Sie wiegte sich auf ihrem Schemel vor und zurück und zeigte mir ihren zahnlosen Gaumen.

Sie sprach von Chthonia.

8 Der königliche Schrein war ein dämmriger und winziger Keller mit einer Wand aus gewachsenem Felsen und mehreren Göttern und Göttinnen aus Ton, die geduldig auf Sockeln herumstanden. Er mußte nicht groß sein, denn Potnias wichtige Feste waren Staatsangelegenheiten, die im Megaron selbst abgehalten wurden. An jenen Festen pflegte die Göttin uns leibhaftig zu erscheinen. Dies hier war eine wesentlich unbedeutendere Zeremonie. Von Mutter dazu gedrängt, brachte ich ein Opfer aus Wein und Gerste und Honig dar, gefolgt von dem Tuch, das ich gewebt hatte. Der ranzige Qualm der Lampen ließ meine Augen brennen. Ich kämpfte gegen die aufsteigende Furcht an, die Göttin selbst sei zugegen und könnte zuhören. Als ich wieder hinaus ans Tageslicht trat, hatte ich Kopfschmerzen.

Die frische Luft ließ sie bald wieder verschwinden, als wir uns auf den Weg machten, den Altar Unserer Herrin Diktynna zu besuchen. Auf Mutter wartete ihr Streitwagen, ein überaus kostbares Stück aus Ulmen- und Pfirsichbaumholz mit elfenbeinernen Einlegearbeiten am Wagenkasten und Silberbeschlägen am Geschirr; die Räder besaßen Bronzefelgen. Sowohl die Hauptdeichsel, die sich vom Fußboden nach vorn zog, als auch die obere Deichsel am Geländer waren purpurfarben bemalt, und das Joch und das Brustgeschirr der Pferde leuchteten scharlachrot. Sie bekam einen königlichen Wutanfall

wegen des Staubes auf den elfenbeinernen Einlege-
arbeiten. Drei Stallburschen wischten hastig mit
Strohbüscheln über das ganze Gefährt, während
Maera umständlich Vorräte an Bord lud.

Der andere Streitwagen war ein Arbeitsgefährt aus
einfachem Korbgeflecht, sehr langweilig im Vergleich
zu dem anderen. Ich erreichte ihn vor der alten
Antikleia, die sich auf Zehenspitzen einen Weg über
den schlammigen Boden suchte, einen warmen
Mantel um die ausgezehrten Knochen geschlungen
– man konnte sich darauf verlassen, daß Antikleia
die Stallburschen mißbilligen würde, so wie sie alles
andere mißbilligte. Als ein Sklave sie endlich auf den
Wagen verfrachtet hatte, hielt ich die Zügel schon fest
in der Hand. Mißtrauisch beäugte sie mich.

»Ich werd' dich schon sicher nach Hause bringen«,
versprach ich fröhlich, »aber wenn du Hermes einen
Ochsen geloben möchtest, würde es auch nicht
schaden.«

Sie klammerte sich mit beiden Händen an der
Brüstung fest und murmelte etwas wie »hundert
Ochsen«.

Mutter erklärte sich endlich zufrieden und bestieg
den Streitwagen. Maera stand schon oben. Die
Sonne schien, die zottigen kleinen Pferde schienen
begierig darauf, unseren Befehlen zu gehorchen,
und bald fuhren wir auf dem Pfad bergauf durch die
Olivenbäume.

Im Streitwagen zu fahren, ist kein gemütliches
Erlebnis, kann aber angenehmer sein, als zu Fuß zu
gehen. Lyrnessos war nicht die Argolis mit ihren
schön gepflasterten Straßen, auf denen Streitwagen
bequem im Trab fahren konnten. Bei Überlandaus-
flügen oder auf Rumpelpfaden wie diesem genügte
schon ein gemächlicher Schritt, um uns wie Dresch-
flegel auf der Tenne auf und ab hüpfen zu lassen.

Jede schnellere Geschwindigkeit hätte uns aus dem Wagen geschleudert und höchstwahrscheinlich auch das Gefährt selbst zerstört. Oder das Halsgeschirr der Pferde würde ihnen die Luft abschneiden, sie würden durchgehen, und die Katastrophe wäre da. Wenn Mutters lange Locken hinter ihr herwehten, dann war das ausschließlich dem Wind zuzuschreiben, nicht der rasenden Geschwindigkeit.

Wir fuhren den Berg hinauf, bis erneut der Wald in Sicht kam, um uns dann nach Osten zu wenden. Ich machte mir Sorgen, den Schrein womöglich nicht wiederfinden zu können, aber natürlich erreichten wir das Bächlein, und das brachte uns mühelos zum richtigen Platz.

Ich wußte sofort, daß die Göttin nicht zugegen war. Die Heiligkeit, die ich am gestrigen Tag gespürt hatte, war verschwunden, desgleichen der Adlerkadaver. Ich erklärte zuversichtlich, irgendein Raubtier müsse den Vogel geholt haben, und als wir uns um die alten Steine versammelten, wies ich auf frische Kratzspuren im Moos und ein paar Flecken, die ich beharrlich als Blut identifizierte. Im Schilfdickicht fanden sich zudem ein paar Taubenfedern.

»Wir zweifeln nicht an deinen Worten«, ließ Mutter mich freundlicherweise wissen.

Sie vielleicht nicht, aber mir erschienen die Ereignisse des vergangenen Tages nun wie ein schlechter Traum, so daß mir die Federn gerade recht kamen. Es hatte sich viel verändert – ich war nicht mehr das unwichtige Kind, das ich gewesen war. Die Götter hatten durch mich gesprochen. Falls Maera sich nicht sehr irrte, hatten sie mir eine Mahnung geschickt, mir einen starken Gemahl zu suchen, auf meinen Anspruch zu verzichten, die nächste Königin zu werden, und irgendwo in der Fremde zu leben. Gestern hatte ich mich danach gesehnt, endlich erwachsen zu sein, doch nun scheute ich vor den Folgen zurück.

Die Zeremonie dauerte nicht lange. Ich opferte Gerste und Honig, Wein und Öl, und Mutter sprach mir ein Dankgebet vor. Der Wind trug meine Worte davon. Ich hatte nicht das Gefühl, die Göttin sei zugegen oder irgendein Unsterblicher habe mich gehört. Antikleia, die sich einbildete, eine Kräuterkundige zu sein, begann umherzuwandern, wobei sie mißbilligende Blicke auf die Pflanzenwelt warf. Nach wenigen Minuten bestiegen wir wieder unsere Streitwagen und begannen unseren Heimweg.

Buch 3
AINEIAS

1 Es gab bei uns keinen Seher, der uns die Bedeutung des Omens hätte erklären können, aber es lag auf der Hand, daß Paris, indem er als Gast des Menelaos dessen Gemahlin stahl, die Gesetze der Gastfreundschaft gebrochen hatte, die alle zivilisierten Völker befolgten. Falls wir uns durch seine Aufnahme den Zorn der Unsterblichen zugezogen hatten, war der Gott, der am ehesten daran Anstoß genommen hatte, der Donnerer selbst. In seiner Erscheinungsform als Zeus Xeinios ist er der Gott der Gastfreundschaft. Am nächsten Morgen opferte Vater ihm, um seinen Zorn von uns abzuwenden. Selbst im kleinen Lyrnessos erhielt der Wolkensammler fast täglich Opfergaben, aber dieses sollte etwas Besonderes werden und all die Menschen beruhigen, die mein Ausbruch in Sorge gestürzt hatte.

Mutter ließ sich ihren Lieblingsstuhl in den äußeren Palasthof tragen und nahm im Schatten eines Olivenbaums Platz, das Zepter in der Hand. Ich mischte mich unter die jungen Frauen, wo ich Mädchen meines Alters über ihre Liebesbeziehungen flüstern und über die abwesender Freundinnen kichern hörte.

Die beiden Färsen waren schöne Tiere, glatt und fett nach einem guten Sommer auf den Weiden, gestriegelt und gebürstet und mit Girlanden aus Wolle geschmückt; ihre Hörner waren vergoldet. Zuerst schnitt Vater Haarlocken von ihren Köpfen ab und warf sie ins Feuer. Dann hob er die Arme hoch und wandte sich an den klaren blauen Himmel, dem er zurief, wem er diese beiden schönen Tiere weihte. Er sprenkelte Wasser und Gerste auf den Scheiterhaufen und die Erde. Er ergriff sein Messer. Ich hielt den Atem an und stand damit vermutlich nicht allein.

Das erste Opfer verlief gut. Vier Männer hielten die Seile, mit denen die Beine der Färse gefesselt waren, zwei Männer hoben ihren Kopf, und Vater vollführte einen sauberen Schnitt durch die Kehle. Das Tier wankte und ging zu Boden. Du weißt sicher, wie das Blut mit jedem Schlag des sterbenden Herzens herausspritzt, aber Sphelos fing es säuberlich in einer Silberschale auf. Wir jubelten, wie es von uns erwartet wurde.

Während andere Männer das blutige Zerlegen übernahmen, wurde die zweite Färse herangeführt. Aufgeschreckt vom Feuer oder vom Blutgeruch, wehrte sie sich. Vater verpatzte den ersten Schnitt. Das Opfer brüllte auf, verständlicherweise außer sich über die unbarmherzige Grausamkeit. Hastig führte er einen zweiten Schnitt. Die Färse versuchte zu flüchten und schleifte die Männer mehrere Schritt mit sich, bevor sie sie für den dritten Streich zum Stehen bringen konnten. Der fällte sie endlich, aber sie trat im Todeskampf nach der Schale, und sie fiel um. Mittlerweile war jeder einzelne Zuschauer blutbesudelt. Die Darbietung stand offenbar unter einem ungünstigen Stern.

Es sollte noch schlimmer kommen. Als man die Oberschenkelknochen mit Fett umhüllt und ins Feuer gelegt hatte, schien sich der Opferrauch auf merkwürdige Weise zu weigern, zum Himmel aufzusteigen. Dann flog aus dem Norden, vom Berg Ida, ein Kranichschwarm herbei. Ein Omen! Näher und näher kamen sie; sie flogen sehr hoch, sehr zielstrebig. Wären sie geradewegs über uns hinweggeflogen, es wäre ein gutes Zeichen gewesen – der Prophezeiungskunde zufolge sogar sehr gut –, und natürlich hätten sie auch genau das getan, hätten sie sich wie ganz normale Kraniche benommen. Kurz bevor sie den Palast erreichten, schwenkten sie jedoch abrupt ab. Ein lautes Stöhnen stieg aus dem Palasthof auf, als die Vögel sich nach Westen wandten und in der Ferne verschwanden, am Meeresufer entlang in Richtung der untergehenden Sonne. Schlecht, sehr schlecht! Keiner benötigte die Familienseherin, um zu verkünden, daß das Opfer nicht angenommen worden war.

Nach diesem bösen Vorzeichen verlief das Fest in gedrückter Stimmung. Oh, wir waren alle froh, uns an dem saftigen Fleisch bedienen zu können, aber das, was eine göttliche Delikatesse hätte sein sollen, lag wie Lehm in unserem Mund. Vater ließ immer mehr Wein nach draußen bringen, doch selbst das vermochte die Stimmung nicht zu heben. Tanz und Gesänge wirkten lustlos und trüb.

Voller Verzweiflung verließ ich die Festgäste und suchte Trost bei meiner Mutter. Es überraschte mich, daß sie mich zu sich winkte, denn ich war keine ihrer üblichen Vertrauten. Als ich mich über ihren Stuhl beugte, umklammerte sie meine Handgelenke mit ihren dicken Fingern.

»Du hattest recht«, flüsterte sie, »wir haben die Unsterblichen beleidigt.«

Für ein Kind ist die erste Entschuldigung seiner Eltern ein denkwürdiger Triumph, aber ich konnte mich nicht darüber freuen. »Es tut mir leid«, entgegnete ich, als sei alles meine Schuld. »Was können wir tun? Sollten wir einen Vogelschauer zu Rate ziehen? In Troja wird es doch bestimmt gelehrte Propheten geben, die uns Rat spenden können.« Ich glaube, ich hegte die schwache Hoffnung, eine Gesandtschaft ins Heilige Troja begleiten zu dürfen.

Sie warf mir einen jener Blicke zu, die eine Kinderwelt verfinstern können, aber glücklicherweise wußte ich diesmal, daß er nicht durch irgendeine Missetat meinerseits verursacht worden war. »Ich

brauche keinen weißbärtigen trojanischen Mummel-
greis, um mir zu sagen, daß mein Haus entweiht
worden ist.« Sie sah sich um, als wolle sie sichergehen, daß uns niemand belauschte. »Es gibt Wesen,
die den Willen der Götter genauer kennen. Geh und
sag deinem Vater, daß ich morgen Unterweisung aus
Chthonias Reich erbeten werde.«

»Nein!« Chthonia ist in der Troas die Gebieterin
der Toten. Vater setzte sie mit der griechischen Demeter gleich, aber sie ist furchterregender als die
Erdmutter. »Ich kenne das Ritual nicht.«

»Ich habe es nur einmal miterlebt, als ich ungefähr in deinem Alter war. Die Toten wissen alles.«

Ich erwartete halbwegs, mir würden die Haare zu
Berge stehen, aber das war nicht der Fall. »Kannst du
sie zum Sprechen bringen?«

Sie zuckte unsicher die Achseln, und ich erkannte
mit Schrecken, daß die Aussicht sie genauso ängstigte wie mich. »Man kann sie nicht zurückrufen,
sobald sie den Fluß einmal überquert haben. Und
diejenigen, die nicht hinüber können ... wenn sie zu
lange bei der Gebieterin geweilt haben, deren
Erinnerungen an das Tageslicht verblassen mit der
Zeit.« Mutter zog ein Gesicht. »Sie müssen erst vor
kurzem verstorben sein.«

Bevor ich mich vergewissern konnte, daß das
genau das bedeutete, was ich befürchtete, wuchtete
sie sich hoch, bedeutete Alkmene und Antikleia mit
einem Kopfnicken, ihr zu folgen, und stapfte davon –
gebeugt und sorgenbeladen und kleiner als sonst.

2 Ich fühlte mich gräßlich, als ich, von bösen
Vorahnungen und der morgendlichen Kälte geplagt,
den Streitwagen bestieg, und das frühmorgendliche

Gezwitscher der Vögel klang unheilvoll mißtönend, als kratze man mit einem Messer über Ton. Sphelos schnalzte mit den Zügeln, ich hielt mich an der polierten Eschenholzbrüstung fest, und wir rollten durch das Tor. Enops machte sich noch an seinem Wagen zu schaffen, was bedeutete, daß er uns einen Vorsprung gab und ein Wettrennen anbot.

Spuren in dem taubenetzten Gras zeigten an, wo der Wagen und die anderen Streitwagen vor uns her-gefahren waren. Sphelos hielt die Zügel in beiden Händen, während er gekonnt auf dem Ledergeflecht balancierte, das unter seinen Füßen wogte wie die Meeresdünung. Sein Wangenknochen war geschwol-len und dunkelrot, aber als ich ihn danach fragte, weigerte er sich, darüber zu sprechen.

»Ihr braucht mich nicht«, murrte ich. »Warum muß ich dann mitkommen?« Ich hatte nicht das ge-ringste Verlangen, mit den Toten zu sprechen.

Mein erwachsener Bruder nahm ansonsten meine Existenz kaum zur Kenntnis, aber diesmal würdigte er mich einer höflichen Antwort. »Natürlich weil du die Erbin bist.«

»Wieso? Wieso bin ich die Erbin? Warum wech-selt Lyrnessos nicht zum neuen Weg über? Maera sagt, das sei der Grund, warum die Götter mir das Omen gesandt haben – sie hätten mich gewarnt, ich solle einen Mann heiraten, der mich weg von hier an einen sicheren Ort bringt.«

»Vor dem Krieg ist man nirgendwo sicher. Der Krieg ist überall.« Er schnaubte. »Ich hoffe, du schlägst nicht vor, daß ich nach Vater König werden soll?«

»Warum nicht? Vater sagt, du weißt mehr darüber, wie man ein Königreich führt, als irgend jemand sonst.«

Er schoß mir einen verärgerten Blick zu, schien aber zu dem Schluß zu gelangen, daß ich ihn aus

Unwissenheit kränkte. »Das mag wahr sein, aber es ist nicht von Bedeutung. Nun ja, eigentlich schon. Ohne den Verwalter und seinen Stab würde das Königreich zusammenbrechen. Ich kann nie König werden, Briseis, weil edles Blut alleine nicht genügt. Ein König muß ein Krieger sein, und ich bin dazu nicht groß genug. Kannst du dir vorstellen, daß ich in einem Bronzepanzer herumlaufe? Ich könnte keine Lanze durch einen Ochsenhautschild stoßen, geschweige denn durch den Brustharnisch dahinter. Dafür braucht man Gewicht und Muskeln und schiere Größe.«

Ich hätte nicht sagen können, ob dieses Geständnis ihm Pein bereitete. Ich konnte ihm auch keinen Trost anbieten – die Moiren spinnen unser Schicksal. Seinen Umhang hatte Mutter eigenhändig gewoben. Er war eine ihrer besseren Arbeiten, aber Quasten hatte er nicht.

»Alkathoos würde mich nie akzeptieren«, fügte er hinzu.

Er hatte den König der Dardanier schon einmal erwähnt. »Was hat Alkathoos damit zu tun?«

Enops und Bienor überholten uns im Trab, wüst auf und ab hüpfend, während sie uns verspotteten. Ein Rennen war unter Sphelos' Würde. Mit einem verächtlichen Lächeln schaute er ihnen hinterher, ohne mich anzusehen. Ich fragte mich, was er wohl mit seiner Wange angestellt hatte. Ich wünschte, ich läge zu Hause im Bett.

»Die Dinge sind nicht immer das, was sie zu sein scheinen, kleine Schwester. Jedes Jahr schickt König Eëtion Vater einen Tribut von fünfzig Ochsen. König Altes gibt ihm hundert Hammel. Weißt du, warum?«

»Nein.«

»Damit Thebe und Pedasos auf der Küstenstraße miteinander Handel treiben können. Alle anderen

172

müssen Tribut entrichten, um Lyrnessos passieren zu dürfen. Aber warum machen sie sich die Mühe? Wir besitzen kein Heer, nur ein paar Lanzenkämpfer von niedriger Geburt. Die Kilikier und Leleger sind große Völker mit vielen Kriegern. Sie könnten uns an einem einzigen Morgen überrennen.«

Ich war nicht in der Stimmung für Rätsel oder Vorträge. »Weiß nicht.«

»Weil«, fuhr er in dem übertrieben geduldigen Ton fort, den Erwachsene bei unwissenden Kindern anschlagen, »den Dardaniern an freiem Zugang zum Meer liegt. Sie können über Pedasos oder Troja handeln, aber Altes und Priamos könnten sie auspressen wie Oliven, falls sie nicht uns als Ausweichmöglichkeit hätten.«

»Du meinst, die Dardanier beschützen uns?«

»Die Dardanier besitzen uns, obwohl niemand so brutal ist, es offen auszusprechen. Vater behauptet, ein unabhängiger König zu sein, aber in Wahrheit ist er Herrscher von Lyrnessos von Alkathoos' Gnaden.«

Der Morgen verfinsterte sich immer mehr. Ich kannte die königliche Familie der Dardanier und mochte die meisten von ihnen, aber ich hatte immer geglaubt, sie seien uns gleichgestellt und nicht unsere Herren. Königin Hippodemia war eine entfernte Base von Mutter.

»Also wird Alkathoos entscheiden, wer Vaters Nachfolge antritt – die Götter mögen geben, daß das noch lange dauert. In diesen unruhigen Zeiten wird er einen starken Krieger haben wollen. Die Familienbande werden langsam ein bißchen dünn, also wird er wahrscheinlich einen seiner Neffen oder Vettern auswählen.«

»Nein!« Meine Hoffnungen richteten sich auf einen gutaussehenden, kultivierten Prinzen à la Paris, nicht auf einen großmäuligen Dorftrunkenbold. Nebenbei bemerkt, Dardanien lag sogar noch näher an Troja als Lyrnessos. Das war es bestimmt nicht, was das Omen bedeutete.

Sphelos lachte. »Du wirst genau in dem Bett liegen, das Vater dir aussucht, mein Mädchen, und er wird seine Wahl nach dem richten, was Alkathoos ihm sagt.«

Wir hatten unser Ziel fast schon erreicht. Der Weg fiel steil nach unten ab, hinunter zwischen die schattenspendenden Bäume. Sphelos zog an den Zügeln, um die Pferde zu verlangsamen.

»Wenn nicht du, dann vielleicht Enops?« schlug ich vor.

»Enops? Enops mag von Größe träumen, aber er ist so faul wie Mutter, und er ist zu jung. Bienor ist noch jünger. Du bist die Erbin, Briseis.«

»Ich bin sogar noch jünger als Bienor!«

»Nur so lange, wie man braucht, um einen Topf Wasser zum Kochen zu bringen. Außerdem sind Frauen anders. Du könntest heute verlobt und schon bald verheiratet werden. Ein Mann ist bis zu seinem zwanzigsten Lebensjahr nicht voll ausgewachsen, und selbst dann kann er Probleme haben, ältere Männer dazu zu bewegen, ihm zu folgen. Deine Prophezeiung über den bevorstehenden Krieg macht alles noch schlimmer. Wir wollen hoffen, daß Mutter heute etwas anderes herausbekommt.«

Die Pferde begannen nervös zu werden, denn der Streitwagen wollte mit ihnen den Hang hinunterrollen. Zwischen den Bäumen vor ihnen konnte man die Lichtung sehen. Ich sah den Wagen und ein halbes Dutzend Streitwagen, dazu zwanzig oder mehr Menschen. Ich erschauerte und vergaß fürs erste meine Heiratsprobleme.

Sphelos brachte den Streitwagen neben dem

Wagen, von dem Soldaten Brennholz entluden, zum Stehen. Ich stieg aus und ging nach vorn, um die Pferde festzuhalten.

In ganz Lyrnessos war dies der einzige Ort, an dem nie Kinder spielten und kein Vogel sang. Nur spärliches Gras und ein bißchen Ried wuchsen um die Höhlenöffnung herum, dem Eingang zum Reich der Toten. Die Trauerweiden hatten ihr Laub verloren, die dicken Äste der Eichen jedoch, die sich über unseren Köpfen in die Luft reckten, besaßen ihres noch. In der steilen Schlucht war es kalt und dunkel, modrig und erfüllt vom Gestank verfaulender Vegetation. Selbst die Palastwachen, die für gewöhnlich rauh und vulgär waren, verrichteten ihre Arbeit in ehrfürchtigem Schweigen. Es hätte indes noch schlimmer kommen können, denn Mutter hatte das Ritual ursprünglich im Dunkeln durchführen wollen. Vater hatte daraufhin entgegnet, die Männer würden sich weigern zu kommen, und selbst er würde möglicherweise nicht auftauchen.

Sie saß in ihrem ganzen Priesterinnenstaat auf einem Klappstuhl, während ihre Frauen um sie herumwuselten. Die alte Antikleia kniete, Beschwörungen vor sich hin murmelnd, zu ihren Füßen, um einen Trank aus Wein und anderen, geheimnisvolleren Zutaten in einer Silberschale zuzubereiten. Vater stand in drohendem Schweigen vor ihr und beaufsichtigte die Soldaten beim Aufschichten des Scheiterhaufens. Enops befand sich am Wagen und half den Männern beim Abladen all der Dinge, die Mutter mitzubringen befohlen hatte: Holzscheite, eine Silberschale zum Auffangen des Bluts, das Bronzemesser, Amphoren mit Wein, ein Bündel geölter Fackeln. Den alten schwarzen Bock hatte man losgebunden und an einem Rad festgemacht; er graste zufrieden. Sie hatte darauf bestanden, daß es ein rein schwarzes Tier sein müsse, denn den Göttern konnte man nur Vollkommenes anbieten, doch selbst auf die Entfernung vermochte ich mattierte Flecken in seinem Fell auszumachen, bei denen es sich, wie ich annahm, um Farbe handelte. Ein rein schwarzes Tier ist selten, und die Zeit, eins aufzutreiben, war zu kurz gewesen.

Und wer sonst? Widerstrebend richtete ich meinen Blick dorthin, wohin zu sehen ich bis jetzt sorgsam vermieden hatte – zu dem jungen Mann, der mit baumelnden Beinen an der Ladeklappe des Wagens saß, verdächtig müßig inmitten all dieser Geschäftigkeit; er beugte sich einfach nur zurück, stützte sich auf seine muskulösen Arme und schaute glücklich in den Himmel empor. Sein Schädel war kahlrasiert bis auf eine Stirnlocke, die ihm zwischen die Augen fiel, seine bronzefarbenen Glieder waren sauber und geölt, er trug ein weißes Lendentuch und weiße Wollgirlanden um den Hals. *Nein!* Bevor ich mir dessen bewußt wurde, hatten sich meine Beine schon in Bewegung gesetzt, und ich rannte zu ihm.

»Daos? O Daos!«

Er wandte mir seinen Kopf zu und schenkte mir ein verwirrtes Lächeln, als sei ich eine wunderschöne Vision, die er nicht ganz begreifen konnte. Bevor er etwas sagen konnte, packte mich ein Mann von hinten und preßte mir eine Hand auf den Mund. Ich trat, wand mich und biß zu. Fest. Er schrie gellend auf, und mir wurde klar, daß es Sphelos war. Ich trat ihm auf den Fuß. Ich hätte mich vielleicht losreißen können und eine Szene gemacht, wenn Enops ihm nicht zu Hilfe gekommen wäre. Gegen die beiden war ich machtlos, und sie zerrten mich weg.

»Hör auf damit!« sagte Enops mit einer wesentlich barscheren Stimme, als ich sie von ihm kannte. »Du kannst nichts dagegen tun. Du darfst nichts dagegen tun. Verärgere die Götter nicht noch mehr als … sie sind schon zornig genug.«

Sie bugsierten mich zu Bienor hinüber, der auf einem Felsen im kühlen Schatten der Klippe saß. Dort ließen sie mich los, blieben aber neben mir stehen, so daß sie mich jederzeit wieder ergreifen konnten, falls ich etwas unternehmen sollte. Alle anderen beachteten die vier Königskinder nicht.

Sphelos untersuchte seinen blutenden Finger. »Hexe!«

»Tut es mehr weh als dein schwarzes Auge?« höhnte Enops.

Ich schluchzte. »Er hat überhaupt nichts getan! Er kam mit mir, um mich zu beschützen! Es goß in Strömen, er war völlig durchnäßt, aber er kam mit, weil er es für seine Pflicht hielt. Ich hab ihm gesagt, er solle es nicht tun, aber er dachte, er müsse mich begleiten.«

»Ha!« Sphelos gab dem Laut eine gemeine Wendung. »Vater hast du etwas anderes erzählt!«

»Er hat nur versucht, mir zu helfen. Er hat mir geholfen. Er hat nichts Böses getan. Das ist nicht gerecht!« Meine Einsprüche würden Daos nichts nützen – aber in seiner derzeitigen Lage konnten sie ihm auch gewiß nicht mehr schaden. Ich biß die Zähne zusammen und versuchte, mein krampfhaftes Schluchzen in den Griff zu bekommen.

»Es hat nichts mit deinem Ausflug auf den Berg zu tun. Vater befahl, den Schönsten auszusuchen, und da habe ich Daos gewählt. Zu diesem Zeitpunkt wußte ich gar nicht, daß er derjenige ist, der dich an jenem Tag begleitet hat. Es wäre ohnehin auf Daos hinausgelaufen.«

»Aber warum?« rief ich. »Er ist ein guter Arbeiter, oder? Alle Welt mag ihn.«

»Manche mögen ihn sogar sehr«, warf Enops ein.

Sphelos schaute ihn finster an und unternahm einen Versuch, seine Autorität wiederherzustellen. »Weil er zu groß wird, das ist der Grund. Männliche Sklaven können gefährlich werden, und ein oder zweimal hat er einen Wutanfall bekommen. Für ihn heißt es entweder dies oder der Sklavenmarkt. Wir würden nicht viel für ihn bekommen, weil jeder argwöhnen würde, daß wir nicht mit ihm fertigwerden. Außerdem fängt er an, die Frauen zu belästigen.«

Natürlich belästigte er die Frauen − dafür waren junge Männer schließlich da, zumindest in der weiblichen Sicht der Dinge. Ich dachte an Enops und sein tägliches Herumtoben. Aber Enops war ja auch ein Prinz.

»Er flirtet, meinst du das?« sagte er. »Welcher wahre Mann tut das nicht, Bruder?«

Sphelos lief dunkelrot an. »Der Grund dafür, daß die Wahl auf Daos fallen mußte, ist seine Schönheit! Nur die Besten sind gut genug für die Götter, und er ist der Beste, den wir darbringen können.«

»Tatsächlich!« Enops schnaubte. »Wenn er dir wirklich etwas hätte antun wollen, dann hätte er dich in Stücke gerissen.«

Die Erinnerung kann einem seltsame Streiche spielen. Erst jetzt fiel mir ein, wie groß Daos' Fäuste waren und daß ich eine Schwellung auf seinen Knöcheln gesehen hatte, als er sich auf den Wagen aufgestützt hatte. Anklagend starrte ich auf Sphelos' dazu passende Wange. Er gab den finsteren Blick erst mir und dann Enops zurück.

»Das hatte nichts damit zu tun. Das passierte erst, nachdem ich ihn Vater vorgeschlagen hatte!«

»Ein letzter Abschiedskuß für ihn, häh?« verhöhnte ihn Bienor, sein unnatürliches Schweigen brechend.

Vor nicht allzu vielen Monaten hätte Sphelos ihn

für diese Unverschämtheit grün und blau geprügelt. Jetzt drehte er sich nur abrupt um und stolzierte davon. Er hielt seinen Kopf hoch aufgerichtet, aber wenn er einen Schwanz gehabt hätte, hätte er ihn zwischen den Beinen eingeklemmt.

»Schwuchtel!« grollte Enops und sah ihm finster hinterher.

»Vater nimmt auch manchmal Knaben«, murmelte ich verständnislos.

»Das tue ich auch. Spaß ist Spaß, das schadet niemandem, aber ein Prinz sollte nicht versuchen, einen Sklaven zu seinem *Liebhaber* zu machen! Er hat überhaupt kein Schamgefühl. Wenn Daos von adliger Herkunft oder wenigstens frei geboren wäre … Oh, mach dir keine Gedanken um Sphelos. Bitte benimm dich, Briseis! Du würdest nur einen Skandal verursachen oder die Götter erzürnen. Du bist die Tochter des Königs – gib ihnen ein gutes Beispiel!«

Dieser beherrschte, gebieterische Jüngling unterschied sich so sehr von dem munteren Enops, den ich kannte, daß ich ihn nur anstarrte. Ich wandte mich ab und folgte Sphelos.

Ich wischte mir über die Augen. Meine Kehle brannte.

Bienor stand auf. »Ich empfinde genau wie du.« Er nahm meine Hand und drückte sie – hatten sich denn all meine Brüder über Nacht in Fremde verwandelt?

»Meinst du, er weiß, warum er hier ist?« murmelte ich, während ich zum Wagen hinüberschaute. Daos hatte sich nicht bewegt.

»Er muß wissen, was die Wolle bedeutet, aber Enops sagt, er hat genug Mohnsaft bekommen, um einen Ochsen zu fällen. Demnach weiß er es, aber es macht ihm nichts aus, vermute ich.«

»Ich wünschte, sie hätten irgendeinen Feldsklaven ausgesucht, den ich nicht kenne.«

»Ich auch«, gestand Bienor. »Sie sind soweit. Komm.«

Die Lanzenkämpfer traten zurück, zweifellos froh darüber, daß sie nicht weiter an der Zeremonie teilnehmen mußten. Wir übrigen versammelten uns mit Mutter vor dem Höhleneingang. Antikleia, die noch hagerer und abgezehrter wirkte als sonst, reichte ihr einen Pokal. Sie leerte ihn. Antikleia füllte ihn erneut und reichte ihn reihum jedem einzelnen von uns.

»Nur ein kleiner Schluck«, flüsterte sie, als sie den Becher an Bienors Lippen hielt, um dieselben Worte dann an mich zu richten. Mir stieg ein schwacher Geruch nach Mohnsaft in die Nase, der Geschmack aber war streng und ekelerregend.

Daos hingegen bekam einen ganzen Becher nur für sich. Er trank ihn in großen Zügen aus, verwirrt, aber glücklich. Vielleicht hatte er nie zuvor Wein getrunken und wußte nicht, daß er mit Drogen vermischt war. Aber selbst wenn er sich darüber im klaren war, warum er vorübergehend in diese adlige Gesellschaft aufgenommen worden war, befolgte er Befehle, wie er es sein ganzes Leben lang getan hatte. Er schwankte schon unsicher auf den Beinen, war aber noch soweit bei Bewußtsein, daß es ihm peinlich war, von Vater auf der einen und Sphelos auf der anderen Seite gestützt zu werden. Keiner der beiden sah aus, als würde ihm die Sache Vergnügen bereiten.

Wir ergriffen unsere brennenden Fackeln und schritten, die Anrufung singend, die Mutter uns für diese Gelegenheit beigebracht hatte, in einer Prozession in die Höhle hinein – Mutter als erste, Alkmene, die den Bock führte, Daos und seine beiden königlichen Diener als nächstes, Maera, verschiedene Priester und Priesterinnen ... und der Rest von uns, Bienor und ich ganz am Ende. Man hatte uns eröffnet, wir müßten nicht den ganzen Weg hinuntergehen, nur so weit, daß wir die Zeremonie verfolgen konnten. Keiner von uns wollte jedoch als erster aufgeben, so daß wir bei der Gruppe blieben, als sie in die Finsternis der Hallen der Unterweltgötter hinabstiegen. *Ich werde hierher zurückkommen*, dachte ich, *wenn ich sterbe.* Damals wußte ich noch nicht, daß es andere Tore an anderen Orten gibt, so daß nicht alle Seelen diesen einen Weg nehmen. Nicht, daß das von Bedeutung wäre, vermute ich. Am Ende gehen wir alle dorthin.

Der Bogen der Höhlenöffnung verschwand allmählich hinter uns, und bald konnte ich nichts mehr sehen außer meinen Gefährten und den auf und ab hüpfenden Flammen ihrer Fackeln. Ich hoffte, das leise Zirpen über unseren Köpfen seien nur Fledermäuse. Der Boden war so dicht mit ihren Hinterlassenschaften bedeckt, daß unsere Füße nicht das geringste Geräusch machten. Nur die Fackeln zischten. Mein Herz pochte wie wild angesichts der überwältigenden Heiligkeit.

Was immer in dem Pokal gewesen war, es wirkte. Daos konnte mittlerweile kaum noch einen Fuß vor den anderen setzen und lehnte schwer auf Vater und Sphelos. Wie ein Universum fauler Eier ließ der Gestank mein Herz pochen, und vor meinen Augen drehte sich alles, bis die Fackelflammen paarweise vor mir zu tanzen schienen. Wir hielten an, wo der Untergrund steil in eine Grube abfällt. Mutter stimmte einen rituellen Gesang für die Schwärze vor uns an und goß die Trankopfer aus Honig, Wein und Wasser aus. Die Geister würden gewiß in Kürze kommen, die leeren Schatten, die in endlosem Kummer durch die Unterwelt streifen.

Ich drängte mich an Bienor. Er legte den Arm um mich. Dankbar überließ ich ihm meinen. Jemand hustete schmerzhaft.

Der Bock starb mit dem Kopf über der Schale, die Mutter hielt. Sie erhob sich und rief die Göttin an, unser Opfer anzunehmen und unsere Gebete zu erhören. Zwei Priester schleppten den Kadaver fort zum Verbrennen.

Gemeinsam packten Vater und Sphelos Daos an den Armen und traten ihm von hinten die Beine weg. Er sackte mit einem verwirrten Protestgemurmel auf die Knie. »Aber meine Herren!« Vater drückte seine Schultern nach unten, zog den Kopf an der Stirnlocke nach oben und setzte das Messer an seinen Hals. Ich versuchte, meine Augen zu schließen; sie verweigerten mir den Dienst. Blut spritzte in schwarzen Sturzbächen hervor, endlos. Er hatte schrecklich viel Blut in sich. Immer und immer wieder rief ich mir Sphelos' Versicherung in Erinnerung, der Grund, weshalb er ausgewählt worden war, stehe in keiner Verbindung zu mir. Wäre es nicht Daos gewesen, dann wäre es irgendein anderer kräftiger Junge gewesen.

Mutter richtete sich triumphierend mit der bis zum Rand gefüllten Schale auf, dunkles, glänzendes Blut verschwenderisch über ihre Brüste verschmiert, die Augen, in denen sich die Flammen der Fackeln spiegelten, weit aufgerissen – ein Alptraum, wie Chthonia persönlich aussehen mochte, sollte irgendein Künstler es je wagen, sie darzustellen. Ich vergrub mein Gesicht an Bienors Hals, er legte seine Arme um mich, und ich spürte, wie er zitterte. Das Zirpen war nun überall um uns herum, ein umherwirbelnder Fledermausschwarm, den die Fackeln aufgeschreckt hatten, aber dazwischen konnte ich auch das Kreischen der verlorenen Seelen hören, die der Blutgeruch anlockte. Die heimatlosen Toten gieren nach Blut, und ein kleiner Schluck davon vermag ihnen gerade soviel Substanz zu verleihen, daß sie sprechen können.

»Daos!« Die Stimme war guttural und fremd. »Daos!«

Ich zwang mich dazu, hinzuschauen, und sah sie tiefer in die Höhle hineingehen, wie sie die Schale mit beiden Händen vor sich hielt und, beinah unsichtbar, den Abhang hinunterstolperte. Die Schatten tanzten um sie, durch sie hindurch, vereinigten sich zu dunklen Flecken, die die Fackeln nicht verbannen konnten. Sie zirpten und zwitscherten, eine raschelnde Klage wie trockenes Laub.

»Daos, komm zu mir. Komm, und ich will dieses Blut für dich ausschütten. Du mußt meine Fragen beantworten, bevor ich dich gehen lasse. Antworte mir, Daos, und ich werde dir würdige Bestattungsriten angedeihen lassen, auf daß du ins Glückselige Land gelangst. Schweige, und deine Leiche wird hier liegenbleiben, daß die Ratten sich an ihr gütlich tun können und deine Seele für immer durch die Finsternis irrt.«

Jemand schrie: »Erlösung!«, ich konnte jedoch nicht sagen, ob es Mutter war, die es versprach, oder Daos, der es verlangte. Die Flammen tanzten, und die Schatten huschten um mich herum, durch mich hindurch, hohes, dünnes Wehklagen in meinen Ohren. Die Höhle begann zu schwanken.

Das nächste, an das ich mich einigermaßen deutlich erinnere, war das schmerzhaft grelle Sonnenlicht auf meinem Gesicht, als Sphelos mich durch den Eingangsbogen hinaustrug. Ich nuschelte etwas vor mich hin, wollte mich übergeben.

»Ganz ruhig!« Er stapfte über die Lichtung zu den Bäumen, fort vom Gestank der Unterwelt. Er keuchte vor Anstrengung, das Gesicht schweißfeucht und errötet, bettete mich aber dennoch so sanft wie möglich auf eine Matte aus kühlen Farnen. Würgend lag ich da und wartete darauf, daß die Welt aufhören würde, sich zu drehen. Andere kamen aus der Höhle heraus − Vater und Antikleia, die Mutter zwischen sich stützten, Bienor, der sich schwer auf Enops lehnte. Und die übrigen.

»Hat es funktioniert?« flüsterte ich. »Hat er es ihr gesagt?«

»Sie hat eine Antwort erhalten«, murmelte Sphelos in seine Arme. Er saß vornübergebeugt da.

Ich würgte und stellte fest, daß ich weinte. Mein Bruder sah mich aus trüben Augen an und tätschelte meine Schulter, als könne sie ihn beißen. »Du hast dir die Wange zerkratzt. Trauerst du um jemanden?« Er schien das sehr komisch zu finden.

»Mörder!«

Er zuckte zusammen und wandte sich ab. Kurze Zeit später fuhr er, dem nächsten Baum zugewandt, fort: »Bemitleide ihn nicht, nicht jetzt. Er war ein Sklave, ein Leibeigener. Seine Mutter konnte ihm nie sagen, wie sein Vater aussah, geschweige denn, ihm einen Namen nennen. Er gehörte uns, und wir konnten ihn der Göttin darbringen wie einen Silberbecher oder ein frisch geborenes Lamm.«

Weil du es kannst, bedeutet nicht, *daß du es auch tun mußt,* aber ich schwieg, und Sphelos murmelte weiter zusammenhanglos in die leere Luft. »Daos, Daos! Was hielt die Welt für ihn bereit? Nichts, ganz und gar nichts. Und danach auch nichts. Wer schert sich schon um eine Sklavenseele? Jetzt werden ihm edle Begräbnisriten zuteil werden, und mit einem König als oberstem Priester wird er ins Glückselige

Land hinübergehen. Ausgestattet mit Nahrung für die Reise, mit Besitztümern, die er mitnehmen kann, Dingen, die er nie zuvor in seinem Leben sein eigen nennen konnte. Gestorben für eine Göttin – wird sie ihn nicht in ihren Hallen willkommen heißen, auf ewig ehren? Was mehr hätte er sich wünschen können? Was hätte das Leben ihm denn Besseres zu bieten gehabt?«

Ich beantwortete seine Frage.

»Ein langes Leben.«

»Als Sklave? Nein, Briseis. Ich habe ihn bemitleidet, als er noch lebte, aber im Tode bemitleide ich ihn nicht.«

»Ich mochte ihn!«

Sphelos stöhnte. »Ich liebte ihn. Ich habe ihn vergöttert. Er war das schönste Geschöpf, das ich je zu Gesicht bekommen habe, aber er konnte mich nicht lieben. Er konnte sich mir nur unterwerfen. Ich habe ihn geliebt. Ich habe ihm Reichtum versprochen, sogar eine Frau für ihn allein, aber er konnte mich nicht lieben. Ich habe ihm das hier gegeben, weil ich ihn liebte.«

Ich wischte mir die Augen, damit sie mir bestätigen konnten, was meine Ohren mir sagten, daß auch Sphelos weinte. Ich konnte sein Gesicht nicht sehen, aber seine Schultern bebten, und seine Stimme brach. Er schwätzte weiter, aber seine Worte ergaben immer weniger Sinn. Ich verstand es nicht, und ich bezweifle, daß irgendeine Frau die Art von Liebe zu verstehen vermag, die er so unbeholfen zu beschreiben versuchte. Es klang wie kindlicher Trotz – wenn ich es nicht haben kann, mache ich es kaputt –, und es ängstigte mich, entdecken zu müssen, daß Erwachsene so denken konnten. Ich bin sicher, es war nicht das, was er meinte; ich weiß bis heute nicht, was genau er sagen wollte.

Als er in der Stille murmelte, fragte ich: »Welche Antwort hat er Mutter gegeben?«

Erneut stöhnte mein Bruder auf und blickte dorthin, wo man die Leiche auf den Scheiterhaufen gebettet hatte, den Bock zu ihren Füßen. »Er sagte ihr, sie solle ihre jungen Männer bewaffnen, ihre Frauen Leichentücher weben lassen und sich vor dem Sohn einer Göttin hüten.«

3 Die Männer blieben zurück, um das Totenfeuer zu bewachen. Mutter wurde auf dem Wagen heimgebracht.

Ich war dreizehn Jahre alt und erholte mich schnell. Ich hatte sie nie krank erlebt, kein einziges Mal, aber als man sie an jenem Tag auf ihr Zimmer brachte, war sie sehr krank, sie übergab sich und würgte und war ganz rot im Gesicht. Die Frauen spielten mein Entsetzen herunter. Das ist eine ganz normale Reaktion auf den Trank, erklärten sie − sie würde jetzt einschlafen und sich schon besser fühlen, wenn sie wieder aufwachte. Ich weigerte mich störrisch, mich vertreiben zu lassen, und blieb, ihre Hand in meiner, an ihrem Bett sitzen.

Das Schlafgemach war eins der größten im Palast, mit breiten, aufs Meer blickenden Fenstern und mit Netzen verhangenen Türen, die auf einen Balkon auf der Landseite führten. Auch das Bett war riesig, und während ich dort saß, kam mir der Gedanke, ich müsse in diesem Bett empfangen worden sein. Vaters Gemächer lagen auf der anderen Seite des Gangs, und sein Bett war kleiner. Langsam kroch das Sonnenlicht über die Wände und beleuchtete auf der einen Seite verblaßte Fresken mit Fischern, die ihren Fang hochhielten, und auf der anderen Krieger, die Potnia opferten. Eine dritte Wand zeigte eine typisch kretische Szene mit Jünglingen, die über einen Stier sprangen. Ich fragte mich, wie alt diese Bilder wohl waren und wer ihre Sujets bestimmt hatte – so viele spärlich bekleidete junge Männer im Schlafgemach einer Königin.

Vater schaute auf dem Rückweg von der Bestattung kurz vorbei. Maera und Alkmene wieselten geschäftig herein und heraus. Mutter erkannte uns kaum. Ihre Augen schienen einen übernatürlichen Glanz zu besitzen, ständig floß ihr Speichel aus dem Mund, und ihr Gesicht hatte noch immer die Farbe reifer Granatäpfel. Die Worte, die sie lallte, ergaben keinen Sinn, obwohl ich annehme, daß Maera genau hinhörte, während sie Mutters Stirn abtupfte.

Plötzlich wurde meine Hand so fest gedrückt, daß ich aufschrie. Mutters Kopf erhob sich vom Kissen, und ihre Augen, strahlend wie gewaltige Juwelen, durchbohrten mich. »Euneos!« sagte sie sehr deutlich, sehr dringend. »Ich brauche jetzt Euneos!«

»Ja, Mutter. Wer ist Euneos?«

Ihre Augen verdrehten sich, und sie sank wieder in die Kissen zurück und schlief ein. Ich bekam mit, daß Maera und Alkmene verstohlene Blicke austauschten.

»Maera, wer ist Euneos?«

Maera nuschelte zahnlos: »Weiß nicht. Sie faselt nur. Hat nichts zu bedeuten.« Sie huschte durch den Raum wie ein krummer kleiner Käfer und beschäftigte sich eingehend damit, Mutters Gewand zusammenzufalten und in einer Truhe zu verstauen. Dennoch war ich mir ziemlich sicher, daß sie etwas wußte.

Nach einer Weile gelangte ich zu der Auffassung, daß Mutter fest schlief und ich etwas zu erledigen hatte. Sie hatte mir gesagt, sie brauche Euneos, also mußte ich ihn auftreiben. Sanft ließ ich ihre Hand los.

Demodokos war derjenige, den ich fragen konnte. Zu dieser schläfrigen Tageszeit konnte man ihn häufig auf einer Steinbank in einem schattigen Winkel des äußeren Palasthofs antreffen. Manchmal spielte er auf seiner Kithara und sang dazu, und dann pflegten die Menschen sich um ihn zu scharen und ihm zuzuhören, bis Vater oder Sphelos auftauchten und ihnen befahlen, wieder an die Arbeit zu gehen. Für gewöhnlich tratschte er aber nur mit einer Ansammlung von Kumpanen, die genauso alt waren wie er. Bei dieser Beschäftigung fand ich ihn auch an jenem Tag, sieben weiße Köpfe im Kreis zusammengesteckt, die auf und ab hüpften wie Enten auf einem Teich. Es gab also viel zu bereden in Lyrnessos.

Gorgo, die mein Ziel erahnte, sprang vor mir her wie ein zottiger schwarzer Herold. Einer der Alten kreischte erschrocken auf, als eine kalte Nase seinen Arm beschnupperte. Dann wandten sich alle Gesichter in meine Richtung, und an der Art, wie sie mich anschauten, konnte ich ablesen, daß ich zumindest eins der zur Diskussion stehenden Themen war. Ich blieb unter dem nächsten Baum stehen und rief: »Barde!«

Demodokos erhob sich steif und humpelte herbei, um meinem Befehl Folge zu leisten. Ich glaubte nicht, daß er mir noch drei Tage zuvor solche Ehre erwiesen hätte. Diese Veränderung war sowohl angenehm als auch besorgniserregend.

Er sagte: »Meine Herrin?« So hatte er mich vorher ganz gewiß nicht genannt. Er war nicht größer als ich, eine gebückte kleine Eule mit einer Hakennase, die von feinen roten Äderchen durchzogen war.

»Kennst du einen Mann mit Namen Euneos?«

»Euneos, meine Herrin?« Seine wässrigen Augen

blinzelten ein paarmal. »Äh … das ist kein unge-
wöhnlicher Name. Kannst du etwas genauer sein?
Dann könnte ich mir vermutlich einige ins Gedächtnis rufen, die ich persönlich gekannt habe, und noch
einige mehr, die in Gesängen erwähnt werden.« Das
roch nach Ausflüchten.

»Nenne mir Beispiele. Breite eine glitzernde Ver-
sammlung von Euneossen vor meinem staunenden
Blick aus, beschreibe mir ihren Rang, Abstammung,
Titel und Errungenschaften.«

Sein Lächeln verblaßte. »Der König von Lemnos
hat einen Bruder, Euneos, Iasons Sohn. Dann gibt es
da einen Schiffskapitän aus Rhodos, der meist einmal im Jahr hier vorbeischaut …«

»Fahr fort.«

»Mir fällt aus dem Stegreif kein weiterer ein, meine
Herrin. Darf ich fragen, warum dich das so sehr
interessiert?«

Er durfte, aber ich würde es ihm nicht sagen, genausowenig, wie er mir eine Antwort gab. Erst
Maera, jetzt Demodokos!

»Laß es mich wissen, wenn dein Gedächtnis zu
dem vorgedrungen ist, den ich suche«, beschied ich
ihn und ließ ihn stehen. Beim Betreten der Vorhalle
sah ich mich verstohlen nach ihm um, und er stand
noch immer an demselben Fleck und starrte mir
hinterher.

Sphelos' Autorität könnte Demodokos sicher zum
Spuren bringen, auch wenn Maera ihm vermutlich
trotzen würde, aber Sphelos war fort und beaufsichtigte die Olivenernte. Blieb also noch Vater. Mit ihm
hatte ich ohnehin noch einiges zu besprechen. Es
wurde langsam Zeit, daß ich ihn bat, mir einen
Ehemann zu suchen.

Zu dieser Jahreszeit verbrachten Vater und
Sphelos viel Zeit in der Schatzkammer, die einen so

großen Teil des Palasts einnahm. Alles, was über Land oder Meer nach Lyrnessos gelangte, fand seinen Weg in die Schatzkammer, wo es auf Tontäfelchen verzeichnet wurde, bevor man es verbrauchte oder in die Vorratslager brachte. In manchen Räumen stapelten sich Flachsballen, Seile, Leder, bearbeitetes Tuch oder Rohwolle bis zur Decke, während andere vollgestopft waren mit Truhen und Regalen, die bemalte Töpfe, Teller, Parfüms, Gewürze, Werkzeuge oder Obst trugen. Riesige Tonbehälter, in den Boden eingelassen und mit Kacheln abgedeckt, enthielten Öl, Wein, Weizen, Gerste, Linsen, Bohnen oder geräucherten Thunfisch. Ich fand all das entsetzlich langweilig, obwohl Vater mir die Bedeutung unserer Vorräte oft genug erklärt hatte.

»Nimm einmal an, ein Töpfer möchte Fisch essen, der Fischer aber hat keine Verwendung für einen weiteren Topf. Muß er seine Waren gegen Flachs eintauschen und das dann gegen etwas, das der Fischer akzeptieren würde? Niemand würde mehr etwas zustande bringen, weil alle Welt von morgens bis abends am Feilschen wäre. So aber bringen die Menschen ihre Erzeugnisse in den Palast, und der Palast sorgt dann dafür, daß jede Familie genug zu essen, Kleidung und Zeit hat, ihr Stück Land zu bestellen. Ohne den Verwalter würde das Königreich zusammenbrechen.« Viele Reiche haben in den darauffolgenden Jahren die Wahrheit dieser Worte am eigenen Leib verspürt!

Direkt hinter dem Haupteingang zu diesem emsigen Bienenstock befand sich der Raum der Täfelchen, wo verschiedene Beamte ihre Listen führten, indem sie Ritzzeichen auf Streifen nassen Tons anbrachten. Nachdem man die Täfelchen in der Sonne getrocknet hatte, wurden sie bis zum Jahresende in Körben verstaut wie jetzt. Dann wurde alles zusammengerechnet, auf Lederrollen übertragen und in mäusesicheren Tonkrügen aufbewahrt. Das war eine gewaltige Geduldsarbeit, aber nur so konnte Vater sichergehen, daß niemand ihn oder die Götter bestahl, die ihren gebührenden Anteil von allem erhalten mußten. Spheios brüstete sich gerne damit, daß jedes Lamm und jeder Ölbaum im Reich verzeichnet sei, jeder Sklave, jeder Webstuhl, jeder Bronzebarren. Ich gestehe, daß ich mich manchmal fragte, ob die Olympier wohl ein ähnliches System hätten, um bei uns Sterblichen nicht den Überblick zu verlieren, war aber nie so unbedacht, eine solche Gotteslästerung in Worte zu fassen.

Ich fand den Raum der Täfelchen verlassen vor bis auf Amphimedes, den Meister der Bienen, der rittlings auf einer Bank hockte und mit einem Dorn Aufzeichnungen auf einem Tontäfelchen vornahm. Er war so in seine Arbeit vertieft, daß er mich nicht bemerkte. Nicht einmal das Mädchen, das die Täfelchen vorbereitete, war da. Ich zögerte noch und fragte mich, was ich als nächstes tun sollte, als ich Gorgo schwanzwedelnd den Korridor entlangschauen sah. Ausgezeichnet! Ihre Brüder jagten Rehe und wilde Eber, warum also sollte sie nicht einen König für mich zur Strecke bringen?

»Such!« befahl ich. »Finde Vater!«

Für gewöhnlich legte sie jeden unvertrauten Befehl dahingehend aus, daß sie an mir hochsprang und mir das Gesicht leckte, in diesem Fall jedoch setzte sie sich mit federnden Sprüngen in Bewegung und verschwand in der Dunkelheit. Ich folgte ihr und wurde geradewegs zu meinem königlichen Erzeuger geführt, der in einer Kammer, in die ich noch nie gekommen war, mit zwei muskulösen männlichen Lastenträgern und einer Hüterin der Verzeichnisse, an der Arbeit war. Alle vier quetschten sich in einen schmalen Flecken neben der Tür. Der übrige Raum war gedrängt voll mit Holztruhen, Tischen, Stühlen, großen Töpfen, Stangen, Flechtkörben und einem hüfthohen Stapel Bronzebarren. Einige der Möbel waren beschädigt, einige der Töpfe angeschlagen, trotzdem handelte es sich nicht um eine Rumpelkammer, denn die Bronze allein mußte ein Landgut wert sein. Staub tanzte in durchscheinenden Lichtbalken vor dem winzigen, diebstahlsicheren Fenster.

Eine der Truhen war auseinandergefallen und lag als Haufen zerbrochener Bretter und angelaufener Metallgegenstände zu ihren Füßen. Eine zweite stand offen neben der ersten. Mein Vater kauerte davor und begutachtete einen geschwungenen Teller aus sehr staubiger Bronze. Er war nah genug am Boden, um durch ein freundschaftliches Sabbern von Gorgo verwundbar zu sein.

Er fluchte. »Gorgo? Briseis! Deine Mutter?«

»Schläft. Ich denke, es geht ihr gut.«

Er seufzte vor Erleichterung. Dann sah er mich merkwürdig an, auf eine ähnliche Weise wie Enops, wenn ich ihn spätnachts auf dem Weg in die Frauengemächer ertappte. Ich erkannte, daß die Metalldinger auf dem Boden Pfeilspitzen waren, Hunderte von Pfeilspitzen, und die andere Truhe einen Bronzepanzer enthielt.

»Was willst du also?« Sein Tonfall war unangenehm schroff.

»Mutter sagt, sie braucht jemand mit Namen Euneos, ich weiß aber nicht, wer das ist.«

»Euneos?«

»Ja. Euneos.«

»Was hat sie sonst noch über ihn gesagt?«

»Nichts. Ich bin mir nicht sicher, ob sie wußte, was sie sagte.«

Er knurrte. Er wußte offensichtlich, wer Euneos war, und wollte ebenso offensichtlich nicht über ihn reden. Seine Handlanger starrten ins Leere wie Sklaven, wenn sie vorgeben, vollkommen taub zu sein.

»Ponteos, Chariseos, geht wieder an eure andere Arbeit. Laßt dieses Durcheinander auf dem Boden erst einmal liegen. Phylo, ich will, daß diese Tür versiegelt wird.«

Alle drei eilten davon. Vater schloß eigenhändig die Tür und verknotete die Schnüre darüber. Phylo kehrte mit feuchtem Ton zurück, mit dem sie die Knoten bedeckte, und er stempelte ihn mit seinem Siegelring.

»Jetzt schaff diesen verdammten Hund hier raus«, befahl er mir, »bevor er unseren Winterfisch auffrißt.«

4 Er führte mich nach oben auf seinen Privatbalkon, den man nirgendwo einsehen konnte und der doch einen guten Blick auf die Stadt, den Hafen und die Küstenstraße bot. Das war sein Lieblingsplatz für persönliche Gespräche und bei warmem Wetter schlief er auch hier. Er sank auf einen Stuhl, winkte mich auf einen anderen, stierte dann aber nur düster aufs Meer hinaus, ohne etwas zu sagen. Wahrhaftig, der Name Euneos rief die merkwürdigsten Reaktionen hervor!

Die Außenfassaden des Palastes waren weiß verputzt, die Holzarbeiten farbig hervorgehoben. Der Himmel war blau und weiß. Braune Pferdeknechte ließen braune Pferde auf grünen Weiden in allen Gangarten arbeiten. Tief unten am Strand lag die Fischerflotte wie eine Herde sich sonnender Seehunde, neben einem Meer von verblüffendem Kobaltblau, an den Felsen mit weißer Gischt gesprenkelt. Vor nicht mehr als drei Tagen waren Paris und Helena dem Tod auf eben diesen Klippen nur knapp entronnen. Wären sie umgekommen, würde Daos jetzt noch leben und mein Vater hätte sich nicht auf die Suche nach seiner Rüstung begeben.

Der Wein wurde gebracht, was ihn aus seiner Grübelei riß. Nachdem er seine Hände gewaschen hatte, schickte er die Frau weg und goß ihn selbst in Stielbecher aus unserer eigenen Töpferwerkstatt, die mit Wellenlinien und Spiralen verziert waren. Außerdem war es guter Wein aus Rhodos, nicht unser saures lyrnessisches Zeug.

Er seufzte und sah mich flüchtig unter seinen buschigen Brauen hervor an, bevor er seinen finsteren Blick wieder der Landschaft zuwandte, die doch nichts verbrochen hatte, um ihn zu verdienen.

»Ich muß mich bei dir entschuldigen, meine Kleine. Ich habe dir nicht geglaubt, als du uns von dem Omen berichtet hast.«

»Ich muß mich bei dir entschuldigen, mein Herr, denn ich hätte mit dieser Neuigkeit nicht in der Öffentlichkeit herausplatzen sollen.«

Er schnaubte, was bei den Erwachsenen wahrscheinlich eine Art von Zustimmung war. »Es sieht aus, als werde es Krieg geben, wie du es vorausgesagt hast. Lyrnessos ist ein so kleiner Ort! Wir besitzen keine hohen Wälle, keine bewaffneten Krieger. Bitte Demodokos, dir ein Heldenepos über die Gründung von Lyrnessos zu erzählen, und er wird dich wie eine betrunkene Eule anblinzeln, auf seine ganz typische Art. Aber erwähne Troja oder irgendeine griechische Stadt, und er wird die Saiten seiner Kithara zum Schmelzen bringen. Die ursprünglichen Herrscher, wer immer sie gewesen sein mögen, waren sicherlich nicht deine Vorfahren. Sie waren hauptsächlich Kaufleute.«

»Und Sklavenhändler?« Sklavenhandel hatte mit

Kampf und Gefahr zu tun und galt als wesentlich ehrenvoller als die Tätigkeit gewöhnlicher Kaufleute.

Vater nickte und nahm einen Schluck Wein. »In den Tagen deiner Urgroßmutter pflegten die Lyrnesser sämtliche Nachbarn zu überfallen und die Frauen und Kinder als Sklaven zu verkaufen. Die Dardanier nahmen ihnen das übel und bemächtigten sich der Stadt. Sie setzten einen König von ihren Gnaden ein.«

Aha! Das kam dem, was Sphelos mir erzählt hatte, schon recht nah. »Warum?« fragte ich. »Ich meine, warum haben sie nicht einfach alle umgebracht und selbst hier regiert?«

Er zuckte mit den Schultern. »Sie mögen keine Städte. Sie durchstreifen lieber mit ihren Herden das wilde Hochland des Bergs Ida. Im Winter drängen sie sich in ihren kleinen Dörfern zusammen oder in Troja. Aber unterschätze sie nicht! Die Dardanier sind berühmte Kämpfer.

Sie brauchen uns. Sie bringen uns Wolle und Häute, die wir dann nach Milet, Rhodos oder Tiryns verschiffen. Unsere Schiffe bringen viele Dinge zurück, die wir nicht selbst herstellen können, wie Elfenbein und Bronze. Die erhalten die Dardanier dann von uns. Wir verarbeiten einen Teil der Wolle zu Tuch und einen Teil der Bronze zu Waffen und Werkzeugen. Lyrnessos ist die Brücke zwischen den Dardaniern und den Griechen. Wir sind ein so kleiner Ort! Ich hoffe, daß wir in einem Krieg der Beachtung gar nicht wert sind, fürchte jedoch, daß Kriege anders funktionieren. Wenn Troja sich weigert, Helena aufzugeben, dann wird es, denke ich, wohl oder übel Krieg geben. Aber welche Seite werden die Dardanier unterstützen?«

Überrascht sagte ich: »Aber gewiß doch Troja?«

Er lächelte nachsichtig über meine Naivität. »Nicht

unbedingt! Nachbarn sind nicht immer Freunde. Und wenn die Kilikier und Leleger verschiedene Seiten wählen, sind wir der Knochen, um den die Hunde kämpfen.«

Meine Meinung interessierte ihn vermulich kaum, aber ich ließ sie ihn trotzdem wissen.

»Dann mußt du dich von König Alkathoos leiten lassen!«

Er schenkte sich Wein nach und verdünnte ihn mit Wasser. »Ach, wenn es nur so einfach wäre! Wenn er die Griechen unterstützt, was ist dann mit der Gastfreundschaft, die ich Paris gewährt habe? Falls er die Trojaner unterstützt, wie soll er uns dann vor den Griechen schützen? Sie könnten eine Flotte hierherschicken, und das erste, was die Dardanier davon bemerken würden, wäre der Rauchgeruch im Wind.«

Ich lernte gerade, daß Erwachsensein mehr bedeutete, als vom besten Wein abzubekommen. »Gibt es niemand sonst, der uns Schutz bieten könnte?«

»Wer denn? Wir haben kaum Kontakte zu Kreta, und König Idomeneus ist ohnehin Grieche. Ägypten weiß gar nicht, daß es uns gibt. Dasselbe gilt, wie ich annehme, für die Hethiter. Thebe wird bestimmt die Trojaner unterstützen, weil Eëtions Tochter mit Hektor verheiratet ist.« Er wandte mir das Gesicht zu und lächelte. »Ich sollte dich nicht mit all dem belästigen. Krieg ist Männersache.«

Ich holte einmal tief Luft und erwiderte schnell: »Aber dieser hier könnte auch meine Sache sein, mein Herr, denn warum sonst hätten die Götter mir das Omen gesandt? War es nicht eine Mahnung, daß ich bald heiraten und in einem fernen Land leben soll?«

Seine Miene verfinsterte sich. »Lyrnessos im Stich lassen?«

»Ich glaube nicht, daß ich jemals einen Krieger abgeben würde, mein Herr.«

»In der Tat, nein! Du bist noch zu jung, um ans Heiraten zu denken.«

»Manche Mädchen werden bereits in der Wiege verlobt.«

Er zwang sich zu einem Ist-das-Kind-nicht-süß-Lächeln. »Stimmt. Und ich war auch nicht viel älter als du, als ich mich aufmachte, um mein Glück zu suchen. Ich hatte eigentlich nie damit gerechnet, König zu werden, aber es kam so. Ach, die Jugend!« Er lehnte sich zurück, um in den Himmel zu schauen. »Ich träumte davon, großen Ruhm als Krieger zu erwerben, und statt dessen bin ich seßhaft geworden und habe einen Thron gewonnen. Mein Bruder hat mich ausgebildet, aber an seinem Herd gab es keinen Platz für mich. Ich wurde ein Wanderer, ein ungebundener Krieger ohne Herr und Land und, in meinem Fall, ohne Gefolgsleute und andere Waffen als Lanze und Schild. Das ist ein steiniger Pfad, Briseis, denn niemand vertraut einem Wanderer. Seine Ehre läßt nicht zu, daß er sich sein Brot durch harte Arbeit verdient, so daß die Leute immer Angst haben, er werde sich das, was er braucht, mit Gewalt nehmen. Andere Krieger betrachten ihn als Gefahr für sich oder ihr Volk. Wie viele andere begab ich mich also auf die Suche nach einem passenden Krieg, wo ich mir einen Ruf erwerben und Ruhm erringen konnte.«

Das entsprach in etwa dem wenigen, was er uns von seiner Vergangenheit bisher erzählt hatte. Er redete ausgesprochen selten über seine Ahnen, außer daß er gern erwähnte, er sei ein Enkel des Königs von Enispe in Arkadien. Bienor und ich hatten daraus geschlossen, daß entweder er oder sein Vater, Mydon, ein königlicher Bastard sein mußten.

Es mußte Tausende solcher Männer geben, die Griechenland unablässig durchstreiften – land- und herrenlose Krieger auf der Suche nach Scherereien, von denen sie profitieren konnten.

»Ich befand mich auf dem Weg nach Thrakien«, fuhr er versonnen fort. »Die Moiren brachten mich nach Lyrnessos, wo ich eine wunderschöne Prinzessin entdeckte, die gerade einen königlichen Ehemann brauchte – und sie war wirklich schön, weißt du, ganz wunderschön.«

»Das ist sie noch immer«, versetzte ich und bemühte mich, nicht an ihren fleischigen Nacken und ihre schlaffen Arme zu denken.

»Ja, das ist sie, wenigstens für mich. Es gab nur ein Problem.« Er zog seine buschigen Augenbrauen hoch, während er durch seinen Spinnwebbart lächelte.

Mir ging ein Licht auf. »Euneos!«

»Euneos, Sohn des Selepos.« Mein Vater griff nach seinem Becher und leerte ihn erneut. Ich vermute, der Wein lockte die Geschichte aus ihm heraus, obwohl mir das damals nicht bewußt gewesen sein mag. »Er war vor mir da, warb mit Nachdruck um sie. Er war ein mächtiger Krieger, der seine Abstammungslinie auf Ares zurückführen konnte. Ich glaubte, keine Chance gegen ihn zu haben, und wenn er etwas anderes geglaubt hätte, hätte er mich wie einen Thunfisch auf seine Lanze gespießt.«

Ich klatschte in die Hände. »Da hat Mutter sich in dich verliebt?«

»Hm. Na ja, nicht sofort.« Er musterte die Verzierungen auf seinem Becher, als habe er noch nie in seinem Leben Farbe zu Gesicht bekommen. »Natürlich hätte dein Großvater sie nicht zu einer Heirat gezwungen, die ihr aus tiefstem Herzen verhaßt gewesen wäre. Er nahm Euneos und mir das

Versprechen ab, seine Entscheidung zu akzeptieren. Ausdrücklich nahm er uns das Versprechen ab, nicht gegeneinander zu kämpfen, was eigentlich die natürliche Lösung und gewiß die Art und Weise gewesen wäre, wie Euneos die Angelegenheit gern geklärt hätte. Im Gegenzug versprach er, einen von uns beiden zu wählen und keinen weiteren Bewerber mehr zuzulassen. Nach ungefähr einem Monat, als er uns hinreichend beobachtet und deine Mutter kundgetan hatte, sie könne mit jedem von uns beiden leben, rief er uns zu sich und teilte uns mit, daß er ein Problem habe. Ich erriet gleich, daß es sich um eine Prüfung handelte, Euneos jedoch, wie ich glaube, nicht.

›Thebe hat eins unserer Fischerboote gekapert‹, ließ er uns mit überaus betrübter Miene wissen. ›Der König hat uns eine Nachricht geschickt, er verlange zwanzig Ochsen als Lösegeld. Er behauptet, das Fischerboot habe in seinen Gewässern gewildert. Was soll ich tun?‹

Euneos witterte die Gelegenheit, seinen Mut zu beweisen und die Prinzessin zu erringen, und griff nach ihr wie ein hungriges Baby nach der Brustwarze seiner Mutter. ›Laß mich die jungen Männer zusammenrufen, mein Herr!‹ rief er. ›Ich werde sie gegen diese Piraten führen und sie so vernichtend schlagen, daß sie dir nie wieder Ärger bereiten werden.‹«

Meine Mutter hatte gesagt: *Ich brauche Euneos!*

»Und was hast du geantwortet?«

»Nun ja … Dies ist kein Heldenlied, meine liebe Briseis. Euneos hatte die offensichtliche Antwort gegeben. Es war eine sehr gute Antwort, nicht im geringsten dumm – denk das ja nicht. Krieger, die nicht für ihr Volk einstehen, haben bald kein Volk mehr. Aber wenn ich dieselbe Antwort gegeben hätte, dann hätte er eine zweite Prüfung veranstalten müssen, nicht wahr? Also spekulierte ich, daß es eine andere, bessere Antwort geben müsse.

›Hat der König von Thebe das Recht auf seiner Seite, mein Herr?‹ erkundigte ich mich. ›Sind irgendwelche Eide geschworen worden?‹

Euneos bleckte verächtlich die Zähne, aber dein Großvater strich sich über den Bart, als wolle er seine Lippen verbergen, und antwortete: ›Es mag Eide gegeben haben, vor langer Zeit. Es ist gewiß Brauch, daß unsere Boote nicht jenseits von Killa fischen und Thebes Boote nicht auf der hiesigen Seite.‹

›Dann‹, sagte ich, ›halte ich es für sicherer anzunehmen, daß es eine eidliche Abmachung gegeben hat, denn die Götter werden sich bestimmt noch daran erinnern, auch wenn die Sterblichen es vergessen haben. Die Fischer müssen sich des Brauches bewußt gewesen sein − und des Ärgers, den sie sich einhandeln würden, wenn sie ihn nicht befolgten. Wäre ich an deiner Stelle, mein Herr, würde ich den Herold des Königs mit der Nachricht zurückschicken, daß er die Bootsladung als Tribut behalten mag − was er ohnehin getan haben wird, bevor die Fracht verdarb. Den Kapitän sollte er in die Sklaverei verkaufen als Warnung für den Rest deiner Flotte. Teile ihm weiter mit, daß du es als ein Zeichen seiner Freundschaft ansehen würdest, wenn er sich damit zufrieden geben und den Rest der Mannschaft zurückkehren lassen würde, bestraft, ja meinetwegen gezüchtigt, aber ansonsten unverletzt.‹

Schön und gut! Ich dachte, Euneos würde an seiner Verachtung ersticken. Er lachte so laut, daß er dunkelrot anlief. Dein Großvater jedoch schickte uns beide fort, und am nächsten Tag wurden Mutter und ich miteinander verlobt. Armer Euneos! Er hat es nie verstanden.«

Das war gewiß nicht die Sorte von Geschichten, die Demodokos in der großen Halle vorzutragen pflegte, aber ich vermochte eine Art bitterer Ironie darin zu erkennen. Allerdings waren die Dardanier nicht in der Geschichte vorgekommen. Damals war Anchises ihr König gewesen – war er zu Rate gezogen worden? Vater und er hielten zusammen wie Pech und Schwefel, aber vielleicht hatte sich ihre Freundschaft ja erst später entwickelt.

»Gab es überhaupt ein Fischerboot?« fragte ich etwas wehmütig.

Meine Reaktion schien ihn zu enttäuschen. »Ich glaube nicht. Die Fischer fischen, wo es ihnen gefällt. Dein Großvater wußte, daß Lyrnessos keinen Kriegerkönig brauchte, meine Liebe. Es brauchte jemanden, der den Handel förderte und Frieden mit den Nachbarn hielt. Er wählte mich, und unter mir hat die Stadt eine Blüte erlebt.«

Mutter hatte gesagt: *Ich brauche Euneos!*

»Wenn der alte Mann aus den Hallen des Hades zurückkehrte«, sagte Vater, »würde er seinen Palast nicht mehr wiedererkennen. Er ist wesentlich größer und prächtiger als zu seiner Zeit. Lyrnessos ist unter meiner Herrschaft reich geworden.« Er seufzte und warf mir einen verstohlenen Blick zu. »Einer von Paris' Gefolgsleuten wollte meinen Heerführer sprechen. Ich mußte zugeben, daß ich noch immer mein eigener Heerführer bin, weil dein Großvater mir diesen Titel verlieh, als ich deine Mutter heiratete, und nachdem ich den Thron bestiegen hatte, habe ich nie jemand anderen ernannt. Selbst diejenigen Könige, die ihre Männer persönlich in den Kampf führen, haben normalerweise einen Heerführer, dem sie die Verantwortung für die alltäglichen Arbeiten übertragen – sich um die Ausbildung zu kümmern und so fort. Könige, die selbst zu alt zum

Kämpfen sind, müssen es sich gut überlegen, wem sie den Befehl über ihre Soldaten übertragen.«

Er war zu alt zum Kämpfen. Er hatte kein Heer. Die jungen Männer von Lyrnessos ruderten Boote oder fällten Bäume oder hüteten Herden.

»Wir sind solch ein kleines Reich.« Vater seufzte. »Wir haben so wenig zum Teilen! Nachdem die Götter ihren Anteil erhalten haben, bleibt kaum genug übrig, um den Palast zu ernähren. Selbst ein einzelner Krieger würde seine eigene Kämpferschar, ein Haus, Diener und Land für ihren Lebensunterhalt benötigen.«

»Das geht schon in Ordnung, Vater!« Ich holte tief Luft und leierte dann herunter: »Maera sagt, die Götter hätten mir befohlen, nach dem *neuen* Weg zu heiraten – Lyrnessos zu verlassen und im Land meines Gemahls zu leben.«

Mein Vater funkelte mich mächtig an, wie Zeus, der seine Blitze schleudert. »Er würde trotzdem eine gewaltige Mitgift von mir erwarten! Meinst du, das Schatzhaus sei voll mit Silberbarren, Kind? Briseis, deine Mutter und ich werden dir einen passenden Mann aussuchen, wenn die Zeit reif ist. Bis dahin stünde es dir besser an, die Angelegenheit nicht weiter zu erörtern.«

»Ja, mein Herr.«

Er wurde ein wenig nachgiebiger. »Aber – ich will einen Boten nach Troja schicken und um eine Deutung deines Omens bitten. Sie haben mehrere gute Seher.« Er erhob sich, um die Audienz zu beenden. »Ähm … Wie viele Personen hörten deine Mutter Euneos erwähnen?«

»Nur Maera und Alkmene.« Nicht nötig, Demodokos zu erwähnen.

»Hrr! Diese Alkmene hat die Zunge einer Viper.« Er machte auf dem Absatz kehrt.

»Was ist mit Euneos geschehen?«

Er hielt inne, ohne sich umzudrehen. »Weiß nicht. Ging zurück nach Griechenland, vermute ich. Er ist wahrscheinlich schon seit Jahren tot. Früher oder später geraten diese harten Typen immer an einen, der eine Nummer zu groß für sie ist.«

5 Mutter erholte sich nach einigen Tagen wieder. Sie und Vater begannen sich zu langen Privatgesprächen auf Vaters Balkon zurückzuziehen. Man hörte laute Stimmen, aber ich konnte keine einzelnen Worte verstehen, als ich zufällig Oliven von einem Baum in der Nähe erntete. Irgend etwas war im Gange.

Eines Morgens hielt ich mich ganz allein in der Halle der Königin auf. Ich hatte den Entschluß gefaßt, mich verstärkt meiner Webarbeit zu widmen, in der Hoffnung, diese ungewohnte Hingabe an die Pflicht werde meine angeschlagene Beliebtheit wiederherstellen helfen. Außerdem war Geschicklichkeit am Webstuhl eine unverzichtbare Eigenschaft für eine angehende Braut.

Ich langweilte mich bereits gehörig, als Xanthos, einer der jüngeren Herolde, den Raum betrat. Er besaß dasselbe hagere, gute Aussehen wie Sphelos und auch ein wenig von Enops' knuffigem Charme. Man hielt ihn allgemein für einen meiner Halbbrüder.

»Meine Herrin, der Herr König verlangt deine Anwesenheit im Megaron.«

»Du bist heute sehr förmlich, Hermes.«

Er schenkte mir ein Grinsen à la Bienor. »Hättest du es lieber, ich würde dich am Ohr dorthin schleifen? Ich kann Enops nicht finden.«

»Ist Amphitrite irgendwo in der Nähe?«

»Sie ist mit den Waschfrauen zur Quelle gegangen.«

»Chloris?«

»In der Küche.«

»Hm!« Ich überlegte noch einmal. »Versuch's mit dem Heuboden im Maultierstall.«

»Ein Junge?«

»Zwei.«

Über das Glück des Prinzen die Augen verdrehend, verließ Xanthos den Raum.

Im Megaron fand ich Vater auf dem Thron sitzend, mit bloßen Füßen, haarigen Knöcheln, die auf einem Schemel ruhten, und sorgenvoll gerunzelter Stirn. Er trug ein Alltagsgewand und keinerlei Zeichen seiner Königswürde mit Ausnahme des Siegelsteins an seinem Handgelenk. Im Halbkreis vor ihm standen fünf Stühle, und Mutter saß bereits mit durchgedrücktem Rücken und hochgerecktem Kinn auf einem von ihnen. Wenn sie ihre Hände auf *diese* und ihren Mund auf *jene* Weise hielt, war ein Sturm im Anzug. Ich ließ den Blick zwischen meinen Eltern hin und her wandern und gelangte zu dem Ergebnis, worüber sie sich auch gestritten haben mochten, Vater hatte die Oberhand davongetragen. Das Schweigen blieb ungebrochen.

Wenn das ein privates Familientreffen sein sollte, wozu war dann das Sammelsurium von Gegenständen neben Vaters Hand: Lampe, leerer Becher, Weinkrug, zwei Rollen Ziegenhaut sowie ein flacher Goldteller, der rotes Wachs enthielt?

Bienor stürzte herein, und Mutters Finger wies ihn zu einem Platz in sicherer Entfernung von mir. Als nächster kam Enops, erhitzt, als sei er gerannt, Samenkörner und Heu an seiner Tunika. Sphelos traf als letzter ein, sichtlich verärgert darüber, von seiner augenblicklichen Aufgabe, der Überholung der Fischereiflotte, weggerufen worden zu sein.

Hinter ihm kamen Xanthos und der sogar noch jüngere Perimedes, Vaters Becherträger – hochgewachsen und schlank, ganz geschmeidige, gebräunte Muskeln und weiße Zähne. Ich fand ihn amüsant, Mutter mochte ihn nicht, und Sphelos verabscheute ihn regelrecht, vielleicht, weil er für ihn unerreichbar war.

Vater setzte sich jetzt aufrecht hin und richtete sein Gewand. Er goß ein paar Tropfen Wein in den Becher und brachte sie Athene dar, ohne zu erläutern, warum er gerade sie gewählt hatte. »Du wartest draußen«, beschied er Xanthos. Dann reichte er Perimedes eine der Pergamentrollen. »Lies!«

Perimedes las erstaunlich gut und geriet nur selten ins Stocken, obwohl er den Text offenbar nicht kannte: »Laufe, Perimedes, zu Altes, Sohn des Molion, König von Pedasos, und sage ihm dies ...«

Zweimal berichtigte Vater ihn, und jedesmal stellte der Irrtum sich als Fehler des Schreibers heraus. Der Text umriß die Ereignisse der letzten Tage – das Omen, das mir zuteil geworden war, die Ankunft von Paris und Helena, die Warnung des Toten.

»Sehr gut«, lobte Vater ihn. »Vorzüglich! Überbringe es. Morgen bei Sonnenuntergang erwarte ich dich zurück.«

Das würde Perimedes' knackige Beine ganz schön fordern. Er verbeugte sich und rannte aus dem Megaron. Xanthos trat an seine Stelle und erhielt den zweiten Brief, der ihn anwies, dieselbe Botschaft an König Eëtion von Thebe zu überbringen. Er machte mehr Fehler und mußte das Ganze dreimal wiederholen, bevor Vater zufrieden war und ihn fortschickte. Dann war die Familie unter sich.

»Wer hat für dich geschrieben?« wollte Sphelos wissen.

»Iphimedeia.«

»Sie hat eine schöne Handschrift.«

»Sie hat ihre Sache sehr gut gemacht.« Vater lehnte sich auf seinem Thron zurück. »Es erschien mir gut nachbarschaftlich gehandelt, diese Warnungen an Thebe und Pedasos weiterzugeben – außerdem möchte ich nicht, daß sie zu übereilten und gefährlichen Schlüssen kommen, wenn wir uns zu bewaffnen beginnen. Wir befinden uns nicht in unmittelbarer Gefahr, aber ein weiser Herrscher muß immer auch an die Zukunft denken. Das ist seine Pflicht dem Volk gegenüber.« Er warf Sphelos einen flüchtigen Blick zu, der kurz nickte, als habe er Besseres zu tun, als sich Vorträge halten zu lassen.

»Die Dardanier sind etwas anderes, denn sie sind unsere Verwandten und Verbündeten. Ich werde mein Anliegen in diesem Fall nicht einem untergeordneten Herold anvertrauen, habe aber keine Ahnung, wo Alkathoos sich zu dieser Jahreszeit aufhält. Er kann nur einen Tagesmarsch entfernt, genausogut aber auch in Troja selbst sein. Die Angelegenheit ist wichtig genug, um dich zu schicken, Sphelos.«

Mein ältester Bruder versteifte sich, und sein Gesicht färbte sich rot. Er stammelte: »Aber ...«

»Aber?«

»Nichts, mein Herr.«

Vater runzelte die Stirn und ließ die Sache auf sich beruhen. »Nun gut. Dies also ist die Botschaft. Du wirst natürlich alles, was sich abgespielt hat, auf deine Art erklären, aber dies sind meine Worte für ihn: ›Brises, Sohn des Mydon, König von Lyrnessos, an Alkathoos, Sohn des Aisyetes, König der Dardanier: Grüße an dich und die heilige Hippodemia. Ich erinnere dich daran, daß unsere Häuser seit langem durch Bande des Bluts und der Freundschaft miteinander verbunden sind, und bitte dich, diese

Geschenke als Zeichen anzunehmen, daß Lyrnessos immer der Verbündete von Dardania zu bleiben
wünscht. Wisse, daß wir Belehrung durch die Götter
erfahren haben, daß wir uns wappnen müssen,
unseren Herd gegen den Zorn des Ares zu verteidigen. Da ich keine eigenen Krieger besitze und
selbst ein Mann bin, den die Last der Jahre drückt,
ersuche ich dich demütig, mir einen Mann von Mut
und Tapferkeit zu schicken, der mein Heer in die
Schlacht zu führen vermag. Er wird fürstlich belohnt
werden.«

Bienor lenkte meine Aufmerksamkeit auf sich
und streckte mir die Zunge heraus. Mein Herz raste.
Die Hand der Prinzessin und das halbe Königreich,
wobei die andere Hälfte zu gegebener Zeit folgen
würde? Das war etwas, was Vater, wie er mir ausdrücklich mitgeteilt hatte, nicht bereit war anzubieten. Was hatte ihn dazu veranlaßt, seine Meinung so
plötzlich zu ändern?

Und welche Art von hinterwäldlerischem Schlage-
tot würde diesem Aufruf folgen?

Sphelos bewegte beim Nachdenken lautlos die
Lippen.

»Ich werde die Botschaft wiederholen«, kündigte
Vater an und tat es. »So, kannst du es jetzt?«

Armer Sphelos – in der einen Minute glücklich
und zufrieden Ballaststeine zählen, und in der nächsten zu einem einfachen Herold degradiert! Er schoß
uns anderen wütende Blicke zu, besonders Bienor,
der breit und unverschämt grinste.

»Brises, Sohn des Mydon, König von Lyrnessos,
an Alkathoos, Sohn des Aisyetes, König der Dardanier ...«« Das war der einfachere Teil. »Grüße an dich
und ... ähm, Königin Hippodemia – ««

Vater berichtigte ihn.

Vater berichtigte ihn mehrmals.

Er erhitzte sich zusehends, wie ein Kessel im Feuer. »Mein Herr!« brach es schließlich aus ihm heraus. »Herolde üben so etwas die ganze Zeit! Wahrhaftig, wenn du der Ansicht bist, diese Botschaft sei wichtiger als die Ölernte oder die Seetüchtigkeit der Flotte, dann schick mich fort, um den Berg Ida zu erklimmen. Mit Freuden will ich dem König deine Geschenke übergeben, aber du kannst doch wohl einen Herold erübrigen, der mich begleitet!«

Die Atmosphäre wurde auf einen Schlag eisig.

»Alkathoos wird sich fragen, warum ich mir die Mühe gemacht habe, dich zu schicken.«

Mein Bruder bleckte die Zähne. »Dann laß es mich aufschreiben.«

»Du willst vor einem König stehen und *vorlesen?* Wie ein Beamter? Hast du denn überhaupt keinen Stolz? Wiederhole die Botschaft!«

Erst da fiel mir auf, daß Mutters Lippen blutleer und zusammengepreßt waren, und mir wurde klar, daß ich irgend etwas nicht mitbekommen hatte. Bienor genoß die Vorstellung. Enops wirkte merkwürdig angespannt.

Sphelos versuchte es noch einmal, und diesmal verhaspelte er sich nur zweimal. Ich konnte sehen, daß seine Stirn vor Schweiß glänzte. »»... fürstlich belohnt werden««, schloß er.

Vater nickte. »Gut.«

Es gab eine Pause. Worauf warteten wir eigentlich? Enops. »Ich könnte es besser sagen.«

Vater wandte sich ihm zu. »Wie würdest du es sagen?«

»Ich würde sagen: ›Mein Herr, mach mich zu einem Krieger‹.«

Sphelos blieb die Luft weg. Bienor fielen fast die Augäpfel aus den Höhlen. Enops wartete gespannt wie eine Bogensehne auf die Reaktion, die seine Anmaßung nach sich ziehen würde. Ich mußte an die Geschichte mit dem Fischerboot denken.

Vater strich sich über seinen Bart. »Wann kannst du aufbrechen?«

Mein mittlerer Bruder atmete einmal tief aus und grinste wild. »Sofort. Es wird noch stundenlang Sonnenlicht auf das Gras fallen.«

»Halt!« brüllte Sphelos. »Du hast mir nicht aufgetragen, die Botschaft zu verändern, du hast nur gesagt, ich solle sie wiederholen!«

»Ihm auch nicht.« Vater runzelte die Stirn. »Als du in seinem Alter warst, habe ich dich gefragt, ob du die Quasten zu erringen wünschst, und du hast verneint.«

»Du hast mich nicht einmal deinen Streitwagen lenken lassen! Das war deine Entscheidung, nicht meine!«

»Es war die richtige. Du hast keine Veranlagung dafür. Außerdem hast du dich als Verwalter unentbehrlich gemacht. Wir können nicht auf dich verzichten. Dein Bruder hat hier keinerlei nützliche Funktion inne, aber er hat soeben gezeigt, daß er schnell dabei ist, eine Gelegenheit beim Schopf zu ergreifen, und für einen Krieger gibt es keine wertvollere Fähigkeit als – warte!«

Sein Erstgeborener jedoch befand sich, im Laufschritt, schon auf halbem Weg zur Tür. Er hatte nicht um Erlaubnis gebeten, sich entfernen zu dürfen, und mißachtete Vaters Befehl einfach. Abgang Sphelos.

Wir alle drehten uns um und glotzten Enops an, als seien ihm auf einmal Reißzähne gewachsen.

»Er ist zu jung!« rief Mutter erbost.

»Ich habe dir bereits gesagt, Nemertes, daß er fast schon zu alt ist! Sohn, bist du dir völlig sicher? Du wagst dich da in stürmisches Gewässer.«

Enops war blaß und dann wieder rot geworden, als er sich von dem ersten Schrecken darüber erholte, was er da gerade gesagt hatte. »Völlig, mein Herr!« Wo war mein träger Frauenheld von einem Bruder hin verschwunden?

»Es kann dir das Herz brechen. Weißt du, viele versagen. Ein Mann, der es versucht und für unzulänglich befunden wird, verliert alles. Hoch und niedrig verspottet ihn für den Rest seines Lebens.«

»Ich werde nicht versagen.«

Vater sah ihn lange und eindringlich an. »Weißt du, was der Erfolg einem einbringt? Rang und Ehre und Achtung, ja. Oft Reichtum. Aber wenn du dich würdig erweist, den Eberzahnhelm zu tragen, wirst du feststellen, daß er dich von allen anderen Menschen trennt. Diejenigen, die vom Tod leben, sind eine Bruderschaft für sich. Die meisten Menschen fürchten den Krieg und fliehen ihn, der Krieger jedoch muß ihn stets suchen – um die Privilegien zu rechtfertigen, die die Gesellschaft ihm gewährt, und um sich selbst, den ihm Ebenbürtigen und den Göttern seinen Wert zu beweisen. Sehr wenige leben so lange, um sich eines gesegneten Alters erfreuen zu dürfen, wie es mir beschieden war. Du hast nie zuvor darum gebeten.«

Enops fuhr sich mit der Zunge über die Lippen und antwortete: »Ich bitte dich nun, mein Herr.«

Der König seufzte und lächelte dann. »Also gut. Ich stelle fest, daß ich bereits stolz auf dich bin und erwarte, in Zukunft noch stolzer auf dich sein zu können. Wie willst du reisen?«

»Oh, zu Fuß! Ich kenne das Land nicht gut genug, um zu riskieren, einen Streitwagen zu nehmen, und er könnte andere dazu reizen … und, na ja … ich könnte ihn noch nicht verteidigen, nicht wahr?« Sein Grinsen war jungenhaft, nervös, herzzerreißend, und das alles gleichzeitig.

Das war schon wieder die richtige Antwort. Vater

nickte anerkennend. Er nahm die Pfanne und hielt sie einen Augenblick über die Lampe, um die Mixtur aus Wachs und Farbstoff aufzuweichen. Als sie warm war, tauchte er den Siegelstein hinein, und Enops hielt ihm seinen Arm hin, um sich mit dem Delphin von Lyrnessos zeichnen zu lassen. Er würde im Namen des Königs sprechen.

»Fertig!« sagte Vater. »Laßt uns Athene ein Opfer darbringen, dann werde ich dich zum Waldrand fahren.«

Enops, mittlerweile stolz wie ein Pfau, nahm sein Heroldssiegel näher in Augenschein, gestattete Bienor, es zu bewundern, und ließ dann gnädig zu, daß Mutter und ich ihn umarmten, bevor er davonhastete, um das für die Reise Nötige zusammenzupacken: Schuhe, Umhang, Dolch und vermutlich sonst nichts. Bienor erhielt den Auftrag, Vaters Streitwagen anschirren zu lassen, so daß ich allein mit meinen Eltern zurückblieb, die sich wie Fremde anstarrten. Vater verkündete seine Absicht, etwas Unverfängliches herauszusuchen, was Enops Alkathoos mitnehmen solle. Mutter murmelte, sie habe Kopfschmerzen und müsse sich eine Weile hinlegen.

Sie waren gegangen, bevor ich den Mut gefaßt hatte, sie nach meiner eigenen Zukunft zu fragen, aber es hätte sowieso nichts genützt. Die Götter hatten sie mit Blindheit geschlagen. Nachdem Mutter soeben eins ihrer Jungen abgeluchst worden war, würde sie sich ganz sicher nicht noch von einem zweiten trennen. Vater konnte sich weder die Ausgabe erlauben, eine Mitgift für mich bereitzustellen, noch das Wagnis, einen Nachfolger zu ernennen. Er hatte sich einen anderen Plan ausgedacht, einen, den ich für völlig wirklichkeitsfremd hielt. Der Krieg würde nicht so lange warten, bis Enops erwachsen war – und außerdem, was konnte ein einzelner Junge gegen die Griechen ausrichten?

6 So brach mein Bruder Enops also auf, um Ruhm zu suchen, wie es sich für einen Prinzen geziemte.

Vater schlug die Warnungen der Götter nicht vollständig in den Wind. Theoretisch bewahrte jeder freie Mann im Königreich eine Lanze und einen Ochsenhautschild neben seinem Herd auf und brachte seinen Söhnen bei, wie man sie benutzte, aber die langen Jahre des Friedens hatten Lyrnessos zu einer leichten Beute für jeden Krähenschwarm gemacht.

Jetzt übergab er Sphelos die Verantwortung für das Heer. Nachdem mein Bruder widerwillig auf seine endlose Zählerei im Urkundenraum verzichtet hatte, sammelte er alle verfügbaren jungen Männer des Landes zu Waffenübungen. Bald rannten Gruppen von Hirten, Waldläufern, Bauernknechten und sogar Handwerkerlehrlingen Pfosten schleppend die Hügel rauf und runter. Arme, die ein Ruder oder eine Bronzeaxt schwingen konnten, konnten auch eine Lanze durch eine Eiche rammen, so daß der ganze Schweiß kaum einen Unterschied machte, aber ich vermute, es verleitete sie dazu, sich selbst für Kämpfer zu halten. Vater veranstaltete Kampfspiele und lobte großzügige Preise aus.

Wir hatten stets ein halbes Dutzend Streitwagen in Gebrauch. Das Durchstöbern lange vernachlässigter Lagerräume erbrachte etwa zwanzig Räder und beinah ein Dutzend Wagengestelle. Die meisten davon befanden sich im Zustand fortgeschrittenen Verfalls, doch Vater brachte die Zimmerleute und Radmacher zum Ausbessern und Ersetzen. Lederarbeiter plagten sich damit ab, Schilde herzustellen, Schmiede fertigten Pfeil- und Lanzenspitzen, Schreiner wurden dazu abgestellt, Schäfte herzustellen, und Salbenmischer machten sich über Pferdegeschirre her. Die

Viehhüter liefen sich beim Abrichten der Pferde halb zu Tode.

Auch mein Leben veränderte sich. Mutter hörte mit ihrem ewigen Gemecker auf, mir den Kopf scheren zu lassen. Ich wäre zufrieden gewesen, in Ruhe meine Haare wachsen zu lassen, aber sie nahm mit einem für sie ungewöhnlichen Energieausbruch auch meine religiöse Ausbildung in die Hände. Sie überschüttete die Götter mit Opfergaben, damit ich die richtigen Rituale erlernen konnte. Ich wurde gründlich in Kräuterkunde ausgebildet, in der Pflege der heiligen Schlangen unterwiesen und sogar aus dem Palast geschleift, um bei Geburten anwesend zu sein, wonach mir tagelang schlecht war. Plötzlich erschien mir meine Kindheit als ein goldenes Zeitalter.

Bienor, der bereits Geschicklichkeit als Wagenlenker zeigte, wurde in der Streitwagentruppe zur Arbeit eingesetzt. Ich war gewillt zuzugeben, daß es Dinge in den Ställen gab, die zu erledigen er eine besondere Begabung hatte, aber dafür hatten wir Sklaven. Er drillte die Gruppen, und manchmal gelang es mir, ihn zu begleiten. Als ich mich eines Nachmittags zur Pferdekoppel schlich – ich versuchte mich vor dem Erlernen der richtigen Anrufung Potnia Therons in Hungerszeiten zu drücken – sah ich ihn ausfahren. Und zwar in nichts Geringerem als Vaters eigenem silberverzierten Streitwagen. Mir wuchsen Flügel. In kürzerer Zeit, als man braucht, um ›Phoibos Apollon!‹ zu sagen, stand ich oben neben ihm.

»Fahr los!« rief ich. »Hol diese fliehenden Griechen ein, damit ich sie mit meiner männermordenden Lanze niederstrecken kann!«

Er versetzte den Pferderücken gekonnt einen Schlag mit den Zügeln, und ich klammerte mich an der Brüstung fest, um mich vor einer schimpflichen

Rückkehr auf den Boden zu bewahren. Gorgo und Greif folgten mit lautem Gekläff.

»Streitwagenfahrer benutzen keine Lanzen«, belehrte mich Bienor, während er das Gefährt durch einen Obsthain lenkte. »Und außerdem bin ich heute ein Grieche. Wir jagen Trojaner.«

»Wen auch immer«, gab ich zurück, während ich mich unter den Zweigen von Feigen-, Pfirsich- und Apfelbäumen wegduckte. »Es sind verachtenswerte Feiglinge, Barbaren, die die falschen Götter anbeten. Ich werde sie niederschießen mit ...« Ich wurde kniehoch emporgeschleudert, und meine Füße landeten so hart wieder auf dem ledernen Geflecht, daß meine Knie wegknickten und ich aufstöhnte. »Wie schaffe ich es, mit einem Bogen zu zielen und mich gleichzeitig festzuhalten?«

Offenbar hielten wir nicht einfach auf den Strand unten zu, die einzige Stelle, die eben genug war, um mehr als eine gemütliche Spazierfahrt zu erlauben. Aus persönlichem Übermut, oder um mich zu beeindrucken, fuhr mein verrückter Bruder landeinwärts. Olivenbäume rasten an uns vorbei; Räder rutschten auf losem Kies weg.

Er sprach durch zusammengebissene Zähne hindurch: »Gar nicht. Das einzige Ziel, das ein Bogenschütze von einem fahrenden Streitwagen aus treffen könnte, wären zehntausend Mann auf einem Haufen. Und welches Heer wäre dumm genug, um dir eine solche Gelegenheit zu bieten?«

Mein allwissender Bruder war in diesem Punkt nicht ganz so gut informiert wie üblich. Viel, viel später erfuhr ich von einem richtigen Krieger, daß die Ägypter und Babylonier sehr wohl Pfeile von fahrenden Kriegswagen hinab verschießen. Sie leben allerdings auch in sehr flachen Ländern.

»Wozu ist ein Streitwagen dann gut?«

Wir verloren die Bodenhaftung und krachten so hart wieder auf den Boden, daß ich meinte, die Räder würden uns abbrechen. Die armen Pferde keuchten und wurden fast von ihrem Brustgeschirr stranguliert, und Bienor legte sich verspätet in die Zügel, um unsere Fahrt zu verlangsamen. Am Fuße des Abhangs gab er ihnen wieder mehr Zügel, und sie stürmten den nächsten Hügel hinauf. Streitwagenfahren war wirklich erfrischend. Bald hatten wir die Bäume hinter uns gelassen, und der Berg Ida lag direkt vor uns. Eine Schafherde ergriff die Flucht, und Hütejungen und -hunde nahmen ärgerlich die Verfolgung auf. Ich hielt mich fest und lachte laut los, um Bienor zu noch waghalsigerem Fahren zu verleiten, obwohl ich genau wußte, daß Vater, wenn er hiervon erführe, meinem Bruder das Fell über die Ohren ziehen und es an die Stadtmauer nageln würde.

Bienor kannte sich indes mit Pferden aus und verlangsamte bald darauf unsere Geschwindigkeit, um das Gespann nicht zu sehr zu verausgaben. Zu diesem Zeitpunkt befanden wir uns fast so hoch im Gebirge, wie ich an jenem unvergeßlichen Morgen gekommen war, an dem ich die Adler gesehen hatte. Wir konnten die gesamte Küste überblicken, die vor unseren Augen ausgebreitet lag wie eine aufgespannte Haut, darauf Lyrnessos ganz klein und tief unten. Das Meer zeigte ein unfreundliches Graugrün, und weiße Zungen leckten an den Felsklippen. Falken oder Adler segelten in dem winterlich bleichen Himmelsblau hoch über den öden Bergen und glitten auf dem Wind dahin, der mein heißes Gesicht kühlte.

»Wohin fahren wir?«

»Zu dem Schrein von dir.« Das hatte er sich in diesem Moment ausgedacht; er schoß mir einen spitzbübischen Blick zu, um herauszufinden, ob ich damit einverstanden war.

Ich war nicht in der Stimmung, mich an Tollkühnheit von ihm übertreffen zu lassen. »Wir sollten eine Opfergabe mitnehmen.«

»Ich habe Wein dabei.« Er wies auf eine längliche Lederröhre, die an der Innenseite des Wagenkastens befestigt war. Ich sah hinein und vergewisserte mich, daß sie tatsächlich eine verstöpselte Flasche enthielt. Ich fragte mich, was er damit vorgehabt hatte, bevor ihm der Einfall mit dem Schrein gekommen war, oder ob einer der Stallknechte sie dort versteckt haben mochte. »Was ist das hier?«

»Der Köcher natürlich. In dem man die zusätzlichen Wurfspeere aufbewahrt. Wenn du einen Griechen siehst, kannst du einen Wurfspeer nach ihm schmeißen. Dann verstauen wir seine Rüstung im Streitwagen und fahren nach Hause.«

»Ich dachte, wir wären die Griechen.«

»Dann also Trojaner. Dardanier tun es auch.«

»Warum erlegt man sie nicht mit einer Lanze?«

Bienor zögerte, was bedeutete, daß er wußte, daß er recht hatte, sich aber noch zurechtlegen mußte, warum. »Du würdest eine Lanze so lang wie ein Schiff brauchen, um irgend etwas zu treffen, das sich vor den Pferden befindet.«

Soweit gab ich ihm recht. »Sie würde zittern wie ein Rohr im Wind.«

»Und wie sollte man eine Lanze zur Seite hin benutzen?«

Das leuchtete mir nicht so recht ein. »Es wäre möglich, wenn du dich langsam bewegst, besonders gegen einen Mann zu Fuß.«

»Er würde sich einfach ducken. Und du wärst für ihn ein leichteres Ziel als er für dich.«

»Du glaubst wohl, du weißt alles.«

216

»Krieg ist Männersache.«

Das Geplänkel war reine Gewohnheit; mit dem Herzen waren wir nicht dabei. Nach einer Weile grinsten wir uns an und konzentrierten uns darauf, die Fahrt zu genießen.

Wir folgten dem dardanischen Pfad. Die Wagenspur vor uns durchquerte eine Weide und führte in den Wald. Ich war sicher, selbst Bienor würde es nicht wagen, weiter in diese Richtung zu fahren – wenn einer von uns von einem Ast niedergestreckt oder die Achse an einem Felsen brechen würde, müßte er erklären, was er so weit jenseits der Grenzen von Lynrnessos zu suchen gehabt hatte.

Ihm mußte gerade derselbe Gedanke gekommen sein. Er ließ das Gespann in Schritt verfallen. »Sollen wir nicht besser umkehren?« Dann schrie er laut auf. »Dardanier!«

Ich begann zu lachen, erkannte aber bald, daß er mich nicht foppte. Ein fremder Streitwagen kam aus den Bäumen herausgeschossen.

Bienor gab den Pferden die Peitsche und wendete auf einem Rad. Ich klammerte mich grimmig entschlossen an der Brüstung fest, während wir über die Wiese preschten und Geschwindigkeit aufnahmen; unsere Füße hüpften auf dem Ledergeflecht auf und ab. Wenn er dieses Tempo den ganzen Weg bergab beibehalten wollte, würden wir uns alle vier die Hälse brechen. Auf der anderen Seite war das vielleicht keine so schlechte Alternative, weil auch die Fremden ihren Pferden die Peitsche gaben und die Verfolgung aufnahmen. Ich wurde zu hart hin- und hergeschleudert, um sie richtig erkennen zu können.

Der Untergrund vor uns fiel so steil ab, als rasten wir eine Klippe hinunter. Ich schloß meine Augen und klammerte mich fest.

»Vielleicht sind es Sklavenhändler.«

»Hast du ein Glück!« heulte mein Bruder. »Sklavenhändler töten die Männer!«

Aber Sklavenhändler nahmen die Kinder, und ich bezweifelte, daß man ihn bereits unter die Männer rechnen würde. Dennoch hielt ich den Mund. Ich öffnete meine Augenlider einen Schlitz breit und machte sie mit einem Schrei wieder zu. Eichenbäume flitzten an uns vorbei wie Blitze. *Niemand* fuhr einen Streitwagen auf solche Weise einen Berg hinunter! Ich tastete mit einem Fuß nach den Bremsbacken, und Bienor brüllte mich an: »Laß das! Ich fahre, nicht du!«

»Bitte! Mir ist egal, ob es ein Sklavenhändler oder König Menelaos persönlich ist! Fahr nur langsamer … *Langsamer!*«

»Nein! Beim Hades! Er holt auf!«

An diesem Tag waren zwei Wahnsinnige unterwegs. Der Wind ließ meine Schädellocke wie ein Banner hinter mir herwehen. Die Räder schienen den Boden kaum noch zu berühren, während die armen Pferde sich verzweifelt bemühten, vor dem zu Tal stürzenden Gefährt zu bleiben. Immer mehr Bäume flogen an uns vorbei. Unsere Hunde waren weit zurückgeblieben.

Wir hatten beinahe die ersten Olivenbäume erreicht. Ich riskierte einen Blick zurück, aber meine Augen tränten so stark, daß ich nichts Genaues von den Fremden ausmachen konnte, außer daß es zwei waren und sie den Abstand zu uns verringerten. Wir hatten den Schatten der Ölbäume erreicht. Sie kurz darauf auch. Immer noch peitschte Bienor auf die Rücken der Pferde ein, lenkte sie in selbstmörderischen Kurven und Biegungen und Hüpfern durch den Hain. Ich klammerte mich verzweifelt fest, blieb in der Hocke und fragte mich, wann die Räder von

218

der Achse fliegen würden. Zweige pfiffen über uns hinweg.

Am letzten Abhang durch den Obstgarten wurden wir etwas langsamer. Der andere Streitwagen schien unserem Beispiel nicht zu folgen – er schloß jetzt rasch auf.

»Und wir schaffen es doch noch!« kreischte Bienor, während er die Zügel auf die schaumbedeckten Pferderücken knallen ließ.

»Was schaffen wir?« Da erst wurde mir klar, daß kein Sklavenhändler oder Bandit uns so nah zum Palast gefolgt wäre. Das Tor lag unmittelbar vor uns. Männer kamen uns entgegengelaufen. »Du meinst, es war nur ein Wettrennen?«

Niemand hatte mir gesagt, daß es sich um ein Wettrennen handelte. Bienor aber auch nicht. Zu Beginn mochte er es wie ich für eine Verfolgungsjagd gehalten haben, aber er besaß einen angeborenen männlichen Instinkt für solche Situationen – zwei Streitwagen am selben Ort, die dasselbe Ziel haben, bedeuteten ein Rennen.

Die Hufe donnerten über den Boden. Mit weit aufgerissenen Augen und schäumenden Mäulern tauchte das dardanische Gespann rechts neben mir auf und zog an uns vorbei. Ich mußte mich kaum noch umdrehen, um die Fremden zu sehen. Der Fahrer warf mir ein blendendes Lächeln zu. Sein Passagier war jünger und lächelte nicht. Dann rasten die beiden Streitwagen Seite an Seite auf das Tor zu.

»Bienor!« schrie ich auf. »Es ist zu eng! Wir können nicht beide gleichzeitig –«

»Da *ist* Platz!«

Nein, war es nicht – das Gespann der Fremden schob sich von links gegen uns und drängte uns ab. Die Räder kamen einander immer näher. Eine einzige Speiche, die in Berührung mit der anderen Nabe käme, würde Tod und Verderben für uns alle bedeuten. Bienor schrie gellend auf und riß unsere Pferde zur Seite, und dann ragte plötzlich eine Mauer direkt vor uns auf. Vor Wut heulend riß er an den Zügeln und fuhr die Bremsbacken aus. Menschen spritzten beiseite, als der dardanische Streitwagen durch das Tor schoß. Unser Gespann folgte kurz darauf. Bienor sprühte nur so von Flüchen, während er den Streitwagen zum Schritt velangsamte.

»Es ist genug Platz für zwei! Wir hätten zusammen hineinfahren können. Er hat mir den Weg abgeschnitten!«

»Ich hoffe, Vater schneidet dir dafür deinen verrückten Kopf ab!« entgegnete ich.

Wir befanden uns an der Pferdekoppel. Stallknechte kümmerten sich um die Pferde der Fremden, und die Männer sprangen elegant zu Boden. Andere Männer hielten unser Gespann an.

»Warum sollte er so etwas Dummes tun?« knurrte Bienor.

»Wer?« Ich wischte mir Tränen und Staub aus den Augen und warf einen genaueren Blick auf die beiden Ankömmlinge. Erst da erkannte ich den älteren Mann – so wie Bienor ihn erkannt haben mußte, als er mit uns gleichgezogen hatte oder vielleicht auch schon früher. Es war Aineias, Sohn des Anchises. Er gehörte zur Familie.

7 Die Königin der Dardanier hieß immer Hippodemia. Die vorige Hippodemia, Mutters Base zweiten Grades, war vor ungefähr drei Jahren gestorben, und beim Begräbnis seiner Mutter hatte ich meinen Vetter Aineias zum letzten Mal zu Gesicht bekommen. Seine Schwester war die neue Hippodemia,

und sein Vater Anchises war der ehemalige König, dem sein Schwiegersohn Alkathoos nachgefolgt war. Aineias diente, wie er uns im Verlauf seines Besuchs mehrfach in Erinnerung rief, seinem Schwager als Führer des dardanischen Heeresaufgebots.

Er kam mit einem amüsierten Funkeln in den Augen zu uns herübergeschlendert, ein Funkeln, das sich, sofern das möglich war, sogar in seinem Gang zeigte. Das beste Wort, ihn zu beschreiben, war *Adler*. Er war hochgewachsen und hager und trug knielange Hirschlederhosen und dazu passende Stiefel. Selbst staubbedeckt und mit gelöstem Haar, das in goldbraunen Locken unter seinem Helm hervorsah, sah er atemberaubend aus; er hatte bernsteinfarbene Augen und sein kurzgestutzter Spitzbart glänzte bronzefarben. Beim Näherkommen schlang er sich einen quastenbesetzten Umhang in Grün und Braun über die Schultern und befestigte ihn mit einer goldenen Nadel. Ein Schwert, dessen Griff mit Silbernägeln besetzt war, baumelte an seiner Hüfte.

»Die königlichen Zwillinge, ganz unverkennbar. Du hast das Zeug zum Wagenlenker, Bursche.«

»Ich danke dir, Herr!« Bienor klang, als bereite das Sprechen ihm Schmerzen.

»Wenn du nicht zu viele Gespanne umbringst. Das war krimineller Leichtsinn, so diesen Berg hinunterzufahren.«

»Aber du bist doch auch −«

»Ich weiß, was ich tue. Du nicht. Ist den Pferden bei der Raserei ein Huf gesplittert? Hast du dir ihre Beine angesehen?« Aineias wußte genau, daß Bienor das nicht getan hatte, denn ein tödliche Blicke um sich schießender Stallknecht hatte das erhitzte Gespann bereits weggeführt. »Und die kleine Briseis! Du liebe Güte, bist du gewachsen, das will

221

ich meinen!« Er strich mit den Fingerspitzen über meinen flaumbedeckten Schädel und lachte, als ich vor der Berührung wegzuckte.

Mit einemmal kochte ich vor Wut, genau wie Bienor. »Was gibt es Neues von unserem Bruder, mein Herr?«

Ich erntete einen gespielt vorwurfsvollen Blick aus seinen goldbraunen Augen. Er setzte sich wieder in Bewegung, und natürlich mußten wir mit ihm gehen. »Nachrichten gelangen als erstes vor den König. Du bist also unser jüngstes Orakel? Hast du noch andere Prophezeiungen gedeutet, Seherin?«

»Nein.«

»Es könnte ein Zufallstreffer gewesen sein«, sagte Aineias leichthin, »etwas, was mit deinem Alter zu tun hat. Aber natürlich müssen wir die Worte deiner Mutter ernst nehmen.«

Schweigend kochte ich vor mich hin. Er war ein großer Bienor, ein erwachsener Rüpel.

Der Wagenlenker hatte sein Gespann sorgfältig untersucht, bevor er es den Stallknechten übergeben hatte. Jetzt kam er hinter uns herstolziert, ein Bündel unter dem Arm. Er war hochgewachsen und schlaksig und trug ebenfalls ein Hirschledergewand. Seine Blicke inspizierten mich beiläufig und taten mich als nicht interessant ab. Obwohl er nur wenig älter als Enops sein konnte, trug er ein Schwert und mußte schon mehrere Jahre Kämpferausbildung hinter sich haben, um Wagenlenker eines Kriegers zu sein.

Als wir den Außenhof erreichten, kam Vater persönlich aus dem Palast gelaufen. Als er und Aineias sich umarmten, traf auch Mutter ein, gefolgt von drei oder vier ihrer Frauen. Es gab noch mehr Umarmungen und Begrüßungen und belangloses Geschwätz: Wie befanden sich die Königin und der

König und der arme, liebe Anchises ...? Der Wagenlenker wartete geduldig; er war es offenbar gewöhnt,
nicht beachtet zu werden.

»Komm«, sagte Vater, »komm, komm! Wir sollten
dich nicht hier draußen stehen lassen, solange du
von der Reise ermüdet bist.« Er ergriff Aineias' Hand,
um ihn hineinzuleiten.

Bienor und ich trabten hinter den Erwachsenen
her und tauschten dabei wütende Blicke aus. Ich war
eingeschnappt, weil er mir fast das Genick gebrochen hatte, er war dafür außer sich vor Zorn, ein
Wettrennen verloren zu haben.

Sphelos traf im Vestibül ein, und die ganze Begrüßungszeremonie ging von vorne los. Ich hätte am
liebsten laut losgeschrien, aber der Schicklichkeit
mußte Genüge getan werden. Endlich gelangte die
ganze Gesellschaft in das kühle, dunkle Megaron,
und Mutter ließ sich auf ihren Thron fallen. Reich
verzierte Stühle wurden herbeigeschafft und mit
Fellen bedeckt; Fußschemel folgten. Hofmeister
boten den Besuchern eine Silberschale dar, gossen
Wasser über ihre Hände und schenkten Wein ein.
Bienor und ich lungerten im Hintergrund an der
Wand herum und versuchten, möglichst unauffällig
mit den Fresken zu verschmelzen, um nicht weggeschickt zu werden. Schließlich gingen die Diener,
und wir bekamen die Neuigkeiten zu hören, auf die
wir so brannten.

»Mein Herr, ich vernachlässige meine Mission als
Herold. Mein lieber Schwager bat mich, diese Worte
an dich zu richten. ›Alkathoos, Sohn des Aisyetes,
König der Dardanier, spricht zu dem edlen Brises,
Sohn des Mydon, König von Lyrnessos, und sagt:
Möge Zeus, Vater der Götter und Menschen, dir und
deinem Hause immer lächeln. Ich danke dir für das
Geschenk des Zaunkönigs und hoffe dir zum

Austausch dafür einen Habicht schicken zu können, bevor die Jagdsaison eröffnet wird.«

Bienor und ich umarmten einander ausgelassen, während die anderen lachten.

»So ist er also wohlbehalten angekommen?« erkundigte sich Mutter.

Aineias schürzte die Lippen. »Er ist angekommen. Er war ein wenig fußwund, als er auf eine unserer Patrouillen traf. Als sie hörten, daß er wichtige Nachricht für unseres Königs Ohr brächte, setzten sie ihn auf ein Pferd und ritten mit ihm die Nacht durch. Er wurde noch an einigen anderen Stellen wund, aber er traf in einem Stück ein.« Nach einer Pause, die einen Hauch zu lange dauerte, fügte er hinzu: »Er zeigt vielversprechende Anlagen. Gewiß kann niemand schlecht von seinem Mut sprechen.«

Bienor und ich tauschten Blicke der Verwunderung aus. Auf dem Pferderücken zu reisen war eine seltene und gefährliche Unternehmung. Dazu brauchte man Pferde, die größer und kräftiger waren als die unseren, und außerdem mußten sie speziell darauf abgerichtet sein, einen Reiter auf sich zu dulden. Und das nachts? Auf einem Pferderücken auf und ab plumpsen, mit herunterbaumelnden Beinen, die ganze Nacht durch? Ach, armer Enops!

Aineias öffnete nun das Päckchen, das sein Wagenlenker getragen hatte, und holte eine prachtvoll gewebte Decke hervor, ein Geschenk von seiner Schwester, wundervoll mit einer traditionellen Löwenjagdszene geschmückt. Mutter rief uns zu sich, um sie zu bewundern und in den allgemeinen Lobeschor einzustimmen. Dann entsann er sich seiner Manieren und deutete auf seinen hageren Gefährten. »Mein Wagenlenker, Akamas, Sohn des Antenor. Du erinnerst dich doch an Antenor.«

Sphelos unterbrach den Austausch von Grüßen.

»Welche Neuigkeiten gibt es aus Troja, mein Herr?«

Aineias lächelte, doch seine Augen verengten sich. »König Priamos hat seine neue Schwiegertochter willkommen geheißen.« Er nahm einen Schluck Wein.

»Dann wird es also Krieg geben?«

»Darauf dürfen wir sicherlich hoffen.«

»Sphelos!« polterte Vater. »Wir haben noch Zeit genug, solche Angelegenheiten zu besprechen. Unsere Gäste sind müde von der Reise.«

»Nicht im geringsten!« lachte Aineias. »Ich fühle mich so munter wie eine Bergziege! Wenn du Lust auf einen Ringkampf hast, Sohn des Brises, wird es mir eine Freude sein, dich ein paarmal zu Boden zu werfen.« Er richtete seinen Adlerblick auf Vater. »Was den Krieg betrifft, mein Herr, das hängt von Sparta ab sowie davon, wie viele Verbündete es aufzubringen vermag. Mykene führt eine sehr, sehr lange Lanze.«

Er nahm einen weiteren Schluck, während Sphelos beleidigt dreinschaute und der Rest von uns auf eine Antwort auf die ungestellte Frage wartete. Schließlich sprach Bienor sie aus.

»Und welche Seite wird König Alkathoos unterstützen?«

Unser Vetter strahlte geheimnisvoll. »Wenn es zum Krieg kommt, muß er berücksichtigen, was Dardania gewinnen oder verlieren kann, wenn die eine oder die andere Partei am Ende den Sieg davonträgt. Und ebenso muß er die verhältnismäßige Stärke der beiden Seiten in Betracht ziehen, um abschätzen zu können, welche Seite gewinnen wird. Und dafür verläßt er sich auf den Rat seines Heerführers – mit anderen Worten, auf mich.«

Gerechtigkeit und Ehre hatten also in diesen Betrachtungen keinen Platz. Das erschien mir falsch, aber ich war ein naives Kind, das noch viel über das Leben zu lernen hatte.

Mutter runzelte die Stirn. »Du bist noch zu keiner Entscheidung gelangt?«

»Nein, meine Herrin.« So würde ein Adler lächeln, wenn er lächeln könnte.

Sphelos zog ein saures Gesicht. »König Agamemnon mag eine längere Lanze als König Priamos haben, aber König Priamos ist uns näher.«

Die Krallen des Raubvogels blitzten auf. »Genau wie seine Schatzkammern! Es sieht dir gar nicht ähnlich, Vetter, die Möglichkeit des Beutemachens außer acht zu lassen.«

»Komm, komm!« Vater wuchtete sich hoch. »Du mußt dich nach einem Bad und frischer Kleidung sehnen. Ich sorge dafür, daß man dir beides bereitstellt.«

»Das klingt verführerisch. Ich habe Akamas schon auf dem Weg hierher von den vielen hübschen Mädchen in König Brises' Palast erzählt.«

Der junge Akamas ließ ein Lächeln wie Sonnenlicht auf Bronze sehen.

Vater erwiderte: »Ich hoffe, wir können uns deiner Worte würdig erweisen, mein Herr.«

»Daran zweifle ich nicht.« Aineias nickte Mutter respektvoll zu und verließ an Vaters Seite das Megaron. Er schien zu trödeln, während Vater sich zu beeilen schien, doch sie traten gemeinsam durch die Tür, den Wagenlenker auf den Fersen.

»Bergziege!« murmelte Bienor voller Groll.

»Hornochse!« stimmte Sphelos ihm zu.

8 Nachdem Mutter den geehrten Gästen zwei der reizendsten Badedienerinnen zugeteilt hatte, stürzte sie sich in die Festvorbereitungen. Die Anrufungen Potnias waren vergessen, und so blieb es mir freigestellt, mich auf die Suche nach Gorgo zu begeben. Rufend und pfeifend kletterte ich den ganzen Weg bis zu den Weiden hinauf, trat herabgefallenes Laub beiseite und versuchte zu entscheiden, ob Vetter Aineias wirklich gut aussah und ob ich ihn wirklich mochte.

Nach erfolgloser Suche kam ich schließlich müde und voller Sorge nach Hause zurück, um Gorgo nur einen Bogenschuß vom Palasttor entfernt zu finden; regungslos wie eine Statue hockte sie unter einem Birnbaum und starrte nach oben. Als mir klar wurde, daß sie wahrscheinlich die ganze Zeit über dort gesessen hatte, ging ich verärgert zu ihr hinüber. Ihre schiere Unbeweglichkeit schien mich anzuflehen, sie nicht zu stören. Sie hatte ein Eichhörnchen auf den Baum getrieben und wartete darauf, daß es wieder herunterkam und in ihren Fängen starb. Ja, das klingt überaus töricht, aber sie wußte, was sie tat. Der winzige Ball aus braunem Fell befand sich schon nur noch in Schulterhöhe über der Erde. Es keckerte wütend, während es sich langsam den Baumstamm hinunterarbeitete, offensichtlich unfähig, die lauernde Gorgo zu sehen, solange sie sich absolut regungslos verhielt.

Ich blieb stehen und beobachtete das Schauspiel fasziniert. Immer tiefer krabbelte das zukünftige Opfer. Gorgo zuckte nicht mit der Wimper. Dann stieß das Eichhörnchen einen schrillen Schrei aus und huschte wieder den Baumstamm hoch. Immer noch rührte sich die mächtige Jägerin nicht. Ihre Beute mußte das schon mehrmals getan haben, und immer war sie zurückgekommen.

Ich lachte und ging hinüber, um ihr die Ohren zu kraulen und den Bann zu brechen. »Erteilst du mir eine Lektion in Geduld, Mädchen? Komm mit. Wir besorgen dir ein weniger sprunghaftes Abendessen.«

Gorgo schien sich ohne Widerspruch mit diesem Angebot abzufinden, und gemeinsam überquerten wir den Hof. Dort hatten sich wie üblich die Alten unter den Olivenbäumen versammelt; zweifellos tratschten sie über die Besucher. Als ich meine Schuhe in der Eingangshalle auszog, tauchte Akamas auf, prächtig anzusehen in einer rot-blauen Tunika, die ich als Antikleias Webarbeit erkannte. Nun, da er sauber gewaschen war, konnte ich sehen, daß er jungenhaft rosige Wangen mit einem beachtlichen Schnurrbart verband. Er hatte lockiges Haar und dunkelgraue Augen mit überaus attraktiven Wimpern.

»Hat unsere Gastfreundschaft dich befriedigt, mein Herr?« fragte ich in meinem süßesten und damenhaftesten Ton. »Benötigst du sonst noch etwas?«

Er sah vom Gipfel der Fünfjahresklippe, die uns trennte, auf mich herab. Mir kam der Gedanke – und ihm vielleicht auch – daß zwei weitere Jahre diese Klippe abtragen würden. Im Augenblick jedoch war ich zu jung für die Art von Humor, die ich angeschlagen hatte, auch wenn ich einen Hauch von Rosa auf seine Wangen gezaubert hatte.

»Fürs erste danke, Prinzessin, ich bin völlig befriedigt. Ich suche den Barden, Demodokos.«

Ich verbiß mir ein *Wieso?*, bevor es mir entschlüpfte. »Es wird mir eine Ehre sein, nach ihm schicken zu lassen.« Ich stemmte jedoch meine Hände in die Hüften, als hätte ich vor, noch ein bißchen zu verweilen. »Kannst du mir noch etwas über meinen Bruder erzählen?«

Diese rüde Erpressung schien den angehenden Krieger zu belustigen. »Nicht viel. Wenn er den Winter übersteht, hat er wohl noch ein paar Jährchen vor sich.«

»Mußte er wirklich eine ganze Nacht lang auf einem Pferd reiten?«

»Den größten Teil der Nacht – bis er oft genug hinuntergefallen war. Er ist sofort wieder aufgestiegen, und das ist es, was zählt.«

»War es eine Prüfung?«

»Und ebensosehr unsere Begrüßung für Besucher.« Akamas trat näher an mich heran, so nah, daß ich den Badeduft an ihm riechen konnte. Er versuchte mich ein bißchen einzuschüchtern, aber gerade das ließ ihn jünger erscheinen. »Enops ist kein besonders vielversprechendes Material, Prinzessin. Er ist nicht unter Kriegern aufgewachsen.«

»Nicht so hart wie du?«

»Ich habe härter begonnen. Er muß weiter gehen. Aber er ist von edler Abstammung, so daß er es wohl schaffen wird. Und nun der Barde.«

Ich wies auf die Bank, wo der Alte döste. »Der mit dem Buckel.«

»Ich danke dir«, versetzte Akamas. »Dann muß ich dich nicht länger belästigen.«

Das Fest an diesem Abend gelang recht gut. Wie immer bildete die Darbietung des Harfners den Höhepunkt. Demodokos trat in seinem vielbebänderten Gewand vor und setzte sich an die Säule, um Prinz Aineias' Taten während des vergangenen Sommers zu besingen, als er eine Expedition gegen die Lykier angeführt hatte. Nachdem er geographische Fakten und die Namen der Teilnehmer von Akamas erhalten hatte, hatte der alte Mann einige bereits existierende Heldenlieder über Herakles umgewandelt und neu zusammengestellt. Der Information zufolge, die Aineias persönlich seinem Wagenlenker weiterzugeben befohlen hatte, hatte Aineias persönlich zwei Städte geplündert, drei edle Krieger plus einer nicht näher bezifferten Anzahl geringerer Kämpfer erschlagen sowie zahlreiche wunderschöne Jungfrauen gefangengenommen. Bienor, der sämtliche Einzelheiten schon Monate zuvor gehört hatte, meinte, die Zahlen seien wüst übertrieben, mußte aber zugeben, daß Aineias großen Ruhm erworben hatte. Mein naseweiser Bruder flüsterte mir auch zu, daß der Feldzug beendet worden war, als Mutter Troja sich gezwungen gesehen hatte, die Phrygier zur Rettung der Lykier zu entsenden. Diese Tatsache fand in der offiziellen Version allerdings keine Erwähnung.

9 Den ganzen folgenden Tag streifte Aineias mit Vater im Schlepptau durch Lyrnessos. Er inspizierte die Bürgerwehr, die Vorratslager, die Wasserversorgung und die Wälle. Die Wälle allein hätten ihn nicht lange aufgehalten, weil sie ziemliches Flickwerk waren. An manchen Stellen konnten Eroberer einfach hereinmarschieren. Er blieb lange auf in dieser Nacht und trank mit Vater, Akamas und Sphelos.

Am folgenden Tag gingen sie auf die Eberjagd, stöberten jedoch keinen auf. Ich wußte nicht, daß sie zurückgekehrt waren, bis ich meinen Namen rufen hörte, als ich den Hof überquerte. Aineias lehnte sich auf das Balkongeländer, wie ein Adler, der von seinem Horst hinunterspäht.

»Komm hier herauf, kleine Prinzessin.«

Sein Tonfall ärgerte mich, so daß ich mir Zeit ließ.

Auf halber Höhr traf ich auf Bienor. »Aha, da bist du ja«, sagte ich. »Aineias will uns sprechen. Komm mit.«

Er fragte natürlich: »Warum?«, folgte mir aber neugierig.

Als wir auf den Balkon traten, fläzte unser edler Gast auf einem Stuhl, die Füße auf einem Schemel und einen Becher in der Hand. Es waren keine anderen Stühle oder Schemel in Sicht. Er verbreitete entspannte Nach-dem-Bad-Zufriedenheit um sich.

Ich faltete bescheiden meine Hände. »Wie kann ich dir zu Diensten sein, edler Sohn des Anchises?«

Er warf einen fragenden Blick auf meinen Begleiter. Wahrscheinlich fragte er sich, wessen Idee *er* sei, und zeigte mir umgehend, wo mein Platz war.

»Hast du schon angefangen zu bluten?«

Bienor kicherte.

Es ist nichts Schlimmes, über sexuelle Dinge zu sprechen, wenn alle Gesprächspartner damit einverstanden sind. Ich löcherte die Palastdienerinnen bestimmt oft genug mit meinen Fragen. Aber ich hatte nicht zugestimmt, meine sexuellen Angelegenheiten mit Aineias zu erörtern. Ich war versucht, mit der Frage zu antworten, warum mein lieber Vetter Chloris auf dem Rücken und Pero auf Händen und Knien genommen hätte – war der Grund dafür etwa, daß Chloris mollig und Pero mager war? Ich war ausgesprochen neugierig. Natürlich tat ich es nicht. Ich schüttelte einfach nur meinen Kopf. Ich muß auch errötet sein, denn er wirkte belustigt.

»Dein Vater war sich nicht sicher. Nebenbei bemerkt, Helenos, Sohn des Priamos, stimmt mit deiner Deutung der Adler überein. Er ist ein Experte, was die Bedeutung von Vögeln angeht.«

»Es tut mir leid – daß ich recht habe, meine ich.«

Er lächelte träge. »Mir nicht. Offensichtlich hast du

eine Begabung für die Vogelschau.« Bienor ignorierte er weiterhin. »Was hältst du von der Totenbeschwörung deiner Mutter?«

»Die Warnung erscheint mir eindeutig genug.«

»Ist sie das? Wer ist der Sohn einer Göttin, vor dem sie sich hüten sollte?«

Es gab gefährliche Antworten auf diese Frage, wie er sehr wohl wußte. »Es ist nicht an mir, das zu entscheiden, Vetter.«

»Viele Männer haben den Anspruch erhoben, Söhne von Göttern zu sein, oder sind als solche geehrt worden. Ich bin der Sohn des Anchises, Sohn des Capys, Sohn des Assarakos, Sohn des Tros, Sohn des Erichthonios, Sohn des Dardanos, Sohn des Zeus.«

»Ich bezweifle nicht, daß viele große Helden …«

»Nein?« Er lächelte wissend. »Manche Helden erweisen sich als um so vieles größer, als die sterblichen Ehegefährten ihrer Mütter es sind, daß nur göttliche Vaterschaft ihre Vortrefflichkeit zu erklären vermag. Ein Gott kann jede Frau in der Abgeschiedenheit ihres Schlafgemachs besuchen, eine Göttin jedoch ist etwas anderes. Die Hebammen können bezeugen, aus welchem Schoß sie ein Kind hervorholen, nicht wahr?«

Bienor kicherte erneut. Ich schoß ihm einen Blick maßvollen Zorns zu und wandte mich dann wieder Aineias zu.

»Ich glaube nicht, daß wir uns über die Unsterblichen lustig machen sollten, Sohn des Anchises.«

Die goldenen Augen wurden eiskalt. »Das tue ich auch nicht! Wenn ich mich über etwas lustig mache, dann ist es die Leichtgläubigkeit der Schafherde namens Menschen. Deine Mutter ist die Priesterin Potnias hier in Lyrnessos und das Gefäß, in dem die Gebieterin sich bei heiligen Gelegenheiten manifestiert. Meine war Priesterin der Aphrodite, wie meine Schwester es nun ist. Von daher gibt es solche, die mich einen Sohn der Aphrodite nennen, obwohl sie gelernt haben, dies nicht in meiner Hörweite zu tun.« Er hielt inne und wartete darauf, daß wir ihm versicherten, seine großartigen Taten ließen ihn als mehr denn menschlich erscheinen.

Wir taten es nicht.

Das vertraute, kaum merkliche höhnische Lächeln kehrte zurück. »Ich nehme also an, daß du ein Sohn der Potnia bist, Junge?«

Selbst Bienor wirkte inzwischen beunruhigt. »Nein, mein Herr. Zumindest hat Mutter nie ...« Er verstummte mit hochrotem Kopf.

»Wie ist es mit eurem geliebten Bruder Sphelos?«

»Er hat nie dergleichen behauptet«, versetzte ich ärgerlich.

»Er sollte in der Lage sein, *irgend jemanden* zu finden, der ihm glaubt, wenn er nur lange genug sucht.«

Jetzt wurde ich wütend. »Und auch ich behaupte nicht, die Tochter einer Göttin zu sein. Jeder, der so etwas sagt, fordert den Zorn der Unsterblichen heraus.«

Der Sohn des Anchises spitzte die Lippen und vollführte eine müde Handbewegung. »Geh und sag deinem Vater, ich will ihn sehen.«

Bienor und ich verließen ihn ohne ein weiteres Wort. Diesmal befanden wir uns in völliger Übereinstimmung − wir schäumten darüber, wie Dienstboten behandelt zu werden und mitanhören zu müssen, daß unser Vater wie ein weiterer herbeizitiert wurde.

Als wir hinuntergingen, stellte ich fest: »Seinen Manieren nach zu urteilen, ist Vetter Aineias der Sohn eines Schweinehirten.«

»Ha!« schnaubte mein Bruder. »Und nach dem,

was Chloris über die Länge seines Stabs erzählt, glaube ich auch nicht, daß Aphrodite seine Mutter war.«

10 Ein wenig später an diesem Abend wurde ich auf den Balkon des Königs gerufen, wo ich Vater und Aineias eine Amphore rhodischen Weins teilen fand, während Akamas mit steifem Rücken auf einem Schemel in der Nähe saß und lernte, wie edle Krieger über Geschäfte sprachen. Im Westen hing die Sonne als perlmuttern glänzender Ball im Meeresdunst zwischen dem Festland und Lesbos, die Stuckwände jedoch speicherten noch genügend von der Hitze des Tages, um den Balkon zu einem angenehmen Aufenthaltsort zu machen; außerdem war er windgeschützt. Die See war wie ein Tuch aus polierter Bronze.

Man befahl mir, mich zu setzen und die Geschichte mit dem Omen noch einmal von vorne zu erzählen, aber Aineias kannte sie offenbar ebensogut wie ich selbst. Er nickte, als ich geendet hatte, und hielt Vater seinen Goldbecher hin, damit er ihm nachschenkte. Nach einigen Augenblicken des Nachdenkens begann er seine Schlußfolgerungen hervorzustoßen. Da man mich nicht entlassen hatte, blieb ich sitzen und hörte alles mit an.

»Wir haben Zeit«, sagte er. »Ein oder zwei Jahre lang wird nichts passieren. Wir werden einen großen Krieg bekommen – diese unbedeutenden Grenzscharmützel sind nur zum Üben gut. Der letzte wirklich große Konflikt war diese Hethiter-Geschichte bei Milet. Nun da die Neuigkeit heraus ist, wird jeder seine Vorbereitungen treffen. Jungen wie deinem Sohn, die in Friedenszeiten den Sinn von all der

234

Mühe und Plackerei nicht einsehen wollten, steigt jetzt der Duft des Ruhms in die Nase. Für gewöhnlich dauert es fünf Jahre, einen richtigen Krieger auszubilden, aber wir Dardanier können sie in drei Jahren durchbringen, wenn es not tut. Wir verlieren dann mehr von ihnen, aber hochgeborene junge Burschen gibt es stets genug.«

Mein Vater nickte mit undurchdringlicher Miene. »Also muß sich selbst Lyrnessos mit Verteidigern umgeben?«

»Noch nicht. Darf ich offen sprechen, Herr?« Die goldenen Raubvogelaugen machten die Frage zu einer Herausforderung. Selbst unter den günstigsten Umständen wäre es gefährlich, Anstoß an etwas zu nehmen, was Aineias von sich zu geben geruhte.

»Bitte, tu dir keinen Zwang an«, erwiderte Vater mit einem törichten Lächeln. »Was nützt es, einen bewährten Städtebezwinger in der Familie zu haben, wenn man ihn nicht um Rat fragen darf?«

Aineias plusterte sich angesichts dieses Kompliments ein wenig auf. »Diese Waldläufer und Fischer, die du da hast, sind völlig wertlos. Selbst wenn du sie anständig bewaffnen könntest, könnte jeder beliebige griechische Krieger seine Schar auf diesem Strand da unten von Bord lassen und deinen Pöbelhaufen aufrollen wie einen Teppich. Das weißt du selbst! Stell deine Lanzen in den Schuppen und fang an, eine Mauer zu bauen. Nein −« Mit erhobener Hand kam er Vaters Einwand zuvor. »Ich weiß, daß es dir an guten Bausteinen, Maurern, Werkzeug und diesem und jenem fehlt! Ich weiß, daß du Lyrnessos nicht zu einem zweiten Troja machen kannst. Trojas Mauern wurden ohnehin von Apollon und Poseidon errichtet. Aber du verfügst über Holz, was nicht alle Städte haben, und du hast Zeit. Schick all deine stämmigen Fischer und Holzfäller den nächsten

Winter und vielleicht auch den darauf an die Arbeit und bau dir eine Palisade, die man nicht leicht einnehmen kann. Sogar ein Ziegenhirte kann eine Mauer verteidigen.«

Vater ergriff die Gelegenheit, um ein Wort einzuwerfen. »Wir haben kein Wasser auf dieser Hügelkuppe.«

»Baut Zisternen und speichert das Regenwasser. Ihr müßt nur zwei Tage lang durchhalten, und dann, das verspreche ich euch, komme ich mit genügend Bronze über den Berg, um jeden frechen Griechen in Fischfutter zu verwandeln.«

Seine Worte waren eine Beleidigung – so konnte ein König sie jedenfalls auffassen. Darüber hinaus entsprachen sie nicht ganz den Tatsachen, denn ich wußte, daß die Gebirgspässe fast die Hälfte des Jahres gesperrt waren. Im Winter, wenn das Meer ebenso unbefahrbar war, mochte das keine Rolle spielen, aber Schiffe begannen im Frühjahr die See zu durchpflügen, lange bevor der Schnee schmolz. Mein Vater ging darauf nicht weiter ein.

»Du bist sehr großzügig, Vetter«, antwortete er statt dessen mit sichtlicher Anstrengung.

»Es wäre mir ein Vergnügen. Unglücklicherweise glaube ich jedoch, daß keiner von ihnen mir Gelegenheit dazu geben wird. Ein Mann beißt in eine Weintraube, Sohn des Mydon, nicht aber in eine Walnuß in der Schale.«

»Selbst Schildkröten werden zu Suppe verarbeitet!« versetzte Vater sanft, seine Hände jedoch waren zu Fäusten geballt, und um die Lippen des jungen Akamas spielte ein höhnisches Lächeln. Es war nicht recht, daß ein Kind mitanhörte, wie sein Vater beleidigt und herumkommandiert wurde. Ich wollte aufspringen und hinausgehen, aber das würde die Kränkung offensichtlich machen, die Vater zu ignorieren versuchte. »Drei Jahre, sagst du?«

»Mehr oder weniger. Ich gehe davon aus, daß sie ihre Raubzüge im übernächsten Sommer beginnen werden.«

Vater bot ihm wieder Wein an. »Menelaos könnte doch gewiß die Männer, die er benötigt, schon früher finden?«

Die Sonne ging unter und verwandelte sich in einen blutroten Ball. Ida errötete wie eine riesenhafte Brustwarze, und ein Strom von Blut ergoß sich über das Meer.

»Nicht, wenn Agamemnon ihn unterstützt. Mykene verfügt über Gold, es verfügt über Verträge, es verfügt über Bundesgenossen und königliche Verwandtschaft. Agamemnon kann sich einen großen Feldzug leisten, und ich denke, er wird ihn sich nicht entgehen lassen, nicht, wo Helena ihm solch einen wunderbaren Vorwand liefert. Der Appetit der Griechen auf Sklaven ist unersättlich, und falls sie die Macht Trojas brechen können, wird die ganze Küste ihnen auf Gedeih und Verderb ausgeliefert sein, bis hinunter nach Rhodos.«

»Das sind schlimme Neuigkeiten«, murmelte Vater.

»Aber versetz dich in Idomeneus' Lage, oder in Nestors. Du hast deine Meister der Finanzen, der Kanzlei, der Schreibstube. Du hast deine Bezirksstatthalter und Grenzfürsten, deinen Kämmerer und religiösen Würdenträger. Du hast Schreiber und Aufseher und Steuereintreiber. Sie alle sorgen dafür, daß dein Königreich so reibungslos wie eine Töpferscheibe läuft. Darüber hinaus hast du deine Krieger, um deine Nachbarn in achtungsvollem Abstand zu halten: den Führer deines Heeresaufgebots und deine persönlichen Gefolgsleute, die bei weitem den größten Ausgabenposten ausmachen – außer wenn man sich die Alternative vor Augen führt, von Freunden oder Nachbarn ermordet zu werden.

Außerdem hast du deine Fürsten, die über ihre eigenen Gefolgsleute verfügen. Diesen mächtigen Kriegern hast du Güter und Tribut gewährt, und sie davon abzuhalten, Bürgerkriege vom Zaun zu brechen oder dich in Grenzstreitigkeiten hineinzuziehen, bereitet dir vermutlich die größten Kopfschmerzen.

Plötzlich verlangt Agamemnon von dir Unterstützung für einen Angriff auf Troja. Sämtliche Krieger beginnen zu jaulen wie Wachhunde bei Mondschein. Deine erste Reaktion ist die, daß du liebend gerne diese Streithähne losschicken und eine Weile in Frieden leben würdest. Dann kommen dir Nachbarn in den Sinn, die vielleicht nicht so ehrenhaft handeln und ihre Krieger nicht in den Krieg schicken werden. Du wagst nicht, dich deines Schutzes zu entblößen.

Dein nächster Gedanke lautet also, Agamemnon seine Suppe selbst auslöffeln zu lassen. Das wiederum birgt andere Probleme. Er hat genug Gold, um jede freie Lanze von Thrakien bis Ägypten anzuwerben. Der Mann ist berüchtigt für seine Unberechenbarkeit, und deshalb möchtest du ihn wirklich nicht als Befehlshaber einer solchen Streitmacht sehen. Zeus weiß, was er damit anstellen wird, *nachdem* er Troja geplündert und Priamos' Schatzräume geleert hat. Erinnerst du dich noch daran, als Knossos fiel, damals in Theseus' Tagen? Was also tun?«

Vater blinzelte verunsichert und schielte zu Akamas hinüber, der jedoch starrte seinen Mentor mit einem Ausdruck hingerissener Heldenverehrung an. Er war keine Hilfe. Und ich auch nicht.

»Ich würde Agamemnon einige Männer leihen und andere für mich behalten.«

Aineias lachte geringschätzig. »Du würdest einen Bürgerkrieg in deinem eigenen Reich lostreten! Nein, zu guter Letzt würdest du dein Heer persönlich vor

Troja führen. Auf diese Weise kannst du ein Auge auf den kapriziösen König von Mykene haben und die Beute teilen, und falls es während deiner Abwesenheit zu Unruhen kommt, kannst du mit genügend Autorität im Rücken heimkehren, um damit fertigzuwerden.« Er stand auf und drehte sich um, um den Sonnenuntergang zu beobachten. »Wenn ich mich nicht irre, werden Krieger bald eine sehr begehrte Ware sein.«

»Und es wird ein sehr großer Krieg werden«, knurrte Vater.

»Sehr. Eine wundervolle Umwälzung!«

Aineias trat an das Geländer und stützte sich auf, während er in die untergehende Sonne starrte wie ein gefangener Adler auf einem Pfahl.

»Ich will ehrlich zu dir sein, Vetter – ich begrüße den Krieg aus ganzem Herzen. Deine Nachricht bezüglich des Omens war für mich wie ein Fanfarenstoß. Ich wußte nicht, wie ich sonst je meine Existenz als Krieger hätte rechtfertigen können. Das Leben an den Ufern des Skamander schien nichts für mich bereitzuhalten als Kinder zu zeugen und ein langweiliges Alter. Ein Krieger ohne Krieg ist wie ein Pferd ohne Gras. Obwohl die See nicht mein Erbe ist, habe ich es ernsthaft in Erwägung gezogen, mir ein paar wetterfeste Gefolgsleute zu nehmen und Segel in Richtung Horizont zu setzen ... hinter den Sonnenuntergang zu schauen ... Ruhm in unbekannten Ländern zu erringen.«

Die Sonne war wie eine rote Wunde im Dunst, aber immer noch hell genug, um meine Augen tränen zu lassen. Ich sah auf. Ungeheuer hoch am Himmel flog ein Vogelschwarm in Pfeilspitzenformation gen Westen. Sie glitzerten in den niedrig einfallenden Sonnenstrahlen wie eine Schneckenspur auf einem taufeuchten Felsen, und sie befanden sich, als er sprach, genau über Aineias' Kopf. Ich schauderte.

»Briseis?« flüsterte Vater.

»Nichts, mein Herr«, beeilte ich mich zu erwidern.

»Wir werden sehen!« Aineias schlenderte zu seinem Trinkpokal zurück. »In ein paar Jahren mag Athene unser in Troja bedürfen. Ich bete darum!« Er sah auf seinen Wagenlenker hinunter. »Akamas ist fast bereit für seine Quasten. Möglicherweise wird er seinen Namen unter denen der unsterblichen Heroen einreihen. Richtig, Sohn des Antenor?«

Der Junge hob den Blick mit hölzerner Miene. »Falls dem so sein wird, mein Herr, gebührt alle Ehre meinem Vater, weil er mich ausgebildet hat, und dir, weil du mir solch ein vortreffliches Beispiel gegeben hast.«

Aineias lachte und klopfte ihm auf die Schulter. Dann wirbelte er herum und feixte mich an. »Oder Lyrnessos verteidigen? Briseis sagt, sie ist noch nicht soweit, mit einem Mann das Bett zu teilen, aber ein Verlöbnis könnte man ins Auge fassen. Sie wären ein schönes Paar, nicht wahr?«

Offenbar hatten Vater und Akamas damit genausowenig gerechnet wie ich selbst. Sie schnappten beide nach Luft. Ich muß wohl errötet sein; Akamas war es auf alle Fälle. Vater wurde bleich vor Wut. Unsere Reaktionen amüsierten Aineias.

»Nun, Bursche? Was sagst du dazu?«

»Du erweist mir Ehre, Sohn des Anchises.«

Antenor, nicht Aineias, war sein Lehrer gewesen, und das Lied des Barden hatte ihn als Aineias' Wagenlenker während des letzten Sommers nicht erwähnt. Warum also hatte Aineias ihn dazu auserwählt, ihn bei diesem Besuch zu begleiten? Die Antwort lag irgendwo im Nebel der dardanischen Politik verborgen.

»Nicht zu Unrecht. Briseis, was hältst du von unserem zukünftigen Krieger? Ich versichere dir, er zeigt beste Anlagen. Du wirst doch gewiß einen Sohn des großen Antenor nicht verschmähen?«

»Ich bin geehrt«, quiekte ich. »Aber die Omen sind ungünstig!«

Aineias runzelte die Stirn. Wäre es ihm ernst gewesen, hätte er verlangt, daß ich meine Behauptung genauer erläuterte, und es hätte nicht funktioniert, aber offensichtlich amüsierte er sich lediglich auf unsere Kosten, denn er tat die Angelegenheit mit einem Achselzucken ab. »Nun ja, wir haben noch viel Zeit, wie ich bereits sagte.«

Es war nicht nur der erste Schrecken, der mich ihn abweisen ließ, obwohl ein lebendiger junger Mann aus Fleisch und Blut, eine kräftige, behaarte Person mit männlichen Organen und einem starken Drang, sie zu benutzen, viel beunruhigender war als ein abstrakter zukünftiger Ehemann. Es war nicht einmal meine Erinnerung an die Adler. Nein, mir war das Eichhörnchen wieder eingefallen, und ich hatte erkannt, daß es ein weiteres Omen darstellte. Ein trojanischer oder dardanischer Ehemann würde mich nicht in ein weit entferntes Land außerhalb der Gefahrenzone des Krieges bringen. Von einem Baum in das Maul eines Hundes zu fliehen wie das Eichhörnchen wäre überhaupt keine Flucht. Ich brauchte einen anderen Baum.

Kurz darauf begann Aineias Andeutungen fallenzulassen, daß er die Freuden eines Bades und anderen Luxus zu schätzen wüßte. Vater erhob sich, um ihn zu begleiten. Beim Hinausgehen warf er mir einen anerkennenden Blick zu. Akamas machte Anstalten, ihnen zu folgen, wandte sich dann jedoch um und stolzierte mit hochgerecktem Kinn zu mir zurück. Ich erhob mich, um ihm in einer, wie ich hoffte, erwachsenen Haltung zu begegnen. Sein Blick war wachsamer als zuvor.

»Meine Herrin, die Plötzlichkeit des … ich wollte dir nur sagen, daß du eine so schöne Jungfrau bist, daß jeder Mann von dir träumen kann. Falls meine Antwort es an Feingefühl fehlen ließ, dann nur, weil ich völlig überrascht wurde!«

»Nein, die Ehre war ganz auf meiner Seite, mein Herr.« Ich fühlte mich geschmeichelt, daß er mich für wert hielt, mir zu schmeicheln.

Er grinste mit einer jungenhaften Schüchternheit, die nicht recht zu einem berühmten Kämpfer passen wollte. »Böser Schock, nicht wahr?«

»Nur ein Schock.«

»Na ja, bitte versteh, wenn …« Er nahm meine Hand in seine kräftigen, schwielenbedeckten Finger. »Ich meine, wenn dein Vater sich entschließt, einen Gemahl für dich auszusuchen … ich hoffe, die Omen werden das nächste Mal besser sein.«

Selbst ein sehr kleines Königreich ist besser als gar keins. Bedauerte er seine übereilte Weigerung? Und ich? Bedauerte ich sie? Ich könnte es wesentlich schlechter treffen als diesen gutaussehenden Sohn des Antenor.

»Das hoffe ich auch. Und daß wir beide den Krieg überleben.«

Sein Lächeln erstarb. »Das Leben eines Kriegers steht immer auf Messers Schneide. Wenn die Götter mir gewogen sind, werde ich mir unter meinem eigenen Namen Ruhm erwerben, so daß ich um eine Dame werben kann, ohne mich auf meine Vorfahren berufen zu müssen.«

»Du würdest in den Kampf ziehen, um einen Mann zu unterstützen, der einem anderen die Ehefrau gestohlen hat?«

Verärgert streckte er die Brust heraus. »Das ist

242

doch nur ein Vorwand! Du meinst, ob ich kämpfen will? Natürlich will ich! Ich bin ein genauso guter Mann wie die meisten! Ich werde kämpfen, es sei denn, mein Vater verbietet es mir. Ich stamme aus einer langen Linie von Kriegern, Briseis. Niemand wird erleben, daß ich mich ihrer unwürdig erweise. Wenn du heiratest, willst du doch auch keinen Ehemann, der nicht kämpft, oder?«

»Wenn die Sache es wert ist, nein.«

»Die Verteidigung von Heim und Familie ist der würdigste aller Gründe.« Mit einem Achselzucken ließ er meine Hand los. »Und du willst mir nichts von diesen Omen erzählen? Als Aineias dort drüben stand, wurdest du blaß. Ganz unvermittelt.«

»Ich entsinne mich nicht.«

Er runzelte skeptisch die Stirn, verfolgte die Angelegenheit jedoch nicht weiter. In gewisser Weise war Akamas, Sohn des Antenor, mein erster Freier. Am nächsten Tag fuhr er Aineias in seinem Streitwagen davon; sein Ziel war Pedasos, um König Altes zu besuchen. Ich sah ihn nie wieder. Von Pedasos konnten sie ohne Schwierigkeiten in dardanisches Staatsgebiet zurückfahren, bevor der Schnee die Gebirgsstraßen unpassierbar machte.

Es war in der Tat ein düsterer Tag, als ich Vetter Aineias wiederbegegnete.

Buch 4
POLYDOROS

1 Vater befolgte Aineias' unverschämten Rat und ließ die Männer von Lyrnessos eine Palisade um den Palast herum bauen. Diese schweißtreibende Arbeit war wesentlich beliebter als der militärische Drill – weil sie Ergebnisse hervorbrachte, nehme ich an, oder weil sich jeder lieber vor griechischen Plünderern versteckte, als gegen sie zu kämpfen.

Die Zeit ließ die Dringlichkeit der göttlichen Warnung verblassen. Nur das Ächzen der Winden sprach vom Krieg, während die Männer bei ihrer Plackerei im Takt der Äxte sangen. Enops' Abwesenheit wurde weniger schmerzhaft. Mutter trieb meine religiöse Ausbildung erbarmungslos voran. Mein Haar war jetzt so lang, daß es herabhing, sich aber noch nicht lockte, obwohl ich es am liebsten angeschrien hätte, schneller zu wachsen.

Dann kam der Tag, auf den ich so lange gewartet hatte, der Tag, an dem ich mich eine Frau nennen durfte. Mein Erwachsenenfest wurde als Staatszeremonie im Megaron begangen, und Unsere Gebieterin Potnia manifestierte sich in Mutter. Ich war beeindruckt, mißtraute jedoch den Motiven meiner Eltern – nach dieser Zurschaustellung konnte niemand mehr daran zweifeln, daß ich die Erbin war. Kein hübscher Verehrer würde mich in ein fernes Land fortbringen.

Auf dem darauffolgenden Fest machten alle mir Geschenke, das großartigste aber kam von meinen Eltern: ein eigener Streitwagen, ein Siegelstein aus Karneol, in den zwei Adler geschnitzt waren, und eine Leibsklavin, Ctimene – eine zierliche Nymphe in etwa meinem Alter mit herzförmigem Gesichtchen, einem Teint wie von klarer Bronze und schwerem schwarzem Haar. Ich hatte erwartet, daß man mir eins der Palastmädchen zuteilen würde, sie jedoch war speziell für mich gekauft worden. Tief gerührt, daß meine Eltern sich so viele Gedanken gemacht hatten, umarmte ich Mutter, die ganz in Tränen aufgelöst war, daß ihr kleines Baby nun erwachsen geworden war, und küßte Vater.

»Du hast nun Eigentümer wie ein Erwachsener, Briseis«, knurrte er. »Denk daran, daß damit auch die Verantwortung einer Erwachsenen einhergeht.«

Ich nahm an, er meinte, daß ich meinen Streitwagen nicht halsbrecherisch fahren solle, aber ich sollte es bald besser wissen, als ich Ctimene mit in den Hof hinausnahm und auf eine Bank im Mondlicht wies.

»Setz dich hier neben mich, Mädchen«, sagte ich aufgeregt, »und erzähl mir von dir.«

Ihre Geschichte war traurig, aber nicht ungewöhnlich. Sie war von edler Geburt, die Tochter eines maionischen Kriegers, und hätte eine gute Partie machen können, wenn die Götter es nicht anders entschieden hätten. Eines Tages erschlug eine Bande mysischer Räuber ihren Vater, der ihnen Widerstand geleistet hatte, und verschleppte alle Frauen und Kinder des Guts. Da sie noch ein Kind war, entging Ctimene der Vergewaltigung und kam noch als Jungfrau auf den Sklavenmarkt von Thebe. Vater hatte König Eëtion gebeten, nach just so einem Mädchen mit guter Kinderstube Ausschau zu halten. Sie war bis zum richtigen Zeitpunkt in seinem Haus gehalten worden, damit es eine Überraschung für mich wäre.

»Die Götter sind dir gnädig gewesen, daß sie dich mir gegeben haben«, ließ ich sie wissen. »Ich habe vor, eine rücksichtsvolle Herrin zu sein. Du wirst in einem Palast leben und gut zu essen bekommen. Versehe deine Pflichten, und du hast nichts zu befürchten.«

»Gut gesprochen!« bemerkte eine männliche Stimme hinter meinem Rücken.

Ich fuhr zusammen, und Ctimene schrie auf. Poias, der Schmied, hatte sich lautlos hinter uns geschlichen, ein erstaunliches Unterfangen für einen Mann mit dem Körperbau eines Vorratskrugs. Er stand da und atmete seinen Weinbrodem auf uns herunter, einer der häßlichsten Männer im Königreich, dick und vierschrötig; Gesicht, Hände und Arme, allesamt behaart, waren über und über mit weißen, kahlen Brandnarben übersät. Selbst in nüchternem Zustand war er unangenehm. Betrunken war er ein ungehobelter Bauer.

»Wenn sie ihre Arbeit sorgfältig tut, mußt du sie gut belohnen, Herrin!«

»Das versteht sich von selbst«, entgegnete ich kalt.

»Dieser Ring, den ich dir gegeben habe ... Hättest du gern ein dazu passendes Armband?«

Der schlichte Goldring, den er mir geschenkt hatte, hatte mich nicht sonderlich beeindruckt, besonders, weil das Gold von Vater stammen mußte. Die meisten anderen Palastbeamten waren großzügiger gewesen.

Poias grinste lüstern. »Mädchen leiden ohne die Aufmerksamkeit eines Mannes. Wenn du gute Arbeit von ihr willst, mußt du sie bei Laune halten. Ich übernehme das gerne für dich.«

Ctimene zitterte, und ich begriff, was Vater mit Verantwortung meinte. Ich legte meinen Arm um sie. »Wie ich bereits sagte, kümmere dich nur um deine Pflichten, und du hast nichts zu befürchten. Wenn du faul bist, werde ich dich natürlich tüchtig auspeitschen lassen. Wenn du in deinem Trotz verharrst, wirst du das Brandeisen kennenlernen. Und wenn du unaussprechlich, undenkbar abartig bist, könnte ich dich diesem Mann für eine Nacht geben. Aber ich glaube nicht, daß ich je so grausam sein könnte, nicht für alle Armbänder der Troas.«

Poias war noch nicht zu betrunken, um das zu kapieren. Murrend trollte er sich. Ich zitterte mittlerweile vor Wut. »Und das ist ein Versprechen, Potnia möge meine Zeugin sein!«

Ctimene bedankte sich schluchzend.

»Eines Tages«, fügte ich hinzu, »wirst du einen Jungen finden, der dir gefällt. Wenn das geschieht, wird es mir eine Freude sein, dich bei ihm schlafen zu lassen. Aber du wirst die Wahl treffen.« Ich war natürlich übertrieben großzügig, nicht nur, weil es Teil der Pflichten einer Sklavin ist, neue Sklaven zu gebären, sondern auch, weil ich ihr eine freie Wahl zugestand, die nicht einmal ich selbst besaß.

Selbstverständlich war Ctimene stets eifrig darauf bedacht, einer Herrin zu gefallen, die sich so großzügig zeigte. Ich begann ihre Gesellschaft zu schätzen und ihr zu vertrauen. Beizeiten fand ich sie sogar zu gefällig, denn ich konnte nie einen Streit mit ihr anfangen, wenn mir danach war. Aber dafür hatte ich ja immer noch Bienor.

Der Winter verging mit Weben, Flicken, Vorratslisten erstellen und Vorbereitungen für den Frühling. Vater wurde mürrisch und klagte über Verstopfung. Die Tanten wurden kleiner und tauber und lauter. Jungen wurden jetzt interessanter, aber ich gestattete mir nie, das Funkeln in ihren Augen zu erwidern, ganz gleich, wie sehr ich eine breite Schulter oder einen muskulösen Oberarm schätzen mochte. Prinzessinnen dürfen sich niemals gewöhnlichen Lastenträgern oder Bauernknechten hingeben – jedenfalls fast nie. Jedes Jahr fand das Fest des Dionysos statt. Meine Pläne dafür behielt ich für mich.

Allmählich wendeten die Gespräche sich dem

Säen und Lammen zu, Kälbchen und Fohlen kamen,
die Vögel zogen nach Norden. Die Baumschwalben
trafen ein, dann die Hausschwalben, und nach ihnen
die Mauersegler. Die Frauen nahmen die anstren-
gende Arbeit des Scherens in Angriff und verbrachten Stunden damit, die verfilzte Wolle der Schafe zu
kämmen. Plötzlich gab es wieder Blumen und
warme Tage und die ersten Schiffe, obwohl die
Nordwinde dieses Jahr früh einsetzten, was für
Lyrnessos eine schlechte Nachricht war.

Die Zeit zum Safransammeln stand bevor, eine
Aktivität, an der teilzunehmen man selbst von Prinzessinnen erwartete, denn die Zeitspanne ist kurz
und die Arbeit mühsam. Es schien boshaft von den
Göttern zu sein, etwas so Kostbares auf etwas so
Winziges wie die Staubfäden eines Krokus' zu
stecken. Man braucht Tausende von ihnen, um auch
nur eine einzige Schale zu füllen, und deshalb
wurde die gesamte Bevölkerung von Lyrnessos ausgeschickt, um das Land zu durchstreifen. Da geschah
es, daß ich mein nächstes Omen von den Göttern
erhielt.

Eines sonnigen Nachmittags, als ich mir zusammen mit Ctimene und ungefähr einem Dutzend der
jüngeren Palastfrauen das Kreuz abbrach, blickte ich
hoch und sah in weiter Entfernung vier Hirsche
westwärts über den Berghang laufen. Fasziniert
durch ihre Anmut, richtete ich mich auf, um ihnen
nachzuschauen. Just in dem Augenblick, bevor sie
außer Sicht gerieten, wirbelten sie durcheinander
und flüchteten denselben Weg zurück, den sie
gekommen waren. Ich wartete, um herauszufinden,
was sie so verängstigt hatte, aber weder Wölfe noch
Löwen tauchten auf. Der Zwischenfall war so sonderbar, daß ich ihn mir merkte.

Am nächsten Tag, als ich mit Ctimene und Gorgo

am Strand entlangging, beobachtete ich eine Schule Delphine, die ihre Sprünge in der Bucht vollführten. In vielen Ländern werden Delphine für unheilvoll gehalten, aber sie waren das Symbol von Lyrnessos. Vier von ihnen jagten gen Westen, um dann unvermittelt umzukehren, genau wie die Hirsche. Meine Haut prickelte. Als sie in etwa zu der Stelle zurückgekehrt waren, wo ich sie das erste Mal gesichtet hatte, tauchten sie unter und ließen sich nicht mehr blicken. Jedesmal hatte Ctimene dasselbe wie ich gesehen – trotzdem war ihr nichts aufgefallen. Die Götter sprechen zu denen, die Ohren haben zu hören.

Nach einiger Überlegung gelangte ich zu dem Entschluß, ein drittes Omen abzuwarten, und am darauffolgenden Tag erblickte ich vier Schwalben, die denselben Tanz vollführten. Ich gestehe allerdings, daß ich mir bei ihnen weniger sicher war, da Vögel zu dieser Jahreszeit so verrückt wie Mücken sind. Ohne die Hirsche und die Delphine hätte ich sie wahrscheinlich übersehen, aber Schwalben fliegen normalerweise nicht zu viert, und so nahm ich sie als Bestätigung. Land, See und Luft – das war eine Botschaft. Und ihre Bedeutung war so offensichtlich wie eine schwarze Katze in einer regnerischen Nacht.

Ich begab mich in die Halle der Königin. Die Tanten dösten in ihrer üblichen Ecke. Alkmene und Antikleia webten; sie standen an einem Webstuhl und ließen das Webschiffchen hin- und herschießen. Mutter thronte auf ihrem Lieblingsstuhl wie Teig, den man zum Aufgehen irgendwo hingelegt hat, und mampfte Kuchen, während Philona ihr das Haar frisierte. Als ich den Raum betrat, sah sie auf und seufzte theatralisch.

»Ja, Briseis, was hast du diesmal gesehen?«

Ich fühlte mich, als habe sie mir die Füße weggetreten. Mütter werden darin mit der Zeit richtig gut. Ihre Gesellschafterinnen grinsten.

»Bin ich so leicht zu durchschauen?«

»Selbst Regen würde an dir abperlen, Liebes. Ein weiteres Omen?«

»Ich glaube, ja!« Ich berichtete ihr von den Hirschen, den Delphinen, den Schwalben.

Sie blickte finster drein, starrte kurz aus dem Fenster, biß sich dann auf die Unterlippe und erklärte hoheitsvoll: »Wenn du mit uns mitkommen willst, warum hast du uns nicht einfach gefragt? Du mußt dir keine Prophezeiungen ausdenken.«

»Ich habe mir nichts ausgedacht … Mit euch wohin mitkommen?«

»Nach Pedasos, Liebes. Dein Vater und ich begeben uns in ein paar Tagen zu König Altes. Ich wüßte nicht, warum du nicht mitkommen solltest, vorausgesetzt, du versprichst, dich zu benehmen.«

»Das wußte ich überhaupt nicht!«

»Nein, Liebes. Natürlich nicht.«

Ich hatte wirklich nichts von dem geplanten Ausflug gehört. Ansonsten hätte ich darauf bestanden, mitzudürfen – wenn auch ohne große Hoffnung auf Erfolg. Verärgert darüber, daß man meine Aussagen so in Frage stellte, versuchte ich die Grenzen meiner Autorität als Seherin auszukundschaften. »Warum in ein paar Tagen? Die Hirsche habe ich vor zwei Tagen gesehen, die Delphine gestern und die Vögel heute, also müssen wir doch wohl am vierten Tag, morgen, unsere Reise antreten? Außerdem waren es jedesmal vier von ihnen.«

Im Augenwinkel bekam ich mit, daß Alkmene und Antikleia beeindruckte Blicke wechselten. Mutter rieb sich gereizt diverse Kinne. »Vielleicht bedeutet es ja dich und Bienor, um die vier voll zu machen ...?« Wir wußten alle, daß ein Ausschluß Bienors offenen Krieg bedeuten würde. »Morgen läßt uns nicht viel Zeit.«

»Ich glaube, es sollte morgen sein«, beharrte ich, bemüht, mir meine Erregung nicht anmerken zu lassen. Ich kann mich an keinen anderen Grund für meine Einmischung erinnern als Dickköpfigkeit und Wichtigtuerei, aber am Ende bekam ich meinen Willen. Triumphierend wurde ich losgeschickt, um Vater über meine neueste Prophezeiung und Mutters Einwilligung, schon am nächsten Tag aufzubrechen, in Kenntnis zu setzen.

Und genau das taten wir − eine Entscheidung, die einiges nach sich ziehen sollte.

2 Der erste, der, noch vor Einbruch der Dämmerung, aufbrach, war ein Herold, der vorausrannte, um König Altes zu benachrichtigen, daß meine Eltern früher als geplant eintreffen würden, weil sie herausgefunden hatten, daß der Tag vorteilhaft sei. Kreion machte sich mit unserer Eskorte von einem Dutzend Lanzenträgern auf den Weg. Mutter und ich brachten Opfer am Schrein dar und baten Potnia, unser Heim während unserer Abwesenheit zu beschützen, während Vater dem Götterboten ein feines Mutterschaf versprach, wenn wir alle wohlbehalten zurückkehrten. Das Palastpersonal betete ebenfalls für uns zu den Göttern und jubelte fröhlich, als wir durchs Tor fuhren. Ctimene ließ ich in einem fast tödlich wirkenden Ringkampf mit Gorgo zurück.

Vater, gefahren von Perimedes, übernahm die Führung. Ich ließ Bienor meinen Streitwagen lenken, sonst hätte er den ganzen Weg über gemault. Mutter mit Antikleia als Begleiterin lenkte ihren eigenen −

die Dicke und die Dünne, wie Bienor sie nannte. So waren wir also zu viert, wie das Omen es vorschrieb, denn Perimedes und Antikleia zählten nicht.

Wir ratterten zur Stadt hinunter und hielten uns dann in westlicher Richtung entlang der Küste. In der Nähe der Grenzsteine zwischen Lyrnessos und dem Herrschaftsgebiet der Leleger holten wir Kreion ein. Natürlich konnten wir nicht schneller reisen, als unsere Eskorte traben konnte, auch wenn das Gelände uns gestattet hätte zu rasen. Außerdem mußten wir an jedem Schrein am Weg anhalten, um die lokale Gottheit zu besänftigen. Die meisten Bäche führten Hochwasser, so daß auch die Überquerungen sich schwierig gestalteten. An manchen Furten mußten Kreions Männer die Streitwagen hinübertragen. Ein Wagen aus Korbgeflecht an sich ist selbst für einen einzelnen Mann keine schwere Bürde, beladen mit Königin Nemertes nebst Gefährtin dagegen stellte er eine Herausforderung für sechs Männer dar, um so mehr in reißenden, eisigen Fluten.

Wir folgten die ganze Zeit der Küste, das Meer zu unserer Linken und den Berg Ida zur Rechten, und der Weg wechselte von ebenem Strand zu einer bunten Mischung aus Schlaglöchern und Felsen. Überall grasten Herden auf üppigem Weideland. Wir sahen Schafe, Rinder, Schweine und Pferde; ausgedehnte Haine von Feigen und Oliven; Ackersklaven, die inmitten von Feldfrüchten schufteten, welche Bienor selbstsicher als Flachs, Hafer, Weizen, Gerste und Linsen identifizierte. Ich begann zu verstehen, warum König Altes so viel mehr Kämpfer besaß als Vater.

Den ganzen Tag über begleitete uns ein einsames Schiff auf dem Meer, das westwärts gegen den Wind ruderte. Mir fiel es mehrfach auf, ich dachte aber nicht daran, mich darüber zu unterhalten, und als ich es später Bienor gegenüber erwähnte, sagte er, daß er sich nicht daran erinnere. Das war irgendwie seltsam, aber erst später ging mir die wahre Bedeutung dieses Vorfalls auf. Der Palast von Pedasos steht auf dem Gipfel eines isolierten Hügels in einem Sattel westlich des Berges Ida. Ich konnte am Strand mehr Schiffe sehen, als je in die Nähe von Lyrnessos kamen, und Bienor erteilte mir eine erregte Lektion über Pedasos' strategische Lage zwischen dem Meer und dem Satnios-Fluß. Es besaß, woran es Lyrnessos mangelte, einen guten Zugang zum Landesinneren.

»Guter Zugang kann auch schlechter Zugang sein«, wandte ich ein. »Das hängt ganz davon ab, wer kommt.«

Er überging meine tiefsinnige Beobachtung. Wenn die Winde ungünstig standen, sagte er, konnten Passagiere oder sogar Fracht mit dem Ziel Troja hier ausgeladen werden und schneller über Land reisen.

Als wir eine gute, breite Straße zum Palasttor hinauffuhren, hörten wir hinter uns Rufe und Radau. Eine Karawane von Streitwagen folgte uns dicht auf den Fersen. Sie kamen auf der ebenen Oberfläche wesentlich schneller voran als Kreions müde Truppe. Bienor lenkte unser Gespann rasch zur Seite, und der Rest unserer Gruppe gab ebenfalls den Weg frei. Mutter funkelte mich erbost an.

Die Neuankömmlinge eilten in schnellem Trab mit rumpelnden Rädern und in Staubwolken gehüllt an uns vorbei. Ich verlor bei fünfzehn den Überblick, aber es waren mindestens dreißig, alle gezogen von prächtigen, langbeinigen Pferden. Ich erhaschte flüchtige Blicke auf Gold und Silber und Elfenbein an Wagen und Geschirren, aber am tiefsten prägten sich mir die Männer ein – starke, grimmig dreinblickende, bewaffnete Männer. Jeder der Passagiere war ein edler Krieger, und manch einer der Wagenlenker ebenso. In einem Wust von Quasten, bronzenen Brustpanzern und Eberhauerhelmen spritzten sie an uns vorbei.

»Bei den Hallen des Hades!« stieß ich aus, wenn auch nicht so laut, daß Mutter es hätte hören können. »Wer waren die denn? Priamos und all seine Söhne?«

Bienors Wangen waren unter der Staubschicht der Reise errötet. Er fuhr sich mit der Zunge über die Lippen. »Einige von ihnen. Welche Embleme hast du erkannt?«

»Nur das erste«, gestand ich. »Er war Trojaner.« Der Krieger im ersten Streitwagen hatte seinen Umhang herausgehalten, um den Palastwachen seine Identität zu zeigen.

»Und Dardanier«, behauptete Bienor selbstsicher. Mehrere galoppierende Pferde bedeuteten Dardanier. Ein Pferd, das einzeln und hölzern in der Gegend herumstand, symbolisierte Troja. Zwei Greifen Mykene und so weiter. Soviel wußte jeder. »Und ich habe zwei Sterne und – das glaube ich zumindest – ein Schiff gesehen.«

»Wem gehören die?«

Die große Gesellschaft durchmaß bereits das Tor auf dem Gipfel des Hügels. Vater brüllte unserer schlaffen Gesellschaft Befehle zu, sich wieder in Bewegung zu setzen. Er klang genauso wütend wie Mutter aussah.

»Was hat den denn gebissen?« murmelte Bienor, und gab unserem Gespann die Peitsche. Meine Frage ignorierte er, weil er die Antwort nicht wußte.

»Prestige«, gab ich traurig zurück. Die Ankunft der königlichen Familie von Lyrnessos am Hof von Pedasos würde nach dieser Streitmacht eine ziemlich kleine Sensation darstellen. Es war meine Schuld, daß wir heute gekommen waren – wieder einmal hatten meine Versuche auf dem Feld der Prophezeiung meinen Eltern öffentliche Schande eingebracht. »Rechne nicht damit, heute abend von schönen Mädchen gebadet und geölt zu werden, Bruder.«

Seinem entsetzten Blick nach zu urteilen, war ihm der Gedanke vermutlich noch gar nicht gekommen.

Wir legten den Rest des Weges den Berg hinauf würdevoll und gemessenen Schritts zurück. Als wir an den Hütten und Gemüsebeeten der Leleger vorbeikamen, wurden wir neugierig von Menschen gemustert, die sich unter den länger werdenden Schatten blühender Obstbäume von ihrem Tagewerk ausruhten. Wir ratterten in einen Engpaß zwischen hohen Mauern, von denen ein Verteidiger jeden sich dem Tor nähernden Angreifer mit einem Geschoß-hagel eindecken konnte, aber das Problem am heutigen Tage waren nicht Feinde, sondern zu viele Freunde.

Wie erwartet befand sich der dahinterliegende Hof in einem fortgeschrittenen Zustand des Chaos, ein einziges Durcheinander aus Gästen und Dienerschaft, Pferdeknechten und Gespannen, Herolden und heißblütigen Kriegern inmitten von Pferdegestank. Die Rufe hallten lärmend von den Wänden wider. Es kostete Kreion mehrere Minuten, einen untergeordneten Palastdiener dingfest zu machen und zu überzeugen, daß eine zweite königliche Gesellschaft eingetroffen sei und man König Brises, den Gastfreund König Altes', nicht auf die leichte Schulter nehmen dürfe.

Ich sprang zu Boden und hielt die Köpfe der Pferde fest. Bienor tauchte in die Menge wie eine hungrige Ente in einen Teich.

Mutters Streitwagen befand sich unmittelbar vor uns. Gestützt von Antikleia, stieg sie schwerfällig herunter und fand sich von Angesicht zu Angesicht mit ihrer ungeliebtesten Tochter wieder. Sie war alles andere als auf der Höhe – gerötete Augen, jede Falte mit Straßenstaub nachgezogen, die Locken schwunglos wie ein ausgefranstes Seil.

Ihre Stimmung entsprach ihrem Äußeren. »Ich weiß nicht, warum ich immer wieder auf dich höre – deine Omen sind stets schlecht! Es wird peinlich sein für Königin Alkandre. Es wird peinlich sein für uns. Du kannst von Glück sagen, wenn du heute abend ein Stück von dem gebratenen Ochsen abbekommst, mein Kind!«

Bienor tauchte hinter ihr auf und warf mir einen triumphierenden Blick zu. »Sparta!«

Mutter wirbelte herum. »Was?«

»Die beiden Sterne bedeuten Sparta. Der König von Sparta – Menelaos persönlich – ist gekommen, um seine Frau zurückzufordern, nehme ich an. Und der König von Ithaka, wo immer das liegen mag. Die übrigen sind Söhne des Priamos, die sie zu ihrem Schiff zurückgeleiten.«

Mutter sagte wütend: »O nein!«

Die Ausgelassenheit meines Bruders steigerte sich noch. »König Lethos von Larissa ist hier mit seinem Sohn Hippothoos, dem Anführer des pelasgischen Heers. Der Sohn des Aisyetes ebenfalls – Base Hippodemia ist da drüben bei den Säulen.«

Mutter sagte noch einmal: »Oh!«, nun aber in einem ganz anderen Tonfall. Dann: »Wirklich?« und schließlich: »Wo ist euer Vater?« Sie verschwand in schnellem Watschelgang.

»Das tut gut!« kicherte Antikleia und zeigte ihre Zahnlücken. »Wenn Alkathoos und Hippodemia hier sind.«

»Eine königliche Konferenz«, pflichtete Bienor ihr bei. »Die Crème der Troas! Gnädig von ihnen, Vater auch einzuladen, nicht?«

Sie lächelten mir anerkennend zu. Ohne meine Prophezeiung hätten wir das alles verpaßt. Meine Erleichterung wurde von einem Stich der Besorgnis gedämpft. »Aber Helena ist nirgends?«

»Nein«, antwortete Bienor. »Keine Spur von Helena.«

3 Sobald die See wieder befahrbar war, war König Menelaos nach Troja gereist, um seine Gemahlin zurückzuverlangen. Begleitet wurde er aus unbekannten Gründen von dem König von Ithaka, von dem die Götter wissen mochten, wo es lag. Da die Nordwinde in diesem Jahr ungünstig waren, hatten sich die Bittsteller entschlossen, in Pedasos an Land zu gehen und von dort den Landweg zu nehmen. Letzte Nacht hatte Priamos ihre Bitte abgelehnt. Morgen würden sie heimsegeln. Falls das, was jeder über die griechische Politik sagte, zutraf, würden sie geradewegs zu Agamemnon fahren.

»Wieviele Tage sind es nach Mykene?« erkundigte ich mich.

Bienor war nie um eine Antwort verlegen, ob er nun die richtige kannte oder nicht. »Fünf oder sechs über Chios und Tenos, falls sie Boreas im Rücken haben. Wesentlich länger, wenn sie um Kreta herumsegeln müssen.« Er zuckte sehnsüchtig die Achseln. »Was glaubst du, wird der Krieg lange genug dauern, daß ich zum Kämpfen komme?«

»Ich bin nur eine Seherin, keine Göttin.« Ein Ruf Vaters unterbrach unsere Unterhaltung, und wir schritten durch die Menge, um unsere Gastgeberin zu begrüßen.

König Altes hatte nie die Ehre gehabt, mich kennenzulernen, hatte er doch das Reisen schon seit
Jahren aufgegeben, aber Königin Alkandre, die
wesentlich jünger als ihr Gatte war – jünger in der
Tat als alle ihre Stiefkinder –, kannte ich. Sie hatte
Lyrnessos im vorigen Sommer besucht, drall und
schön und vor Geist sprühend. Selbst inmitten des
augenblicklichen Aufruhrs wahrte sie, gekleidet in
ein elegantes Gewand aus kühlen Blau- und
Grüntönen, vollendet die Haltung. Sie hieß uns alle
auf geziemende Weise willkommen, beglückwünschte mich zu meiner jüngst erfolgten Aufnahme in den Zirkel der Frauen und Bienor, weil er
so gewachsen war. Die letzte Bemerkung war unge-
rechtfertigt, wurde aber von ihrem Adressaten
nichtsdestotrotz dankbar aufgenommen. Mein
Kichern war äußerst diskret.

An ihrer Seite stand Elatos, Altes' ältester Sohn
und Anführer des lelegischen Heeres. Er war ein
hochgewachsener, grimmiger Mann, gewandet in
eine weiße Tunika und einen scharlachroten, mit
weißen Quasten besetzten Umhang. Sobald er den
jüngsten Ankömmlingen seine Ehrerbietung erwiesen hatte, begann seine Aufmerksamkeit abzu-
schweifen; seine Augen suchten die Menge ab, zweifellos auf der Suche nach Eberzahnhelmen. Angesichts der Anwesenheit von genügend Kriegern, um
eine denkwürdige Schlacht vom Zaun zu brechen,
war er zu recht ein wenig nervös. Alkandre nahm
Mutter bei der Hand und führte sie in den Palast, wobei sie sich für die armselige Auswahl an Unterkünften entschuldigte, die sie anzubieten hatte. Elatos
begleitete Vater, entschuldigte sich jedoch bald und
verschwand.

Eine Unmenge von Palastbeamten war vertrieben
worden, um Platz für den Zustrom an Adel zu schaf-

fen. Offiziell war der ehrenhafteste Ort für Gäste eine Schlafstätte in der Vorhalle, wenigstens bei warmem Wetter. Mutter hatte mir einmal erzählt, daß die Sitte in Zeiten zurückreichte, als sogar die Häuser von Königen nicht mehr als zwei Räume besaßen und die Familie im Megaron schlief. Vater, zynisch wie immer, behauptete, die Gäste hätten die Tatsache zu schätzen gewußt, sich jederzeit davonmachen zu können. So viele Krieger an einem Ort zusammenzupferchen, wäre allerdings unhöflich und unklug zugleich gewesen. Aus diesem Grund vermutete ich, daß man sie auf die Balkone des Palastes verteilt hatte. Weniger bedeutende Leute als wir würden im Inneren schlafen müssen.

Alkmene und ich wurden in eine düstere, stinkende Kammer geleitet, die sonst ein Schlafsaal für acht Herolde war – ich fand das nicht durch eine Prophezeiung, sondern durch die Anzahl der Schlafkojen und die unmöglichen Bilder von Frauen heraus, die in den Stuck gekratzt waren. Eins meiner Souvenirs aus Pedasos war eine ganze Vielzahl von lästigen Flöhen.

An Bienors Seite folgte ich unseren Eltern in das Megaron, das bereits voller Lärm und Menschen war und köstlich nach gebratenem Fleisch roch. Es war nur wenig größer als unseres, mit demselben zentralen Herd zwischen vier massiven Säulen, demselben umlaufenden Balkon und haargenau der gleichen Nebelbank aus weißem Rauch, die über den Köpfen hing.

Erst am nächsten Tag erhielt ich Gelegenheit, die Wandgemälde zu begutachten, aber sie glichen denjenigen in Lyrnessos sehr, was kaum verwunderte, da dieselben Wanderkünstler von Palast zu Palast zogen und die Fresken ersetzten, wenn der Rauch sie zerstört hatte.

Wir arbeiteten uns bis zum Thron vor, um unsere Aufwartung zu machen. Viele der anwesenden Gäste waren lediglich Palastbeamte und bedeutende lokale Landbesitzer, aber die Überzahl von großen jungen Männern war bemerkenswert. Selbst ohne Schwerter und Helme ließen junge Krieger sich leicht an ihren Quasten und ihrer Arroganz erkennen. Ich versuchte, die Griechen nicht zu offensichtlich anzustarren, die alle glattrasiert waren und ihr Haar wesentlich länger trugen, als ich es gewöhnt war. Keinen einzigen von ihnen hätte man indes irrtümlich für eine Frau gehalten – sie waren eine so schlitzäugige und grimmig dreinblickende Bande von Schlägern, wie man es von einer Abordnung erwarten würde, die König Priamos drohen sollte. An ihrer Kleidung konnte ich nichts Außergewöhnliches entdecken außer den Beinschienen aus gehärtetem Leder, die ihre Unterschenkel umschlossen.

Der alte König Altes auf seinem Thron wirkte zerbrechlich und verwelkt, denn sein Bart war weiß, sein Gesicht hatte eine ungesunde Blässe, und seine tortenförmige goldene Krone wirkte viel zu schwer für seinen dürren Hals. Dennoch leuchteten seine Augen noch hell, und er begrüßte uns warmherzig, als wir ihm einer nach dem anderen vorgestellt wurden. Der finstere Elatos stand an seiner Seite wie eine Kiefer. Er hatte ein knappes Nicken für mich übrig, um anzuzeigen, daß wir uns bereits begegnet waren, um seinen mißtrauischen Blick dann sofort wieder den Gästen zuzuwenden. Bienor war ihm nicht mal das Nicken wert.

»Wein, selbstverständlich.« Alkandre schwebte herbei, sobald die Begrüßungszeremonie abgeschlossen war. Sie hatte sich umgezogen und ein Gewand aus zahllosen Farben und Falten, Volants und Mustern gewählt, und sie schien angesichts dieser Masseninvasion höchsten Adels, der ihr Haus mit Beschlag belegt hatte, noch immer genauso unbekümmert wie zuvor zu sein. Mutter hätte unter ähnlichen Umständen in hysterischen Anfällen von epischen Ausmaßen geschwelgt.

Auf der Stelle tauchte Wein auf, Silberbecher, dargeboten von einem göttlich gutaussehenden Becherträger. Ein anderer schöpfte aus einem von einem dritten getragenen – er hatte die umwerfendsten roten Locken, die ich je gesehen hatte – großen Mischkrug ein paar Tropfen in jeden Becher. Vater sprach einen Segen, und wir brachten ein Trankopfer dar. Dann wurden unsere Becher für uns gefüllt. Es war ein guter, fruchtig schmeckender Tropfen, allerdings hinreichend mit Wasser verdünnt – eine vernünftige Vorsichtsmaßnahme bei dieser kriegerischen Gesellschaft.

Zwei mächtige Griechen warteten darauf, vorgestellt zu werden. Königin Alkandre entledigte sich uns Lyrnesser mit vollendeter Eleganz. »Ihr müßt Hippodemia und den guten Alkathoos begrüßen. Ich glaube, ich habe sie vor ein paar Minuten neben den Stierspringern gesehen ... Elatos?«

Ihr baumlanger Stiefsohn streckte einen Arm wie einen moosbedeckten Ast über die versammelten Köpfe aus. »Unter Artemis und dem Faun.«

»Danke.« Die Königin führte uns fort. »Bienor? Hier ist jemand, die du unbedingt kennenlernen solltest.« Sie trennte meinen überraschten Bruder so gekonnt von uns, wie ein Wolf das schwächste Glied einer Herde aussondert, und warf ihn mehr oder weniger in die Arme eines nervös wirkenden Mädchens. Mir blieb Zeit festzustellen, daß sie sich eines Schmucks erfreute, der mir noch abging – das, was mein Bruder seinen Freunden als ein nettes Paar Quitten beschrieben hätte.

Ein paar Schritte weiter … »Ach, Briseis. Kennst du schon Polydoros, Sohn des Priamos? Ich nehme an, ihr beiden könntet euch stundenlang über ältere Brüder unterhalten!« Die Königin drängte meine Eltern weiter und ließ mich zurück, um einen lebensbedrohlichen Fall von Akne anzustarren.

Er war hochgewachsen und schien ganz aus Knochen zu bestehen. Als Prinz von Troja trug er prächtige Stoffe und war mit kostbarem Schmuck behängt – mehrere Siegelsteine, eine dreireihige Halskette aus Amethysten, einen Dolch mit Goldknauf. Nachdem ich festgestellt hatte, daß die Hand, die seinen Becher hielt, zwar doppelt so groß wie meine war, auf seiner Oberlippe aber noch nicht mehr als der Hauch eines zukünftigen Schnurrbarts sproß, entschied ich, er müsse jünger sein, als ich auf den ersten Blick gedacht hatte, ein großer Junge auf dem besten Weg, ein Riese zu werden. Er beäugte mich mit Mißtrauen und der charakteristischen trojanischen Überheblichkeit.

»Briseis? Lyrnessos?«

»Exakt.«

Er blinzelte, dann schielte er verstohlen auf mein Mieder – ein geschlossenes Mieder, dessen Wölbungen in diesem Licht bedauerlicherweise schwer zu erkennen waren.

»Was hat Altes' Frau mit Brüdern gemeint?«

»Ich habe drei ältere Brüder.«

»Hast du ein Glück! Ich habe neunundvierzig. Und ein Dutzend Schwestern.« Er trank und musterte die Menge auf der Suche nach interessanterer Gesellschaft.

»An fünfzigster Stelle in der Thronfolge zu stehen, stelle ich mir deprimierend vor! Ich darf mich wohl glücklich schätzen, daß ich keine Schwestern habe.«

Interesse funkelte in seinen Augen auf wie ein Sonnenstrahl, der in einem von Bäumen beschatteten Tümpel auf eine Forelle fällt. »Alter Weg?«

»Gewiß.«

Scharlachröte kroch über seine Wangenknochen, zwischen die Pickel, unter den Flaum, und kam auf seinem sehnigen Hals zum Stillstand. »Ich bin nicht sehr subtil, nicht wahr?«

»Ich glaube, Subtilität könnte jemandem mit neunundvierzig älteren Brüdern schnell zum Verhängnis werden.«

»Wahrscheinlich. Wie hast du … Du bist das Mädchen, das einen Krieg prophezeit hat?«

»Ich habe ein Omen gedeutet.« *Würde ich diese beiden verfluchten Adler für den Rest meines Lebens über auf der Stirn mit mir herumtragen?*

»Auf die richtige Weise, glaube ich.« Er ließ den Blick in die Runde schweifen. »Helenos ist hier irgendwo. Du mußt ihn kennenlernen. Er ist Bruder Nummer zwanzig und ein paar Zerquetschte, Kassandras Zwilling … selbst ein Vogelschauer, und ein ziemlich guter. Und ein guter Kämpfer – nicht so gut wie Ain – wie Hektor natürlich, aber besser als die meisten.«

»Ich nehme an, die Zukunft zu kennen, könnte dabei helfen.«

Mein schlaksiger Gesellschafter zog ein Gesicht. »Nicht unbedingt.«

»Nein, wohl nicht unbedingt. Glaubt auch er, daß es Krieg geben wird?«

»O ja! Und sein Ausgang – sind wir nicht entfernte Verwandte, du und ich?«

Diesem linkischen Polydoros fehlte es nicht völlig an Subtilität: Er hatte eine Gesprächswendung herbeigeführt und mich auf eine andere Fährte gesetzt,

ohne mit der Wimper zu zucken. Ich rannte dem
Stöckchen hinterher, das er geworfen hatte.

»Wahrscheinlich. Ich denke, ich bin mit jedem
Adligen in der Troas verwandt. Laß mal sehen.
Hippodemia und Aineias sind über ihre Mutter
meine Base und mein Vetter dritten Grades. Hilft dir
das weiter?«

Offensichtlich nicht, denn er legte die Stirn angestrengt in Falten. »Meine auch, über meinen Vater −
wir haben denselben Urgroßvater. Familie reicht
nicht immer so weit. Können wir nicht ein näheres
Glied finden? Meine Mutter ist Altes' Tochter.«

Das erklärte, warum man ihn auf die Spritztour
nach Pedasos geschickt hatte, nicht jedoch seine
Reaktion auf meine Erwähnung von Aineias. »Keine
Verbindung.«

»Es wäre also ungefährlich, dich zu küssen.«

»Nicht, wenn du keine gute Ausrede hast.«

»Wenn ich es versuchen würde, würden mir vermutlich eine ganze Reihe einfallen.«

»Viel Spaß bei der Arbeit.« Wieder sah ich seinen
Blick an mir heruntergleiten und wünschte, ich hätte
dort richtige Quitten, um ihn ein wenig zu beflügeln.

»Ich mag Pflaumen sehr gerne«, bemerkte er
beiläufig.

»Was!? Ich meine, was ist in Troja passiert?«

Der vorstehende Knoten vorne an seinem Hals
hüpfte auf und ab. »Ein Kriegsrat. Ich war natürlich
nicht dabei. Du müßtest Mestor fragen. Er ist Bruder
Nummer dreißig, und ich bin jetzt sein Wagenlenker.
Er muß irgendwo hier stecken.«

Wenn ich nicht einmal Einzelheiten der Mene-
laos-Verhandlungen aus meinem neuen schlaksigen
Freund herausholen könnte, würde er mir auch
nicht erzählen wollen, was sein Bruder Helenos
über den Ausgang des Krieges prophezeit hatte.

Aber unbewußt hatte er es bereits getan. Hätten die Seher der Familie einen trojanischen Sieg vorhergesagt, würde man diese Information nicht geheimhalten.

»Was hat Aineias auf dem Treffen gesagt?«

Ich hatte ins Schwarze getroffen. Er bleckte verärgert die Zähne. »Oh, du bist eine Prophetin, nicht wahr?«

»Im Moment nicht. Ich benutze weibliche List, um einen tapferen, aber unschuldigen Krieger zu umgarnen. Hauptsächlich jedoch kenne ich unser beider Vetter. Er wäre nicht gegen den Krieg ...?«

Polydoros antwortete: »Ich bin viel verschlagener, als ich aussehe. Warum stelle ich dich nicht einem Dutzend meiner Brüder vor, an denen du dann üben kannst? Ein Spielkorb voller Söhne des Priamos.«

»Selbstverständlich nur verheiratete?«

»Das versteht sich von selbst.«

Diesmal errötete er nicht. Er lächelte. Ein bißchen mehr Fleisch und eine ganze Menge weniger Pickel, und Polydoros würde einen ganz niedlichen Titanen abgeben.

»Die Person, die ich wirklich gern kennenlernen möchte, ist Menelaos.«

»In diesen Kreisen bin ich nicht zugelassen, aber ich zeige ihn dir. Hier, um den Anfang zu machen, ist mein Bruder Lykaon, mein einziger Vollbruder.« Er hob die Stimme. »Nein, ich kann dich nicht in seine Nähe lassen. Er ist zu unverheiratet.«

Lykaon drehte sich um. Er war nicht viel älter, und seine Ähnlichkeit mit Polydoros sprang sofort ins Auge. Priamos hatte mehrere Frauen; und die Halbbrüder, die ich danach kennenlernte, unterschieden sich auf vielfache Weise, außer daß sie alle hochgewachsen waren. Königliche Gören bekommen gut zu essen.

Polydoros legte besitzergreifend seinen langen Arm um mich. »Briseis von Lyrnessos.«

»Wie erfreulich«, äußerte Lykaon gewandt. »Behalte diesen Burschen im Auge, Prinzessin, er ist nicht so schlicht, wie er aussieht. Hast du Helenos schon kennengelernt? Er ist auch ein Seher.« Dem Griechen an seiner Seite stellte er mich nicht vor.

Auch ihr Bruder Isos tat das nicht (Nummer zweiundzwanzig), als wir seine Gruppe erreichten. Und Helenos genausowenig. Und über Prophezeiungen ließ er ebenfalls kein Wort fallen. Als Polydoros mich von Bruder zu Bruder durch die Halle schob, flüsterte mir Iris eine Wahrheit ins Ohr, und ich verstand, was hier gespielt wurde.

Paris hatte offensichtlich gewonnen, und Menelaos war in Schimpf und Schande hinausgeworfen worden. Priamos hatte sich über seine Drohungen höhnisch hinweggesetzt, aber hier in Pedasos trafen sie auf Altes und Elatos von den Lelegern, Lethos und Hippothoos von den Pelasgern, Alkathoos von den Dardaniern und selbst Brises von Lyrnessos, obgleich sie diesen Umstand keinem sterblichen Plan verdankten. Alle diese Männer waren in guten Zeiten trojanische Bundesgenossen, aber uns standen stürmische Tage bevor. Deshalb erhielt jeder Grieche einen trojanischen Prinzen als Aufsicht. Solange diese Männer es verhindern konnten, würde es in Pedasos keine geheimen Verhandlungen geben.

All das machte mich nur noch neugieriger darauf zu erfahren, warum Aineias nicht zugegen war, um seinen Schwiegervater zu unterstützen.

Die Gesellschaft wurde lauter. Ich kam um vor Hunger, aber noch aß niemand. Wir erhielten noch mehr Wein von einem anderen Becherträger, der direkt aus dem Olymp entflohen zu sein schien.

Polydoros zeigte auf jemanden. »Das ist Mestor. Der mit dem ingwerfarbenen Haar Menelaos.«

Offenbar standen wir nicht im Begriff, uns dem König von Sparta und seinen Gefährten aufzudrängen, sondern nur zu beobachten. Ich beobachtete also. In der Tat inspizierte ich die Gruppe mit erheblicher Überraschung und dann mit Erheiterung.

Ich hätte den Rest des Abends damit zubringen mögen, Mestor, Polydoros' Krieger, zu bewundern. Vielleicht sah ihr Bruder Paris besser aus, aber es wäre eine knappe Entscheidung gewesen. Mestor wirkte irgendwie härter, was ihm nicht schlecht stand, und erweckte den Eindruck, eher aus Stein gemeißelt als gegossen zu sein. Männer waren seit dem vergangenen Sommer wesentlich interessanter geworden, und dieser dort wäre das Prunkstück jeder Sammlung gewesen. Seine Aufmerksamkeit für Menelaos glich der Konzentration eines Leoparden, der seine Beute belauert.

Den Rest der Zuhörerschaft bildeten Mutter und Hippodemia, die eifrig nickten, während der König in seinem typischen Akzent vor sich hin leierte. An der Seite ihrer jungen Base wirkte Mutter alt und gebeugt und schwammig.

Hippodemia war schon immer reizend gewesen: sie hatte immer gewußt, sich vorteilhaft zu kleiden, Farben und Muster in ihren Webarbeiten zu mischen, gerade so viel und nicht mehr Schmuck anzulegen. Als Kind war ich der Meinung gewesen, die Göttinnen des Olymp müßten in etwa so wie Hippodemia aussehen, nur weniger hübsch. Heute abend war sie noch liebreizender als sonst, denn sie befand sich im ersten Stadium der Schwangerschaft. Ihre Brüste ragten stolz aus ihrem Mieder hervor, und ihr Gesicht glühte, eingerahmt von Locken voller Spannkraft. Sie schien an Menelaos' Lippen zu hängen, und dennoch schien er sie kaum zu bemerken.

Nach Bienors Nachhilfeunterricht hätte ich Helenas Gemahl an dem Zwillingssternemblem auf seinem Umhang erkennen können. Er war ein dicker, bulliger Mann, gekleidet in eine gemusterte Wolltunika und griechische Beinschienen. Haupt- und Barthaar waren beide rot, seine fleischigen Arme waren unter einem Schleier aus rosigem Flaum mit sandfarbenen Sommersprossen gesprenkelt. Er hatte zu viel Gold an sich − an seinen Händen und Armen und am Gürtel, einen Löwen und Sterne zeigenden Anhänger um den Hals, ein Diadem, das sein sich lichtendes Haupthaar betonte. Er stand mit gespreizten Beinen dort, hielt einen Silberbecher in der Hand und redete dummes Zeug.

»… viele Frauen, wie sie nur haben wollte. Ich pflegte sie zu fragen, ob sie für jeden Fingernagel ein anderes Mädchen habe. Und zum Schneiden der Zehennägel auch, ohne Frage. Jedes Frühjahr hab' ich ihr ihre gesamten Gemächer neu verputzen lassen, hab' neue Möbel aus Mykene angeschleppt, von den besten Meistern nach den neuesten Entwürfen gearbeitet, mit Einlegearbeiten aus Elfenbein und Gold und diesem blauen Zeug. Eiche und Ebenholz und Ölbaumholz. Aus Kreta und Ägypten eingeführte Parfums. Keine Ehefrau ist je so verwöhnt worden. Sie konnte jeden Tag den Göttern opfern, und ich habe nie nach den Kosten gefragt, habe nie nach den Kosten von irgendwas gefragt − oder fast nie. Genausowenig hatte sie Grund zur Beschwerde über mich, das kann ich euch sagen. Ich war ein treuer, feuriger Ehemann. Feuriger als die meisten, da bin ich mir sicher, und vorzüglich geeignet − in jeder Hinsicht. Ich habe mich nie anderweitig amüsiert − nicht, solange ich im Palast weilte, meine ich. Auf

Feldzügen oder Jagdausflügen, na ja, ihr versteht, das ist etwas anderes. Oder hin und wieder ein Knabe. Das schadet nichts. Sie hatte Harfner und Tänzer und Gaukler, alles zu ihrem Vergnügen. Und Kleider! Laßt mich euch von ihren Kleidern erzählen ...«

Ich sah zu meinem Begleiter hoch. Er verdrehte die Augen. Wir verzogen uns in den Lärm und Dunst.

»Quasselt er immer so viel?« fragte ich.

»Ich weiß nicht – er war nur drei Tage lang in Troja.« Polydoros grinste durch seine Akne. »Jeder Mann, der Helena verloren hat, kann den Eindruck gewinnen, die Götter hätten etwas gegen ihn.«

»Er sollte dankbar sein, daß er sie je hatte, um sie verlieren zu können. Sie hat mir gesagt, er sei langweilig.« Ich folgte meinem Führer durch die lärmenden und lachenden Menschenknäuel.

Er blieb stehen. »Sie muß es wissen. Da ist Bruder Pammon, aber in seine Nähe lasse ich dich nicht.«

Pammon war ein hochgewachsener junger Mann, dem es sowohl an Quasten als auch an Akne fehlte. Er lachte gerade ausgelassen über irgend etwas.

»Oh, aber ich muß ihn kennenlernen! Er ist ja genauso wie Paris.«

»Ist er nicht! Und wage es nicht, ihm das zu sagen. Dieser Grieche bei ihm ist nur ein Herold.« Polydoros umfaßte meinen Ellbogen mit hartem Griff. »Hier herüber ...« Stirnrunzelnd hielt er inne.

Dort drüben stand mein Vater zusammen mit dem König der Dardanier und einem Griechen. Und kein Sohn des Priamos in Sicht, der die Anstandsdame hätte spielen können.

»Wer ist das?« wollte ich wissen.

»Alkathoos, Sohn des Aisyetes. Den alten Mann kenne ich nicht. Der Grieche ist der König von Ithaka: Odysseus, Sohn des Laërtes. Ich bin ihm noch nicht persönlich begegnet, aber das muß er sein.«

»Er scheint seinem Bewacher entkommen zu sein.«

Polydoros blickte finster und empört auf mich herunter. »Die Götter plaudern mit dir, oder?«

»Manchmal. Der alte Mann ist übrigens mein Vater. Komm, und ich stell' dich ihm vor.«

Ich zwängte mich bis an den Rand der Gruppe vor. Von hinten wirkte Odysseus massiv, ganz Breite und Muskeln; schwarzes Haar hing auf seine Ringerschultern herunter. Seine stumpfbraune Tunika hatte ihm schon lange gute Dienste geleistet, der purpurfarbene Umhang jedoch war die feinste Webarbeit, die ich in der ganzen Halle zu Gesicht bekommen hatte, und trug das Emblem eines einsamen Schiffs. Eine Goldschließe in der Gestalt eines Jagdhundes, der ein Kitz schlägt, hielt ihn zusammen. Er hörte den beiden anderen Königen aufmerksam zu, und sein Blick wanderte vom einen zum anderen und musterte jeden Sprecher reihum.

»...für hundert Amphoren der ersten Pressung«, sagte mein Vater. »Oder zweihundert Wollballen«, fügte Alkathoos hinzu.

Sie sprachen über Handelsangelegenheiten! Bei Vater oder sogar Alkathoos, der ein gelassener, erdverbunder Viehzüchter war, erstaunte mich das nicht. Er überließ Aineias die romantische Jagd nach Ruhm und konzentrierte sich auf das Wohlergehen seiner Herden und seines Volkes. Aineias schwor, sein Schwager kenne jedes Pferd in Dardania mit Namen und könne jedes von ihnen zu sich rufen. Ich mochte Alkathoos, seine dröhnende Lache und sein wettergegerbtes Lächeln, selbst wenn er schon langsam eine Glatze bekam. Ich konnte verstehen, warum er lieber vom Handel als vom

Krieg redete, aber warum fand dieser Grieche das Thema so interessant? Von Kriegern erwartete man, daß sie solche Dinge als nicht mit ihrer Ehre vereinbar verachteten – obwohl Vater behauptete, jeder einzelne von ihnen könne nach einem einzigen Blick auf eine Rüstung sagen, wie viele Ochsen sie wert sei.

»Was ist mit Pferden?« erkundigte sich Odysseus. »Wir werden viele Pferde brauchen.«

Aha! Erneut flüsterte die Göttin mir die Wahrheit ins Ohr. Vorhin hatte ich mich gewundert, warum Menelaos den König von Ithaka auf seine Mission nach Troja mitgenommen hatte. Jetzt wußte ich es. Menelaos leckte sich in der Öffentlichkeit noch seine Wunden, während der König von Ithaka bereits den Krieg plante – und versuchte, Verbündete vor Priamos' eigener Tür zu finden.

Mein Vater entdeckte mich. Odysseus bemerkte es und fuhr herum. »Prinz Polydoros! Kennst du diese königlichen Krieger? Und wer ist diese Göttin?«

»Meine Tochter, mein Herr«, gab Vater stirnrunzelnd zur Antwort.

Ich beugte mein Knie vor dem König.

Er lächelte nicht, aber sein wütender Blick mäßigte sich zu höflicher Aufmerksamkeit. »Herrin Briseis, ich wäre ungeachtet ihres Aussehens geehrt, eine solch berühmte Seherin kennenzulernen. Aber wenn mein Blick auf dich fällt, verstehe ich nicht, warum Paris auf der Suche nach Schönheit den langen Weg nach Griechenland auf sich genommen hat.« Seine Stimme war schroff, aber zwingend, und er brachte die Komplimente in solchem Ernst vor, daß sie nicht klangen, als mache ein Erwachsener sich über ein Kind lustig – für mich jedenfalls nicht. »Meine Herren, kennt ihr schon Polydoros, Sohn des Priamos? Der jüngste von allen, dem aber nicht beschieden ist, der geringste zu bleiben, wenn mich nicht alles täuscht. Dies ist König Brises von Lyrnessos, Prinz, und den Sohn des Aisyetes kennst du ja sicher bereits. Ich habe deinen Vater gefragt, welcher von all seinen Söhnen sein Liebling sei, und er hat ohne Zögern dich genannt.«

Das war ungeheuer geschickt. Die Verhandlungen waren fürs erste ausgesetzt, und Polydoros fühlte sich so geschmeichelt, daß er möglicherweise nicht mitbekam, was hier vor sich gegangen war. Der König von Ithaka war alles andere als schön in der Art, wie die besten von Priamos' Söhnen schön waren, aber ich kam zu dem spontanen Entschluß, er sei der interessanteste aller Männer in der Halle, eine beeindruckende Mischung aus Kopf und Kraft. Ich fragte mich, ob er verheiratet sei.

Zweifellos hätte er sich schon bald der zwei lästigen Jugendlichen entledigt, wenn nicht die Herolde begonnen hätten, die Gäste wie eine Herde Schafe zum Mahl zu treiben. Um eine solche Horde zu bewirten, hatten die Haushofmeister das aufgebaut, was man häufig neunbeinige Tische nennt – große, dreieckige Stücke mit einem normalen kleinen Tisch als Eckstütze, an denen ein Dutzend Menschen Platz hatten. Zweifellos hatte man sich im voraus einen der Rangordnung gemäßen Sitzplan zurechtgelegt, aber der König von Ithaka hatte seine eigenen Pläne. Bevor irgend jemand ihn irgendwo plazieren konnte, ließ er sich auf einem Eckstuhl zwischen Alkathoos zur einen und Vater zur anderen Seite nieder. Dann wies er mich an, mich neben Vater, und Polydoros, sich neben Alkathoos zu setzen. Schließlich nahmen andere Leute die restlichen Plätze ein. Odysseus saß mit dem Rücken zum Thron, was zweifellos ein Bruch der Etikette war, aber in dem ohrenbetäubenden Lärm hatten höchstens Polydoros und ich Chancen, mitzubekommen, was die drei Könige miteinander besprachen, und selbst wir mußten uns höllisch anstrengen. Ich war dazu bereit.

Elatos opferte den Göttern ausgesuchte Anteile, dann begannen Tischdiener das Festmahl aufzutragen: gebratenes Fleisch, mit Sesam bestreutes Brot, Käselaibe, Schüsseln mit Bohnen und Kichererbsen in einer duftenden Koriandersauce. Odysseus, der sich einen Kanten Brot abriß und in den Mund stopfte, fuhr sogleich fort zu reden, als ahne er, daß ihr kleines Tête-à-Tête nicht sehr lange ungestört bleiben würde.

»Dem, was ihr mir sagt, meine Herren, entnehme ich, daß ihr in dem bevorstehenden Krieg dieselbe Seite unterstützen werdet, welche auch immer das sein wird?«

Vater warf mir, die ich bei Besprechungen von solcher Tragweite eigentlich nicht zugegen sein sollte, einen unbehaglichen Blick zu. »Ich vertraue mich ganz der Führung des Sohns des Aisyetes an.«

»Und du, mein Herr?« Odysseus füllte sich erneut den Mund.

Alkathoos lachte. »Kannst du dir vorstellen, daß ich Aineias widerspreche?«

»Hast du Angst, ihm zu widersprechen?«

»Angst? Nein, Sohn des Laërtes, ich habe keine Angst vor meinem Schwager.«

»Aber falls er seine derzeitige Meinung beibehält, wirst du Troja die Stirn bieten?« Der König von Ithaka konnte subtil wie eine lauernde Katze und geradlinig wie ein Wintersturm sein.

Alkathoos schob trotzig das Kinn vor. »Große Entscheidungen werden nicht auf einem Bankett getroffen, solange man noch den Mund voll hat.«

»Das mögen sie sehr wohl, wenn nämlich die

Frage so einfach liegt wie diese. Priamos ist ein alter Narr. Sein unberechenbarer Sohn hat die Hälfte aller Götter des Olymp gegen sich aufgebracht. Sie werden unsere Sache unterstützen, und die Mauern von Troja werden mit Sicherheit fallen. Warum wollt ihr den Zorn der Unsterblichen auf eure Völker herabbeschwören?« Odysseus wischte seine Eßschale mit einem letzten Brotstück aus und hielt sie in die Höhe, um einen Diener herbeizurufen. Ich hatte noch nie jemand gesehen, der so schnell so viel aß.

Vater hörte den beiden jüngeren Männern in sorgenvollem Schweigen zu. Sein Essen rührte er kaum an. Alkathoos kaute gemächlich zu Ende, bevor er antwortete. Er mußte erkannt haben, daß dieser clevere Grieche ihn in die Enge getrieben hatte.

»Die Götter treffen ihre eigenen Entscheidungen, Herr von Ithaka. Priamos ehrt sie mit üppigen Rinderopfern, genau wie die Griechen es tun. Willst du sie lenken?«

Kein schlechter Versuch, dachte ich.

Odysseus lachte und nahm seine zweite Schale in Angriff. »Wenn Priamos nicht so ein Narr wäre, hätte er deinen Schwager zum Anführer seines Heeres ernannt. Hektor hat keinerlei Erfahrung und belügt sich selbst.«

Polydoros hatte einen Teil des Gesprächs mitbekommen, wenn auch zweifellos nicht so viel wie ich, denn eine umwerfend schöne Frau hatte neben ihm Platz genommen. Jetzt versuchte er, mir mit besorgter Miene etwas über den Tisch zuzuflüstern, so daß ich die nächsten Worte verpaßte. Ich beugte mich zu ihm hinüber.

»Wenn es einen Krieg gibt«, fragte ich ihn, »wer wird dann das trojanische Heer führen?«

»Hektor natürlich!«

»Aineias besitzt doch mehr Erfahrung, oder?«

Er blickte finster drein und leckte sich die Finger ab. »Hektor!«

Ha! Der gute Vetter Aineias würde sich nie mit etwas Geringerem als dem Oberbefehl zufriedengeben – also bestand bereits ein Riß zwischen Trojanern und Dardaniern. Der listenreiche König von Ithaka versuchte, einen Keil hineinzutreiben. Ich drehte den Kopf, um wieder dem Gespräch zu folgen. Er besorgte sich gerade einen dritten Nachschlag und wirkte immer bulliger. Im Sitzen sah er noch mächtiger aus als im Stehen.

»Ich gestehe, ich werde nicht so recht schlau aus dem Verhältnis zwischen Trojanern und Dardaniern. Erläutere es mir, Sohn des Mydon.«

Mein Vater zögerte, als fürchte er, ein falsches Wort in dieser Gesellschaft könne ihn in eine dornengespickte Grube stürzen. »Sie sind nahe Verwandte. Man könnte sagen, daß jene, die an der Mündung des Skamander leben, Trojaner sind, und jene am Oberlauf Dardanier.«

»Außer, daß wir viel umherziehen«, fügte Alkathoos aufgeräumt hinzu. »Mir gehört ein Haus in Troja; Priamos hat Weiderechte auf dem Berg Ida.«

Odysseus ließ die Falle zuschnappen. »Wozu braucht ein Volk zwei Könige? Deine Gemahlin hat ein ebensogutes Recht auf den Thron von Troja wie Priamos, Sohn des Aisyetes. Angenommen, Agamemnon würde dir anbieten, dich zum König von Troja zu machen?«

»Als von ihm abhängiger Herrscher? Ich würde lieber unter Sternen schlafen, solange meine Ehre unversehrt bleibt, als die Menschen sagen zu hören, ich habe mich von den Griechen bestechen lassen.«

»Priamos ist ein sturer Tattergreis, der um einer Hure willen Verderben über sein Volk bringt. Dennoch sagst du, sie seien auch dein Volk.«

Alkathoos hörte auf zu essen. Sein Gesicht lag im wechselnden Licht des Feuers und der Lampen im Dunkeln. Der Krach um uns herum wurde nun, da der Wein seine Wirkung auf einen Raum voller aufbrausender junger Männer zeitigte, ohrenbetäubend. Ihre Schwerter hatten sie zwar draußen gelassen, aber jeder von ihnen hatte einen Dolch, und der Geruch drohenden Kampfes war so durchdringend wie der stechende Rauch. Jetzt begann das Prahlen, und selbst meine Stimmung heizte sich allmählich auf. Ich war zornig auf die starrköpfigen Trojaner, weil sie Paris unterstützten, auf die raubtierhaften Griechen, weil sie ein unbedeutendes Vergehen vorschoben, um einen allgemeinen Krieg zu entzünden, auf all diese Krieger, weil es sie so nach Gewalt gelüstete. Würden sie ihr Gemetzel auf ihresgleichen beschränken, würde es mich nicht kümmern, aber dabei blieb es ja nicht. Wie Mühlsteine würden sie die Unschuldigen zwischen sich zerreiben.

Mein Vater versuchte, die Wogen am Tisch zu glätten. »Gibt es nicht ein Sprichwort, daß man den Bären erst einmal erlegen muß, bevor man ihm das Fell abziehen kann? Die Griechen müssen Troja erst einnehmen, bevor sie ...«

Mestor, Sohn des Priamos, tauchte auf, sichtlich entschlossen, der Verschwörung ein Ende zu bereiten. Bevor er ein Wort sagen konnte, wandte Odysseus sich um Alkathoos herum an mich.

»Es wundert mich nicht, daß du noch nie davon gehört hast, meine Herrin. Ithaka ist eine winzige Insel vor der Westküste Griechenlands.«

»Und was führt dich so weit fort von zu Hause, Sohn des Laërtes?« entgegnete ich.

Vater und Alkathoos waren verdutzt, aber in Odysseus' Augen blitzte ein Funken der Erheiterung auf, der erste, den ich an ihm bemerkt hatte.

»Ein Gefallen für einen Freund, eine Ehrensache. Troja ist beeindruckend, mich aber drängt es danach, in mein bescheidenes Ithaka zurückzukehren, heim zu meiner geliebten Frau und meinen Eltern.«

Weh und ach, er war verheiratet! Wieder so ein geschickter Schachzug. Wenn seine Eltern beide noch lebten, dann herrschte er als Prinzgemahl. Er hatte seine Zuhörer soeben darüber informiert, daß Ithaka dem alten Weg anhing – wie Lyrnessos und die Dardanier, anders als Troja!

»Keine Kinder?« fragte ich für den Fall, daß er eine Gelegenheit verpaßt hatte, auf die Tränendrüse zu drücken.

»Noch nicht. Aber bald.«

»Und wenn du zurückkehrst, wirst du dann dort bleiben und in Frieden leben?« Mit damenhafter Feinheit leckte ich mir die Finger ab.

»Es sei denn, ich komme zurück, um in einem Krieg zu kämpfen.«

Ein Ausbruch dröhnenden Gelächters am anderen Ende der Halle traf mit Ausrufen des Zorns in unmittelbarer Nähe zusammen. In der aufgewühlten, schwülen Atmosphäre dieses Megarons verstieg ich mich zu einer indiskreten Äußerung.

»Du, mein Herr? Welchen Grund könntest du haben, Krieg gegen Troja zu führen – nur die Beute, gewöhnlicher Diebstahl also?«

Stell dir einen mächtigen Bullen an der Spitze seiner Herde vor. Stell dir mich kleines, zartes Persönchen vor, wie ich zu diesem Bullen gehe und ihm einen Stüber auf seine weiche, empfindliche schwarze Nase versetze. Eine Blase entsetzten Schweigens schien unsere Gruppe vom Rest der Menge zu trennen.

Die meisten der Bullen in der Halle hätten angegriffen, aber Odysseus wendete die Situation wie üblich zu seinem Vorteil. »Beute ist als Maßstab des Erfolgs eine wichtige Sache für einen Krieger, außerdem kommt sie für die Kosten auf, ein Heer aufzustellen und auszurüsten. Aber die oberste Pflicht eines Königs ist es, sein Königreich frei von Unterdrückern zu halten, der beste Schutz eines Königreichs ist der Ruf seiner Krieger. Und wie könnten sie ihren Wert beweisen außer im Krieg? Wenn sich eine gerechte Sache wie diese anbietet, ist es meine Pflicht, sie zu unterstützen, damit Ithakas Feinde wissen, daß es gut beschützt wird, und Ithaka selbst seinen König schätzt und ehrt. Es wundert mich, daß dein edler Vater dich nicht in diesen Dingen unterwiesen hat.«

Vaters Gesicht verzog sich vor Scham. Meine Unverfrorenheit war schlimm genug – keine Frau, nicht einmal eine regierende Königin, sollte so mit einem edlen Krieger sprechen, wie ich es getan hatte –, meine Ketzerei gegen den herrschenden Ehrenkodex jedoch war tausend Mal schlimmer.

Er öffnete den Mund, um sich von mir zu distanzieren. Ich beeilte mich, den Schaden wiedergutzumachen.

»In der Tat hat er mich unterwiesen, mein Herr. Er hat mir beigebracht, daß die oberste Pflicht eines Kriegers seinen Eltern und seinen Kindern gilt. Daher nahm ich an, ein König würde daheim bleiben, um sein Reich zu verteidigen, denn in seiner Abwesenheit könnten Unruhestifter ihr freches Haupt erheben. Falls meine Worte dich beleidigt haben sollten, so muß ich dich demütig um Verzeihung bitten. Ich dachte nur an dein geliebtes Weib und wie sie sich darüber grämen wird, wenn du dich zu Abenteuern in der Fremde einschiffst. Keine materiellen Reichtümer können sie doch für deine

Abwesenheit oder die Gefahren entschädigen, denen du ins Auge blicken wirst.«

Der König von Ithaka schürzte die Lippen und nickte, als zolle er einem guten Stück Beinarbeit Beifall. »Die Herrin Penelope ist die Tochter eines Kriegers und versteht, daß ich es tun muß.«

»Und ich bin sicher«, fügte Vater hinzu, »daß sie, anders als meine Tochter, in der Gegenwart von Höherstehenden zu schweigen weiß.«

»Deine Tochter legt einen wahrhaft kämpferischen Geist an den Tag«, versetzte Odysseus selbstgefällig, womit er womöglich andeuten wollte, daß mein Vater diesen Geist bislang hatte vermissen lassen. »Du mußt ihr einen Gemahl aussuchen, der ihres Feuers würdig ist, einen, der sie zu zähmen versteht.«

Zu meiner grenzenlosen Erleichterung rettete Mestor mich vor weiterem Verdruß, indem er bemerkte, die Musik fange bald zu spielen an und König Altes wünsche seinen illustren Gast zu sprechen. Als die beiden verschwanden, vervollständigte Alkathoos meine Rettung. Er schlug sich lautstark auf den Schenkel.

»Beim Barte des Zeus, Sohn des Mydon, sie hat diesen heuchlerischen Schurken besser geärgert als wir! Er versuchte ein Kätzchen zu streicheln und mußte feststellen, daß er eine Wildkatze angefaßt hatte. Wohlgetan, Briseis, Löwin von Lyrnessos! Das war die beste Rauferei, die ich seit Jahren erlebt habe.«

Besänftigt warf mein Vater mir einen Blick zu, der lediglich tausend Peitschenhiebe anstelle dessen verhieß, was er davor für mich vorgesehen hatte.

4 Ich war mit dem König von Ithaka noch nicht fertig. Ich verfolgte den Tanz und weitere Unterhaltungen in Gesellschaft von Polydoros, Lykaon und einer jungen Dame, der Lykaon den Hof machte. Danach entschuldigten die Männer sich ziemlich abrupt. Sie bemerkte, wie heiß es doch im Megaron sei. Dann schlug sie einen gemeinsamen Spaziergang im Hof vor.

»Würde sich das denn schicken?« zweifelte ich.

»Aber ja. Allein oder zusammen mit einem Mann zu gehen, wäre skandalös, aber wir beide können gegenseitig füreinander die Anstandsdame spielen.«

Hand in Hand gingen wir nach draußen an die kühle, frische Luft. Das Mondlicht schmolz das Meer zu Silber, und Lesbos lag wie ein gigantischer, steinerner Walfischrücken am Horizont. Über den Baumwipfeln hing ein Netz aus Sternen. Wein und Aufregung führten dazu, daß mein Kopf sich wie eine Spindel drehte.

»Dort drüben unter diesem Apfelbaum gibt es eine lauschige Bank.« Polydoros legte einen starken Arm um mich und entführte mich meiner Gefährtin, auf die von Lykaon ein ähnlicher Anschlag verübt wurde.

»Was für eine wundervolle Nacht!« bemerkte ich scharfsinnig.

»Ja.«

»Warum müssen diese hassenswerten Griechen sie verderben, indem sie von Krieg sprechen?«

»Vergiß die Griechen. Ich habe jene anderen Gründe entdeckt.« Wir hatten die Bank noch nicht einmal erreicht.

»Gründe wofür?«

»Hierfür.«

Ich hatte erwartet, sein Kuß wäre ein zartes

Kompliment an ein Kind, das eine Frau zu sein versuchte, aber er war wesentlich drängender als das. Das gleiche galt für den, der darauf folgte, und seine Finger, die unter mein Mieder glitten. Er geriet richtig in Begeisterung, während ich entdeckte, daß die Berührung eines Mannes an meiner Brust Wirkungen zeitigte, die ich mir nie hätte träumen lassen. Wie von selbst bohrten sich meine Nägel in seinen knochigen Rücken. Bis zum Fest der Reben schien es noch sehr lange hin zu sein. Bestürzenderweise mußte ich an Odysseus denken.

Schließlich riß ich mich von ihm los und erklärte: »Genug!«

»Wieso?« Er keuchte. Wir keuchten beide.

»Weil mein Bruder hinter diesem Busch steht.«

»Du irrst dich.«

»Nein, tut sie nicht«, bestätigte Bienor und trat aus dem Schatten. »Geh hinein, Briseis!«

»O weh!« rief ich aus. »Sohn des Primaos, deine Gesellschaft an diesem Abend war eine große Freude für ein einsames, freundloses Mädchen. In Abwesenheit meines Vaters muß ich allerdings meinem Bruder gehorchen.«

»Wenn du noch einen Augenblick Zeit hast, werde ich ihm den Hals brechen«, versprach Polydoros drohend. »Wir sehen uns drinnen wieder.«

»Natürlich, wenn du es wünschst, mein Herr.«

Brüder können manchmal recht nützlich sein, und ich nahm mir vor, meinem dafür zu danken, daß er soviel Taktgefühl besessen hatte, erst einzuschreiten, nachdem ich ihm ein Zeichen gegeben hatte. Ich hatte den Geschmack einer Romanze gekostet und war zufrieden. Das Herz war mir so leicht, als flöge es auf der nächtlichen Brise. Ich begab mich zurück in die Gesellschaft und hörte, wie der jüngste Sohn des Brises und der jüngste Sohn des

Priamos sich bekannt machten. Als ich mich den Marmorlöwen vor der Eingangshalle näherte, sprach mich aus dem Schatten einer Säule eine barsche Stimme an.

»Sieh da, die Amazonenkönigin!«

Ich blieb stehen. »Ich doch nicht, Sohn des Laërtes. Falls ich dich heute abend beleidigt habe –«

»Nicht im geringsten.« Odysseus trat ins Mondlicht, die silberne Statue eines Gottes, gehüllt in seinen wundervoll gearbeiteten Umhang. Ich vermutete, seine Frau habe ihn gewebt. Ich wußte nichts über sie, außer daß ich sie haßte. »Du hast die Stellung behauptet, Amazone. Sieh zu, daß die Erfahrung deinen Mut durch Besonnenheit mäßigt, ihn aber nie stumpf werden läßt. Ich finde, daß freundliche Worte besser wirken als harsche, und für eine Frau muß das doppelt zutreffen.«

»Ich werde mir deinen Rat zu Herzen nehmen, mein Herr.«

»Gib mir als Gegenleistung dafür etwas von deinem. Sag mir, welche Zukunft die Götter dir enthüllt haben.«

»Nur, daß unsere Wege sich wieder kreuzen werden.« Beseligt vom Wein, rutschte mir die Prophezeiung sozusagen heraus, bevor ich mir darüber klar wurde, aber sie fühlte sich wahr an.

Er nickte, als glaube er mir. »Sag mir, woher du das weißt.«

»Dieses Emblem, das du trägst. Heute morgen hat ein einzelnes Schiff unseren Weg begleitet, und niemand außer mir scheint es bemerkt zu haben.«

»Ich hoffe, daß wir uns dann in Frieden wiederbegegnen. Polydoros ist ein vielversprechender Bursche, aber für deinen Vater wäre es im Augenblick keine kluge Politik, sich mit einem Sohn des Priamos zu verbinden.«

»Mein Vater hat keine unmittelbaren Absichten, mich zu verheiraten, mein Herr.«

Er fixierte mich mit seinem tödlichen, alles durchdringenden Blick. »Und was sind deine Wünsche in dieser Angelegenheit?«

»Eine gehorsame Tochter zu sein, was sonst.«

»Wenn er dich fragte?«

Die Nacht schien sich drohend um uns zu schließen. Mit einem Laut des Protestes wandte ich mich ab, ging aber nicht. Der Sohn des Laërtes kam noch einen Schritt näher und sprach an meiner Schulter.

»Angenommen, ich wäre Aphrodite, heruntergestiegen vom Olymp. Welches Gebet würdest du an die Göttin richten?«

»Was eine edel geborene Jungfrau erbitten kann − einen tapferen Krieger, der sie in diesen unruhigen Zeiten liebt und beschützen kann.«

»Die Zeiten sind nie ruhig.«

»Sie werden schon bald viel unruhiger sein, als sie es je in der Troas waren.«

Er seufzte. »Das stimmt. Wenn du meine Schwester wärst, würde ich dich gerne weit weg von hier sehen.«

Ihm zuzustimmen wäre treulos gewesen, aber ich nickte.

»Du verdienst einen ganz vortrefflichen Mann, Briseis, und die sind rar gesät. Du brauchst einen, dessen Heimat weit weg liegt, aber deine Möglichkeiten, solch einen in Lyrnessos zu finden, sind äußerst gering.«

Worauf wollte dieser glattzüngige Grieche hinaus? Mein Herz dröhnte wie eine Kriegstrommel. »Du bist sehr freundlich, dir Gedanken über meine Probleme zu machen, Sohn des Laërtes.«

»Ich kenne einen jungen Kreter am Hof von

Mykene, einen Mann von edler Abstammung und beispielhaftem Charakter. Sein Äußeres gleicht dem von Apollon, die Götter jedoch haben seine Eltern so gesegnet, daß er neun ältere Brüder hat und nur wenig von Wert erben wird. Eine tragbare Mitgift – ein paar Silberbarren beispielsweise – wäre für ihn von großem Interesse, ebenso wie deine edle Person selbst natürlich. Ich könnte ihn deinem Vater sehr empfehlen.«

Ich wußte nicht, was ich darauf sagen sollte, und ich weiß heute noch nicht, ob die Antwort, die ich ihm schließlich gab, falsch war. »Erwähne diesen Kandidaten auf alle Fälle vor meinen Eltern. Ich bin sicher, sie werden den edlen Herrn einladen, Lyrnessos zu besuchen.«

Odysseus legte eine kraftvolle Hand auf meine Schulter und drehte mich herum, so daß ich ihm ins Gesicht sehen mußte. Seine dunklen Augen glänzten im Mondlicht.

»Aber hätte seine Bewerbung auch Aussichten? Du bist die Erbin, so daß dein Weggang ein schwerer Schlag für das Königreich darstellen würde. Kann ich meinem jungen Freund allen Ernstes sagen, daß seine Fahrt Aussicht auf Erfolg hat?«

»Solltest du diese Frage nicht besser meinem Vater vorlegen?«

»Theoretisch, ja.« Er lächelte. »Aber wie lautet die wahre Antwort?«

Ich vermute, ich hätte lügen können, und dann hätte mein gesamtes Leben einen anderen Verlauf genommen; aber ich wußte, Mutter würde sich nie dazu durchringen, sich von ihrem jüngsten Küken zu trennen, und Vater würde sich lieber die Füße abschneiden, als mir eine Mitgift mitzugeben. Warum sich also die Mühe machen, zu lügen?

»Hätte er eine Chance?« bohrte Odysseus nach.

»Wenn er den Schwanz der Sphinx mitbrächte, gewiß.«

Er stieß ein kurzes, schroffes Lachen aus und schüttelte seinen mächtigen Kopf, daß seine Locken aufschimmerten. »Oh, dich gibt es nicht zweimal! Ich bezweifle, daß selbst mein Kreter deiner würdig wäre, Briseis. Falls ich jemals einen Mann treffe, der es ist, werde ich ihm von dir erzählen.«

In diesem Moment kamen Bienor und Polydoros über den Hof gehastet, um nachzusehen, in welchen Schwierigkeiten ich nun schon wieder steckte. Ich stellte meinem Freund, dem König von Ithaka, meinen Bruder vor, und zu viert gingen wir wieder hinein.

5 »Ungeheuerlich!« kreischte Mutter. »Diese Lasterhaftigkeit! O Schande! Ich werde dich enterben. Ich lasse dich anketten …«

Aber ich eile der Geschichte voraus.

Menelaos und seine Gesandtschaft segelten ab. Wir blieben noch drei Tage in Pedasos und erhielten bei unserem Abschied reiche Gastgeschenke.

Meines war eine Kette aus blauen Glasperlen, die ich während meiner restlichen Zeit in Lyrnessos oft trug. Bienor bekam ein Goldarmband.

Der Frühling erwärmte sich zum Sommer hin, und die unheilvollen Kriegsomen zerflossen in der Hitze zu nichts, so wie die Erinnerung an Alpträume im gleißenden Licht der Mittagssonne verblaßt. Gerüchte schwirrten umher wie Hummeln auf einer Wiese, aber sie erwiesen sich als unergiebig.

Zu seiner unsäglichen Freude wurde Bienor endlich größer. Ich hingegen wurde fraulicher und spürte, daß mir die Augen der Männer zu folgen begannen, wie sie es zuvor nie getan hatten. Wenn ich eine Schönheit werden sollte, wie Helena es vorausgesagt hatte, würde ich eine außergewöhnlich hochgewachsene Schönheit werden.

Der Sommer glitt in den Herbst hinüber, und der Herbst brachte die Rebenernte mit sich, die wie jedes Jahr mit dem Fest des Bacchus endete, den die Griechen Dionysos nennen. Dann zog die Jugend von Lyrnessos sich Masken und Kitzhautkleider über, um den Gott zu ehren, der der Menschheit den Wein gebracht hatte. Männer und Frauen tanzten in entfesseltem Trubel gemeinsam die Nacht durch. Oft belohnte der Gott dann seine Anhänger mit seinem heiligen Wahnsinn, so daß man sich für das, was während der Dionysia geschah, nicht im geringsten schämen mußte. Auch die Masken halfen dabei. Seit meiner Kindheit hatte ich dem Vergnügen von ferne gelauscht, aber dieses Jahr war ich soweit, selbst daran teilnehmen zu dürfen. Unerkannt würde ich mich unter das gewöhnliche Volk mischen, seine Lebensweise erkunden und vielleicht selbst meine erste Romanze erleben. Das war zumindest meine Absicht. Allerdings wurde meine diesbezügliche Begeisterung nicht von jedermann geteilt.

Ctimene wollte mit ihren Bedenken nicht so recht herausrücken, aber schließlich zwang ich sie, sie zu äußern. »Meine Herrin, im ganzen Königreich gibt es nur wenige junge Frauen von deiner Statur – oder mit einer solch wundervollen Figur, meine Herrin. Beide kannst du nicht hinter einer Fellmaske verstecken.«

»Was schadet es schon, wenn einige von ihnen meine wahre Identität erahnen? Beweisen können sie es nicht. Beim Fest der Reben sind alle gleich.«

Bekümmert schürzte sie die Lippen. Nachdem ich sie noch ein bißchen mehr gepiesackt hatte, sagte sie: »Ich fürchte, es könnte böse Männer geben, die sich dafür anstellen, eine Prinzessin zu *teilen,* meine Herrin.«

Hades! Daran hatte ich nicht gedacht. »Das würden sie nicht wagen! Vater würde sie umbringen!«

Sie glotzte mich an wie eine tote Eule.

»Abgesehen davon, daß sie ebenfalls maskiert wären, nicht wahr? Behandeln Männer Frauen wirklich so?«

Ich zog Bienor zu Rate, meinen ortsansässigen Fachmann für alles. Bezüglich der Themen Sexualität und Ausschweifungen war mein Zwillingsbruder allerdings genauso unwissend wie ich, obwohl er es niemals zugegeben hätte. Das Beste, was er herausbekam, war: »Bei den Dionysia kann alles passieren.« Er seufzte.

»Zum Beispiel?«

»Frag lieber nicht.«

»Du willst sagen, du weißt es nicht. Ich nehme an, du hoffst, es bald herauszufinden?«

Er grinste dreckig. »'türlich.«

»Du bist doch noch ein kleiner Junge!«

»Bin ich nicht!«

»Zeig's mir!«

Solcherart in die Enge getrieben, erwies er sich als seltsam widerwillig, mir das wie auch immer geartete erwachsene Federkleid zu zeigen, das möglicherweise unter seinem Lendentuch sproß. Er gestand sogar böse Vorahnungen, was ihm gar nicht ähnlich sah. »Für euch Frauen ist es einfach! Alles, was ihr zu tun braucht, ist, euch hinzugeben. Wir Männer müssen Erwartungen erfüllen und etwas leisten. Er steht die ganze Zeit von selbst, wenn ich es nicht will. Angenommen, er tut es nicht, wenn ich es will? Angenommen, er wird *schüchtern?*«

»Nimm eine Pastinake mit«, schlug ich vor. »Sie

wird den Unterschied in der Dunkelheit schon nicht bemerken.«

Das tröstete ihn auch nicht – er war sich nicht einmal sicher, ob sie ihn überhaupt von einer Pastinake würde unterscheiden können, wer immer *sie* auch sein mochte.

Als die schicksalsschwere Nacht heranzog, begann mein Entschluß zu bröckeln wie ein Klumpen Salz im Regen. Die Palastmädchen flüsterten aufgeregt miteinander über die Männer, die sie zu dem ausgelassenen Fest mitnehmen würden, oder diejenigen, die sie an Ort und Stelle einzufangen hofften. Für sie war es einfach, denn der Nachweis von Fruchtbarkeit verschaffte einem freien Mädchen eine rasche Heirat und einem Sklavenmädchen bevorzugte Behandlung; Prinzessinnen jedoch waren ein ganz anderer Menschenschlag. Ich konnte mir nicht vorstellen, hartnäckig bei der Behauptung zu bleiben, Zeus oder Apollon habe in einem Lichtstrahl mein Schlafgemach heimgesucht. Mutter würde das keinesfalls schlucken.

Alle Welt schien an einer Maske zu arbeiten. Es handelte sich um recht zerbrechliche Dinge aus Strohgeflecht und Streifen aus Fell und Tuch, die einem Tierkopf ähneln sollten. Die Kostüme aus Kitzleder verstaubten das ganze Jahr über in den Palastlagerräumen. Ein paar Tage vor dem Fest wurden sie jedem ausgehändigt, der eins haben wollte, ob Sklave oder Freier. Ctimene ließ sich zwei geben, eins für sie und eins für mich. Sphelos bekam Wind davon und erzählte es Mutter.

Sie begann in strengem Ton, mit drohendem Finger. »Absolut undenkbar. Du bist noch ein Kind.«

Ich erbot mich, den Beweis des Gegenteils anzutreten. An diesem Punkt der Unterredung schickte sie alle anderen aus der Halle – die Zofen, Alkmene, Antikleia, sogar die Tanten –, so daß wir beide ein ruhiges Gespräch unter vier Augen miteinander führen konnten.

Sie versuchte es auf die mütterliche Tour und tätschelte mein Knie. »Sexualität ist nichts, in das man sich leichtfertig stürzen sollte, mein Kind. Eine Frau muß lernen, sich zu schützen. Die Männer stehen danach auf und zucken mit den Achseln und gehen, wir armen Frauen aber müssen für gewöhnlich feststellen, daß wir uns in unseren eigenen Gefühlen verstrickt haben wie ein Schaf im Dornengestrüpp. Wenn du älter bist, kommst du besser damit zurecht.«

»Ich bin sicher, man lernt durch Erfahrung.«

Sie versuchte es mit der königlichen Masche und blickte an ihrer Nase entlang auf mich herunter, auch wenn sie dafür aufstehen mußte. »Du bist von königlichem Blut, bist die Erbin des Reiches! Du kannst dich nicht mit Gemeinen und Sklaven einlassen! Was sollen die Leute nur sagen?«

»Ich werde maskiert sein. Hab ich's dir schon erzählt, ich mache mir gerade ein Füchsinnen-Gesicht, mit …«

Sie versuchte es mit praktischen Argumenten und verschränkte die Arme vor der Brust. »Du bist das größte Mädchen im Königreich – jeder wird dich erkennen. Sie werden auf den ersten Blick wissen, wer du bist.«

Nun waren wir zum Kern des Problems vorgestoßen. Hätte ich mich verkleiden können wie andere Leute, hätte sie mir wahrscheinlich nur eingeschärft, ich solle sehen, daß ich meine Maske aufbehalte, und mir viel Spaß gewünscht.

»Sie werden es aber nicht beweisen können!«

»Skandale brauchen keine Beweise!«

Da ich darauf keine Antwort parat hatte, ging ich in die Offensive. »Wie alt warst du, als du an deinem ersten Rebenfest teilgenommen hast?«

»Bestimmt älter als du. Genau entsinne ich mich nicht mehr.«

»Ich will meinen Töchtern einmal ganz genau den Tag nennen können.«

»Das trifft sich gut, du kannst nämlich schon nächstes Jahr Töchter haben!« gellte Mutter, und von diesem Augenblick an wurde die Begegnung höchst ungestüm. Es war jedoch weniger der Gedanke an Nachkommenschaft, der ihr Sorge bereitete, als vielmehr der Klatsch.

»Du bist ja verrückt!« kreischte sie. »Der Gott hat dir schon deinen Verstand geraubt!« Erhitzt und errötet, stürmte sie kreuz und quer durch den Raum, fuchtelte zwischen den Webstühlen herum, gestikulierte wild und wiederholte endlos dieselben Argumente. »Was wird der Hof sagen? Was werden die Dardanier und was werden Thebe und Pedasos und Troja sagen?« Für eine Frau, die sich, wenn sie nicht unbedingt mußte, kaum bewegte, war das ein erstaunlicher Aktivitätsausbruch. »Meine Tochter, meine Erbin, eine Prinzessin kopuliert in den Wäldern wie eine rollige Katze! Mit *Sklaven?* Ich verbiete es! Das werde ich nicht zulassen!« Der halbe Palast mußte sie hören können.

Als sie eine Pause einlegte, um Atem zu schöpfen, warf ich ein: »Du lästerst! Mich von der Teilnahme am Fest abzuhalten, wäre eine Beleidigung für den Gott!«

Und wieder ging sie auf Wanderschaft, tigerte mit wogenden Volants die Halle auf und ab, während ihr Busen sich hob und senkte wie zwei Delphine, die gegen schwere See ankämpfen. Sie erzählte haarsträubende Geschichten von vergewaltigten, verstümmelten, zur Unzucht mit Tieren gezwungenen oder ermordeten Frauen und jungen Menschen, die von Klippen gesprungen oder an ihrem eigenen Erbrochenen erstickt waren. Sie konnte nicht länger so tun, als sei ich noch ein Kind, und das machte sie alt – das war ein weiteres Problem. Während sie ihre wabbeligen Arme über dem Kopf schwenkte, wiederholte sie alles zum vierten oder fünften Mal und drohte sogar damit, mich in Ketten legen zu lassen.

»Nun, *das* dürfte wirklich für Gesprächsstoff sorgen!« merkte ich an.

Sie blieb abrupt stehen und hielt ihr erhitztes Gesicht dicht an meins, eine Drohgebärde, die durch die Tatsache verdorben wurde, daß ich inzwischen einen halben Kopf größer war als sie. »Du spielst mit dem Feuer, Kind! Du wirst dich verbrennen!«

Das war das Eingeständnis, daß sie mich nicht mit körperlicher Gewalt an einer Teilnahme hindern konnte. Eine andere Erlaubnis brauchte ich nicht.

6 Ich wußte, daß das Spiel noch nicht vorüber war. Mutter durchwühlte mein Zimmer, aber Ctimene hatte unsere Masken und Kostüme anderswo versteckt.

Sie warf Vater in die Schlacht. Er teilte mir mit, meine Mutter wäre sehr unglücklich, wenn ich zum Rebenfest ginge. Ich teilte ihm mit, seine Tochter wäre sehr unglücklich, wenn sie nicht hinginge. Und was war mit meinem Zwillingsbruder, der noch immer von den Ohren abwärts haarlos war? Durfte er gehen? Vater seufzte wehmütig und wechselte das Thema.

Eines Morgens kurz vor dem Rebenfest traf ich Bienor, der umherstolzierte wie ein Pfau, und verlangte zu erfahren, was er im Schilde führte.

Er zuckte die Achseln. »Das Übliche. Ich hoffe, du schaffst es, zu den Dionysia zu kommen. Du wirst feststellen, daß Sex ziemlich erfreulich ist, wenn man sich erst einmal dran gewöhnt hat.«

Diskrete Erkundigungen führten mich in die Küche, wo Pero sich erfolgreich vor den Aufgaben drückte, die anderswo auf sie warteten, und mit den Köchinnen tratschte. Ich fragte sie honigsüß, ob es stimme, daß sie einen neuen Liebhaber habe.

»Einen edlen Liebhaber, meine Herrin!« Schamlos grinsend stöberte sie in einem Korb mit Pastinaken herum und fand eine sehr kleine. »Edler als Herr Aineias, wenn ich mich recht entsinne.« Ihre Zuhörer kicherten. Sie suchte eine weitere aus. »Ein bißchen dünner vielleicht?« Noch eine, kurz und dick. »Seinem männlichen Bruder noch nicht ganz ebenbürtig.« Schallendes Gelächter und zustimmende Rufe. Eine mit einem Knick. »Mit einer überaus *angenehmen* Krümmung ...« Sie öffnete ihren Mund ganz weit, und ich trat vor dem heiteren Gejohle hastig den Rückzug an.

Bienor, verdammt sollte er sein, war mir im Spiel des Erwachsenwerdens eine Nasenlänge voraus.

Später an diesem Tag traf ein Herold im Palast ein, völlig mit Staub und Schweiß bedeckt, da er den ganzen Weg von Thebe hierher gelaufen war. Er verkündete, daß Prinz Helenos meine Mutter um Verzeihung für die kurze Vorwarnzeit bitte, aber er und sein Bruder Mestor würden am nächsten Tag ankommen – nur sie beide und ihre Wagenlenker, ein informeller Besuch, und bitte macht keinen Staatsakt daraus.

Gäste veranlaßten Mutter stets dazu, wie ein ganzer Bienenschwarm umherzuwirbeln. Die Aussicht, Söhne des Priamos bewirten zu dürfen, brachte sie an den Rand der Panik, was aber nichts ausmachte, da jeder ungeachtet ihrer Anfälle das Nötige tat.

Als ich hörte, wer da kommen sollte, verfiel auch ich in Panik und vergaß alles von wegen der Dionysia. Das war Romantik, eine Heirat aber war etwas Dauerhaftes.

»Dein neues Gewand mit dem offenen Mieder«, sagte Mutter, als sie auf ihrer mentalen Liste ›Dinge-um-die-ich-mich-kümmern-muß‹ zu mir gelangte. »Du kannst es bis morgen fertigbekommen.«

»Ich bin sicher, das Alte wird es noch tun!«

Ihre Augenbrauen zuckten steil in die Höhe, schafften es aber gleichzeitig, tiefe Befriedigung auszudrücken. »Du platzt aus allen Nähten. Du bestehst doch immer darauf, eine Erwachsene zu sein −«

»Mestors Wagenlenker ist Polydoros!«

»So?«

»Er hat mich geküßt!«

Mutter erbleichte.

Zwei Streitwagen fegten um Mittag durch die Tore. Helenos' Wagenlenker war niemand Besonderes, aber Mestor wurde noch von Polydoros gefahren. Er hatte mehr Bart und weniger Akne, seine Schultern waren breiter, aber er war noch immer ein Junge, der auf einem Schemel stand.

Die Familie versammelte sich in der Säulenhalle, um die geehrten Gäste zu begrüßen. Ich bekam kein Wort mit, was gesprochen wurde. Stumm vor Verlegenheit versuchte ich, Polydoros nicht anzustarren, ihn aber auch nicht zu ignorieren, falls irgend jemand es bemerken sollte. Er war Priamos' Lieblingssohn, und Priamos kam in der Troas gleich nach Apollon. Ich hatte die ganze Nacht kein Auge zugetan.

Eine Andeutung fiel. Als die Prinzen in das Megaron geführt wurden, um mit Honig gesüßten Wein zu trinken, wurde der Rest von uns ausgeschlossen. Sphelos stolzierte fort und sah so zufrieden aus wie eine Katze vor einer Schale Milch. Ich fand mich allein mit Bienor wieder. Zum ersten Mal betrachtete mein pestilenzartiger Zwillingsbruder mich mit so etwas wie Respekt.

»Du hast einen Freier!«

»Quatsch! Absoluter Unsinn. Ich weiß nicht, wo du solche Flausen her hast.« Ich trat die Flucht an.

Er folgte mir. »Und was für einen Freier! Hast du nicht gemerkt, wie er dich angeschaut hat? Er sieht gut aus! Und ist reich! Was ist los?«

»Laß mich allein!« Ich wollte auf ein geflügeltes Pferd springen und bis zum Land der Äthiopier fliegen.

Nach einer Zeitspanne, die mir wie Tage vorkam, löste der kleine Empfang sich auf. Die Teilnehmer strömten ins Vestibül, und Polydoros warf mir ein aufgeregtes Grinsen zu. In dem Augenblick, in dem die Besucher weggeführt wurden, um gebadet, gesalbt und so weiter zu werden, erstickte Mutter mich in einer Umarmung und schniefte mir ins Ohr.

Vater sagte: »Ein Wort mit dir, Prinzessin. Geh weg, Bienor.« Er führte mich wieder hinein. Mutter hielt mich mit ihrem gutgepolsterten Arm weiterhin fest umfangen. Mit jeder Minute wurde sie weinerlicher. Vater wirkte besorgt und kaute auf seinem Bart herum. Herrscher neigen stets zu der Ansicht, nur den Göttern zu gehorchen, aber nun fiel der lange, kalte Schatten von Troja über Lyrnessos.

Vater sagte: »Siehst du, es ist kein formeller Antrag.«

Ich leckte mir über die Lippen. »Nein, mein Herr.«

»Nur ein Ellbogen im Wasser, Dankbarkeit. Helenos hat erklärt – es ist etwas zwischen uns und Mestor, hat nicht einmal etwas mit ihm zu tun. Nicht offiziell.«

»Nein, mein Herr.«

»Nur mit Mestor, ein Gefallen für seinen Wagenlenker, seinen Bruder. Du mußt ja einen ziemlichen Eindruck auf diesen jungen Mann gemacht haben!«

Ich dachte, er versucht, mir nicht die Schuld zu geben. Dann erkannte ich, daß er nicht einmal annähernd so aufgekratzt war wie Mutter – warum nicht?

Sie gab einen schniefenden Laut von sich. »Pah! Es ist nicht Briseis, für die er sich interessiert. Er ist der Jüngste von fünfzig. Lyrnessos ist das Beste, was er je kriegen kann. Das ist alles.«

»Halt, halt, Nemertes! Er hat das abgestritten, und ich glaube ihm. Weißt du, er könnte sich deine Hand erzwingen. Aber er läßt uns die Möglichkeit, nein zu sagen. Wenn wir Interesse bekunden, wird der formelle Heiratsantrag offenbar nachfolgen. Mestor selbst würde jedoch soweit nicht ohne Priamos' Wissen und zumindest stilles Einverständnis gehen. Und Altes' ebenfalls. Ein Bündnis mit Troja und Pedasos hätte enorme Vorteile.«

»Aineias wird das ganz und gar nicht gutheißen!«

»In einer solchen Angelegenheit kann er Priamos nicht die Stirn bieten.« Warum war Vater so erfreut? »Es ist keine Kriegsangelegenheit, also läge die Entscheidung bei Alkathoos. Er will bestimmt nicht mehr Ärger mit Priamos, als er schon hat.«

»Sie ist viel zu jung!«

»Das stimmt nicht, und du weißt es.« Er wandte sich mir zu. »Sie würden wollen, daß ihr beide in Troja lebt bis zu dem Zeitpunkt, an dem du dazu berufen wirst, der Göttin hier zu dienen, lang möge dieser Tag noch auf sich warten lassen. Der Junge muß seine Ausbildung noch abschließen und so weiter. Weil du die Erbin deiner Mutter bist, hat Mestor durchblicken lassen, eine rein symbolische Mitgift …«

»Das ist es, was dir so gefällt!« brüllte Mutter. »Du mußt keine Mitgift bereitstellen! Warum fragst du sie nicht selbst, anstatt die ganze Zeit an Land und Herden zu denken?«

Ich riß mich von ihr los, warf mich vor Vater zu Boden und umfaßte seine Knie. »Mein Herr, ich flehe dich an – schicke mich nicht nach Troja, um dort zu leben! Troja wird brennen! Seine Türme werden fallen. Seine Männer werden sterben, die Frauen verschleppt werden!«

Mutter heulte auf.

Vater schwieg einen Augenblick, dann bellte er mich an: »Ach, Unsinn, Briseis! Mach dich nicht lächerlich! Steh auf, um Gottes willen! Was für Omen hast du dir nun schon wieder ausgedacht?«

Darauf hatte ich keine Antwort, denn ich hatte nicht gewußt, was ich sagen würde, bis ich es ausgesprochen hatte. Alles, was ich wußte, war, daß die Aussicht, in Troja zu leben, absolut erschreckend war. Ich stammelte und schluchzte und beharrte darauf, daß Troja und nicht Polydoros das Problem sei.

»Du mußt dich von mir leiten lassen«, versetzte Vater mit fester Stimme.

»Ach, muß sie das?« Mutter nahm mich am Arm und zog mich hoch. »Wenn ich mich von meinem Vater hätte leiten lassen, dann hätte ich Euneos und nicht dich geheiratet. Ich habe wesentlich lauter und länger geschrien als sie. Wir haben noch viel Zeit, über eine Heirat nachzudenken. Das wirst du dem Prinzen sagen, oder ich enterbe Briseis, und dann werden wir ja sehen, was aus seiner herzlichen Zuneigung wird.«

Vater stöhnte. »Ist es das, was du willst, Kind?«

»O ja! Ja, bitte.«

Er grummelte noch ein bißchen, hätte sich Mutter, wenn sie in einer solchen Stimmung war, jedoch nie widersetzt, und in diesem Augenblick war sie gerade die Löwin, die ihr Junges verteidigt. Noch vor Einbruch des Abends war der informelle Antrag informell abgelehnt worden. Auf dem Fest sprachen wir über den Krieg und die Ernte.

Natürlich konnte ich meinem Möchtegern-Freier nicht entkommen – Polydoros war nicht die Sorte junger Mann, die sich von irgend etwas unter einer zehn Ellen langen Lanze entmutigen ließ. Nachdem Demodokos an diesem Abend für den Hof gesungen hatte, schlug er, als alles sich erhob, um sich zu strecken, zu bewegen und neue Gesprächspartner zu suchen, zielstrebig meine Richtung ein. Ich hatte panische Angst davor, daß er mich dazu bringen würde zuzugeben, daß ich ihn mochte. Vielleicht würde er selbst mit dieser winzigen Ermutigung wutschnaubend nach Troja zurückgehen und Priamos dazu veranlassen, seine vage Zustimmung in einen Befehl umzuwandeln. Ich entschloß mich, kühl und abweisend zu sein – geschmeichelt, aber ungerührt. Mit einem Gefühl, als würde ich von einem wandelnden hohen Baum durchs Gebüsch verfolgt, zog ich mich in den Schatten zurück, und dort stellte er mich.

Er verschränkte die Arme und sah mich an, bis ich zu zittern begann. Dann sagte er: »Neben dir sieht Helena wie eine alte Vogelscheuche aus. Ich verstehe nicht, was Paris an dieser spartanischen Vettel findet.«

»Ähm, danke!« So etwas hatte noch niemand zu mir gesagt. »Und du ... Polydoros, es geht nicht um dich! Du darfst es nicht persönlich nehmen. Es gibt keinen anderen Mann, den ich lieber ...«

»Persönlich? *Persönlich?* Meine Herrin, ich bin ein Sohn des Priamos. Wir haben keine persönlichen Mängel.«

Ich dachte, er meine es ernst und ich hätte ihn gekränkt, aber dann grinste er noch breiter. »Natürlich wird von uns verlangt, daß wir ähnlich vollkommene Menschen als Ehepartner finden, was für gewöhnlich natürlich unmöglich ist – trotzdem: du bist die vollkommenste Frau, die ich je gesehen habe. Ich habe nicht mehr geschlafen, seit ich dich zum ersten Mal ...«

»Hör auf! Das darfst du nicht!«

»Warum? Mestor sagt, es klappt immer.«

Ich hatte von Troja Drohungen erwartet, möglicherweise Bitten oder Logik, aber kein neckisches Geplänkel. Da ich keinen jungen Mann meines Standes kannte, wußte ich nicht, was ich erwidern sollte. »Es bist nicht du. Es ist Troja. Komm mit einem Schiff zurück und entführe mich in die thrakische Wildnis, und ich gehe mit Freuden mit dir. Biete mir ein Erdloch in der Wüste und ein Leben voller Entbehrungen an, und ich werde ohne Zögern zustimmen.« O weh, das war nicht besonders kühl und abweisend. »Aber nicht Troja! All seine berühmten Pferde könnten mich nicht dorthin schleppen.«

»Und mich könnten sie jetzt nicht von dort fortbringen.«

»Wirklich?« zweifelte ich. Ich hatte keine Lust, die unselige Prophezeiung von vorhin zu erwähnen. »Selbst wenn … wenn … Sagtest du nicht, deine Schwester Kassandra habe vorhergesagt, daß Troja fällt und all seine Verteidiger sterben? Gibt es denn keine Möglichkeit, daß einer der Söhne des Priamos dem Untergang ehrenvoll entkommen kann, so daß sein Geschlecht …«

Er starrte mich an, als redete ich irre. »Der Jüngste der fünfzig? Ihn sollte man kennen als denjenigen, der nicht kämpfen wollte? Der Kleinste des Wurfs? Meine Herrin, dein bloßer Vorschlag beschämt mich.«

Ich hatte ihn beleidigt. »Es tut mir leid. Wirklich. Natürlich war es ein unwürdiger Vorschlag. Ich kann nur einfach nicht verstehen, warum dein Vater auf diesem schrecklichen Weg beharren muß.«

Polydoros zuckte die Achseln. »Gründe? Wenn du es wirklich wissen willst … Erstens, Helena ist nur ein Symbol, sagt er. Die Lydier und Rhoder hacken nun schon seit Jahren aufeinander ein, wobei die Griechen Rhodos unterstützen und die Trojaner die Lydier. Agamemnon sucht schon lange nach einem Vorwand, den Konflikt auszuweiten.«

In dem Versuch, männlich zu wirken, reckte er seinen ausgeprägten Unterkiefer vor. »Zweitens, wir Trojaner geben Drohungen nicht gerne nach. Heute befehlen sie uns, eine Frau auszuliefern. Das wäre nicht schwer; aber wenn wir dem zustimmen, dann verlangen sie morgen, daß wir die Lydier im Stich lassen, und so weiter, und so weiter – Forderung um Forderung um Forderung, bis wir unsere Lanzen abgeben und sie sich unserer Frauen und Kinder bemächtigen. Gib einer Drohung nach, und die nächste wird auf dem Fuße folgen, so gewiß, wie die Nacht dem Tage folgt. Der einzige Ort, die Stellung zu behaupten, ist hier. Der einzige Zeitpunkt, sich zu weigern, jetzt. Immer.«

Ich konnte den alten Krieger beinah sprechen hören.

Ich seufzte. »Das klingt vernünftig, denke ich.«

Polydoros rückte ein Stückchen näher. »Dann müssen die Träume also enden?«

»Oder warte zumindest die Entscheidung der Götter ab.« Ich versuchte zurückzuweichen und stieß gegen eine Wand. Er kam noch näher. Ich bekam einen Hauch Badeduft und einen beunruhigenden Hauch Männerduft mit.

»Und außerdem können wir beide bis dahin gut Großeltern sein. Ich bin trotzdem froh, daß deine Ablehnung nicht mir persönlich gilt. Sag es mir noch einmal, um meinen Schmerz zu lindern.«

»Es ist Troja. Und bei dir – ist es Lyrnessos?«

»Ich möchte deine liebliche Heimat nicht beleidigen, meine Herrin, aber du bist es – trotz Lyrnessos.«

Wenn wir noch länger so weitermachten, wäre ich bald Wachs in seinen Händen.

»Die Leute gucken schon«, erklärte ich hastig und versuchte, mich an ihm vorbeizuquetschen, ohne ihn zu berühren. Er bewegte sich gerade so weit, daß wir aneinander vorbeistrichen, und mein Herz tat einen solchen Satz, daß es mich fast betäubt hätte.

»Wir könnten nach draußen gehen?« schlug er vor.

»*Nein!* Ich meine, das würde sich nicht schicken. Laß uns zu den anderen zurückkehren. Wie lange werden wir noch das Vergnügen deiner Gesellschaft haben?«

»Ein paar Tage«, gab Polydoros glücklich zur Antwort. »Wie ich hörte, stehen eure Dionysia kurz bevor.«

7 Am nächsten Morgen hatte ich bohrende Kopfschmerzen, die durch die Aussicht, Polydoros den ganzen Tag aus dem Weg gehen zu müssen, auch nicht gerade besser wurden. Ich traute mir selbst nicht über den Weg, wenn ich in seiner Gesellschaft war. Den Hof gemacht zu bekommen, ist eine verführerische Erfahrung.

Glücklicherweise hatte sein Bruder Helenos seine eigenen Pläne mit mir, die nichts mit Heirat zu tun hatten. Bei unserer Begegnung in dem vom Licht des Feuers erhellten Megaron in Pedasos hatte ich ihn für älter gehalten. Im Tageslicht sah er recht jung aus, obwohl sein Haar vor der Zeit weiß geworden war. Er war hochgewachsen, leicht vornübergebeugt und hohlwangig und hatte eine überhebliche und gedankenverlorene Art. Seine Angewohnheit, in die Ferne zu starren, wenn er redete, ließ ihn einschüchternd wirken, aber Vogelschauer tragen ihre eigene Bürde und lernen, sich leidenschaftliche Gefühle vom Leib zu halten.

Er schickte Xanthos, um mich aufzuspüren und zu ihm in den Hof hinauszubringen. Dort, unter einem Baum, blieben wir beide den halben Tag über, lauschten dem fernen, dumpfen Geräusch des Getreides, das gesiebt wurde, den Männern, die Holz hackten, und dem Quietschen der Töpferscheiben. Ctimene, die mit untergeschlagenen Beinen auf dem Pflaster hockte und Gorgo am Halsband festhielt, beobachtete uns aus respektvoller Entfernung. Vorübergehende schlugen einen weiten Bogen um uns.

Er wollte von allen Omen hören, die ich gesehen hatte, und welche Deutungen ich ihnen beigelegt hatte. Ich gehorchte, da ich es nicht wagte, seiner gottähnlichen Sicherheit zu widersprechen, und er saß da wie ein Fels, während ich sprach, außer daß er mir gelegentlich ermutigend zunickte. Als schließlich mein Redestrom versiegte wie ein Bächlein im Sommer, schürzte er mehrfach hintereinander die Lippen.

»Das hast du gut gemacht. Jeder hat Augen, doch nur sehr wenige vermögen sie zu benutzen. Du bist tatsächlich eine Seherin und lernst auch zu verstehen, was du siehst. Ohne angemessene Anleitung ist das wirklich bemerkenswert.«

Ich fühlte mich natürlich geschmeichelt, aber dann ließ er alle Alarmglocken in meinem Kopf klingeln.

»Du darfst nie *versuchen*, etwas zu prophezeien. Die Götter schicken Omen, wie es ihnen gefällt. Versuche, es *nicht* zu versuchen, nicht im geringsten. Ein Seher ist die Stimme von Iris. Laß sie durch dich sprechen, wenn sie bereit ist; du kannst sie nicht zwingen. Denk daran, daß wir gewöhnlich für andere in die Zukunft blicken, selten für uns selbst. Vertrau auf deine Sicht. Achte nicht auf deinen Schritt, sondern geh und laß die Götter dich lenken. Sag nicht: ›Aha! Ein Falke, der eine Schlange trägt, bedeutet dies und das‹ oder ›Eine Eule, die bei Tageslicht schreit, bedeutet jenes‹. Lerne zu sehen, ohne zu bemerken.«

Er warf mir einen kurzen Blick zu, um dann sofort wieder wegzusehen. »Natürlich sollst du immer die Wahrheit und nichts als die Wahrheit sagen. Lege falsches Zeugnis ab, und die Götter werden dich im Stich lassen! Wenn du andere zu täuschen versuchst, täuschst du auch dich selbst und wirst deine Macht verlieren. Sprich die Wahrheit aus, auch wenn sie schmerzt. Ja, sie wird schmerzen! Oh, wie sie schmerzen kann! Du aber mußt aufrichtig und ohne Lüge sprechen, was die Götter dir eingegeben

haben. Manchmal wirst du dich Wahrheiten aus-
sprechen hören, die du selbst noch gar nicht begriffen hast.«

»Gestern, ich …« Ich hielt entsetzt inne, als mir
einfiel, was ich meinen Eltern gesagt hatte.

»Die Wahrheit!«

»Mein Herr, ich sagte … ich sagte, daß Troja brennen werde, seine Männer erschlagen, seine Frauen
in die Sklaverei verschleppt.« Ich grub mir die Nägel
in das Fleisch meiner Handflächen, bis es weh tat.

Er seufzte und fuhr fort, in den Blätterbaldachin
über unseren Köpfen hochzustarren. »Ich habe dasselbe gesagt. Und der arme Aisakos auch, vor vielen
Jahren.«

»Es tut mir leid!«

»Warum? Ich habe es vor dem Rat berichtet, als
wir Menelaos weggeschickt haben. Meine Worte trugen nicht eben dazu bei, meine Beliebtheit zu stei-
gern, das versichere ich dir. Mein Vater schlug mich
und verbannte mich aus seinen Augen. Ein Seher zu
sein, hat seine Schattenseiten.«

Ich zitterte, obwohl es ein ausgesprochen heißer
Tag war. Ich bemerkte, daß Polydoros in der
Eingangshalle stand und schlechtgelaunt zu uns
herüberschaute, obwohl er uns nicht zu stören
wagte. Würde er einer der Toten sein? Durfte auch
nur ein einziger Sohn des Priamos sich Hoffnung
machen, mit dem Leben davonzukommen?

»Mein Herr?« flüsterte ich.

»Mm?«

»Was ist mit dir? Wirst du für eine zum Scheitern
verurteilte Sache kämpfen, wenn das Schicksal der
Stadt doch vorherbestimmt ist?«

Ich werde nie den Schmerz vergessen, der da in
seine Augen trat.

»Was wäre das für ein Vogelschauer, der nicht an

seine eigenen Prophezeiungen glaubt? Ich sehe all meine Brüder fallen und mich selbst zum Leben verdammt. Und dennoch werde ich nicht wenige Griechen in der Schlacht erschlagen. Andere werden sie einmal für das hassen, was sie getan haben, ich aber kann sie schon jetzt dafür hassen, was sie tun werden.«

»Besteht denn keine Möglichkeit, daß der Herr der Stürme sich gnädig erweist? Wäre es nicht möglich, daß der große Zeus Troja das Todesurteil erläßt, wenn ihr nur tapfer kämpft und reiche Opfer darbringt?«

»Kann denn selbst er das Schicksal abwenden?« Helenos stieß einen tiefen Seufzer aus. »Nun ist es an mir, zu sprechen. Mein Bruder Aisakos hat mich die Seherkunst gelehrt. Er war ein großer Vogelschauer, auch wenn es ihm am Ende wenig genützt hat. In der kurzen Zeit, die du und ich haben, kann ich dir nicht alles beizubringen hoffen, was er mir beigebracht hat, ja, nicht einmal einen Bruchteil dessen, aber ich kann dir einige Hinweise geben. Bist du willens zu lernen, oder möchtest du lieber blind sein wie andere Sterbliche?«

Ich nahm die Frage ernst, wie er es auch beabsichtigt hatte. »Wäre ich stets blind gewesen, mein Herr, wäre ich möglicherweise glücklicher, es auch weiterhin zu bleiben. Aber die Gabe zu verlieren, nun, da ich bereits einen Schimmer von ihr erblickt habe, wäre, als risse ich mir die Augen heraus.«

Er nickte, verständnisvoll und mitleidig. »Bedenke stets, daß eine Prophezeiung kaum je etwas ändert. Ich habe meinen Vater gewarnt, er möge Helena zurückschicken, aber er wollte nicht, und ich wußte sogar, daß er es nicht tun würde.«

Die alte Maera hatte ungefähr dasselbe gesagt. »Die Menschen wollen nicht glauben?«

»Sie wollen weder glauben noch gehorchen. Unser Schicksal ist festgelegt, ob wir es nun kennen oder nicht. Die Gabe bringt kein Glück, weder für den Sprecher noch für den Zuhörer. Nun, ich habe dir gesagt, wie man sie verlieren kann. Laß uns sehen, ob ich dir auch beibringen kann, wie man sie erringt.« Er schwieg. »Wo soll ich nur anfangen?«

Und dann begann er mich zu unterweisen. Er sprach von Vögeln, Schlangen, Fischen, vom Donner und dem gefürchteten Regenbogen, den gemeißelten Wolken und anderen Dingen, die ich nicht erwähnen will – nein, selbst jetzt nicht. Er erläuterte die Auslegung von Träumen, die Bedeutung der Zeichen am Himmel – Sonnenfinsternisse, Kometen, Sternschnuppen –, indem er berühmte Beispiele aufführte und erzählte, wie sie falsch oder richtig gedeutet worden waren. Dann ging er dazu über, von weniger bedeutenden Zeichen wie Spinnweben und den Schreien wilder Tiere zu sprechen. Ich strengte mich an, mir alles zu merken, und wünschte, ich hätte ein Dutzend Schreiber aus dem Urkundenraum zur Hand gehabt, um alles für mich niederzuschreiben. Schließlich schickten wir Ctimene fort, um uns Wein und Obst zu besorgen, doch sogar während wir uns erfrischten, fuhr Helenos fort, mich zu unterweisen.

Von diesem Tag an konnte ich an mich selbst als Seherin glauben.

8 Helenos verließ uns am nächsten Morgen, reich bedacht mit Geschenken von Vater – ein alter Bernsteinring für ihn, ein Silberrhyton für seinen Wagenlenker.

Mestor und Polydoros blieben noch bei uns, und Polydoros hing an mir wie eine Klette, wenn auch eine höchst angenehme Klette. Er verfolgte mich mit Seufzern und Gelübden, mit Liebespoesie und Kriegergeprahle samt eines so zotigen Humors, daß selbst Bienor schockiert war. Da für mich dies alles neu war, schmolz ich wie Wachs über einer Flamme. Binnen kurzem hatte er mich dazu gebracht, ihm eine Maske für die Dionysia zu basteln, die eine Nacht im Jahr, in der alles passieren konnte und in diesem Fall zweifellos auch passieren würde.

Als der Morgen des großen Tages dämmerte, flüchtete ich mich voller Panik in Mutters Arme.

»Hilfe!« weinte ich. »Drei Tage angebetet zu werden hat mir den Kopf verdreht! Letzte Nacht hat er mich geküßt, und ich habe die ganze Nacht kein Auge zugetan. Wenn ich zulasse, daß er mich aufs Fest führt, bin ich vor Tagesanbruch verlobt!«

»Unsinn, mein Liebes! Ich habe volles Vertrauen in dein Urteilsvermögen. Er ist ein wundervoller Begleiter für dich. Du wirst dich prächtig amüsieren. Wie gut ich mich noch an mein erstes Rebenfest erinnere! Ich glaube, ich war sogar jünger als du. Für mich ist das eine meiner schönsten Erinnerungen.«

Mit einem glücklichen Seufzer wuchtete sie sich aus dem Stuhl und watschelte zu ihrer derzeitigen Webarbeit hinüber, die sie seit einem Monat nicht mehr angerührt hatte.

Ich starrte ihren dicken Rücken voller Bestürzung an. Betrug! Was war geschehen, daß sie ihre Meinung so radikal geändert hatte?

»Nebenbei bemerkt, Liebes«, erzählte sie dem Web- stuhl, »denk daran, daß entfesseltes Tanzen sehr gut für die Figur ist.«

Ich kannte diesen Ton und mißtraute ihm zutiefst. »Auf welche Weise genau?«

»Indem du den Samen aus dir herausschüttelst, den er möglicherweise in dich gepflanzt hat, Liebes.«

Sobald ich die Halle der Königin verließ, fiel Poly-doros über mich her und schlug vor, wir sollten uns für eine kleine Probe in die Ställe verdrücken. Ich errötete, lachte und weigerte mich, aber er stahl mir noch im Gang ein paar Küsse und Zärtlichkeiten, die mir so weiche Knie machten, daß ich kaum noch gehen konnte.

Für jeden Jungen und jedes Mädchen in allen Ländern und Zeiten muß es eine einprägsame Erfahrung sein, das erste Mal Liebe zu machen, aber es ist auch eine sehr persönliche Erfahrung und von nur geringem Interesse für andere Leute. Es geschieht immer dasselbe, und ich vermute, am Ende folgt stets dasselbe vage Gefühl von Enttäuschung, das Gefühl, daß etwas sehr Natürliches mit einer ganzen Menge unnötigem Getue hochgespielt wird. In meinem Fall war der denkwürdigste Teil daran die Schlägerei, die darauf folgte.

Unsere Kitzlederkleider waren schlichte, an den Schultern zusammengeheftete Chitons, die meisten von ihnen uralt, dreckig und stinkend. Ctimene sah in ihrem berückend aus, aber meins ließ bei weitem zu viel Schenkel sehen. Außerdem saß es viel zu eng über meinen neu gesprossenen Brüsten und kratzte an den Brustwarzen, eine Empfindung, die ich beunruhigend erotisch fand.

Um es nicht darauf ankommen zu lassen, daß ich mich eventuell mit dem falschen Mann vereinigte, war Polydoros an meiner Seite, bevor ich auch nur die Treppe erreicht hatte. Ich hätte ihn aber ohnehin an seiner Größe und Sehnigkeit erkannt, selbst wenn ich seine Maske nicht eigenhändig gefertigt hätte. Er trug nichts als ein knappes Lendentuch, das spannte, weil er Hüften wie eine Schlange hatte. Es hatte hinten einen Fellschwanz herunterhängen und vorne eine komische kleine Ausbuchtung.

»Willst du mit einem Fremden tanzen, meine Herrin?« fragte er mich, während er seinen kräftigen Arm um meinen Nacken schlang.

»Ich will mit dir trinken, Herr.«

Wie zusammengewachsen gingen wir die Stufen hinunter und durch den Säulengang nach draußen in eine Nacht voller brennender Fackeln und glotzender Augen. Jeder kannte mich, selbst Mutter und ihre Speichellecker, die vom Balkon oben heruntersahen. Wäre ich allein gewesen, wäre ich vielleicht wieder nach drinnen geflohen oder hätte mich zumindest ans Ende der Prozession verdrückt, aber Polydoros schob mich an die Spitze, so daß wir sie aus dem Tor heraus anführten, um uns dem Glitzern der Lichter in der Stadt anzuschließen.

Der Priester des Dionysos war Titios, der Meister der königlichen Weinberge. Er brachte das Opfer für den Gott dar und leerte, während der letzte rosa Schimmer des Sonnenuntergangs verblaßte und die Freudenfeuer emporloderten, die erste Amphore in den größeren Krater. Ich entsinne mich an die Vorfreude in Polydoros' Augen, als wir unsere erste Schale Wein mit Honig teilten. Wie nervös ich auch gewesen sein mochte, ich fühlte mich geschmeichelt, das Objekt solcher Begierde zu sein, und Dionysos wischte bald alle Skrupel beiseite, die ich nicht schon auf der Stelle verloren hatte.

Nach der zweiten Schale verschwamm alles um mich herum, nach der dritten verlor die Welt definitiv ihre Umrisse. Polydoros sorgte dafür, daß ich viel mehr als meinen Anteil trank, aber es scherte mich nicht. Wir sangen und tanzten. Er war behende und voller Feuer, mehr Kraft als Eleganz, ganz lange Glieder, die wie ein Banner um mich herumwirbelten. Er hatte ausgesprochen große Hände – an diesem Abend mindestens sechs. Sie waren überall, aber dasselbe Grabschen und Fummeln passierte überall um uns herum. Die Nacht war voll von Wein und Gelächter und grabschenden Händen. Als er mich schließlich in die Arme nahm – wir keuchten beide und waren schweißnaß von unseren Verrenkungen –, erhob ich keinerlei Einwände. Ich vergrub eine Hand in seinem schweißfeuchten Haar und zog ihn herab, um ihn zu küssen. Das fegte ihm die Maske vom Gesicht, so daß er mich fast gegen einen Baum rammte. Er war nicht annähernd so betrunken wie ich.

Er bettete mich im Schatten ins Gras, und ich zog ihn auf mich, wo er hingehörte. Sein Mund schmeckte nach Wein. Mit sechzehn weiß ein Prinz, was er tut. Nur die Ungeduld machte ihn etwas ungeschickt, aber das zählte kaum, denn ich war genauso begierig darauf wie er. Er hatte mich nackt ausgezogen, bevor unser erster Kuß endete, und ich zog ihm das Lendentuch herunter, um zu entdecken, was den ganzen Abend über diese auffallende Beule hervorgerufen hatte. Es *fühlte* sich an wie eine Pastinake, eine sehr lange Pastinake, heiß aus einem Eintopf, aber entschieden nicht weichgekocht. Er stöhnte und faßte meine Aktion als ein Zeichen auf, sich zu beeilen. Bis ich einen Busch ungesponnenen Hanf und ein Paar Zwiebeln dort unten entdeckt hatte, wand er sich zwischen meinen Beinen, und ich mußte loslassen. Ich spreizte meine Beine, er drang mit einem einzigen Stoß in mich ein, und das war's. Nun ja, nach ein paar Minuten anstrengenden Gestoßes und ein bißchen unterdrücktem Wimmern. Und dafür so viel Aufhebens. Es sagt eine Menge über meine eigene Bereitwilligkeit aus, daß sein Eindringen mir keinerlei Schmerzen verursachte. In den kommenden Jahren sollten viele Männer einen Docht in meine Lampe stecken, aber ich glaube nicht, daß einer von ihnen mich je schneller benutzt hat als Polydoros damals.

»Ich wünschte, wir hätten uns ein Bett gesucht, um das zu tun«, murrte ich und versuchte, meine Enttäuschung zu verbergen. »Ich werde die nächsten Monate lang Zweige aus meinem Rücken ziehen.«

Er lag einfach nur keuchend auf mir. Er war viel schwerer, als er aussah.

»Tanzen!« Ich warf mich heftig herum, als mir Mutters Worte wieder einfielen. »Wir müssen tanzen gehen!«

Ich glaube, Polydoros kannte meine Gründe, denn er rappelte sich mühsam auf die Knie hoch und begann unsere im Gras verstreuten Lumpen und Masken einzusammeln. Kurz darauf tauchten wir wieder in den Lärm und die Menge um die Freudenfeuer herum ein, hüpften und sprangen umher. Ich fühlte zu meiner Erleichterung, wie ein kaltes, klebriges Rinnsal an der Innenseite meiner Schenkel herunterlief.

Und so ging es weiter: Trinken, Tanzen, Singen, Küssen. Beim zweiten Mal, als er mich in die Dunkelheit hinaustrug, war er überlegter und wendete stolz all die Kunstgriffe an, die er gelernt hatte, um einer Frau Vergnügen zu bereiten. Für sein Alter war er außerordentlich begabt. Mit Lippen und Zähnen und Zunge bearbeitete er mich vom Mund zu den Ohren und weiter zu den Brüsten und Schenkeln, um dann schließlich zu Regionen vorzustoßen, von denen ich nie erwartet hatte, daß er sie so eingehend erkunden würde. Zu guter Letzt kam er zu dem Juwel, das Ctimene als meinen Siegelstein bezeichnete, da es dem geschnitzten Karneol meines Rings nicht unähnlich sah. Während er mit seiner Zunge darauf spielte, katapultierte er mich zu neuen Höhen des Entzückens, schwang mich höher hinauf als in den Olymp, nur um von den Donnerschlägen der Lust wieder zu Boden geschmettert zu werden. Ich wand mich und stöhnte vor Begehren.

Als die Stürme sich gelegt hatten, lag ich im Unkraut des königlichen Weinbergs, schweißdurchtränkt, halb tot und doch überzeugt, daß am Ende an dieser ganzen Kopuliererei doch etwas dran sein mußte. Der freundliche junge Mann, der sich noch immer emsig zwischen meinen Beinen abmühte, verdiente eine Belohnung. Ich strich ihm übers Haar.

»Das war sehr schön. Danke.«

Er ließ von dem ab, was er gerade tat, rutschte an mir hoch und küßte mich auf die Lippen. »Möchtest du's mal versuchen?« fragte er hoffnungsvoll.

»Zeig mir, wie!« Betrunken, wie ich in jener Nacht war, hätte ich alles ausprobiert. Polydoros unterwies mich in der besten Art, eine Pastinake zu schälen, und gab sehr ermutigende Geräusche von sich, während ich übte. Dann wurde ich waghalsig und fand heraus, daß man zu den beiden Zwiebeln nicht zu grob sein darf. Als er sich erholt hatte, sagte er, er vergebe mir, legte sich danach aber wieder auf mich.

Das dritte Mal, kurz vor der Dämmerung, überkam uns der Wahnsinn des Gottes, und wir entfernten uns nicht weiter als bis zum Saum des Feuerscheins, inmitten all der anderen sich windenden und schlafenden Paare. Wir experimentierten aneinander herum und versuchten viele Dinge, die wir bei anderen sehen konnten. Am Ende hockte ich da mit meinem Gesicht im Gras, während Polydoros sich auf meinem Rücken abmühte, und ich mußte an Mutters Worte über Katzen denken. Nun, Katzen sind gescheit und wissen, was sie tun. Diese Position ist nicht gerade würdevoll, aber keine Position ist würdevoll; trotzdem hat sie ihre Vorteile − Polydoros hatte die Hände frei, um meine Brüste und Lenden zu liebkosen, und seine Pastinake stieß tiefer in mich hinein als zuvor. Außerdem mochte ich die Art, wie seine Zwiebeln bei jedem Stoß gegen mich baumelten.

Ich kam als erste zum Höhepunkt, dann er. Wir brachen zusammen und wälzten uns in den Armen des anderen auf dem Boden herum, erschöpft und gesättigt. »Wundervoll«, flüsterte ich. »Mehr?«

»Unmöglich!«

Eine barsche Stimme sagte: »Troll dich, Junge, und laß die Männer ran!«

Ich kreischte, auf einen Schlag fast stocknüchtern. Es waren drei, die da um uns herumstanden mit ihren hochgereckten Lanzen der Männlichkeit − groß und haarig und völlig aufrecht in dem Wahnsinn des Gottes. Polydoros verwandelte sich in einem einzigen Moment von einem schlaffen Seil in einen rasenden Löwen. Mit einem Kampfschrei, den sie noch in Thebe gehört haben müssen, sprang er auf und griff an. Sie waren kleiner als er, aber auch älter und stämmiger − Seeleute oder Holzfäller. Ja, sie waren betrunken, aber sie mußten Erfahrung mit Schlägereien haben, und gegen eine solche Übermacht hätte er eigentlich keine Chance haben dürfen − eine Weide gegen drei Eichen. Er gewann durch reine Wildheit. Dem einen schmetterte er einen Stein ins Gesicht, dem zweiten trat er in den Phallus, dem dritten stach er die Finger in die Augen. Nachdem er diesem letzten die Beine weggetreten hatte, warf sich Polydoros noch immer brüllend auf ihn und fuhr fort, seinen Kopf auf den Boden zu hämmern. Ich bin sicher, er hätte ihn getötet, wenn andere Männer ihn nicht von seinem Opfer weggezerrt hätten.

Das beendete die Festlichkeiten jener Nacht. Die

drei zusammengeschlagenen Angreifer wurden fortgeschafft, und Polydoros geleitete mich zum Palast zurück. Wir hatten unsere Masken verloren, so daß alle Welt wußte, wer wir waren. Die Geschichte würde sich in Windeseile verbreiten. Beschämt und erniedrigt, gestattete ich nicht einmal, daß er meine Hand hielt, er aber drückte mich mit einem schweißbedeckten Arm, den ich nicht abschütteln konnte, an sich. Das Schlimmste war, daß er die ganze Zeit über das lachte, was er getan hatte, und schon mal durchspielte, wie er damit vor seinen Brüdern prahlen würde.

Er hatte mir beigebracht, was ein Mann mit einer Frau anstellt, und es hatte mir großes Vergnügen bereitet, aber er hatte mir auch meine erste Lektion bezüglich des Unterschieds erteilt, den Vater Enops zu erklären versucht hatte – den Unterschied zwischen einem gewöhnlichen Mann und einem ausgebildeten Mörder.

9 Vater hatte recht gehabt, Mutter hatte recht gehabt, und ich hatte mich auf furchtbare Weise geirrt.

Ich habe mich in meinem Leben nie schlechter gefühlt als an dem Morgen danach. Die Außenhaut meines Körpers war eine Katastrophe aus Kratzern, Bißspuren und Nesselausschlag. Um das Innere meines Kopfes indes war es noch viel schlimmer bestellt – ein schwärender Dunghaufen. Ganz gleich, wieviel Farbe Ctimenes zitternde Hände auf meinem Gesicht verteilten, es weigerte sich hartnäckig, eine andere Farbe als grün anzunehmen. In das weiteste und geschlossenste Wintergewand gehüllt, das ich besaß, taumelte ich nach unten, um der Zeremonie der Abschiedsgeschenke beizuwohnen. Mutter sah mich kurz an, um dann den Blick abzuwenden – ich bin mir sicher, sie wollte ein Lächeln verbergen.

Ich stand neben meinen Eltern im dämmrigen Megaron, froh, mich nicht auf irgend etwas setzen zu müssen, und bekam von allem herzlich wenig mit. Einige wenige Mitglieder des Hofes hatten sich mit uns versammelt, ein wenig gemeines Volk auf dem Balkon. Die Söhne des Priamos standen vor dem Thron, starke Krieger, nicht im geringsten erschöpft von ihren anstrengenden Betätigungen in der letzten Nacht. Und sie grinsten, alle beide!

Das einzige, was ich sehen konnte, war Polydoros' strahlende Zufriedenheit. Sogar wenn er nur still herumstand, schien er großzutun. Mestor feixte die ganze Zeit stolz über sein Löwenjunges, seinen Schützling. Ein Sieg über Gemeine wäre unter normalen Umständen kein Grund zum Stolz – würde in der Tat gar keine Erwähnung verdienen –, aber ein Junge, der drei Männer besiegte und unverletzt aus dem Kampf hervorging, war tatsächlich lobenswert. Selbst mir erschien das damals so. Irgendwann in der kurzen Zeitspanne zwischen meiner Rückkehr in den Palast und meinem Zusammenbruch auf dem Bett hatte ich Polydoros seine mörderische Verteidigung meiner Person vergeben. Er war genau das, was ich Maera zufolge brauchte: ein starker Beschützer.

Schlimmer noch. Wund und zerschlagen, wie ich war, wollte ich mehr, viel mehr. Ich wollte so viel von Polydoros, wie ich kriegen konnte, aber jetzt verließ er uns. Mutter hatte mich gewarnt, daß ich mir die Finger verbrennen würde. Ich schaute ihn mit stummem Flehen an: *Frag mich noch mal!* dachte ich. *Frag mich nur noch einmal, und ich werde deinen Antrag annehmen. Mit Vergnügen werde ich zulassen, daß du mich nach Troja mitnimmst – in diesem*

317

Augenblick noch, wenn du willst. Ich werde das Schlimmste in Kauf nehmen, was die Griechen tun können, wenn ich nur immer bei dir sein kann.

Aber er würde nicht noch einmal fragen. Polydoros hatte sich eines Besseren besonnen. Mutter hatte ihn vollkommen durchschaut – das war auch der Grund, warum sie mich ermuntert hatte, mit ihm auf die Dionysia zu gehen. Nachdem er seine Neugier betreffs der Amazonenprinzessin befriedigt hatte, hatte er jegliches Interesse an einer Verlobung verloren.

Vater beschenkte Mestor mit einem wahrhaft königlichen Schatz, einem goldenen Trinkbecher kretischer Machart mit einem Oktopussrelief.

»Und für deinen geehrten Bruder, mein Herr«, fuhr er fort, »weil wir ihn in seinem Streben enttäuschen mußten, so sehr wir uns dadurch auch geehrt fühlten, habe ich hier einen Bronzedolch.« Für mich sah es nicht nach einem großartigen Geschenk aus, und Polydoros zog erstaunt seine wundervollen Augenbrauen hoch. »Dies, meine Herren, wurde von eurem großen Ahnherrn Tros in der Schlacht gegen die Amazonen errungen und von ihm ...«

Er fuhr fort, lang und breit zu erklären, wie die Waffe nach Lyrnessos gekommen war. Für mich sah er jenem Dolch ganz erstaunlich ähnlich, den er auf der Jagd mit sich führte, ein verschrammtes altes Ding, das zu verlieren ihn nicht weiter schmerzen würde, aber Mestor und Polydoros waren bereits ganz aufgeregt, eine so ehrwürdige Reliquie geschenkt zu bekommen. Ich versuchte, Mutters Aufmerksamkeit zu erlangen; sie mied meinen Blick.

Ich erwachte kurz aus meiner Betäubung und hob mit einem wilden Stich Hoffnung den Blick, als Polydoros vortrat und vor mir stehenblieb. Er sagte etwas über Gäste und daß sie den Gastgebern nor-

malerweise keine Geschenke machen würden, er
aber wolle mir dies geben. Er hielt mir eine Spindel
aus purem Gold hin. Sie fühlte sich ein bißchen kleiner an als die Spindel, die er mir in der Nacht gegeben hatte, die, von der ich mehr wollte, war aber viel
schwerer und lag eiskalt in meiner Hand. Ich vermute, er hatte sie als Verlobungsgeschenk mitgebracht und hatte nun das Gefühl, ich hätte sie mir
auch so verdient. Stammelnd sagte ich ihm angemessenen Dank. Er lächelte höflich und trat an
Mestors Seite zurück. Ungefähr einen Monat später
ließ ich die Spindel fallen, und sie zersprang, weil es
nur vergoldeter Ton war. Aber wahrscheinlich wußte
er das nicht.

Wir hatten keinen Abschied unter vier Augen. Als
ich ihm nachsah, wie er den Streitwagen seines
Bruders durchs Tor lenkte, erinnerte ich mich an
Helenos' furchtbare Prophezeiung über Priamos'
Söhne, und meine Augen füllten sich mit Tränen.

Buch 5
HEKTOR

1 Der Staub von Mestors Streitwagen hatte sich kaum gelegt, da verlangte Bienor auch schon seine Erwachsenenfeier. Mutter stellte sich noch ein paar Tage lang an, gab aber schließlich nach, nachdem er gedroht hatte, Zeugen anzuführen. Er erhielt einen Streitwagen und den üblichen Schmuck, darüber hinaus ein Schwert, das er von da an bei allen Gelegenheiten außer in Bad und Bett trug − obwohl ich meine Zweifel bezüglich des Bettes hegte. Vater ließ ein paar vage Bemerkungen hinsichtlich einer in einem oder zwei Jahren zu beginnenden Kriegerausbildung fallen, die Wahrheit jedoch war, daß er keine Verwendung für einen dritten flügge werdenden Sohn hatte. Er war zu jung, um Kämpfer zu werden, und zeigte keine von Sphelos' erbsenzählerischen Qualitäten.

Mein tödlich verwundetes Herz heilte wieder. Die Dionysia, weit davon entfernt, einen Skandal zu provozieren, hatte mein Ansehen vergrößert. Ein Sohn des Priamos hatte um meine Hand angehalten; ein anderer hatte meine Stellung als Seherin bestätigt; und schließlich hatte auch noch ein Gott, vermutlich Hermes, mich vor Möchtegern-Vergewaltigern gerettet. So lautete zumindest die allgemeine Auffassung, und sie erschien nur allzu logisch, auch wenn Polydoros sicherlich gekränkt gewesen wäre, daß man ihm die Sache nicht zutraute. Im verschlafenen kleinen Lyrnessos neigte man dazu, zu vergessen, daß die Königssippe eine Klasse für sich war. Dieser Vorfall erinnerte sie jedoch daran, daß ich die Auserwählte Potnias war.

Die Olivenernte stand bevor, und Mutter, die alles, was mit Anstrengungen verbunden war, stets gerne an andere abtrat, gestattete mir gnädig, an ihrer statt die Opfer an die Gebieterin darzubringen. Ich genoß es, war allerdings nicht bereit, weiter zu gehen. Als Kind war ich wie ein Eichhörnchen in den Zweigen herumgeturnt und hatte mit einem Stock auf die Früchte eingeschlagen bis sie hinunterfielen. Das erschien mir nun jedoch unter meiner Würde als Prinzessin und Seherin. Bienor wollte eigentlich meinem Beispiel folgen, aber der Anblick und der Lärm von all den Jugendlichen, die sich in luftiger Höhe vergnügten, war zuviel für seine Affeninstinkte. Wer außer meinem idiotischen Bruder wäre schon auf die Idee gekommen, mit Schwertgurt und Schwert Oliven zu ernten? Am dritten Tag verfing er sich im Astwerk, verlor den Halt und schlug der Länge nach auf den Boden. Zeugen des Vorfalls zufolge hätte er sich eigentlich sämtliche Knochen im Leib brechen müssen, aber er kam mit kaum einer Prellung davon.

Antikleia hatte mich vor Einbruch der Dämmerung in die Stadt hinuntergeschleppt, um bei einer Geburt dabeizusein, so daß ich nichts von dem Wunder erfuhr, bis es einschließlich der Dankeszeremonie im Hain vorüber war. Ein paar kleine Jungen teilten uns die Geschichte etwa zu derselben Zeit mit, als das Baby zur Welt kam, und ich wußte sofort, daß das nichts Gutes ahnen ließ. Zumindest lenkte es meine Gedanken von dem lauten, blutigen Geschäft der Geburt ab. Mit einem nagenden Gefühl der Beunruhigung im Bauch kehrte ich in den Palast zurück, wo ich mit Ctimene und Gorgo in meinem Kielwasser umherstreifte. Schließlich gelangte ich zu den Ställen, und dort stieß ich mit Bienor zusammen, mittlerweile mit einer Lanze über seiner Schulter und einem Hund hinter sich. Er trug das zu erwartende selbstgefällige Grinsen zur Schau, aber eine plötzliche Erkenntnis verdunkelte seinen Tag, als sei die Sonne untergegangen.

»Wo gehst du hin?« schnauzte ich ihn an.

»Jagen.« Er klang ein bißchen schuldbewußt, als er das sagte, denn obwohl er tun und lassen konnte, was er wollte, würde er zweifellos einen oder zwei Freunde mitnehmen wollen, und deren fehlende Arbeitskraft würde sich bemerkbar machen. Er schaute mich mit einem merkwürdigen Blick an. »Was hast du?«

»Ein Omen!«

»Du!« Jetzt glitt alles an seinen Platz, wie die Teile eines Streitwagens, die zusammengefügt wurden. Es war ein Jahr her, seit ich die Adler gesehen hatte, und ich spürte dieselbe überwältigende Ahnung, die ich damals verspürt hatte, nur mit dem Unterschied, daß ich jetzt die Erfahrung und Ausbildung besaß, das Lied zu deuten, das die Götter sangen. »O Bienor!«

»Hades!« Er war äußerst beunruhigt von dem, was er in meiner Miene las. »Was ist denn los? Die Göttin war mir diesmal gnädig …«

»Das habe ich gehört. Ich werde es dir zeigen. Ctimene, besorg etwas zu essen und Wein!«

»Etwas zu essen, meine Herrin?«

»Ja, etwas zu essen! Obst, Brot, Käse … genug für drei. Besser für vier. Und Wein. Beeil dich! Komm, Bienor!«

Ich stürmte in das schummrige Kutschhaus, wo die Streitwagen, ihre Achsen in die Luft gereckt, aufgereiht an der Wand standen. Ich schnappte mir das erste Rad, das mir in den Weg kam, und rollte es zu meinem eigenen Streitwagen hinüber. Glücklicherweise paßte es recht gut. Ich hatte noch nie einen Streitwagen zusammengebaut und hätte ohne Bienors Hilfe alles verpfuscht. Wir setzten die Räder auf die Achse, befestigten sie, legten die Deichseln nach unten und befestigten das Pferdegeschirr am

Joch. Ich begann den Wagen zur Tür zu zerren, als er noch einmal zurückging, um seine Lanze zu holen.

»Briseis? Möchtest du das eigenhändig über den Strand ziehen, oder möchtest du Pferde haben?«

»Wir müssen losfahren und jemanden treffen, und wir haben keine Sekunde zu verlieren! Ja, natürlich brauchen wir Pferde!«

Selbst Bienor zog meine Prophezeiungen inzwischen nicht mehr in Frage. Er lief nach draußen und brüllte um Hilfe. Als Ctimene keuchend mit einem Tragekorb aus der Küche zurückkam, begleitet von einem einen Krug tragenden Jungen, schirrten die Stallknechte auch schon Tänzer und Weißfuß an. Die Vorräte wanderten an Bord, und ich sprang hinauf. Behindert von seiner Lanze, griff Bienor den Bruchteil einer Sekunde zu spät nach den Zügeln.

»Und los!« rief ich. »Ctimene, sag Mutter, sie soll ein fettes Kalb zum Opfer bereitmachen.«

Während die Zuschauer mit offenen Mündern zurückblieben, trieb ich das Gespann im Galopp durchs Tor. Gorgo und Greif tollten aufgeregt bellend hinter uns her. Ein halbes Dutzend anderer Hunde lieferte uns eine lautstarke Verfolgung, doch gaben sie alle binnen kurzem auf und kehrten nach Hause zurück.

Bienor umklammerte mit der einen Hand seine Lanze, mit der anderen das Geländer, während er auf dem Flechtboden auf und ab hüpfte. »Erzählst du's mir jetzt endlich?«

Er war immer noch nicht so groß wie ich.

»Nein.«

»Dann sag mir wenigstens, was du gesehen hast.«

»Ich habe dich gesehen.«

Ich hatte keine Lust, ihm mehr zu erzählen, denn er würde es nicht begreifen. Ich mußte es ihm zeigen. Bienor, der von einem Baum fiel, Bienor mit einer Lanze.

Die Fahrt den Berg hinauf war eine eigenartige Wiederholung der Fahrt vom letzten Jahr, als wir beide Aineias begegnet waren. Mit einem kleinen Zeitpolster erreichten wir den Platz, den ich erreichen wollte – die Hochweide am Waldsaum. Der höchste Gipfelkamm des Bergs Ida trug die warmen Farbtöne des Herbstes unter einem wolkenlosen blauen Himmel; hier und dort leuchteten zwischen den Kiefern auf seinen unteren Hängen goldene Laubbäume auf. Perfekt. Ich brachte das Gespann zum Stehen.

»Wir sind da! Ich baue das Essen auf, und du legst den Pferden die Fußfesseln an.«

»Wenn Pferde so dampfen wie jetzt, muß man sie noch bewegen.«

Männerkram. »Dann beweg sie meinetwegen. Dieser Fels wird unser Tisch sein. Äh, könntest du den Wein noch für mich herausheben? Deine Arme sind *viel* stärker als meine.«

»Wie mein Verstand.«

Als Bienor die Pferde versorgt hatte, hatte ich unsere Mahlzeit auf dem Felsen ausgebreitet, Wein in einen Becher gegossen und mich selbst mit ausgebreiteten Röcken kunstvoll im Gras drapiert. Ich wünschte, ich hätte mir die Zeit genommen, ein beeindruckenderes Gewand anzuziehen. Vor einem Jahr hatte mich Daos zu dieser Wiese begleitet, und ich hatte schon beinah vergessen, wie er ausgesehen hatte. Die Sonne ging weiter auf und unter, ohne das Fehlen eines unbedeutenden Sklaven zu bemerken. Ich nehme nicht an, daß sie viele von uns vermissen wird, wenn die Reihe an uns kommt.

»Das ist ja ganz reizend«, sagte mein Bruder sarkastisch, als er sich neben mir zu Boden fallen ließ.

»Jetzt sag mir, wer.« Er langte nach einer Handvoll Oliven.

»Das ist schlechtes Benehmen, nicht auf die Tischgesellschaft zu warten.«

Er zog eine Schnute, beeindruckt durch meine Selbstgewißheit, aber nicht völlig, absolut und total überzeugt, daß ich mich nicht auf seine Kosten amüsierte. »Ein Liebhaber kann es nicht sein, sonst wärst du allein gekommen. Ein Freier? Eine Gruppe Holzfäller, die Baumstämme zum Schiffsanleger hinunterschleppen?«

»Ach, du hast es erraten. Sechs wunderschöne Holzfäller.«

Er fingerte unbehaglich an seinem Schwertgriff herum. »Sag schon, wen sollen wir hier treffen?«

»Schicksal.«

»Richtige Propheten lassen nicht die ganze Zeit mysteriöse Andeutungen fallen. Wenn du keine richtige Prophezeiung machen willst, wie kannst du dann ...« Er hob eine Hand und lauschte. Seine Augen wurden groß. »Doch nicht schon wieder Aineias?«

»Nein, nicht Aineias. Na ja, Aineias könnte bei ihm sein.«

War er nicht. Der Streitwagen, der aus den Bäumen herausgerollt kam, trug nur den einen Mann, den ich erwartet hatte. Er war so gewachsen, daß ich ihn kaum wiedererkannte, aber Bienor erkannte ihn sofort. Mit einem gellenden Aufschrei war er aufgesprungen und lief auf den Wald zu. Als mir klarwurde, daß meine kunstvolle Waldnymphenpose keinerlei Beachtung fand, sprang auch ich auf und warf mich in das Handgemenge.

So kehrte Enops nach Lyrnessos zurück und war verständlicherweise erstaunt, daß wir ihn erwarteten. Mehrere Minuten lang gab es eine Menge aufgeregte

Reihum-Umarmungen, während wir uns gegenseitig versicherten, wie groß wir geworden waren. Bienor erläuterte lässig, wie bewandert ich als Seherin geworden sei, als wäre das sein Verdienst. Als wir uns alle beruhigt und die Jungs sich um die Pferde gekümmert hatten, ließen wir uns alle um die Mahlzeit herum auf dem Felsen nieder, redeten jedoch zuerst so viel, daß wir kaum zum Essen kamen.

Enops war nicht nur größer, sondern auch breiter, kräftiger und behaarter geworden. Er erfreute sich eines echten Bartes und eines harten, wettergegerbten Äußeren. Seine Nase war gebrochen; er hatte Narben. Er war nicht ganz der Bruder, den ich in Erinnerung hatte – wir hatten jetzt einen Krieger in der Familie.

»Ich bin für ein paar Tage wieder zu Hause«, klärte er uns auf. »Bevor der Schnee fällt, muß ich zurück.« Ohne sich große Mühe zu geben, bescheiden zu erscheinen, fügte er hinzu: »Ich mache mich ausgesprochen gut.«

Bienor und ich ließen Laute der Bewunderung hören.

Er ließ die Muskeln an seinem Arm spielen. »Ich kann eine acht Ellen lange Lanze handhaben und in voller Rüstung eine Spur verfolgen. Letzten Monat bin ich Zweiter in einem Streitwagenrennen geworden und habe beim Ringen vier Mann hintereinander zu Boden geworfen, von denen die meisten größer waren als ich.« Für einen kurzen Moment grinste uns der alte Enops an. »Der Fünfte hat mich fast zu Kleinholz verarbeitet, aber er war auch so groß wie ein Zyklop! Ich kann einen Wurfspeer zweiundachtzig Fuß weit werfen. Das ist sehr gut.«

Bienor schaute angemessen beeindruckt drein.

»Und natürlich das Ziel treffen. Wenn du nicht

triffst, zählt es auch nicht. Letzten Monat war ich in Troja …«

»Troja!« rief ich aus. »Wie ist Troja?«

Er zuckte die Schultern. »Voll. Zu viele Menschen auf zu wenig Raum zusammengedrängt. Aber reich … eindrucksvoll in jeder Hinsicht, nehme ich an. Akamas, Sohn des Antenor, hat seine Quasten errungen, und wir sind alle zum Schrein der Athene gegangen, damit er seinen Eid leisten konnte. Dann hat er …«

Ich bestand darauf, mehr von Troja zu hören.

Ungeduldig entgegnete Enops: »Die Stadt ist nichts, nur eine Menge Hütten wie in Lyrnessos, nur mehr, aber die Zitadelle – das ist eine wahre Pracht – glatt behauene Steinmauern, der untere Teil halb vorgewölbt, der obere Teil völlig senkrecht … oben drauf der Palast … Wenn du das Skaiische Tor erreichst, erhebt sich zu deiner Linken der Große Turm von Ilium mit den Abbildern der Götter davor … Apollon und Athene, Zeus, Poseidon und, ähm, eine Reihe anderer. Und zur Rechten ist das Haus des Opfers …«

»Außerhalb der Wälle?«

»Natürlich! Götter müssen sich nicht hinter Mauern verstecken. Akamas opferte dort eine weiße Färse, seinen Eid aber hat er vor dem Palladium im Palast geschworen … Er ist jetzt ein richtiger Krieger.« Er legte eine bedeutungsschwere Pause ein. »Darum mußte ich wieder heimkommen.«

Ich konnte mich darauf verlassen, daß Bienor die nötige Frage stellen würde.

»Warum?«

»Weil«, erläuterte Enops beiläufig, »Aineias einen neuen Wagenlenker braucht. Er will den Besten haben.«

»*Dich?*« quiekte Bienor.

»Ich bin seine erste Wahl, sagt er. »Es hängt von den Geschenken ab, die ich aufbringe, aber ich bin sicher, Vater hat genügend Schätze in seinen Truhen, um selbst den Sohn des Anchises zufriedenzustellen.«

»Das ist eine gewaltige Ehre!« Bienor bekam Augen so groß wie Seeigel bei der Vorstellung, der Bruder des Wagenlenkers des Anführers des dardanischen Heeres zu sein.

Es war klar, daß Enops ihm nicht widersprechen würde. »Ja, das ist es. Die anderen waren so neidisch, daß ich schon dachte, sie würden mich erwürgen; Aineias aber sagte, ich hätte mich viel besser gemacht, als irgend jemand es von mir erwartet hätte, besser sogar als die Dardanier meines Alters – und die schärfen ihre Milchzähne an Schwertern. Als ich neu dort ankam, haben viele versucht, mich zu hänseln, bis ich ihnen beigebracht habe, daß sie das besser zu zweit machten. Er sagt, in einem Jahr hat er einen waschechten Krieger aus mir gemacht. Das ist sehr schnell.«

Merkwürdigerweise war der wahre Enops, der, den ich liebte, noch immer schwach sichtbar unter dem turmhohen Aufschneider. Das war die Art Bruder, die ich jetzt benötigte. Ich wartete nur darauf, daß Bienor sich darüber klarwurde, welche Türen sich für ihn öffneten, aber er saß nur da und glotzte mit der dumpfen Sehnsucht eines hungrigen Hundes vor sich hin.

Enops glühte, als er vom Krieg zu sprechen begann. »Jetzt besteht kein Zweifel mehr! Agamemnon rekrutiert Soldaten in der ganzen Ägäis. Er bietet Gold, droht, fordert Gefallen ein, prügelt seine Gefolgsleute in Reih und Glied. Jede freie Lanze in Griechenland hat einen Herrn gefunden. Nächsten Sommer werden sie sich in Aulis versammeln und von dort nach Troja segeln. Es wird ein großer, großer Krieg werden!«

»Was ist mit Aineias?« wollte ich wissen. »Wird er kämpfen?«

Das ließ den Dampf verpuffen. »Reich mir den Wein herüber. Er hat uns noch nicht verpflichtet – die Dardanier, meine ich.«

»Er will Anführer des trojanischen Heeres werden, nicht wahr?«

»Und das sollte er auch nach Fug und Recht! Er hat wesentlich mehr Erfahrung als Hektor.«

Bienor wirkte entsetzt. »Er wird doch nicht etwa für die Griechen kämpfen?«

»Er sagt«, legte Enops vorsichtig dar, »daß er abwarten und schauen will, was die Griechen tun. Er sagt, möglicherweise wird er, solange niemand uns angreift – die Dardanier, meine ich – gar nicht kämpfen.«

Gut für ihn, dachte ich, war aber so klug, es nicht auszusprechen.

»Ich glaube aber nicht, daß er nur blufft. Er ist ein Kämpfer. Er wird kämpfen!«

Dann wollte Bienor mehr darüber erfahren, was Enops alles getan hatte, und bekam eine lange Aufzählung von Dingen zu hören, die ich für gräßliche Erlebnisse hielt – auf der nackten Erde schlafen und aus Gräben trinken, Zelte aufschlagen und Pferde striegeln, tage- und nächtelang durchlaufen. Knochen waren dabei zu Bruch gegangen, Narben wurden vorgezeigt. Außerdem war viel von Waffen und Pferden und Streitwagen die Rede, was mich alles nicht sonderlich interessierte, sowie von Männern, die bei den Waffenübungen umgekommen waren.

»Das ist ja furchtbar!« jammerte ich.

»Frauen!« stieß Bienor verächtlich hervor, obwohl er selbst ganz blaß aussah.

Enops demonstrierte männliche Duldsamkeit. »Liebe kleine Schwester! Wenn ein Kämpfer in die Schlacht zieht, muß er seinen Waffenbrüdern vertrauen können. Auf ein Weichei, das beim ersten Anblick von Blut in Ohnmacht fällt oder vor einem Kriegsschrei davonläuft, kann er sich nicht verlassen. Der Gefahr ins Auge zu blicken, ist ein notwendiger Bestandteil der Ausbildung. Echter Gefahr – denn eine andere gibt es nicht.«

»Ich würde lieber noch etwas über Troja hören! Wie sieht Athene aus? Und welchen Eid hat Akamas geleistet?«

»Selbstverständlich den Eid, den alle Krieger schwören. Die Tochter eines Kriegers sollte das wissen!«

Ich fragte ihn nicht, ob er es vor seiner Abreise gewußt hatte. »Dann klärst du mich am besten schnell auf.«

»Er schwört, begierig auf Ruhm zu sein und immer in vorderster Front der Schlacht zu kämpfen. Er schwört, die Ehre seines Anführers und seiner eigenen Gefolgsleute zu achten und seinen Feinden die angemessenen Riten zukommen zu lassen und sie nicht den Hunden zu überlassen.«

Für mich klang das wie Unfug, denn wer konnte schon sagen, wo Ehre zu Hochmut und Torheit wurde? Aber Bienor hing an seinen Lippen wie ein Kalb am Kuheuter und wurde immer nachdenklicher. Als Enops sich schließlich über das Essen hermachte, stellte er die Frage, auf die ich schon gewartet hatte.

»Kann ich mit dir zurückgehen?«

Enops zuckte die Achseln und maß ihn kauend mit einem kritischen Blick.

»Der Krieg kommt!« protestierte Bienor. »Ich weiß, er ist vorüber, bevor ich alt genug bin, um auch nur ein Wagenlenker wie du zu werden, aber ich sollte etwas lernen. Wenigstens könnte ich Lanzenkämpfer werden.«

»Du wächst schnell«, räumte Enops ein, sichtlich von dem Gedanken in Versuchung geführt, einen eigenen Lakaien zu haben, den er herumkommandieren konnte. »Würde Vater es erlauben?«

»Vielleicht. Er hat so etwas angedeutet –«

»Nein, würde er nicht«, widersprach ich, »weil Mutter aufschreien würde wie eine Katze, der man auf den Schwanz tritt.«

Bienor stöhnte, zog meine Beurteilung der Dinge aber nicht in Zweifel.

Ich sagte das, was die Götter von mir verlangten. »Frag nicht.«

»Was?«

»Erwähn es noch nicht einmal. Wenn Enops uns wieder verläßt, verwische ich deine Spuren für ein oder zwei Stunden. Bis dahin wirst du über den Berg Ida sein.«

Enops lachte. Bienor stürzte sich auf mich und umarmte mich. So heckten wir unsere Verschwörung aus, bevor unsere Eltern auch nur wußten, daß ihr Krieger-Sohn zurückgekehrt war. Als er zwei Tage darauf wieder aufbrach, beladen mit reichen Geschenken für Aineias, lenkte Bienor seinen Streitwagen. Unser Schicksal wird bei unserer Geburt gesponnen.

2 In jenem Winter schickte der Fernhintreffende eine Krankheit. Den meisten brachte sie keine größeren Beschwerden als ein kurzes Fieber, aber viele Kinder starben, wie die Kinder es stets tun, und viele der Älteren kamen ebenfalls um. Großtante Melite

war eine der ersten, die ging. Klymene, obwohl sie keinerlei Symptome zeigte, begab sich zu Bett und verging vor Gram. Sie wies jeden Trost zurück, und bald folgte ihr Schatten dem ihrer Schwester. Wir erwiesen ihnen prächtige Begräbnisriten, um ihnen zu helfen, ihren Weg durch das unheilvolle Reich Chthonias in das Land Glückseligkeit jenseits davon zu finden. Enops und Bienor und nun die Tanten – die Familie schrumpfte rasch.

Mutter schrumpfte nicht. Die ganze Zeit beklagte sie sich, wie schwierig es für sie sei, in ihre Gewänder zu kommen. Vaters Kurzatmigkeit hielt an.

Und ich? Ich nahm bei vielen Festlichkeiten Mutters Platz ein, mit Ausnahme der Hauptfeste natürlich, bei denen Potnia sich manifestierte. Ich vermute, ich wurde reifer. Ich war meinen kindischen Träumen entwachsen, von irgendeinem wohlhabenden, gutaussehenden Krieger in einen friedlichen Hafen auf der anderen Seite des Meers entführt zu werden. Falls die Götter mir das Schicksal beschieden hatten, als Beute eines griechischen Sklavenhändlers zu enden, dann würde es eben so kommen. Mein einziger Trost bestand darin, daß sie mir das bislang nicht angekündigt hatten – meinen eigenen Namen hatte ich in den Omen nicht gefunden.

Auf etwas Unangenehmes zu warten ist meist schlimmer, als wenn es dann eintrifft. Ares' furchtbarer Schatten hing über der Troas wie der Rauch eines Waldbrandes. Es konnten uns keine Neuigkeiten erreichen, bis der Frühling die Seewege passierbar machte, und wir alle fürchteten, daß die Ereignisse die Kunde von ihnen dann überrollen mochten. Selbst bei schlechtestem Wetter trieb

Sphelos die Arbeit am Schutzwall voran, der allmählich ziemlich imposant wurde.

Der Krieg kam nicht herangewirbelt, sondern er
schickte eine unerwartete Untätigkeit voraus, die Art
von unbehaglicher Stille wie vor einem Sturm. Die
Ägäis war von jeglicher Schiffahrt leergefegt, so daß
unser Strand einsam dalag. Sphelos grämte sich wie
eine zweite Mutter. Wie sollten wir ohne Zinn und
Kupfer zur Bronzeherstellung überleben? Die dardanischen Häute waren alle für Schilde und Rüstungen
verbraucht worden. Was konnten wir zum Tausch
anbieten, wenn Schiffe auftauchten?

Wenn die Seewege auch nicht befahren wurden,
die Landverbindungen wurden emsig genutzt. Der
Adel der Troas hatte den ganzen Winter über unbehaglich am heimischen Herd gesessen. Beim ersten
Anzeichen von besserem Wetter gaben die Führer
der Städte und Stämme dem Drang nach, einander
zu besuchen. Der erste, der verkünden ließ, er werde
bald vor unserem Tor eintreffen, war Pollis, Sohn des
Eëtion, auf seinem Weg nach Pedasos.

Als ich die Nachricht vernahm, verspürte ich einen
Stich der Erregung. Ich fand Mutter in ihrer Bade-
wanne thronen wie ein gigantischer Laib weißen
Käses, das Haar in ein rotes Tuch geschlungen.

»Meine Herrin«, begann ich mit besten Manieren,
»ich nehme an, wir werden in nächster Zukunft edle
Gäste bekommen.«

»Omen?« fragte sie nervös.

»Keine Omen. Aber glaubst du nicht, daß es Zeit
wird, neue Badedienerinnen auszusuchen?«

Sie waren ein überaus wichtiger Teil des Haushalts, ausgewählt aus den Jüngsten und Hübschesten der Sklavinnen. Mich badete jetzt Ctimene, aber
keine Person von auch nur ein bißchen Bedeutung
badete ohne eine Dienerin. Mutter wurde von

Philona mit einem Schwamm abgerieben, und Pero wartete darauf, sie zu ölen.

Sie wackelte zustimmend mit ihren Kinnen. »Damit meinst du natürlich dich?« Ihre Augen funkelten wissend.

»Unter anderem.«

»Ja, es ist ein notwendiger Bestandteil deiner Erziehung, und ich vermute, du bist mittlerweile alt genug. Amphitrite wird langsam zu alt, und einige andere widmen sich anderen Aufgaben.«

Diese Bemerkung zielte offenbar auf Pero, der man ihre Schwangerschaft, herbeigeführt von wem auch immer, deutlich ansah. Ich war nicht der Meinung, ein Gott habe sie besucht. Pero erfreute sich großer Beliebtheit und stieß nur einen unbestimmten Seufzer aus, wenn man sie nach dem Vater des Kindes fragte.

»Wen schlägst du vor?« Mutter kicherte. »Schade, daß wir Bienor nicht fragen können. Er hat bewiesen, daß er ein Auge für Schönheit hat.«

Meine Güte, was für gute Laune sie heute hatte! Mir war nicht bewußt gewesen, daß sie Bienors Schürzenjägerei so genau verfolgt hatte.

»Er würde wahrscheinlich Polydamma und Amphidora vorschlagen. Kopi hat er auch sechs oder sieben Nächte lang unterhalten.«

»Kopi? O ja. Schlechte Zähne, gute Figur. Ja, ich werde dir die erforderlichen Techniken zeigen.« Sie meinte in einem Monat oder zwei, wenn sie dazu käme.

»Ich muß es doch nicht gezeigt bekommen – an einem *richtigen* Mann, meine ich?«

»Würdest du ein einjähriges Kalb bevorzugen?«

Die Aussicht stieß mich ein wenig ab. Ein heiliges Ritual mit einem edlen Fremden zu vollziehen, war eine verlockende Aussicht, die Leibdienerin für irgendeinen klatschsüchtigen Palastknecht zu spielen, sagte mir indes viel weniger zu, besonders, wenn alles unter ihren wachsamen Augen ablaufen sollte. »Ich glaube, ich schaffe es auch ohne das … Wen könnten wir denn dafür nehmen?«

»Deinen Bruder natürlich.«

Ich schaffte es wohl, ein unbewegtes Gesicht zu wahren, als ich versetzte: »Oh, natürlich.«

Sphelos wäre außer sich vor Wut! Es hätte allerdings noch mehr Spaß gemacht, Bienor zu quälen. Ich vermißte ihn.

»Bald, Mutter! Sehr bald.«

Panik flackerte in ihren Augen auf. »Besucher? Wer?«

Ich erzählte ihr die Neuigkeit von wegen Pollis, und sie fuhr aus der Badewanne wie ein an die Oberfläche aufsteigender Wal.

Noch am selben Tag wurde ich im rituellen Baden unterwiesen.

Das königliche Bad war ein heller und großzügiger Raum, reich geschmückt mit Fresken einer leicht stockig gewordenen Potnia, die Gaben von einer Reihe winziger Opfernder entgegennahm. Neben der großen Terrakottabadewanne enthielt er Krüge, Schemel, Regale und in der Mitte eine breite, niedrige Bank.

Sphelos mißbilligte seine neue Aufgabe zutiefst, und es bedurfte eines Donnerwetters von Vaters Seite, um ihn überhaupt herzubewegen. Bei seinem Eintreffen hantierte Mutter umständlich mit Handtüchern, Duftessenzen, Ölflakons und frisch gelüfteten Gewändern herum und summte fröhlich vor sich hin, als sei diese Probe eine Wonne, die sie seit Kindheitstagen nicht mehr hatte genießen dürfen. Ich lächelte ihm zur Begrüßung zu. Er stand mit dem Rücken zur Wand und funkelte uns wütend an. Kopi, Polydamma und Amphidora hasteten noch immer mit großen Krügen heißen Wassers hin und her, so daß der ganze Raum dampfte. Sie hatten alle ungefähr mein Alter, waren alle ausnehmend hübsch – und keine reichte mir auch nur bis zur Schulter.

»Wir sind gleich fertig, mein Lieber.« Mutter schnüffelte an einem Flakon.

Sein Starren wurde noch wütender. »Wenn ich mich schon vor meiner Schwester erniedrigen muß, dann muß es so sein, aber all diese Sklavinnen braucht ihr doch wohl nicht auch noch, oder?«

»Nein, wir brauchen sie nicht«, versetzte sie strahlend. »Aber du, mein Lieber. Wenn dein Glied zu glühen beginnt, willst du das doch bestimmt an jemand anders auslassen können als an Briseis, nicht wahr?«

Sphelos' Gesicht nahm eine Farbe an, als leide er unter einem plötzlichen Fieber, und ich bekam einen Hustenanfall.

Endlich erklärte Mutter sich mit Tiefe und Temperatur des Badewassers einverstanden. Sie faltete ihre fetten Hände und nahm ihre königlichste Haltung ein.

»Schließe die Tür, Kind«, wies sie Kopi an. »So, ihr seid euch ja alle darüber im klaren, daß es hier nicht um ein gewöhnliches Bad, sondern um ein heiliges Willkommensritual geht, ja? Dies ist viel mehr als eine Waschung. Es ist eine Weihehandlung, ein Anbieten uneingeschränkter Gastfreundschaft, das die Begrüßung des Gastes durch die Göttin des Hauses versinnbildlicht.«

Wir nickten alle. Wenn der Besucher von hohem Rang war und der Haushalt eine mannbare und unverheiratete Tochter aufwies, war es ihre Ehre und Pflicht. Ich freute mich schon darauf, Potnia auf diese angenehme Weise dienen zu dürfen.

»Vor Ankunft des Betreffenden müßt ihr Vorbereitungen treffen«, fuhr Mutter fort. Sphelos ignorierte sie völlig. »Ihr füllt natürlich das Bad und prüft, ob das Badewasser heiß ist. Sorgt dafür, daß zusätzliches heißes und kaltes Wasser zur Hand ist. Und die üblichen Utensilien: Öl, Handtücher und so weiter. Saubere Felle auf der Bank, mindestens doppelt gelegt. Macht euch selbst sorgfältig zurecht. Wascht alle wichtigen Teile. Spült den Mund mit Pfefferminz, um den Atem zu erfrischen. Wir haben hier etwas davon.« Sie nahm eine Flasche herunter und ließ sie herumgehen. »Und Parfüm – ein bißchen in den Achseln hilft, aber nirgendwo sonst. Wenn ein Mann seine Augen geschlossen hat, möchte er wissen, daß er eine Frau tätschelt und keinen Rosenbusch.«

Mag sein, daß ich ein wenig errötete. Sphelos hüstelte kurz.

»Manche Männer ziehen es vor, ihre Kleider selbst auszuziehen, andere mögen Hilfe dabei, also seid aufmerksam und seht, was er will. Briseis, entkleide deinen Bruder. Und kein Gefeixe!«

»Dann wollen wir mal sehen, wie groß das Problem ist«, sagte ich, während ich nach dem Saum von Sphelos' Tunika griff.

»*Briseis!* Wir vollziehen ein heiliges Ritual! Du bist eine Dienerin der Göttin. Du machst keine vulgären Scherze! Du sagst überhaupt nichts, es sei denn, der Betreffende läßt erkennen, daß er sich mit dir zu unterhalten wünscht.«

Sphelos grinste zustimmend.

Sie wartete, bis er in die Wanne gestiegen war. »Nun ziehst du einen von diesen hier an. Dreh ihm bescheiden den Rücken zu, aber stell dich so, daß er dich sehen kann, ohne sich den Hals verrenken zu müssen. Einen nach dem anderen, so daß ich sehen kann, wie du dich bewegst.«

Sie gab mir den ersten Gürtel, eine goldene Schnur, verziert mit vielen herunterbaumelnden Fransen. Die Quasten bewegten sich anzüglich mit jeder Bewegung, die ich machte, und glitten an meinen Schenkeln entlang. Das führte dazu, daß ich dahinschlich, und ich fühlte mich tausendmal nackter, als wenn ich gar nichts angehabt hätte. Die Mädchen versuchten nicht zu kichern, während sie mich beobachteten, aber ich kicherte zurück, als ich sah, daß die Gürtel bei ihnen die gleiche Wirkung hervorriefen.

»Sehr gut«, erklärte Mutter. »Beweg dich stolz. Männer finden ein solches Kleidungsstück für gewöhnlich aufreizend. Nun beginne damit, den Rücken des Badegastes mit dem Schwamm abzureiben.«

Ich wünschte mir, ich hätte eine richtig harte Bürste, als ich mich dem Badegast näherte.

»Du siehst aus wie eine Waldnymphe«, sagte Sphelos höhnisch, womit er zweifellos andeuten wollte, ich hätte den Wuchs einer Eiche.

Eiche oder nicht, er erhob seine Axt während der ganzen Darbietung nicht ein einziges Mal, weder vor mir noch vor einem der Mädchen, nicht einmal, als er ausgestreckt auf der Bank lag und Mutter uns in dem raffinierten Kunstgriff unterwies, seine Lenden zu ölen. Mädchen hatten nun einmal nicht diese Wirkung auf ihn.

»Und das ist alles.« Mutter seufzte, als wir seine Zehen erreichten. »Abgesehen davon, ihn wieder anzukleiden. Wenn ihr ohne Unterbrechung bis zu dieser Stufe gelangt seid, habt ihr komplett versagt.«

Ich hätte es bei meinem ersten Versuch im rituellen Baden schlechter treffen können als Pollis von Thebe. Allerdings auch besser. Als jüngster von Eëtions sieben Söhnen war er weder viel älter noch viel erfahrener als ich – pummelig trotz seiner Jugend, ein hellhäutiger Blonder mit einem schütteren ingwerfarbenen Bart und kupferfarbenem Schamhaar. Seine Reaktionen waren konventioneller als die von Sphelos. Die Hitze des Wassers färbte seinen glatten Körper rosa und ließ sogar seine Brustwarzen stehen. Ich hatte kaum begonnen, ihn abzutrocknen, ganz zu schweigen vom Ölen, als er stöhnte, er könne es nicht länger aushalten, und die Zügel an sich riß.

Ich wehrte mich zuerst und erhob Einwände, daß es so schnell ginge; aber er bestand darauf, preßte mich auf die Bank und schob meine Beine auseinander. Beim Eindringen winselte ich, aber nachdem der anfängliche Schmerz vorbei war, genoß ich die abrupte Balgerei ziemlich. Als ich spürte, daß er kurz vor dem Höhepunkt stand, keuchte ich ein paarmal diskret und fuhr ihm mit den Fingernägeln über den Rücken – Techniken, die Mutter empfohlen hatte. Auf der Stelle wand er sich in Lustzuckungen und spritzte seine heilige Opfergabe unter Potnias steinernem Blick in mich hinein. Als wir uns erholt hatten, gingen wir wieder zur Badewanne zurück und begannen noch einmal von vorne, doch selbst sein zweites Unternehmen katapultierte mich nicht in jene schwindelerregenden Höhen der Lust, die ich mit Polydoros kennengelernt hatte.

Als wir einander auf dem Fest an diesem Abend offiziell vorgestellt wurden, wurden Pollis und ich röter als Helios, aber niemand schenkte dem Aufmerksamkeit. Mutter hatte mich vorgewarnt, daß das bei den ersten Malen passieren könnte.

Armer Pollis! Ein paar Monate später heiratete er die abscheuliche Chryseis. Er starb, als Achilleus Thebe plünderte.

Auf diese Initiation folgten ein paar Tage ängstlichen Wartens, denn ich hatte noch nicht den Wunsch, Mutter zu werden, auch wenn ein Kind aus Eëtions edlem Geschlecht eine willkommene und ehrenvolle Ergänzung der Familie gewesen wäre. Viele aus solchen Begegnungen hervorgegangene Kinder sind treuherzig Hermes zugeschrieben worden, dem boshaftesten der Olympier, der am häufigsten von ihnen dazu neigte, die Gestalt eines sterblichen Reisenden anzunehmen. Ich war zuversichtlich, daß der Gott mich nicht auf diese Weise beehrt hatte, denn seine Technik wäre gewiß ausgefeilter gewesen als die von Pollis.

Bald darauf stattete Elatos von Pedasos Thebe einen Gegenbesuch ab und nahm den Weg über Lyrnessos. Er wurde begleitet von seiner reizenden jungen Stiefmutter, Königin Alkandre, und schenkte ihr ein bißchen zuviel Aufmerksamkeit.

Ich hatte diesen turmhohen, melancholischen Mann selbst bei einem öffentlichen Bankett einschüchternd gefunden; außerdem wirkte er auf mich alt, obwohl er nicht viel älter als dreißig gewesen sein kann. Ich fürchtete mich ein bißchen, als er die Tür schloß und wir beide in dem dampfenden Baderaum allein waren. Er lächelte nicht, er sagte nichts, sondern stand nur da und sah mich aus tiefliegenden Augen erwartungsvoll an, bis mir klarwurde, daß er von mir entkleidet zu werden wünschte. Er war überaus muskulös und ziemlich behaart; meine Bedenken legten sich jedoch schnell wieder, als ich sah, daß seine Männlichkeit kleiner als die eines Kleinkinds war, ein lächerlich winziger Schmuck an einem Mann seiner Größe, fast vollständig im schwarzen Dschungel seines Schamhaars verborgen. Davon hatte ich wenig zu fürchten, entschied ich.

Er sprach während des Badens und Abtrocknens kein einziges Wort und legte auch nicht das geringste Anzeichen von Interesse an den Tag, obwohl ich ihn heftig mit dem Handtuch abrubbelte, wie Mutter es mir geraten hatte. Er streckte sich aus, so daß ich seinen haarigen Rücken ölen konnte. Als er sich auf den Rücken wälzte, sah ich zu meinem Erstaunen, daß sein Penis völlig angemessen angeschwollen war. Er mußte meine Reaktion beobachtet haben, denn er kicherte und ergriff zum ersten Mal das Wort.

»Du warst enttäuscht, nicht wahr?« Seine Hand streichelte die Rückseite meines Schenkels.

Er stürzte mich in Verwirrung. »O nein, niemals – ich meine, ich verstehe nicht, was du meinst, mein Herr.« Ich träufelte Öl in den Wald auf seiner Brust und begann es zu verreiben, ohne ihm dabei in die Augen zu sehen.

»In Friedenszeiten kannst du einen Kämpfer kaum richtig beurteilen.«

»Mein Herr?«

»Und ein Schwert nicht, bevor es gezogen ist. Wieviel sich die männlichen Waffen hinsichtlich ihrer Größe auch unterscheiden mögen, im Zustand der Erregung sind sie für gewöhnlich alle gleich.« Seine Finger nestelten meinen Gürtel auf und erkundeten mein Kreuz. »Wirst du dich mir später hingeben?«

»Es wird mir eine Ehre sein, dir zu Willen zu sein.« Ich war tapfer, obwohl auch Aphrodite mir Ermutigungen ins Ohr zu flüstern begann.

Er kicherte erneut. »Dann wollen wir mal sehen, was ein alter Mann da tun kann. Hör nicht auf. Du machst das phantastisch. Schlag mich so hart, wie du kannst, ich breche schon nicht entzwei.«

Während ich seine Brust durchknetete, schloß sich seine Hand um meine Brust. Als ich seine Brustwarzen massierte, massierte er eine von meinen. Er ließ mich das Einölen abschließen, bis hinunter zu den Füßen – selbst seine Zehen waren behaart. Zu diesem Zeitpunkt setzte er sich auf, so daß er mich streicheln konnte, während ich seine Beine bearbeitete.

»Ich bin bereit«, sagte er. »Bist du willens?«

Ich schlug demütig die Augen nieder, eine Pose, in der ich seinen Krieger bewundern konnte, der inzwischen mit seiner purpurroten Klinge, die aus der Scheide hervorlugte, definitiv ausgewachsen und für die Schlacht gewappnet war. »Sehr willens, mein Herr.«

»Bring mir einen Kamm.«

Überrascht holte ich einen Schildpattkamm. Er zog mich auf seinen Schoß und begann mein Haar auszukämmen, eine Prozedur, die ich unter den gegebenen Umständen erstaunlich sinnlich fand. Er küßte meine Ohren und knabberte an meinem Hals. Er kitzelte und neckte mich überall. Bald begeisterte er sich über die Größe und Festigkeit meiner Brüste, dann wieder lutschte er an meinen Zehen. Er brachte mich dazu, mich begehrenswert und schön und überhaupt nicht zu lang zu finden, denn er war ein großer Mann. Er lehrte mich viele Dinge – in zwei Stunden lernte ich von Elatos mehr als in einer Nacht unter Polydoros. Er brachte mir bei, wie eines Mannes Körperhaar die Brustwarzen einer Frau erregen kann. Er brachte mir bei, wie ich meiner eigenen Lust Zügel anlegen und mir einiges für später aufbewahren konnte, so daß ich ein Dutzend Mal in einer einzigen Nacht Erfüllung finden konnte, falls ich einen Partner mit genügend Stehvermögen hatte. Elatos selbst verfügte über erstaunlich viel davon. Er bearbeitete mich lang und hart auf jener Bank, um mich müde und weich, aber auch ungeheuer befriedigt über meine neue Fähigkeit, einen Partner zu inspirieren, zurückzulassen. Als ich ihm am Ende wieder die Tunika überstreifte, sah ich, daß sein Krieger wieder in den Dschungel zurückgeflohen war, winziger als je zuvor.

Am Abend fand die offizielle Begegnung im Megaron statt. Diesmal war ich mir sicher, nicht zu erröten, und infolgedessen war mir ziemlich selbstgefällig zumute. Unglücklicherweise setzte ich mich einen Augenblick später etwas rascher hin, als es klug war, und konnte ein leises Wimmern nicht unterdrücken. Königin Alkandre hob beide Augenbrauen in ungeahnte Höhen, und nun fühlte ich, wie sich meine Wangen mit brennenden Flammen überzogen.

»Mein Stiefsohn spricht in den höchsten Tönen von dir, Kind.«

Ich warf einen schnellen Blick um mich, aber niemand schien zuzuhören. »Er ist ein herausragender Krieger. Ich habe nie einen Mann getroffen, der einen tieferen Eindruck auf mich hinterlassen hätte.«

Sie musterte mich über den Rand ihres Weinbechers hinweg mit Augen aus Eis. »Ich auch nicht.«

Das konnte sie doch wohl nicht meinen, oder?

»Er ist ein Widder in Männergestalt, aber selbst er hat seine Grenzen; du hast meine Pläne für diesen Abend ruiniert.« In Alkandres Lächeln lag die träge Drohung einer sich streckenden Katze. »Ich habe ihn vor einem Weilchen ausprobiert, und er ist so schlaff wie Algen am Strand.«

»Aber er ist dein Stiefsohn!«

»Und mehr.«

Ich nahm einen tiefen Schluck Wein. Es half nicht. Als ich getrunken hatte, war sie noch genauso blasiert wie vorher, und ich fühlte mich wie ein gemaßregeltes Kind.

»Was ist, wenn dein Gemahl es herausfindet?«

»Er kann nichts dagegen unternehmen.« Sie grinste. »Wenn er Schwierigkeiten macht, wird das Heer Elatos unterstützen.«

Ich fand das unglaublich. »Zum Hahnrei gemacht vom eigenen Sohn?«

Amüsiert zuckte sie die Achseln. »Warum nicht? Wenn es Folgen hat, dann besser einen Enkel als das Balg eines Fremden.«

Darauf hatte ich genausowenig eine Antwort wie offenbar König Altes.

Alkandre kicherte und tätschelte meine Hand. »Ich sehe nicht ein, warum Männer den ganzen Spaß für sich haben sollten. Hat es dir Vergnügen bereitet, dich mit meinem starken, haarigen Hengst zu balgen?«

»Ja, sehr«, gestand ich.

»Ich freue mich auf morgen.« Sie lächelte. »Ich gehe davon aus, daß Thebe dir nicht das Wasser reichen kann, meine Liebe.«

»Wie nett von dir«, entgegnete ich steif.

Elatos verließ uns am folgenden Morgen. Ich begegnete ihm nie wieder, aber mit Alkandre sollte ich noch zu tun bekommen.

Unser dritter Besucher in diesem Frühling war der alte Anchises, Sohn des Capys, Vater von Aineias und Hippodemia, einstiger König der Dardanier. Er traf ein, sobald der Schnee im Hochland geschmolzen war. Er war immer noch ein gerissener alter Schurke, auch wenn sein Augenlicht ihn langsam ziemlich im Stich ließ. Mutter weigerte sich, mich ihn im Bad bedienen zu lassen, und ich mußte ihr zustimmen; es schickte sich wahrscheinlich nicht, da er ein Leben lang so etwas wie ein Ehrenonkel für mich gewesen war. Sie teilte ihm Kopi zu, und Kopi berichtete mir später, er habe seine Sache ungeachtet seines Alters gut gemacht.

Seit Vater als mittelloser Söldner in die Troas gekommen war, war Anchises sein engster Freund gewesen. In den darauffolgenden Tagen machten die beiden manch einen Weinkrug nieder, wobei sie zweifellos alte Zeiten wiederaufleben ließen und über die neuen herzogen. Sie geruhten nicht, mir mitzuteilen, zu welchen Schlüssen sie gelangt waren.

Diese Besuche kamen für mich ohne jede Vorwarnung. Denk nicht, mein Leben wäre eine nicht enden wollende Kette von Omen gewesen. Ich konnte monatelang nichts Bedeutungsvolles sehen oder tagelang unablässig an den drohenden Krieg denken. Bei diesen Gelegenheiten war ich nichts als eine ziemlich einsame Fünfzehnjährige, die sehnsüchtig die Mädchen beobachtete, mit denen ich in meiner Kindheit gespielt hatte und die jetzt nicht wesentlich älteren Männern Kinder schenkten.

Die Sommerhitze kam; Schiffe kamen nicht. Gerüchte gingen um, dichter als Mückenschwärme, doch das einzig wahre von ihnen war das, daß die Griechen eine Flotte zusammenzogen.

Während der Gerstenernte kam der Anführer des pelasgischen Heers, Hippothoos, Sohn des Lethos, durch Lyrnessos und erhielt die seinem Rang gebührende Begrüßung. Er war beeindruckend auf eine stiernackige, breitbrüstige Art, aber schroff; es mangelte ihm ernstlich an Feingefühl. Er schien jede Aufgabe mit demselben ungezügelten Eifer anzugehen, mit dem er eine Stadt erstürmt hätte, und das schloß mich mit ein.

Er war indes kaum nach Larissa zurückgekehrt, als sein jüngerer Bruder Pylaios den Entschluß faßte, Smintheus in Killa Opfer darzubringen und auf dem Weg dorthin in Lyrnessos vorbeizuschauen. Er hatte einen umwerfenden Charme und eine Menge sehniger, bronzefarbener Muskeln. Ich überredete ihn, ein paar Tage länger zu bleiben, und zweifellos wäre er noch länger verweilt, hätte Mutter nicht ihren Einfluß geltend gemacht, um ihn zu vertreiben. Hinterher ließ sie mich wissen, daß sie keine Pelasger mochte, aber in Wirklichkeit meinte sie Junggesellen.

3 Unser letzter und wichtigster königlicher Gast in jenem Sommer traf kurz nach Pylaios' Abreise ein. Nachdem er seinen Schwiegervater in Thebe besucht hatte, sprach er in Begleitung von einundzwanzig Brüdern in Lyrnessos vor. Alles in allem umfaßte sein Troß vierundvierzig Krieger und Wagenlenker plus zweihundert bewaffnete Niemande, die in den Obsthainen ihr Lager aufschlugen. Viele der Brüder und Halbbrüder, die ich in Pedasos kennengelernt hatte, waren mit von der Partie, wenn auch zu meinem Bedauern nicht Helenos. Drei Tage lang wimmelte der Palast von Kriegern. Ich konnte kein Eckchen finden, wo mich nicht bewundernde männliche Blicke verfolgt hätten, eine Situation, die ich durchaus erträglich fand.

Ich war fest entschlossen, Hektor dafür zu hassen, daß er Aineias' rechtmäßigen Platz als trojanischer Heerführer usurpiert hatte. Ich hätte ihm sogar die Schuld für den Krieg selbst geben können, denn zweifellos hätte Priamos Helena wieder nach Hause schicken müssen, wenn Hektor in der Diskussion nicht ihre Seite ergriffen hätte. Ich mußte jedoch feststellen, daß man den Prinzen nur schwerlich hassen konnte. Es fiel indes genauso schwer, ihn zu mögen. Zu bewundern, ja, das eher.

Hektor war ganz anders als seine Brüder. Daß er groß und stark war, versteht sich von selbst. Ob er gut aussah oder nicht, war eine Geschmacksfrage – die die meisten Frauen bejahten. Er war gewiß gut gebaut, handfest und stark mit einem lockigen schwarzen Bart, haarigen Gliedern und ebensolcher Brust, die ich rituell für ihn wusch. Er hatte die üblichen männlichen Reaktionen. Tatsächlich hob er seine Lanze zweimal zu meiner Begrüßung – das erste Mal, als ich ihn badete, und das zweite Mal, als er auf der Bank lag und von mir trockengerubbelt, durchgeknetet und eingeölt wurde. Damals war ich sehr begierig auf die Ehre. Die Reaktionen einer Frau sind weniger offensichtlich als die eines Mannes, aber es war mehr als dampferfüllte Luft, die meine Schenkel befeuchtete.

Er sagte kein Wort, bis ich ihn demütig fragte, welche Tunika ihm gefiele. Er sagte: »Die da!« und schlang sie sich rasch um die Hüften, als hätte ich seine Erektion womöglich noch nicht bemerkt. Dann dankte er mir für meine Dienste und sagte, er werde sich selbst ankleiden.

Weggeschickt! Verschmäht! Es schien ihm nicht einmal bewußt zu sein, wie schwer er mich beleidigte – nicht nur mich, sondern auch Lyrnessos und die Göttin. Ich warf mir meinen Chiton über und entschwand türknallend. Einer seiner Brüder teilte mir später mit, daß Hektor seiner Gemahlin fanatisch treu sei und nie mit anderen Frauen schlafe, nicht einmal mit Sklavinnen. Ich kann mir nicht vorstellen, wie eine Frau so selbstsüchtig sein kann, eine solch widernatürliche Einschränkung für löblich zu halten.

Mit ausgreifenden Schritten eilte ich in mein Gemach zurück und fuhr Ctimene die ganze Zeit an, während sie mich für das Abendmahl zurechtmachte.

Ich beobachtete Hektor die ganzen drei Tage seines Besuchs über und hatte trotzdem nicht das Gefühl, ihn zu kennen, als er sich verabschiedete. Er war königlich, ja doch, aber herrschaftliches Gebaren fiel ihm nicht leicht. Er trug seinen Rang wie einen Umhang, unter dem er die eigene Haut verbarg. Für mich wurde es zu einem Spiel, hinter den Schatten nach flüchtigen Blicken auf den wahren Hektor zu suchen, aber ich fürchte, ich habe ihn nie zu Gesicht bekommen. Daß seine Gefolgsleute ihn anbeteten, war offensichtlich, obwohl sie merkwürdigerweise dazu neigten, ihm freche Antworten zu geben. Ein paarmal reizte jemand aus seinem Gefolge ihn zu einem Wutausbruch, und dann duckte sich der Übeltäter wie ein Kind vor dem Zorn seines Vaters; und dennoch, wenn er über seine Frau und ihr Neugeborenes sprach, schmolz harte Bronze zu Gold. Darüber hinaus äußerte er ein paar Dinge, die sich aus dem Munde eines Kriegsherrn seltsam fehl am Platze ausnahmen, Andeutungen von Bescheidenheit und Mitgefühl, die nicht recht passen wollten; Schwächen, die er zu verbergen trachtete.

Vor Beginn des Festmahls wurde ich ihm offiziell im Megaron vorgestellt. Mutter hatte mir wiederholt eingeschärft, daß ich kein stoppelköpfiges Kind mehr sei, das sich mit Niedlichkeit herausreden könnte, weshalb ich entschlossen war, mein allerbestes Benehmen an den Tag zu legen.

Aber Hektor spielte nicht fair. Inmitten der Zuhörerschar seiner zahlreichen Brüder umfaßte er meine Hände und rief aus: »Die berühmte Briseis? Oh, ich habe so viel von dir gehört, meine Herrin! Paris behauptete, du seist furchtbar wie Hera. Helenos sagte, du seist weise wie Athene. Polydoros verglich dich mit Aphrodite. Ich jedoch sehe nun die Jungfrau Artemis.«

Seine Gefolgsleute jauchzten angesichts dieser Demonstration von Witz. Vater schwoll vor Stolz die Brust, und Mutter beobachtete mich besorgt. Ich errötete, allerdings hauptsächlich vor Verärgerung, denn ich hatte schon gespürt, daß Hektor ein humorloser Mensch war. Er hatte sich die kleine Rede im voraus zurechtgelegt, und der Bezug auf die jungfräuliche Göttin mochte eine höhnische Erinnerung daran sein, daß er meine Reize im Bad verschmäht hatte.

»Du bist zu gütig, mein Herr«, entgegnete ich. »Doch die Söhne des Priamos werden nur von den Söhnen des Zeus übertroffen. Ich sah den edlen Paris auf Sturmeswogen herbeireiten wie Poseidon. Helenos besitzt die Weisheit Apollons, während Polydoros gewandt ist wie Hermes selbst. Und nun schaue ich Ares.«

Hektor dachte darüber nach. »Poseidon ist kein Sohn des großen Zeus«, wandte er ein, aber dann dankte er mir für das Kompliment. Meine Eltern entspannten sich; der formelle Teil war vorüber.

Während die Speisen herumgereicht wurden, bekam ich mit einem Ohr mit, wie er Vater Lektionen in Strategie erteilte, obgleich viele der Palastbeamten zuhörten: »In Troja gibt es nur zwei Stellen, an denen die Griechen landen können: Entweder müssen sie um Kap Sigeum herum, um in die Bucht zu gelangen, oder in Besik an Land gehen und sich die lange, harte Ruderei sparen. Es spielt keine Rolle, welchen Strand sie sich aussuchen, weil ich bei jedem Wachtposten Signalfeuer habe errichten lassen. Wo immer Agamemnon sich zu landen entscheidet, wir werden dasein und ihn erwarten. Wir haben Hunderte von Streitwagen plus Reiterei, und wenn es ihm gelingt, mehr als ein Dutzend Pferdegespanne mitzubringen, esse ich sie roh. Er kann kaum mit allen Schiffen gleichzeitig anlegen, so daß wir unseren Angriff konzentrieren können. Ich sage dir, Sohn des Mydon, mich wird es erstaunen, wenn auch nur ein einziger Grieche lebend den Strand erreicht.«

Vater erwiderte glattzüngig, daß das höchst ermutigende Nachrichten seien.

Nach dem Festmahl kam die informelle Pause, in der die Leute sich erhoben und ein paar Schritte taten, die Diener die großen Tische abräumten und die Gäste sich unbemerkt nach draußen stahlen, um sich zu erleichtern. Diesen Augenblick wählte Hektor, um Mutter eine flammende Strafpredigt bezüglich Aineias zu halten. »Es stimmt, daß er ein mächtiger Krieger ist, aber wir stammen beide aus dem Geschlecht des Dardanos, und auch ich leiste Außerordentliches in dieser Kunst. Mit Vergnügen würde ich es auf einen Zweikampf auf Leben und Tod gegen den Sohn des Anchises ankommen lassen.«

Ein paar Trojaner niederen Ranges knurrten zustimmend.

Das Fest verlief prächtig, und Mutter hatte mehr Wein getrunken, als sie es üblicherweise tat. Sie befand sich in einer erstaunlich lockeren und wohlwollenden Stimmung, noch rosiger als sonst im Gesicht, wo die geölten Locken unter ihrer Krone hervorlugten, bis hinunter zu den geschminkten Brustwarzen. Sie strahlte. »Oh, das wird doch sicher nicht nötig sein, nicht wahr?«

»Ich hoffe nicht − um seinetwillen.« Hektor konnte manchmal entsetzlich aufgeblasen sein. »Trojaner und Dardanier sind ein einziges Volk, oder doch beinahe. Mit seiner verstockten Haltung stellt Aineias seinen eigenen Ruhm über das Wohl seines Volkes. Er ist entweder ein Feigling oder ein Verräter oder beides.«

»Ach ja, ach je!« antwortete Mutter höflich. »Er hat mir seine Gründe dargelegt, aber ich fürchte, es übersteigt meinen törichten Weiberverstand. Ich glaube, er wollte mir zu verstehen geben, eine Entscheidung dafür oder dagegen sei zum jetzigen Zeitpunkt noch verfrüht.«

»Er muß nur zwischen Ehre und Feigheit wählen.«

»Ein erfahrener Krieger wird doch gewiß seine Absichten nicht verfrüht kundtun? Ist Umsicht nicht eine Tugend?«

Hektor, der sich in die Enge getrieben fühlte, wechselte das Thema.

Später am Abend hielt er eine zweite Rede, eine offizielle Ansprache des Heerführers, die jeder hören sollte. Er hatte vermutlich dasselbe in Thebe gesagt und würde genauso in Pedasos, Larissa und wo immer er auf seiner Tour noch vorbeikommen würde, sprechen.

»Die Griechen kommen also? Laßt sie nur kommen! Wir haben mehr als genug Brennholz für ihre Scheiterhaufen. Wir sehnen uns nicht nach dem Krieg, wir fürchten ihn aber auch nicht. Unsere Schultern sind ebenso stark wie ihre, unsere Lanzen ebenso, scharf, unsere Herzen ebenso tapfer. Gerechtigkeit und Ehre sind auf unserer Seite. Sie kommen als Piraten auf der Suche nach Beute und Plündergut, wir jedoch kämpfen, um unsere Heime und diejenigen zu verteidigen, die uns teuer sind. Wir bringen den Unsterblichen Opfer dar, reicher als alles andere: Für jeden Streitwagen, den die Griechen über das tosende Meer schiffen können, führen wir ein Dutzend ins Feld. Für jedes Pferd, das sie mitführen, haben wir Hunderte in den Hügeln grasen. Wir haben jede Menge Bundesgenossen: Lydier, Lykier, Thraker, Mysier, Kikonen, Karen, Kilikier, Leleger, Phrygier und ein Dutzend mehr. Wenn die Griechen einen leichten Sieg erwarten, werden sie bitter enttäuscht werden! Wenn sie Land suchen, werden wir ihnen Gräber geben. Wenn sie Ehre suchen, werden wir ihnen Schande geben. Wenn ihnen der Sinn nach unvergänglichem Ruhm steht, werden wir ihre Namen als Grabinschriften meißeln.«

Das Megaron bebte vor Jubel, obwohl seine Waffengefährten das alles schon einmal gehört haben mußten. Als ich ihn beobachtete, wie er sich setzte und etwas trank, gewann ich den Eindruck, er sei froh, es für diesmal hinter sich gebracht zu haben. Ich fragte mich, wer die Rede für ihn geschrieben haben mochte und wieviel er selbst davon glaubte. Ich begann zu ahnen, daß Hektor stets das dachte, wovon er glaubte, daß er es denken solle.

Später am Abend, nachdem der Barde seine ersten Lieder gesungen hatte, ging ich kurz nach draußen. Als ich zurückkehrte, verstellte mir Lykaon in der Säulenhalle den Weg. Er war eine ältere, kräftigere Ausgabe von Polydoros, mit einer breiten Brust und einem gestutzten Bart, der in dem einen Licht golden, in dem anderen bronzefarben schimmerte – ein interessantes Beispiel für einen jungen Trojaner königlichen Geblüts.

»Meine Herrin Briseis!« Darüber hinaus hatte er außergewöhnlich lange Wimpern und wußte, wie man sie einsetzte.

»Prinz Lykaon? Ich hoffe, deine Gastgemächer sind zufriedenstellend?« Ich wich zwei Schritte zurück.

Kopfschüttelnd machte er drei Schritte vorwärts. »Nein.«

»Nein? Oh, nun gut, der Palast ist voll von Menschen und …« Mein Rücken stieß gegen eine Säule. Irgendwo hatte ich diese Technik schon kennengelernt.

Er bedachte mich mit einem glühenden Blick, der eine Göttin auf einem Fresko dazu veranlaßt hätte, eine Etage höher zu klettern. »Zusammen mit zweien meiner Brüder? Wie konnte deine Mutter mir nur eine solche Qual zumuten, wo doch wesentlich ansprechendere Gemächer zur Auswahl stehen?«

»Ich kann mir nicht vorstellen, welche Gemächer du meinst, mein Herr.« Er erwartete doch nicht – Natürlich erwartete er; er war ein Sohn des Priamos.

»Die deinen. Ich habe mich bereits vergewissert, welches deine Tür ist, so daß ich nur noch wissen muß, welches geheime Klopfzeichen mir Einlaß verschafft.«

Er hing inzwischen so gut wie über mir, und ich konnte die Hitze spüren, die von ihm ausging. Rosenwasser und Lavendel … Ich starrte mit mädchenhaftem Entsetzen in sein hübsches Grinsen hinauf. »Aber das wäre höchst unschicklich! Ich weiß nicht, wie du darauf kommst.«

»Ich hoffe doch sehr, daß es da kein Mißverständnis gibt, meine Dame. Ich träume davon, deine

Kleider zu entfernen, langsam und überlegt und vollständig. Dich von deinen Lippen bis zu den Zehen mit Küssen zu bedecken. An diesen prachtvollen Brustwarzen zu saugen, erst sanft, und dann, wenn sie sich unter meinen Liebkosungen aufrichten, mit wachsender Leidenschaft und wohldosiertem Knabbern. Mit meinen Fingerspitzen über jeden Zoll deines Körpers zu gleiten – jeden Zoll ohne Ausnahme. Meinen Kopf in das schattige, wohlriechende Plätzchen zwischen deinen Schenkeln zu schmiegen und mit meiner Zunge deine intimsten Organe gekonnt zu stimulieren, bis du vor unerträglichem Verlangen schreist und um dich schlägst, eine hilflose Sklavin meiner Lust. Wenn ich dich bis zum leidenschaftlichen Wahnsinn erregt habe, werde ich dich besteigen und mannhaft mit einem Zubehör, das ich speziell für diesen Zweck mitgebracht habe, deine tiefsten, innersten Bereiche massieren. Außerdem werde ich dich ohne die geringste Gnade die gesamte Nacht auf diese Weise hindurch quälen.«

»Wie obszön von dir! Du bist genauso wie dein lieber Bruder Polydoros.«

»Ich habe ihm alles beigebracht, was er weiß, so wie Hippothoos es mir beigebracht hat. Polydoros, der arme Bursche, ist der letzte von uns und hat keinen, dem er etwas beibringen könnte – glücklicherweise, denn er hat es nie zu großer Geschicklichkeit gebracht. Nicht nach meinen Maßstäben.«

Zwischen der Säule in meinem Rücken, seinen Händen, die meine Schultern umfaßten, und dem Leinen seiner Tunika, das sich gegen meine Brustwarzen drückte, blieb mir nicht mehr viel Luft zum Atmen.

»Dein Interesse schmeichelt mir, mein Herr, aber es gibt kein geheimes Klopfzeichen. Ich verriegele

meine Tür nur selten, da der Bolzen so schwergän-
gig ist.«

»Sehr dumm! Ich bin sicher, ich kann ihn für dich
beiseiteschieben.« Seine Lippen streiften hauchzart
über meine Wangen.

Offensichtlich mußte ich meine Pläne neu überdenken. Wenn ich hierblieb, um den Barden zu
hören, konnte es gut sein, daß dieser Sohn des
Priamos mich in aller Öffentlichkeit vergewaltigte.
»Das könnte hilfreich sein, wo es im Palast so viele
gefährliche Männer gibt. Bist du sicher, daß du die
richtige Tür kennst?«

»Die vierte auf der rechten Seite?«

»Nein, nein! Das ist Sphelos' Zimmer, da machst
du besser einen weiten Bogen drum! Warum zeige
ich sie dir nicht einfach, um Mißverständnisse zu
vermeiden?«

»Das wäre wohl am sichersten«, versetzte er. Wir
hasteten nach oben. Er legte den Bolzen ohne Mühe
vor, aber zu dem Zeitpunkt befanden wir uns bereits
im Zimmer, und ich war vollständig hilflos. Er tat
alles, was er mir angedroht hatte – und mehr als das.
Ich argwöhnte, daß er seinen vierten Höhepunkt vor-
spiegelte, aber da ich schon lange aufgehört hatte,
meine eigenen zu zählen, wollte ich mich nicht
beschweren. Lykaon machte Hektors Unhöflichkeit
mehr als wett.

In der folgenden Nacht entdeckte ich, daß Priamos'
Sohn Nummer fünfundvierzig, der schlaksige Pammon, sogar noch begabter war. Ich traf so wenige
junge Männer von meinem Rang, daß ich eine
Menge nachzuholen hatte.

Ich hatte nur eine private Unterredung mit Hektor, und die trug sich am letzten Abend zu, als die Sonne gerade unterging. Ich hatte einen erbärmlichen Tag hinter mir. Er hatte ziemlich normal begonnen, aber bald war die Hitze erdrückend geworden, und Omen hatten begonnen mich zu bedrängen. Zweimal sah ich Eulen am hellichten Tage, die von allen anderen Vögeln ignoriert wurden, was absonderlich war. Eine Krähe miaute mich an wie eine Katze. Wenn ich zum Strand hinunterblickte, war ich überzeugt, Gebeine von den Wellen angespült zu sehen. Ich schickte sogar einen Jungen hinunter, um nachzuschauen, aber er berichtete bei seiner Rückkehr, er habe nichts als Treibholz finden können. Ich beschimpfte ihn und schlug ihm ins Gesicht.

Nirgendwo im Palast konnte man allein sein. Das Essen schmeckte nach Asche, der Wein nach Lauge. Ich hatte Angebote von nicht weniger als fünf Söhnen des Priamos abgelehnt, was beweist, wie verstört ich war. Männer tratschen sehr wohl.

Bei Sonnenuntergang hatte ich stechende Kopfschmerzen. Ich trat auf den Balkon hinaus und starrte aufs Meer. Kein Windhauch, nur drückende, übelkeiterregende Hitze und eine flaumig-weiße Wolke im Osten. Ihre über den Himmel rankenden grauen Ausläufer waren unheilvolle Vorboten des Gebieters der Stürme, ihr Scheitel war rot wie Blut. Das war es, entschied ich − das war der Höhepunkt dieses elenden Tages. Könnte ich diesen Sturm verstehen, dann wüßte ich, was die Götter mir sagen wollten.

Ich hörte Schritte, drehte mich jedoch nicht um. Zwei Hände gesellten sich zu den meinen auf der Brüstung, große, behaarte Hände. Ich versuchte zu lächeln, aber ich vermute, der bohrende Kopfschmerz ließ das Ergebnis recht verzerrt ausfallen. Er schien meine Unpäßlichkeit nicht zu bemerken.

Zunächst ließ er ein paar Bemerkungen über unsere Gastfreundschaft fallen, bevor er zum Wesentlichen kam.

»Letztes Jahr dachte ich, Polydoros würde übertreiben, ein munterer Einjähriger, den der Hafer sticht. Nun, da ich dich kennengelernt habe, halte ich ihn für einen besseren Frauenkenner als selbst Paris.«

Ich dankte ihm und fuhr fort, das Unwetter zu beobachten.

»Er schien ganz hingerissen zu sein von dir. Ich möchte meine Nase nicht in Angelegenheiten stecken, die mich nichts angehen, meine Herrin –« Das hieß, er würde genau das tun. »– aber ich möchte, daß sowohl du als auch der Jüngste meines Vaters ihr Glück finden. Wenn die Entscheidung natürlich die deine war ... Was ich sagen will, ist, ich bin nicht ohne Einfluß, und wenn es irgendeine Möglichkeit gibt, wie ich helfen kann, dann mußt du mich nur fragen.«

Oh, der törichte Mann! Ich zwang meinen schmerzenden Kopf, sich auf seine Schwafelei zu konzentrieren. Offenbar kannte er nicht die ganze Geschichte.

Er war sich nicht darüber im klaren, daß Polydoros alles von mir gekriegt hatte, was er wollte. Diese stümperhafte Einmischung entsprach Hektors Vorstellung davon, wie ein älterer Bruder helfend einspringen sollte.

»Mein Herr, wirst du mir verzeihen, wenn ich offen spreche?«

»Bitte. Ich verachte Menschen, die die Worte verdrehen, um anderen eine Falle zu stellen.«

»Wenn ich mich auch ungeheuer geschmeichelt fühlte durch das Interesse deines Bruders, war doch ich es, die meinen Vater davon überzeugte, seine

Bewerbung abschlägig zu bescheiden. Ich habe die Zerstörung eurer heiligen Stadt prophezeit.«

»Helenos hat es mir erzählt. Er hat dasselbe vorausgesagt. Das macht keinen Unterschied.«

»Mut muß manchmal eine schwere Last sein.«

»Du scherzt doch gewiß?«

Unterhaltungen mit Hektor waren immer anstrengend, aber just in diesem Augenblick stand mein Kopf kurz vor dem Platzen. »Nein. Aber nenne es Pflicht, wenn du das vorziehst.« Ich wußte, das mit der Pflicht würde er verstehen – er war schließlich davon besessen. »Wenn Polydoros und ich nicht durch die Pflicht gebunden wären, dann würden wir möglicherweise zusammen davonlaufen und darauf vertrauen, daß die Liebe allein uns Glück bringt.«

»Und bis ans Ende eurer Tage unglücklich sein. Du bist nicht Helena, Briseis. Und Polydoros ist kein zweiter Paris, den Unsterblichen sei Dank.«

»Genau«, antwortete ich und hoffte, das Gespräch sei damit beendet.

Als die Sonne den Horizont berührte, färbten ihre niedrig einfallenden Strahlen die Sturmbastionen über der düsteren Landschaft blutig. In Thebe würde es regnen, dachte ich. War das ein fernes Donnergrollen? Der Feind befand sich irgendwo auf See, also ballte sich das Unwetter zur Linken zusammen …

Aber Hektor war noch nicht fertig. »Ich nehme doch an, du warst nicht gekränkt, als ich … daß wir … ich meine, ich wollte eure Gastfreundschaft nicht herabwürdigen.«

Was sollte ich bloß darauf sagen? *Ja, ich wollte, daß du es mir besorgt hättest, du starker Bulle?*

»Es war eine reine Pflichtangelegenheit«, murmelte ich.

»Ich bin froh, daß du es so siehst.« Seine großen

Hände hatten sich zu Fäusten geballt. »Du verstehst die Bürden des Königtums. Ich beispielsweise möchte gar keinen Krieg führen. Ich möchte für meine geliebte Frau sorgen, zusehen, wie mein Sohn zu einem Krieger heranwächst. Ich hoffe, in angemessener Zeit meinem Vater als Hirte unseres Volkes nachzufolgen. Solcher Ehrgeiz steht einem Mann besser zu Gesicht als die hirnlose Gier nach Blut und Ruhm; aber kämpfen muß ich, sonst wird Andromache vergewaltigt und versklavt, mein Sohn zur Armut verdammt und mein Volk erschlagen und verstreut. Selbst wenn ich mit all den Unheilpropheten und Übelkrähen und bösen Omen glaubte, daß das Vater Zeus' Wille wäre – was ich, mit allem Respekt, meine Herrin, nicht tue –, würde ich trotzdem kämpfen, weil ich nur so hoffen kann, in Ehre zu sterben und nicht Zeuge solchen Grauens werden zu müssen.«

Sagte er das alles nur, um eine Frau zu beeindrucken? Ich glaubte nicht; es war wieder die Pflicht. Zeigte sich da durch alle Wolken hindurch der wahre Hektor? Nein, das war er auch nicht. Er war ein zu mächtiger Mann, um Schlacht und Befehlsgewalt nicht zu genießen. Ich konnte ihn nicht mögen, aber hassen konnte ich ihn auch nicht.

»Ich bin sicher, du wirst deine Pflicht mit großer Ehre erfüllen, mein Herr.«

»In der Tat, das werde ich! Ich werde eine Menge Griechen zu den Schatten schicken, bevor ich hinabsteige. Meine Lanze wird die Brandung rot färben und die Fische mit den Nieren und Innereien der Leichen füttern.«

»Bald!« murmelte ich. Natürlich! Wie konnte ich nur so begriffsstutzig sein?

Er bemerkte zumindest, daß meine Aufmerksamkeit anderweitig gefesselt war. »Helenos hat in den

höchsten Tönen von deiner Sehergabe gesprochen.«
Das war eine Frage.

Ich deutete auf die weite Helligkeit und die
Dunkelheit darunter und das furchteinflößende
Farbenspiel inmitten dieser grollenden Düsternis.

»Du benötigst gewiß keinen Seher, um das dort zu
verstehen!«

»Ich sehe willkommenen Regen, geschickt, um
das Getreide reifen zu lassen.«

»Lausche dem Donnergrollen, Prinz Hektor. Sieh
den *Regenbogen!* Weißt du nicht, daß ein Regenbogen ein sicheres Omen für einen Krieg ist? Dein
Bruder hat mich das gelehrt.«

»Wir wissen alle, daß Krieg bevorsteht.«

»Dann weißt du jetzt, daß er begonnen hat«,
beschied ich ihn. »Irgendwo südlich von Thebe. Ich
sage dir, er hat begonnen.«

Ich schaute auf und erblickte kalte Wut in seinen
onyxfarbenen Augen. Sein glänzender Bart schien
sich zu sträuben und Funken zu sprühen.

»Wir werden sehen. Jeder kann behaupten, ein
Seher zu sein.« Er machte auf dem Absatz kehrt und
stolzierte davon.

Ich lehnte mich über die Brüstung und weinte.

4 Ich machte kein Geheimnis aus den unheilvollen Omen, die ich geschaut hatte, und ihrer
Bedeutung − warum hätte ich das auch tun sollen?
Hektor blieb weiterhin bei seinem starrköpfigen
Unglauben; und seine Gefolgsleute gaben vor, ihn zu
unterstützen, obwohl ich weiß, daß in jener Nacht
mindestens ein Bote auf schnellstem Weg nach Troja
entsandt wurde.

Als uns die königliche Prozession am nächsten

Tag verließ, setzte sie ihre Reise wie geplant nach Pedasos fort.

Kaum waren sie außer Sicht- und Hörweite, ließ Vater die Kriegsgongs schlagen. Er schickte Kuriere nach Thebe und Dardania. Er postierte eine Tag-und-Nacht-Wache an der Küste. Seit dem letzten Winter gab es keine sichtbaren Lücken mehr in unserer Palisade, aber an vielen Stellen war sie größtenteils Bluff und mußte dringend verstärkt werden. Frauen und Kinder aus der Stadt strömten in den Palastbezirk. Bis zum Mittag bedeckten hastig errichtete Unterstände die Weide wie Seetang, der nach einem Unwetter einen Strand schmückt, und bis zur Abenddämmerung breiteten sie sich bis in den Palasthof aus. Den ganzen Tag über schleppte eine Kette von Trägern, Ochsen, Maultieren und Pferden Wasser aus dem Brunnen hoch, um die Zisternen zu füllen, die die Sommerhitze ausgetrocknet hatte.

Und alles, weil ich einen Sturm gesehen hatte.

Buch 6
MYNES

1 Agamemnon, der Große König, hatte ein festes Datum für die große Heeresversammlung in Aulis gesetzt, mußte sie jedoch zweimal verschieben. Dennoch war zur Zeit des Mittsommeropfers kaum die Hälfte seiner Truppen eingetroffen. Es war eine edle Versammlung von Hunderten von Zelten, prächtige Pavillons aus bemaltem Leder ebenso wie provisorische Bruchbuden aus geöltem Leinen. Der lange weiße Sandstrand war kreuz und quer mit Dutzenden schwarzer Schiffe bedeckt, alle mit neuen Hanfstricken und Segeltuch und Rudern aus frisch geschnittenen Kiefern bestückt. Vor ihnen lagen das azurblaue Meer und die sonnendurchglühten Berge von Euboia, hinter ihnen die Felsen von Boiotien.

Das Heer riß an seinen Leinen wie ein Rudel Jagdhunde, das Beute wittert − Tausende von bewaffneten jungen Männern, alle durstig nach Beute und Blut, jeder einzelne darauf brennend, sich zu beweisen, brutzelten an einem Strand, und es gab keinen Feind − und keine Frauen. Die meisten Kontingente mißtrauten ihren Nachbarn lauthals, die mit fremdländischen Akzenten sprachen, ihre Pferde in der Nacht frei umherstreunen ließen und ihre Latrinen zu nah an der Grenze errichteten. Auf diesen menschlichen Zunder fiel ein stetiger Funkenregen: Diebstähle und Beleidigungen und äonenalte Blutfehden, die neu ausbrachen. Die Gefahr eines Flächenbrandes wuchs mit jeder Stunde, und die schieren Unterhaltskosten einer müßigen Armee waren untragbar.

Sollte der Große König seinen Angriff mit den ihm zur Verfügung stehenden Streitkräften beginnen oder auf das Eintreffen der restlichen Truppen warten? Agamemnon schwankte tagelang, bevor er sich entschloß, eine Ratsversammlung einzuberufen, und noch länger brauchte er für die Entscheidung, wen er einladen sollte. Einige der selbsternannten Könige herrschten über unbedeutende Berge oder Inselchen, während andere Flotten mitgebracht hatten, die der von Mykene fast gleichkamen. Einige waren untergeordnete Herrscher von Mykenes Gnaden, andere wahrhaft unabhängig. Ein oder zwei der Fürsten führten mehr Männer an als die Könige. Die einzige Unterscheidung, die man problemlos treffen konnte, war die zwischen Adel und Niedriggeborenen, zwischen Kriegern und Söldnerpöbel. Agamemnon berief sämtliche Krieger in den Rat. Das war nicht die Art, wie der hethitische Kaiser einen Krieg führte, noch der Große König der Assyrer. Der Pharao von Ägypten duldete solchen Unfug keinesfalls, und der König von Babylon hätte vor Verachtung geheult; diese Männer jedoch waren Griechen und nur ihren eigenen Anführern in hartnäckiger Treue ergeben.

Wenn der König von Mykene sich schon dem Unvermeidlichen beugen mußte, konnte er doch versuchen, die Diskussion so kurz wie möglich zu halten. Er befahl, Bänke auf dem sonnendurchglühten Strand aufzustellen, und berief den Rat für die Mittagsstunde ein, wenn die Hitze am größten war. Er begann damit, von jedem Krieger einen Schwur zu verlangen, seiner Führerschaft bis zum Fall von Troja zu folgen, und erst nachdem diese langwierige Prozedur vorüber war, stellte er seine Frage und bat um Rat. Die bedeutendsten Könige ergriffen nacheinander das Wort; einige sprachen sich für weiteres Abwarten, andere für sofortigen Angriff aus. In der sengenden Sonne kam schnell gereizte Stimmung auf.

Dann erhob sich Odysseus von Ithaka, um den Sprecherstab zu ergreifen. Schon in jenen Tagen ging ihm der Ruf eines geschickten Strategen voraus, sein größtes Plus aber war seine Geschicklichkeit in der Debatte. Er verschmähte rednerische Kunstgriffe und gedrechselte Worte. Statt dessen stand er einen langen Moment schweigend da, lehnte sich auf den Stab wie ein Sklave, der sich vom Hacken eines Zwiebelfeldes ausruht, und starrte in den Sand. Seine Pose wirkte so linkisch, daß der Kriegspöbel im Hintergrund zu kichern begann, aber als er seinen mächtigen Kopf hob und den Blick über die Menge schweifen ließ, ließ Athene alle für ihn verstummen. Seine Stimme hallte laut über die Menge, seine Worte waren treffend wie Pfeile, die mit einem satten Twäng! ihr Ziel finden.

Er begann damit, beide Alternativen ad absurdum zu führen. Einmal angenommen, sagte er, ein verfrühter Angriff mit ungenügenden Kräften würde doch gelingen, dann würde eine solche Tat den Siegern großen Ruhm und reiche Beute einbringen, die sie nur mit wenigen teilen müßten. Eine Niederlage jedoch würde eine verheerende Katastrophe bedeuten. Und doch mußte ein untätiges Heer bald seine Stoßkraft und seinen Kampfwillen verlieren. Ein Ei, das nicht bebrütet wird, verfault.

»Sohn des Atreus, wir wissen, daß du ein vortrefflich im Kampf erfahrener Krieger bist, sonst würden wir dir nicht folgen. Ich sehe viele andere mutige und würdige Männer unter uns, aber ich sehe auch Jünglinge, die noch nie Blut vergossen haben, und sogar einige wenige, die sich noch nicht den Bart scheren müssen. Ohne ihren Mut zu bezweifeln, müssen wir doch ihre Fähigkeiten mit Vorbehalt beurteilen. Die Flotte muß in See stechen, aber muß sie gegen Troja segeln? Laßt uns unseren Mut zuerst an geringerer Beute erproben. Wir haben keinen Mangel an Feinden. Von Rhodos bis in den Norden der

Troas steht die gesamte Küste unserer Sache feindlich gegenüber: Lydier, Karer, Maionier, Mysier, Kiliker und andere. Wenn wir in Troja landen, werden sie ihre Heere schicken, um gegen uns zu kämpfen – das jedenfalls haben sie Priamos geschworen –, und dort werden wir ihnen allen gemeinsam gegenüberstehen. Warum sollten wir zulassen, daß unsere Feinde ihre Kräfte vereinen, wenn wir sie doch einzeln zerschmettern können? Falls wir mit der Hilfe von Athene und dem allmächtigen Zeus einige von ihnen vorab züchtigen können, zögern die anderen vielleicht, ihre jungen Männer zum Kampf auf Trojas windgepeitschte Ebenen zu schicken.«

Dieser Vorschlag wurde mit zustimmendem Gebrüll begrüßt. Odysseus wartete, bis der Aufruhr sich gelegt hatte, wobei er sich auf seinen Stab stützte und sich nicht das geringste Zeichen von Ungeduld anmerken ließ. Dann fügte er schlau hinzu: »Nebenbei bemerkt, könnten sie so dazu beitragen, den Krieg zu bezahlen.« Dem folgte ein noch lauteres Jubelgebrüll.

Agamemnon nahm den Rat der Versammlung an. Er ordnete an, Opfer darzubringen, und gab Befehl, die Schiffe gleich am nächsten Morgen zu Wasser zu lassen.

Fast alles ging schief. Langsame Schiffe fielen zurück, andere wurden vom Wind abgetrieben. Es gab wenig Strände, an denen eine solche Flotte landen konnte, so daß die Schiffe einander bei jedem abendlichen Anlegen und bei jedem morgendlichen Ablegen behinderten. Verpflegung und Brennholz wurden knapp; die Pferde gerieten in Panik oder scheuten; die Männer stritten sich. Es war eine deutlich dezimierte und entmutigte Flotte, die an der Mündung des Flusses Kaïkos in der Region an

Land ging, die wir Asia und die Hethiter Assuwa nennen.

König Telephos von den Mysiern mußte durch Omen vorgewarnt worden sein, denn eine große Anzahl Lanzenkämpfer schwärmte auf den Strand aus, bevor auch nur die Hälfte der Plünderer an Land gegangen war. Die griechische Vorhut wurde rasch in die Brandung zurückgetrieben, wo manch ein von seiner schweren Rüstung behinderter Kämpfer unter den Füßen seiner Freunde ertrank, die sich so emsig verteidigten, daß sie ihn nicht bemerkten. Aus dem Hintergrund deckten Bogenschützen die Invasoren mit einem stetigen Pfeilhagel ein, und binnen weniger Minuten sahen sie sich einer Katastrophe gegenüber.

Riffe und drangvolle Enge hatten die fünf von König Peleus von Thessalien geschickten Schiffe gezwungen, ein Stück entfernt an Land zu gehen. Ihr Anführer ließ Rüstung Rüstung sein, ergriff Schild und Lanze und führte seine gut ausgebildeten, hart kämpfenden Myrmidonen in einem konzentrierten Angriff in den Rücken der Mysier. Daß er als letzter an Land gegangen und als erster den Feind angegriffen hatte, besiegelte für alle Zeiten seinen Ruf als schnellster Läufer des Heeres. Innerhalb kürzester Frist drehte er die Schlacht von einer vernichtenden griechischen in eine vernichtende mysische Niederlage um. König Telephos versuchte seine Streitmacht zu sammeln, ergriff aber die Flucht, als er den schnellfüßigen Achilleus und Patroklos auf sich zustürzen sah. Er stolperte über einen Weinstock und wurde von einer Lanze durchbohrt.

Die Angreifer plünderten Stadt und Land, luden Frauen und Beute auf ihre Schiffe und segelten nach Aulis zurück, siegreich, aber bescheidener geworden. Die Expedition hatte sie manche Lektion gelehrt. Die bei weitem wichtigste Lektion – das behauptete jedenfalls mein Informant –, war, daß sie nun wußten, wer ihr bester Krieger war. Vor Mysia kannte kaum einer von ihnen den Namen Achilleus, sagte Patroklos, doch von nun an bekamen sie keine Gelegenheit, ihn wieder zu vergessen.

2 In den ersten drei Tagen nach der Abreise der Trojaner gelangten keinerlei Nachrichten nach Lyrnessos, was aber nichts zu bedeuten hatte, denn nichts reiste schneller als ein Schiff. Falls die Griechen kämen, würden sie sich ankündigen. Vater hielt das gesamte Königreich in Kampfbereitschaft.

Am dritten Abend preschten Bienor und zwei dardanische Reiter durch das Tor. Im Palast herrschte ein solches Chaos, daß ich von der Neuigkeit zuerst nichts erfuhr. Als ich ihn dann in der Halle der Königin zur Rede stellte, waren seine flaumbedeckten Wangen bereits über und über mit Mutters Gesichtsschminke verschmiert. Hochaufgeschossen, mit strubbeligem Haar und in seiner staubigen, schweißverklebten dardanischen Lederkleidung, war er kaum als mein Zwillingsbruder zu erkennen.

Vater verdünnte Wein mit Wasser und strahlte wie Helios an einem Sommermorgen. Mutter war auf ihren Lieblingsstuhl gesunken und tupfte sich tapfer lächelnd die Augen. Der Weg war frei, daß ich mich auf den Helden stürzen konnte, obwohl ich Bienor vor weniger als einem Jahr nicht für alle Bronze von Troja geküßt hätte. Wir standen noch in innige geschwisterliche Umarmung versunken, als Sphelos hereinkam.

»Was ist denn das – Ares und Aphrodite? Dann können wir ja endlich ruhig schlafen.«

Bienor schob mich mit überraschender Kraft von sich, um der Herausforderung zu begegnen. »Machst du dich über mich lustig, Sohn des Brises?«

Sphelos' höhnisches Grinsen geriet ins Wanken. »Ich nehme an, Aineias hat dich geschickt, um uns vor den Griechen zu beschützen?«

»Ihm ist zu Ohren gekommen, daß es in Lyrnessos an Kämpfern mangelt.«

»Jungs, Jungs!« knurrte Vater. »Laßt uns Opfer darbringen.«

Er teilte Trinkbecher aus, und nachdem wir alle den Göttern gedankt hatten, befahl er uns, uns zu setzen.

Bienor lehnte sich zögernd zurück, während er genüßlich seufzte, ein Krieger, der eine Mußestunde zwischen Webstühlen und Körben mit gefärbter Wolle einlegt.

»Wo ist Aineias?« fragte ich. »Er hat versprochen, uns beizustehen.«

»In Troja. Selbst wenn du – ich meine, was auch immer du vorhergesagt hast, es genügt nicht, um ein Heer nach Süden zu schicken.«

»Er glaubt mir nicht?«

Bienor wand sich. Er vermied es, mir in die Augen zu sehen. »Versteh doch, es könnte eine Finte sein. Er sieht Priamos wieder, und es gibt neue Krieger zu vereidigen, und ...«

»Enops!« ließ Mutter mich wissen, nicht sicher, ob sie lächeln oder weinen sollte. »Er hat seine Quasten erworben.« Ich hatte nicht daran gedacht, mich zu erkundigen.

Bienor nickte eilfertig. »Ich bin gekommen, um einen Helm für ihn zu holen. Eberzähne sind heutzutage so rar wie Greifenfedern.«

Wir redeten alle durcheinander.

Vater sagte: »Er wird den seines Großvaters bekommen. Er liegt für ihn bereit. Ich habe die Platten auf neues Fell und Leder aufnähen lassen.«

»Schon Krieger?« rief ich aus. »Das ist …«

»Und ich habe einen Umhang fertig.« Mutter sah sich unbestimmt im Raum um. »Wo habe ich ihn bloß?«

Sphelos war wieder voll des Hohns. »Ich dachte, es dauert fünf Jahre, um Krieger zu werden. Ich nehme an, die Griechen haben ihm einen Gefallen getan. Ist er wenigstens einigermaßen?«

Bienor musterte ihn eine Weile, bevor er antwortete: »Aineias hält ihn für den Besten seit Akamas.«

»Aineias! Wieviel erwartet er diesmal? Bist du nur wegen eines Helms gekommen, oder willst du die Schatzkammer leeren, wie Enops es vergangenes Jahr getan hat?«

Bienor erhob sich. Den Becher in der Hand, trat er langsam vor Sphelos hin und sah unverblümt drohend auf ihn hinunter. »Ich sage, daß Enops würdig ist. Stellst du mein Wort in Frage?«

»Ich behaupte, du bist voreingenommen und – *arrgh!*« Sphelos heulte auf, als der Wein an ihm hinunterlief, Gesicht und Gewand durchnäßte und wie Blut auf den Stuckboden spritzte. Mutter und ich stimmten in die Schreie mit ein. Er sprang auf und ballte die Faust. Dann hob er den Blick zu Bienors angespanntem Lächeln und zauderte.

»Vater! Bring diesen Schläger zur Vernunft!«

Vater seufzte, schien aber nicht sonderlich ungehalten zu sein. »Setz dich, Bienor. Du solltest Sphelos Achtung zollen als deinem älteren Bruder und einem wertvollen Verwalter des Reiches. Sphelos, wenn du einen Kämpfer reizt, was erwartest du als Reaktion außer Gewalt? Das nächste Mal könnte es schlimmer sein als Wein.«

»Viel schlimmer«, setzte Bienor hinzu. Er schlenderte an seinen Platz zurück. Er grinste nicht direkt, vermittelte aber die Befriedigung, sich gerade einen schon lange schmerzenden Stich gekratzt zu haben.

»Wer wird Enops' Wagenlenker sein?« fragte Vater.

Das zauberte das strahlende Lächeln hervor, an das ich mich noch erinnere.

»Ich! Und er war nicht mal der erste, der mich gefragt hat!«

Das war Anlaß genug, die Becher nachzufüllen und den Göttern erneut Dank zu sagen. Vater merkte knurrig an, seine Söhne würden sich ihrer großen Ahnen würdig erweisen, obwohl ich mich nicht entsinnen konnte, je viel von ihnen gehört zu haben. Sphelos brütete in stummer Wut vor sich hin und wischte sich noch immer von Zeit zu Zeit mit dem behaarten Handrücken übers Gesicht.

»Mich hat Hektor nicht sonderlich beeindruckt«, erklärte ich.

Bienor zog ein Gesicht. »Wer ist das schon? Er wird aus dem Krieg einen Dunghaufen machen, und Priamos wird Aineias berufen müssen, aber dann ist es womöglich schon zu spät.«

»Angenommen«, warf Sphelos ein, »nur einmal angenommen, sie landen hier, plündern und brandschatzen Lyrnessos und greifen die Dardanier dann von hinten an?«

»Angenommen, Pferde könnten fliegen! Kein Krieger würde je eine so blödsinnige Idee in Betracht ziehen. Der erste Grundsatz des Krieges lautet, mit deiner Lanze das Herz deines Feindes zu treffen, nicht, ihn in die Nase zu zwicken. Warum sollten sie über einen Berg und einen Fluß entlangmarschieren, wenn sie bequem bis vor die Vordertür segeln können? Sie werden Troja vom Meer her angreifen.«

»Ich werfe mich vor deiner jahrzehntelangen Erfahrung in den Staub. Ich möchte zwar behaupten, daß die Mysier da etwas anderer Meinung wären, aber …«

»Ruhe!« donnerte Vater. »Setz dich, Bienor! Aineias macht sich etwas vor. Wenn die Kampfhandlungen beginnen, werden die Dardanier feststellen, daß sie am Ende doch Trojaner sind, und Aineias wird als Führer ohne Heer dastehen. Das meint jedenfalls sein Vater. Morgen, Wagenlenker, wirst du unsere Verteidigungsanlagen in Augenschein nehmen und uns von deiner Kriegskunst profitieren lassen.«

Überaus geschmeichelt, seufzte der Kämpfer und straffte die schmalen Schultern unter der Bürde der Pflicht. »Das erledige ich besser sofort, mein Herr. Ich stehe unter Befehl und muß mit Anbruch der Dämmerung wieder aufbrechen.«

Aber mit der Dämmerung kam der Krieg nach Lyrnessos.

3 Bei schönem Wetter schlief ich auf meinem Balkon und Ctimene auf einer wollenen Decke direkt hinter der Außentür. Im Morgengrauen weckte mich der Lärm des Kriegsalarms. Plötzlich tönte jeder Metalltopf in Lyrnessos, Seemuscheln jammerten, Kinder schrien, Gänse gackerten, Pferde wieherten. Ich fuhr hoch und preßte ein Bettuch an meinen Körper. Das erste, was ich sah, war, wie das Tor hinter einem Reiter geschlossen wurde. Er preschte im Galopp landeinwärts, einer der Dardanier, der Hilfe holen sollte. Hilfe wogegen? Die von der Sonne ausgedörrten Berghänge hinter ihm waren leer. Innerhalb des Palastbezirks jedoch rannten Männer mit Lanzen und Schilden umher, manche von ihnen splitternackt, als seien sie gerade aus dem Schlaf gerissen worden.

Ich wirbelte herum und stürzte zur Tür. Ctimene hielt mich gekonnt auf und streifte mir ein Gewand über den Kopf. Mit gelöstem Haar eilte ich durch mein Zimmer und auf den Gang hinaus. Als ich um die Ecke bog, erreichte ich Vaters Zimmer, fand es aber verlassen vor. Die Tür stand offen. Ich stürmte an das aufs Meer blickende Fenster und entdeckte den Feind − ein einsames schwarzes Schiff näherte sich dem Strand und zog dabei winzige Wellen auf dem spiegelglatten Wasser hinter sich her.

Wie konnte ein Ding von solcher Schönheit nur solches Unheil bedeuten? Sein Bug bog sich aufwärts und nach vorn, stolz wie ein Schwanenhals. Das Segel war um die Rah eingerollt, und die in einer Reihe angeordneten Ruder sprossen wie Flügel an seinen Seiten hervor. Die Barden singen von ›schwarzen‹ Schiffen, aber die Eiche verwittert eher zu einem dunklen Braun als zu richtigem Schwarz, und die Außenseite des Bugs war rot von dem darauf verschmierten Zinnober, das das Holz gegen Fäulnis schützen sollte. Den Vorteil des Vollmondes nutzend, war es die Nacht über durchgesegelt. Sein Kapitän war also kein gewöhnlicher Seemann. Ich bemerkte die zahlreichen Männer an Bord, das Glitzern von Bronze.

»Narren!« kreischte ich. »Die Wachposten! Warum haben sie das nicht schon vor einer Stunde entdeckt?«

»Mmf, meine Herrin.« Ctimene hantierte mit den Schnürbändern an meinem Gewand herum und hatte einen Elfenbeinkamm im Mund.

»Vergiß es! Komm mit. Ich werde einen Wachposten umbringen, wenn Vater das nicht schon getan hat.«

Ich flüchtete den Gang zurück und wollte soeben die Treppe hinuntereilen. Mutter kam angelaufen.

Sie hielt inne, um Atem zu schöpfen und mich stirnrunzelnd zu mustern, und versperrte mir so den Weg.

»Ich hoffe doch sehr, daß du nicht in dieser Verfassung in der Öffentlichkeit auftreten willst«, stieß sie keuchend hervor. »Dein Gewand ist ungeschnürt.«

Ich langte nach den Bändern und fragte mich, warum das von Bedeutung sein sollte, wenn man doch andererseits von mir erwartete, meine Brüste bei offiziellen Anlässen vollständig zu entblößen. Meine Hände zitterten, mein Herz flatterte wie ein Vogel in Ätzkalk, und doch wirkte Mutter vollkommen gefaßt. Wenn sie auch nicht ganz die gepflegte Erscheinung war, die sie üblicherweise bot, so war ihr Haar doch gekämmt und ihr Gesicht geschminkt. Sie besaß eine olympische Fähigkeit, Unannehmlichkeiten zu ignorieren, aber noch nie hatte ich eine bessere Demonstration dieser Fähigkeit erlebt.

»Was geht hier vor? Wo ist Vater?«

»Unten am Strand ist ein Plünderer.« Sie setzte sich wieder in Bewegung, wodurch sie mich und Ctimene hinter mir rückwärts die Treppe hochtrieb. »Du wirst mir dabei helfen, Potnia zu opfern.«

»Wo ist Vater?« wiederholte ich.

»Legt seine Rüstung an. Ich werde …«

»Rüstung? Aber er kann doch nicht da rausgehen und kämpfen!«

»Dafür sind Könige da, Liebes.«

»Er ist zu alt. Er kann nicht mal Treppen steigen, ohne sich hinterher ausruhen zu müssen!« Er würde sterben, bevor er den Feind auch nur erblickt hatte.

Mutter erreichte den oberen Treppenabsatz und erhöhte ihre Geschwindigkeit, wobei sie mich und Ctimene immer noch vor sich her durch den engen Gang trieb. Sie sprach mit einer Überzeugung, die

378

sie unmöglich wirklich empfinden konnte. »Nun ja, ich bezweifle, daß er kämpfen muß. Da draußen ist nur ein einziges Schiff – höchstens fünfzig Mann. Wir haben dreihundert und mehr, und dank Aineias' Rat befinden sich unsere Wälle nunmehr in einem exzellenten Zustand. Aber wir müssen ein Exempel statuieren. Bienor hat seinen Streitwagen hervorgeholt.«

»Wälle?« Ich konnte mir nicht vorstellen, daß diese dürftige Palisade eine Horde blutrünstiger Griechen allzulange aufhalten würde. Außerdem fiel mir ein, was Aineias über Krieger gesagt hatte – ein einziger würde genügen, um die gesamte Streitmacht von Lyrnessos zu Kleinholz zu verarbeiten. Selbst ein Schiff mochte …

Da hatte irgendein Gott ein Einsehen mit mir. *Ein Schiff!* Ich wirbelte herum, zwängte mich an Ctimene vorbei und hastete den Gang zurück. Aineias und all die dardanischen Krieger weilten in Troja, was bedeutete, daß wenigstens vier Tage vergehen würden, bevor Verstärkung eintreffen konnte. Ich umrundete die Ecke und stürzte in den nächsten Raum. Ich stieß das Netz beiseite und sauste auf den Balkon hinaus.

Das Schiff entfernte sich bereits wieder vom Strand. Ein einziger Mann war ausgestiegen und ging auf die Stadt zu, war aber noch zu weit entfernt, als daß man ihn hätte erkennen können. Es gab nur einen Mann, der das sein konnte – ich hatte das Omen letztes Jahr gesehen. Ich mußte es Vater erzählen … Ctimene sprang mir wieder aus dem Weg.

Ich schoß die Treppe hinunter, den Gang entlang und über den Innenhof und erreichte die Eingangshalle just in dem Moment, als Bienor in Vaters Streitwagen zur Treppe hinaufgerattert kam. Sein Gesicht verbarg sich hinter einem mit

Bronzeschuppen besetzten Lederhelm. Davon abgesehen trug er nur die häßlichen dardanischen Kniehosen, aber der Metallhaufen zu seinen Füßen mußte wohl so etwas wie ein Brustpanzer für einen Wagenlenker sein. Eine Gruppe Lanzenkämpfer kam hinter ihm hergerannt, und ein anderer Mann ergriff die Zügel.

Die zuschauenden Frauen stießen einen schwachen Jubelruf aus, als Vater metallklirrend aus der Rüstkammer trat. Er hielt sich trotz der Verschalung aus Bronzeplatten um ihn herum auffallend gerade. Zu sehen waren fast nur seine Augen, die über einen hohen Panzerkragen herausspähten, und schon hatte der Schweiß ihm sein schütteres weißes Haar an den Schädel geklebt. Hinter ihm kam ein Mann, der seine Lanze, seinen Schild und einen bronzenen Kriegshelm trug.

Ich ging zu ihm. »Ein Mann ist an Land gekommen, Vater. Das Schiff hat sich wieder zurückgezogen. Es ist Odysseus.«

Er blieb stehen, schwankte ein wenig, um das Gleichgewicht zu wahren. Er schaute mich verwirrt an, als sei er überrascht. »Der Sohn des Laërtes?«

»Der König von Ithaka?« rief Bienor. »Bist du sicher?«

Die Zuhörer stöhnten bei dieser Erwähnung eines Griechen auf, obwohl in jenen Tagen kaum einer vom schrecklichen Sohn des Laërtes gehört haben konnte.

»Ziemlich sicher.«

»Denk nach, Briseis!« Vaters Stimme wurde vom Halskragen seiner Metalltonne gedämpft. »Es könnte verheerende Auswirkungen haben, wenn du dich irrst.«

Ich zögerte, konnte jedoch keinerlei Bedenken entdecken. Helenos hatte meine Deutung dieses Omens bestätigt. »Ich bin mir ziemlich sicher, mein

Herr. Er ist noch nicht nah genug herangekommen, um ihn zu erkennen, aber ich weiß, daß er es ist.«

Vater drehte seinen Kopf herum und bemühte sich, über seinen Kragen zu schauen. »Ponteos – finde heraus, was da vor sich geht.«

Der Waffenträger drängte sich durch die wartende Menge und rannte zur Palisade, die die früher ungehinderte Sicht vom Innenhof aufs Meer verbaute. Noch im Laufen rief er einem der Wachtposten auf der Brustwehr etwas zu, um dann kehrtzumachen und mit der Antwort zurückzulaufen.

»Er sagt, ein einziger Mann kommt, mein Herr. Er trägt eine Lanze, aber keine Rüstung. Das Schiff liegt einen Bogenschuß vom Ufer entfernt.«

»Ein Heroldsstab!« verkündete Bienor überflüssigerweise. »Keine Lanze, wenn er keinen Schild dabeihat. Kann ich gehen, Vater, bitte? O bitte?«

»Dann geh. Aber sei vorsichtig – es könnte eine Falle sein.«

Bienor ließ die Zügel knallen und rief den Pferden etwas zu, woraufhin der Streitwagen gefährlich nah an den Lanzenträgern vorbeirumpelte. Die meisten von ihnen hielten ebenfalls auf die Palisade zu, um die Vorgänge besser verfolgen zu können. In einem Hagel von Staub und Verwünschungen wendete er und bahnte sich seinen Weg durch das Gewirr von Hütten und Zelten zum Tor. Vater begann mit dem diffizilen Manöver, sich umzudrehen, ohne das Gleichgewicht zu verlieren, denn seine alten Knochen waren nicht mehr in der Lage, das Gewicht der Rüstung zu tragen.

»Es wird keine Falle sein«, rief ich ihm hinterher. »Er ist verschlagener als alle Füchse dieser Welt, aber er würde nie …«

Warum sollte Odysseus allein hierherkommen? Mein Mund wurde trocken.

Das war Bienors Ruhmesstunde: Vaters Bote bei einem anderen König zu sein. Sein größtes Problem, sagte er hinterher, war der nach Schwein stinkende Helm mit der hundeartigen Schnauze, der eine scharfe Kante hatte, die bei jedem Aufprall in sein rechtes Ohr schnitt. Trotzdem jagte er den Streitwagen im Galopp die Straße zur Stadt hinunter. Vögel flatterten auf; streunende Hunde rannten heraus, und ihr schrilles Gebell machte die Pferde nervös. Die Hütten waren inzwischen verlassen, Türen standen offen. Die einsame Figur, die den Pfad vom Strand hochstapfte, trat beiseite, um ihn zu erwarten. Bienor zügelte das Gespann, fuhr die Bremsbacken aus und brachte das Gefährt unmittelbar neben Odysseus zum Stehen. Aineias selbst hätte es nicht besser machen können. Die beiden musterten einander wachsam. Bienor mußte in die Sonne blinzeln. Der Staub legte sich.

»Bei Sisyphos' Steinchen, das ist der Sohn des Brises!« Der Grieche trug Sandalen, lederne Beinschienen und eine schlichte Leinentunika, die in der morgendlichen Hitze bereits schweißgetränkt war. Ein kleines Messer hing an seinem Gürtel. Nur der Stab aus Esche wies auf seinen Status hin, aber seine mächtigen Glieder waren Autorität genug. Er benötigte keine Quasten oder Eberhauer – gib ihm ein Löwenfell, und er wäre Herakles persönlich.

»Mein Herr ... soll ich dich als *Herold* oder mit deinem königlichen Titel ansprechen?«

»Du hast das letzte Jahr gut genutzt, Wagenlenker – gute zwei Hände gewachsen!«

»Du schmeichelst mir, mein Herr.«

Odysseus wischte sich mit seinem muskulösen Unterarm die Stirn ab. »Eine schlechte Angewohnheit von mir. Du hältst dich besser an den *Herold*, Prinz. Und wir brauchen möglicherweise keine ausführlichen Verhandlungen hier am Strand zu führen, wenn du mir eine einfache Frage beantwortest: Steht Lyrnessos auf Seiten Trojas oder der Griechen?«

Bienor spürte, wie seine Haut kalt wurde. »Ich bin nur der Fahrer meines Vaters, Herold. Diese Frage kann ich nicht beantworten.«

»Du meinst, Aineias hat sich noch immer nicht entschieden, in welchem Bett er liegen will?«

»Noch kann ich über den Sohn des Anchises sprechen.«

Der König von Ithaka musterte ihn zornig. »Sei nicht so aufgeblasen, Junge! Wenn meine Mannschaft sieht, daß ich diesen Stab hinwerfe, werden sie auf der Stelle an Land gehen. Danach wird es keine Reden mehr geben, sondern nur noch Schreie. Welche Krieger habt ihr dort oben in dieser Schafhürde?«

Zum Glück brauste da Bienor auf. Jedenfalls kamen seine Worte, als er den Mund aufmachte, wütend und nicht verängstigt hervor, und das war der Eindruck, den er hatte erwecken wollen. »Hältst du mich für einen solchen Narren, dir darauf eine Antwort zu geben? Ich wurde ausgesandt, um dich in den Palast zu fahren, Herold, nicht, um mit dir zu verhandeln. Hör auf damit, zu versuchen, mich hereinzulegen. Steig auf oder geh neben mir her – oder meinetwegen schwimm doch.« Das war nicht die rechte Art, wie man mit Königen spricht, besonders, wenn sie eine Schiffsladung von Kämpfern in der Hinterhand haben.

Odysseus stieß ein harsches, knirschendes Lachen aus. »Es hat Zähne! Ich möchte lediglich sicherstellen, daß ich mich nicht in der Gegenwart von Aineias und Elatos wiederfinde, wenn ich mit dir mitkomme. Welche Sicherheit hast du mir anzubieten, wenn ich in diese Schlangengrube springe?«

»Die Ehre meines Vaters! Wenn du als Herold kommst, wirst du als solcher behandelt werden.« Das, meinte Bienor, war eine würdevolle Antwort. Er war stolz auf seine Worte, aber Odysseus holte ihn auf den Boden der Tatsachen zurück.

»Und wirst du dich als Geisel für meine Sicherheit anbieten, Prinz? Gib mir den Streitwagen, und du gehst auf mein Schiff.«

»Ich?« Eine Weigerung wäre ihm als Feigheit ausgelegt worden. Er wollte schon zustimmen, als er erkannte, daß die Frage eine Beleidigung war. »Nein, Herold, das werde ich nicht. Das ist nicht die Art und Weise, wie wir in der Troas diese Dinge handhaben.« Er riß an der Schnur, um die Bremsbacken hochzuziehen. »Kommst du jetzt oder nicht?«

Der König kicherte. »Beantworte mir noch diese Frage – ist deine Schwester schon verheiratet?«

»Briseis? Nun, nein, mein Herr. Verheiratet?«

Odysseus machte zwei schnelle Schritte und schwang sich auf den Streitwagen, der heftig schwankte und plötzlich zum Bersten voll war. »Das ist gemeinhin etwas, was schönen Jungfrauen widerfährt. Fahr los, Wagenlenker.«

Bienor trieb die Pferde an. Er ließ sie Geschwindigkeit aufnehmen, so daß er das Gefährt auf einem Rad wenden konnte, um dann auf Stadt und Hügel zuzuhalten. Odysseus war, was an einem so starken Mann verwunderte, nicht größer als er. Von seinem Helm behindert, betrachtete Bienor die mächtige Hand, die sich um die Brüstung schloß, und ließ seinen Blick dann an dem muskelbepackten Arm bis zu den Augen seines Passagiers hinaufwandern.

Sie zwinkerten ihm zu. »Das hast du gut gemacht, Junge.«

Solches Lob, gestand er später, erfüllte einen mit Stolz.

384

4 Als Bienor Odysseus durch das Palasttor fuhr, durchschritt ich, immer noch außer Atem nach einer hastigen Morgentoilette, das kühle, dämmrige Megaron. Ich hatte das bescheidenste Gewand gewählt, das ich besaß, ein Kleid aus feinstem blauen Leinen, und Ctimene hatte ein Wunder vollbracht, mein Haar in so kurzer Zeit von einem wüsten Schopf in adrett federnde Löckchen zu verwandeln. Der Herd lag hell und sommerlich leer unter dem Gittergeflecht aus Sonnenlicht, das durch das Dach hereinfiel. Im Schatten auf dem Thron saß Vater, flankiert von Sphelos, Hauptmann Kreion und vier oder fünf Palastbeamten − alles Männer, alle gebeugt und alle aufgeregt flüsternd. Ich näherte mich mit demütiger Grazie, wußte ich doch, daß ich auf Widerstand treffen würde.

Er hatte die Rüstung gegen ein schlichtes Gewand und seinen Kriegerhelm getauscht. Er sah bereits erschöpft aus − das Gesicht rot und aufgedunsen, dunkle Ringe um die Augen, Unwettermiene.

»Dies ist kein Ort für eine Frau, Briseis. Geh und hilf deiner Mutter bei ihren Gebeten.«

Ich beugte ein Knie. »Mein Herr, ich komme als deine Seherin, nicht als deine Tochter.«

Er fuhr sich mit den Fingern durch den Bart. »Was siehst du voraus?«

»Ich glaube, der Sohn des Laërtes kommt in Frieden.« Wieviel davon war die Vision einer Seherin und wieviel das Wunschdenken eines Frauenherzens? »Er ist gefährlich, aber ich denke nicht, daß er gekommen ist, um die Stadt zu plündern.«

»Falls ja«, knurrte Kreion, »hätte er es schon getan.«

»Schweig, du Narr!« Vater holte mit dem Zepter aus, aber der alte Mann duckte sich rechtzeitig. »Was ist das für ein Feiglingsgeschwätz? Man erwartet von dir, daß du ein Beispiel gibst! Stell dich hierher, Briseis, direkt neben mich. Wenn die Götter mit dir sprechen, berühre meine Schulter.« Mit einem Seufzer ließ er seinen Kopf zurücksinken.

Schatten verdunkelten die Helligkeit der Tür. Odysseus kam mit Bienor auf seinen Fersen über den gepflasterten Fußboden. Vor dem Thron blieb er stehen, und die beiden Könige maßen einander stumm mit Blicken, als fordere jeder den anderen heraus, doch als erster das Wort zu ergreifen. Bienor versteckte sich hinter den Ratgebern. In der Pause, die sich immer mehr in die Länge zog, bemerkte ich, daß Mutter mit einigen ihrer Harpyien vom Balkon aus zusah. Eigentlich sollten sie ja alle unten am Schrein sein, um die Götter zu besänftigen.

Schließlich begann Vater: »Willst du Wein mit uns trinken, Fremder?«

»Ich kann deine Gastfreundschaft nicht annehmen, mein Herr. Jetzt jedenfalls nicht. Muß ich den Herold-Mummenschanz aufrechterhalten?«

»Könige sollten auf neutralem Grund miteinander verhandeln.«

»Es war die Achtung vor deinem Alter, mein Herr, die mich dazu veranlaßte, dich hier aufzusuchen. Wenn ich in meinem Namen spreche, gewährst du mir sicheres Geleit zurück zu meinem Schiff?«

Vater schnaufte ein paarmal vorsichtig. »Das tue ich. Dein Eid, daß deine Mannschaft für die Dauer unserer Verhandlungen an Bord bleibt, gegen meinen, daß ich dir keinen Schaden zufügen und dich nicht aufhalten werde. Athene möge meine Zeugin sein.«

»Du hast ebenfalls meinen Eid.«

»Bringt einen Stuhl für den Sohn des Laërtes!«

Odysseus ließ seine flinken, dunklen Augen auf mir ruhen – abschätzend, fragend –, und ich fühlte, wie mir unter seinem bohrenden Blick die Hitze ins Gesicht stieg. Seine Stärke glomm wie ein dunkler Gott vor der Helligkeit des sonnenbeschienenen Herdes in seinem Rücken. War es möglich, daß seine Frau gestorben war, vielleicht im Kindbett? Daß er sich an das freche Mädchen erinnert hatte, das er in Pedasos kennengelernt hatte, und sich entschlossen hatte, sie vor der drohenden Katastrophe zu retten – sie heim nach Ithaka zu bringen, wo immer das liegen mochte? War ich eine romantische Närrin? Würde ich meine Familie verlassen, wenn er mich darum bäte?

Ein Diener brachte einen Schemel für ihn. Nun würden die Verhandlungen beginnen. Man würde die Handelswaren auf dem Boden ausbreiten, damit die Barbaren sie in Augenschein nehmen konnten.

»Unsere königliche Prophetin kennst du bereits«, begann Vater.

»Kein Mann könnte eine solche Schönheit vergessen. Sohn des Mydon, hast du vernommen, was den Mysiern widerfahren ist?«

»Kein Mann könnte eine solche Greueltat vergessen.«

»Was meinst du mit Greueltat? Wir haben keine Altäre entweiht. Hast du deine Entscheidung getroffen ... Nein, laß mich die Frage anders stellen.« Er rieb sich sein markantes Kinn und schaute einen Moment zu Boden. Wir alle kannten die Frage und die Strafe für eine falsche Antwort. Doch beide Antworten zogen dieselbe Strafe nach sich, weil Thebe und Pedasos eine griechische Festung zwischen sich genausowenig dulden konnten, wie der Sohn des Laërtes die Gelegenheit verstreichen lassen konnte, eine wehrlose trojanische Stadt zu plündern. Uns blieb die Wahl zu trauern, sonst nichts.

»Laß dir Zeit«, erwiderte Vater. »Meine Männer stehen im Schatten.«

Ich fand, er machte seine Sache gut für ein Relikt aus vergangenen Zeiten, und Odysseus' verärgerter Blick bestätigte meine Auffassung.

»Dann höre. An Bord meines Schiffes habe ich zwei wahrhaft bemerkenswerte junge Krieger aus königlichem Geblüt – zwei Brüder – und wohl bewandert in der Kunst des Krieges. Ich benutze nicht die listigen Worte von Händlern, wenn ich dies sage, Sohn des Mydon, sondern spreche von Krieger zu Krieger. Der Speer des Älteren hat acht Krieger in der Schlacht am Fluß Kaïkos gefällt, der des jüngeren fünf. Sie mögen dem Sohn des Peleus noch nicht ganz gleichkommen, aber uns übrige Sterbliche stellen sie allesamt in den Schatten. Zum jetzigen Zeitpunkt schulden sie nur ihrem Vater Treue, der jedoch besitzt sein Königreich als Gabe von Agamemnon. Da er selbst zu alt ist, um selbst in die Schlacht zu ziehen, hat er diesen beiden tapferen Söhnen befohlen, an seiner statt zu kämpfen. Der Erlaß des Großen Königs stellt ein großes Ehrproblem für ihn dar, denn in seiner Jugend hatte er Troja besucht und war ein Gastfreund des Priamos geworden. Ihre Söhne sollten sich nicht in der Schlacht gegenüberstehen.«

Er legte eine Pause ein, um die Wirkung seiner Worte mit diesem Blick abzuschätzen, der einem das Blut in den Adern gefrieren ließ. Vater sagte nichts dazu.

»Nachdem er bei einem Vogelschauer Rat gesucht hatte, faßte er den Entschluß, sie beide mit einem Geschenk prächtiger Pferde für den Großen König und einem Gebet, sie möchten hierdurch ihrer Pflicht entbunden sein, nach Aulis zu schicken. Ich bezweifle, daß Agamemnon der Bitte stattgegeben hätte, wenn er sie mit eigenen Augen gesehen hätte, denn sie sind beide mächtige Männer. Wie der Zufall es jedoch wollte, verzögerte Hermes oder irgendein anderer Gott ihre Reise, so daß sie erst eintrafen, kurz nachdem das Schiff des Großen Königs abgelegt hatte.«

»Zu ihrem unstillbaren Kummer, nehme ich an.«

Odysseus lächelte nicht. »Sie ertrugen ihre Trauer mit der Tapferkeit wahrer Krieger. Aber dann fügte Athene oder eine andere Gottheit es so, daß sie mir begegneten, als ich gerade Vorbereitungen zum Auslaufen traf. Sie fanden heraus, daß mein Ziel nicht Troja selbst war. Eins führte zum anderen. Ich bot ihnen die Überfahrt im Austausch für ihre Unterstützung an, wenn wir Mysia erreichten, und dort entledigten sie sich ihrer Schuld mit Ehre, wie ich bereits erzählte.«

Er senkte den Blick zu dem Stab auf seinem Schoß und rollte ihn ein paarmal mit seinen kraftvollen Lanzenkämpferhänden hin und her, bevor er wieder hochsah.

»Du hast Paris in dieser Halle bewirtet und bist deshalb sein Gastfreund, mein Herr. Mir kam der Gedanke, daß du mit diesen jungen Männern etwas gemein hast.«

Vater war Gastfreund der halben trojanischen Königsfamilie.

»Du hast keinen Heerführer«, stellte Odysseus ohne Umschweife fest.

»Mein Sohn Enops hat die Kriegerwürde errungen und wird mir in dieser Eigenschaft dienen.«

Der Sohn des Laërtes ließ auf der Suche nach diesem unsichtbaren Krieger den Blick durch die Halle schweifen, bevor er ihn wieder fragend auf Vater richtete.

»Er widmet sich derzeit wichtigeren Angelegenheiten? Verstehst du meinen Vorschlag? Sie dürfen nicht gegen Troja kämpfen, genausowenig wie du.

Sie dürfen aber auch nicht gegen ihren Oberherrn Agamemnon kämpfen. Doch jeder Mann hat das Recht, sich selbst und sein Heim zu verteidigen. Könnte Lyrnessos diese beiden Krieger ins Feld führen – zusätzlich zu deinem edlen Sohn natürlich –, wäre es nicht länger der verführerische Lecker-bissen, der es im Moment ist.« Er verschränkte die Arme und preßte den Stab an seine gewaltige Brust.

Die Alternative – Vater mit seiner zusammenge-würfelten Miliz gegen drei Krieger und fünfzig Lanzenkämpfer – mußte er gar nicht erwähnen. Aineias konnte aller Voraussicht nach gar nicht ein-treffen, bevor Lyrnessos erobert und gebrandschatzt wäre. Der Grieche hatte seine Waren ausgebreitet. Nun war es an Vater, seine Tochter und die Thron-folge anzubieten. Seltsamerweise dachte ich über-haupt nicht daran, was das für mich bedeuten würde. Ich konnte nur an den Palast und die Stadt denken. Wie hätten wir ablehnen können? Potnia hatte unsere Gebete erhört.

Vater räusperte sich. »Du sagst, diese beiden jun-gen Krieger seien von kämpferischer Veranlagung?«

»Wie hungrige Löwen, mein Herr.«

Er spielte auf Zeit, um mehr Zeit zum Überlegen zu bekommen, oder er witterte eine Falle. War es möglich, daß Odysseus noch etwas verbarg? Er war ein überaus geschickter Stratege, wie ich von Anfang an gewußt hatte. Hatte Vater irgendwo eine Hinterlist entdeckt, oder geriet er ins Schwimmen wie ich? Mit einer stummen Bitte um Hilfe sah er zu seinen Ratgebern hoch, doch das Megaron blieb so still wie ein Grab. Ares hatte den Höflingen ihren Schneid abgekauft. Schließ-lich ergriff Sphelos das Wort. Seine Stimme klang schriller als gewöhnlich.

»Du willst diese Stadt zu einem griechischen Verbündeten machen, Sohn des Laërtes? Glaubst du, Troja würde das hinnehmen? Oder Thebe? Oder Pedasos?«

Odysseus musterte ihn kurz, und irgendwie wurde sein Blick verächtlich – kein Kämpfer, dieser Mann. »Laßt sie wissen, daß ihr eine Position bewaffneter Neutralität eingenommen habt. Die Städte der Troas werden schon bald zuviel Krieg in den eigenen Mauern haben, um sich zusätzlichen anderswo zu suchen.«

»Und worin besteht dein eigener Vorteil in dieser Angelegenheit, mein Herr?« wollte Vater wissen.

Das, versetzte der König von Ithaka mit einem Lächeln, sei stets die Frage des listigen Mannes. »Ein neutraler Hafen an einer feindlichen Küste, wo Schiffe sicher übernachten oder Nahrung und Wasser an Bord nehmen können, ohne sie sich erkämpfen zu müssen. Warte. Das ist noch nicht alles. Als ich deiner reizenden Tochter begegnete, Sohn des Mydon, habe ich ihr gesagt, daß sie einen mächtigen Beschützer braucht, einen tapferen, kampferprobten Gemahl. Ich versprach ihr, träfe ich einen für diese Rolle geeigneten jungen Mann, würde ich ihm von ihrer mißlichen Lage berichten. Ich sprach, das will ich zugeben, damals halb im Scherz, aber manchmal hören die Götter unsere Scherze und benutzen sie zu ihren eigenen Zwecken. Sie haben ihr Gebet erhört – ich bin einem solchen Mann begegnet. Ich habe ihn hier bei mir. Nimm den edlen Mynes als deinen Heerführer an, mein Herr. Ernenne ihn zu deinem Nachfolger nach dem alten Weg, indem du ihn mit deiner Tochter verheiratest. Epistrophos wird bleiben und seinem Bruder helfen, bis der Krieg vorüber ist. So lautet mein Rat, und wenn ich auch nicht als Freund sprechen darf, so kann ich doch wahrhaftig sagen, daß dies kein Angebot ist, welches du von einem Feind erhalten würdest.«

Vater nickte müde. »Die Vorstellung hat etwas für sich, das räume ich ein. Aber ich kann meine Tochter und mein Königreich nicht einem Mann geben, dem ich nie begegnet bin. Bring diesen Mynes her …«

»Die Zeit drängt.« Odysseus stellte die Spitze des Stabs auf den Boden, als wolle er sich erheben. »Ich werde mein Schiff nicht länger für eine Mission, die so wenig Aussicht auf Gewinn birgt, in feindlichen Gewässern aufs Spiel setzen. Wenn du nicht annimmst, mein Herr, muß ich davon ausgehen, daß du ablehnst. Ich muß an meine Arbeit.«

Wir alle wußten, worin seine Arbeit bestand − er war ein Städtezerstörer. Vater begann Einwände zu machen, er benötige Zeit, um sich mit seinen Ratgebern und seiner Familie zu besprechen, und in diesem Augenblick flüsterte mir ein Gott etwas ins Ohr. Oh, das lag ja auf der Hand! Ich sprach einen stummen Dank. Irgend etwas fehlte noch, und es mußte wichtig sein, obwohl ich mir nicht vorstellen konnte, warum. Ich berührte Vaters Schulter.

Er starrte mich an, als habe er mich völlig vergessen. »Ja, Briseis?«

»Mein Herr, haben diese jungen Adligen keine Heimat, keinen Vaternamen? Bitte den Sohn des Laërtes, dir den König, ihren Vater, und sein schönes Königreich zu nennen.«

»Was hat das − Ja, das scheint mir eine vernünftige Bitte zu sein.«

Odysseus zuckte die Achseln. »Sie sind die Söhne des Euneos, des Königs von Hire, dessen Weiden …«

Vater fuhr in die Höhe. »Euneos, Sohn des Selepos?«

»Ich glaube, ja.«

Vaters dröhnendes Gelächter ließ alle zusammenfahren, selbst Odysseus. Höflinge schauten einander
peinlich berührt an.

»Du drohst mir mit den Söhnen des Euneos?
Nach seinem kurzen Besuch in Troja weilte er viele
Monate lang in diesem Haus. Wenn die Ehre es seinen Söhnen verbietet, Krieg gegen Priamos zu
führen, dann werden sie ihre Lanzen ganz gewiß
nicht gegen Lyrnessos erheben. Meine Gemahlin
wird sie mit Freudentränen an unserem Herd willkommen heißen! Ich will einen Herold zum Strand
hinunterschicken, um sie unverzüglich zu uns zu
bitten.«

So hatten die griechischen Drohungen sich also
aufgelöst wie Morgennebel. »Das wußte ich nicht!
Davon haben sie mir nie erzählt.«

Ihn der Lüge zu bezichtigen, wäre Selbstmord gewesen, aber Vaters Lachen knirschte vor Skepsis.
»Ich nehme an, Euneos hat keinen Anlaß gesehen,
sie zu warnen, da er sie ja nur bis Aulis geschickt
hat. Du hast es selbst gesagt, Sohn des Laërtes, die
Götter haben dich geleitet, diese jungen Männer
hierherzubringen. Willst du nun mit mir Wein trinken, während wir auf sie warten?«

»Noch nicht. Ich muß die Streitwagen begleiten,
die du zum Schiff hinuntergeschickt hast, oder
meine Männer werden annehmen, daß mir etwas
zugestoßen sei.«

»So sei es denn! Einen Jungbullen für deine
Mannschaft? Und wirst du deine Wasserschläuche
auffüllen?«

5 Die beiden Könige strebten Seite an Seite zur Tür und ließen die Höflinge wie aufgeregt plappernde Dohlen zurück. Mutter winkte dringlich vom Balkon.

Bienor holte mich ein und stolzierte neben mir her. »Glückwünsche zu deiner Verlobung, Schwester.«

»Oh, koch den Fisch nicht, bevor du ihn gefangen hast. Du darfst nicht denken …«

»Nichts kann es jetzt noch verhindern.« Bienor hatte noch nie zuversichtlicher geklungen. »Es ist Schicksal, wirklich. Die Söhne des Euneos haben eine Herdfreundschaft mit Lyrnessos, und deshalb kann niemand etwas dagegen haben, daß sie hierherkommen und bei der Verteidigung von Lyrnessos helfen. Selbst Troja nicht.«

»Oh!« In diesem Moment trat ich ins Licht – in mehr als einem Sinn. Verlobt? Mit einem Mann, den sogar Vater noch nie zu Gesicht bekommen hatte? »Aber was ist mit Enops? Er rechnet damit, Heerführer von Lyrnessos zu werden.«

»Vielleicht ist er zuerst beleidigt. Er wird's überleben, vor allem, da der Gedanke, Lyrnessos zu verteidigen, ihm einige Sorgen bereitet. Er würde sich viel lieber davonmachen und sich irgendwo in der weiten Welt einen guten Kampf suchen. Genau wie ich! Ich bin sicher, wir finden schnell jemanden, der uns in seine Dienste nimmt.«

Odysseus fuhr bereits in seinem Streitwagen davon. Vater rief zwei weitere Gespanne herbei und erlaubte den Wachen, ihre Posten zu verlassen. Ich lächelte über die wilden Schreie der Freude und Erleichterung und wandte mich wieder meinem unglaublich hochgewachsenen, männlichen, selbstsicheren Zwillingsbruder zu.

»Du bist erwachsen geworden!«

Er lächelte versonnen. »Du auch.«

Daran würde ich mich noch gewöhnen müssen. »Du verläßt uns schon?«

»Heute wird es zu keinem Blutvergießen mehr kommen, also muß ich meinen Befehlen gehorchen. Möge Aphrodite deine Ehe mit ruhmreichen Söhnen segnen, Schwester.« Er küßte mich, um dann zu den Ställen zu gehen.

Ehe? Söhne? Ich rannte, so schnell ich konnte, aber die Panik war schneller. Ich flog die Treppe hinauf und durch den Gang, vorbei an all den Vögeln, Blumen, Jägern, Tänzern, Diamant-, Zickzack- und Spiralmustern, bis ich Mutters Gemach erreichte und mich in ihre Arme werfen konnte.

Geschäftige Hände machten sich an mir zu schaffen, als wäre ich eine Göttin — Mutter, Maera, Alkmene, Antikleia und Ctimene wuschen, ölten, parfümierten und kleideten mich. Sie beluden mich mit Gold und Edelsteinen, bis ich kaum noch stehen konnte. Weitere Frauen flitzten herein und heraus, um zu helfen, im Weg zu stehen oder etwas zu holen. Mutter plapperte unablässig — wie wundervoll, daß die Götter die Söhne des Euneos geschickt hatten, um uns in dieser Zeit der Not beizustehen, wie schön, daß ihr alter Verehrer ein so feines Königreich erworben hatte, und wo liegt Hire eigentlich?

Dann kam das Warten. Vom Fenster aus sahen wir, daß Odysseus bereits abgesegelt war, aber das war eine reine Vorsichtsmaßnahme. Ctimene, die als Kundschafterin ausgeschickt wurde, kehrte mit der Nachricht zurück, daß Vater und Sphelos sich im Megaron im Gespräch mit zwei jungen Männern befanden.

»Wie sieht er aus?« fragte ich atemlos.

Sie verdrehte die Augen. »O meine Herrin, wie ein Gott!«

»Welcher? Weißt du, welcher welcher ist?«

»Nein, meine Herrin. Sie sehen beide wie Götter aus.«

Und wieder hieß es warten. Mir war schlecht. Als der Ruf erfolgte, galt er Mutter und nicht mir. Sie entschwand mit Alkmene und Antikleia im Kielwasser. Warten. Ich setzte mich auf die Bettkante und starb tausend Tode. Maera hockte auf einem Stuhl und grinste zahnlos. Ctimene, die Götter mögen sie segnen, litt mit mir und hielt meine Hand. Endlich kam Mutter zurück und plapperte glücklich drauflos, sie würde mich jetzt nach unten mitnehmen, wo mich mein zukünftiger Gemahl, der neue Heerführer, erwartete.

Sie bemerkte hinterher, daß mein Benehmen untadelig gewesen sei. Sowohl sie als auch Vater waren stolz auf mich. Mynes, Sohn des Euneos, war offensichtlich ebenfalls tief beeindruckt. Ich war gelassen und würdevoll, anmutig und liebreizend wie eine Göttin. Selbstverständlich! Es war die Göttin selbst, die sie sahen – Potnia in Person, vermute ich. Unsere Gebieterin hatte sich der armen Briseis erbarmt und ihren Platz eingenommen. *Ich* war gar nicht dort. Ich erinnere mich an absolut nichts mehr.

Wir hatten den Göttern reiche Gaben gelobt, falls sie die Stadt verschonen würden, so daß es in jener Nacht im Megaron ein Festgelage von epischen Ausmaßen gab. Sogar die Sklaven aßen Fleisch. Ich saß zwischen Vater und Mynes. Beamte und Priester kamen, um dem neuen Heerführer ihre Ehrerbietung zu erweisen. Die meisten von ihnen hatten Schwierigkeiten, das Ausmaß ihrer Begeisterung und Erleichterung auszudrücken, ohne den König zu beleidigen. Frauen brachten mir Lächeln und

Blumen und Glückwünsche. Lyrnessos würde nun, da diese beiden Krieger es beschützten, wesentlich besser schlafen.

Die Söhne des Euneos waren in der Tat mächtige Männer, Mitte zwanzig und einander sehr ähnlich, selbst für Brüder. Sie hatten klare graue Augen und lange, offen herabhängende Mähnen honigfarbenen Haars, und sie scherten ihr Gesicht nach der jüngsten griechischen Mode. Ich glaubte, mich daran gewöhnen zu können. Mynes war im Vergleich zu seinem Bruder breiter und dicker, Epistrophos größer und schlanker, aber der Unterschied war minimal − jeder der beiden konnte einen Türrahmen ausfüllen. Mynes war still, während Epistrophos die ganze Zeit eine Menge redete und lächelte. Ich hatte ohnehin keine Wahl.

Meinen Verlobten hatte man mit einer verblichenen blauen Tunika ausstaffiert, die irgendwann einmal Vater gehört haben mußte, besaß sie doch einen Saum mit Quasten. Ich kam nicht umhin zu bemerken, wie der Stoff sich über der mächtigen Brust spannte und wie eng die Ärmel um seine Oberarme saßen. Die Hochzeit würde frühestens in zwei Monaten stattfinden, was mir, als ich es erfahren hatte, als erschreckend geringe Zeitspanne erschienen war, sich im Verlauf des Abends jedoch, je mehr Wein floß, unerträglich lange anhörte. Mächtiger Mann, mächtiger Mann.

Ich fragte mich, wem wohl die Aufgabe zugefallen sein mochte, diese Gäste zu baden, und wurde von Eifersucht verzehrt. Eine dieser Schlampen, die mit meinem Verlobten herumschäkerte? Er hatte doch wohl nicht, oder? Aber ich wollte einen Mann heiraten, der hätte, nicht wahr?

Mutter erkundigte sich immer wieder nach Euneos. Es ging ihm gut, bestätigten seine Söhne, doch begann er mittlerweile die Last der Jahre zu spüren. Epistrophos versicherte ihr, daß er oft wehmütig von der wunderschönen Nemertes sprach, die er in seiner Jugend umworben hatte. Selbst in meinem verwirrten und überschwenglichen Zustand kam mir diese Bemerkung verdächtig vor. Die meisten Ehemänner haben mehr Verstand.

»Hire folgt noch dem alten Weg?« fragte Vater. War er verstimmt, daß sein alter Rivale am Ende doch noch ein Königreich gefunden hate?

»Hire tut, was Mykene sagt«, grollte Mynes.

»Adrestos hat all seine Söhne in der Schlacht verloren«, erläuterte Epistrophos, »und Mutter war seine einzige Tochter, was Vater zu seinem offensichtlichen Nachfolger machte. Mykene erteilte seine Erlaubnis, aber das war damals zu Atreus' Zeiten. Agamemnon hat die häßliche Angewohnheit, seine eigenen Günstlinge zu fördern, und wir stehen derzeit nicht allzu hoch in seiner Gunst. Nicht, daß Mynes sich jetzt noch Sorgen machen müßte – er hat ja ein besseres Reich gefunden.«

»Ist es besser?« fragte ich eifrig. »Bist du glücklich mit dem Tausch?«

Mynes' Augen hatten die Farbe von Eisen. »Lyrnessos hat einen großen Vorteil, den Hire nicht hat.«

»Ja? Ja?«

Er trank einen Schluck. »Es steht am Rande eines Krieges.«

Oh. »Natürlich.«

»Es ist doch merkwürdig, daß Odysseus nichts von der Gastfreundschaft eures Vaters mit Lyrnessos wußte«, warf Sphelos mit lauter Stimme ein. Sphelos hatte viel mehr getrunken, als er gewöhnt war.

Epistrophos' Augen spiegelten das Licht des Feuers wider wie die einer Katze. »Ich bin sicher, daß wir es in seinem Beisein erwähnt haben. Möglicherweise ist es seinem Gedächtnis entfallen, aber ich glaube eher, daß er gelogen hat. Er liebt es, zu lügen und zu betrügen.«

Mutter schnappte nach Luft.

Vater verwahrte sich mit ernster Stimme: »Aber meine Herren!«

»Der König von Ithaka vergaß, bevor er in See stach, unsere Rüstung auszuladen.«

»Und das ist nicht alles, was er vergessen hat.« Epistrophos hatte nicht Becher um Becher mit Sphelos mitgehalten, aber auch sein Gesicht war gerötet. »Zwölf Helme; zehn Lanzen; acht Schwerter; zwei Bronzeharnische; neun Lederpanzer mit Bronzeschuppen und zwei aus Leinen; elf Dolche; dreizehn Schilde, sieben davon mit Metallbossen – das, was wir beide in Mysia erobert haben! Zumindest, was wir davon retten konnten. Manches konnten wir den Gefallenen nicht so schnell ausziehen, anderes wurde gestohlen, bevor wir es an Bord schaffen konnten. Und das ohne unseren Anteil an der Beute aus der Stadt.«

»Aber das ist ja ein Vermögen!« staunte Sphelos. »Damit kann man tausend Stück Vieh kaufen! Und all das habt ihr an einem einzigen Tag gewonnen?«

»In weniger als einer Stunde. Und jetzt ist es auf dem Weg nach Ithaka.«

Ein verlegenes Schweigen trat ein.

»Wir freuen uns darauf, dem Sohn des Laërtes eines Tages wiederzubegegnen.« Epistrophos brachte einen persönlichen Trinkspruch darauf aus.

Ich zitterte und wandte mich an meinen Verlobten. »Vielleicht hielt er es für ein gerechtes Entgelt dafür, dir ein Königreich verschafft zu haben, mein Herr.«

»So viel ist Lyrnessos nicht wert.«

»Ach ja?«

»Aber du, meine Herrin ... alle Bronze unter der Sonne! Hab ich's diesmal besser gemacht?« Er ließ ein Lächeln sehen – ein zynisches und ein bißchen angetrunkenes vielleicht, aber immerhin ein Lächeln.

Das war der geeignete Moment, um zu erröten. »Viel besser!«

Unglücklicherweise wurde die Wirkung durch ein prustendes Geräusch und anschließende Lachsalven Vaters verdorben, der nicht länger an sich halten und nicht aufhören konnte, bis er puterrot angelaufen war.

Offensichtlich billigte er Odysseus' Banditenstreich.

Es war äußerst peinlich. Die Söhne des Euneos fanden das gar nicht komisch.

In der nun einsetzenden Stille trat der alte Demodokos mit seiner Kithara vor, um seinen angestammten Platz an der Säule einzunehmen. Vater winkte ihn fort.

Mynes schüttelte den Kopf, daß seine goldenen Locken im Feuerschein funkelten. »Frag nicht mich, mein Herr. Ich bin ein Mann kurzer Worte und Taten, wie deine Tochter bereits herausgefunden hat. Zum Glück hat Apollon meinem Bruder eine Zunge aus Silber geschenkt.«

Epistrophos erhob sich. »Solche Bescheidenheit sieht ihm gar nicht ähnlich. Das muß eine schleichende Vorahnung der künftigen Ehe sein. Ich vermag nicht zu singen, wie dein Barde zu singen versteht, mein Herr, aber ich will mein Bestes geben.« Er trat ins Licht, wo jeder ihn sehen konnte. Dann drehte er sich um, um sich, wie ein Gaukler es tun würde, vor dem Thron zu verbeugen.

In der Halle war es mucksmäuschenstill. »Wo soll ich beginnen?« deklamierte er. »Im fernen Hire natürlich, vor nahezu zwölf Jahren, wohin der Geächtete Eumaios kam, ein abscheulicher Mann, hoch wie ein Schiffsmast und grausam wie ein tollwütiger Wolf.« Sein Publikum zitterte bereits. »Dieses Ungeheuer erblickte, unmittelbar nachdem er die Heimstatt eines einsamen Schafhirten verwüstet hatte, eine Herde königlichen Viehs, welches nur von einem einzigen Jungen gehütet wurde. Er wollte sie forttreiben und bei dieser Gelegenheit auch den Jungen mitnehmen. ›Die Götter sind mir gewogen heute!‹ rief er aus und gelobte, Hermes ein Kalb zu opfern. Der schlanke Jüngling jedoch, welcher des Königs ältester Sohn und nur mit einer Schleuder bewaffnet war, mit der er Mäuse zu erlegen pflegte, wartete kühlen Herzens, bis der Unhold sich fast über ihn beugte. Sodann brachte er es zuwege, ihn mit einem wohlgezielten Kiesel zwischen die Augen zu treffen und zu lähmen, zu ihm zu laufen, bevor er seine Sinne wiederfand, und ihm mit seinem eigenen Schwerte den Kopf abzuhauen …«

Mynes hatte also mit dreizehn seinen ersten Mann getötet. Zahllose weitere Todesfälle folgten, hervorgerufen durch Zweikämpfe, Blutrachen und Raubzüge in benachbarte Königreiche. Die Nachbarkönige sahen sich gezwungen, sich an Agamemnon zu wenden, der Euneos pflichtschuldig ermahnte, seinen Sohn besser im Zaum zu halten. Das war ein gewaltiges Kompliment, zwang Mynes aber, seine Abenteuer weiter weg zu suchen. In den späteren Ereignissen tauchte auch Epistrophos selbst auf, der an seines Bruders Seite gegen Lykier, Thraker und die verschiedensten Barbaren kämpfte. Wie viele dieser Geschichten sich tatsächlich so zugetragen hatten, blieb der Phantasie des Publikums überlassen, aber es beklatschte jede einzelne frenetisch. Schließlich langte die Erzählung beim derzeitigen

Krieg an, dem Ruf nach Aulis, dem Ehrkonflikt und der Schlacht gegen die Mysier, in deren Verlauf Männer wie Fische in der Brandung auf Speere gespießt wurden.

Mynes lauschte mit geduldiger Zustimmung und nickte von Zeit zu Zeit. Ich saß da, betrachtete seine großen Fäuste, die auf seinen Knien ruhten, und fragte mich, wie es wohl wäre, von diesen Händen gestreichelt zu werden, die so viele Männer erschlagen hatten.

Als die Erzählung zu Ende und der Applaus verstummt war, richtete Sphelos sich schwankend auf und begann von neuem zu erklären, daß diese mächtigen Krieger es auf sich genommen hätten, das Königreich zu verteidigen, und daß die Würdenträger und Landbesitzer des Königreichs, die weltlichen wie die religiösen, ja in der Tat alle Freigeborenen, es sich gewiß nicht nehmen lassen würden, die Neuankömmlinge zum Zeichen ihrer Ehrerbietung mit würdigen Geschenken zu bedenken.

An diesem Abend hörte ich Achilleus' Namen zum ersten Mal.

6 Am nächsten Morgen hatte ich nach sorgfältigster Toilette meinen Auftritt als Inbegriff strahlender Jungfernschaft. Ich mußte allerdings feststellen, daß mein Verlobter bereits in einem Streitwagen über alle Berge war und mit Vater als Führer die Grenzen des Königreichs inspizierte. Epistrophos hatte auf ähnliche Weise Sphelos dazu verpflichtet, ihm einen Überblick zu verschaffen – in seinem Fall erstaunlicherweise jedoch über das Getreide und die Obsthaine. Davor hatten die beiden Vaters Plattenrüstung in Augenschein genommen, sie als längst aus der

Mode gekommen abgetan und die Schmiede aus den Betten geworfen.

Mutter, unterstützt von einer ungewöhnlich großen Schar von Lakaien, zeigte sich überaus zugänglich. Wollkörbe wurden beiseitegeschoben und die Stühle im Kreis aufgestellt.

»Du mußt Potnia angemessene Opfer darbringen, um ihr zu danken, daß sie dir einen so phantastischen Ehemann besorgt hat!« Sie klatschte in ihre fetten Hände. »Wie außergewöhnlich er doch ist, ganz wie sein Vater! Findest du nicht auch, Antikleia?«

»Ich finde, der edle Epistrophos gleicht ihm womöglich noch mehr, meine Herrin.«

»Alle beide! So stark und gutaussehend – du stimmst mir doch zu, Briseis?«

»Möglicherweise. Warum müssen wir zwei Monate bis zur Hochzeit warten?«

»Gestern wolltest du sie noch um zwanzig Jahre verschieben. Was hat diesen plötzlichen Sinneswandel bewirkt?« Ihr schmutziges Grinsen reizte mich.

»Ich fürchte, daß ich das Kind eines anderen Mannes trage.«

»Das Problem kann Antikleia für dich lösen – nicht wahr, Antikleia?«

»Selbstverständlich.« Die alte Vettel bleckte ihre Zahnstümpfe zu einem höhnischen Grinsen. »Mit meiner verdienten Weidengerte.«

Ich schauderte. Wir riefen einen Waffenstillstand aus und wandten uns ernsthaften Vorbereitungen zu.

»Natürlich müssen wir Hippodemia und die anderen einladen«, entschied Mutter, »und Alkandre und …«

»Sie können nicht kommen«, wandte ich ein. »Die Männer werden sie nicht ziehen lassen. Nicht, bevor der Winter das Segeln unmöglich macht, und dann werden die Pässe unpassierbar sein.«

Sie verzog schmollend ihre fleischigen Lippen. »Dieser Krieg ist wirklich lästig!«

»Die Prozession?« fragte ich. »Wie bekommen wir das hin, wenn Mynes im Palast lebt?« Eine Hochzeit wäre nichts ohne einen Fackelzug vom Haus der Braut zu dem des Bräutigams. Wenn Leute aus der Stadt heirateten, lieh Vater dem Brautpaar immer ein Streitwagengespann. Es kostete ihn schließlich nichts.

Mutter kicherte. »Ihr könntet ein paarmal um den Hof ziehen.«

»Mach dich nicht lächerlich!«

»Nein, Liebes. Als dein Vater und ich verheiratet wurden, zogen wir in die Stadt hinunter, und alle Welt hat uns mit Nüssen und Obst und Blumen beworfen.«

»Das klingt annehmbar.«

»Reife Feigen?« schlug Alkmene schelmisch vor.

Ich brachte sie mit einem wütenden Blick zum Schweigen. »Ich werde ein neues Gewand brauchen.«

»Natürlich, Liebes. Du mußt unverzüglich damit beginnen. Aber laß uns vorne anfangen. Am Tag vor der Hochzeit wird Vater Unserer Gebieterin Diktynna eine weiße Färse opfern …«

Wir besprachen das Fest, wer geladen werden sollte, welche Lieder und Tänze es geben würde. Als wir zu dem Teil kamen, wo der Bräutigam die Braut ins Brautgemach führt, ging ich wieder dazu über, über das Gewand zu reden.

Bei Einbruch der Dämmerung gelang es mir, Mynes in der Vorhalle zu stellen, um ihm unsere Pläne zu unterbreiten. Ich gestehe, ich hatte einen ungünstigen Augenblick erwischt. Er hatte soeben die ersten Versuche der Schmiede bezüglich seiner Plattenrüstung inspiziert und legte seinem Bruder dar, wie schlecht sie seien. Er hatte vermutlich den

ganzen Tag nichts gegessen und keine Minute gesessen. Staubbedeckt sah er mich an, als könne er
sich nicht mehr erinnern, wer ich war.

»Zwei Monate? Nein, das ist viel zu früh!«

»Zu früh? Zu früh! Willst du mich denn nicht heiraten?«

Er stöhnte. »Natürlich will ich, aber der Krieg ist
wichtig – O Hades! Strophos, hilf mir!«

Der Familiensprecher eilte zu seiner Rettung. »Was
er meint, Briseis, ist, daß seine Pflichten ihm keinen
Augenblick Zeit lassen. Wenn du nach eurer Hochzeit seine ungeteilte Aufmerksamkeit haben möchtest, wirst du deine Ungeduld zügeln müssen, bis der
Winter die Segelsaison beendet, verstehst du? Dann
kannst du ihn den ganzen Tag für dich haben, und
die ganze Nacht auch. Jetzt küß sie, du großer
Hornochse!«

Nun, da die Katastrophe noch einmal an uns vor-
übergegangen war, kehrte Lyrnessos wieder zur
Normalität zurück, doch die Ankunft der Söhne des
Euneos sorgte dafür, daß die Rückkehr zur Normalität unmöglich war. Diese beiden jungen Männer
veränderten das Königreich für immer, und Vater
konnte nichts dagegen unternehmen, denn kein
König setzt sich in Kriegszeiten über die Anordnun-
gen seines Heerführers hinweg. Mynes sah veräch-
lich auf die Palisade hinab und wies auf ein Dutzend
Stellen hin, wo sie verbessert werden mußte – und
verbessert wurde. Er befahl, alle Hütten der
Stadtbewohner mit Ausnahme derer von kampftüchtigen Bogenschützen und Lanzenträgern zu entfernen. Dieser Erlaß verschaffte ihm all die jungen
Männer, die er unter Waffen benötigte, und verwandelte den Palast in ein Heerlager. Da sämtliche

Schmiede und Lederarbeiter Rüstungen und Waffen herstellten, wurde Bronze bald knapp. Epistrophos schickte Steuereintreiber aus, um jedes Haus zu durchsuchen und alles, selbst heilige Geräte, zu beschlagnahmen.

Der alte Hauptmann Kreion verschwand schneller als die Morgenröte. Vater ernannte ihn zum Priester des Enualios und stiftete dem Gott ein paar Herden, damit der Diener des Gottes zu essen hatte.

Mutter organsierte die Schlafgemächer neu und wies den beiden Neuankömmlingen Räume links und rechts von meinem eigenen zu. Ich hielt das für außerordentlich umsichtig von ihr, denn obwohl die Balkone Trennwände besaßen, konnte ein tatkräftiger Mann mühelos darum herum oder sogar darüber klettern, falls er entspechend motiviert war. Ich zog mich früh zurück und sagte Ctimene, sie solle sich einen anderen Schlafplatz suchen.

Ich lag noch lange wach unter den Sternen, aber keine Besucher meldeten sich. Von Epistrophos' Seite hörte ich Stimmen, denen bald Gekeuche und völlig übertriebene Lustseufzer folgten, die lauter und lauter wurden, bis er mit scharfer Stimme etwas sagte. Danach durfte er das, was immer er gerade tat, in Ruhe zu Ende bringen. Ich kam zu der Ansicht, seine Gefährtin müsse Polydamma sein, ein geschmeidiges, wenn auch etwas dramatisches Frauenzimmer; ich konnte seinen Geschmack nicht tadeln. Das Gepolter von Mynes' Balkon war ausschließlich männlich, und damit hatte ich nicht gerechnet.

Am nächsten Tag erfuhr ich, daß mein Verlobter einen Jungen aus der Stadt zu seinem Herold und offensichtlich auch zu seinem Bettgefährten befördert hatte. Philaios war attraktiv, zugegeben – schlank und mit Rehaugen –, aber ich mißbilligte die freche Art, die er bald entwickelte, und das dreckige Grinsen, das er mir zeigte. Als ich mit meinem verletzten Stolz vor Mutter zog, erntete ich nicht das geringste Mitleid. Sie sah mich an, als sei ich ein Einfaltspinsel.

»Ich verstehe deine Besorgnis nicht, junge Dame. Hättest du es lieber, er würde sich Frauen aussuchen? Oder, schlimmer noch, eine Frau? Ich finde, er verhält sich höchst angemessen. Zöge er es vor, allein zu schlafen, müßte man argwöhnen, daß er nicht ganz normal ist.«

Damit mußte ich mich wohl oder übel zufriedengeben. Ctimene kehrte auf ihre Matte zurück.

Einen oder zwei Tage später, als die Sonne gerade untergegangen und die Herbststerne aufgegangen waren, begab ich mich auf die Suche nach Sphelos, der sich zum Abendessen nicht hatte sehen lassen. Ich fand meinen Bruder auf seinem Balkon, wie er sich mit einem Weinkrug auf seinem Bett herumlümmelte, keine Kleider am Leib und die Augen in verschiedene Richtungen starrend. Er zog einen Zipfel des Bettlakens über sich und lallte: »Geh weg.«

»Nicht bevor ich herausgefunden habe, was mit dir los ist.«

»Nichts. Geh weg.«

»Nein.« Ich machte es mir bequem. »Vor Jahren hast du mir einmal erzählt, du wolltest, daß ich einen Krieger heirate, der nach Vater die Herrschaft übernehmen und dich als seinen Verwalter behalten würde. Jetzt hast du doch, was du willst, oder?«

»Geh weg!«

»Es ist Epistrophos, nicht wahr? Er ist dein Problem.«

Sphelos stöhnte nur und vergrub sein Gesicht in seinem Arm, so daß ich härter zuschlagen mußte.

»Mir ist da eine interessante Geschichte zu Ohren gekommen über bestimmte Göttinnen, deren Maßbecher größer sind als der Palaststandard. Man hat mir gesagt, sie hätten dich seit Jahren betrogen, und Epistrophos hätte es auf der Stelle herausgekriegt. Stimmt das?«

Der Arm wurde entfernt, die Augen richteten sich auf mich, und Sphelos wuchtete sich in eine sitzende Position hoch, und zog seine Decke zurecht. »Ja. Er hat mir ins Gesicht gelacht, als er es mir zeigte.«

Niemand mag es, von einem Amateur übertroffen zu werden, dort wo man seine Lebensaufgabe sieht. Ich konnte seine Gefühle also ganz gut verstehen. Es war die Art und Weise, wie er sich ihnen ergab, die mich mit Abscheu erfüllte.

»Ich kann nicht glauben, daß Epistrophos sich mit dem Verwalteramt zufriedengibt. Ich bin sicher, er häuft lieber Schädel auf, als Weintrauben zu pflücken.«

Sphelos wollte aber nicht getröstet werden. Er stöhnte und stützte sein Gesicht in die Hände. »Er kann *lesen!* Er liest schneller als ich. Was ist das für ein Krieger, der sich die Mühe macht, lesen zu lernen?«

»Dieselbe Sorte wie der Verwalter, der eine Lanze zu benutzen lernt, hoffe ich.«

»Was meinst du damit?«

»Ich meine damit, daß du Schande über uns bringst, Sohn des Brises! Du bringst Schande über uns alle. Ist dein Leben so viel kostbarer als das aller anderen, daß du es nicht für die Verteidigung deiner Heimat aufs Spiel setzen willst?«

»Ich hab' es dir doch schon erklärt. Ich bin nicht groß genug ...«

»Du bist kein Zwerg. Jeder andere Mann im

Königreich übt fleißig mit Schild und Lanze, und du suhlst dich hier herum und säufst dir das Hirn aus dem Kopf!«

»Ihr habt Enops und Bienor und jetzt –«

Ich schrie lauter, weil ich befürchtete, ich könnte anfangen zu weinen, wenn ich nicht genug Zorn aufbrachte. »Warum sollten sie ihr Leben aufs Spiel setzen, um dich zu beschützen? Ich bin gekommen, um dir zu sagen, daß du, solange ich Königin bin, in Lyrnessos stets willkommen bist. Aber falls mein zukünftiger Ehemann dich hinauswerfen will, was sollte ich jetzt wohl dagegen sagen? Und genau das wird dir passieren!«

Woraufhin ich den halbleeren Krug nahm und über die Brüstung warf. Sollte sich in diesem Moment jemand unten aufgehalten haben, so war doch niemand so unhöflich, mich darauf hinzuweisen. Meine Tränen unterdrückend, stürmte ich von dannen und fragte mich, wie meine anderen Brüder auf das neue Regiment reagieren würden.

Auf meine dramatische Geste mit dem Weinkrug folgte am nächsten Tag ein grauenvolles Echo. Das westliche Ende des Berges war so steil, daß eine Mauer beinah überflüssig erschien. Allerdings hatte man von dort den besten Blick über die Küste, so daß Mynes Beobachtungsposten eingerichtet hatte. Gegen Mittag machte er seine Inspektionsrunde, näherte sich von außen, erklomm den Berg und kletterte über die Mauer, ohne entdeckt zu werden. Die Wachen saßen unter einem Baum und würfelten. Als sie aufsprangen, durchbohrte er den ersten Mann mit dem Schwert. Der zweite floh, aber Mynes verfolgte ihn, hob ihn hoch und warf ihn über die Brustwehr. Der Sturz brach ihm das Rückgrat; er starb vor Anbruch der Nacht. Nach diesem Vorfall erfüllten die Wachposten ihre Pflicht aufmerksamer.

Als ich die Geschichte zu hören bekam, suchte ich erneut Trost bei Mutter, und wieder wurde er mir nicht zuteil. Sie nickte so heftig, daß alle Hautfalten schwabbelten. »Genau wie sein Vater! Er ist ein Krieger, dieser junge Mann, den du da bekommst!«

»Er macht mir angst!«

Sie seufzte, tätschelte meinen Arm und wechselte das Thema.

Zu meiner Überraschung nahm Sphelos sich die Strafpredigt seiner Harpyien-Schwester zu Herzen. Er ging dazu über, die älteren Jungen von Lyrnessos zu einer Abteilung von Schleuderschützen zusammenzustellen. Dutzende von ihnen rissen sich um die Gelegenheit, Soldat spielen zu dürfen. Viele waren schon ganz geschickt darin, da sie als Schafhirten gedient hatten, und sogar ein kleines Bürschchen kann den Tod in einen Schleuderstein packen. Mynes billigte sein Vorgehen natürlich, und schon bald wurde das unheilvolle Prasseln von fliegenden Steinen, die in der Nähe des Palastes gegen die Palisaden trafen, zu einem vertrauten Geräusch.

Unser Schicksal wird bei unserer Geburt gesponnen.

Die Söhne des Euneos waren überall, als sei der Palast von einer ganzen Armee von blonden, glattrasierten Griechen überfallen worden. Für gewöhnlich nur mit Schuhen, Beinschienen und Schürzen bekleidet, das Schwert am Gehänge über den Rücken geschlungen, trabten sie von Ort zu Ort, einzeln oder zusammen, bellten Befehle und erwarteten, daß man sie auf der Stelle befolgte.

Mynes trug ein permanentes Stirnrunzeln zur Schau, obwohl er hin und wieder daran dachte, mir dieses für ihn typische grimmige, füchsische Grinsen zu schenken. Epistrophos hörte kaum je auf zu lächeln, wirkte aber trotzdem irgendwie gefährlicher. Als eine Abordnung von Priestern und Priesterinnen mit Geschenken für den neuen Heerführer eintraf, war er es, der die Gaben als unangemessen zurückwies und die ganze heilige Armee in panischer Flucht davonstieben ließ. Man erzählte mir, er habe die ganze Zeit, während er sie ausschalt, gelächelt.

Einige Tage später knabberte ich gerade unter einem Baum im Hof an einem kleinen Mittagsimbiß, als ich ihn vorbeigehen sah – in jenem mittlerweile gewohnten federnden Schritt, strahlend wie Bronze in der Sonne. Einer spontanen Eingebung folgend, rief ich ihn an.

Er wirbelte herum und lief geradewegs auf mich zu. Gorgo klopfte mit ihrem Schwanz auf den Boden, ohne aufzustehen; sie mochte ihn mehr als seinen Bruder.

»Geh!« befahl er Ctimene und sank, keuchend und am ganzen Körper schweißbedeckt, vor mir aufs Knie. Ctimene floh. Er lächelte erwartungsvoll.

»Oh, ich dürfte dich gar nicht stören, wo du doch so beschäftigt bist.« Sein Starren brachte mich aus der Fassung.

»Ich bin immer beschäftigt – ist dir das noch nicht aufgefallen? Aber für eine schöne Dame habe ich immer Zeit.«

»Dann, ähm …« Ich bot ihm eine Schale mit Feigen an und wußte nicht mehr, warum ich ihn gerufen hatte. »Ich habe nur scheinbar nie Gelegenheit gehabt, mit dir zu sprechen. Schließlich wirst du mein Schwager werden.«

Er nahm sich eine Feige und aß sie. »Und Mynes wird dein Gemahl werden. Ich nehme nicht an, daß du mit ihm viel weitergekommen bist, oder?«

»Mrr, nein. Eine Weile hat er von dem dardanischen Pferd geschwärmt, das wir im Stall haben.«

Epistrophos lachte. »Mein Bruder ist eine sehr einseitige Person, Briseis. Er denkt nie an zwei Dinge gleichzeitig. Wenn er davon überzeugt ist, daß der Palast so sicher ist, wie er ihn machen kann, und der Krieg nicht vor dem Frühling beginnt, dann, das verspreche ich dir, wird er seine Aufmerksamkeit dir zuwenden und sich durch nichts davon ablenken lassen.«

»Ich freue mich darauf.«

Er wölbte eine goldene Augenbraue. »Wirklich? Vielleicht ist es sogar zuviel der Freude. Hast du dich je gefragt, ob du einen Austausch anregen und statt seiner mich heiraten könntest?«

»Mein Herr! Das ist ein schockierendes Ansinnen!«

»Und ein sehr verlockendes! Nun? Hast du?«

»Hast du?« konterte ich.

»Oh, ja. Ich würde dich liebend gern heiraten, Briseis, aber er würde das als tödliche Kränkung auffassen und sich aus Gründen der Ehre dazu bemüßigt fühlen, uns beide umzubringen. Deshalb schlag es bitte niemandem vor.« Epistrophos streckte die Hand aus und nahm sich eine Handvoll Feigen aus der Schale. Sein Lächeln geriet keine Sekunde ins Wanken.

»Du scherzt!«

»Nein.«

Das Schlimmste war, ich wußte, daß er nicht scherzte. Mit starrem Blick schaute ich auf den goldenen Pelz auf seiner Brust. »Ich schwöre, daß mir dieser Gedanke nie in den Sinn gekommen ist!«

»Das ist gut. Wir sind uns ähnlich, er und ich, nicht wahr?«

»Äußerlich, ja.«

»Aber es gibt einen großen Unterschied zwischen uns beiden.«

»Und der wäre?«

»Weißt du, warum ich den Kampf liebe, meine Herrin?«

Ich riskierte einen flüchtigen Blick in seine stahlgrauen Augen. »Ich verstehe nicht, warum Männer überhaupt den Kampf lieben.«

»Die meisten lieben ihn ja auch nicht. Eine Schlägerei, gut, aber keinen richtigen Kampf. Lauf mit einer Lanze in der Hand auf einen Mann zu, und neun von zehn werden sich aus dem Staub machen. Ich mag es, weil es so gewinnbringend ist. Töte ein paar Männer und bemächtige dich ihrer Ausrüstung, und du bist wohlhabend. Töte eine Handvoll, wie wir es in Mysia getan haben, und du bist reich! Es ist eine wesentlich angenehmere Art, sein Vermögen zu machen, als Pflügen und Ernten. Aber Mynes sieht es nicht so. Wenn du meinen Bruder heiratest, Briseis, solltest du wissen, warum er den Kampf liebt.«

»Dann erzählst du es mir wohl besser.«

Epistrophos lachte. »Schau nicht so bekümmert drein! Es ist ganz einfach. Er liebt den Kampf, weil er gerne tötet. Er erschlägt lieber einen Mann, als daß er bei einer Frau liegt, behauptet er. Ich glaube ihm. Vergiß das nie.«

Der Sohn des Euneos sprang auf und trabte davon. Er hatte nicht einen Moment aufgehört zu lächeln, aber er ließ mich zitternd zurück.

7. Zwei dardanische Streitwagen kamen den Ida-Pfad heruntergerattert. Ich hatte geweissagt, daß unser neuer Krieger in Kürze eintreffen würde – außerdem hatten die Wachposten seine Ankunft gemeldet; trotzdem ließ man sie vor dem Tor warten, bis Mynes' Erlaubnis eintraf. Als sie die Säulenhalle erreichten, hatte sich die Familie zur Begrüßung aufgereiht, doch es lag eine unglaubliche Spannung in der Luft. Vater war aschfahl vor Wut, sichtlich aufgebrachter als selbst Mutter.

Enops sprang zu Boden und stieg die Stufen hinauf, um sie zu umarmen. Er war damals achtzehn, stämmig und bärtig und mit einem Eberzahnhelm auf dem Kopf – wie hätte er dieser Versuchung auch widerstehen können? Dann wandte er sich Mynes zu, der mit mir und Epistrophos an seiner Seite einen Schritt weiter hinten wartete. Vater wollte sie einander vorstellen.

»Ich weiß, wer du bist, mein Herr. Deine Taten am Kaïkos sind bereits Legende.« Enops trat, beide Arme zur Begrüßung ausgestreckt, auf sie zu. »Ich bin geehrt, daß meine Schwester einen solchen Gemahl und Lyrnessos solche Verteidiger gefunden hat. Wollt ihr meine bescheidene Hilfe annehmen, so werde ich stolz sein, dem Sohn des Euneos zu folgen.«

Die Menge der Zuschauer brach in Jubelrufe aus. Ich war sowohl erleichtert als auch stolz. Mynes murmelte etwas in der Art, er sei froh, seinen zukünftigen Schwager kennenzulernen.

»Was er sagen will«, mischte Epistrophos sich ein, »ist, daß jeder Krieger, der seine Ausbildung beim berühmten Sohn des Anchises erhalten hat, ein herausragender Kampfgenosse sein wird. Das war es doch, was du sagen wolltest, Bruder, oder?«

Am folgenden Tag wurde ich mit Enops und Bienor in einen Streitwagen gepfercht. Wir fuhren zum Strand hinunter und dann nach Osten zu unserem Lieblingsbadeplatz. Das Wasser war wunderbar warm, ruhig und glatt wie Wein, aber ich konnte nicht mit meinen beiden Gefährten mithalten, die auf typisch männliche Weise einen wüsten Wettkampf gegeneinander führten.

Gorgo und ich hatten uns schon eine Zeitlang zum Trocknen in das sonnenwarme Gras gelegt, bevor sich die anderen keuchend und tropfend zu uns gesellten. Es stimmt schon, daß wir die nächste Stunde über ein paar unanständige Seitenhiebe austauschten, wie Geschwister das zu tun pflegen, aber niemand dachte sich etwas Böses dabei. Wir waren alle an Nacktheit gewöhnt.

»Mutter scheint sich damit abgefunden zu haben, daß ihre Kleinen langsam flügge werden«, bemerkte Enops irgendwann schläfrig.

»Sie hatte ja auch keine Wahl«, pflichtete ich ihm bei. »Und sie hat ein Talent, das Unvermeidliche zu akzeptieren, als sei es genau das, was sie immer gewollt habe. Vater bleibt auch keine Wahl, aber er muß das Königreich nicht teilen – zumindest jetzt noch nicht –, und deshalb ist er glücklich.«

»Schade, daß Sphelos nicht mitkommen konnte. Ich sah ihn fortgehen, um steinewerfen zu üben.«

»Wie kann er sich bei all den reizenden Jungen nur konzentrieren?«

»Du bist gemein«, schalt ich ihn. »Er dient uns, so gut er kann. Warum arbeitest du nicht daran, eine Kriegerschar um dich zu versammeln?«

»Deine Schoßhündchen von Griechen haben sich bereits die besten Männer gekrallt!«

»Ach, komm! Es sind noch eine Menge stämmiger Holzfäller und Seeleute übrig.«

»Briseis, liebes Kind«, gab Enops mit einer gar nicht mal schlechten Imitation von Vaters Stimme zum Besten, »eine Kriegerschar bedeutet mehr als rohes Fleisch. Sag's ihr, Wagenlenker.«

»Der gutbediente Krieger«, leierte Bienor träge herunter, als wiederhole er eine Lektion, »hat seine Gefolgsleute dazu ausgebildet, Schwert, Bogen, Schleuder und Wurfspeer zu beherrschen, Mahlzeiten zu kochen, Lager aufzuschlagen, Pferde zu versorgen, Streitwagen instand zu setzen, Leichen von ihren Rüstungen zu befreien und als Träger zu fungieren. Seine Streitmacht ist mit Kundschaftern, Heilern, Trompetern und Herolden ausgestattet.«

»Du hast den Vogelschauer und den Barden vergessen«, stellte Enops heraus.

»Den Barden darf man wirklich nicht vergessen!«

»Das ist Aineias!« sagte ich. »Was haben Mynes und Epistrophos?«

»Rohes Fleisch.« Bienor gähnte. »Bruderherz, wie ist diese Badedienerin mit den dicken Titten?«

»Nicht so schmackhaft, wie sie aussieht. Die mit den roten Haaren ist saftiger. Die süßeste kleine Möse, die du je gesehen hast.«

»Ihr beide seid ekelhaft!« erklärte ich.

Bienor seufzte glücklich. »*Sie* sind da ganz anderer Meinung.«

»Billigt Aineias, daß die Söhne des Euneos Lyrnessos übernommen haben?«

Enops verscheuchte die Fliegen. »Er hat sie lieber hier, als daß sie für die Griechen kämpfen.«

»Er wird die Trojaner unterstützen?«

»O ja. Er träumt noch immer davon, Hektor zu ersetzen, aber er folgt ihm, wenn er muß.«

»Und du bleibst in Lyrnessos?«

»Weiß nicht. Ich bin sicher, Mynes wird den Krieg hier nicht aussitzen.«

Auf einen Schlag war ich hellwach.

»Was?«

»Liebe kleine Schwester!« Enops packte und kitzelte mich. »Glaubst du denn, der Mann gibt sich damit zufrieden, hier im Bett zu liegen und mit diesem schönen weichen Fleisch zu spielen?«

Ich riß mich los. »Hör auf damit! Und erklär es.«

»Gern. Mynes ist frei von den Zügeln seines Vaters. Wenn der Krieg nach Lyrnessos kommt, kann er hier kämpfen. Wenn nicht, wird er zum Krieg gehen. Und wenn der Krieg im Sand verläuft, wird er einen eigenen vom Zaun brechen.«

»Er würde gegen die Griechen kämpfen? Aber er folgt doch Agamemnon!«

»Sein Vater folgt Agamemnon. Hier ist er sein eigener Herr.«

Diesmal packte mich Bienor. »Und du bist seine Frau.«

Sie kitzelten mich gemeinsam durch. Ich schrie wie am Spieß, kämpfte mich erneut frei und kroch außer Reichweite. »Wird er gegen die Griechen oder gegen die Trojaner kämpfen?«

»Ich denke, das ist ihm gleichgültig«, antwortete Bienor. »Epistrophos aber nicht. Er wird sich ausrechnen, welche Seite die größte Beute verspricht.«

Ich griff nach meinem Gewand. »Ihr scheint euch eure Meinung über die beiden ja ziemlich schnell gebildet zu haben.«

»Bist du anderer Meinung?«

»Nein«, gab ich bekümmert zu. »Nein, ich bin derselben Meinung.«

Meine Brüder brachten die Pferde in den Stall. Als ich meine Schuhe in der Säulenhalle auszog, ragte plötzlich Mynes vor mir auf, und statt seines gewohnten Stirnrunzelns trug er eine finstere Miene zur Schau.

»Wo bist du gewesen?«

»Schwimmen.«

»Hast nackt mit nackten Männer herumgebalgt!«

Ich starrte ihn mit offenem Mund an. »Erwartest du, daß ich in meinen Gewändern schwimme?«

Er packte mich am Arm. Wenn er wollte, war er schneller als ein Falke. »Ich dulde nicht, daß du dich wie eine Dirne aufführst!« Seine Finger drückten zu, und ich stieß einen gellenden Schrei aus.

»Du tust mir weh!«

Widerwillig lockerte er seinen Griff. »Du bist meine Verlobte und mußt dich benehmen.«

»Ich war in Begleitung meiner Brüder!«

»Pervers! Philaios hat euch gesehen.«

»Du glaubst wohl alles, was dein Lieblingskriecher sagt? Also, bis ich deine Frau bin, sind meine Brüder für mein Benehmen verantwortlich und nicht du.«

»Du bringst sie in Gefahr, Briseis.«

Diese Drohung war so ungeheuerlich, daß sie mir die Sprache verschlug. Er packte mich wieder und preßte mich fest an sich.

»Hast du das verstanden?«

Ich wehrte mich, aber er hielt mich mühelos mit einer Hand fest. Er stank sauer nach Schweiß und Leder. Ich zuckte zurück vor dem, was ich in seinen Augen sah.

»Laß mich los! Wie kannst du es wagen, mich so zu tyrannisieren?«

»Benimm dich, oder ich gebe Befehl, dich nicht mehr aus dem Palast zu lassen. Ist das klar?« Mynes schubste mich weg, machte auf dem Absatz kehrt und stolzierte davon.

Als meine Brüder das nächste Mal schwimmen gingen, blieb ich zu Hause.

8 Das Rebenfest stand bevor, aber als ich Mynes anbot, ihm eine zu meiner passenden Maske zu machen, lief er dunkelrot an und schrie, seine zukünftige Frau würde sich nicht bei einer Orgie erniedrigen. Ende der Diskussion.

»Du bist so gut wie mit ihm verheiratet, Liebes«, meinte Mutter nicht ohne Mitgefühl, »und verheiratete Frauen halten sich üblicherweise fern, bis sie einen Erben zur Welt gebracht haben.«

Das stimmte. Es kam zu Unfällen, obwohl ich davon ausgegangen war, nur mit ihm zu tanzen. Ich versuchte darauf hinzuarbeiten, daß er bei mir zu Hause blieb und den Gott hier verehrte, aber er ging mit den anderen. Jeder ging, sogar Sphelos. Ich lag allein und schlaflos auf meinem Balkon, hörte das Singen und Lachen in der Ferne und dachte an Polydoros.

Die Berichte über vereinzelte griechische Überfälle waren veraltete Neuigkeiten, und es sah ganz so aus, als seien die Plünderer für den Winter heimgefahren. Mynes stimmte zu, unsere Hochzeit beim nächsten Vollmond zu feiern, wenn ich sechzehn würde.

Auf dem Webstuhl in der Halle der Königin jagten Ctimene und ich das Schiffchen hin und her. Wir hatten über Einzelheiten der Hochzeitsfeierlichkeiten geplaudert und waren in nachdenkliches Schweigen versunken, als Bienor, ein unerwarteter Besucher, hereinspazierte. Noch überraschender war, daß er frisch aus dem Bad kam, geölt und parfümiert und in strahlend saubere kurze Hosen aus Leinen gekleidet – sehr kurze Hosen, der jüngsten Mode entsprechend. Obwohl er noch immer ganz Sehnen und Knochen war, konnte selbst ich nicht leugnen, daß er inzwischen ein umwerfender junger Mann geworden war: Prinz, Wagenlenker, angehender Krieger. Armreifen, Halskette, das juwelenbesetzte Schwert, alles an ihm funkelte.

»Beim Lächeln des Apollon!« begrüßte ich ihn. »Habe ich ein Fest vergessen?«

»Ich habe ein Opfer dargebracht.« Er trat an ein Fenster.

»Ich bin sicher, die Götter waren baß erstaunt. Falls du Mutter suchst, sie suhlt sich im Bad und wird bald auftauchen.«

»Nein.«

»Welchem Umstand verdanke ich dann die Ehre deines Besuchs? Solltest du nicht draußen sein und schwitzen und dir Prellungen zuziehen? Welchem Gott?« fügte ich mißtrauisch hinzu.

»Aphrodite.«

Er drehte sich rasch um und kam mit einem unseligen Funkeln in den Augen auf uns zu, einem Funkeln, das, so lange ich zurückdenken konnte, Unheil bedeutete. Er blieb stehen, als er Ctimene erreicht hatte, und legte besitzergreifend einen Arm um sie. »Schwester, du besitzt die schönste Sklavin im ganzen Palast. Es wäre wirtschaftlich sinnvoll, wenn man langsam anfinge, sie Kinder bekommen zu lassen.«

Mein Zwillingsbruder hatte immer die Fähigkeit besessen, mich dazu zu bringen, meine Stimme, wenn nicht gar meine Fäuste zu erheben. »Nimm deine Hände weg von ihr!« begann ich. Wenn ich seinen Rat wollte, gellte ich, wäre ich durchaus in der Lage, ihn darum zu bitten. Ich hatte Ctimene seit dem ersten Tag, als sie hier angekommen war, vor Lüstlingen beschützt, kreischte ich, *und* er stünde ganz oben auf der Liste herzloser Wüstlinge in Lyrnessos, *und* ich hätte schon zahllose Angebote für sie ausgeschlagen, *und* ich hätte ihr versprochen, wenn sie einen Liebhaber gefunden hätte, der ihr gefiele, dann bräuchte sie mich nur zu fragen, *und* überhaupt ...

Mittlerweile hatte er beide Arme um sie geschlungen, und sie schien gleichzeitig zu weinen und das Gesicht an seiner Brust zu vergraben. Er feixte.

»O nein!« sagte ich ganz ruhig.

»O doch.«

Da ich so viel im Kopf hatte, hatte ich nur am Rande wahrgenommen, daß meine Sklavin sich in letzter Zeit seltsam verhielt – im einen Moment zwitscherte sie fröhlich, im nächsten war sie traurig, abwesend, dann wieder überschwenglich, die ganze Zeit himmelhoch jauchzend oder zu Tode betrübt, ganz anders als ihr sonst so ausgeglichenes, heiteres Wesen. Daß diese Veränderung unmittelbar nach dem Rebenfest eingetreten war, war mir nicht weiter aufgefallen. Sie behauptete, sie habe sich vergnügt, wüßte aber nicht, wer sie dort begattet hatte – weder seinen Namen noch wie er unter seiner Maske aussah. Abgelenkt, wie ich war, war ich nicht weiter in sie gedrungen.

»Du warst derjenige, den sie auf den Dionysia getroffen hat?«

»Ich war es, der sie vor der Meute gerettet hat. Ein Dutzend Jungen war hinter ihr her, aber Enops hat mir geholfen – auch wenn sie nicht wußten, wer wir waren, wollte uns dann doch niemand widersprechen. Ich habe deine kleine Taube fortgeschafft. Wir haben die ganze Nacht lang dem Gott gedient.«

Unmöglicher Bienor und seine Tricks! Dionysia hin, Dionysia her, wie konnte er es wagen, meine Leibsklavin zu verführen? Und wie konnte sie es wagen, sich so an ihn zu schmiegen, als könne er sie vor mir beschützen!

»Schwester, ich bitte dich, dein Versprechen ihr gegenüber einzulösen.«

»Laß sie selbst den Mund aufmachen! Ich kann nicht glauben, daß sie so wirrköpfig ist, sich mit dir einlassen zu wollen.«

»Sie liebt mich. Ich liebe sie. Ich will sie als meine Bettgefährtin. Ich werde treu und lieb sein und sie glücklich machen.« Er machte auf tugendhaft. »Seit ich auf dem Rebenfest bei ihr gelegen habe, habe ich kein anderes Mädchen angerührt.«

»Du? Keusch sein? Das glaube ich nicht!«

Sein Grinsen wurde noch verschlagener. »Das habe ich nicht gesagt. Wußtest du eigentlich, daß du schnarchst, liebste Briseis?«

Was? *Nein!* Unmöglich! Mein Zorn brüllte wie eine Schmiedeesse. Ich ballte die Faust, besann mich sehr rasch eines Besseren, holte einmal tief Luft, aber bevor ich auch nur ein einziges Wort brüllen konnte, sagte Bienor: »Warte! Es war nicht ihre Idee. Es war meine.« Dunkle Augen funkelten mich an, randvoll mit Spott. »Zwei Nächte nach dem Fest kletterte ich zu deinem Balkon hoch, stieg über dich und schlich mich zu ihrem Schlafplatz. Sie konnte nicht losschreien, weil das einen Skandal verursacht hätte – nun, das habe ich ihr jedenfalls gesagt. Ich küßte sie ein bißchen und streichelte sie, bis sie zugab, daß sie gar nicht wirklich schreien wollte, und das war es dann ... Seit diesem ersten Mal bin ich zur Tür hereingekommen. Du schnarchst. Aber nicht sehr. Nur hin und wieder. Wir fanden das sehr beruhigend.«

Bestürzt fragte ich: »Du hast das häufig gemacht?«

Grinsen. »Jede Nacht.«

Ich war entsetzt. Angenommen, Mynes hätte beobachtet, wie ein Mann mein Zimmer betrat und wieder verließ! Ich zitterte so sehr, daß ich kaum sprechen konnte. »Sie hätte mich doch nur zu fragen brauchen!«

»Hätte sie?« Ein überaus seltener Ausdruck legte sich über das Gesicht meines Bruders, aber ich kannte ihn gut genug, um zu erkennen, daß es Ernsthaftigkeit war. »Sie hat Angst vor dir, Briseis. Ich weiß, du bist eine gute Herrin, aber du bist eben die Herrin und sie die Sklavin. Du hast sie ein paarmal geschlagen. Leugne es nicht! Du hast schon immer schreckliche Wutanfälle gehabt, und eines Tages könnte es passieren, daß du wirklich verrückt wirst und befiehlst, sie bis auf die Knochen auszupeitschen – natürlich hat sie Angst vor dir!« Er seufzte. »Zwischen dir und mir hat es immer mehr Kampf als Liebe gegeben, nicht wahr? Als wir klein waren, hatte ich auch immer Angst vor dir. Du pflegtest mir immer das Gesicht in den Staub zu stoßen, erinnerst du dich?«

»Ich hätte nie damit aufhören sollen!«

»Ich habe noch immer Angst vor dir. Ich habe Angst, du könntest dich weigern, das Ctimene gegebene Versprechen zu halten, nur um mich zu ärgern.«

»Das ist ja lächerlich!«

»Dann gibst du also deine Einwilligung? Liebling, es ist alles in Ordnung. Sie ist einverstanden. Hab' ich's dir nicht gesagt?« Er gestaltete ihre Umarmung neu, so daß er Ctimene küssen konnte, und tat es – heftig und lange, vor meinen Augen. Zuerst ballte sie ihre Fäuste hinter seinem Rücken; ich beobachtete voller Neid, wie sie sich lockerten und öffneten, und dann gruben sich ihre Finger in sein Fleisch. Wenn das keine Leidenschaft war, dann wußte ich nicht, was es war. Warum konnte Mynes mich nicht ab und zu so küssen?

Als die Liebenden kurz innehielten, um nach Luft

zu schnappen, fragte ich: »Ist das wirklich das, was du willst, Mädchen?«

Sie war über und über errötet und keuchte, aber ihre Augen glitzerten wie Bergkristalle. »Ja, meine Herrin, o ja!«

»Hab's dir doch gesagt«, äußerte Bienor selbstgefällig, aber auch er war ziemlich rosig im Gesicht.

»Sei gut zu ihr!«

»Gut? Ich liebe sie! Ich bete sie an. Ich schwöre es bei Aphrodite!«

Nun, er hatte nicht verlangt, daß ich sie ihm schenken solle, obwohl das noch kommen konnte. Ctimene dankte mir mit Tränen auf den Wangen.

Ich umarmte sie und dann auch Bienor. »Seid glücklich! Bruder, ich werde dich beim Wort nehmen.« Ich warf noch einen Blick auf die beiden und seufzte. »Warum macht ihr euch nicht davon und bringt zu Ende, was ihr gerade begonnen habt? Ich bin sicher, mit dir ist heute sowieso nichts mehr anzufangen −«

Und fort waren sie, rannten Hand in Hand davon auf der Suche nach dem nächsten Bett.

Wie hätte ich etwas dagegen haben können? Es war eine sehr anrührende Liebesgeschichte. Ich war ziemlich bewegt, bis ich mir klarmachte, daß mein tückischer Zwillingsbruder mit meiner Leibsklavin in meinem eigenen Schlafgemach gesündigt hatte, während ich schlief − eine Unverschämtheit! Und wie hinterlistig! Hätte ich versucht, mich ihm in den Weg zu stellen, hätte der junge Schurke damit gedroht, die Geschichte in Umlauf zu bringen und mich zur Zielscheibe des Spotts zu machen. Ein ernsthaft verliebter Bienor war nur schwer vorstellbar. Wie lange konnte mein Halunke von einem Bruder seine Versprechen wohl halten? Ein Monat wäre schon eine Überraschung.

Ich begab mich auf die Suche nach Vater. Gorgo sprang auf und folgte mir.

Ich fand ihn zusammengesunken auf seinem Lieblingsstuhl auf dem Balkon sitzen, inmitten eines erstaunlichen Wirrwarrs von Stühlen und Tischen und leeren Bechern, Überbleibsel irgendeiner Zusammenkunft, die noch nicht weggeräumt worden waren.

Automatisch suchte ich die spiegelglatte See nach Anzeichen für griechische Piraten ab, fand jedoch lediglich einige Fischerboote. Lesbos lag wie ein bläulicher Dunstschleier auf der anderen Seite der Golfmündung.

»Vater, ich muß … Geht es dir gut?«

Er schlug die Augen auf und schaute mich desorientiert an. »Hm? Ja. Kopfschmerzen, sonst nichts. Was ist los, junger Schwan?«

»Ich muß mit dir reden!«

Er seufzte, als habe er genau das befürchtet. »Dann zieh dir den Stuhl da ran. Hierher, zu mir. Noch näher. Jetzt kannst du es mir erzählen.«

Ich erzählte es ihm − meine Sklavin tummelte sich in diesem Moment mit meinem Bruder im Bett. Er sah mich verwirrt und ungläubig an, als habe er eine weitaus ernstere Beschwerde befürchtet.

»Aber Bienor hat doch deine Erlaubnis … Ich verstehe dein Problem nicht.«

»Ich weiß, daß er ihrer müde werden wird, und das wird sie furchtbar verletzen. Bei all dem Unrecht, das Ctimene bereits erleiden mußte, scheint mir ein gebrochenes Herz ein unnötiger Zusatz zu sein. Kann ich ihn dazu bringen, sie zu heiraten?«

»Heiraten? Du willst, daß dein Bruder eine Sklavin heiratet?« Vater rieb sich den Bart, wie er es immer tat, wenn er ein Lächeln verbergen wollte. »Wer wird ihre Mitgift zur Verfügung stellen? Du? Ich?«

»Du willst mir also sagen, daß das eine schwachsinnige Idee ist.«

»Ein wenig unrealistisch. Kannst du dir vorstellen, was deine Mutter dazu sagen würde? Sie würde einen Aufruhr im Olymp veranstalten!«

»Ctimene ist von edler Abstammung.«

Er drückte meine Hand, eine Geste, die ich für gewöhnlich nicht so gerne hatte, jetzt aber merkwürdig beruhigend fand. »Ein Adliger kann keine Sklavin heiraten, Prinzessin, ganz gleich, wer ihr Vater war.«

Er meinte, *Was würden die Leute dazu sagen?*, Mutters ständige Klage. Selbst Enops hatte Sphelos verhöhnt, als dieser versucht hatte, Daos zu seinem Liebhaber zu machen. Sklavenmädchen oder Sklavenjunge, das machte keinen Unterschied. Vergnügen, ja. Verpflichtung, niemals.

»Ich glaube, du machst dir unnötige Sorgen, Briseis. Natürlich wird der Zustand der Vernarrtheit bei ihm nachlassen, bei ihr aber auch. Keiner von uns kann sein ganzes Leben lang eine brennende Leidenschaft aufrechterhalten, genausowenig, wie wir bei jeder Mahlzeit Rindfleisch essen können. Zuneigung und Schutz sind das Brot des Lebens. Der Konkubine eines Adligen mag es viel besser gehen als der Ehefrau eines Freigeborenen. Ich habe auch meinen Anteil an Bastarden gezeugt, wie du weißt, aber ich kümmere mich um sie – sorge dafür, daß sie ausreichend zu essen haben, selbst in mageren Jahren. Wenn du Bienor nicht zutraust, daß er das für das Mädchen tun wird, dann tu es selbst. Es sieht so aus, als wäre deine Sklavin einem Manne gegeben worden, der sie ehrlich liebt. Aphrodite hat sie wahrhaftig gesegnet.«

»Womit du sagen willst, daß die meisten Frauen es nicht sind?«

Er warf mir einen scharfen Blick zu. Es gab eine unschöne Pause, bevor er nachdenklich sagte: »Ich dachte, das sei der Grund deines Kommens.«

War es nicht. Aber da ich nun schon einmal da war … »Er läßt nicht die geringsten Anzeichen erkennen, daß er mich liebt oder daß ihm daran liegt, daß ich ihn liebe.«

Vater seufzte und streckte die Hand aus, um Gorgo zu tätscheln, die dicht neben ihm saß, hechelnd und mit heraushängender Zunge. »Die Liebe wird schon noch kommen. Erinnerst du dich noch daran, wie du mir gesagt hast, du wolltest einen Beschützer? Mynes ist möglicherweise der beste Krieger, dem ich je begegnet bin, größer als sein Vater. Vielleicht sind Aineias oder Odysseus … doch ich vermute, daß selbst sie zögern würden, dem Sohn des Euneos in der Schlacht gegenüberzutreten. Er wird streng, fordernd, vermutlich nie besonders freundlich sein, aber du und die Kinder, die du ihm gebären wirst, werden vermutlich besser beschützt sein als irgend jemand sonst. Mir sind die Hände gebunden. Ich habe ihn zum Heerführer ernannt. Wir haben Schwüre vor den Göttern geleistet.«

»Aber … Philaios hat letzte Nacht geweint – ich habe ihn gehört.« Ich wartete, aber Vater fragte nicht, wer Philaios sei, was ein schlechtes Zeichen war. »Mynes hat außerdem einigen der Badedienerinnen weh getan, nicht wahr? Sie haben sich bei Mutter beschwert, und sie sagte, sie wolle dich bitten, mit ihm zu sprechen.«

»Das habe ich auch getan. Er hat versprochen, vorsichtiger zu sein.« Vater sprach zum fernen Lesbos, nicht zu mir. Es gab nur wenig, was ein König tun konnte, um seinen Heerführer zu disziplinieren. Altes von Pedasos wurden von seinem eigenen Sohn Hörner aufgesetzt.

»Entsinnst du dich noch daran, als Enops uns verließ, um seine Quasten zu erwerben?« wollte ich von
ihm wissen. »Du hast ihn gewarnt, daß diejenigen,
die vom Tod leben, anders als andere Männer sind.
Sie sind geborene Mörder, hast du gesagt, wie
Habichte oder Haie. Sie sehen die Welt anders, als
wir es tun. Willst du mich einem …«

»Schluß damit!« herrschte Vater mich an. »Es ist
beschlossene Sache. Er ist ein harter Mann, aber es
ist auch eine harte Welt. Gehorche ihm, versuche,
ihn trotz seiner Fehler zu ehren. Lyrnessos wird in
guten, in starken Händen sein.«

»Jawohl, mein Herr.« Wer war ich, daß ich
Ctimene bedauerte?

Er bot mir seine Wange dar. Ich beugte mich zu
ihm hinunter, um ihn zu küssen.

Dann ging ich und überließ ihn seinen eigenen
Sorgen.

9 Diese Unterhaltung beseitigte die letzten Unklar-
heiten. Ich gestand mir ein, daß ich Mynes, Sohn des
Euneos, wirklich nicht heiraten wollte. Aber Vater
würde nichts unternehmen, und Mutter konnte
ohnehin nichts tun. Blieben also die Götter übrig.
Ich schritt durch das Palasttor zum heiligen Hain
hinunter.

Von Maera fand ich in ihrem moosbewachsenen,
baufälligen Schuppen keine Spur. Die Gebieterin war
aber selbstverständlich dennoch zu Hause. Ich
begab mich zu dem wackligen Tor und war mir
sofort ihrer Gegenwart bewußt, dieses warmen
Gefühls von Göttlichkeit in der Luft. Der Hain war
sehr still, angespannt, voller Unruhe, erfüllt von den
Blätter- und Walddüften des Morgens. Die letzten

Blumenkronen und blühenden Nesseln hielten sich noch inmitten des gelblich verdorrten Unkrauts, und das emsige Summen der Insekten übertönte den fernen Gesang.

Ich hatte nicht daran gedacht, eine Opfergabe mitzubringen. Ich hätte noch einmal zurückgehen und eine holen können, aber die Zeit schien zu sehr zu drängen, als daß sie einen Aufschub geduldet hätte. Als ich das Tor an seinen Lederangeln anhob und schweigend den heiligen Bezirk betrat, schwoll das Dröhnen der Heiligkeit mit Macht an. Meine Füße schritten lautlos über den weichen Boden. Durch das hohe Blätterdach gefiltertes Sonnenlicht funkelte auf dem knorrigen Zypressenholz der alten Götterstatue, auf den frischen Öl- und Honigopfern. Sie glich ebensowenig wie sonst einer Frau, aber dennoch verlieh der unruhige Lichtschimmer ihr irgendwie Leben, und das Summen der Fliegen wob ein Lied für sie, als summe die alte, uralte Göttin leise vor sich hin, während sie mich näher kommen sah. Ich kniete auf dem feuchten Boden vor ihr nieder, überzeugt davon, daß man mich erwartete.

Unbekannter Vogelgesang zwitscherte Geheimnisse, deren Bedeutung sich mir immer wieder entzog. Ich suchte das Astgewirr mit meinen Blicken ab, konnte die geheimnisvollen Vögel aber nicht entdecken. Dann seufzte eine leichte Brise durch den Hain, ein warmer Atemhauch. Blätter wisperten. Sonnenflecken tanzten überall, funkelten wie Juwelen.

»Was ist es?« rief ich aus. »Was versuchst du mir zu sagen?«

Es gab keine Worte, nur Gefühle. Die Göttin war dort − hinter mir, vor mir, überall, wo ich gerade nicht hinschaute. Sie lachte ein bißchen, neckte mich, foppte mich, so daß ich etwas, was für sie so offensichtlich war, nicht begreifen konnte.

»Du hast mich gerufen! Was willst du von mir? Sprich!«

Seit meiner Kindheit hatte ich ihre Nähe nicht mehr so stark empfunden. Gefühle stiegen in mir auf, überfluteten mich − Freude und Furcht, Trauer und Triumph. Meine Empfindungen hüpften in dem Lichtgewirr umher und lauerten im tiefen Schatten. Die Bedeutung kam nicht in Worten. Angst und Schrecken. Törichte, vergängliche Sterbliche. Schicksal und Pflicht.

Eine Krähe krächzte und flatterte auf das Götterstandbild hinunter, kaum eine Armlänge von mir entfernt. Ich wagte kaum zu atmen und kniete mucksmäuschenstill. Sie spähte mich mit ihrem bösen Auge an. Eine *einzeln* auftretende Krähe ist natürlich äußerst selten, aber alles, an was ich mich aus Helenos' Unterweisungen erinnern konnte, war, daß sie im Zusammenhang mit einer Hochzeit ein schrecklich ungünstiges Vorzeichen darstellte. Irgendwo links von mir krächzte ein Rabe, und die Krähe machte sich davon.

»Nein!« rief ich. »Nein, nein, nein! Noch nicht! Ich bin noch nicht bereit!«

Ich sprang auf und floh aus dem Hain. Ohne das Tor hinter mir zu schließen, lief ich den Berg hinauf zum Palast. Männer eilten aus dem Tor, als ich es erreichte. Es gab Rufe wie: »Da ist sie!« und »Meine Herrin?« und »Still, du Narr! Sie weiß es schon.« Sie machten mir den Weg frei, starrten mich aus ängstlichen Augen an, als ich an ihnen vorbeiflog durch das Gewirr von Flechtwerkhütten, das den äußeren Hof überwucherte. Über ihren Mahlsteinen kniende Frauen blickten überrascht hoch, Frauen mit Spindeln verstummten in ihrem eifrigen Geschnatter, Hunde bellten, nackte Kinder glotzten mich an. Ich rannte die Stufen zur Eingangshalle hoch, über den Innenhof, durch die Säulenhalle, das Vestibül. Noch mehr Diener, mit Feuerholz beladen, hasteten ins Megaron – eine Bestätigung für meine Befürchtung, denn es standen keine Feste oder Opfer an. Mittlerweile nach Luft schnappend, taumelte ich die Treppe hoch und den Gang entlang. Wie ein aus dem Wasser auftauchender Wal stand plötzlich Mutter vor mir und zog mich in ihre Arme. Sie war ein gewaltiges, weiches, unverrückbares Kissen. Meine überstürzte Flucht aus dem Hain fand in ihrer Umarmung ein jähes Ende.

»Beruhige dich, meine Liebste!«

»Wo ist er? Was ist passiert? *Laß mich los!*« Mein Atem rasselte wie ein Wetzstein. Ich zappelte vergeblich. Sie war kleiner als ich, aber wesentlich schwerer und noch immer eine starke Frau.

»Ruhig! Was sollen die Leute von dir denken? Es besteht kein Grund zur Eile. Er ist nicht bei Bewußtsein. Er würde dich nicht erkennen.«

»Er ist tot, nicht wahr? Tot!«

»Nein, Liebes. Aber der Fernhintreffende hat ihn böse gezeichnet.«

Ich entwand mich ihrer erstickenden Umarmung und versuchte, in dem dämmrigen Licht einen Blick auf ihr Gesicht zu erhaschen. Sie wirkte bleich, das war aber auch alles, was ich an ihrer Miene ablesen konnte. Auf ihren Wangen waren keine Kratzer, ihr Haar jedoch war widerspenstig und gelöst. Sie belog mich, dessen war ich gewiß. Ich hatte einen gräßlichen Geschmack im Mund.

»Er ist *tot!*«

»Psst! Nein, Liebes. Du darfst ihn nicht stören. Er ruht, befindet sich in guten Händen.«

»Als ich ihn verließ, ging es ihm noch gut. Nur Kopfschmerzen, hat er gesagt.«

Ihr Versuch eines Lächelns war purer Hohn. »Nun

ja, jetzt sind es mehr als bloße Kopfschmerzen. Nein, ich werde es nicht zulassen, Briseis! Schluß jetzt! Hör mir zu. Du hast heute noch Pflichten zu erledigen.«

Ich gab meine Versuche, an ihr vorbeizukommen, auf. »Pflichten?«

Sie umarmte mich noch einmal, aber dieses Mal war es eine andere Art von Umarmung, eine bekümmerte, mütterliche Umarmung. »Das Land muß einen König haben, Liebes. Mynes macht sich bereit.«

»Oh, nein! Ich will nicht, ich will nicht!«

»Willst du, daß ich es tue? Wer wäre denn deiner Ansicht nach ein passender Ehemann für mich, Liebes?«

Ich konnte nichts sagen als »Nein, nein«.

»Doch, doch. Du siehst, wie die Dinge stehen. Komm jetzt. Du mußt dich beeilen.«

Sie schloß ihre kraftvolle, dicke Hand um mein Handgelenk und führte mich den Gang entlang. Dieser Griff – die Hand um das Handgelenk – war eine groteske Parodie der Hochzeitsgeste, aber ich vermute, das war ihr gar nicht bewußt. Ihre Finger, obwohl sanft, waren kraftvoll, und sie zerrte mich an Vaters Tür vorbei, wo ich doch gern einen Blick hinein geworfen hätte. Mit großer Anstrengung hätte ich mich wahrscheinlich losreißen können, aber so kann man eine gerade verwitwete Frau nicht behandeln.

Mein Vater war tot. Sie wußte es. Ich wußte es. Vermutlich wußte es jeder im Königreich, aber man würde den schaurigen Anschein aufrechterhalten, bis die Nachfolge gesichert war.

10 Sie badeten mich, ölten mich, salbten mich mit Duftstoffen. Das Staatsgewand war noch nicht fertig, deshalb hüllten sie mich in das beste, das ich besaß. Sie schminkten mein Gesicht und meine Brustwarzen. Sie frisierten mein Haar, legten ein weißes Tuch darüber, und um meinen Kopf schlangen sie eine Girlande aus Granatapfelzweigen.

Mutter tauchte wieder auf, tadellos gekleidet wie stets, obwohl durch die Risse in den vielen Schichten von Gesichtsschminke ihre tödliche Blässe hindurchschimmerte. Ihre Augen waren völlig trocken.

»Du siehst wie eine Göttin aus, meine Liebe«, sagte sie, aber ihr Lächeln war von einem sehr schlechten Bildhauer gemeißelt.

Ich dankte ihr mechanisch – wenn sie mähen konnte, konnte ich dreschen.

Sie nickte anerkennend und drückte meine Hand. »Wenn deine Augen sich danebenzubenehmen beginnen, sieh nach oben. Das läßt die Tränen versiegen.«

Sie führte mich nach unten, und die anderen folgten uns zu der zusammengewürfelten Versammlung im Megaron, wo immer mehr Menschen zusammenströmten, alle offensichtlich frisch gewaschen und übereilt angezogen und halb zu Tode geängstigt. Nur ein kleines Feuer knisterte in der Mitte, aber es qualmte stark genug, um an einem heißen Herbstmorgen wie diesem die Luft in der Halle stechend und stickig werden zu lassen. Sphelos und Enops hatten eine Färse geopfert, was eigentlich Vaters Ehrenpflicht gewesen wäre. Als sie ihre Hände wuschen, begannen zwei Lauten aus Schildkrötenpanzern, eine Panflöte und ein Becken nach dem Zufallsprinzip durch eine musikalische Landschaft zu wandern.

»Du sitzt am Herd, Liebes«, klärte Mutter mich auf. »Mynes wird bald hier … Da ist er.«

Mein zukünftiger Gemahl kam mit seinem Bruder neben sich hereinstolziert. Beide ragten turmhoch über die Menge hinaus, die sich alsbald teilte, um ihnen Platz zu machen. Im Haar hatte er eine Girlande wie meine, die noch immer naß herunterhing, und ein paar blutige Kratzer am Kinn kündeten von einer zu hastigen Rasur. Über der einen Schulter hing ein Delphinumhang, auf seine blöden griechischen Beinschienen – aus Leder, nicht aus Bronze – hatte er jedoch nicht verzichtet. Er nahm auf dem Stuhl an meiner Seite Platz. Epistrophos, der die Vorgänge mit stechendem, aufmerksamem Blick verfolgte, setzte sich neben ihn.

Mynes' stahlgraue Augen suchten an mir nach Zeichen der Schwäche. »Die plötzliche Erkrankung deines Vaters ist für uns alle ein großer Schock. Ich drücke dir mein tiefempfundenes Mitgefühl aus.«

»Ich danke dir.« Das schien nicht zu genügen. »Die Götter mischen Böses mit Gutem, mein Herr. Mein Glück ist es, um so eher deine Frau zu werden.«

»Das Glück liegt ganz auf meiner Seite, meine Herrin.«

»Briseis!« rief Epistrophos aus. »Er macht Fortschritte!«

Stellte er mich mit seinem törichten Humor auf die Probe? An mir sollte es nicht liegen. »Wir werden noch einen Höfling aus ihm machen.« Wir waren dabei, einen König aus ihm zu machen.

»Oh, niemals! Aber wenn es dir genügt, ihm ein Kompliment pro Tag aus der Nase zu ziehen, wird die Enttäuschung vielleicht nicht allzugroß.«

»Nur an meinen guten Tagen«, versetzte Mynes. »Und dieser Tag ist einer von Trauer und großem Glück zugleich. Ich gestehe, Briseis, daß ich noch nicht sehr häufig geheiratet habe. Eure Sitten sind womöglich nicht die, mit denen ich vertraut bin. Kläre mich darüber auf, was als nächstes geschieht.«

»Wir werden natürlich ein Fest veranstalten. Es wird Gesang und Tanz geben. Oder das sollte es wenigstens. Ich hoffe, wir bekommen ein Lied –« Meine Stimme brach. Ich holte ein paarmal tief Luft.

»Du wirst Lieder bekommen, das verspreche ich.«

Aber keinen Streitwagen. Ich würde keinen Streitwagenzug bekommen, nicht einmal eine Fackelparade, nicht am hellichten Tage. Was konnte das schon für ein Fest sein, wenn Vater oben in seinem Bett steif wurde, während seine Familie sich hier unten vergnügte? Ein kurzes Fest natürlich, gerade Fest genug, damit die Leute wußten, daß wir richtig verheiratet waren.

Niemand aß viel.

Manche, mich eingeschlossen, tranken zuviel, aber selbst ungewässerter Wein konnte nur dazu führen, daß ich mich ekelhaft fühlte, nicht meinen Schmerz lindern oder mein Herz erwärmen. Dionysos hatte an diesem Tag keine Macht über mich.

Unsere Sitten in der Troas ähnelten denen der Griechen. Nach dem Fest entfernte die Braut ihre Kopfbedeckung, um ihre Zustimmung zu der Heirat zu bezeugen, die Gäste sprenkelten Getreide und Obst und Nüsse über das glückliche Paar und sangen ihm Hymnen. Die Braut mußte einen Apfel essen. Dann nahm der Bräutigam sie am Handgelenk und führte sie in sein Heim fort, wobei ihre Mutter voranging und alle Gäste um sie herum jubelten, sangen und Fackeln trugen. Der beste Freund des Bräutigams stand bis zur Morgendämmerung, wenn Musik und Gesang verstummten, Wache vor der Brautkammer.

In diesem Fall jedoch führte der Bräutigam die Braut nach oben in sein Gemach, und niemand folgte ihnen.

Im Zimmer war es dunkel, weil die Vorhänge gegen die Sonne zugezogen waren, aber es herrschte eine erdrückende Hitze. Niemand hatte daran gedacht, es des Duftes wegen mit Blumen zu schmücken. Es roch nach Männern. Alles, was ich sehen konnte, war die Bettplattform, die auf mich wartete; die Laken waren so zerknittert, als habe man sie vom Balkon hereingebracht und hierhin geworfen. Er schloß die Tür und blieb mit dem Rücken zu ihr stehen. Dann lachte er.

Ich drehte mich überrascht um, denn ich hatte ihn noch nie lachen sehen.

»Ich bin König! Du bist die Königin, und ich bin der König!« Wieder lachte er vor schierer Freude. »König Mynes, Sohn des Euneos!«

»Noch nicht!« Ich meinte, daß mein Vater noch nicht offiziell für tot erklärt worden war, aber er mißverstand mich und runzelte die Stirn.

»Stimmt. Zuerst muß ich mit dir schlafen, damit wir Mann und Frau sind.« Er stürzte sich auf mich und umfing mich mit seinen dicken Armen. Er zwängte seine Zunge in meinen Mund. Dionysos hatte ihm den Verstand geraubt. Ich erstarrte zu Stein.

Wütend stieß er mich von sich. »Wir müssen es hinter uns bringen. Zieh dich aus!«

Ich wandte mich ab und entkleidete mich mit zitternden Fingern, sagte mir, daß ich in diesem Stadium immer nervös sei und mich hinterher immer amüsiert hatte. Mein Herz glaubte mir kein einziges Wort.

Er rülpste. »Ich kenne die Weiber. Ich bin nicht wie dieser Zwerg von deinem Bruder. Nur weil ich Jungen liebe, muß das nicht heißen, daß ich nicht mit Frauen umzugehen verstehe. Ich bin sicher, ich kann dich heiß und schwitzig machen, wenn ich dazu Zeit habe. Im Augenblick braucht das Königreich mich mehr.«

»Dann kann das hier warten«, flüsterte ich, während ich dastand, meine Kleider um meine Füße gehäuft.

»Ich nicht.« Er lachte erneut. »Sieh, was du schon mit mir angestellt hast! Da! Siehst du den Hochgenuß, den ich für dich habe?« Er kam auf mich zu, nackt und mit einer riesigen Erektion. Er ergriff meine Hand und preßte sie zwischen seine Lenden. »Du mußt mir das Szepter geben, aber zuerst werde ich dir meins geben.« Er rieb seine Nase an meinem Hals.

Ich wollte ihm am liebsten sagen, er solle es Philaios geben, doch unglücklicherweise war ich jetzt auf einen Schlag stocknüchtern. Meine fehlende Reaktion begann ihn zu verärgern.

»Leg dich hin!«

Ich kroch aufs Bett und streckte mich aus. Er legte sich neben mich. Er gab sich Mühe, das muß ich ihm lassen – meine Brüste zu liebkosen, an meinen Brustwarzen zu lecken, meine Hüften zu streicheln, aber für mich fühlte es sich an, als knete er Teig. Meine Hände lagen an meinen Seiten, als seien sie dort festgenagelt. Er gab es auf, den Schein zu wahren, und funkelte mich wütend an, seine Augen dicht über den meinen.

»Warum sperrst du dich so? Gibt es da einen anderen Mann?«

»Nein, nein, nein!«

»Wenn du einen anderen Mann auch nur anfaßt,

schneide ich dir den Schoß heraus und ersticke ihn damit.«

»Nein, mein Herr. Ich möchte nur ein bißchen Liebe.«

»Liebe?« Wieder rülpste er. »Liebe? Wenn du sie verdient hast! Im Augenblick bekommt Philaios meine Liebe. Frauen sind dafür da, Kinder zu bekommen und den Haushalt zu führen. Schenk mir zwei oder drei große, starke Söhne, und ich werde dich dafür lieben. Tu deine Pflicht und fasel nicht von Liebe. Wenn du eine gehorsame, pflichtbewußte Ehefrau bist, dann werde ich ein rücksichtsvoller und duldsamer Ehemann sein. In Haushaltsangelegenheiten werde ich mich nicht einmischen. Verstanden?«

Ich unterdrückte ein Schluchzen und nickte. Rein körperlich hätte ich mir nichts Besseres erträumen können, und doch hegte ich, die ich bereitwillig mit anderen Männern geschlafen hatte, einen seltsamen Widerwillen dagegen, mich diesem hier hinzugeben.

Er wälzte sich aus dem Bett und ging zu der schönen Truhe aus geschnitztem Olivenholz, die Vater ihm geschenkt hatte. Kurz darauf kam er mit einem Flakon zurück.

»Öl«, sagte er. »Möchtest du dich darum kümmern?«

Ich schüttelte den Kopf und hatte gräßliche Angst, ich könne mich dadurch erniedrigen, daß ich in Tränen ausbrach.

Er verteilte Öl auf seinem Phallus, dann befahl er mir, die Beine zu spreizen, damit er es auch bei mir auftragen konnte. Er arbeitete es mit dem Finger in mich ein. Dann warf er den Flakon beiseite, hielt meine Beine fest und führte mit einer Hand sein Glied ein, als verkorke er eine Flasche. Ich schloß die Augen, biß mir auf die Lippen und bemühte

438

mich, nicht laut aufzuschreien. Nachdem er einmal drin war, stieß er mit brutaler Gewalt bis zum Anschlag vor. Es tat schrecklich weh. Als es nicht mehr weiter ging und sein volles Gewicht auf mir lastete, versuchte er mich wieder zu küssen, aber ich drehte mich weg.

Er knurrte wütend: »Wie du wünschst. Du willst es nur hinter dich bringen?« Er hob seine Hüften an und stieß erneut zu.

Da schrie ich auf, und beim nächsten Mal auch. Danach unterdrückte ich mein Schluchzen und blieb einfach still liegen, während er sein Glied in mich hineinrammte. Es wurde nicht besser – im Gegenteil, es wurde immer schlimmer, als er schneller und wilder und erregter wurde. Endlich stöhnte er auf und hielt inne. Als er sich von mir hinunterwälzte, drehte ich ihm den Rücken zu und ließ meinen Tränen freien Lauf.

»Jetzt bist du meine Frau«, sagte er, »und ich bin der König. Ich gehe davon aus, daß es das nächste Mal einfacher sein wird.«

Ich hörte ihn eine Weile umherschlurfen, während er sich ankleidete. Die Tür schloß sich, als er sich auf den Weg machte, um die Vorbereitungen für das Begräbnis seines Vorgängers zu überwachen.

Das war meine Hochzeit. Am Ende nahm ich dafür furchtbare Rache.

11 Mutter mußte Lauscher postiert haben, denn binnen weniger Minuten huschte sie ins Zimmer, nachdem sie die Tür leise hinter sich zugezogen hatte. Ich bedeckte meine Blöße mit einem zerknitterten Laken und wischte mir die Tränen aus dem Gesicht.

Durch ihr Staatsgewand behindert, kam sie zu mir und setzte sich stirnrunzelnd auf die Bettkante.

»Kein großes Vergnügen?«

»Überhaupt keins.«

Sie streckte mir die Hände entgegen. Ich nahm sie, und sie drückte meine mit festem Griff. »Das wird schon werden. Er hat jetzt eine Menge Dinge im Kopf. Ich bin sicher, er wird ein guter Ehemann und ein starker König sein. Erwarte nicht, daß die Leidenschaft von Anfang an da ist, meine Liebe, aber sie wird kommen. Die ersten paar Male sind nicht leicht, aber es wird viel besser.«

Mein erstes Mal war mit Polydoros gewesen, und über fehlende Leidenschaft hatte ich mich nicht beklagen können.

»Bald«, sagte sie und seufzte. »Ich hatte vier Jahre Zeit zu lernen, eine Ehefrau zu sein, ohne gleichzeitig Königin sein zu müssen. Du mußt beides zugleich lernen, Liebes. Es tut mir leid.«

Ich schaute mir ihr Gesicht in der Dunkelheit genau an, konnte aber keine Kratzspuren erkennen. Von der Schminke war jedoch einiges abgeblättert. »Er ist tot. Gibst du es jetzt endlich zu?«

»Hermes hat ihn geholt. Es geschah unmittelbar nach der Hochzeit. *Nein*!« Sie hielt meine Hände umklammert. »Nein, Briseis! Du wirst Potnia sein, du darfst deine Wangen nicht verunstalten.«

Ich wehrte mich kurz, dann wandte ich den Kopf ab.

»Es ist uns nicht gestattet, Liebes«, fuhr sie fort. »Versprichst du es?«

Ich nickte. Sie ließ mich los. Ich rollte mich auf die Seite und schluchzte. Nicht einmal geziemend betrauern durfte ich ihn!

Sie ließ mich ein paar Minuten weinen, dann redete sie in ihrer praktischen Zeit-deine-Pflicht-zutun-Stimme auf mich ein: »Nach dem Begräbnis muß Mynes das Szepter entgegennehmen. Es sollte noch heute geschehen, Panope.«

Ich warf mich herum und stützte mich auf den Ellbogen. »*Nenn mich nicht so!*«

»Aber du bist jetzt eine verheiratete Frau.«

»Wenn ich ihn schon nicht beklagen kann, dann will ich wenigstens nicht seinen Namen vergessen. Ich bin Briseis und werde es immer sein!«

Sie seufzte und zwang sich zu einem weiteren Lächeln. »Wie du willst. Er hätte sich gefreut. Möchtest du, daß ich die Zeremonie mit dir durchgehe?«

»Aber warum solltest …? Das ist deine Aufgabe!«

Sie schüttelte den Kopf. Von plötzlichem Entsetzen ergriffen, fuhr ich kerzengerade hoch und schlang meine Arme so heftig um sie, daß sie beinah das Gleichgewicht verlor. »Nein! O nein! Das darfst du nicht, nein, das darfst du nicht!«

Sie saß regungslos da und ließ mich gewähren. »Wir waren mehr als dreißig Jahre verheiratet. Ich werde ihn nicht allein gehen lassen.« Sie wartete, bis sich mein Ausbruch gelegt hatte. Ihr Gesichtsausdruck war so unbewegt wie der Potnias auf den Fresken. »Das ist mein Vorrecht, Briseis. Das kannst du mir nicht versagen. Die Moiren waren mir gnädig, denn wenige Frauen überleben so viele Geburten. Die Götter haben uns großes Glück gewährt. Wir haben uns vereint wie Feuer, wie du und Mynes es auch noch werdet, und als das Feuer erlosch, blieb die Liebe zurück. Wie geschmolzene Bronze – wenn sie abkühlt, passen Schmelze und Form perfekt zusammen. Ich habe gelernt, über seine Fehler zu lächeln und über seine Tugenden zu weinen.«

»Du mußt das doch nicht tun. Als Hippodemia starb, hat Anchises auch nicht …«

»Männer tun das nicht. Frauen sind anders. Ich werde nicht zulassen, daß die Leute sagen, ich hätte ihn nicht genügend geliebt. Wir werden gemeinsam hinübergehen. Nebenbei bemerkt, die Welt verändert sich. Lyrnessos verändert sich. Ich bin wohl feige, aber ich möchte nicht mehr erleben, was noch passiert. Mein Entschluß steht fest. Hilf mir bitte, indem du es mir nicht noch schwerer machst, ja?«

Ich schniefte, schluchzte und nickte widerwillig.

»Also, dein Vater hat immer gesagt, er wolle kein riesiges Gefolge haben, und Mynes hat seine Einwilligung erteilt. Für mich wird eine reichen.«

»Philona?«

»Hm … nein, Megara, denke ich. Sie ist mein ganzes Leben über bei mir gewesen und hat nicht mehr viele Jahre vor sich … Hörst du mir auch zu?«

Ich nickte dumpf.

»Und du versprichst es? Kein übertriebener Aufwand, bitte?«

»Nur Megara«, pflichtete ich ihr bei, obwohl ich mich schlecht dabei fühlte, eine Königin mit nur einer Dienerin auf die Reise zu schicken, wo sie doch ihr ganzes Leben lang von so vielen umgeben gewesen war. Sie führte ein paar Geschenke auf, die sie Freunden machen wollte, ein paar persönliche Besitztümer, die sie mitnehmen wollte. Ich nickte und nickte, bemühte mich, mich zu konzentrieren und mir alles zu merken.

»So, bist du bereit, eine Frau zu sein, oder möchtest du noch länger ein Kind bleiben?« Sie lächelte und drückte meine Hand. »Du kannst zehn Minuten haben.«

Ich schauderte und rieb mir die Augen. »Ich bin bereit.« Ich glaubte allerdings nicht, daß ich jemals bereit sein würde. Wieviel Leben und Tod mußte ich noch in einen einzigen Tag packen?

»Gut.« Sie klopfte mir auf die Schulter. »Und jetzt zur Zeremonie. Antikleia wird dir mit dem Trank helfen. Beim ersten Mal wirst du nicht sehr viel brauchen.«

»Was ist, wenn die Göttin nicht kommt?« flüsterte ich.

»Oh, ich bin sicher, daß sie kommen wird, weil es für das Volk wichtig ist zu wissen, daß sie den neuen König unterstützt. Hast du je erlebt, daß sie uns im Stich gelassen hätte?«

»Nein«, gab ich zu. »Aber das war auch bei dir. Angenommen, sie kommt nicht auf mein Bitten?«

Wieder ergriff sie meine Hände und hielt sie fest. »Auch zu mir ist sie nicht jedesmal gekommen, Briseis«, klärte sie mich leise auf. »Aber für das Volk ist sie immer gekommen.«

»Das verstehe ich nicht.«

»Ich meine nur, daß ich mir der Gottheit nicht immer bewußt war, wie ihr anderen es alle wart. Für gewöhnlich war ich es, aber nicht immer.« Ihr Blick suchte den meinen, forschte nach Verständnis.

»Du hast nur so *getan*?«

»Nein. Ich versuche dir zu sagen, daß du sie möglicherweise nicht immer spürst, daß das aber nichts bedeutet. Es bedeutet lediglich, daß sie dir als ihrer Priesterin zutraut, das zu tun, was sie tun würde, oder die Worte des Rituals zu sprechen, die sie sonst sprechen würde. Du bist ihre Stellvertreterin, selbst wenn du nicht ihre leibhaftige Erscheinung bist. Und niemand wird je den Unterschied bemerken, das versichere ich dir.«

Ich zitterte. »Ich werde es versuchen. Aber ich will nicht, daß du gehst. Du mußt doch bestimmt nicht mit ...«

Die Stimme der Königin erscholl wie die Potnias: »*Schweig!*«

Ich wich zurück, und sie wurde nachgiebiger. »Es ist entschieden, Briseis! Es steht nicht mehr zur Debatte. Jetzt zum Überreichen des Schwertes. Antikleia wird dir bei dem Trank helfen. Die Göttin beginnt für gewöhnlich mit dem Segen ...«

Als ich mich angekleidet hatte, wurden bereits Klagen angestimmt. Ich durfte meinen Vater sehen. Er lag auf frischen Laken und war in ein schlichtes, neues Gewand gekleidet. Sein Gesicht hatte eine sonderbar elfenbeinerne Färbung angenommen und war eigenartig geschrumpft, aber sonst sah er aus, als schlafe er. Das Gemach war abgedunkelt und voll von Frauen, die klagten, kreischten, sich Wangen und Brust zerkratzten und die Haare rauften; es stank nach starkem Parfüm, eine unerträgliche Hitze herrschte. Ich schob eine der Frauen weg – ich konnte mich nicht an ihren Namen erinnern, aber sie war die Mutter von zweien seiner Bastarde –, so daß ich ihren Platz einnehmen und seinen Kopf halten konnte. Ich jammerte und weinte, denn mehr war mir schließlich nicht gestattet. Wer wollte schon Königin sein, wenn das bedeutete, daß man nicht einmal den eigenen Vater angemessen betrauern konnte?

Königliche Begräbnisse sollten vorhersehbar sein, damit man sie angemessen vorbereiten kann, aber die Götter hatten keine Vorwarnung geschickt – weder mir noch sonst jemandem. Ich mußte es Mynes lassen, daß er mit nichts knauserte, was in der knappen zur Verfügung stehenden Zeit beschafft werden konnte.

Sechs schwarze Ochsen mit vergoldeten Hörnern

zogen den Katafalk, auf dem mein Vater ruhte, in sein prächtigstes Gewand gekleidet, reich mit Wohlgerüchen gesalbt und in seinen quastenbesetzten Kriegermantel gehüllt. Unmittelbar dahinter schritten fünfzig Frauen, barfüßig und ungekämmt, die heulten und klagten. Dann kamen die Opferschafe und -ochsen; Sphelos, der Mutter fuhr; Enops und Bienor, zu Fuß und in Rüstung; König Mynes und Königin Briseis in einem Streitwagen; die dreihundert Männer des Heers; der Hof; Palastdiener, Sklaven und Maultierkarren mit den Vorräten für das Fest; die gesamte Bevölkerung von Lyrnessos.

Ich beobachtete alles wie aus großer Entfernung, zu abgestumpft, um noch irgend etwas zu empfinden. Als Mynes sich erkundigte: »Geht es dir gut?«, starrte ich ihn stumm an, bevor ich schließlich antwortete: »Selbstverständlich.«

Er nickte anerkennend. »Wenn in Griechenland ein Krieger stirbt, ist es Sitte, Begräbnisspiele zu seinen Ehren abzuhalten – Streitwagenrennen, Ringen und so weiter. Seine Waffengefährten wetteifern gegeneinander um seine Rüstung und seinen Staat, so daß nur der beste Mann sie erben möge. Sein Heerführer setzt vielleicht weitere Preise aus, um sein Andenken zu ehren.«

»In der Zeit, da ich ihn kannte, war mein Vater nicht allzu kriegerisch, aber ich vermute, er hätte sich geehrt gefühlt.«

»Dann werde ich reiche Preise aussetzen. Für das Heer wird das eine gute Übung sein.«

Chthonia mochte sein Heer nehmen! Sie hatte meinen Vater genommen.

Für die späte Jahreszeit war die Sonne erstaunlich heiß, aber er konnte das nicht fühlen. Er konnte jetzt nicht mehr leiden. Seine Bestimmung war das Reich der Schatten, der körperlosen Geister. Dann mußte er mit der Hilfe, die wir ihm angedeihen lassen konnten, den Weg über den Fluß finden. Und mit Mutter an seiner Seite. Am anderen Ufer würden sie gemeinsam weitergehen, so daß sie bis in alle Ewigkeit in den Hallen der Göttin der Ewigkeit leben konnten. Würde er Daos dort treffen?

Der Leichenzug wand sich durch die Stadt und am Strand entlang zum Scheiterhaufen, wo die Männer noch bei der Arbeit waren, auch wenn sie bereits einen Holzstoß aufgeschichtet hatten, der höher war als ein Haus. Der Körper wurde vom Wagen auf die Bahre umgebettet, und dann traten die Trauernden einer nach dem anderen vor und streuten Locken ihres Haars über den Leichnam. Die Hofbeamten fügten von Mynes bereitgestellte Geschenke hinzu, die den König auf seiner Reise begleiten würden − Gewänder, Behänge, Schalen, Schnitzereien. Sie stellten eine reiche Wegzehrung dar, aber viele der kleinen Leute aus der Stadt hatten eigene Schätze mitgebracht, Kleinigkeiten, die sie selbst gefertigt hatten − Figürchen, Webarbeiten, Holzteller −, und mit diesen Totengaben hatte man nicht gerechnet. Seine Lieblingshunde wurden ihm zu Füßen gelegt.

Das schrille Klagen der Frauen war eine Qual, aber meine Tränen waren alle geweint. Ich hatte keine mehr übrig, nicht einmal für Mutter. Sie saß ruhig auf einem Stuhl im Kreise ihrer Freundinnen und Lakaien und schwelgte mit ihnen in Erinnerungen.

Ich kniete mich vor sie hin und hielt ihre Hand. Bienor stand hinter ihr, krampfhaft bemüht, nicht laut zu weinen. Von Zeit zu Zeit bot die alte Antikleia ihr einen weiteren Schluck des Gifts an, aber am Ende nahm sie nichts mehr zu sich. Bald darauf wurden ihre Worte undeutlich, und der Kopf sank ihr auf die Brust.

Im Hintergrund wurden Megara und Perimedes mit Mohnsaft betäubt. Die alte Frau war schon bei ihrer Ankunft offenbar mehr oder weniger bewußtlos, aber der Junge stöhnte noch und machte einen Aufstand.

Die Opferfeuer loderten in der Mittagsglut. Sphelos und Enops schlachteten methodisch Schafe und Ochsen, indem sie krumme Bronzemesser über ihre Kehlen zogen. Andere Männer zerlegten die Kadaver und schichteten das Fett um den Leichnam, damit er gut brannte. In die Häute eingewickelt, wurden die Knochen verbrannt und schickten ihren Opferrauch zu den jeweiligen Göttern hoch.

Dann wurde mir bewußt, daß Mutters Augen geschlossen waren. Ihre Atmung setzte aus, dann wieder ein, aus, ein … Ich rief, jemand solle Enops und Sphelos holen. Sie eilten sofort herbei, aber sie reagierte nicht mehr auf ihre Stimmen. Schließlich zwängte sich Mynes durch die Menge.

»Ist sie hinübergegangen?« Seine Stimme wirkte unnötig laut.

Antikleia hob eine mit Wasser gefüllte Silberschale vom Boden auf, leerte sie und hielt das kühle Metall unter Mutters Nase.

Sie beugte sich vor, richtete sich auf und nickte. »Sie ist hinübergegangen, mein Herr.«

»Bist du sicher?« rief ich aus und sprang auf. »Ganz sicher?«

Mynes legte einen Arm um mich. »Wir sind sicher. Komm, meine Königin.« Er führte mich fort. Ich verspürte nicht das Bedürfnis, an seiner Schulter zu weinen.

Königin Nemertes wurde neben ihren Gebieter gelegt und mit weiterem Tierfett umgeben. Ich nehme an, irgend jemand stellte völlig sicher, daß sie nicht mehr lebte, denn das ist so Brauch, aber ich fragte nicht danach. Die beiden Sklaven wurden herbeigebracht und ihnen zu Füßen gelegt, und Enops, unser Krieger, schnitt ihnen die Kehlen durch. Sphelos entzündete den Scheiterhaufen. Zuerst waren die Flammen in der Mittagshitze unsichtbar, aber bald begann Rauch emporzusteigen, und schließlich übertönte das Prasseln der brennenden Kieferscheite sogar das Geheul der Frauen. Nun waren ihre Seelen frei, und Hermes würde sie gemeinsam in das Reich der Schatten geleiten.

Später labten wir uns am Fleisch der Opfertiere. Ich würgte einen Bissen herunter. Ich erinnere mich daran, daß ich die Kinder beobachtete – die älteren, die es in sich hineinschlangen, die jüngeren noch unsicher wegen des ungewohnten Geschmacks.

»Du bist müde, Gemahlin«, stellte mein Ehemann fest. »Wir werden den Rest der Zeremonien auf morgen oder übermorgen verschieben.«

»Nein.«

Seine Augen weiteten sich. »Ich bin jetzt der König, Briseis.«

»Und ich die Priesterin Potnias. In bestimmten Dingen herrsche ich, mein Herr.«

Das gefiel ihm nicht, aber er erhob keine weiteren Einwände, damals noch nicht. Das war etwas, das zu einem späteren Zeitpunkt zwischen uns entschieden werden müßte, denn manche Männer sind nicht willens, ihren Frauen auch nur die kleinste Entscheidungsgewalt zu überlassen. Ich glaube, das ist der Grund dafür, warum der alte Weg ausgestorben ist.

Als es vorüber war, als die lodernden Flammen zu glühenden Holzkohlen zusammengeschmolzen und mit Wein gelöscht worden waren, wurden die Gebeine eingesammelt und in die Begräbnisgefäße getan, die später an der Seite meiner Vorfahren zur ewigen Ruhe gebettet werden würden. Dann stellten Mynes und ich uns auf einem Teppich auf, um die Beileidsbekundungen der Stadtbewohner entgegenzunehmen. Einzeln oder zu zweit beugten sie vor uns die Knie und gingen weiter. Ich sah viele vom Weinen gerötete Augen, viele blutige Wangen. Das gewöhnliche Volk von Lyrnessos betrauerte seinen ehemaligen König und seine Königin aus tiefstem Herzen, und das ist ein Tribut, den sich nur wenige Fürsten verdienen.

Und immer noch war der Tag nicht zu Ende. Während der Hof sich im Megaron versammelte, gesellte ich mich in dem winzigen Kräuterkämmerchen neben dem Küchenbereich zu Antikleia. Sie wirkte hagerer und skelettartiger denn je. Ihr Haar glich einem weißen Wasserfall, als sie sich über eine einschüchternde Auswahl von Tonfläschchen auf dem Tisch beugte. Trotzdem versuchte sie, mir aufmunternd zuzulächeln.

»Du wirst eine würdige Potnia sein, meine Herrin!« Ihre Stimme war heiser vom Jammern.

»Ich bin groß genug, das wohl«, stimmte ich ihr in Gedanken an die Fresken zu.

Sie lächelte eine zahnlose Anerkennung und schüttete etwas in einen Kelch. Dann griff sie nach einer größeren Flasche, schüttelte sie und fügte etwas daraus zu dem Gemisch hinzu. Sie hielt mir den Kelch hin.

»Mehr.«

Sie runzelte die Stirn und erhöhte die Dosis ein wenig.

»Mehr!« verlangte ich. »Mutter hatte ihn fast voll.«

»Du bist nicht daran gewöhnt! Es kann gefährlich

sein, meine Herrin − Mohnmilch und Bilsenkraut und Eisenhut ...«

Ich nahm mir selbst die Flasche und goß ein.

Antikleia entwand sie mir. »Närrin! Du weißt nicht, welches Wagnis du eingehst!«

»Mit Sicherheit werde ich nicht das Wagnis eingehen, mich als unwürdig zu erweisen! Potnia muß kommen!« Ich entschied, daß ich eine ausreichende Dosis eingeschenkt hatte. Es schmeckte sogar noch übler als ihre diversen Gebräue, die ich in der Vergangenheit gekostet hatte.

»Du wartest besser nicht zu lange, meine Herrin. Ich glaube, bei dir wird es sehr rasch wirken.« In der Ferne hatten die Gesänge eingesetzt. Sie nahm ein farbenfrohes Band und band mir den heiligen Knoten ins Haar.

»Dann komm. Laß uns hineingehen.« Ich nahm ein paar Stufen und fühlte, wie der Boden unter meinen Füßen schwankte. »Hm. Meine Güte, ist das ein starkes Zeug!«

Eine bedeutende Gottheit zu verkörpern, ist eine Erfahrung, zu der ich nur wenig zu sagen vermag, denn sterblichen Zungen fehlen dazu die nötigen Worte. Potnia kam nicht mit einem Donnerschlag, sondern füllte mich wie eine sanfte Woge der Freude aus, so wie ein Krug sich füllt. Als Briseis brauchte ich Antikleias stützende Hand, bis wir die Tür zum Megaron erreichten, dann jedoch hatte die Göttin die Herrschaft übernommen und schüttelte sie ab. Potnia floß in die dunkle, erwartungsvolle Halle, wo ihre Diener versammelt waren und sie im Schatten kniend erwarteten. Wir kamen durch den schmalen Korridor zu ihnen, den man für uns freigelassen hatte, und selbst im Halbdunkel war der Weg hell erleuchtet, so daß wir jeden gesenkten Kopf und jeden Finger sehen konnten, auf den wir nicht treten durften. Der Thron wartete, leer, fremd, bedrohlich; der Boden schwankte und kippte ab, so daß ich den Rest des Weges bergab zurücklegte. Wir stolperten um ein Haar, drehten uns um und setzten uns schneller, als ich beabsichtigt hatte.

Sitzen war besser. Meine Brüder und die glänzenden Locken von Mynes und Epistrophos verschwammen in dem Gesang, der wie Meereswogen überall um uns herum aufbrandete. Die Musik taumelte vor Düften von Äpfeln und Pistazien; wir hörten strahlende Parfümgirlanden durch die Halle schwirren, Quitte und Koriander. Potnia, die inthronisierte Göttin-Königin von Lyrnessos, das waren wir, und dies war unser Volk, das für uns sang, unseren Segen für seinen neuen König erflehte. Wie Mynes in seinem quastenbesetzten Umhang und dem Eberzahnhelm schwitzte! Ich erinnerte mich daran, wie Briseis ihn zuvor gesehen hatte, nackt und erregt, das hellbraune Haar auf seinem Körper, dünne Narben wie weiße Drähte, schwellende Muskelpakete, die im Handumdrehen zu einer ungeheuren Last wurden und mich niederpreßten, das rot angelaufene Gesicht dicht über meinem, die geschlossenen Augen, die gebleckten Zähne, während er zustieß und wieder zustieß und ich vor Schmerzen schrie. Ein mächtiger Mann. Der König. Für die Göttin jedoch war er vergänglich, schon tot, eine verfaulende Leiche.

In der Halle wurde es heller, aber auch nebliger. Ich lächelte all ihren kleinen Ameisengesichtern zu, die mich, Potnia, voller Verehrung anschauten. Meine Ohren hallten wider von ihrem Lobgesang. Von ganz weit weg trat Mynes vor und kniete wieder nieder, um mir eine Elfenbeinschatulle zu Füßen zu legen. Sphelos brachte eine goldene Vase, und Enops kam, und andere, während auf den Wänden eine weitere Prozession einer anderen Potnia ihre Opfergaben darbrachte. Gemalte Blumen schwankten in der Brise, und Delphine durchschnitten die See.

Meine Hand hob sich von selbst, und der Gesang verstummte. Ich stand, denn ich wog nichts. Aus dem grellen Leuchten heraus reichte mir die fette alte Alkmene den Korb mit den Schlangen. Ich nahm eine in meine rechte Hand und verfolgte interessiert, wie sie ihre Zähne in mein Handgelenk schlug. Sie war ungiftig. Ich nahm die andere in meine Linke und hielt beide in die Höhe, um sie meinem Volk zu zeigen und ihre Jubelschreie über das Kommen von Potnia Theron zu hören. Ich hörte sie sprechen, Ernte und Getreide und Herden segnen. Ich vermute, daß sie die Schlangen, sobald sie mit ihnen fertig war, in den Korb zurückwarf, wie ich es Mutter immer hatte tun sehen, aber erinnern kann ich mich nicht daran.

Es folgten andere und ganz zum Schluß Potnia Aphaia. Sie nahm das Bronzeschwert entgegen, und unser Arm hob es mühelos über den Kopf, obwohl Briseis allein es nie hätte anheben können. Sie drehte es um und hielt Mynes' starken Händen den Griff hin. Wieder donnerte die mächtige Stimme der Göttin durch das Megaron, was sie aber sagte, hörte ich nicht. Ich nahm kaum sein wutentbranntes Gesicht wahr, das vor uns zerfloß wie die Sonne hinter Wolken, und ich entsinne mich nicht, daß er sie schlug, aber er tat es.

Mutter hatte häufig verwirrt und schwindlig gewirkt, wenn die Göttin sie verlassen hatte, so daß es für mich keine Überraschung war, daß ich unverzüglich in Ohnmacht fiel. Ich habe keine Erinnerung mehr daran. Man erzählte mir später, daß es kaum einen Aufschrei gab, vielleicht weil jedermann erwartete, daß sie ihn auf der Stelle niederstrecken würde. Aber er erfreute sich bester Gesundheit. Er trug mich nach oben. Alles, was ich weiß, war, daß ich sehr viel später im Dunkeln in seinem Bett mit den schlimmsten Kopfschmerzen aufwachte, die ich je gehabt hatte. Bäche von Schweiß rannen mir über den Körper, und mein Mund war trocken wie Asche. Ich war keine Göttin mehr.

Ich war Briseis, noch nicht ganz sechzehn, die Königin von Lyrnessos. Eine verheiratete Frau. Dessen konnte ich zumindest sicher sein, denn ich hatte einen nackten Ehemann, der neben mir schnarchte, und zwischen den Schenkeln eine wunde, klebrige Stelle.

Buch 7
PATROKLOS

1 In all den Tagen meiner Mutter und ihrer Mutter vor ihr hatte keine Menschenseele je erlebt, daß Potnia geweissagt hätte. Sie manifestierte sich bei vielen Zeremonien im Jahresverlauf, und bei einigen davon sprach sie einen rituellen Segen. Ganz selten mochte sie sich über andere Angelegenheiten wie die notwendige Instandsetzung des Schreins äußern, und vor kurzem hatte sie uns versichert, daß die Seelen von Melite und Klymene sicher den Fluß überquert hatten. Daran magst du die Bestürzung angesichts der Worte ermessen, die sie an Mynes richtete: »Nimm dieses Szepter, auch wenn du der Geringste von denen sein wirst, die es tragen, und der letzte. Deine Tage sind gezählt. Du wirst keine Kinder zeugen, und der Sohn einer Göttin wird deinen Leichnam verbrennen.«

Von seinem Standpunkt aus betrachtet, hatte Mynes allen Grund zu zürnen. Er war ein mächtiger Mann, von den Göttern dazu ausersehen, König zu sein; dennoch war er es nur, weil er mit mir verheiratet war, und überdies war es meine Hand, die ihm das Szepter gereicht hatte. Schon diese Zugeständnisse waren ziemlich schwierig für ihn. Genausowenig konnte er begreifen, daß ich manchmal die Göttin und nicht seine Frau sein mußte. Er hielt die Worte, die er an jenem ersten Abend von meinen Lippen hörte, für eine gezielte Herausforderung und öffentliche Beleidigung.

Er konnte nicht glauben, daß mir jede Erinnerung an diese Worte fehlte. Ich war fast in Tränen aufgelöst, bis ich ihn dazu überreden konnte, sie für mich zu wiederholen, selbst in der Abgeschiedenheit seines Betts, in der wir in nackter Intimität an jenem ersten Morgen lagen.

Dann weinte ich. »Mein Herr, das sind weder

meine Worte noch meine Wünsche. Ich möchte nicht, daß du durch die Hand irgendeines anderen Mannes stirbst. Ich möchte nicht, daß deine Herrschaft kurz währt, und ich werde mich glücklich preisen, dir zahllose Söhne zu schenken, falls unsere Gebieterin es so will. Und ich verstehe nicht, warum die Göttin solche Dinge gesagt haben sollte, weil Potnia durch meine Mutter nie prophezeit hat.«

»Das hat man mir auch berichtet«, versetzte er grimmig. »Und das ist der Grund, warum du heute vor dem versammelten Hof auftreten und erklären wirst, daß du diese Bosheiten aus eigenem Antrieb von dir gegeben hast und daß es nicht die Göttin war, die da gesprochen hat.«

Ich starrte voller Bestürzung in jene erbarmungslosen grauen Augen, die so nah neben meinen auf dem Kissen lagen. »Mein Herr, es wäre Gotteslästerung, wollte ich mich von den Worten der Gebieterin lossagen. Ich kann sie nicht leugnen. Verlang alles von mir, aber nicht das.«

Daraufhin erhob er sich, nahm seinen Schwertgurt und verabreichte mir meine ersten Prügel. Ich beharrte auf meiner Weigerung. Er hielt inne, um sich mit mir zu paaren, doch als er fertig war und erkannte, daß Zärtlichkeit mich auch nicht umstimmte, verfiel er wieder auf Schläge und versprach, so lange weiterzumachen, bis ich gelobte, zu tun, was er wollte. Meine Kapitulation nützte ihm nichts, weil meine Stimme nicht die Stimme der Göttin war und niemanden überzeugte.

Danach schlug Mynes mich häufig, mit seinem Schwertgurt, wenn er nüchtern, und mit den Fäusten, wenn er betrunken war, aus völlig belanglosen Gründen – sein Badewasser war nicht fertig oder ich hatte zuviel über eines anderen Mannes Witze gelacht. Wenn er mich geschlagen hatte, pflegte er mich zu besteigen, denn Grausamkeit erregte ihn wie nichts anderes. Ctimene sah all meine Striemen und Prellungen, aber ich ließ sie Stillschweigen schwören; und sie hat es nie jemandem weitererzählt, nicht einmal Bienor.

Ich will nichts mehr von meiner Ehe erzählen, außer, wie ich sie beendete.

Könige kommen und gehen, das Land aber bleibt. Die Ernte in diesem Jahr war reich, sowohl an Getreide als auch an Früchten. Als der Schnee die Bergpfade und die Stürme das Meer unpassierbar machten, schliefen wir tief und versuchten, nicht vom Frühling zu träumen.

Die Kiliker, Leleger und Dardanier wurden über den Herrscherwechsel in Lyrnessos informiert und reagierten mit königlichen Geschenken. Ihre Herolde drechselten formvollendete Worte des Willkommens und stellten vorsichtige Fragen bezüglich der Politik des neuen Königs. Mynes war der Ansicht, Diplomatie sei Männersache, so daß ich seine Antworten nicht hörte.

Obwohl sein Sakrileg, die Göttin während ihrer Weissagung im Megaron zu schlagen, großen Kummer verursacht hatte, wurde ihm bald vergeben. Im allgemeinen billigten die Menschen ihren tatkräftigen jungen Herrscher − nicht, daß man sie um ihre Meinung gebeten oder daß es irgendeinen Unterschied gemacht hätte. Er ließ seine Arbeitstrupps weiter an den Verteidigungsanlagen bauen, während er gleichzeitig damit fortfuhr, sein Heer auszubilden und zu vergrößern. Er ernannte seinen Bruder zum Heerführer, aber unter einem König, der selbst ein Krieger war, bedeutete diese Ehre wenig.

Epistrophos nahm seine militärischen Pflichten

ernst, fand aber dennoch Zeit, das jährliche Zählen der Vorräte zu überwachen. Der arme Sphelos wußte nie, wann er beim Hochschauen in jene kalten grauen Augen blicken würde, die auf ihn herabsahen. Er machte mit seiner Schleudergruppe weiter, und Mynes bestärkte ihn darin.

Um Enops sorgte ich mich mehr als um Sphelos. Mit Potnias Warnung vor dem Sohn einer Göttin konnte Aineias gemeint sein, sie paßte aber ebensogut auf jeden meiner Brüder. Obwohl Mynes sie alle mit Argwohn betrachtete, wäre Enops, falls er sich einen Feind aussuchen müßte, die offensichtliche Wahl. Glücklicherweise war Enops sich der Gefahr bewußt und clever genug, keinen Anstoß zu erregen.

Bienor blieb Ctimene erstaunlicherweise treu. Ständig traf man sie händchenhaltend und wie die Tauben gurrend an. Sie teilte jede Nacht sein Bett, und mir kam kein Geschwätz zu Ohren, daß er sich tagsüber mit anderen herumtrieb. Enops zog noch immer die Abwechslung vor, was sehr ärgerlich für mich werden konnte, wenn irgendeine Magd oder Badedienerin auf ihrem Posten fehlte. Die Frauen freuten sich über die Atempausen, und über Enops freuten sie sich auch alle. Sie sagten immer wieder, daß sie Enops Epistrophos bei weitem vorzögen – Epistrophos war nur eine andere Art von Arbeit, Enops jedoch bedeutete Spaß. Meine Brüder und meine Sklavin genossen also ihr Leben wesentlich mehr als ich.

Der sonst so willkommene Frühling brachte in diesem Jahr Krieg. Die Griechen versammelten sich erneut in Aulis, und ihre Flotte war größer und besser organisiert als zuvor. Von Aulis segelten sie um Euboia zu den Sporaden und weiter nach Skyros, das sie plünderten, obwohl es kein Verbündeter Trojas war. Als Poseidon einen günstigen Wind sandte, hielten sie kühn Richtung Norden über Strati und Lemnos, wo König Thoas sie willkommen hieß. Ob er Agamemnons Sache wirklich unterstützte oder es einfach nur besser wußte, als sich einem solchen Heeresaufgebot zu widersetzen, spielte keine Rolle, denn in Lemnos gelang es ihnen, sich zu versammeln und Vorräte an Bord zu nehmen. Binnen weniger Tage landeten sie auf Tenedos, einer dem Apollon heiligen Insel. Die Schreine wurden verschont, die Bevölkerung nicht. Nun befanden sich die Griechen in Sichtweite Trojas.

Wir Lyrnesser versuchten, die Auseinandersetzung zu ignorieren wie Kinder, die sich die Decke über den Kopf ziehen, wenn ihre Eltern streiten, und mit ebensowenig Erfolg. Aineias hatte die dardanischen Krieger noch immer nicht auf die trojanische Sache eingeschworen, aber dardanische Reiter dienten als trojanische Kuriere, die Botschaften zu den Bundesgenossen im Norden, Osten und Süden trugen. Tag um Tag kamen diese verwegenen Männer durch Lyrnessos und teilten ihre grimmigen Berichte mit uns.

Der nächste Schlag ging auf Lesbos nieder, und wir sahen den Rauch, als Thermi und Methymna brannten. Horden von Flüchtlingen begannen vor unserem Tor einzutreffen. Knapp, wie wir an Raum und Vorräten waren, verweigerte Mynes ihnen die Zuflucht, und danach waren wir im eigenen Land nicht mehr sicher.

Bald hörten wir, daß die Griechen Larissa geplündert hatten. Sie waren auf dem Festland.

Ein einsamer Streitwagen kam den dardanischen Weg heruntergerattert, gelenkt von Askanios, Sohn des Aineias – kaum mehr als ein Junge und sehr selbstgefällig. Der Passagier war sein Großvater Anchises, der inzwischen völlig erblindet war, sich aber noch immer stolz und aufrecht hielt. Zudem gehörte er zur Familie, so daß Mynes mir widerstrebend gestattete, am Begrüßungsfestmahl teilzunehmen. Wahrscheinlich hatte Anchises darauf bestanden.

Der Krieg hatte den großen Festlichkeiten ein Ende bereitet. Nur fünf von uns kamen in dem hallenden Megaron zusammen. Ich war betrübt, daß meine Brüder ausgeschlossen worden waren, obwohl das lediglich zeigte, wie die Zeiten sich geändert hatten und daß nun ein neuer König das Szepter in Lyrnessos führte. Ich erreichte den Thron vor Mynes und wußte, daß ich für diese Anmaßung später würde büßen müssen. Die anderen saßen auf Stühlen mit Fußschemeln. Der kleine Askanios feixte vor sich hin, weil er an dieser Besprechung von Herrschern teilnehmen durfte. Als wir uns satt gegessen und getrunken hatten, schickte Mynes die Diener weg und unterbrach das Geplauder mit einem abrupten: »Welche ernste Angelegenheit verschafft uns die Ehre deiner Anwesenheit, mein Herr?«

Anchises nippte müßig an seinem Wein. Sein knochiges, verwittertes Gesicht unter den silbrigen Locken trug noch immer den Stempel königlicher Würde. Von ihm hatte Aineias seinen Adlerblick geerbt.

»Die Griechen sind in Troja gelandet.«

»Das sagtest du bereits. Die Nachricht ist kaum überraschend.«

Der alte Mann zog seine schneeweißen Brauen in

gespieltem Staunen hoch. »Überraschend für Hektor allemal. Er hatte geschworen, sie würden in den Wogen umkommen.«

Ich warf ein: »Der Sohn des Priamos hat im letzten Jahr genau das in dieser Halle verkündet. Begünstigen die Götter Agamemnon mehr als Hektor?«

Der Adlige hatte sich mir mit einem Lächeln zugewandt. »Nein, aber Agamemnon hat einen Mann gefunden, den sie begünstigen. Sein Name lautet Achilleus, Sohn des Peleus, Prinz von Thessalien, der jüngste der griechischen Anführer, aber bei weitem ihr größter Krieger.«

»In Mysia hat er sich gut geschlagen«, räumte Mynes ein.

»Seitdem hat er sich noch bedeutend besser geschlagen. Man muß Hektor allerdings zugute halten, daß er nicht in die erste Falle gegangen ist, die Achilleus ihm gestellt hat. Hast du seine Absicht vorausgesehen?«

Mynes tauschte Blicke mit seinem Bruder. »Das liegt doch wohl auf der Hand. Er hat versucht, die Trojaner nach Süden zu locken.«

»Genau. Zuerst Lesbos, dann Larissa. Hätte Hektor den Köder geschluckt, hätten die Griechen ihn möglicherweise von seiner Stadt abschneiden können. Er ließ sich nicht ablenken. Doch den Alten steht es schlecht an, von tapferen Taten zu erzählen. Askanios, berichte du den Söhnen des Euneos, was geschehen ist.«

Sein Enkel strahlte und begann, aufgeregt in seinem schrillen Sopran zu reden: »Meine Herren, die Griechen verließen die Ruinen von Larissa und setzten wieder Segel, in nördlicher Richtung auf die Dardanellen zu, an der Bucht von Besik vorbei. Ihr wißt … Ihr Herren seid euch zweifellos darüber bewußt, daß es an den Klippen nördlich von Besik keine

Landemöglichkeit außer der Bucht von Troja selbst gibt, und Prinz Hektor meinte seine Chance zu erkennen. Er teilte sein Heer ...« Er legte eine Pause ein, dann fuhr er kühn fort: »Mein Vater sagt, das sei eine große Dummheit gewesen! Er ließ die Hälfte seiner Streitmacht in der Stadt und führte den Rest um die Bucht herum zum Kap Sigeum, so daß er beide Seiten der Bucht unter Kontrolle hatte. Er dachte, er habe jede Menge Zeit, weil die Schiffe gegen Wind und Strömung rudern mußten und nur langsam vorwärts kamen, doch als er in die Falle gegangen war, teilten auch die Griechen ihre Truppen auf. Die Hälfte der Flotte zog die Segel auf, wendete und setzte mit dem Nordwind im Rücken Kurs zurück nach Besik. Jetzt steckte der Prinz zwischen den beiden Hälften der griechischen Armee! Ihm blieb keine Wahl, als sich zurückzuziehen und zu versuchen, die Landung in Besik zu verhindern. Doch als er dort eintraf, waren die Griechen bereits an Land gegangen, und ihre Vorhut landete ungehindert am Kap Sigeum und rückte gegen seinen Rücken vor. Bis zum Einbruch der Nacht hatten die Trojaner sich bis zum Skamander zurückgezogen, und die Griechen hatten ihr Lager errichtet.«

»Eine gut vorgetragene Geschichte!« lobte sein Großvater ihn liebevoll. »Doch nun folgt eine noch schwierigere Aufgabe: Erzähle uns, was daraufhin geschah!«

Der Junge reckte stolz sein Kinn in die Höhe, ganz seines Vaters Sohn. »Priamos wird nach Aineias schicken und ihn zum trojanischen Heerführer ernennen!«

»Vielleicht. Wir können mit vielen Tagen harter Kämpfe rechnen − Gehöfte und Obsthaine werden zerstört werden, Herden vernichtet, die außerhalb der Mauern liegenden Stadtteile niedergebrannt, bis

464

nur die uneinnehmbare Zitadelle selbst übrigbleibt. Troja könnte einer ausgesprochen langen Belagerung widerstehen, aber Hektor hat gewiß seine beste Chance verpaßt, den Krieg zu gewinnen – vermutlich seine einzige Chance.«

»Und du bist gekommen, um zu erfahren, ob ich mit deinem Sohn marschieren werde«, sagte Mynes.

Anchises kicherte. »Ich sehe, du bist ein Freund offener Worte, Sohn des Euneos. Dardania rechnet Lyrnessos seit langer Zeit zu seinen Verwandten und Verbündeten. Können wir jetzt auf euch zählen?«

»Die höchste Geschicklichkeit im Krieg besteht darin, auf der Seite des Gewinners zu stehen.«

Ich sah einen entsetzten Ausdruck über Askanios' junges Gesicht gleiten, sein Großvater jedoch verriet sich durch keine Regung, während er auf eine richtige Antwort wartete. Auch Mynes schwieg. Ich vermute, daß er keine Antwort wußte, daß er sein moralisches Dilemma nie gelöst hatte. Das Schweigen wurde so drückend, daß ich mir sicher war, ein Gott müsse zugegen sein.

Epistrophos ergriff als erster das Wort. »Die Entscheidung fällt ihm nicht leicht, Sohn des Capys. Wir haben Ehrenbande zu beiden Heeren – zu euch auf der einen Seite durch Verwandtschaft sowie unseres Vaters Gastfreundschaft mit Priamos, zu Agamemnon auf der anderen Seite als Oberherr unseres Vaters. Wir müssen auch unsere eigenen Interessen abwägen. Die Seite des Gewinners zu wählen mag in diesem Fall nicht genügen. Falls mein Bruder die Trojaner unterstützt, dann wird Agamemnon – selbst wenn er als Geschlagener heimkehrt – zweifellos Rache an unserem Vater Euneos nehmen. Falls wir die Griechen unterstützen, dann hetzt uns Troja womöglich die Leleger und Kilikier auf den Hals, nicht wahr?«

»Hat dein Bruder gedacht, es sei leicht, König zu sein?«

Mynes brüllte vor Lachen und langte nach dem Weinkrug. »Ich mag dich, alter Mann! Wärst du dreißig Jahre jünger, hätte ich nicht übel Lust, dich mit der Lanze zu prüfen!«

Der alte Mann lächelte traurig. »Das Wagnis würde ich mit Freuden eingehen, würde der Donnerer mich dafür von der Last meiner Jahre befreien. Doch welche Antwort soll ich meinem Sohn überbringen?«

»Deinem Sohn?« Mynes füllte Anchises' Becher nach. »Ich habe eine Prophezeiung gehört, daß ich durch die Hand eines Sohnes einer Göttin sterben werde. Von deinem Sohn heißt es, er sei ein solcher. Hast du einer Göttin beigewohnt, als du ihn gezeugt hast?«

Anchises runzelte über eine so lästerliche Frage die Stirn. »Nur in dem Sinne, daß meine Gemahlin Priesterin der Aphrodite nach dem alten Weg war, wie meine Tochter es nun ist. Das ist eine nur allzu geläufige Ausdrucksweise, die lediglich besagt, daß Aineias kein gewöhnlicher Mann ist und die Göttin ihren Diener reich gesegnet hat.« Die welken Lippen verzogen sich spöttisch. »Deine eigene Gemahlin ist Priesterin der Potnia, so daß du dich möglicherweise selbst mit einem Sohn gesegnet sehen wirst, den man als Halbgott preisen wird.«

Mynes warf einen finsteren Blick in meine Richtung. »Ich finde diese Gleichsetzung einer bloßen Priesterin mit einer Göttin anstößig.«

»Aber ihr Griechen tut doch genau dasselbe. Nun, der Sohn des Peleus …« Anchises tastete nach seinem Weinkelch. Askanios griff schnell hinüber, um ihm zu helfen.

»Was ist mit ihm?«

»Achilleus' Myrmidonen bejubeln ihn als Sohn der Thetis.«

Mynes sah erst seinen Bruder, dann mich an.

»Wie es aussieht, stehst du zwischen zweien von ihnen!« ließ Epistrophos ihn fröhlich wissen.

»Sehr lustig! Und auch gotteslästerlich! Zum Glück glaube ich nicht im geringsten an solche zweifelhaften Weissagungen.«

Helenos hatte mich gewarnt, daß Prophezeiungen nichts ändern würden.

»Das ist in der Tat dein Glück«, entgegnete Anchises. »Welche Antwort nehme ich zu meinem Sohn zurück?«

»Sag ihm, wer immer diese Stadt angreift, stirbt durch meinen Speer. Ansonsten werde ich meine Entscheidung treffen, wenn er die seine getroffen hat.«

Der Alte gluckste in sich hinein. »Genau das, habe ich ihm gesagt, würdest du antworten! Es wäre auch meine Antwort gewesen, wäre ich an deiner Stelle, mein Herr.«

2 Es gelang Hektor zwar nicht, die Landung der Griechen zu verhindern, aber er nagelte sie mehrere Tage am Kap Sigeum fest und war bald nahe daran, sie ins Meer zurückzutreiben. Priamos ersetzte ihn nie durch Aineias. Obwohl die Trojaner hinsichtlich der Streitwagen weit überlegen waren und ihre Verbündeten zu ihren Fahnen strömten, war das griechische Heer doch wesentlich größer. Es sicherte seine Stellung am Strand und begann sich hartnäckig in Richtung Skamander vorzuarbeiten, der im Spätfrühling noch immer ein beachtlicher Fluß war.

Der rätselhafte Vorfall mit dem Zweikampf ereignete sich etwa am siebten oder achten Tag. Keines

Sterblichen Auge beobachtete den ganzen Vorfall, denn es war ein naßkalter, nebliger Morgen, an dem feuchte Nebelbänke aus den Salzmarschen herbeizogen. Ich erfuhr die trojanische Version von den Dardaniern und hörte später die griechische Variante der Angelegenheit, aber nur die Götter wissen, wo die Wahrheit liegt. Bei Sonnenuntergang war ein Waffenstillstand ausgerufen worden, damit die Leichen der Gefallenen ehrenvoll verbrannt werden konnten, und die Scheiterhaufen schwelten noch, was die Luft zusätzlich mit Gestank und Qualm erfüllte. Als die Sonne soeben versuchte, die Dunstschleier zu vertreiben, traten die griechischen Männer zu einem weiteren Tag der Schlacht an.

Die Trojaner hatten in Hektor einen unumstrittenen Führer. Es mangelte ihm zwar an Erfahrung und Phantasie, aber er konnte Befehle erteilen und davon ausgehen, daß sie befolgt wurden. Agamemnon konnte nichts dergleichen tun. Er schwankte und lavierte und verlor den Kopf; häufig kränkte er die Männer, deren Unterstützung er am dringendsten benötigte, und er wollte kein bißchen von seiner Entscheidungsgewalt abtreten. Seine einzige Vorstellung von Strategie sah so aus, daß er sich selbst in vorderster Front ins Zentrum stellte und allen anderen befahl, ihm zu folgen − und selbst das tat er nicht sehr oft.

Entscheidend war jedoch, worauf ein Heerführer seinen Angriff richtete, denn hatte die Schlacht einmal begonnen, konnte er wenig mehr tun, als den Göttern zu vertrauen und um sein Leben zu kämpfen. Achilleus hatte schon seit Tagen darauf hingewiesen, daß die größten Chancen für die Griechen in den Sümpfen lagen, wo Streitwagen nutzlos waren. Ein Vorrücken dort würde die trojanische Flanke umdrehen und die kostbare Furt bedrohen, was die Verteidiger in Panik versetzen würde. Laß den Großteil des Heers einen Frontalangriff vorschützen, sagte er, während er die besten Kämpfer an den Sümpfen entlangführte. Ein Plan, den zu begreifen Agamemnon schwergefallen war, aber schließlich hatte er ihm zugestimmt.

Das war der Grund, warum Patroklos und eine Kämpferschar der Myrmidonen sich durch Ried und Schlamm inmitten eines Labyrinths aus kleinen Inselchen und Kanälen schlugen. Rechts von den Myrmidonen rückten die Salamisianer auf ein wenig trockenerem Grund hinter dem Großen Aias vor. Die Salamisianer waren unorthodoxe Kämpfer. Die geräuschvolle Attacke und der schnelle Rückzug waren nichts für sie. Behindert von altmodischen, mannshohen Schutzschilden, die angeblich aus sieben oder acht Ochsenhäuten bestanden, stapften sie durch den Nebel wie wandernde Bäume. Jeder Lanzenkämpfer wurde von einem Bogenschützen begleitet, der hinter dem Schild Deckung suchen und den Feind mit einem Pfeilhagel eindecken konnte. Die Salamisianer waren langsam, aber unaufhaltsam. Boden, den sie einmal erobert hatten, gaben sie nicht so schnell wieder auf.

Der Nebel führte dazu, daß jeder Streifen Riedgras oder Binsen drohend wie ein feindliches Heer vor einem aufragte, so daß der Kriegsschrei der Männer aufstieg und ihnen in der Kehle steckenblieb, um unausgestoßen heruntergeschluckt zu werden, wenn der Gegner sich als bloßes Unkraut herausstellte. Es war der schlimmste Augenblick im Krieg, der Augenblick, bevor die Kampfhandlungen beginnen, wenn das morgendliche Blut noch träge fließt, wenn ein Mann das feige Flüstern seines Herzens nicht zu unterdrücken vermag, daß er gestern zwar Glück hatte, die Götter aber heute vielleicht nicht so gnädig wären – wenn seine Füße in dem glucksenden Morast wie Eis sind, sein hastiges Frühstück ihm wie Blei im Magen liegt und seine Bronzerüstung ihn schwerer drückt als ein totes Pferd auf seinen Schultern. So hat man es mir jedenfalls erzählt.

Eine Insel nahm in dem perlenden Dunst vor ihnen Gestalt an.

Zwei Männer standen darauf. Patroklos hob seine Lanze, um den Angriff zu befehlen, und öffnete den Mund …

»Griechen!« rief einer der Geister sie an. »Wir sind Herolde und kommen im Namen des Hermes!«

Der Schlachtschrei erstarb ihnen auf den Lippen. »Patroklos, Sohn des Menoitios.«

»Sohn des Menoitios, höre die Worte von Paris, Sohn des Priamos.«

»Sprich, und sprich schnell.«

»Der edle Paris schickt Menelaos, Sohn des Atreus, seine Herausforderung: ›Laß uns beide im Zweikampf gegeneinander antreten. Der Gewinner soll der Gemahl von Helena sein und sie und ihre Schätze behalten dürfen. So soll der Krieg entschieden und Frieden geschlossen werden.‹«

Patroklos' erster Gedanke lautete, daß das Angebot eine Finte sei. Dann fragte er sich, wie lange er seine Männer noch in dem eiskalten Schlamm würde stehen lassen müssen. Die Salamisianer jedoch brüllten begeistert, angeführt vom Großen Aias höchstpersönlich.

Achilleus kam die Frontlinie entlang angerannt und ließ dabei Wasserwände aufspritzen. Er war ohnehin ein Riese, aber in Bronzebrustpanzer und federgekröntem Helm, seinen Rundschild und die lange Lanze in der Hand, schien er übermenschlich zu sein, und an jenem Tag ließ irgendeine optische Täuschung des Nebels ihn noch gewaltiger erscheinen, so daß er wie ein Gott über dem Schlachtfeld aufragte. »Wer hält den Krieg auf?«

»Herolde«, erklärte Patroklos. »Sie überbringen eine Forderung von Paris an Menelaos. Es ist nur eine List, um Zeit zu gewinnen, damit sie sich umgruppieren können!«

Achilleus wirbelte herum, um die beiden nebulösen Gestalten mit einem finsteren Blick zu messen. »Oder uns auszuhungern.« Seit ihrer Landung hatten die Griechen zu emsig gekämpft, um sich mit Vorräten versorgen zu können, und inzwischen herrschte eine gefährliche Nahrungsmittelknappheit. Nichtsdestotrotz konnte ein Appell an die Götter nicht übergangen werden. Er schickte die Herolde weiter, um Agamemnon ihre Botschaft vorzutragen.

Patroklos führte die Myrmidonen auf trockenen Boden. Der letzte Mann, der die Marschen verließ, war Automedon; er runzelte die Stirn, als er von dem Aufschub erfuhr. »Menelaos ist ein Kämpfer. Wird es funktionieren?«

Patroklos antwortete: »Natürlich nicht.« Die beiden Heere, die sich nun seit Tagen gegenseitig abgeschlachtet hatten, konnten nicht einfach einem Zweikampf der beiden Vorkämpfer zusehen und dann kalten Bluts auseinandergehen. Es gab bereits zu viele tote Freunde, die zu rächen waren.

Menelaos, obwohl ein kühner Streiter, zeigte sich nicht begeistert über die Aussicht auf einen Zweikampf. »Paris ist kein echter Krieger«, brüllte er. »Er kämpft mit dem Bogen, der Waffe eines Feiglings. Wenn er sich mir mit der mannhaften Lanze entgegenstellt, will ich ihn mit Freuden erschlagen. Doch einem Sohn des Priamos kann man nicht trauen. Der alte Mann selbst soll herkommen und den

Vergleich beschwören, denn er war es, der diesen Krieg vom Zaun gebrochen hat, indem er sich geweigert hat, mir meine Frau zurückzuschicken.«

Die Vorverhandlungen zogen sich also hin, während die beiden Heere herumsaßen und kompanieweise zitterten und ihre Feinde in der Ferne mit haßerfüllten Blicken bedachten. Der Nebel waberte und tanzte zwischen ihnen. Priamos selbst kam aus Troja herbei. Er lenkte, Antenor an seiner Seite, eigenhändig seinen Streitwagen. Begleitet von Herolden und den bedeutendsten der von ihm abhängigen Herrscher, rückte Agamemnon vor, um ihm auf dem zertrampelten, aufgewühlten Feld zwischen den gegnerischen Streitmächten zu begegnen. Die Bedingungen wurden bis in die kleinste Einzelheit festgelegt, denn die Griechen bestanden auf einer reichen Entlohnung für ihre bisherigen Mühen, sollte Menelaos gewinnen. Schließlich schlachteten die beiden Könige Lämmer, schütteten Wein zu Ehren von Göttervater Zeus aus und schworen einander furchtbare Eide, daß sie und alle ihre Männer sich bei Strafe der göttlichen Vergeltung an den Ausgang des Zweikampfes halten würden. Dann kehrte Agamemnon in den Schutz seines Heeres zurück, Priamos jedoch, der sich seltsamerweise sträubte, seinen Sohn kämpfen zu sehen, fuhr in die Stadt zurück.

Paris und Menelaos legten wieder ihre Rüstungen an, die schweren bronzenen Brustpanzer, die sie während der Wartezeit abgelegt hatten. Sie schlangen sich den Schwertgurt über die eine und den Schildgurt über die andere Schulter, dann setzten ihnen Waffenknechte die Helme auf den Kopf und reichten ihnen ihre Lanzen. Menelaos stellte seinen Zweisterneumhang zur Schau, der ihm über den Rücken hing, Paris einen solchen aus Leopardenfell, was typisch war für seine respektlose Art. Die Sonne war wieder im Verblassen begriffen, und Nebel zog über die Ebene auf, bis die beiden gegnerischen Armeen im Dunst verschwammen. Dennoch gaben die Herolde das Zeichen, daß der Zweikampf beginnen möge.

Zuerst näherten sich die beiden Männer einander zögernd. Menelaos schrie seine Verachtung und seinen Trotz heraus, indem er seinen Gegner als Dieb, Schönling, Frauenverführer, Gastfreundschafts-schänder, Kitharaspieler und Tänzer beschimpfte. Paris, was mit Mißbilligung zur Kenntnis genommen wurde, entgegnete nichts. Menelaos ging mit gerade vor sich ausgestreckter Lanze zum Angriff über. Paris setzte seine vorsichtige Annäherung bis zum letzt-möglichen Zeitpunkt fort und sprang dann zur Seite, aber die Begegnung fand viel näher an den troja-nischen als an den griechischen Linien statt.

Die Taktik des Lanzenkampfs mag nicht sehr sub-til sein, aber sie erfordert starke Nerven sowie Kraft und Geschicklichkeit, denn keine Rüstung hält einem direkten Stoß einer Eschenholzlanze stand. Jeder Mann versucht, seine Lanze in den Gegner zu rammen, während er gleichzeitig versucht, den auf ihn zuschießenden Schaft mit einem Schlag seines Schildes abzuwehren – keine leichte Aufgabe, wie Paris demonstrierte, als er Menelaos' Lanze in einem zu steilen Winkel erwischte. Sein Schild wurde auf-geschlitzt, hielt aber die tödliche Bronzespitze soweit ab, daß sie keinen Schaden anrichtete. Sein eigener Stoß ging völlig daneben. Von Massen schweren Metalls behindert, konnte kein Mann plötzlich anhal-ten. Sie krachten ineinander, blieben aber beide auf-recht stehen.

Menelaos' Lanze war ihm durch den Aufprall aus der Hand geschlagen worden. Paris konnte seine in dem Handgemenge nicht einsetzen. Menelaos packte ihn mit seiner linken Hand, während er mit der Rechten sein Schwert zog. Auf diese Entfernung hätte ihm ein Dolch bessere Dienste geleistet, denn die beiden Männer rangen noch immer Nase an Nase miteinander um den Besitz der Lanze. Unfähig zuzustechen, führte er einen Schneidehieb gegen Paris' Kopf. Schwerter waren indes nicht dafür gedacht, wie Äxte geführt zu werden, und so zerbrach die Bronze. Mit einem Aufbrüllen packte er Paris am Helm und warf ihn zu Boden.

Leider entsprach es nicht den Wünschen der Götter, die Angelegenheit so schnell enden zu lassen. Während der König von Sparta den trojanischen Prinzen systematisch mit seinem Helmriemen würgte, kam ein Pfeilschwarm aus dem Nebel angeflogen. Menelaos wurde am Bein getroffen und leicht verwundet, allerdings nicht schwer genug, um ihn davon abzuhalten, sich fluchtartig in Sicherheit zu bringen. Den Griechen zufolge war der Angriff unmittelbar gegen sie gerichtet, purer Verrat von seiten der lykischen Bogenschützen. Die Trojaner behaupteten dagegen, bei den Schuldigen handle es sich um Lokrer, wofür sie unterstützend anführen konnten, daß Menelaos sich wesentlich näher an ihren als an seinen eigenen Linien befand. Zu ihrer aller Ehrenrettung könnte man annehmen, daß irgendeine ausstehende Patrouille der einen oder anderen Seite nicht über den Waffenstillstand informiert worden und aufgrund des Nebels in Verwirrung geraten war. Flüche gegen die Eidbrecher kreischend, nahmen beide Heere ihre Waffen wieder auf und setzten die Schlacht fort.

In der griechischen Armee hielt sich danach das hartnäckige Gerücht, Paris sei dem Tode nahe gewesen, bis seine Anhänger ihn nach Troja zurückgebracht und zu Helena ins Bett gesteckt hätten – woraufhin, so hieß es, er auf der Stelle und auf wundersame Weise genesen sei.

Da die Trojaner ihre fortgesetzten schweren Verluste nicht mehr verkraften konnten, zogen sie sich in jener Nacht unter dem Schutz der Dunkelheit vom Schlachtfeld zurück. Bei Anbruch der Dämmerung rückten die Griechen ungehindert über den Skamander vor, nur um das Land verwüstet vorzufinden – Höfe, Weiler, Felder und Haine brannten. Troja selbst stand sicher und ungefährdet, zu jenem Zeitpunkt nicht nur die uneinnehmbare Burg mit ihren hohen Mauern und Türmen, sondern auch die Außenstadt hinter Graben und Palisade. Die meisten Bundesgenossen hatten sich nach Osten zurückgezogen, über die Berge oder hoch ins Tal des Simois, und sie hatten die Herden mitgenommen.

Der militärische Triumph löste die griechischen Versorgungsprobleme keineswegs. Sie brauchten dringend Nahrungsmittel – und in großen Mengen. Hektor war kein Dummkopf und hatte überdies zahllose listige Brüder, die ihn berieten. Ob aus Not oder kaltblütiger Berechnung, er hatte den Invasoren nur eine Quelle verfügbarer Nahrung übriggelassen – den Oberlauf des Skamander, das Land der Dardanier.

3 In diesem Jahr kamen keine Schwalben nach Lyrnessos. Ich konnte kaum aus dem Fenster sehen, ohne Regenbögen und in den Wolken kämpfende Krieger zu sehen. Draußen hörte ich zur Mittagszeit Eulen schreien. Mynes mißbilligte die Tatsache, daß seine Gemahlin eine Seherin war. Selbst als ein

Falke vom Himmel fiel und tot vor seinen Füßen liegenblieb, zog er mich nicht zu Rate. Als mir das zu Ohren kam, wußte ich, daß das Ende nicht mehr fern war. Für Lyrnessos konnte ich weinen, nicht jedoch für seinen König – ebensowenig wie für seine Frau, die schon bald von einer verhaßten Ehe befreit werden würde. Wiederholt drängte ich meine Brüder, die Stadt zu verlassen, doch sie weigerten sich, selbst Sphelos.

»Ich bin schon hier kaum etwas wert«, sagte er verbittert. »Jenseits der Grenzsteine wäre ich ein Nichts.«

Enops wollte sein Volk nicht im Stich lassen. Bienor wollte ihn nicht verlassen, obwohl ich ihm anbot, daß er Ctimene mitnehmen könne. Wir blieben also gemeinsam auf unseren Posten, während unser Schiff auf die tödlichen Klippen zusteuerte.

An dem Schicksalsmorgen arbeitete ich an einer Webarbeit, ehrgeiziger als alles, was ich bisher in Angriff genommen hatte: Herakles, der den nemeischen Löwen erschlägt. Ich wußte, daß ich sie nie vollenden würde, aber die Konzentration linderte die Anspannung des Wartens. Antikleia und Phaidra ließen an einem anderen Webstuhl das Schiffchen hin- und herflitzen; Alkmene spann und schwatzte mit der alten Maera; Ctimene wiegte Phaidras Baby und gurrte ihm etwas vor. Tönerne Webgewichte klackerten in der Brise. Die alte Sime saß allein und lächelnd in einer Ecke – vor langer Zeit war sie meine Amme gewesen. Ich hatte sie freigelassen, und das schönste an ihrer Freiheit war die Möglichkeit absoluten Müßiggangs.

Als ich Königin wurde, hatte ich Phaidra zu meiner Gesellschafterin ernannt, weil Mynes so krankhaft mißtrauisch war, daß er jeden, mit dem ich mich anfreundete, drangsalierte und ihn zu zwingen versuchte, ihm jedes meiner Worte weiterzugeben. Sie war eine Umhangmacherin, die höchste Rangstufe einer Weberin also, und ich hatte sie einmal wegen eines Webproblems um Rat gebeten und festgestellt, daß mir ihre Gesellschaft angenehm war. Sie hatte für die Einschüchterungsversuche des Königs nur Hohn und Spott übrig. So verbrachte ich meine Tage damit, den Palast zu führen, was ich, wie selbst Mynes zugab, recht gut machte, und wartete auf den Fall von Lyrnessos.

Gorgo kam in die Halle der Königin geschlurft. Sie war inzwischen grau ums Maul, aber immer noch in der Lage, nach den jungen Wilden im Rudel zu schnappen, um ihre Autorität als Hündin der Königin zu behaupten. Stolz mit dem Schwanz wedelnd, legte sie mir ein totes Eichhörnchen zu Füßen.

Ich hörte die Götter sprechen.

»Gutes Mädchen!« flüsterte ich. Die Unsterblichen hatten schon zuvor durch Gorgo zu mir gesprochen – und einmal auch mit einem Eichhörnchen, vielleicht ebendiesem Tier. Das Schwanzwedeln verstärkte sich, als sie sich hinlegte, um in Ruhe an dem Kadaver zu nagen.

Ctimene quietschte vor Ekel. »Meine Herrin! Mach, daß sie das draußen frißt!«

»Sie hat ihre Sache gut gemacht. Warum bringst du sie nicht in die Küche hinunter und tauschst ihre Beute gegen ein saftiges Fleischstück aus?«

Ctimene gab rasch Phaidras Säugling zurück und rief den Hund. Gemeinsam verließen die beiden die Halle, und eine von ihnen trug ein Eichhörnchen im Maul.

Kurz darauf stolzierte Enops mit Bienor im Schlepptau herein; beide waren schweißbedeckt und völlig außer Atem und so sichtlich über etwas

477

besorgt, daß mir das Herz stockte und ich den Blick abwandte.

Enops sagte: »Ein Adler hockt auf der Kiefer neben dem Tor. Er scheint einen gebrochenen Flügel zu haben. Die anderen Vögel fallen über ihn her.«

Ich sah mich nicht um. »Nicht besonders ungewöhnlich.«

»Daß sie über ihn herfallen, nicht. Aber was bedeutet der Adler?«

Da wandte ich mich um, um meine beiden hübschen, zum Untergang verurteilten Brüder anzusehen. Ich streckte meine Arme aus und zog sie an mich. Bienor war jetzt der Größere von uns beiden − er wäre ein großer Mann geworden, hätte er länger gelebt. »Es bedeutet, was ich euch bereits gesagt habe«, flüsterte ich. »Flieht, so lange ihr noch könnt. Eure Namen habe ich nicht in den Omen gesehen. Nehmt ein Boot und segelt nach Süden − sofort!«

Sie starrten mich entgeistert an.

»Es tut mir leid«, sprach ich mit lauterer Stimme. »Ich kann dieses Zeichen nicht für euch deuten. Mein Herr, der König, billigt keine Weissagerei.«

»Wir werden Lyrnessos nicht im Stich lassen!« protestierte Enops.

Und Bienor machte: »Pst!« Er suchte unter den Frauen nach Ctimene.

Epistrophos tauchte in der Tür auf. »Aha! Du hast bereits davon gehört, meine Herrin? Sag, was hat es zu bedeuten?« Er wirkte zwar nicht ganz so gehetzt wie die beiden anderen, aber er hatte nicht in der Vorhalle angehalten, um seine Schuhe auszuziehen, und sein unvermeidliches Lächeln wirkte gezwungen.

Meins, dessen bin ich gewiß, wirkte genauso echt, wie es war. Nach so vielen Monaten stillen Grolls war Trotz eine wahre Freude. »Das vermag ich nicht

zu sagen. Dem König mißfällt, wenn ich Omen aus-
lege, mein Herr.«

»Sprich! Jetzt will er es wissen!«

»Das letzte Mal, als ich eine Meinung geäußert
habe, hat er mich zwei Nächte hintereinander geprügelt.« So! Nach so vielen Monaten des Leidens war
das Geheimnis heraus.

»Er hat *was* getan?« gellte Enops. Bienor fluchte
schauerlich und legte eine Hand auf sein Schwert.

Epistrophos sah erst ihn, dann mich mit finsterem
Blick an. »Du hättest es mir erzählen sollen, meine
Herrin«, sagte er ruhig. »Ich wußte es nicht.«

»Mich bei meinem Schwager beschweren?« versetzte ich. »Denkst du, ich habe so wenig Stolz?« Ich
wunderte mich, warum ich nie darauf gekommen
war – es hätte vielleicht geholfen. »Glaubst du, du
hättest ihn davon abhalten können?«

»Für gewöhnlich kann ich es. Ich werde mit ihm
reden. Es wird keine Schläge mehr geben.«

»Nein«, sagte ich. »Das wird es nicht.«

»Das könnt ihr mir glauben!« wütete Bienor.

»Überlaß ihn mir, Wagenlenker«, verlangte
Epistrophos in nicht unfreundlichem Ton. »Einmischung von eurer Seite wird er nicht dulden. Und
nun, Schwester, was siehst du voraus?«

»Das auszusprechen ist mir verboten. Ich werde es
nicht sagen, bis er selbst hierherkommt und mich
auf Knien darum bittet.«

»Ist das dein letztes Wort?«

»Ja.«

Offene Auflehnung war so süß wie Honig, und er
konnte das sehen. Er zuckte die Achseln und stolzierte ohne einen Blick auf die Frauen, die uns alle
voller Bestürzung anglotzten, aus dem Raum.

Ich trat auf den ins Landesinnere schauenden
Balkon hinaus. Meine Brüder folgten mir, so auf

mich fixiert, daß sie nicht bemerkten, was ich bereits in den Bergen entdeckt hatte.

»Was bedeutet der Adler?« wollte Bienor wissen.

Enops war derjenige, dem ich mißtraute. »Werdet ihr tun, was ich sage, wenn ich es euch erzähle?« fragte ich ihn, und er nickte. »Es bedeutet, daß Aineias kommt, und die Griechen sind ihm auf den Fersen wie die Wölfe. Aber ihr dürft ihm nicht das Tor öffnen.«

Enops stieß ein entsetztes Stöhnen aus.

Ich umarmte ihn bekümmert. »Wenn Lyrnessos Aineias einläßt, ist es verloren. Falls nicht ... nun, dann haben wir möglicherweise eine Chance, zumindest für eine Weile. Aber wir müssen unbedingt hinter unseren Befestigungen bleiben.«

»Woher weißt du das?« Sein Gesicht war bleich wie Gerstenmehl.

Wenn ich ihm von den Zeichen berichtete, die ich gesehen hatte, würde er mir nicht glauben. »Ich weiß es einfach. Ich bin mir sicher. Schaut!«

»Sie hat recht!« rief Bienor aus.

Oben auf den Hochweiden befanden sich Menschen, und auf diese Entfernung würde man nur eine sehr große Menge erkennen.

»Es stimmt?« Enops packte mich wild an den Armen. »Der Sohn des Anchises?«

Ich legte meinen Kopf an seine Schulter. »Es stimmt. Ach, warum seid ihr nicht gegangen, solange noch Zeit war?«

»Viele Männer«, sagte Bienor. »Das heißt wenigstens: Kämpfe!« Seine Blässe wollte nicht recht zu seinen tapferen Worten passen.

»Den Schutz der Palisade zu verlassen bedeutet den sicheren Tod!« schärfte ich ihnen noch einmal ein.

»Darf ich das an Mynes weitergeben?« wollte Enops von mir wissen.

Ich zuckte mit den Schultern. »Wie du willst. Erwarte nicht, daß er auf dich hört.«

Das Heer auf der Hochweide war entdeckt worden. Draußen im Hof begann jemand mit schweren, metallischen Schlägen Alarm zu geben. Muschelhörner erklangen, wurden jedoch allmählich von Geschrei und allgemeinem Lärm übertönt. Der Krieg war nach Lyrnessos gekommen.

4 Nachdem die schlimmste Verwirrung überwunden war, steuerten Ctimene und ich auf das Tor zu. Die Sonne brannte bereits mörderisch, die Luft stand. Selbst die Krähen waren mittlerweile verstummt. Die Mauern wurden durch einen Erdwall gestützt, über dem sich eine Brustwehr aus Holz erhob. Als ich mir einen Platz mit guter Sicht aussuchte und auf den Wehrgang stieg, traf ich auf zwei Wachposten, die kaum älter waren als ich selbst. Sie waren angespannt wie Bogensaiten.

»Wo ist der Adler?« erkundigte ich mich.

»Er war in dem Baum dort drüben, meine Herrin«, antwortete der Größere. »Sein Flügel hing herunter, als wäre er gebrochen, das dachten wir jedenfalls. Aber nach einer gewissen Zeit flog er einfach davon – dorthin.«

Er zeigte nach Westen.

Westwärts? Das erschien mir irgendwie prophetisch zu sein. Ich nahm mir vor, später darüber nachzudenken.

Schon humpelten Dardanier den Pfad von den Obsthainen herauf – eine buntgescheckte Gruppe von Männern, Frauen und Kindern. Die Söhne des Euneos kamen zum Erdwall, um sie zu befragen. Mynes mußte mich bemerkt haben, denn ich stand kaum ein Dutzend Schritte von ihm entfernt, aber er übersah mich.

Ein weißhaariger Mann sprach für die Flüchtlinge. »Wir hüteten die Herden am Berg Ida, mein Herr. Die Griechen kamen wie ein Sturmwind das Tal des Skamander herauf, sengend und plündernd – so schnell, daß wir keine Zeit hatten, irgend etwas zu organisieren. Es muß Achilleus persönlich sein. Kein anderer kann sich mit solcher Schnelligkeit bewegen.«

Achilleus' Ruf hatte mittlerweile solche Dimensionen angenommen, daß er an sechs Orten gleichzeitig zu sein schien.

»Und er verfolgt euch?«

Der Alte warf einen nervösen Blick über seine Schulter zurück auf die menschlichen Ameisen, die immer noch über die Hochweiden tröpfelten. »Das tat er, mein Herr. Aber er hat Männer abkommandiert, um die Herden nach Troja zurückzutreiben, so daß er jetzt nicht mehr viele bei sich haben kann.«

»Wie viele sind *nicht viele?*« donnerte Mynes.

»Nur ein paar Hundert – zwei- oder dreihundert.«

»Er lügt!« murmelte der Junge neben mir.

Wenn er diese Lüge durchschauen konnte, dann war Mynes gewiß ebenfalls dazu in der Lage – der Dardanier wollte hereingelassen werden, deshalb würde er die Gefahr geringreden. Inzwischen hatten sich mindestens fünfzig Flüchtlinge unterhalb unserer Mauer eingefunden, ein erschöpfter, entmutigter und nutzloser Pöbelhaufen. Würde Mynes sie einlassen und gegen Achilleus kämpfen, oder würde er die Tore geschlossen halten und hoffen, als griechischer Verbündeter durchzugehen? Würde er beiden Seiten trotzen? Ich spürte die Gegenwart der Götter. Es war zu früh, die Toten zu betrauern, ich aber sah die Lebenden als wandelnde Leichen, die sich in einem sinnlosen Tanz drehten. All ihre Hoffnungen und Wünsche waren so vergeblich wie das Zirpen der Grillen.

Es kamen indes keine weiteren Menschen zum Tor. Der Rest mußte in der Deckung der Bäume lagern, damit wir ihre wahre Stärke nicht feststellen konnten. Das bedeutete, daß sie einen Anführer hatten.

»Wo ist der Sohn des Anchises?« verlangte Mynes zu wissen.

Der silberhaarige Sprecher stotterte und murmelte irgend etwas vor sich hin; er versuchte, das Eingeständnis zu umgehen, daß Aineias überhaupt beteiligt war, ohne dadurch den Mann, dessen Wort ihnen das lebenswichtige Tor öffnen konnte, gegen sich aufzubringen. Dann trat eine kleine Gruppe von Kämpfern aus dem Obsthain hervor.

Die wenigsten von ihnen hatten Waffen oder Schilde – ja, manche waren nahezu nackt –, aber stolz reckten sie ihre Bärte empor, und Aineias persönlich stolzierte an ihrer Spitze. Er hatte sich in den drei Jahren, seit ich ihn zum letztenmal gesehen hatte, nicht verändert – er war noch immer hager, hochmütig und adlergleich, nun jedoch mit Schweiß und Ockerstaub bedeckt. Er trug einen Eberzahnhelm auf dem Kopf und Schuhe an den Füßen. Dazwischen hatte er lediglich ein Schwert und einen tunikaähnlichen Lumpenfetzen, als sei der Rest des Kleidungsstücks ihm beim Kämpfen vom Leib gerissen oder für Verbände verwendet worden. Trotz alledem wirkte er noch immer gefährlich.

Er entdeckte mich und rief mir winkend zu: »Heil, Base!« Dann stemmte er die Hände in die Hüften und musterte den König oberhalb des Tors, obwohl er nicht wissen konnte, welcher der hellhaarigen Brüder wer war. »Mynes, Sohn des Euneos, wenn ich mich nicht irre? Heil auch dir, Vetter!«

Sich mit den Ellbogen auf die Brustwehr stützend, begutachtete Mynes diesen Bettler, der an seiner Türschwelle aufgetaucht war und den Tod im Schlepptau führte.

»Was hältst du von ihm?« flüsterte ich Ctimene zu.

»O meine Herrin! Er ist wirklich der Sohn einer Göttin, vielleicht auch der eines Gottes.«

»Er ist beeindruckend«, räumte ich ein und stellte zu meinem Erstaunen fest, daß ich stolz auf meinen Vetter war. Es gibt Zeiten, da ist Arroganz wirklich bewundernswert.

Mynes versetzte: »Wie viele kampftüchtige Soldaten hast du bei dir, und wie viele Griechen trachten euch nach dem Leben?«

Aineias lachte. »Nicht genug und zu viele. Du hast meinen Vater wissen lassen, du würdest dich für eine Seite entscheiden, wenn ich es auch täte. Nun denn, meine Wahl ist getroffen.« Er erhob seine Stimme und sprach so laut, daß alle Welt ihn hören konnte – insbesondere die auf den Wällen wartenden Verteidiger. »Bist du eine Schildkröte, Sohn des Euneos, die sich in ihrem Panzer verkriecht, oder hast du Lust auf einen Kampf? Falls ja, habe ich dir einen guten direkt vors Tor gebracht.«

Die Stimme meines Gemahls dröhnte nicht minder klar zurück. »Und was ist, wenn ich gar keinen Kampf will?«

»Dann, beim Barte des Zeus, liefere ich dir eigenhändig einen! Laß uns hinein, oder wir kommen hinein!«

Der Sohn des Anchises hatte nie in seinem Leben um etwas bitten müssen, und er würde auch jetzt nicht damit anfangen, selbst wenn sein Leben auf dem Spiel stand.

»Ist es Achilleus?« fragte Epistrophos.

»Es ist Achilleus«, bestätigte Aineias. »Das gelbhaarige Ungeheuer höchstpersönlich, und er ist genau so, wie man erzählt.«

Ctimene berührte mich am Arm und wies in Richtung der Berge. Ein dunkler Schatten quoll aus dem Wald wie Öl, und dahinter funkelten Sonnenlichtflecken wie Ziermünzen an einem Kleidersaum. Die Griechen waren eingetroffen, und sie trieben die Herden vor sich her. Ich nickte, und vielstimmiges Gemurmel auf der Brüstung sagte mir, daß die anderen sie ebenfalls entdeckt hatten. Mit der Ankunft des Feindes wandelte der Tag sich zum Schlechten.

Mynes lächelte auf den Bittsteller hinab, der es gewagt hatte, ihm zu drohen. »Zu spät! Die Meute stellt euch. Ich kann euch so lange abwehren, bis sie hier sind.«

Aineias ließ seinen Blick zu den Bergen wandern. Als er sich wieder dem Tor zuwandte, lächelte er tatsächlich.

»An dieser Sache ist mehr dran, als du weißt, Sohn des Euneos! Müssen wir die Strategie in aller Öffentlichkeit besprechen?«

»Du mußt«, verspottete ihn Mynes.

Aineias sah in meine Richtung. »Grüße auch an euch, Söhne des Brises«, sagte er sarkastisch.

Enops und Bienor hatten sich unbemerkt zu mir gesellt. Sie sahen ziemlich blaß aus. Es war Bienor, der antwortete.

»Wir können es nicht mehr ändern! Die Götter haben …«

Enops brachte ihn mit einem Klaps auf den Bauch zum Schweigen.

Aineias zuckte die Schulter und wandte sich wieder Mynes zu. »Sohn des Euneos, ich habe Achilleus in eine Falle gelockt. Wir sind ein Köder, ja, aber ich habe Boten nach Thebe und Pedasos geschickt. Andere habe ich zu Alkathoos und zu den Lykiern ausgesandt.« Er lachte, als läge der Sieg bereits in Reichweite. »Während die Griechen um die Wälle von Lyrnessos schleichen wie Wölfe um den Schafspferch, können unsere Verbündeten anrücken. Drei Tage würden genügen.«

»Du erwartest von mir, daß ich einen Bettler einlasse? Ein Mann, der sich gegen die Sieger auf die Seite der Verlierer stellt, ist ein Narr.«

»Ich erbitte nichts! Außer einer Lanze. Wenn du mein Angebot schon ausschlägst, gib mir wenigstens eine Lanze, denn ich muß den Sohn des Peleus töten.«

Mynes lachte. »Gesprochen wie ein wahrer Krieger! Was meinst du, Bruder?« Er war ein Kämpfer, nichts als ein Kämpfer, und jetzt war ihm der süße Geruch des Bluts in die Nase gestiegen. Er suchte nach einem Grund, um sich mit den Verlierern gegen die Sieger zu stellen.

Epistrophos betrachtete finster die Berge, wo der schimmernde Bronzestrom noch immer aus dem Wald hervorquoll, ohne daß ein Ende in Sicht gewesen war. »Ich meine, daß diese Abmachung uns keine Vorteile bringt. Leg dich nicht fest, bevor du nicht weißt, gegen welchen Feind es gehen soll.«

»Gesprochen wie ein Feigling!« höhnte der König, aber immer noch zauderte er. König zu sein war kein leichtes Geschäft, wie Anchises ihm gesagt hatte. Ungeduldig winkte er mich zu sich.

Ich raffte meinen Rocksaum und trat an seine Seite, während ich mich fragte, was ich ihm sagen sollte. Wenn er das Tor öffnete, würde er sterben, und ich wäre ihn los. Hielt er es geschlossen, würde er leben, zumindest für eine Weile. Mein Haß auf Mynes und meine Treue zu Aineias lagen im Widerstreit mit meiner Pflicht gegenüber der Stadt, meinen Brüdern und jedem, den ich kannte.

Darüber hinaus hatte Helenos mich davor gewarnt, je falsches Zeugnis abzulegen, sonst würden mir die Götter ihre Gunst entziehen. Der Tag sollte kommen, an dem ich die Wahrheit dieser Worte erfahren sollte, aber dies war noch nicht der Tag.

»Mein Herr?« begrüßte ich ihn aufgeräumt. »Du bist gewarnt, dich vor Söhnen von Göttinnen zu hüten. Nun mußt du zwischen zweien von ihnen wählen, Aineias und Achilleus.«

Er funkelte mich wütend an. »In der Vergangenheit habe ich deine Gabe gering geachtet, Weib, aber nun sehe ich ein, daß ich sie brauche. Sag mir, was die Götter dir enthüllt haben.«

»Nur, daß ich in Kürze einen höchst unerwünschten Ehemann los sein werde.«

Die gewaltigen Muskelstränge an seinen Armen wölbten sich, und plötzlich stand Enops mit dem Schwert in der Hand neben mir.

»Halt dich da raus, Welpe!« brüllte Mynes. »Frau, als dein König und Gemahl verlange ich von dir, daß du mir sagst: Welches Omen hast du gesehen, das mich davon abhalten sollte, diesen dardanischen Pöbel aufzunehmen?«

Ich hätte die Antwort verweigern sollen. Dann hätte Mynes vielleicht seinen Blutdurst gezügelt, und Lyrnessos hätte überlebt. Doch der Haß und die Verachtung, die seit Beginn meiner Ehe in mir geschwelt hatten, wallten in mir auf wie Wahnsinn, und ich schleuderte ihm die Wahrheit ins Gesicht. Ja, die Wahrheit der Götter war die Waffe, mit der ich meinen verhaßten Ehemann vernichtete. Hat je eine Frau bitterere Rache genommen?

»Mein Hund hat ein Eichhörnchen gefangen. Wäre es auf seinem Baum geblieben –«

Er brach in gellendes Gelächter aus, und seine

eigene Ungläubigkeit brachte ihn um. »Das nennst du ein Omen? Dardanier, ich will an deiner Seite kämpfen! Öffnet unserem Verwandten das Tor!« Er sprang über die Brustwehr und landete vor Aineias' Füßen. Aineias brüllte lauthals seine Zustimmung heraus, und die beiden umarmten sich. Ächzend schwang das Tor auf. Enops stieß erleichtert den Atem aus und ließ sich gegen die Brustwehr sinken.

»Komm«, wandte ich mich an Ctimene. »Wir lassen die Männer bei ihrem Spiel allein und bereiten das Siegesmahl vor.«

»Meine Herrin?« keuchte sie. »Siehst du einen Sieg voraus?«

»Ich sehe Sieger voraus«, gab ich zur Antwort. »Und sie werden feiern wollen.«

5 Der Tag hatte bereits den eigenartigen Ruch eines Alptraums angenommen. Männer und Vieh trampelten ohne erkennbares Ziel hierhin und dorthin, ihr Gebrüll war bar jeder Bedeutung. Ich konnte alles sehen und doch nichts fühlen, denn es gab keine Zukunft, auf die ich mich hätte freuen können. Die Welt endete zu meinen Füßen, und alles stürzte dem Nichts entgegen. Ich fragte mich, ob das ein Vorgefühl meines eigenen Todes sei, aber Frauen sterben nicht, wenn eine Stadt geplündert wird. Das Ungemach der Männer endet; das der Frauen beginnt.

Aufgelöst rannte ich durch den Palast, bellte Befehle, bis sich der Krach in bedrücktes Schweigen verwandelt hatte, jeder Diener, den ich auftreiben konnte, in der schon jetzt zu heißen Küche war. »Zündet die Feuer an! Erhitzt Wasser. Backt Brot. Bereitet das Mahl vor! Verwundete werden eintreffen, die unserer Hilfe bedürfen. Heute abend werden wir tausend Gäste zu einem gewaltigen Siegesmahl empfangen.« Sie gehorchten mir. Sie wußten wahrscheinlich so gut wie ich, daß es Griechen sein würden, die im Palast feiern würden, aber jede Art von Beschäftigung war besser als gar keine. Das Schlachten der Tiere war Männerarbeit, und ich trieb ein paar Sklaven und alte Männer auf, die das erledigen konnten. Ich stürmte wieder auf den Hof hinaus und lief in einen jammernden Haufen von Frauen aus der Stadt, die durcheinanderwirbelten wie Fledermäuse. Ich erteilte ihnen dieselben Anweisungen − ein Siegesmahl für ihre siegreichen Ehemänner und Söhne vorzubereiten − und beauftragte ein paar der Aufseherinnen wie Lede, für die Einhaltung meiner Befehle zu sorgen.

Die Priesterinnen hielt ich zum Beten an, ich selbst wandte mich jedoch nicht an Potnia. Ich wußte, die Unsterblichen hatten ihre Entscheidung getroffen.

Als ich mich vergewissert hatte, daß die Frauen von Lyrnessos ebenso beschäftigt waren wie ihre Männer, hielt ich inne, um mir den Schweiß von der Stirn zu wischen und meiner rauhen Kehle ein wenig Ruhe zu gönnen.

Ich fand Ctimene nach wie vor an meiner Seite. Sie weinte wie ein Springbrunnen, und die Tränen strömten in einem furchtbaren, lautlosen Schluchzen über ihre schönen Wangen.

»Pah!« sagte ich. »Das nützt niemandem. Komm mit.« Ich faßte sie am Handgelenk und zog sie hinter mir her die Treppe hinauf. »Du hast nichts zu befürchten! Du bist heute Sklavin; du wirst auch morgen Sklavin sein. Und ich auch. Du mußt mir Unterricht geben, wie man sich als Sklavin verhält, damit mein neuer Herr mich nicht schlägt.« Doch wer immer es sein würde, schlimmer als der, mit dem ich jetzt verheiratet war, konnte er nicht sein.

Ihre Antwort war ein gräßliches Geheul, in dem der einzige verständliche Laut Bienor war. Anders als ich hatte Ctimene einen Geliebten zu beklagen. Ich mußte ihr dafür Achtung zollen.

»Benimm dich!« tadelte ich sie. »Du bist nicht mehr meine Dienerin, sondern meine Schwester.« Wir erreichten den oberen Treppenabsatz, und ich drängte sie durch den Korridor. »Heute werde ich Sklavin, du aber wirst Prinzessin werden. Du bist die Gemahlin meines Bruders. Als Königin von Lyrnessos erkläre ich euch für verheiratet. Er liebt dich, nicht wahr? Du bist von edler Abstammung und mit Sicherheit schön genug, daß die Männer dich für eine Prinzessin halten werden, wenn du wie eine solche gekleidet bist.«

Die Halle der Königin war menschenleer, nur der Wind ließ die Webstühle ihr leises Lied singen. Ich steuerte auf die Truhe zu, in der die überzähligen Webarbeiten gelagert wurden, in der Hoffnung, ein Gewand zu finden, das meiner neuen Schwägerin passen könnte. Von meinen würde ihr mit Sicherheit keins passen. Die Täuschung, die ich plante, wäre unter normalen Umständen unmöglich gewesen, aber zum Glück hatte ich Ctimenes wundervolles Haar nie so kurz schneiden lassen wie das der meisten Sklaven, und in letzter Zeit hatte ich Bienors Bitte entsprochen und ihr erlaubt, es wachsen zu lassen. Bald darauf traf die fette Alkmene ein, gefolgt von Phaidra mit ihrem Kleinen, Antikleia und den anderen. Ich erläuterte das Spiel, und sie machten bereitwillig mit, indem sie Juwelen und Schminke holten, um Ctimene herauszuputzen. Eine kleine Weile gelang es uns so, unseren Kummer zu vergessen. Wir lachten tatsächlich über die Verwandlung, die wir erzielt hatten, als Aineias mit einem halben Dutzend bewaffneter Dardanier hinter sich die Halle betrat.

Er war noch immer schmutzbedeckt und nahezu nackt, hatte jedoch einen Laib Brot und einen kalten Lammschlegel aus der Küche erbeutet, an denen er inbrünstig kaute. Die meisten seiner Gefolgsleute gaben sich einer ähnlichen Beschäftigung hin. Einige von ihnen trugen Verbände und Blutspuren zur Schau, und alle zusammen sahen sie aus wie eine üble Bande von Strauchdieben und Wegelagerern. Meine Gesellschafterinnen kreischten nervös. Ich beäugte stirnrunzelnd die Schuhe der Männer, machte mir dann aber klar, daß jeder Schaden, den sie unseren kostbaren Stuckböden zufügen mochten, nichts im Vergleich zu dem sein würde, was die Griechen bei ihrem Eintreffen anrichten würden.

Aineias verbeugte sich schwungvoll vor mir. Falls er Scham empfand, als Flüchtling vor mich zu treten, so verstand er sie bewundernswert hinter königlicher Arroganz zu verbergen. »Sei noch einmal gegrüßt, Base! Ich bedaure es, daß wir uns unter solchen Umständen begegnen müssen.« Er lächelte, als fordere er mich dazu heraus, es seiner Haltung gleichzutun, verdarb aber den Effekt, indem er dabei kräftig weiterkaute.

Ich knickste. »Nimm meine Entschuldigung an, edler Sohn des Anchises! Ich werde befehlen, daß dir ein Bad bereitet wird.«

»Dafür haben wir jetzt keine Zeit«, teilte er mir mit, während er vage mit seinem Brotlaib herumfuchtelte. »Deine Gastfreundschaft genießen wir später. Ich bin gekommen, um zu erfahren, was die Seherin der Familie mir über die Absichten der Unsterblichen berichten kann.«

Ich zögerte, und einen winzigen Augenblick lang

verwandelte er sich vor meinen Augen, oder vielleicht waren es auch alle anderen außer ihm, die sich verwandelten. Sie verblaßten, und er stand solider als je zuvor vor mir, als sei nur er wirklich, und die Männer hinter ihm nichts als Wasserspiegelungen. Ich blinzelte, und die Illusion ging vorüber.

»Du überlebst.«

Wahrscheinlich hatte er nur irgendeine ermutigende Binsenweisheit erwartet, denn seine Augen weiteten sich erst und verengten sich dann vor Überraschung. »Das habe ich auch vor! Komm her.« Er winkte mich mit seinem Brotlaib zu einem Fenster.

Ich folgte ihm auf den zur See hinausblickenden Balkon. Unsere Gefährten blieben zurück. Erstaunlicherweise war der Morgen noch jung. Lesbos lag scharf umrissen und klar jenseits des glitzernden Meers, noch nicht von Dunstschwaden verhüllt. Weiße Seevögel schwebten heiter vorbei, als seien die turbulenten Angelegenheiten der Menschen zu unbedeutend, um ihre Aufmerksamkeit zu verdienen. Es war ein Tag wie alle anderen.

Ich zitterte, denn ich hatte geweissagt, ohne es vorher zu wissen. Der verwundete Adler gehörte dazu, ebenso das Omen, das ich vor drei Jahren geschaut hatte. »Du mußt bald aufbrechen! Du gehst nach Westen.«

Aineias riß sich mit den Zähnen ein Fleischstück ab; seine goldenen Augen musterten mich beim Kauen verärgert. »Nicht so laut! Schlägst du vor, daß ich mich aus dem Staub mache?«

»Ich sage dir lediglich, was die Götter beschlossen haben. Du wirst überleben. Die meisten anderen werden sterben − Mynes, sein Bruder ...« Ich dachte an meine eigenen Brüder, und die Kehle schnürte sich mir zusammen, so daß ich den Satz nicht beenden konnte. Warum, o warum nur hatte ich Mynes in diese Falle gelockt? All dieses Blut würde an meinen Händen kleben!

»Das ist kein willkommener Rat, Briseis. Mit Erleichterung nehme ich zur Kenntnis, daß ich noch nicht sterben werde, aber ich kann meine Männer nicht im Stich lassen – und dich und Lyrnessos natürlich auch nicht.« Aber er war sich nicht so sicher, wie er es gerne gewesen wäre. Bei aller Arroganz und ganz im Gegensatz zu meinem dummen Ehemann besaß Aineias genügend Glauben an die Götter, um ihren Orakelsprüchen zu vertrauen.

»Ich kann dir nur sagen, was mir offenbart worden ist, mein Herr. Dein Schicksal liegt im Westen und in weiter Ferne. Ich weiß das schon lange, seit du das letzte Mal hier warst. Aber du mußt bald gehen!«

Er knurrte, immer noch mampfend. »Töte ich den Sohn des Peleus?«

»Ich habe dir alles gesagt, was ich weiß. Nun ist es an dir, zu gehorchen.«

»Trotzdem, ich werde nicht gehen, bevor ich es nicht versucht habe. Was ist mit Lyrnessos? Was ist mit Briseis?«

»Über mich selbst ist mir nichts offenbart worden, aber die Stadt wird fallen.«

Er lächelte skeptisch. »Wir werden sehen. Dein Gemahl ist ein ungestümer junger Mann, und er war ein Narr, mir das Tor zu öffnen, denn nun muß er tun, was ich ihm sage. Ich habe fünf Krieger, er nur zwei – eigentlich nur einen, denn Enops wird mir folgen. Base, jetzt führe ich das Kommando in Lyrnessos, und ich sage, wir warten innerhalb der Mauern und spucken Achilleus und seinen Myrmidonen auf den Kopf. Wenn er Agamemnon drüben in Troja nicht seinerseits Nachricht geschickt hat, ihm mit der Flotte zu Hilfe zu kommen, werden wir den Sohn des Peleus zerquetschen wie einen Floh.«

Ich versuchte aus seinen Worten Hoffnung zu schöpfen, aber ich wußte, daß er sich irrte. Die Götter hatten ihm den Verstand geraubt. »Begreift Mynes das?«

»Ich habe es ihm noch einmal erklärt. Ich habe mich sehr kurzer, einfacher Worte bedient.« Kichernd warf der Sohn des Anchises den Lammknochen über das Balkongeländer und wischte sich den Bart. »Das war nötig! Ich hatte einen Mordshunger. Nun entschuldige mich bitte. Die Griechen brauchen bestimmt eine weitere Stunde, um aus den Bergen herunterzukommen, und noch länger, um ihren Angriff zu planen, aber ich muß noch einige Vorkehrungen zu ihrem Empfang treffen.«

Ich starrte zum Strand hinunter. Die aus Lehmziegeln gebauten Hütten der Stadt selbst standen still und verlassen da, am Strand jedoch war ein Kampf entbrannt. Dort lagen vier Schiffe, und heutzutage wird alles von Wert Tag und Nacht bewacht. Die Sonne spiegelte sich auf Bronze. Bewaffnete hatten sich der kleinen Flotte bemächtigt. Ein Schiff war ins Wasser geschoben worden, aber an Bord kämpften Männer, und weitere wateten zu ihm hinaus. Auf dem Muschelkiesstrand lagen ein Dutzend Körper. Wären die Angreifer lesbische Flüchtlinge oder lyrnessische Deserteure gewesen, würden sie Vorbereitungen zum Ablegen treffen, aber das schien nicht der Fall zu sein.

»Eine Stunde, Vetter? Mir wurde gesagt, Achilleus könne sich blitzschnell bewegen.«

Aineias wirbelte herum, schaute hinunter und röhrte: »Feuergruben des Hades!« Seine Gefolgsleute kamen aus der Halle gelaufen, um zu sehen, was ihn so aufbrachte.

Das vierte Schiff wurde mittlerweile auf den Strand zurückgezogen. Ich konnte ungefähr vierzig

Griechen ausmachen, genug, um im Notfall alle vier zu bemannen. Die Tatsache, daß sie ihre Beute nicht zu Wasser ließen, zeigte, daß sie sich in der Lage fühlten, sie gegen einen Gegenangriff zu verteidigen. Bedeutete das, daß sie Verstärkungen in der Nähe hatten?

Aineias begann, Befehle zu brüllen. »Wir dürfen Achilleus keinen Fluchtweg offenlassen! Sokos, geh und such ...« Er stieß einen weiteren Fluch aus und rannte mit seinen Männern auf den Fersen fort. Ich war plötzlich allein auf dem Balkon. Die Schlacht um Lyrnessos stand kurz vor ihrem Beginn.

6 Die Pläne, die Männer auf ein Schlachtfeld mitbringen, gehen stets als erstes verloren, und danach entwickeln sich die Ereignisse, wie es die Götter wollen. Es war nicht der Entschluß eines Sterblichen, der den Strand von Lyrnessos zu einem Schlachtfeld machte oder diese vier stinkenden Fischerboote zu einer Trophäe erklärte, für die so viele sterben mußten, aber genau das geschah. Verglichen mit dem gewaltigen Gemetzel auf der Ebene von Troja war es ein unbedeutendes Scharmützel, aber es war blutig genug. Ich auf meinem Balkon bekam den einzigen ungehinderten Blick auf den Krieg, den ich je bekommen würde, einen flüchtigen Blick, der indes für ein ganzes Leben reichte.

Stunden zuvor – noch vor Anbruch der Dämmerung – hatte Achilleus Patroklos vorausgeschickt, um Aineias zu umgehen, ihm in den Rücken zu fallen und ihm jegliche Fluchtmöglichkeit übers Meer abzuschneiden. Diese Aufgabe hatte der Sohn des Menoitios brillant gelöst, denn niemand in Lyrnessos ahnte seine Anwesenheit, bis er die Schiffe stürmte und ihre Verteidiger abschlachtete. Da er sehen konnte, daß die restlichen Griechen bereits die Berge hinunterkamen, hatte er beschlossen, den Strand zu halten und auf sie zu warten.

Ich bezweifle, daß Mynes so dumm war, sich dem Verlust von vier wertlosen Schiffen um ihrer selbst willen zu widersetzen – nicht, wo der Palast praktisch schon unter Belagerung stand und alle Kontingente, die er ausschickte, abgeschnitten zu werden drohten. Aineias jedoch mit seinen verrückten Träumen, die Griechen zu umzingeln und die Belagerer zu belagern, sah in diesen Booten eine strategische Notwendigkeit, weil selbst eins von ihnen den verhaßten Achilleus in die Lage versetzen würde, aus Troja Verstärkung anzufordern.

Der Gegenangriff, den er verlangte, schien undurchführbar zu sein, weil Patroklos und seine Männer rechtzeitig außer Reichweite rudern konnten, bevor ihnen irgend jemand ernsthaft nahe kam. Da Mynes die Angreifer bis zum Eintreffen der Fußtruppen hinhalten mußte, schickte er Sphelos.

Das erste, was ich von diesem Schachzug mitbekam, war eine Horde Halbwüchsiger, die am Ostende des Strandes aus der Stadt strömten. Sie trugen keine auf die Entfernung sichtbare Rüstung oder Waffen, aber an ihrer Spitze konnte ich Sphelos erkennen. Mit kreisenden Armen formierten sie sich zu einer Linie. Auf kurze Entfernung stellen Schleudern eine tödliche Waffe dar, die Schützen selbst aber sind verwundbar und brauchen die Unterstützung bewaffneter Lanzenkämpfer. Die Jugend von Lyrnessos wurde ohne diesen Schutz losgeschickt. Die Griechen rissen, nicht überraschend, die Schilde hoch und griffen an. Die meisten der Jungen rannten davon, Sphelos und ein paar andere indes behaupteten ihre Stellung und versuchten einen zweiten Schuß. Sie starben. Obwohl die Myrmidonen die Fliehenden verfolgten und viele mit der Lanze durchbohrten, waren sie zu gut ausgebildet, um sich zu zerstreuen. Patroklos rief sie zurück und kümmerte sich um seine Verletzten.

Ich stand auf meinem Balkon wie eine Göttin des Olymp, die auf die Torheiten der Menschheit hinabschaut. Ununterbrochen starrte ich auf den leblosen Körper meines Bruders, versuchte ihn mit purer Willenskraft dazu zu bringen, sich zu bewegen, irgendwelche Lebenszeichen von sich zu geben. Unser ganzes Leben lang wissen wir, daß der Tod endgültig ist und nicht mit sich reden läßt, doch wenn wir ihm begegnen, müssen wir diese Lektion immer wieder von neuem lernen. Sphelos war tot. Es war vorbei. Was hatte er während seiner Tage unter der Sonne erreicht?

Manche der Jungen tänzelten herum und bombardierten den Feind mit Steinen, hielten aber zu großen Abstand, um mehr als eine Plage zu sein. Sie waren führerlos und hatten mitansehen müssen, wie ein Drittel von ihnen erschlagen wurde. Wer konnte von ihnen erwarten, jetzt noch ihr Ziel zu treffen?

Mynes traf in seinem Streitwagen ein, hinter sich im Laufschritt seine Kämpferschar. An besseren Tagen waren sie Bauern, Fischer, Holzfäller, Maurer, Bäcker, Lederarbeiter, Stallknechte ... Ich bin sicher, sie alle wünschten, es wäre ein solcher Tag gewesen. Am Saum des Strandes stieg er ab, furchtbar wie Ares in Rüstung und Helm. Ihm gegenüber stand eine Linie von etwa dreißig Griechen, alle mit bronzenen Schilden und Beinschienen, Lanzen und Schwertern. Die meisten trugen Helme, aber keiner von ihnen trug eine Vollrüstung wie er, und manche hatten praktisch nichts an. Enops hatte mir erzählt, daß viele Männer eine Rüstung verschmähten, weil sie sich ohne sie flinker bewegen konnten, und andere lehnten Kleidung überhaupt ab, weil es einem beim Kämpfen von ganz allein warm wurde. Die Myrmidonen hatten die Dardanier drei Tage lang gejagt; nicht einmal ein Gott hätte das in einer vollständigen Bronzerüstung geschafft.

Mynes' Gesichtsfeld wurde durch seinen Helm übel eingeschränkt, aber er hätte erkennen müssen, daß er einem Irrlicht nachjagte. Hielt er seinen Gegner für so verrückt? Kein Befehlshaber, der seine Sinne beieinander hatte, würde sich einer solchen Übermacht stellen, wenn er einfach an Bord gehen und außer Schußweite segeln konnte. Dafür hatte Patroklos, auch wenn er ein wilder Kämpfer war, gewiß zu viel Achtung vor dem Leben seiner Männer. In diesem Fall jedoch hatte er bemerkt, was Mynes offenbar übersehen hatte − daß nämlich Achilleus und die griechische Streitmacht die Herden allein gelassen, den Hauptweg zum Palast verlassen und eine Abkürzung über die Felder genommen hatten. Wenn der König von Lyrnessos bleiben und kämpfen wollte, bis es zu spät für ihn war, sich in die Sicherheit seines Palastes zu flüchten, dann mußte man ihm seinen Willen lassen, und Patroklos' Pflicht war es, die Stellung zu halten. Im Krieg sind kleinere Kontingente fast so entbehrlich wie bäuerliche Gemüsegärten.

Der in die Irre geführte Mynes hielt an und schwang drohend seine Lanze. Der griechische Anführer ließ es sich nicht nehmen, dasselbe zu tun.

»Was machen sie denn da?« raunte mir Ctimene ins Ohr. Mir wurde bewußt, daß ich ungefähr ein Dutzend Gefährtinnen neben mir auf dem Balkon stehen hatte, die diese Auseinandersetzung der Ameisen ebenso gebannt verfolgten wie ich.

»Sich gegenseitig beschimpfen, würde ich denken.« Auch das hatte ich von Enops gelernt. »Krieger wissen gerne, ob sie es mit einem würdigen Gegner zu tun haben, deshalb verkünden sie laut ihre Ahnen und ihre Titel.«

Ctimenes »Oh!« sagte mehr über männliches Verhalten als ein ganzes Epos.

Mynes, Sohn des Euneos, Sohn des Selepos, König von Lyrnessos.

Patroklos, Sohn des Menoitios, Sohn des Aktor.

Und so weiter. Dann würden die Beleidigungen folgen, um sich für den bevorstehenden Zweikampf, den nur einer von ihnen zu überleben hoffen durfte, in einen entsprechenden Zustand der Erregung zu versetzen. Da Patroklos gegen einen gerüsteten Gegner praktisch nackt war, hätte er seinen Männern ohne Ehrverlust einen Angriff befehlen können. Sie waren jedoch zahlenmäßig unterlegen, und er wollte die Präliminarien so lange wie möglich ausdehnen. Mynes' Kämpferschar war nur allzugerne bereit, den Kampf den beiden Kriegern zu überlassen. Als also ihr König des Schlagabtauschs müde wurde und schwerfällig vorrückte, hielten die Lyrnesser ihre Stellung.

Er stach nach Patroklos, der den Hieb mit seinem Schild abwehrte und beiseite sprang, wobei er am Rand von Mynes' Schild vorbeizog. Es war ein Streifschlag gewesen, der den Brustpanzer nicht durchdringen konnte. Das war der Moment, in dem Bronze Haut überlegen ist. Aber Muschelkies ist nicht das einfachste Gelände für einen gerüsteten Mann, und Patroklos konnte um seinen unbeholfenen Gegner herumtänzeln. Die Auseinandersetzung zwischen Beweglichkeit und Unverwundbarkeit setzte sich fort, während beide Männer wiederholt aufeinander einschlugen. Ihre Gefolgsleute lachten höhnisch und jubelten.

Mittlerweile hatten die Zuschauer auf der Brustwehr Achilleus' Näherkommen bemerkt und erkannten, daß in Kürze Mynes und ein beträchtlicher Teil des lyrnessischen Aufgebots überwältigt werden würde. Aineias schickte Meldeläufer aus, die ihn warnen sollten, und versuchte Epistrophos davon abzuhalten, seinem Bruder zu Hilfe zu eilen, indem er das Tor mit einer Absperrkette verriegeln ließ. Epistrophos ließ seinen Streitwagen stehen und führte seine Kämpferschar über die Mauer, wodurch er Aineias fast sämtlicher Verteidiger beraubte und ihm daher nichts anderes übrigblieb, als die Schlacht anzunehmen. Er führte seine Dardanier nach Westen hinaus in der Hoffnung, Achilleus so von hinten zu fassen zu bekommen. Natürlich zog Enops mit ihm. Alles traf am Strand aufeinander, wo sich der Zweikampf unterdessen fortsetzte.

Später berichtete mir Patroklos, Mynes sei der bessere Mann gewesen, aber Patroklos war ein ungewöhnlich bescheidener Krieger. Die fehlende Rüstung stellte ein gewaltiges Handikap für ihn dar, und er war körperlich erschöpft, bevor der Kampf auch nur begann. Er hielt sich unglaublich gut, den Kampf so lange hinzuziehen – lange genug –, und außerdem gelang es ihm, die Auseinandersetzung näher zu seinen eigenen Gefolgsleuten hin zu verlagern. Doch schließlich gewann der Überlegene die Oberhand. Er lenkte Mynes' Lanze nach unten ab und stolperte über sie, wobei er sich die Wade aufschlitzte. Mynes hob die Lanze, um ihm den Todesstoß zu versetzen.

Die Kämpferscharen gingen zum Angriff über, aber die Lyrnesser hatten einen längeren Weg zurückzulegen als die Myrmidonen. Mynes wurde abgedrängt, bevor er Patroklos erschlagen konnte, und der Kampf weitete sich zu einem allgemeinen

Handgemenge aus. Mann gegen Mann waren die Griechen besser ausgebildet und weitaus erfahrener, aber die zahlenmäßige Überlegenheit der Lyrnesser gab den Ausschlag und drängte sie zurück. Patroklos hatte sich mühsam wieder aufgerichtet, konnte sein verletztes, blutendes Bein jedoch nicht mehr belasten. Er wehrte eine Lanze mit seinem Schild ab und schlug der Länge nach zu Boden. Ein zweites Mal machte Mynes sich zum Todesstoß bereit, aber er nahm sich noch ein paar Augenblicke, um ihn zu verhöhnen, und das war Patroklos' Rettung.

Achilleus kam brüllend von Westen auf den Strand gelaufen, ein paar der flinkesten Boiotier und Myrmidonen unmittelbar und Hunderte andere weiter hinter sich. Alle Frauen auf dem Balkon kreischten auf wie eine. Die lyrnessischen Lanzenkämpfer drehten sich um, gaben Fersengeld und ließen ihren Krieger im Stich.

Patroklos, flach auf dem Rücken ausgestreckt, schaffte es noch, Mynes' Hieb abzuwehren, und dann war Achilleus da. Er hatte dasselbe Problem wie Patroklos, da auch er keine Rüstung trug, aber selbst so war er zu gut für den Sohn des Euneos – größer, stärker, geschickter, und er trug eine längere Lanze. Ich schrie vor Freude auf, als ich die panischen Parierversuche und die vergeblichen Attacken meines Gemahls auf seinen Gegner beobachtete. Er wich zurück, doch sein Gegner folgte ihm unerbittlich. Später erfuhr ich, daß nur wenige Männer so lange standhalten, wenn sie gegen den furchtbaren Sohn des Peleus im Feld stehen, für mich jedoch endete sein Todeskampf viel zu schnell. Achilleus' mächtige Lanze durchbohrte ihn durch Schild und Brustpanzer hindurch, wie Fleisch auf einem Spieß. Als mein Gemahl zu Boden sank, jubelte ich. Dann sah ich zu, wie seine Beine auf den Boden trommelten, als der Sieger einen Fuß auf seine Brust setzte, um die Lanze herauszuziehen. Sie zuckten noch immer, als Achilleus zwei Männern befahl, die Rüstung des Toten einzusammeln, während er sich auf die Suche nach seinem nächsten Gegner begab. Ich bin mir ziemlich sicher, daß Mynes noch lebte, als er ausgezogen wurde, aber danach bewegte er sich nicht mehr, und ich wußte, daß ich Witwe war. Verachte mich dafür, wenn du magst, aber ich sang den Göttern ein Dankgebet.

Die fliehenden Lyrnesser brauchten nicht lange, bis sie auf Epistrophos stießen, der sie wieder sammelte und die vereinten Streitkräfte in die Schlacht warf. Er schrie dem Mann, der seinen Bruder getötet hatte, seine Herausforderung entgegen. Das entwickelte sich zu einem sehenswerten Zweikampf, der allerdings bald vom allgemeinen Handgemenge verschluckt wurde. Ich bekam nicht viel davon zu Gesicht, weil Aineias und die anderen dardanischen Krieger mit ihren Kämpferscharen im Rücken der Griechen eingetroffen waren. Enops war bei ihnen, und meine Aufmerksamkeit wurde völlig davon in Anspruch genommen, inmitten des rasenden Tumults die Spur meines Bruders nicht aus den Augen zu verlieren.

Er schlug sich sehr gut. Er tötete zwei boiotische Krieger und zahllose Gemeine, die ihm nicht schnell genug aus dem Weg gegangen waren. Ich kreischte und jammerte mit meinen Gefährtinnen über seinen Erfolg, sah ich doch, daß er von dem mörderischen riesigen Anführer selbst gejagt wurde, der nur der gefürchtete Achilleus persönlich sein konnte. Von Achilleus als Gegner für einen Zweikampf auserwählt zu werden war natürlich ein gewaltiges Kompliment, aber auch ein tödliches. Kurz bevor es dazu kam, bevor Achilleus ihn erreichte, forderte Enops Peisandros, Sohn des Maimalos, der beinah so todbringend wie der Sohn des Peleus selbst war. So starb mein zweiter Buder.

Die Zeit spülte das Blut rasch vom Strand von Lyrnessos. Seit der Schlacht, an die nur ich allein mich noch erinnere, sind unzählige Jahre ins Land gegangen. Ich habe mich oft gefragt, ob Enops es genossen hat. War das Abenteuer, das er gesucht hatte, die Mühe wert, drei Jahre für eine Handvoll von Minuten? War der Ruhm süß genug, um den bitteren Geschmack des Todes zu übertünchen? Epistrophos, der des Gewinns wegen kämpfte, hatte am Ende überhaupt nichts davon, und Mynes ... O Mynes! Wie fühlte sich der Mann, der das Töten so genoß, als Achilleus ihn tötete? Ich hoffe, er hatte Zeit, die Erfahrung zu genießen.

Als Enops fiel, war die Schlacht schon beinah vorüber. Lyrnesser und Dardanier flohen in den Wald oder in die Stadt und sogar ins Meer. Bienor hatte am Rande der Schlacht mit Enops' Streitwagen gewartet und unternahm einen Versuch, seinen Leichnam zu bergen – in der Hoffnung, vermute ich, daß er noch am Leben war. Er gab den Pferden die Peitsche und lenkte sie mitten in das Gemetzel. Eine griechische Lanze traf ihn mitten durch die Brust und schleuderte ihn rücklings aus dem Streitwagen heraus.

Ctimene schrie neben meinem Ohr. Ich wirbelte herum und umklammerte ihre Handgelenke, bevor sie sich die Wangen zerkratzen konnte.

»Nein!« gellte ich. »Das darfst du nicht!«

»Bienor!«

»Bienor ist tot, und du lebst! Du mußt leben!«

Sie starrte mich mit verständnislosem Entsetzen an. Sie wäre weit weniger wert für die Sieger, wenn ihr Gesicht und ihre Brüste verletzt waren. Dasselbe traf auf mich zu, so daß ich meine Brüder nicht angemessen beklagen konnte – genausowenig wie meine Eltern.

Meinen Ehemann zu beweinen, verspürte ich ohnehin keine Neigung.

7 An erwachsenen männlichen Sklaven besteht wenig Bedarf, so daß die meisten Männer abgeschlachtet werden, wenn eine Stadt fällt. Frauen und Kinder gehören den Siegern. Adlige beiderlei Geschlechts dürfen darauf hoffen, mit Lösegeld freigekauft zu werden, obwohl es auch dafür keine Garantie gibt. Außerdem fiel mir beim besten Willen niemand ein, der mich freikaufen würde. An diesem Morgen war ich als Königin aufgewacht, aber von nun an war das Beste, worauf ich hoffen durfte, irgendeinem bedeutenden Krieger als Konkubine zugeteilt zu werden. Schlimmstenfalls ... ich konnte mir das Schlimmste nicht einmal vorstellen.

Die lyrnessischen Verlierer flohen natürlich in die Wälder, heimatlose Ausgestoßene. Einige der Frauen aus der Stadt versuchten, ihnen zu folgen, aber die Myrmidonen als geübte Städteeroberer versperrten rasch die Tore und bemannten die Wälle. Ich hatte Aufruhr und Panik erwartet, aber ein unheimliches, unheilvolles Schweigen senkte sich über den Palast. Die ganze übliche Geräuschkulisse fehlte: das Surren der Töpferscheiben, das Pochen der Hämmer, der fröhliche Gesang der Handwerker. Ein- oder zweimal bellte ein Hund – aber nur kurz. Es gab ein schreckliches Geschrei, als die Eroberer die dardanischen Verwundeten fanden. Aber auch das dauerte nicht lange.

Gehüllt in mein prächtigstes Gewand, angetan mit allem Gold und allen Juwelen, die ich auftreiben konnte, begab ich mich hinunter ins Megaron. Eine Menge weinender und jammernder Frauen und Mädchen strömte hinter mir herein. Fast alle von ihnen hatten ihre Gesichter verunstaltet; viele trugen auch blutende Brüste zur Schau. Ihr Anblick erboste mich, als verkündeten sie lauthals, daß sie ihre Männer mehr geliebt hätten als ich meine Brüder.

»Ruhe!« befahl ich. »Seid still, alle! Wenn ihr in meiner Nähe bleiben wollt, müßt ihr euch still verhalten. Ich werde nicht ein einziges Schluchzen dulden.« Das Szepter von Lyrnessos in der Hand, nahm ich auf dem Thron Platz und winkte Ctimene zu einem mit Einlegearbeiten versehenen Stuhl an meiner Seite, den Epistrophos benutzt hatte. Dort saß sie in aschfahler Unbeweglichkeit und starrte ins Nichts, als sei sie von der Hand eines Töpfers geformt worden. Die Frauen des Palasts traten in die anonyme Dunkelheit zurück und bemühten sich, ihre verängstigten Kinder zum Schweigen zu bringen. Die alte Maera wankte herein. Sie sah aus, als sei selbst ihre gewohnte Heiterkeit durch die Katastrophe der letzten Stunde erschüttert worden. Ich befahl einem Mädchen, einen Schemel für sie zu holen.

Dann konnten wir nur noch warten. Ich sprach ein stummes Gebet an die Schatten meiner Brüder und erklärte ihnen, warum ich sie nicht geziemend betrauern konnte. Im Geiste ging ich immer und immer wieder den Wortlaut der Kapitulation durch, die ich Achilleus antragen wollte, wenn ich ihm das Szepter übergeben würde. Gorgo lag mit heraushängender Zunge zu meinen Füßen. Die Spannung wurde unerträglich, bis ich sogar darum betete, daß die Griechen endlich kämen. Was immer sie tun würden, es wäre besser als diese Angst.

»Da sind sie!« verkündete eine Tenorstimme vor der Tür. »Wußte ich's doch, daß sie irgendwo stecken müssen.«

Frauen und Kinder drängten sich mittlerweile an den Wänden zusammen, und die Stimme ließ sie noch mehr zurückweichen, als könnten sie so mit den Fresken verschmelzen. Ich faßte das Szepter fester und wartete.

»Ein guter Fang!« erwiderte ein Bass. »Wollen wir mal sehen, was wir da haben!«

Fünf Männer schlenderten herein, spähten unsicher in die Dunkelheit, lachten und tauschten vorhersagbare Obszönitäten aus. Sie alle trugen Lanzen, einen Schild auf dem Rücken und quastenbesetzte Umhänge. Vier von ihnen trugen nichts außer Beinschienen und Schuhen, nur der Fünfte hatte zusätzlich eine zerrissene, blutbesudelte Tunika an. Dieser Fünfte war sehr groß und sehr blond.

Gorgo knurrte. Ihr Nackenhaar stellte sich auf. In ihrem ganzen Leben hatte sie nie jemanden bedroht, aber sie wußte, diese Eindringlinge waren gefährlich. Bevor ich etwas sagen konnte, sprang sie auf und griff wütend bellend an. Der große, gelbhaarige Mann durchbohrte sie mit seiner Lanze. Es hätte mich nicht erstaunen sollen, aber ich schnappte entsetzt nach Luft und unterdrückte einen Aufschrei, während ich den mitleiderregenden Fellhaufen ansah, plötzlich so nutzlos und so winzig. Zum ersten und einzigen Mal an jenem Tag füllten sich meine Augen mit Tränen. Ich hatte nicht um Bienor und nicht um Enops und auch nicht um Sphelos

506

geweint, aber um Gorgo hätte ich es beinah getan.

»Na, na, na!« sagte die Tenorstimme. »Seht die Göttin!«

Der große Mann stand vor mir. Seine eine Hand hielt die blutige Lanze, die andere hatte er zu einem spöttischen Gruß an die Stirn gehoben.

Achilleus! Ich konnte dem fürchterlichen Sohn des Peleus vergeben, daß er meinen Gemahl getötet hatte – ja, dafür hätte ich ihm danken können, aber nie dafür, daß er Gorgo getötet hatte. All die schönen Ansprachen, die ich mir zurechtgelegt hatte, waren wie weggeblasen, so daß ich das Ungeheuer nur voller Entsetzen anstarren konnte. Nicht, daß er wie ein Ungeheuer aussah. Trotz seiner Größe hatte er ein jungenhaft hübsches Gesicht, umrahmt von goldenen Locken, gerötet vom Sieg und den Gedanken an die Orgie, die ihm jetzt zustand.

Er lachte. »Sie ist nicht gerade klein, hä? Bei Hera, was für ein wohlgestaltetes Euter!«

»Du kannst die Nymphe haben, wenn ich ihren Zierat bekomme«, versetzte der Tenor.

»Das reicht!« fuhr ein Dritter sie an. »Sei gegrüßt, Königin Briseis.«

Ich ignorierte ihn. Mir die Lippen leckend, begann ich zu stammeln: »Edler Sohn des ... Im Namen von Potnia, unserer ... Mein Herr, ich übergebe dir meine Stadt ...« Ich sprang auf und hielt ihm das goldbeschlagene Szepter von Lyrnessos hin. Ich zitterte so stark, daß ich es fast fallen ließ.

Der blonde Riese grinste, wobei er eine breite Lücke zwischen seinen Vorderzähnen entblößte. Mit zum Greifen ausgestreckten Fingern trat er vor.

»Ich werde das an mich nehmen.« Der Mann, der mich gegrüßt hatte, hielt ihn mit einer Hand zurück. Auf das untere Ende seiner Lanze gelehnt, nahm er mir den Stab ab und hob ihn zum Gruß empor, wobei er freundlich lächelte – natürlich erheitert über meine königlichen Prätentionen, ohne sich jedoch offen darüber lustig zu machen. »Meine Herrin, ich bin Patroklos, Sohn des Menoitios.«

Ich hatte den Namen noch nie zuvor gehört und nahm staunend zur Kenntnis, daß er den großen Achilleus überstimmte. Er war umwerfend hübsch, mit braunen Locken und heller Haut. Sein rechtes Bein war verbunden, deshalb hinkte er ... Verwirrt schaute ich von einem Mann zum anderen.

»Und das ist Menesthios, Sohn des Boros, Neffe des Achilleus. In Hinsicht auf Gestalt und Tapferkeit ist er seinem berühmten Onkel nicht unähnlich. Peisandros, Sohn des Maimalos ... Automedon, Sohn des Diores ... Arkesilaos, Sohn des Promachos.«

Vier Myrmidonen und ein Boiotier: diese fünf jungen Raubmörder waren jetzt die uneingeschränkten Herren von Lyrnessos. Ob sie mich in Stücke schneiden oder mich an Ort und Stelle zu Boden werfen und nacheinander vergewaltigen wollten, niemand auf der ganzen Welt konnte ihnen ihren Spaß nehmen. Patroklos jedoch spielte bei dem Theaterstück mit, das ich in Szene setzte – daß sie edle Besucher wären, die eine Königin besuchten. Als ich mir der Hunderte von Augenzeugen im Hintergrund bewußt wurde, die mir vertrauten, die mein Beispiel brauchten, wie sie sich in dieser Notlage verhalten sollten, fand ich meine Stimme wieder.

»Du bist es, der mir Ehre erweist, Sohn des Menoitios.« Ich sank auf die Knie. »Ich übergebe dir diese Stadt.«

Der Boiotier brach in schallendes Gelächter aus. »Ist das nicht nett von der Schlampe?«

»Ich könnte sie dafür knuddeln!« Menesthios langte nach meinen Brüsten.

»Schluß damit!« bellte Patroklos, was sie wieder zur Räson brachte. »Die Männer von Lyrnessos sind tapfer gestorben – könnt ihr den Mut ihrer Frauen nicht ebenso ehren?«

»Ich würde lieber ihre Ausdauer auf die Probe stellen!«

»Bei Ares, sogar ihre Hunde sind tapfer!« brüllte Patroklos. »Da du schon den letzten Verteidiger von Lyrnessos zu deinem ewigen Ruhm erschlagen hast, kannst du den Leichnam auch hinausbringen und ihm einen ehrenwerten Platz auf dem Scheiterhaufen seines Herrn geben.«

Das Gesicht des Riesen lief dunkel an. Seine Hand fuhr an sein Schwert. Patroklos sah ihn mit steinerner Miene an.

Menesthios hielt inne, dann knurrte er: »Mit diesem Bein solltest du nicht herumlaufen.« Er schob sein Schwert wieder in die Scheide und stolzierte davon, um die versammelten Frauen zu überwachen.

Patroklos steckte sich das Szepter unter den Lanzenarm und hielt mir die Hand hin, um mir aufzuhelfen, obwohl er offensichtlich selbst unsicher auf den Beinen war. Seine Finger fühlten sich eiskalt an, sein Lächeln war merkwürdig gleichmütig. »Gibt es noch andere von adliger Geburt?«

Ich wies auf Ctimene, die noch immer wie erstarrt auf ihrem Stuhl saß und sich der Vorgänge um sie herum offensichtlich nicht bewußt war. »Meine Schwägerin.«

Er runzelte die Stirn und zuckte die Achseln. Er mußte schon etliche Frauen gesehen haben, die unter Schock standen. »Wird eine von euch ein Lösegeld erbringen?«

»Nicht einen einzigen Ochsen«, antwortete ich verbittert.

Er kicherte. »Du bist wesentlich mehr wert als einen Ochsen, Königin Briseis.«

Menesthios strebte auf die Tür zu. Er trieb ein Mädchen vor sich her, das nicht älter als zwölf sein konnte; es schwankte unter Gorgos Last. Am nächsten Morgen sah ich den Kadaver hinter einem Busch auf dem Hof liegen, aber da wußte ich schon, daß der Tod eines Hundes nur ein Tropfen in einem Wolkenbruch ist.

Patroklos riet mir: »Sag ihnen, sie sollen sich fügen, meine Herrin. Das macht es weniger unerfreulich.«

Ich schluckte den Mühlstein in meinem Hals herunter und nickte. »Was muß ich ihnen befehlen?«

»Sondere die Tuchweber und die Badedienerinnen heraus und alle, die deiner Meinung nach einen besonderen Wert haben könnten.«

Für sich selbst besaßen sie alle einen besonderen Wert. Ich ließ den Blick über die Menge verängstigter Gesichter im Dunkel der Halle schweifen und fand meine Stimme wieder. »Tuchweber und Badedienerinnen gehen zum Herd. Ähm ... mit ihren Kindern?« fragte ich Patroklos und gab, als er nickte, die Anweisung weiter. »Schreiberinnen?« fragte ich hoffnungsvoll, »Kräuterkundige?«, doch er schüttelte nur den Kopf.

Etwa dreißig Frauen und ebenso viele Kinder waren aus der Menge hervorgeschlichen und hatten sich zwischen den Säulen versammelt. Die griechischen Krieger begutachteten sie und schickten die meisten von ihnen wieder in die Menge zurück.

»Sag den anderen, sie sollen hinausgehen«, befahl Patroklos sanft. »Erklär ihnen, daß Männer in dem, was sie wollen, alle gleich sind.«

Schaudernd und voller Haß auf mich selbst gab ich den Befehl weiter. »Frauen von Lyrnessos! Ihr werdet jetzt zu euren neuen Herren gehen. Sie sind keine Ungeheuer, sondern allesamt starke Kämpfer. Tut, was sie euch sagen, und sie werden euch gut behandeln.«

Ich glaubte es selbst nicht, aber einen anderen Trost konnte ich ihnen nicht bieten. Sie und ihre Kinder waren Siegesbeute – Frauen können in ihrem Leben nicht tiefer sinken. Ihre Männer hatten versagt.

Die Griechen begannen sie aus dem Megaron zu scheuchen, wobei sie ein paar der Hübschesten herauspickten und zu der Gruppe am Herd schickten. Im Hof brach lauter männlicher Jubel aus, ein Geräusch wie bei der Fütterung der Palasthunde.

Mit einem zornigen Murren sank Patroklos auf dem Thron zusammen. Es war ein Zeichen der Schwäche, nicht der Stärke. Ich bemerkte seine schreckliche Blässe und das Blut, das aus seinem Verband sickerte. »Mein Herr! Du mußt uns deine Wunde versorgen lassen.«

Er schaute mich an, als sei sein Blick getrübt. »Gleich. Wenn der Mob fort ist.« Sein Lächeln drückte gleichzeitig Entschuldigung, Nachsicht und Abscheu aus. »Dafür kämpfen sie, für sonst nichts, weißt du.«

»Mein Herr?«

»Bauernknechte, Hirten … Was schert diese Burschen die schöne Helena? Was glaubst du, wieviel von der Beute bis zu ihnen durchsickert? Sie wurden aus ihren Heimen und ihren Familien gerissen, um hierherzukommen. Sie riskieren ihr Leben, sehen ihre Freunde fallen. Ihre Belohnung besteht darin, Lust von Frauen zu erhalten, die sie nicht zurückweisen können. Das ist alles.«

»Oh!« sagte ich.

Er seufzte. »An der Schlacht ist etwas, was die Lust in Männern weckt. Ares und Aphrodite. Hirsche, die sich wegen des Rechts bekämpfen, eine Herde Hirschkühe begatten zu dürfen.«

Voller Verwunderung starrte ich diesen ach so erstaunlichen Griechen an. Er war nicht der Bauer, den ich erwartet hatte. Sein zynisches Sinnieren erinnerte mich an meinen Vater. Auch er war Grieche gewesen.

Ctimene verharrte in ihrer steinernen Trance. Maera hockte auf ihrem Schemel, beobachtete und lauschte wie eine Spinne. Die etwa zwanzig Mädchen und jüngeren Frauen am Herd drängten sich so dicht aneinander, daß man sie nicht genau zählen konnte. Die letzte der anderen verschwand durch die Tür, um sich dem johlenden männlichen Pöbel draußen zu stellen.

»Sie werden es überleben«, sagte Patroklos. »Was mehr ist, als man von den Männern sagen kann. Dein Gemahl ist einen guten Tod gestorben, meine Herrin. Er war ein großer Kämpfer, wie ich zu meinem Leidwesen entdecken mußte, ein größerer als ich. Mein Beileid. Und zu deinem Bruder Enops ebenfalls, einem mächtigen Kämpfer.«

»Ich hatte noch andere Brüder.«

»Ich hörte von keinen anderen Söhnen des Brises.«

»Sie waren keine Krieger, aber nicht minder tapfer. Und nicht minder tot.«

Er seufzte. »Vergib mir. Manchmal vergesse ich. Sei versichert, daß allen Toten die ihnen gebührenden Riten erwiesen werden. Wir Griechen führen keinen Krieg gegen Leichen. Achilleus ist in dieser Angelegenheit besonders eigen. Er hat Opfer für alle, selbst für die lyrnessischen Gemeinen, angeordnet.«

Ich dankte ihm, und tatsächlich stellte diese Neuigkeit eine große Erleichterung für mich dar – zumindest, was meine Brüder und auch Epistrophos anging, denn er war kein schlechter Mann gewesen. Mynes hätte, was mich betraf, den Hunden zum Fraß im Staub liegenbleiben können, so daß sein Schatten dazu verdammt wäre, auf ewig durch die Düsternis zu streifen.

»Ist nicht der Sohn des Anchises ebenfalls ein Verwandter von dir?«

»Aineias? Ein Vetter dritten Grades oder so. Er hat überlebt.«

Patroklos zog eine Augenbraue hoch. »Wie kannst du dir so sicher sein?«

»Omen, mein Herr. Ich bin nicht unbewandert in der Weissagerei.«

»Den Unsterblichen sei Dank!« Er betrachtete mich mit neuem Interesse. »Dann hätte Achilleus sich die Jagd sparen können? Und was prophezeist du sonst noch so?«

»Troja ist zum Untergang verurteilt, aber ich bin sicher, das wißt ihr bereits. Ich kann dir nicht sagen, wann es fallen wird, aber es wird fallen. Ferner, daß du verbluten wirst, wenn du nicht gestattest, daß wir dir helfen. Die alte Priesterin ist geschickt, und ich besitze ebenfalls einige Kenntnisse über Kräuter und Heilkunst.«

Der Krach draußen war nicht mehr ganz so laut wie am Anfang, klang dafür aber menschlicher und weniger tierisch, was es irgendwie noch schlimmer machte – Tiere sind dumm; Menschen aber sind grausam.

»Du bist eine bemerkenswerte Frau, Briseis. Achilleus wird sehr daran interessiert sein, dich kennenzulernen.« Er unternahm einen Versuch, sich zu erheben, sank jedoch schnell wieder zurück, wobei er über seine Schwäche zusammenzuckte.

Ich geriet in Verlegenheit um seinetwillen und wartete, bis er wieder die Augen aufschlug, aber dann wagte ich die Frage: »Wie ein junger Hirsch, der frisch aus der Schlacht kommt?«

Viele Männer hätten mich für diese Unverschämtheit geschlagen; Dutzende von Frauen im Palast wurden in diesem Moment aus weit geringerem Grund durchbohrt und verprügelt. Patroklos ließ nur ein Lächeln um seine Mundwinkel spielen, was ihn jünger und atemberaubend schön aussehen ließ. »Heute abend hast du von diesem Hirsch mit Sicherheit nichts zu befürchten. Ich brauche Hilfe beim Gehen. Mein Wagenlenker sollte dort draußen sein, Alkimos, Sohn des Polyktor. Er hat weißes Haar. Hol ihn bitte.«

»Sofort, mein Herr.« Ich eilte durch den Korridor und fragte mich, ob ich wohl in eine Ecke gezerrt und vergewaltigt werden würde, bevor ich meinen Auftrag erklären konnte. Vergewaltigt und beraubt, denn ich war noch immer mit Kostbarkeiten beladen.

8 Ich gelangte in die Vorhalle hinaus, die nun voll von weggeworfenen Kleidungsstücken und kopulierenden Paaren war. Ich konnte hören, daß in der Säulenhalle schlimmere Dinge geschahen, aber zum Glück mußte ich nicht so weit gehen. Der hochgewachsene Jüngling, der ganz für sich allein dastand und den Spaß mit einem neidischen Grinsen beobachtete, war offensichtlich ein Adliger, denn seine Beinschienen bestanden aus Bronze, und auf seinem Schwertgriff blitzte Silber auf; seine langen Locken waren weiß wie Flachs.

Ich sprach ihn an: »Mein Herr?« Meine Stimme klang schrill wie ein Vögelchen. »Der Sohn des Menoitios braucht Hilfe! Er hat mich geschickt, um −«

Alkimos war schon fort. Ich drehte mich um und rannte ihm nach. Bevor ich auch nur den Thron erreicht hatte, hatte er seine Befehle entgegengenommen und strebte bereits wieder nach draußen, um einen weiteren Helfer aufzutreiben. Patroklos lächelte mich tapfer an, obwohl er sich wegen des Blutverlusts schauderhaft fühlen mußte.

Ich packte Ctimene an den Schultern und schüttelte sie, was zu einem plötzlichen Wiedererwachen ihres Grauens führte. Ich schalt sie, sie solle sich benehmen. Sie wimmerte undeutlich, als sei sie im Halbschlaf. Der Wagenlenker kehrte mit einem Mann zurück, den er Ctesios nannte und der offensichtlich verstimmt war, von seinen Vergnügungen fortgerissen worden zu sein. Zu zweit hoben sie Patroklos hoch und folgten uns aus dem Megaron hinaus − ich trug einen Schild, Ctimene eine Lanze und Maera das Szepter.

Glücklicherweise mußten wir nicht in die Säulenhalle oder den Hof gehen, aber ich konnte meine Ohren nicht vor dem Kreischen und dem rohen Gelächter verschließen. In den folgenden Tagen mußte ich mir manch gräßliche Geschichte anhören. Um gerecht zu sein, die meisten Griechen waren gewöhnliche junge Männer, die sich einfach die Belohnung nahmen, für die sie gekämpft hatten. Abgesehen von ihrem langen Haar und den rasierten Gesichtern hätten sie Seemänner oder Holzfäller aus Lyrnessos sein können, und sie wandten keine Gewalt gegen Frauen an, die sich unterwarfen. Was im Hof geschah, war das Werk einiger weniger: reine Brutalität − Vergewaltigung, grausame Schläge, jede denkbare Perversion. Es war der Schlußakt der Schlacht, der Triumph der Sieger, denn Männer, die die Frauen und Kinder des Feindes erniedrigen, schwelgen in der unbestrittenen Tatsache, daß sie gewonnen haben. Einiges davon war Rache für tote Freunde.

Und kaum war es vorüber, da traf die andere Hälfte der griechischen Streitkräfte, diejenigen, die Aineias verfolgt hatten, wieder ein, und alles begann noch einmal von vorne. So ist der Krieg, so wird er immer sein.

Wir passierten den Korridor, stiegen über, zwischen und um Körper herum, bis wir die Kräuterkammer erreichten, einen kleinen und stinkenden Raum. Die Wände waren oben von Regalen, unten von Truhen und Körben gesäumt, und selbst in den besten Zeiten gab es um den zentralen Tisch herum nur wenig Platz. Damals jedoch war sogar noch weniger Platz als sonst, denn zwei Mädchen und vier Männer, alle nackt, bevölkerten die Kammer; sie schrien sich an und befanden sich mitten in einem wüsten Streit, kurz davor, sich zu prügeln. Ich vergaß, daß ich nicht mehr Königin war, und brüllte sie an, sie sollten sich davonmachen. Und sie gehorchten wie die Schafe! Die Männer hörten kaum auf, sich zu streiten, rafften ihre Kleidung und ihre Waffen zusammen und verließen die Kammer, ihre Opfer mit sich nehmend. Dabei zankten sie unablässig weiter.

Der Tisch, der normalerweise mit Krügen, Schalen, Päckchen und Mörsern übersät war, war geleert worden, und die Tischplatte war unheilvoll blutgetränkt.

Ich sagte den Männern, sie sollten Patroklos mit dem Gesicht nach unten darauflegen. Er war kaum noch bei Bewußtsein.

»Wasser!« befahl ich Ctimene. »Heiß, wenn du welches auftreiben kannst.« Sie winselte vor Entsetzen, so daß ich mich an Alkimos wandte und ihn anherrschte: »Du gehst mit ihr. Und du«, ließ ich

Ctesios wissen, »bewachst die Tür, damit wir nicht gestört werden.« Sie sprangen nach meiner Pfeife, als sei ich der Große König von Mykene.

Ich band eine Aderpresse um Patroklos' Bein, um weiteren Blutverlust zu verhindern, dann schnitt ich seinen Verband herunter. Die Wunde an seiner Wade war tief und zerfetzt, wesentlich übler, als ich erwartet hatte, und mit Sicherheit ernster als alles, was ich bisher behandelt hatte. Maera untersuchte sie mit der Nase praktisch an seinem Bein; wir tauschten entsetzte Blicke.

»Bah!« sagte sie. »Stümperhaft! Du mußt die Stiche wieder auftrennen und die Wunde neu vernähen.«

Dazu war ich nicht in der Lage! Ich hatte nur einmal ein Bein genäht, das eines Sklaven, und der war gestorben. Unsere männlichen Heiler waren umgekommen oder geflohen. Ich kannte viele Kräuterweiber, die weitaus fähiger waren als ich, aber selbst wenn ich eine finden und befreien konnte, wäre sie wohl kaum in dem Zustand, einen so heiklen chirurgischen Eingriff auszuführen. Maeras vom Alter verkrüppelte Hände waren nicht geschmeidig genug. Ich mußte es selbst tun.

»Mein Herr, hast du keinen unter deinen Männern, der hiermit umgehen kann?«

»Nicht hier«, antwortete Patroklos ergeben, »und einer von ihnen hat das vollbracht, was du da siehst. Die Zeit drängt. Fang an.«

Zitternd wandte ich mich den Regalen zu. »Wir haben Mohnsaft.«

»Nein! Nur etwas, auf das ich beißen kann.«

Seine Weigerung erleichterte mich, denn ich hatte keine Ahnung, welche Dosis er in seinem geschwächten Zustand vertragen konnte. Wir hatten weniger wirksame Schmerztöter – Wein, Weide, Färberdistel –, aber in seiner Verfassung konnte ihm alles gefährlich werden, und an Mohnmilch reichte ohnehin nichts heran.

Wir mußten schnell vorgehen, bevor er noch schwächer wurde. Alkimos und Ctimene kehrten mit vier Krügen dampfend heißen Wassers zurück, und Maera fand Nadeln und gutes Leinengarn. Ich gab Patroklos einen Beinspachtel als Beißholz, obwohl sich das als überflüssig erwies, denn er ertrug den Schmerz, ohne zu stöhnen, ja er zuckte kaum. Zuerst schnitt ich die alten Stiche weg und reinigte die Wunde. Die große Sehne in seinem Knöchel war nicht durchtrennt worden, er würde also weiterhin gehen können, wenn er tatsächlich überlebte. Wiederholt entfernten wir die Aderpresse, um die Quelle der Blutung zu entdecken, und dann versuchte ich, die Wunde zusammenzunähen, während ich die passenden Gebete sprach und Alkimos ein Dankopfer versprach. Erst beim fünften oder sechsten Versuch stillte ich den Blutfluß, und wir wagten es, den Muskel zu schließen. Ich trug eine Heilsalbe aus Flachs, Linsen und Kapern-blättern auf, dann nähte ich die Haut zusammen. Maera entfernte die Aderpresse und nickte beifällig, als die Haut wieder ihre normale Farbe annahm und kein Blut mehr hervorspritzte. Als ich den Verband ersetzte und zurücktrat, flüsterte sie: »Jetzt liegt es bei den Göttern.«

Patroklos war völlig erschlafft. Der Spachtel war ihm aus den Zähnen gefallen, und der Puls an sei-nem Hals war sehr schwach. Wenn Hermes seine Seele holen kommen wollte, konnte er jetzt nicht weit weg sein.

Meine Finger, die bis dahin einigermaßen ruhig geblieben waren, begannen heftig zu zittern. Ich ließ die Männer ihn auf den Rücken drehen und bettete seinen Kopf auf ein aus ein paar Säckchen getrockneter Kräuter improvisiertes Kissen. Er war noch am Leben, würde es aber nicht mehr lange bleiben, wenn es uns nicht gelang, ihn zu wecken. Ich schickte Ctimene und Ctesios fort, um frische Vliese, noch mehr heißes Wasser und eine neue Tunika zu holen.

»Alkimos«, sagte ich, »würdest du jetzt bitte gehen und …«

Nein, das würde er nicht. Der Wagenlenker verschränkte die Arme vor der Brust und funkelte mich wütend an. »Ich verlasse diesen Raum nicht, bis der Sohn des Menoitios es mir befiehlt. Und du auch nicht.« Ich glaube, er war kaum älter als ich. Er war der hellhäutigste Mensch, den ich je gesehen habe, ganz weiß und rosa, so daß er wie ein Kind aussah. Trotzdem hegte ich keinerlei Zweifel, daß es ihm ernst war. Die Schreie, die ich zuvor gehört hatte, fielen mir wieder ein, und ich fragte mich, welche Scheußlichkeiten dieser babygesichtige Grieche sich für mich ausdenken würde, wenn sein Gebieter starb.

»Er wird bald zu sich kommen«, erklärte ich, ohne rot zu werden. »Ich wollte dich nur bitten, ein Gemach für ihn vorbereiten zu lassen.«

Unser Patient jedoch befand sich in tiefem Schlaf. Wir sprachen ihn an und schüttelten ihn, ohne daß er reagierte. Er würde unter unseren Händen sterben, dessen war ich mir fast sicher.

»Reich mir diese Flasche dort herunter«, verlangte die alte Maera und zeigte nach oben.

Ich gab sie ihr und stellte fest, daß sie mit Wachs versiegelt und so staubig war, daß sie schon jahrelang auf dem Regal gestanden haben mußte, offenbar eine letzte, verzweifelte Zuflucht, zu der man nicht leichtfertig griff.

Sie zerbrach das Siegel, entfernte den Stöpsel und hielt die Öffnung unter Patroklos' Nase. Einen Augenblick lang geschah gar nichts, dann keuchte er, hustete und zog eine Grimasse. Seine Augen öffneten sich mit leerem Blick, der sich aber alsbald klärte. Ich habe nie so weiße Lippen gesehen, die ein Lächeln hinbekamen.

»Alles fertig?«

»Alles fertig«, bestätigte ich ihm erleichtert. Als Maera ihre geheimnisvolle Flasche wieder zustöpselte, fragte ich sie: »Was ist da drin?«

Sie gluckste vor sich hin. »Dies und das. Hauptsächlich Ziegenurin.«

»Hab' noch was zu erledigen«, murmelte Patroklos und unternahm einen schwachen Versuch, sich aufzurichten.

»Du bleibst hier liegen!« ordnete ich mit strenger Stimme an.

Er sank zurück und überließ sich seiner Schwäche. »Ja, Gebieterin. Was immer du sagst. Ich habe Durst.«

Ich gab ihm mit reichlich Wasser verdünnten Wein. Als Ctimene mit den frischen Fellen zurückkam, halfen mir die Männer, es ihm bequemer zu machen. Jetzt erhob Alkimos keine Einwände mehr, als ich Ctimene und Ctesios wegschickte, um ein Zimmer für ihn vorzubereiten, obwohl er sich dennoch kein Lächeln erlaubte. Patroklos fügte sich ohne Widerspruch, als ich seinen zerfetzten Umhang entfernte und ihn von Kopf bis Fuß wusch. Wunden waren für ihn nichts Neues, denn ich zählte nicht weniger als acht weiße Narben an seinem Körper. Ich langte gerade nach einer Tunika für ihn, als hinter mir die Tür aufflog.

»Patroklos!« Ein Wirbelsturm fegte mich beiseite und warf sich auf meinen Patienten. »Freund!« brüllte er. »Liebster Freund! Deine Wunde ist wieder aufgegangen? Geht es dir gut?«

Patroklos stotterte mühsam unter der Mähne rot-goldenen Haars, das ihm übers Gesicht fiel. »Bis du gekommen bist, ging es mir ganz gut. Mir wird eine königliche Behandlung zuteil.«

Es gibt Momente im Leben, die man nie vergißt. Ich habe dir erzählt, daß Mynes einen Türrahmen ausfüllen konnte. Achilleus konnte ein Megaron sprengen – nicht allein mit seiner Größe, obwohl ich nie einen größeren Mann gesehen habe, sondern mit seiner schieren Ausstrahlung. Plötzlich war kein Platz mehr, um sich in dem engen Kräuterkämmer-chen zu bewegen, und all die Ängste, die ich vor-übergehend verdrängt hatte, brachen wieder über mich herein, so daß ich kaum noch atmen konnte. Ich war eine Witwe, eine Sklavin; meine Brüder waren tot. Dieser Titan war der Herr von Lyrnessos. Die Tunika an mich pressend, wich ich nach Luft schnappend an die Wand zurück.

»Athene sei Dank! Riechen tust du tatsächlich königlich. Entzückend!«

»Dafür stinkst du wie ein ganzer Ziegenstall. Runter von mir!«

»Es *geht* dir wieder gut«, versetzte Achilleus, und seine Stimme war ganz rauh vor Erleichterung.

»Dank Königin Briseis.«

Achilleus straffte sich, so daß er den kleinen Raum endgültig beherrschte. Er strich sich die helle Haarmähne aus dem Gesicht und musterte die bei-den anderen anwesenden Personen – Alkimos war Patroklos' Wagenlenker, ihm beizustehen war seine Pflicht – und mich ...

Ich bot einen schauderhaften Anblick! Ich war durchnäßt von Blut und Wasser und Öl, die Schminke auf meinen Lippen und Brustwarzen war verschmiert, mein Haar eine Katastrophe. In mei-nem besten Staatsgewand und mit dem halben

Schatz des Königreichs behangen, hatte ich Chirurgin und Badedienerin gespielt. Mein Versuch, einen guten ersten Eindruck auf meinen Besitzer zu machen, war gründlich gescheitert.

Zugegeben, Achilleus befand sich auch in keinem besseren Zustand – schmutzig, blutbesudelt und stinkend nach der dreitägigen Schlacht, ein behaarter, muskulöser Riese in einem zerrissenen Umhang, den er sich über die eine Schulter geworfen und unter der anderen mit einer Nadel zusammengesteckt hatte, um zumindest das Nötigste zu bedecken. Schuhe, Bronzebeinschienen, ein Schwertgurt, sonst nichts. Er war jünger, als ich erwartet hatte, und doch hatte er nichts Jungenhaftes mehr an sich. Seine Nase war hochangesetzt und gerade, auf seinem quadratischen Kinn glänzten bronzefarbene Stoppeln, und das Funkeln seiner großen Augen war so blau und strahlend wie eine Sommersee. Rotgoldene Wellen flossen auf Schultern so dick wie Mehlsäcke herab. Stell dir Hermes vor, der dich aufsucht, und du erhältst eine ungefähre Vorstellung davon, wie der Mann vor mir aussah.

Das Blut schoß mir ins Gesicht, ich schlug die Augen nieder.

Er nahm mir die Tunika aus der Hand. Ich verstand, ließ meine Arme sinken, um meine Brüste zu zeigen, und ertrug seinen forschenden Blick. Schließlich legte er einen Finger unter mein Kinn und hob meinen Kopf. Ich hatte vergessen, wie andere Frauen zu Männern hochschauen mußten. Ich war daran gewöhnt, eine Amazone zu sein, ein weiblicher Riese. Neben Achilleus fühlte ich mich *zierlich.*

Der verwunderte Blick in seinen Augen sagte, daß er etwas Ähnliches wie ich gedacht haben mußte – er hatte eine Frau gefunden, die er, wenn er wollte, küssen konnte, ohne sich allzu tief hinunterbeugen zu müssen.

»Briseis? Ich wußte nicht, daß es auf Erden noch solche Schönheit gibt.«

Mein Herz schlug krachend gegen meine Rippen. Ich hätte ihm dasselbe sagen können. Ich hätte sagen können, daß wir füreinander geschaffen waren. Doch eine Sklavin darf nicht so vermessen sein.

Ich flüsterte heiser: »Ich erwarte deine Befehle, mein Herr.«

»Wenn du nicht zusammengeflickt werden mußt«, mischte Patroklos sich ein, »empfehle ich sie dir als eine phantastische Badedienerin. Du brauchst Erholung und, Zeus sei mein Zeuge, ein Bad. Troja wird nicht vom Erdboden verschwinden, wenn du dir eine Stunde Zeit nimmst. Aineias ist natürlich entkommen.«

Achilleus wirbelte herum. »Und woher weißt *du* das?«

»Die Herrin Briseis ist auch in der Kunst der Weissagung bewandert.«

Ich mußte an Mynes' Einstellung zu Sehern denken und wünschte, er hätte das nicht gesagt, aber Achilleus legte zum Gruß eine massige Faust an seine Schläfe, und in seinen verwirrenden blauen Augen lag nicht eine Spur von Spott. »Bist du eine Göttin?«

»Nein, mein Herr. Ich bin sterblich.«

Patroklos lachte schwach. »Du hast also nichts zu befürchten. Willst du den ganzen Tag da stehenbleiben und sie angaffen oder etwas tun?«

Achilleus reagierte darauf mit einem seltsam verunsicherten Ausdruck. Nein, er errötete nicht gerade, aber ich fragte mich, ob dieser berüchtigte Sohn des Peleus, Prinz von Thessalien, Führer des myrmido-

nischen Heeres, Städtevernichter, Eroberer von
Lyrnessos und so weiter unter Umständen Frauen
gegenüber schüchtern sein könnte. Ein absurder
Gedanke. Der brünstige Hirsch, frisch aus der
Schlacht kommend, benahm sich nicht so, wie er
sollte.

»Meine Prophezeiungen hängen von den Launen
der Götter ab, mein Herr.« Meine Stimme klang
erfreulich fest. »Meine Schönheit vermag ich nicht zu
beurteilen, aber ich weiß, wie man Prinzen willkommen heißt, und kein Größerer als der Sohn des
Peleus hat je diese Hallen beehrt.« Er würde mich
doch nicht verschmähen?

Der berüchtigte Städteplünderer hob die goldenen
Augenbrauen und ließ ein eigenartig deplaziert wir-
kendes Grübchen am linken Mundwinkel sehen.
Dann breitete sich das Lächeln aus, und ein zweites
erschien auf der rechten Seite. »Eine Ehre, die ich
mit Freuden annehmen werde.«

»Ich bitte dich, mir ein paar Minuten zu geben, um
das Bad vorzubereiten.« Ich erinnerte mich daran,
daß ich noch immer mit Schmuck beladen war und
da draußen Hunderte von Vergewaltigern und Räu-
bern herumlungerten. »Könnte ich wohl einen Be-
gleitschutz bekommen, mein Herr? Für den Fall, daß
es Ärger gibt?«

Der Sohn des Peleus sah verwirrt drein, denn
Gefahr war offenbar etwas, woran er keinen Gedanken verschwendete. »Ärger? Oh, die Männer, meinst
du? Sag ihnen einfach, du ständest unter meinem
Schutz, und sie werden dich nicht belästigen.«

»Geh mit ihr, Alkimos«, sagte Patroklos ruhig.

9 Die Küche war ein wimmelndes, schwitzendes Durcheinander von ausgehungerten Männern, Frauen und sogar ein paar verängstigten Kindern, die sich um Nahrung und Zugang zu den Herden prügelten. Auf ein Bad begierige Männer bewachten Wasserkessel auf den Feuern, aber Alkimos beschlagnahmte das Wasser kurzerhand und rekrutierte die rechtmäßigen Besitzer auch noch als Träger. Sein hochmütiger, finsterer Blick und die Silberbeschläge auf seinem Schwertgriff verschafften ihm die dazu nötige Autorität.

Während ich die Prozession ins Bad führte, hatte ich große Angst davor, welche Unordnung ich wohl vorfinden würde, doch alles, was ich entdeckte, war eine verriegelte Tür. Ich hämmerte dagegen und rief, und kurz darauf öffnete sich die Tür ächzend einen Spaltbreit. Kopis verängstigtes, kindliches Gesicht lugte heraus.

Ich zwängte mich an ihr vorbei und fragte: »Wer ist sonst noch hier?« Aber zu meiner Freude war sonst niemand zugegen, und der Raum befand sich noch immer in jenem makellosen Bereitschaftszustand, auf dem ich immer bestand. Handtücher und gefaltete Gewänder lagen auf den Regalen, und die Bank war mit sauberen Fellen bedeckt. Das war wahrhaftig Potnias Werk! »Wie lange versteckst du dich schon hier?«

»Lange, meine Herrin.« Kopi wich zurück und starrte Alkimos und die Männer hinter ihm furchtsam an.

»Ich sehe, du hast dich selbst und nicht den Raum beschützt«, erwiderte ich warmherzig, »aber du hast es trotzdem gut gemacht. Du wirst dafür belohnt werden.«

»Es ist nicht an dir, Belohnungen zu verteilen«,

wies mich Alkimos zurecht. »Aber sie ist ansehnlich, ich werde sie zu den Siegespreisen stecken. Stellt sie dorthin«, wandte er sich an die Männer mit den Wasserkesseln. »Brauchst du noch etwas, Witwe des Mynes?«

»Nein, außer daß jemand Achilleus den Weg zeigen muß.«

»Das wird geschehen.« Er wartete, bis die Männer gegangen waren, um ihnen dann, den Arm um Kopi geschlungen, zu folgen. »Wie heißt du, Mädchen?«

Ich hörte sie nicht antworten, aber er war hübsch genug, um ein Lächeln auf ihr Gesicht zu zaubern. Wenn es nur ein Mann auf einmal war und es ihm um sexuelle Lust ging, würde Kopi sich damit abfinden. Genau wie ich. Ich kniete vor dem Bild Potnias nieder und dankte ihr dafür, daß ich für diesen Tag davongekommen war.

Meine Perlen und Armringe und all der andere Schmuck wanderten in einen leeren Krug. Ich faltete mein Gewand zusammen und legte es unter die Bank, wusch mich mit einem Schwamm und legte den quastenbesetzten Gürtel um meine Hüften, alles, wie Mutter es mir beigebracht hatte. Wie froh ich war, daß sie diesen Tag des Grauens nicht mehr hatte erleben müssen! Ich setzte mich hin, um mir das Haar zu kämmen, wappnete mich für eine nervenaufreibende Warterei und fragte mich, ob ich noch in der Lage sei, einen Mann zu befriedigen. Meine Ehe hatte mich gelehrt, daß männliche Nacktheit Gewalt und Leid bedeutete. Ich wußte kaum noch, was Erfüllung war, denn in Mynes' Bett hatte ich nur Schmerz und Demütigung erfahren.

Achilleus ließ mich indes nicht warten. Ich sprang auf und beugte vor ihm das Knie, als er das Bad betrat. Er ließ rasch den Blick über mich gleiten, um ihn dann wieder abzuwenden.

»Bist du sicher, daß du das tun willst? Weißt du, ich kann mich auch selbst waschen.«

Was für eine Art Held war denn das?

Erstaunt entgegnete ich: »Ganz sicher, mein Herr«, aber das Herz sank mir. War er ein zweiter Sphelos? Er hatte Patroklos überaus warmherzig umarmt. Ich hatte zugesehen, wie er seinen Freund wie ein Kind in seinen Armen weggetragen hatte, während Patroklos' Kopf an seiner Schulter ruhte. Um meine Enttäuschung zu überspielen, ergriff ich den Krug, in den ich meinen Schmuck gelegt hatte. »Das gehört dir ebenfalls, Sohn des Peleus.«

Er bedachte den Inhalt des Krugs mit einem finsteren Blick. »Vielleicht ein oder zwei wertlose Schmuckstücke.«

Ich verstand sein Mißfallen nicht, weil mir noch niemand von Agamemnons Habgier erzählt hatte, aber ich wußte, daß es sich schlecht anließ. Ich begann, Wasser in die Wanne zu schütten.

»Ich sehe, dein Ehemann hat dich geschlagen.«

Schande! Es war erst vier oder fünf Tage her, seit Mynes seinen Gürtel das letzte Mal an mir ausprobiert hatte, und ich war schon so daran gewöhnt, am ganzen Körper wund zu sein, daß ich die grünen und gelben Striemen auf meinem Rücken ganz vergessen hatte. Ich ließ den Kopf hängen.

»Ja, mein Herr.«

Achilleus runzelte die Stirn. »Warum? Womit hast du sein Mißfallen erregt?«

Was konnte ich ihm sagen, was er glauben würde? Gegen Ende hatte Mynes sich nicht mehr die Mühe gemacht, Gründe zu finden. Er peitschte mich, weil es ihm gefiel. Würde ich mir eine plausiblere Erklärung einfallen lassen, müßte ich zugeben, leichtfertig oder eigensinnig oder faul gewesen zu sein, und dann würde Achilleus mich verachten.

»Er hat mich geschlagen, weil ich eine Prophezeiung verkündet habe, die mir zuteil geworden war, mein Herr. Ich habe den Fall von Lyrnessos vorausgesagt.« Das stimmte zwar, war aber drei Tracht Prügel früher gewesen.

Die strahlendblauen Augen weiteten sich ungläubig. »Er hat dich geschlagen, weil du die Worte der Götter weitergegeben hast?«

Ich nickte.

»Hast du sie zu ihm allein oder vor anderen ausgesprochen?«

»Vor anderen«, gab ich mit brennendem Gesicht zu.

»Das war nicht recht von dir«, antwortete Achilleus widerwillig. »Solche Botschaften werden Königen gesandt, nicht der gemeinen Herde. Aber seine Reaktion grenzte trotzdem an Gotteslästerung, es sei denn, du hättest seine ausdrücklichen Befehle in dieser Angelegenheit mißachtet. Wenn die Unsterblichen demnächst zu dir sprechen, vertraue ihre Worte zuerst mir oder Patroklos an!«

Er sah mich in seiner Zukunft!

»Gerne, mein Herr!«

»Prophezeiungen sind eine Sache von großer Bedeutung.« Er legte seine Beinschienen auf den Schemel und zog sich den Schwertgurt über den Kopf. Ich ging, um seinen Umhang fortzuschaffen. Er zeigte auf den Krug, der meinen abgelegten Schmuck enthielt. »Stell das neben die Tür, damit wir es nicht vergessen.«

Verwirrt tat ich, wie geheißen. Außerdem schob ich den Riegel vor, damit man uns nicht störte. Ich kniete mich neben ihn, um diesen umwerfend breiten Rücken mit dem Schwamm zu säubern.

»Der Sohn des Euneos war ein großer Lanzenkämpfer«, fuhr er fort, »ein würdiger Gegner. Epistrophos auch. Dein Bruder, Prinz Enops, war ebenso tapfer. Mit Bedauern habe ich gehört, daß du noch weitere Brüder verloren hast. Nein, hör nicht auf, ich mag das. Aineias muß mittlerweile in Pedasos sein. Was kannst du mir sonst noch über ihn erzählen?«

»Er hoffte, dich hier in eine Falle locken zu können, mein Herr. Er hat Boten ausgeschickt, um die Stämme herbeizurufen.« Ich schuldete Aineias keine Loyalität. Er war vom Schlachtfeld geflohen.

»Gut. Sollen sie nur kommen. Erzähl mir von der Stadt Thebe.«

Zum Hades mit Thebe! Warum verschmähte mich dieser göttergleiche Mann? War ich nicht begehrenswert? Ich war fast genauso nackt wie er, und deutlicher konnte ich es kaum machen, daß ich verfügbar war. Als ich schon zu fürchten begann, ich müßte ihm den Rücken wundschrubben, streckte er einen Arm aus, und da wurde ich langsam mißtrauisch. Als er sein Haupt neigte und sagte: »Mach jetzt mein Haar«, wußte ich, daß er seine Blöße versteckte.

Schamhaft? Die Geißel der Städte? Als ich Wasser über seine schwere Goldmähne schöpfte, rieb er sich emsig mit den Fingern durchs Haar und beugte sich vor, so daß es ihm bis auf die Knie hinunterhing.

»Jetzt ein Handtuch.«

Ich ging das Handtuch holen, obwohl das sicher das schnellste Bad gewesen war, bei dem ich je assistiert hatte. Als ich es ihm gab, brachte mich das Absurde an seiner Schamhaftigkeit plötzlich auf. Ich fühlte mich gekränkt, etwas, was eine Sklavin nie sein kann. Ich verlor die Beherrschung, etwas, was eine Sklavin nie tun darf.

»Wünschst du, daß ich dir den Rücken zukehre, mein Herr? Oder fortgehe? Ich versichere dir, ich bin keine verängstigte Jungfrau.«

Er sah mich scharf an.

Ich erwiderte wütend seinen Blick. »Ich habe schon Männer gesehen!«

»Auch einen wie diesen?« Er setzte sich zurück und senkte seine Knie.

Nein, das hatte ich nicht. An Achilleus war mehr dran, als man auf den ersten Blick sah, beträchtlich mehr, mehr, als ich je an einem Mann gesehen hatte oder sehen würde. Elatos hatte unrecht – Männer gleichen sich mitnichten im Zustand der Erregung. Achilleus' Männlichkeit war bereits vollständig angeschwollen, steil aufgerichtet und stolz wie der Große Turm von Ilium. Das war doch nicht möglich! Er würde mich zerreißen, und ich würde verbluten! Doch dann fiel mir ein, daß Bademädchen mit wesentlich mehr Erfahrung als ich mir stets versichert hatten, das, was an einem Mann zähle, sei das *Wie*, nicht das *Wieviel*. Ich begann merkwürdig beklommen zu zittern – Furcht, ja, aber auch Erregung.

»Mein Herr! Ich fühle mich geschmeichelt, daß ich dich so schnell erregt habe.«

»Er macht dir keine Angst?«

Armer Mann! Das hatte ihm also Sorgen bereitet. Wie viele Frauen waren schon kreischend aus seinem Bett gerannt?

»Wenn irgendeine Frau das annehmen kann, mein Herr, dann ich.« Aphrodite forderte mich heraus, es zu versuchen, und versprach mir ungeahnte Freuden, falls es mir gelang. Er war so steif wie ein Eichenstamm, mit einem Geflecht dunkler Adern überzogen. Ich berührte den mächtigen Kopf mit dem purpurroten Auge, das zornig aus seiner Hülle spähte, ließ meine Finger hinabgleiten bis zu dem kupferfarbenen Gestrüpp am unteren Ende, umfing sanft den großen Sack, der darunter hing. Das

Prickeln hatte meine Brustwarzen erreicht. »Ich bin begierig darauf, es zumindest zu versuchen, mein Herr, wenn du nur beim ersten Mal vorsichtig sein könntest?«

Die Grübchen tauchten wieder auf, erst links, dann rechts. Er nahm mein Gesicht in seine Hände, und das Feuer seines Kusses ließ auch die letzten Zweifel vergehen. Im nächsten Augenblick war er aus der Badewanne gestiegen, verspritzte überall Wasser, und wir umarmten uns, Körper an Körper. Er beugte seinen Kopf ein wenig herunter, ich hob mein Gesicht empor, und wir waren Mund an Mund, die perfekte Übereinstimmung. Seine Finger gruben sich in die Prellungen auf meinem Rücken, aber es kümmerte mich nicht, da ich nur seine mächtige Männlichkeit hart und heiß zwischen uns spürte, seine Arme wie Eichenbalken um mich, die Süßheit seiner Zunge auf meiner. Bevor ich mir dessen bewußt war, lagen wir auf der Bank, küßten und streichelten uns wie die Irren, erforschten einander. Mir wurde rasch klar, daß er nur auf ein Wort von mir wartete.

»Jetzt!« sagte ich. »Ja! Jetzt!« Ich spreizte meine Beine und leitete ihn zu der heißen Feuchtigkeit, die sich öffnete, ihn zu empfangen. Ich fühlte keinen Schmerz, nur einen unwiderstehlichen Druck, ein langsames Dehnen, das sich allmählich in Lust verwandelte. Tiefer und tiefer. Wundervoll! Mehr Druck, noch tiefer.

Er hielt inne. »Alles in Ordnung?« flüsterte er.

»Mehr!«

Ich hatte gedacht, er wäre ganz drinnen, aber da war noch mehr. Noch tiefer, bis roter Pelz sich gegen schwarzen preßte. Er verhielt kurz, zog sich dann zurück – was ein weiteres Wunder war – und schob ihn wieder herein, wobei er sich mit regelmäßigen Stößen bewegte, die Wogen der Wollust durch meinen ganzen Körper jagten. Die lange vergessene Ekstase der Göttin überflutete mich. Ich keuchte vor wachsender Erregung.

Er hörte auf – erschrocken, enttäuscht. »Ich tue dir weh?«

»Nein!« kreischte ich, während ich mit Fersen und Fäusten auf seinen Rücken trommelte. »Mach weiter! Mehr! Härter!«

Er nahm das Stoßen wieder auf, schneller und schneller. Wir lieferten uns einen prachtvollen Kampf. Rot hämmerte auf Schwarz, Schwarz hob sich Rot entgegen. Ich zerkratzte seine Flanken und Gesäßbacken, um ihn noch mehr anzuspornen. Bald, bald begann das heilige Feuer wieder in meinen Lenden zu brennen und loderte zum Höhepunkt empor, Bauch und Zehen und Brüste und Zunge, Flamme um Flamme, bis ich mich völlig verausgabt hatte, Asche im Wind. Achilleus begann zu stöhnen, so daß ich nach unten griff und sanft seinen Hodensack streichelte. Er keuchte vor Wonne und kam ebenfalls zur Erfüllung. Sein titanischer Körper geriet außer Kontrolle, Muskeln spannten sich an und erschlafften wieder in furchterregenden Zuckungen. Sein ganzer Körper hämmerte ohne Ende und Erbarmen auf mich ein, bis ich davon überzeugt war, er würde mich umbringen. Doch die Leidenschaft nahm ab und ließ nach, bis er völlig verausgabt und befriedigt auf mir zusammenbrach, das Gewicht eines ganzen Ochsen, das mich zu zermalmen drohte.

Nur strömender Schweiß, heftiges Atmen und der schwere Schlag der Herzen blieben über, und das alles verblaßte zu dem intensiven Frieden, der nur hieraus erwächst.

Er machte: »Mm?«

Ich wandte ihm mein Gesicht zu und ließ meine Zunge in seinen Mund gleiten. Er begrüßte sie freu-

dig. Wenn das der Tod war, durfte er mich so oft
schlachten, wie er wollte.

»Es gibt eine Sache, die er überhaupt nicht leiden
kann«, teilte Patroklos mir am nächsten Tag mit, »und
das sind weinende Frauen. Wenn ein Mann nicht
verteidigen kann, was er als sein Eigentum beansprucht, welches Recht hat er dann noch darauf?
Die Regeln sind eindeutig. Wenn ein Mann einen
Schwächeren erschlägt, steht ihm das Recht zu, sich
den Besitz des Verlierers zu nehmen, und der
schließt seine Frauen ein – Schwestern, Töchter,
Bettgenossinnen.« Die sanften braunen Augen zwinkerten. »Sie vor allem sollten sich über die Verbesserung freuen, oder etwa nicht? Das jedenfalls wird
Achilleus dir erzählen. Er hat Verständnis für Trauer,
innerhalb vernünftiger Grenzen, aber Frauen, die die
Tatsachen des Lebens nicht zu begreifen vermögen,
bringen ihn in Rage. Als ich dich gestern auf deinem
Thron sah, erobert, aber stolz, wußte ich sogleich,
daß er dich schätzen würde. Du besitzt großen Mut,
Briseis, und ohne Mut ist selbst eine Frau nichts.«

Aber das war am nächsten Tag.

Ich badete Achilleus ein zweites Mal und trocknete
ihn ab.

Als ich damit fertig war, diesen göttlichen Körper
einzuölen, war ich mehr als bereit, noch einmal vergewaltigt und geplündert zu werden. Er lächelte
wehmütig über meine Begeisterung, wehrte meine
Hände aber ab.

»Ich muß Befehle erteilen, Briseis. Ich habe seit
drei Tagen kaum geschlafen oder gegessen.«

»Verzeih! Wie gedankenlos von mir!«

Er küßte meine Finger. »Ich muß etwas essen, der
Schlaf muß noch ein oder zwei Nächte warten. Gib

mir eine Stunde und eine Mahlzeit, und du wirst erstaunt sein.«

Ich dachte, er prahlte. Ich mußte noch lernen, daß der Sohn des Peleus prahlte, indem er die Wahrheit sagte.

Die Familiengemächer hatten die griechischen Anführer für sich selbst und die Frauen in Beschlag genommen, die sie sich als Siegespreis ausgesucht hatten. Viele von ihnen hatten diese Räume noch nie zuvor von innen gesehen. Das Gemach der Königin war für Achilleus reserviert worden, und dort hatte ich ihm eine Mahlzeit vorbereitet, von der ein Dutzend normale Männer satt geworden wären. Hier suchte er mich zur gegebenen Zeit auf.

Ich hatte damit gerechnet, ihn zu bedienen, aber er kam um vor Hunger, und bevor ich ihm den Wein eingeschenkt hatte, saß er bereits an den Tischen und stopfte sich das Essen mit beiden Händen in den Mund. Selbst als er es herunterschlang, wichen seine Augen nicht von mir, und die willkommene Gier in ihnen hatte nichts mit den Speisen zu tun. Hier war der brünstige Hirsch, den Patroklos mir angekündigt hatte! Binnen kurzem leerte er seinen Becher, wischte sich den Mund mit einem behaarten Unterarm ab und erhob sich zu voller Größe.

»Dieses Bett ist zu klein!«

Ich lachte wehmütig und begab mich in seine Arme. »Es ist das größte im Königreich.« Ich rieb mich versuchsweise an seiner Tunika und fand die Erhebung, auf die ich gehofft hatte. »Wie du, mein Herr.«

Ich führte ihn auf den Balkon hinaus, wo ich einen dicken Stapel dardanischer Felle verteilte. Die Nacht war warm, die Sterne prächtig. In der Ferne konnte ich Wimmern und hier und da grausames, betrunkenes Gelächter hören, aber ich konnte all das überhören, weil der Mann an meiner Seite meine ganze Aufmerksamkeit forderte.

Unsere Hände zitterten vor Ungeduld, als wir uns gegenseitig die Kleider vom Leib rissen. Wir sanken auf die Bettstatt nieder und paarten uns begierig, wälzten und balgten uns ungehemmt herum, gab es nun doch keine Kante mehr, von der wir hätten fallen könnte. Es war viel zu schnell vorbei. Ganz kurz sah ich meine Füße gegen den Himmel und fühlte, wie sein Gewicht mich in herrlicher Unterwerfung zerdrückte. Ich schrie als erste auf, dann er, und wir kamen gemeinsam zum Höhepunkt.

»Oh, Briseis, Briseis!« murmelte er in die zufriedene, atemlose Stille, die darauf folgte. »Oh, was habe ich heute gewonnen!«

Tränen kitzelten mich unter meinen Lidern. Ich hatte heute viel mehr gewonnen als er – einen mächtigen Liebhaber, aber ebenso einen einzigartigen Beschützer. Dann erstaunte er mich, wie er mir versprochen hatte, denn anstatt sich zurückzuziehen, begann er erneut sich in mir zu bewegen, sachte zuerst, dann, als sein Glied wieder steifer wurde, mit mehr Zutrauen, und bald befanden wir uns wieder im vollen Liebeswahn, der diesmal länger anhielt. In späteren Tagen sollte ich Zeugin von noch größeren Heldentaten seiner Standfestigkeit werden, aber damals hatte er die Grenzen selbst seiner Kraft erreicht. Als er Frieden fand, zog ich eine Decke über uns und hörte binnen kurzem den langsamen und stetigen Atem des Schlafes.

Mir blieb diese Flucht verwehrt. Unter den gleichgültigen Sternen schmiegte ich mich in seine Wärme und suchte Trost, während die Qualen dieses Tages durch meinen Kopf rasten wie eine wild gewordene

Viehherde. Bienor, Enops, Sphelos − alle dahinge-
schieden. Lyrnessos gefallen. Männer erschlagen,
Frauen mißbraucht. Ich war keine Königin mehr, nur
eine Metze. Falls ich, so sagte ich mir, die Metze von
Achilleus bleiben konnte, hatte ich nichts mehr zu
befürchten. War das auf irgendeine Weise die wahre
Bedeutung des Omens, das ich vor so langer Zeit
geschaut hatte? War Mynes der eine Adler gewesen
und Achilleus der zweite?

Ich war mir nicht bewußt, zu schlafen, bis Enops
sich in meinem Traum über mich beugte − sein
Haar war blutverkrustet, sein leichenblasses Gesicht
sah vorwurfsvoll auf mich herab. Er wiederholte, was
er einmal über Sphelos gesagt hatte.

»*Ein Prinz sollte nicht versuchen, einen Sklaven
zu seinem Geliebten zu machen!*«

»Warum nicht?« weinte ich. »Kann es nicht doch
so sein, nur dieses eine Mal?«

Er schüttelte den Kopf und löste sich auf. Bienor
nahm seinen Platz ein. Er kreuzte die Hände vor
dem blutigen Loch, wo die Lanze ihn durchbohrt
hatte. »*Ein Prinz kann keine Sklavin heiraten, gleichgültig, wer ihr Vater war*«, belehrte er mich traurig.

»*Natürlich nicht!*« sagte Sphelos. »*Was würden die
Leute sagen?*«

»Aber er kann sie lieben!«

Ich mußte laut gesprochen haben, denn Achilleus
schlang seine Arme um mich.

Ich dachte, es sei Mynes, und schrie voller Angst
auf.

»Briseis? Was ist los?«

Die Nebel des Schlafs wichen zurück. Ich klammerte mich an ihn, vergrub mein Gesicht an seiner
behaarten Brust und weinte, bis ich keine Luft mehr
bekam.

Er ließ mich eine Weile schluchzen, dann küßte er

meine Tränen fort. »Und jetzt erzähl es mir. Nicht alle Träume sind Omen.«

»Meine Brüder haben mich aufgesucht!«

»Sie können dir keine Vorwürfe machen«, stellte Achilleus mit strenger Stimme fest. »Mir genausowenig. Alle Gefallenen haben die angemessenen Riten erhalten. Haben sie dir eine Warnung der Götter übermittelt?«

Ich dachte, daß sie das vielleicht getan hatten, schnappte jedoch nach Luft und antwortete: »Nein, mein Herr. Sie haben mir befohlen, dir gut zu dienen.«

Er kicherte und war schon viel wacher als ich. »Sie hätten nicht aus den Glücklichen Ländern wiederkommen müssen, um dir das zu sagen! Bist du bereit, ihnen zu gehorchen?« Wir konnten nicht lange geschlafen haben, aber die Leidenschaftlichkeit seines Kusses führte auf ganz natürliche Weise zu weiteren Zärtlichkeiten.

Mit Achilleus das Bett zu teilen bedeutete nicht nur rohes Kopulieren, obwohl es davon genügend gab. Er scherzte, kitzelte, neckte mich, schmeichelte mir. Er war voller Überraschungen, war bei Gelegenheit großspurig, sanft und leidenschaftlich, dann wieder rücksichtsvoll, denn nie ließ er aus dem Spiel wieder Ernst werden, ohne sich zu vergewissern, daß ich noch immer willig war. Am willkommensten von allem war seine Zärtlichkeit, denn oft in den Ruhephasen zwischen den Stürmen gab er sich damit zufrieden, mich einfach nur in seinen starken Armen zu halten und mit mir zu reden – er schlief nicht einfach ein, sprang nicht auf und stürmte davon, um sich anderen Dingen zu widmen, sondern war einfach aufmerksam und liebevoll. Das gelingt nur wenigen Männern. Ich habe nie einen Liebhaber gehabt, der es mit ihm hätte aufnehmen können.

Als er mich schließlich kurz vor Anbruch der Dämmerung verließ, hatte ich Achilleus als einen schlichten Mann eingeschätzt. Und in mancher Hinsicht war er das auch: Stets ging er den geraden Weg, verfolgte immer nur eine Angelegenheit auf einmal. Kämpfen, diskutieren, zechen, sich lieben – was immer er gerade tat, nahm seine ungeteilte Aufmerksamkeit in Anspruch; er kannte keine halben Sachen. Sah man ihm beim Kämpfen zu, hielt man ihn für ein Ungeheuer, unerbittlich wie Ares. Sah man ihn mit seinen Myrmidonen ringen und herumbalgen, so glaubte man einen viel zu groß geratenen kleinen Jungen vor sich zu haben. Beim Planen von Schlachten und Bewegen von Armeen übertraf er jeden der Griechen, selbst den listenreichen Odysseus, und sowohl Aineias als auch Hektor führte er mehr als einmal hinters Licht. Er war ein Mann für Männer insofern, als seine Gefolgsleute ihn ohne Vorbehalt verehrten. Aber er besaß auch ein unersättliches Verlangen nach Sex, besonders nach einer Schlacht, wie ich in jener ersten Nacht erfuhr.

Dennoch mußten seine Erfahrungen mit Frauen recht beschränkt gewesen sein. Als ich zu experimentieren begann, um herauszufinden, ob die Technik des Rübenschälens, die Polydoros mir beigebracht hatte, auch bei Gurken funktionierte, quiekte er erschrocken auf und fragte mich, was in aller Welt ich da täte. Ich ließ mich nur so lange aufhalten, um zu antworten: »Gierig sein«, und machte weiter, bis ich das erwünschte Resultat erzielte.

Nur ein schlichter Kämpfer, dachte ich, aber Achilleus hatte verborgene Tiefen, von denen ich nie etwas ahnte, bis es zu spät war.

10 In der Morgendämmerung führte Achilleus seine kleine Armee aus der Stadt, obwohl die Troas von Feinden nur so wimmelte und er keine Ahnung hatte, wo oder wie sie sich gegen ihn vereinen würden. Patroklos zufolge argumentierte er, die Dardanier bräuchten Zeit, um sich neu zu organisieren, die Leleger und Kilikier würden in der Defensive verharren und ihre eigenen Wälle verteidigen, und die anderen – diejenigen, die von weither vom trojanischen Gold angelockt worden waren, um die Landung der Griechen zu verhindern – könnten sich keinen Vorteil davon versprechen, gerade jetzt den Kampf gegen ihn zu wagen. Er würde Thebe erobern, genauso, wie er Lyrnessos erobert hatte.

Der König von Mykene, der wahrscheinlich noch nicht einmal von Lyrnessos gehört hatte, hatte eine kleinere Expedition das Tal des Skamander hinaufbefohlen, um Proviant zu beschaffen. Achilleus bemächtigte sich der nächsten Herden, schickte sie ins Lager und machte sich auf eigene Initiative an die Verfolgung von Aineias. Jetzt allerdings erkannte er, daß die gesamte Südküste der Troas nur darauf wartete, von ihm erobert zu werden. Deshalb wollte er den Beutezug zu Ende führen und den gesamten Ruhm für sich behalten. Agamemnon sollte ihm das nie verzeihen.

Achilleus' Nachhut war kaum außer Sicht, als mir Patroklos einige Dinge erläuterte, die Achilleus nicht erwähnt hatte, Dinge, die mich dazu brachten, den Namen des Agamemnon zu verfluchen und zu allen Göttern zu beten, ihn auf der Stelle tot umfallen zu lassen. Sein Schatten lag über meiner Zukunft wie die Pest.

Theoretisch war Patroklos zurückgelassen worden, um Lyrnessos zu halten, aber er war so schwach wie ein gerade aus dem Ei geschlüpfter Spatz und litt große Schmerzen. Ich fand ihn auf einer Matte auf dem Balkon liegen, wo er Alkimos Befehle erteilte. Bei meinem Erscheinen beendete er die Lektion mit den Worten: »Tu, was immer du für notwendig hältst. Sei erfolgreich und geehrt, oder versage und ernte Verachtung.«

»Aber –« Der Junge drehte sich um, sah mich und runzelte die Stirn.

»So delegiert Achilleus seine Befehle.«

»Jawohl, Sohn des Menoitios.« Der Sohn des Polyktor reckte sein mit feinem Flaum bedecktes Kinn und stakste ohne ein weiteres Wort aus dem Zimmer.

Patroklos schickte ihm ein schwaches Grinsen hinterher.

Ich grüßte und kniete mich neben ihn, um seinen Verband zu wechseln. »Achilleus hat dir nicht genügend Männer dagelassen, nicht wahr? Die Frauen werden allesamt weglaufen!«

»Das werden sie nicht. Trägst du dich etwa mit der Absicht?«

»Nein«, räumte ich ein. Warum in die Berge fliehen, um zu verhungern oder von jemand anderem gefangengenommen zu werden? »Ich glaube nicht.«

»Siehst du?« sagte der erfahrene Städteplünderer. »Und du hast nicht einmal Kinder, um die du dich sorgen müßtest. Ihre Männer sind alle tot oder geflohen. Die Hälfte von ihnen waren ohnehin Sklaven, so daß sie nicht schlechter dran sind als vorher. Sie werden tun, was man ihnen befiehlt, und hingehen, wo man sie hinschickt. Es wird ihnen nicht schwerer fallen, griechische Äcker zu pflügen und griechische Kinder zu gebären.«

Unsere frühlingsgrünen Felder lagen verlassen da, niemand hackte, niemand säte. Schafe und Lämmer streunten ungehütet umher, denn kein Junge über dreizehn lebte mehr. In diesem Sommer würde in Lyrnessos kein Getreide reifen, keine Bäume würden beschnitten werden, die Oliven würden ungepflückt an den Zweigen verfaulen. In den Ruinen würde der Wald sprießen.

Mit Schaudern wandte ich meine Aufmerksamkeit Patroklos' Wunde zu. Sie war geschwollen und rot, doch der Eiter roch nicht nach Brand.

»Ich habe schon bessere gesehen«, stellte er fest. »Hast du bittere Schafgarbenwurzel?«

Als er mir die Pflanze beschrieb, die er haben wollte, mußte ich zugeben, daß ich sie nicht kannte. Er war nicht vertraut mit den Namen, die wir benutzten, ich nicht mit seinen, aber er wußte viel mehr über Kräuterkunde als ich und unendlich viel mehr über Wunden. Danach konnte man nichts tun, sagte er, als Opfer darzubringen und auf die Entscheidung der Götter zu warten. Wenn das Fieber nach dem vierten Tag fiel, würde er wahrscheinlich überleben, ansonsten nicht.

Ich ließ mich auf einem Kissen nieder, um ihm Gesellschaft zu leisten. Kein Mann hielt einen Vergleich mit meinem umwerfenden Achilleus aus, aber ich mußte zugeben, daß Patroklos äußerst gut aussah, einen phantastischen Körperbau besaß und trotz langer Wimpern und Lockenpracht nicht im mindesten weibisch wirkte. Die kleinen Haare auf seiner Brust kräuselten sich zu Spiralen wie kunstvoll in einen Tonteller geritzte Muster.

Wir besprachen die Opfer, die Alkimos für ihn darbringen, und für welche Götter man sie verbrennen sollte. Er wollte etwas über die lokalen Gottheiten erfahren, und ich erzählte ihm von den vielen wundersamen Genesungen, die Potnia bewirkt hatte. Wir sprachen über den Krieg, Omen und das fruchtbare Thessalien.

Auch meine taktvollen Erkundigungen bezüglich König Peleus und die königliche Familie verschafften mir keine Klarheit darüber, ob Achilleus eine Gemahlin, Kinder oder eine Lieblingsgespielin besaß.

Patroklos gähnte. »Ich werde jetzt versuchen, ein Weilchen zu schlafen. Ich hatte eine unruhige Nacht.« Ein strahlendes Lächeln schimmerte kurz durch den Schmerz hindurch. »Aber immer noch ruhiger als deine, nehme ich an.«

Mit meinen geschwollenen Lippen und halb unterdrückten Gähnern nützte mir kein Leugnen. »Aber ich habe mit großem Vergnügen gelitten. Ich hoffe, noch viele solcher Torturen zu erdulden.«

»O Briseis!« Er glänzte vor Schweiß und atmete schneller, als ein Liegender es sollte, aber trotzdem streckte er einen Arm aus und zog mich wieder neben sich. Er wog seine Worte ab, als müsse er einem Kind eine schlechte Nachricht eröffnen. »Hör zu. Ich bin sicher, der Sohn des Peleus empfindet für dich dasselbe wie du für ihn, aber das, was du andeutest, ist nicht möglich.«

»Oh, ich bitte nicht darum, daß er mich heiratet. Seine Bettgespielin zu sein ist Glück genug für mich. Ich will ihm freudig dienen, zu Willen sein und seine Kinder zur Welt bringen, wenn er mich nur beschützt und sicher in seinem Haus behält.«

»Aber diese Entscheidung liegt nicht bei ihm. Er ist der mächtigste Krieger, den die Griechen haben, aber er ist nur ein Gefolgsmann. Als Oberstem Befehlshaber steht Agamemnon das kostbarste Ehrengeschenk zu, wenn eine Stadt fällt. Wenn sie keine furchterregende Vettel ist, bedeutet das in aller Regel die Königin mit all ihrem Schmuck. Du bist keine Vettel, also −«

»Nein! So grausam können die Götter nicht sein! Wo ist er, dieser Agamemnon? Es war Achilleus, der Lyrnessos erobert hat, nicht er!«

»Das spielt keine Rolle. Das Heer gesteht die Ehrengeschenke zu, und der Große König bekommt immer das Beste. Du wirst Agamemnon zugeteilt werden.«

»Ich will nicht …«

Wen kümmerte es schon, was eine Sklavin wollte?

»Könnte Achilleus mich von ihm freikaufen?«

Patroklos schloß die Augen, als sei ich außerordentlich begriffsstutzig. »Ich spreche nicht von gewöhnlicher Beute, Briseis, obwohl der Große König auch davon das Beste bekommt. Du wirst mehr sein, ein Ehrenpreis, und der kann nie veräußert oder weitergegeben werden. Nebenbei bemerkt, kannst du dir vorstellen, daß der Sohn des Peleus je um etwas handelt? Feilscht? Schachert? Lieber würde er in Ketten sterben.«

»Das ist ja schrecklich!« flüsterte ich. »Was können wir tun?«

»Nichts. Genieße die Augenblicke des Glücks, die das Schicksal dir zugesteht, und füge dich dem Willen des Zeus.«

Der Wille des Zeus ist im nachhinein einfach zu erkennen, aber nur Zeus allein kennt ihn im voraus. Nachdem ich es meinem Patienten so bequem wie möglich gemacht hatte, eilte ich davon, um die restliche Siegesbeute zu befragen. Ich wollte erfahren, was sie in jener Nacht von ihren Partnern herausbekommen hatten, insbesondere, ob sie hatten erfahren können, wie man uns verteilen würde.

So begannen die seltsamen letzten Tage von Lyrnessos. Ich, die ich eine Königin gewesen war, war nur noch eine Sklavin unter anderen, aber Gewohnheiten sind zäh, und die anderen erkannten meine Autorität weiterhin an. Die Griechen zollten mir Achtung als Achilleus' Bettgenossin. Selbst der leichenblasse Alkimos holte sich nie sein Vergnügen bei mir, wie er es bei vielen der anderen Frauen tat.

Ungefähr zwanzig Frauen und beinah ebensoviele Kinder bewohnten die königlichen Gemächer. Einige der Ehrengeschenke wirkten zerbrochen, andere legten eine herzzerreißende Tapferkeit an den Tag. Kopi und Polydamma waren ihr ganzes Leben Sklavinnen gewesen und konnten nun erstmals in ungewohntem Müßiggang und Luxus schwelgen. Phaidra, die Freiheit, Ehemann, Vater und zwei Brüder verloren hatte, tröstete sich mit ihrem Baby. Ctimene verbrachte Stunden damit, einfach nur die Wand anzustarren und Bienors Namen zu flüstern, obwohl sie vor nur zwei Jahren ein ähnliches Erlebnis überstanden hatte und besser als wir übrigen dafür hätte gewappnet sein müssen. Was mich anging, meine Gedanken waren sämtlich von der furchtbaren Aussicht erfüllt, daß Agamemnon mich Achilleus wegnehmen würde. Noch war ich nicht bereit zuzugeben, daß es unvermeidlich war.

Patroklos mußte mir Ratgeber und Führer sein. Am Abend war er eindeutig schwächer als vorher, ertrug die Schmerzen jedoch klaglos. Wenn er bei Bewußtsein war, begrüßte er meine Gesellschaft. Als die Dämmerung aufzog, schnitt ich das Thema erneut an, und diesmal sprach ich laut aus, was ich kaum zu denken wagte: »Ich liebe Achilleus!«

Für was für eine Närrin mußte er mich halten? Ein

Mann tötet einen anderen und vergewaltigt seine Witwe, und sie glaubt, sich in ihn verliebt zu haben. Besser, Achilleus' Metze zu sein als Mynes' Gemahlin.

Patroklos seufzte. »Ich auch. Jeder, der ihn kennt, liebt ihn. Du hast ihn sehr beeindruckt, Briseis.« Er runzelte die Stirn, als sei er verwirrt, und lachte dann schwach. »Du brauchst mich nicht so anzusehen.«

»Wie, mein Herr?«

»Ich bin kein Rivale, Kind! Achilleus und ich stehen uns so nah, wie Männer das können. Ich würde tausend qualvolle Tode für ihn sterben. Niemand wird sich je zwischen uns drängen, aber unsere Liebe hat nichts mit der Art von Liebe zu tun, die du mit ihm teilst. Nichts würde mich mehr freuen, als euch beide vereint zu sehen. Normalerweise ist er auf der Hut vor Frauen. Er hat Angst, sie zu zerbrechen, ihnen mit seiner Kraft weh zu tun. Du aber bist anders. Er hat mich heute morgen geweckt, um mir von dir vorzuschwärmen. Ich habe noch nie erlebt, daß er so in eine Frau vernarrt war wie in dich.«

Der Herrin sei Dank! Ich hätte am liebsten ein Freudengeheul ausgestoßen. Er erwiderte meine Liebe! »Dann sag mir, wie ich Agamemnon entwischen kann! Es muß einen Weg geben.«

Patroklos' Gesicht umwölkte sich von neuem. »Es mag einen Weg geben, Agamemnon zu täuschen, aber wie willst du Achilleus täuschen? Erwartest du von mir, daß ich ihn betrüge?«

»Betrügen? Nein –«

»Hör zu. Mein Vater war ein Fürst in Lokris. Im Alter von dreizehn tötete ich einen Mann. Einen Jungen, um ehrlich zu sein, denn er war in meinem Alter, ein lieber Freund. Eine Gruppe von uns spielte Würfel, aber vorher hatten wir den Weinkeller seines Vaters geplündert. Betrunken begannen wir uns zu streiten. Worte führten zu Hieben, und wir vergaßen, daß wir keine spielenden Welpen mehr waren, die sich keinen Schaden zufügen konnten. Er versetzte mir einen Faustschlag aufs Kinn. Das tat weh, also schlug ich ihn nieder. Er starb.«

»Nein! Das ist ja furchtbar!«

»Ja, das war es. Sein Vater und seine Onkel verlangten als Sühne mein Leben. Sie waren reich an Land und Vieh, so daß sie, selbst wenn sie einen Blutpreis akzeptierten, ihn so hoch ansetzen würden, daß es meine Familie an den Bettelstab gebracht hätte. Ich lief zu meinem Vater und beichtete ihm, was ich getan hatte. Er rief nach seinem Streitwagen, und wir beide rasten fort, bevor ich auch nur meinen Brüdern Lebewohl sagen konnte – ich bin nie mehr nach Lokris zurückgekehrt. Wir reisten viele Tage nach Norden, an den Hof meines Vetters Peleus, und mein Vater bat ihn, mir Zuflucht zu gewähren.

Der Sohn des Aiakos war in jenen Tagen noch immer ein starker Krieger, ein nahezu ebenso mächtiger Lanzenkämpfer wie sein Sohn heutzutage. Ich hatte tödliche Angst vor ihm. Er sah mich mit strengem Blick an und fragte mich geradeheraus, schien aber mit dem, was er erfuhr, zufrieden zu sein. ›Mein Sohn braucht einen Gefährten von seinem Rang‹, teilte er mir mit. ›Er ist jünger als du, du kannst ihn also leiten. Geh und diene ihm.‹«

Hermes mochte schon bald kommen, um seine Seele zu holen – das wußten wir beide –, und dennoch lächelte Patroklos vor sich hin, als er die Erinnerung noch einmal durchlebte.

»Wie du dir vorstellen kannst, war ich über die Aussicht, zur Amme eines achtjährigen königlichen Balges ernannt zu werden, nicht gerade erfreut. Mir sproß schon das eine oder andere Haar unter dem

Lendentuch, so daß ich mich für einen Mann hielt. Ich hatte sogar jemanden umgebracht und schämte mich dessen nicht im entferntesten so, wie es sich gehört hätte. Da mir jedoch keine Wahl blieb, begab ich mich auf die Suche nach Achilleus und fand ihn auf der Weide, wo er ein Pferd zuritt. Als man ihn mir zeigte, war ich überzeugt davon, einem Irrtum aufzusitzen, denn er war schon damals größer als ich. Das war eine unangenehme Überraschung. Als ich ihm von dem neuen Arrangement berichtete, schien er darüber auch nicht glücklicher zu sein als ich. Er maß mich mit diesen großen blauen Augen.

›Kannst du mit einem Wurfspeer umgehen?‹ Er befahl einem der Männer, zwei Wurfspeere zu bringen. Wie der Zufall es wollte, hielt ich mir einiges auf meine Wurfspeerkünste zugute. Ich versuchte einen Wurf und war zufrieden mit dem Ergebnis.

Achilleus' Wurf erreichte meinen nicht. Er zuckte die Achseln und schlug vor: ›Dann laß uns sehen, wer von uns beiden schneller laufen kann.‹ Wir lieferten uns ein Wettrennen; wieder gewann ich. Er ließ sich einen Bogen bringen. Steine stemmen, Streitwagen fahren – dasselbe. Lanzen, Stäbe, Springen … jedesmal gewann ich, er aber schien nur um so entschlossener zu werden, irgendeine Disziplin zu finden, in der er mich schlagen konnte. Und wenn wir dafür den ganzen Sommer gebraucht hätten. Schließlich blieb nur noch Ringen übrig.«

Patroklos brach ab, keuchte in seinem Fieber.

Ich tupfte seine Stirn mit einem Leinentuch ab. »Du solltest jetzt ruhen und die Geschichte später zu Ende erzählen.« Sie schien keine Pointe und keine große Relevanz zu haben. Er würde nur ins Delirium fallen.

»Wir sind fast am Ende. Er wollte nicht ringen, aber ich bestand darauf. Er war groß und schnell und erstaunlich stark. Wir umklammerten uns und drückten, versuchten, uns gegenseitig zu Boden zu werfen, und dann verlagerte ich absichtlich mein Gewicht, damit er mich werfen konnte. Er tat es nicht. Er begann zu lachen. Das machte mich wütend, aber er hielt mich so fest, daß ich mich nicht losreißen konnte – und ich konnte ihn ganz gewiß nicht werfen –, und die ganze Zeit johlte er vor Lachen, bis auch ich miteinstimmen mußte. Wir ließen uns ins Gras fallen und rollten umher, vor Lachen grölend, wie Jungen es tun.«

»Ich verstehe nicht!«

»Oh, er hatte absichtlich verloren, die ganze Zeit schon. Er hatte Befriedigung aus dem Wissen gezogen, daß er mich in all diesen Disziplinen schlagen konnte. Als ich versuchte, ihn beim Ringen gewinnen zu lassen, wußte er, daß ich es wußte ...«

»Und von da an wart ihr Freunde!«

»Ich habe ihn seit damals kaum einen Moment aus den Augen gelassen, aber das ist nicht der Punkt! Das war das einzige Mal, daß ich Achilleus betrügen gesehen habe, und er betrog, um zu verlieren, nicht, um zu gewinnen. Warum? Weil sein Vater mich zu seinem Mentor bestimmt hatte, er mir aber bereits in allem, was ein Junge für wichtig erachtete, überlegen war. Er hätte mich ziemlich überflüssig aussehen lassen können, aber das wäre eine Kritik an der Entscheidung seines Vaters gewesen. Er dachte an die Ehre seines Vaters.«

»Ich glaube, sein Vater war ein besserer Menschenkenner als er.«

»Das will ich hoffen! Er war nur ein Kind. Verstehst du nicht, Briseis? Ehre ist Achilleus' ganze Welt. Ehre zählt für ihn mehr als das Leben, mehr als alles andere. Er ist in allem der Beste, deshalb kann er sich auf dem Feld der Ehre nicht mit weniger bescheiden. Gleichgültig, wie sehr er dich liebt, er wird dich nicht durch Täuschung gewinnen. Wenn das Heer Agamemnon den ersten Siegespreis von Lyrnessos zuerkennt, wird Achilleus die Wahl nicht anfechten.«

Der Sohn des Menoitios schloß müde die Augen. »Und ich betrüge genausowenig.«

Am nächsten Tag tobte in seinem Körper hohes Fieber. Im Fieberwahn schrie er nach Achilleus. Alkimos opferte dem Apollon zwölf Ochsen.

Das war nicht das einzige Blut, das der Sohn des Polyktor an jenem Tag vergoß. Er ließ seine Männer die Ohren der Gefangenen stutzen. In Lyrnessos hatten wir die Sklaven nicht gezeichnet, weil jeder wußte, wer sie waren. Obwohl es keine schwere Wunde war, begriffen es doch die Kinder nicht, und ihr Geschrei dauerte den ganzen Tag lang an. Glücklicherweise waren wir Ehrenpreise davon ausgenommen.

Am nächsten Morgen war Patroklos noch schwächer und nicht mehr bei Bewußtsein. Am Abend sahen wir Rauchsäulen im Osten aufsteigen – nicht groß genug für eine brennende Stadt, und Alkimos sagte, es seien vermutlich große Scheiterhaufen. Wir dankten ihm dafür, daß er sein Wissen mit uns teilte.

Am vierten Tag brach Patroklos' Fieber. Seine Wunde eiterte noch immer, aber er meinte, er würde überleben, und ich tat so, als glaubte ich ihm.

Kurz vor Sonnenuntergang brachte ein Schiff Achilleus. Er stürmte sofort zu Patroklos und blieb lange Zeit bei ihm. Dann schickte er nach mir, damit ich ihn bediente. Er war so ausgelaugt vor Erschöpfung, daß ich mich fragte, ob er überhaupt geschlafen hatte. In der Badewanne mußte ich ihn wachrütteln. Von dort ging er schnurstracks zur Lagerstatt auf dem Balkon.

»Ich habe hier Fleisch und Wein«, erklärte ich mit fester Stimme. »Du mußt etwas essen, bevor du schläfst.« Ich setzte mich neben ihn auf die Felle und stopfte ihm die Speisen förmlich in den Mund. Es amüsierte ihn. Trübe blaue Augen versuchten, mir durch die Müdigkeit hindurch zuzuzwinkern.

»Du bemutterst mich«, murmelte er mit vollem Mund. »Ich mag das.«

»Ich bin glücklich, dir in jeder Weise zu gefallen, Sohn des Peleus.« Ich fuhr über die goldenen Haare auf seiner Brust. »Darf ich mich zu dir legen?«

Er lächelte verschwommen. »Du könntest auf mir tanzen, und ich würde es nicht einmal merken.«

»Ich werde hiersein, falls du mich willst, mein Herr – ich habe einen leichten Schlaf.«

Er war eingeschlafen, nachdem er zustimmend gelächelt hatte. Ich streckte mich an seiner Seite aus und fühlte mich dort schon so sicher wie ein Säugling in den Armen seiner Mutter.

Vor Anbruch der Dämmerung erwachte ich von der Anwesenheit eines nackten Mannes, der sich gegen meinen Rücken preßte. Einen kurzen Augenblick lang empfand ich lähmendes Entsetzen, weil ich dachte, es sei Mynes. Dann erinnerte ich mich mit überwältigender Freude daran, daß Mynes tot und dies ein größerer Mann war, einer, den ich lieben konnte. Ich griff hinter mich und vergewisserte mich, daß der Baum, der zwischen uns gewachsen war, das war, wofür ich ihn hielt. Eine Hand umfing meine Brust. Obwohl er voll erregt war, zögerte er die Vereinigung mit trägem Genießertum lange hinaus. Als er mich schließlich auf den Rücken drehte und in mich eindrang, hatten wir beide es so dringend nötig, daß es fast schmerzte. Das gewaltsame Ende war kurz, aber heftig. Die frühmorgendliche Liebe unter den Laken hat etwas besonders Befriedigendes an sich: die kratzigen Decken, die bettwarme Haut, die gemütlichen, intimen Düfte.

Ich schätzte, es würde mehr geben, und so war es. Viel mehr.

Nachdem wir zum zweiten oder dritten Mal aus der Traumwelt zurückschwebten, fragte ich: »Was ist in Thebe passiert?«

Blaue Augen musterten mich eine Zeitlang schweigend. »Wir haben gewonnen.«

»Das freut mich.« Meine Antwort gefiel ihm, erstaunte ihn vielleicht, obwohl es wahr war. »Und alles ist gut gelaufen?« Ich wußte wirklich nicht, was ich damit meinte — wie konnte ein Gemetzel gut laufen?

»Ich habe König Eëtion unterschätzt! Ich dachte, ein Mann mit erwachsenen Söhnen sei ein Kinderspiel. Er war es nicht.«

»Du … ist er tot?« Ich hatte den mürrischen alten Eëtion gemocht. Seine Tochter war Hektors Frau. Sein jüngster Sohn, Pollis, war der zweite Mann gewesen, mit dem ich geschlafen hatte.

»Er starb ehrenvoll. Sein Gedächtnis wird lange erhalten bleiben.« Achilleus ließ mich los und setzte sich auf. In der kühlen Morgenluft erhob er sich und sah sich um, herrlich wie ein Gott. Dann stapfte er steifbeinig nach drinnen, um sich etwas zum Anziehen zu besorgen. Ich hatte sein Mißfallen erregt — eine Bettgespielin, die über Politik redete.

Später erfuhr ich, daß Achilleus selbst Eëtion

erschlagen hatte sowie seine sieben Söhne, einen nach dem anderen. Die Barden singen noch immer davon.

Gegen Mittag kehrte der Rest des Heeres zu Fuß aus Thebe zurück. Nachdem er die Stadt ebenso leicht bewacht wie Lyrnessos zurückgelassen hatte, plante Achilleus nun seinen Schlag gegen Pedasos.

In dieser Nacht hallte der ganze Palast von Festlärm wider, von betrunkenen Prahlereien, Siegesliedern, lachenden und weinenden Frauen. Ich blieb mit Patroklos auf dem Balkon. Trotz seiner Schmerzen weigerte er sich, die von mir angebotene Mohnmilch zu nehmen. Nach einem dieser Angebote geschah es, daß er etwas äußerte, was für seine Verhältnisse schon fast eine Klage war.

»Verwundung und Krankheit sind das Schlimmste am Krieg. Ich bete stets zu Athene, daß mein Tod schnell sein möge, wenn er in der Schlacht kommen muß.«

»Trifft das nicht auf jeden Tod zu, mein Herr?«

Er lächelte schwach im Licht der Sterne. »Selbstverständlich. Wer möchte schon der verhaßten Altersschwäche verfallen und sich von den Jungen verhöhnen lassen? Da ist es weitaus besser, in der Blüte seines Stolzes und seiner Kraft auf der Spitze einer Lanze zu sterben.«

»Warum kämpfst du?«

Meine Frage verblüffte ihn. »Dein Königreich ist dir geraubt worden, du hast mitangesehen, wie deine Männer erschlagen wurden, und dennoch fragst du dich, warum Männer kämpfen?«

»Nein, ich frage mich, warum *du* kämpfst, mein Herr. Was hat Lyrnessos dir getan, daß du einen so furchtbaren Groll gegen seine Menschen hegst?«

»Ah! Mm!« Er fuhr sich mit den Fingern durch die Locken. »Na ja, ich kämpfe, weil ich mich in einem Krieg befinde. Ich befinde mich in einem Krieg, weil ich es so gewollt habe. Ich habe es so gewollt, weil ich als Krieger erzogen und ausgebildet worden bin. Frag den Seemann, warum er zur See fährt, oder den Bauern, warum er pflügt. Hätte ich Achilleus alleine gehen und kämpfen lassen sollen, ohne daß ich auf ihn achte?«

»Ich verstehe.« Ich reichte ihm einen Becher mit etwas zu trinken.

»Wirklich? Ich glaube nicht.« Seine Hand suchte meine. »Ich weiß nicht, ob eine Frau das verstehen kann. Ich kämpfe, weil mein Freund kämpft. Ansonsten könnte ich nicht sein Freund sein.« Das Sternenlicht funkelte in seinen sanften Augen. »Das ist eine gefährliche Frage, Briseis. Stell sie nicht unbedacht.«

Als das Fest vorüber war, sah Achilleus nach seinem Freund. Dann sagte er lachend, er habe Arbeit für mich, und trug mich auf seinen Armen ins Bett. Ich gestehe, daß ich ängstlich war, da ich nicht wußte, was für eine Sorte Mann er in betrunkenem Zustand war, aber ich beruhigte mich schnell. Wein hatte kaum Auswirkungen auf ihn. Er brauchte ihn nicht, um kühn zu werden, und er löste ihm nicht die Zunge, weil er ohnehin stets sagte, was ihm in den Sinn kam. Lüsterner als gewöhnlich konnte er ihn auch nicht machen, und auf der ganzen Welt gab es nicht genug davon, daß er sich besinnungslos hätte trinken können. Verglichen mit anderen Männern war er immer benebelt – besoffen von der schieren Lust, Achilleus zu sein.

Am nächsten Morgen führte er sein Heer nach Westen, und Pedasos fiel zwei Tage später, mit dem üblichen Gemetzel. Aineias entkam – erneut –, ebenso wie Elatos, Sohn des Altes, der lelegische Heerführer, aber Mestor, Sohn des Priamos, befand sich unter dem Dutzend erschlagener Krieger. Sein früherer Wagenlenker Polydoros war auf Geheiß seines Vaters in Troja zurückgeblieben.

In weniger als einem halben Monat hatte Achilleus mit nicht mehr als tausend Mann die Kampfkraft der Leleger und Kilikier schwer erschüttert, die Dardanier nahezu vernichtet und drei Städte eingenommen. Nun mußte er Agamemnon in das Geheimnis einweihen und ihm von der Beute berichten, die auf ihn wartete.

Ich war ein Teil dieser Beute.

11 Achilleus trödelte noch zwei Tage in Lyrnessos herum, bevor er eine Mannschaft starker Ruderer aussuchte und nach Kap Sigeum schickte. Seine Männer brauchten bestimmt eine Pause, und wenn ich vermutete, daß er die Angelegenheit in die Länge zog, um mich ein wenig länger für sich zu behalten – warum hätte ich mich beklagen sollen?

Wir waren beide sehr jung, schwelgten in unserer ersten Liebe, waren verrückt vor Liebe. Wir brachten uns die ganze Nacht lang in wundervollen Kämpfen beinah um – und nicht selten auch tagsüber. Es schien unmöglich, daß die Götter uns eines solchen Glücks berauben sollten.

Aber die Nachricht gelangte zu Agamemnon, und am folgenden Morgen kam die griechische Flotte in Sicht. Achilleus segelte ihr entgegen, um sie nach Thebe zu begleiten, wo die Zeremonien beginnen sollten. Schon stapften Frauen in langen Ketten zum Strand hinunter und wieder zurück, beladen mit allem, was man fortschaffen konnte: Nahrung und Wein, Textilien und Waffen, Kochtöpfe und Schatztruhen, Möbel, Parfüm und Vieh. Der Palast stank nach Öl, als die Männer seine Zerstörung vorbereiteten.

Patroklos befand sich auf dem Weg der Besserung, aber seine Krankheit hatte ihn ausgezehrt und eigenartig angespannt gemacht. Ich fand ihn auf einem Schemel hocken, während Amphidora ihm den Bart schor. Von der anderen Seite des Balkons aus konnte ich seine Rippen zählen.

»Du wirst doch hoffentlich nicht auf diesem Bein gehen wollen?«

»Es ist schwierig, auf einem zu gehen.«

Amphidora knurrte ihn an und drohte, ihm das Kinn abzuschneiden, wenn er noch einmal den Mund aufmachte. »Auch nicht lächeln!« fügte sie verärgert hinzu.

Es gelang ihm, nur mit den Wimpern zu lächeln. Wie viele Krieger hätten sich eine solche Unverschämtheit von einer bloßen Badedienerin gefallen lassen?

Ich wartete ungeduldig, bis sie fertig war, und tröstete mich mit den zahllosen Versprechungen, die Achilleus mir vor noch nicht einer Stunde gemacht hatte. Er hatte mir versichert, ich sei ihm teuer, ich sei wunderbarer als jede Frau, der er je begegnet sei. Er hatte geschworen, sich nie von mir zu trennen. Ich konnte noch immer sein erhitztes Gesicht dicht über mir sehen, konnte sein Gewicht, die Klebrigkeit des Schweißes und seine weichen Haare spüren, die mir ins Gesicht fielen, konnte jenes dringliche Flüstern in den atemlosen Minuten nach der Erfüllung hören: »Ich habe den höchsten Preis verdient!

Selbst Agamemnon kann ihn mir nicht verweigern! Du wirst mein Ehrengeschenk sein, und müßte ich zwischen dir und allen Schätzen des Heiligen Troja wählen.«

Schließlich wurde Amphidora fortgeschickt, um ein Bad vorzubereiten. Ich wiederholte, was Achilleus gesagt hatte. Patroklos schüttelte düster den Kopf. »Ich vermag nicht zu glauben, daß Agamemnon ihm den Vortritt lassen wird, ganz gleich, wie groß sein Sieg ist. Für Agamemnon ist er nur der Sohn eines hinterwäldlerischen Fürsten. Der Mann kann nicht zugeben, daß an Achilleus mehr dran ist als Größe und Muskeln. Agamemnon verfügt über so wenig taktisches Geschick, daß er es noch nicht mal an anderen erkennt. Vermutlich hat er sich mittlerweile selbst davon überzeugt, daß diese ganze Expedition von Anfang an seine Idee war.«

Seine Antwort ließ es mir kalt ums Herz werden, obwohl ich etwas Ähnliches erwartet hatte. »Dann wirst du also zulassen, daß ich meinen Plan auszuführen versuche?«

»Es wird nicht funktionieren, Briseis. Achilleus wird sich nie zu Betrügereien herablassen, selbst für dich nicht.«

Ich trat auf ihn zu und drohte ihm mit der Faust. »Das muß er auch gar nicht!« Ich erstickte fast vor Wut und Enttäuschung. »Es liegt bei dir, Sohn des Menoitios. Liegt dir denn gar nichts am Glück deines Freundes?«

»Ich soll Achilleus Ehre beibringen, nicht Betrügerei.«

»Willst du zulassen, daß er um seinen rechtmäßigen Preis betrogen wird?«

Patroklos stöhnte. »Ich glaube nicht.«

Ich sagte: »Danke!« und wagte es, mich zu ihm hinunterzubeugen und ihn zu umarmen.

Schwach und blaß, wie er war, gelang es ihm dennoch, mir ein noch schöneres Lächeln als üblich zu schenken. »Tu das nicht! Du weckst noch mein Fieber wieder! Sag Alkimos, ich will ihn sprechen.«

Ich machte mich auf, den Sohn des Atreus hinters Licht zu führen.

Ich hatte nichts zu verlieren.

Ich hatte alles zu verlieren.

Um Mittag herum verdunkelte Rauch den Himmel im Osten, und bald darauf kehrte die Flotte zurück. Manche der Schiffe fuhren weiter, schwer beladen mit Beutegut und Gefangenen, bestimmt für die Bucht von Troja oder die Sklavenmärkte von Lemnos. Der Rest ging in Lyrnessos an Land.

Alkimos führte die Ehrengeschenke nach unten. Jede Frau außer mir war herausgeputzt und geschminkt; jede mit dem feinsten Gewand angetan, das sie je getragen hatte, außer mir. Ich war in eine formlose Robe in schäbigem Braun gehüllt, mein Haar kurz geschnitten, nicht länger als das von Ctimene.

Im Megaron fuhr er fort, uns mit Gold und Silber und Juwelen zu beladen – Perlen, Broschen, Armreifen, Diademe. Die meisten Frauen hatten solche Schätze noch nie in ihrem Leben zu Gesicht bekommen. Manche reagierten mit Furcht, während andere lachten und die Pracht stolz vor ihren Kindern zur Schau stellten. Ctimene und ich wurden besonders begünstigt, aber sobald er aufgehört hatte, uns mit Kostbarkeiten zu schmücken, machte ich mich daran, die Dinge ins rechte Lot zu rücken. Ringe, Broschen, Golddiadem – alles wurde gegen Perlenschnüre ausgetauscht, bis ich meinen Staat auf sieben Halsketten verringert hatte. Patroklos hatte

Alkimos verboten, mir in die Quere zu kommen, und so konnte er nur schmollen. Die übrigen Frauen waren zufrieden, meiner Laune zu gehorchen, obwohl nur Phaidra und Ctimene in die Verschwörung eingeweiht waren.

Wir warteten eine Zeitlang, die uns wie ein ganzes Leben vorkam. Oh, wie wir warteten! Das Megaron war leergeräumt, selbst der Thron fortgeschafft. Wir unterhielten uns flüsternd, versuchten, die verängstigten Kinder zu trösten. Ich sprach Gebete zu Potnia, bat sie, uns zu beschützen, die letzten ihrer Herde. Es gab Augenblicke, da ich überzeugt davon war, daß sie unter uns weilte, und andere, in denen ich mir dessen nicht sicher war.

Mittlerweile waren die griechischen Führer an Land gegangen. Sie bewunderten die hochaufgetürmten Beutestapel am Strand und die daneben kauernden Reihen von Frauen und Kindern. Agamemnon veranstaltete eine, wie er es nannte, großzügige Verteilung dieser Reichtümer an die Krieger, die sie erkämpft hatten, und an einige der bedeutenderen Könige, obwohl er damit erneut bewies, wie engstirnig seine Vorstellung von Großzügigkeit war. Das Beladen begann. Frauen wateten ins Meer, um das Beutegut auf die Schiffe zu verfrachten. Es gab einen großen Überfluß an Vieh, das man nicht ungefährdet nach Troja zurücktreiben konnte und für das es den Griechen ohnehin an Weidemöglichkeiten fehlte. Deshalb wurden Hunderte von Schafen und Ziegen und Rindern geopfert – besser, die Götter erhielten sie, als sie den besiegten Überlebenden zu überlassen, die sich in den Wäldern herumdrückten. Erst danach zog der Troß der Könige zum Palast hoch, um die Siegeszeremonie zu begehen.

Wir Ehrenpreise waren ins Vestibül hinausgeführt

worden, aber trotzdem bekamen wir nur ausgesprochen wenig von den Vorgängen mit. Vielleicht kannst du nachempfinden, wie wir uns fühlten. Vielleicht kannst du es aber auch nicht. Manche der älteren Kinder übergaben sich vor lauter Angst. Aber endlich füllte sich der Hof mit bewaffneten Griechen, und Agamemnon rief, man möge die Preise vorführen.

Alkimos' jungenhafte Stimme begann die Liste vorzutragen: »Amphidora, eine geschickte Badedienerin, mit einem weiblichen Kleinkind; sie trägt eine Kette aus zweisträngigem Kristall, einen Achatsiegelstein mit einem Greifen, der gegen einen Bullen kämpft, und ein mit Rosetten und Spiralen besetztes Golddiadem.«

Seine Entscheidung, Amphidora als erste vorzustellen, erwies sich als richtig, denn sie hatte Nerven aus Bronze. Die Hand ihrer Tochter haltend, schlenderte sie mit hoch erhobenem Kopf heraus; ihr onyxfarbenes Haar glänzte in der Sonne, das mit Volants besetzte Gewand in Grün und Rot entblößte ihre prachtvollen Brüste. Die Truppen ließen einen donnernden Applaus hören, wußten sie doch, daß noch bessere kommen würden: geschickte Weberinnen, wunderschöne Badedienerinnen, hübsche Freigeborene mit jungen Töchtern. Eines nach dem anderen traten die prächtig gekleideten Ehrengeschenke ins gleißende Sonnenlicht und reihten sich auf dem obersten Treppenabsatz auf, wie Pferde auf einem dardanischen Jahrmarkt. Phaidra und ihr Baby gingen als vorletzte, woraufhin nur Ctimene und ich übrigblieben, händchenhaltend und gemeinsam zitternd.

Dann sprach Alkimos genau die Worte, die man ihm aufgetragen hatte: »Und zum Schluß, meine Herren, zwei Damen von edler Geburt: Königin

Briseis, Witwe des Mynes, Sohn des Euneos, und Prinzessin Ctimene, Witwe des Bienor, Sohn des Brises.«

Wir traten vor.

Sie ging als erste – auch das war arrangiert worden –, und sie war strahlend schön, ein würdiger Siegespreis für jeden Krieger. Sie kümmerte es nicht, wer sie auswählte, aber sie hatte die Liebe gekostet und war bereit, mir dabei zu helfen, meine zu finden. Ihr Gewand war überaus kostbar, ihr Schmuck leuchtete um sie herum.

Ich dagegen trug offenbar keinerlei Schmuck, denn meine sieben Ketten waren unter meinem Gewand verborgen. Ich hatte mir den Bauch ausgestopft, damit man glaubte, ich befände mich im frühen Stadium der Schwangerschaft – ein kalkuliertes Risiko, aber ich mußte davon ausgehen, daß ein Mann, der so reich war wie der König von Mykene, mehr an seinen fleischlichen Gelüsten interessiert wäre als daran, ein zusätzliches Sklavenbalg zu gewinnen. Meinem kurzgeschnittenen Haar hatte ich mit Staub jeglichen Glanz genommen. Ich hoffte, die Täuschung nicht übertrieben zu haben. Würde Agamemnon sich wundern, warum der zweitbeste Preis so armselig mit Schmuck bedacht war?

Das erste Gesicht, das ich sah, war das von Odysseus, Sohn des Laërtes. Mein Herz, das geschlagen hatte wie das eines Adlers, der ein Schaf verschleppt, wurde plötzlich zu einer panischen Gänseherde. Dieser finster dreinblickende Mann hatte bereits bemerkt, daß hier etwas nicht stimmte. Er kannte mich, und niemand täuschte den König von Ithaka lange.

Dann fiel mein forschender Blick auf Achilleus – die mächtigen Arme verschränkt, die Zähne fest zusammengebissen. Das Herz sank mir bis hinunter in die Hallen des Hades. Er ließ sich nie dazu herab, seine Gefühle zu verbergen, und die entsprechenden finsteren Blicke der Myrmidonen bestätigten, daß es in Thebe nicht gut gelaufen war.

Als die sehnsüchtigen, lüsternen Rufe der gemeinen Soldaten verstummt waren, machte ich Agamemnon aus. Er war eine beherrschende, anmaßende Gestalt – natürlich nicht wie Achilleus gebaut, aber doch groß und massig. Das Sonnenlicht funkelte auf getriebenen Beinschienen und dem mit Silber besetzten Schwert, lange schwarze Locken hingen unter seinem Eberzahnhelm hervor, und sein quastenbesetzter Umhang stellte stolz die goldenen Löwen von Mykene auf flammendrotem Untergrund zur Schau.

Ich zwang mich, meine geballten Fäuste zu lockern. Sobald der Große König uns den Rücken zuwandte, um zu seinem Heer zu sprechen, langte ich nach Phaidras Baby, und sie gab es mir. Nach den langen Stunden des Wartens stank es schlimmer als die Jauchegruben hinter den Sklavenquartieren.

»Seht diese prachtvollen Siegespreise, meine Herren, die Früchte des Triumphs über Lyrnessos! Wer waren die Helden? Wer ist würdig, die erste Wahl zu treffen?«

Die Hauptmänner stimmten die Antwort an, die Agamemnon erwartete. »Sohn des Atreus! Sohn des Atreus!« Die Kämpferscharen nahmen den Ruf ohne sonderliche Begeisterung auf. Um eine sichere Wette noch sicherer zu machen, hatte er dafür gesorgt, daß seine Mykener mächtig in der Überzahl waren. In Thebe hatte es in seinem Sinn funktioniert, aber ironischerweise war das Ehrengeschenk, das er dort gewonnen hatte, die verachtenswerte Chryseis gewesen, die ihm später so viel Verdruß bereiten sollte. Nur die Myrmidonen waren anderer Meinung; sie

riefen einen anderen Namen, wurden aber nieder-
gebrüllt.

Agamemnon plusterte sich mehrere Minuten lang
auf, bevor er mit erhobener Hand Schweigen gebot.
»Ihr erweist mir Ehre, edle Griechen! Ich nehme
eure Belohnung mit wahrer Demut an.«

Die erste Feststellung war nur allzu wahr, die zweite
eine glatte Lüge, aber er schritt eilfertig ans andere
Ende der Reihe und begann sich zu uns vorzuarbeiten. Mißmutig runzelte er die Stirn angesichts all des
Reichtums, der nun anderen zufallen würde.

Ich zitterte so sehr, daß ich fürchtete, mein schla-
fendes, stinkendes Bündel fallen zu lassen. War das
Kleine ein listiges Abschreckungsmittel oder ein
zusätzlicher Anreiz? Würde Agamemnon fragen,
warum ich nicht so reich geschmückt war wie alle
anderen? Würde er einen Säugling und ein Ungebo-
renes höher einschätzen als Ctimenes schönen
Körper? Und wenn er sie wählte, wie ich hoffte,
würde er sie dann an der Hand fortführen oder − das
war meine ärgste Befürchtung − lauthals erklären, er
nehme Königin Briseis?

Dann wäre all meine Hinterlist vergeblich, denn
Achilleus würde sich nicht zu einem Betrug herablassen. Würde der Große König namentlich
Königin Briseis fordern, würde er Briseis bekommen.

Wie konnte das Balg so ruhig schlafen, wenn es
so stank? Ich kniff es. Es schrie los. Ich bohrte ihm
meine Nägel ins Fleisch: *Lauter!* Es heulte zufriedenstellend. Phaidra an meiner Seite bemerkte
meine Arglist nicht, aber sie machte sich ohnehin
große Sorgen. Sie hatte auch allen Grund dazu, denn
niemand von uns wußte, was geschehen würde,
wenn Agamemnon mich wählte, solange ich das
Baby auf dem Arm hielt. Ein Appell an das, was

Alkimos gesagt hatte, hätte bei dem Großen König von Mykene wohl nur wenig Gewicht.

Er kam zu mir. Ich richtete meine Aufmerksamkeit ganz auf das Kind, obwohl ich spürte, daß ich ebenso groß war wie er. *Übersieh mich!* dachte ich inständig. *Ich bin schäbig und schmucklos. Ich trage ein schlichtes Gewand. Ich bin offensichtlich schwanger, und außerdem habe ich dieses stinkende, schreiende Baby.* Ich schüttelte es und kreischte es an, still zu sein, als sei mein Geist leicht verwirrt. Aber dennoch war ich mir der Tatsache bewußt, daß ich stark und wollüstig wirkte. Ich wünschte, ich hätte es gewagt, meine Zähne zu schwärzen und mir Wunden ins Gesicht zu malen.

Agamemnon würdigte mich kaum eines Blickes, bevor er einen weiteren Schritt tat. Ctimene – die Götter mögen ihrer Seele gnädig sein – errötete am ganzen Leib bis zu den großen, rosigen Brustwarzen. Ihr goldener Schmuck flammte in der Sonne auf.

»Du bist wahrhaft liebreizend, Königin«, sagte der Oberherrscher der Griechen, aber er sprach zu ihr und nicht an die Versammlung gewandt. Niemand sonst bekam den unseligen Irrtum des Mannes mit. »Komm und beehre mein Bett.«

Er umfaßte ihr Handgelenk mit der Heiratsgeste und führte seinen Ehrenpreis um den ganzen Hof, um die Begierden der Gemeinen anzustacheln und zu verhöhnen. Das Heer schrie pflichtschuldig vor Neid. Ich entspannte mich mit einem Stoßseufzer – geschafft! – und reichte das stinkende Kleinkind seiner Mutter mit einem raschen Dankeswort zurück. Erst dann wagte ich es, einen verstohlenen Blick zu Achilleus hinüberzuwerfen, der mit offenem Mund vor sich hin starrte und sein Glück anscheinend nicht fassen konnte. Er stand zu weit entfernt, um sehen zu können, was ich genau tat, als ich an meinem Hals herumnestelte und die Ketten wieder hervorholte.

Agamemnon übergab seine Siegestrophäe der Obhut eines gertenschlanken Wagenlenkers und wandte sich wieder an die Heeresversammlung. »Griechen! Wem gebührt nach mir Ehre, wer ist der zweite in eurer Gunst?« Möglicherweise hätte er die Frage taktvoller formulieren können. Er hatte es nicht nötig, schäbig zu sein. Die Spartaner und Mykener begannen Menelaos' Namen zu skandieren, die anderen Krieger jedoch waren der Ansicht, sie hätten ihrer Pflicht nun Genüge getan und dürften jetzt so abstimmen, wie sie wollten. Die Kämpferscharen nahmen den Ruf auf: »Sohn des Peleus! Sohn des Peleus!«

Achilleus, der nun schon zufriedener aussah, trat vor und nahm denselben Weg wie Agamemnon vor ihm, indem er am entgegengesetzten Ende der Reihe begann. Jeder Frau schenkte er ein anerkennendes Lächeln. Als er vor mir anlangte, wanderten seine blauen Augen mißbilligend über mein Haar, mein formloses Kleid und die zusammengewürfelte Kettensammlung. Würde er nach dem Baby fragen – ja, würde er auch nur nach irgend etwas fragen –, würde mein schöner Plan sich in nichts auflösen.

»Oh, sei vorsichtig, mein Herr«, flüsterte ich. »Ich bin noch Jungfrau!«

»*Briseis!*«

Er schaffte es, nicht laut loszulachen, aber sein Gesicht lief von der Anstrengung puterrot an. Erst an diesem Morgen hatte er sich über die Kratzwunden beklagt, die meine Fingernägel auf seinen Hinterbacken hinterlassen hatten. »O du Flittchen!«

Er hob mich hoch, als würde ich nichts wiegen, und ging zu seinen jubelnden Myrmidonen zurück. Auf dem ganzen Weg über den Hof knabberte ich an seinem Ohrläppchen.

12 Weniger als eine Stunde später befand ich mich auf See, eine neue und beunruhigende Erfahrung. Die Wellen waren höher und wilder, als ich es erwartet hatte, und der Rumpf, der am Strand so groß gewirkt hatte, war winzig klein geworden. Patroklos und ich wurden in den kleinen Unterstand am Heck gepfercht und beobachteten Alkimos, der in der Tür stand. Er war der Steuermann. Mit der einen Hand schlug er den Takt, mit der anderen hielt er das Steuerrad. Unsere Fracht bestand hauptsächlich aus Bettzeug – Decken und Kissen und Gänsefedersteppdecken. Patroklos und ich thronten auf einer duftigen Masse dieser Ladung. Weiteres Bettzeug war unter die Bänke der Besatzung gestopft und stapelte sich im Mittelgang, und dennoch lagen wir noch hoch im Wasser. Die Ruderer legten sich ins Zeug, eine Doppelreihe von ihnen, zwanzig auf jeder Seite.

»Meine Herrin, du hast bei der Auswahl ein Wunder bewirkt.«

»Nicht ich, Sohn des Menoitios. Das war das Werk unserer Gebieterin Potnia.«

»Tatsächlich? Aber sie hatte jedenfalls eine tüchtige Assistentin.« Ein Lächeln ließ seine eingesunkenen Augen aufleuchten. »Wer hat den Preis gewonnen – Achilleus oder Briseis?«

»Ich bin dir sehr dankbar für deine Hilfe.«

»Erwähn das ja nicht Achilleus gegenüber. Heute ist er zu glücklich, um danach zu fragen, wie ihm dieses Glück in den Schoß gefallen ist. Sorg dafür, daß es so bleibt.«

»Er liebt mich wirklich, nicht wahr?«

»Hat er das nicht gesagt?«

»Er gelobt, er wolle sich nie von mir trennen. Könnte ich mir mehr wünschen?«

»Mehr? Du hast doch alles, Briseis. Ich habe nie einen so vernarrten Burschen gesehen. Aphrodite hat ihm völlig den Verstand geraubt.«

»Ach, das hört sich ja schrecklich an!« protestierte ich begeistert. »Erzähl mehr!«

»Ja, es ist wahr! Er schwärmt. Er schwört, er will dich mit nach Thessalien nehmen und heiraten.«

»Mich *heiraten?* Ein Prinz kann keine Sklavin heiraten!«

»Und wer sollte es Achilleus verbieten? Er will dich zur Frau, du sollst ihm Söhne gebären und seinen Haushalt führen und als Königin an seiner Seite herrschen, wenn – lange möge es noch dauern – sein edler Vater den Fluß überqueren muß. Er redet irres Zeug wie im Delirium. Ich bin sicher, er wird wieder zur Besinnung kommen, wenn das Fieber sinkt.«

Die letzte Bemerkung war natürlich Unsinn. Was Achilleus sagte, das meinte er auch, und das wußten wir beide. Zu ergriffen, etwas zu sagen, warf ich mich auf Patroklos und weinte an seiner Brust. Er schlang einen Arm um mich und kicherte.

»Du lachst mich aus«, beschwerte ich mich leise.

»Nein. Ich lache, weil meine Freunde glücklich sind.«

Keiner von uns erwähnte den schwarzen Rauch, der den Himmel hinter uns verfärbte. Als wir uns Lesbos näherten, ließ Patroklos Segel setzen. Das Schiff zeigte den Wellen die Zähne und preschte vorwärts wie ein Hengst über eine Wiese. Wir umrundeten das Kap, gerieten in den heftigeren Seegang auf dem offenen Meer und steuerten nach Norden. Ich erblickte den Ida zum ersten Mal in meinem Leben aus großer Entfernung und sah ihn aus meinem

Leben verschwinden. Patroklos deutete auf Tenedos, die Ruinen von Larissa, Imbros und, in weiter Entfernung, das hochaufragende Samothrake. Bei Sonnenuntergang umfuhren wir das Kap Sigeum, und die Ruderer schwitzten und mühten sich gegen die Strömung. In der Dämmerung glitten wir in die Bucht von Troja, und der Vollmond stieg über der schimmernden Zitadelle auf.

»Dort steht sie, Briseis«, sagte Patroklos. »Wenigstens erhältst du so Gelegenheit, sie noch einmal zu sehen, bevor sie niederbrennt. Noch ein Monat, und Troja steht nicht mehr.«

Er irrte sich natürlich. Einen Monat später hatten die Griechen die Außenstadt in Schutt und Asche gelegt, die Zitadelle auf dem Hügel jedoch stand unversehrt. Und auch ein Jahr später hatte sich daran nichts geändert.

An diesem magischen Abend, als der Mond sich von Gold zu Silber verfärbte, schien nichts wirklich zu sein, als sei ich in eine der Bardengeschichten aus uralten Zeiten versetzt worden. Die Größe des griechischen Lagers überraschte mich ebenso wie die Anzahl der Schiffe, die wie schwarzes Vieh am Strand lagen. Meine Familie war tot, meine Heimat niedergebrannt, und ich schwebte in einer Traumwelt. Ich wollte Achilleus, und dennoch war ich wunderlicherweise froh, daß er nicht da war, da ich mich so an mein sonderbares neues Leben gewöhnen konnte, ohne daß seine zügellose Sexualität drohend über mir schwebte. Die Person, nach der mich wirklich verlangte – und wie weh diese Erkenntnis tat! – war meine Mutter.

Sobald der Kiel auf dem Muschelsand knirschte, stellte Alkimos vier stämmige Ruderer dazu ab,

Patroklos' Bahre zu tragen. Von mir nahm niemand Notiz, eine völlig neue Erfahrung. Ich watete an Land und folgte der Prozession durch ein Labyrinth aus Seilen und stinkenden Lederzelten, bis wir ein schönes, aus Holz gebautes Haus erreichten. Es war zwar kein Palast, verglichen mit den Unterkünften der Gemeinen jedoch der Olymp.

Das Innere konnte ich erst richtig erkennen, als ein Feuer aufloderte und das Megaron erleuchtete − und natürlich mit Qualm füllte. Mit offenem Mund starrte ich die Ansammlung von Möbeln an, die Waffen, die die Wände bedeckten wie Schuppen die Seiten eines riesenhaften Bronzefisches, und schließlich den aschfahlen Patroklos, der, erschöpft von der Reise, mit geschlossenen Augen auf einem Haufen von Vliesen ruhte. Das Mädchen, das schluchzend neben ihm kniete und seine Hand hielt, hatte das Feuer entzündet und einen Kessel Wasser aufgesetzt; damit jedoch schien sie auch schon die Grenzen ihrer Fähigkeiten erreicht zu haben. Nicht sehr hilfreich.

Auch ich war müde, zermürbt von dem ereignisreichen Tag und darüber hinaus halb verhungert. Mein ganzes Leben lang hatte meine Reaktion auf Hunger darin bestanden, nach einem Diener zu rufen, aber ich war klug genug, um zu begreifen, daß meine Zukunft anders aussehen würde.

Ich kniete mich an seine andere Seite und legte meine Hand auf seine Stirn, um nach Fieber zu fühlen. Er schlug die Augen auf und lächelte schwach.

»Briseis, das ist Iphis. Iphis, Briseis.«

»Die Götter mögen mit dir sein, Iphis.«

Sie glotzte mich an, dann wiederholte sie bedächtig meinen Namen.

»Briseis ist Achilleus' Siegespreis aus Lyrnessos.«

Sie setzte ein Lächeln auf, aus dem man auf keinerlei Verständnis schließen konnte.

»Herr Achilleus wird morgen zurück sein«, fügte er hinzu.

Auf den ersten Blick war sie eine Schönheit, ganz exquisite Rundungen und mit feinstem Flaum bedeckte Weichheit, und ihr Gesicht war wirklich reizend, gerahmt von Haaren, die im Feuerlicht golden und kupfer- und bronzefarben aufleuchteten.

Ich fragte: »Was benötigst du, mein Herr? Wein, Wasser, Speisen?«

»Ich könnte nichts essen. Ein bißchen Wein wird vermutlich nicht schaden.«

Ich sah Iphis fragend an. Sie erwiderte meinen Blick und biß sich auf die sinnliche Unterlippe. Der Töpfer war begabt gewesen, der Krug jedoch leer.

»Hol ein wenig Wein, Iphis«, sagte ich.

»Oh!« Sie lächelte, sprang auf und steuerte in einem taubenartigen Laufschritt auf die Vorhalle zu. Offensichtlich half sie gerne, wenn man ihr die entsprechenden Anweisungen erteilte. Sie war ein Kind im Körper einer Frau und eine seltsame Wahl für Patroklos. Ich hätte erwartet, daß er mehr von einer Frau wollte als schlichte animalische Kopulation.

Binnen weniger Augenblicke kehrte sie mit einer Weinflasche und einem Silberbecher zurück, den sie füllte und ihm gab. Patroklos opferte den Göttern, trank und reichte dann mir den Becher.

»Vielleicht habe ich doch Hunger.« Er nuschelte, als kämpfe er gegen den Schlaf an. »Iphis, beschaff ein bißchen Brot und Käse. Wenn du nichts auftreiben kannst, frag Alkimos. Genug für drei Leute, ja? Bitte, Kuhauge.«

Sie lächelte albern über das Kompliment und hastete fort, um zu gehorchen. Sie hatte wunderschöne Augen, doch mit den Augen gingen andere kuhartige Attribute einher. Ich würde keine Probleme haben, Iphis zu führen.

»Sei freundlich zu ihr«, murmelte Patroklos, ohne die Augen zu öffnen.

»Mein Herr?«

»Die Welt ist ein schwieriger Ort für sie, aber sie gibt ihr Bestes.«

»Liebst du sie?«

Nach einem Moment erwiderte er leise: »Ich mag sie. Sie ist willig und riecht gut.« Er fügte hinzu: »Und klatscht nie.« Und dann war er auch schon eingeschlafen.

Achilleus traf gegen Mittag ein wie ein fröhliches Gewitter und wirbelte mich sofort ins Bett, aber das war lediglich seine Begrüßung. Als die Nacht hereinbrach, gab er sich ernsthaft daran, Liebe zu machen.

Bald war jenes roh gezimmerte Haus meine Heimat und schläfrige postkoitale Zufriedenheit mein vertrautester Zustand. Nichts vertreibt Sorgen wirkungsvoller als häufige Wollustgefechte, und ob er es vorzog, ungebärdig, melancholisch-sehnsuchtsvoll oder dämonisch zu sein, kein Mann war besser darin als der Sohn des Peleus.

Die Zeit verging, und ich gewöhnte mich an mein neues Leben. Ich schloß Freundschaften mit anderen wohlgeborenen Gefangenen, besonders mit Hekamede und Melantho. Ich führte Achilleus' Haushalt, teilte sein Bett und wartete wie alle anderen darauf, daß Troja endlich fiel. Patroklos genas und nahm sowohl den Kampf als auch, zu ihrer großen Erleichterung, das Vergnügen mit Iphis wieder auf.

Das Lager war überfüllt, laut, unerträglich windig

und staubig, aber ich war lieber dort mit ihm als in einem Palast ohne ihn. Ein Palast *mit* ihm wäre natürlich noch besser gewesen. Es war indes das unablässige Kämpfen, das mich das Ende des Krieges herbeisehnen ließ. Immer wieder verließ er mich für Raubzüge mit den Myrmidonen – fröhlich, als sei der Krieg ein wundervolles Spiel. Ich warf mich in den Nächten schlaflos hin und her, bis er zurückkam, und schlief dann bis zur Morgendämmerung wie verrückt mit ihm. Als der Winter kam, wurde es trübe und ungemütlich, aber wenigstens hatte ich ihn jede Nacht an meiner Seite.

Er ließ sich nie eine andere Frau kommen, und ich wies ihn nie ab. Er erhob nie die Stimme gegen mich ... außer ein Mal, und da hatte ich es dummerweise selbst herausgefordert.

Es war die Nacht, als er von der Plünderung von Abydos zurückkehrte und wir alleine waren, was selten vorkam. Er lag ausgestreckt auf dem Boden, und ich knetete seinen Rücken durch, um seine Muskeln zu lockern. Der Eroberungszug war schlecht gelaufen. Er hatte Männer verloren. Der Palast war in Brand gesteckt worden, bevor sie ihn hatten plündern können, so daß er wenig Beute mitgebracht hatte, und die hatte Agamemnon fast ausschließlich für sich beansprucht. Unter diesen Umständen wäre jeder Mann mißmutig gewesen, aber ich hatte noch nie erlebt, daß seine gute Laune ihn verließ.

»Warum kämpfst du, Sohn des Peleus?«

Er grunzte, dann sagte er in scharfem Ton in die Ochsenhäute unter sich: »Was in aller Welt meinst du damit, Frau?«

Ich wußte sofort, daß ich einen Fehler begangen hatte, aber es war zu spät, um die Worte zurückzunehmen. Ich lehnte mich mit meinem ganzen Gewicht auf seine Schultern und drückte hart zu.

»Du bist reich geboren, der Erbe eines Königsthrons. Du hast Land und Sklaven und ein Volk, das du regieren mußt. Warum riskierst du dein Leben und deine Männer hier in Ilium, indem du in Schlachten fichst, die nichts mit Thessalien zu tun haben?«

Er rollte sich auf den Rücken und überraschte mich völlig. Der Ölkrug flog durch den Raum, als er mich mit seinen großen Händen zu sich herunterzog. Seine Zähne waren zu einem Knurren gebleckt.

»Willst du damit andeuten, daß mit dem Kämpfen irgend etwas nicht stimmt?«

»Nein, nein!«

»Daß es vielleicht töricht ist?« Seine Finger gruben sich in meine Arme.

»Nein, nein! Ich ...«

»Was sollte ich sonst tun? Ziegen hüten? Erwartest du, daß ich mein ganzes Leben lang vor einem Spiegel stehe und mich selbst bewundere, weil die Götter mich so viel größer als alle anderen Männer gemacht haben? Daß ich meine Zeit im Bett verbringe und Kinder zeuge? Mich damit zufriedengebe, der Sohn des Peleus zu sein, und mich im Ruf meines Vaters sonne? Ist es das, was du mir vorschlägst?«

Er preßte mich an sich, bis ich kaum noch Luft bekam. Voller Entsetzen starrte ich in seine funkensprühenden Augen. Zu spät fielen mir die Geschichten über die berüchtigte Schlachtenraserei des Achilleus' ein.

»Ich w...wollte dich nicht kränken, mein Herr!« stotterte ich. »Ist es Helenas Ehre oder die Schande des Paris ...?«

Meine Stimme erstarb vor Verzweiflung.

»Nein, nichts davon. Ich habe dich in der Schlacht gewonnen. Bereust du das?«

»O nein! Nein! Niemals!«

Er musterte mich noch einen Augenblick, dann lockerte er den Würgegriff, und seine Wut verblaßte zu Verärgerung. »Frauen! Ihr versteht es nicht, nicht wahr? Ha, ich denke, ihr versteht etwas von Kindern, was man von mir nicht sagen kann. Ich kämpfe um Ruhm, damit man sich an Peleus bis in alle Ewigkeit als den Vater des Achilleus erinnern wird. Ist das etwa kein Ziel?« Es war auch ein erstaunliches Eingeständnis, denn er verehrte seinen Vater. »Wir alle sind sterblich, Briseis. Nichts bleibt von einem Mann übrig außer seinen Gebeinen und vielleicht seinen Kindern, die seine Erinnerung lebendig halten. Jeder Tor kann Kinder zeugen, an mich jedoch wird sich die Nachwelt als den größten aller Griechen erinnern.« Gleichzeitig zeigten sich die Grübchen wieder. »Und an Briseis wird man sich erinnern als die Frau, die Achilleus liebte.«

Dann küßte er mich, um mir jede Gelegenheit zu nehmen, weitere dumme Fragen zu stellen. Danach ging er unverzüglich dazu über, das mit der Liebe unter Beweis zu stellen.

Wann immer er Krieger gefangennahm, die lösegeldwürdig waren, hatten wir Hausgäste – meist Trojaner, aber auch einige Männer aus fernen Ländern, von den Paioniern oder Lykiern. Achilleus vertraute ihrem Ehrenwort und behandelte sie großzügig.

Derjenige, an den ich mich am besten erinnere, den letzten von allen, kurz bevor der Winter die Kämpfe beendete, war Lykaon, Sohn des Priamos. Er bezauberte Achilleus und Patroklos durch seine gute Laune und höfische Art, und selbst zu der tumben Iphis war er nett. Fast einen ganzen Monat verbrachte er bei uns. Er schlief auf einem Feldbett in der

Vorhalle. Weder er noch ich erwähnten jemals seinen Besuch in Lyrnessos, aber ich ertappte ihn oft dabei, wie er mich versonnen ansah, und ich glaube seine Erinnerungen an unsere wilde gemeinsame Nacht waren ebenso angenehm wie die meinen. Am Ende verlor Achilleus die Geduld mit den nicht enden wollenden Verhandlungen und schickte ihn zusammen mit einer Schiffsladung anderer Gefangener auf den Sklavenmarkt von Lemnos. Sie sollten sich später noch einmal kurz begegnen.

Ungefähr zu dieser Zeit sagte ich Ctimene Lebewohl. Agamemnon hatte sie ein paarmal in sein Bett befohlen, aber wie beim ersten Mal, als er sie aussuchte, erinnerte er sich nicht mehr an ihren Namen oder ihre Herkunft – er hatte genug Frauen in seinem Stall, um eine ganze Kämpferschar aufzustellen. Im Spätsommer schenkte er sie einem behaarten Krieger aus Arkadien, Oros, Sohn des Ormenos. Ihr alter Glanz begann zurückzukehren, also muß er wohl eine Verbesserung im Vergleich zum Großen König gewesen sein, aber er hatte ein Auge im Kampf verloren. Deshalb entschied er, er habe seine Verpflichtungen gegenüber seinem Oberherrn erfüllt, und segelte in die Heimat zurück. Seine Beute nahm er mit. Jetzt gab es nur noch wenige lyrnessische Frauen im Lager.

Bis zu jenem schicksalsschweren Frühlingsmorgen, als wir uns begegneten, nachdem er von einem Begräbnis zurückkam, bekam ich Agamemnon nur aus der Ferne zu Gesicht. Am Morgen darauf brach die schwärende Abneigung zwischen ihm und Achilleus im Rat aus, und Achilleus überließ mich dem Großen König.

Buch 8
AGAMEMNON

1 Die Herolde, Talthybios und Eurybates, waren alternde Krieger, die ihrem Herrn nach Troja gefolgt waren, weil sie keine Söhne schicken konnten. In glücklicheren Tagen hatte ich sie oft mit Wein und Honigkuchen bewirtet, wenn sie Achilleus Botschaften gebracht hatten. Nun folgte ich ihnen in brütendem Schweigen über den Strand.

Im Herzen Mordgedanken. Dieser hundsgesichtige Sohn des Atreus! Indem Agamemnon mich Achilleus wegnahm, forderte er die Götter heraus. Als Athene hatte die Gebieterin Achilleus stets vor allen anderen begünstigt, und als Potnia hatte sie meine Dienste in Lyrnessos angenommen, sich in meinem Fleisch manifestiert. Hatte sie nicht soeben in der Gestalt einer Schwalbe, die Achilleus' Haus segnete, ein Zeichen geschickt? Sie würde uns helfen!

Aber sie würde sich beeilen müssen. Achilleus hatte gesagt, er wolle heimfahren. Er würde also mit der Morgendämmerung in See stechen, um einen ganzen Segeltag zu gewinnen. Ich hatte oft beobachtet, wie die Myrmidonen die Schiffe zu Wasser gelassen hatten. Wenn die Opfer dargebracht waren, benötigten sie nur Minuten, um abzulegen. In diesem Fall würde die Notwendigkeit, ihre Beute und persönliche Habe an Bord zu bringen, sie ein bißchen aufhalten, trotzdem müßte ich mit dem ersten Licht zurück sein, bereit, mit ihnen zu fahren.

Wie aber sollte mir das gelingen, wenn ich in Agamemnons Bett lag? Ich hatte Chryseis in einer ähnlichen Situation geraten, ihm ein Messer zwischen die Rippen zu stoßen, ein Rat, der in meiner jetzigen Situation äußerst tiefsinnig, aber kaum realistisch erschien. Selbst wenn ich ihn überraschen und irgendwie den Wachen entkommen und auch noch die myrmidonische Flotte erreichen konnte, bevor sie in See stach, hätte ich eine Blutfehde schlimmer als jeden Alptraum vom Zaun gebrochen. Sie würde mich und Achilleus und ganz Thessalien vernichten. Mord war nicht besonders praktikabel.

Mein finsteres Brüten endete, als wir die rauchenden Überreste des Festes erreichten. Voll von Fleisch und Wein, lagen Männer im Schatten der Schiffe herum; manche schliefen, manche kopulierten wild, andere warteten darauf, bei den überarbeiteten Frauen zum Zug zu kommen. Ich fühlte viele Augenpaare auf mir ruhen – die Frau, die die griechische Armee entzweit hatte. Helenas Schönheit hatte den Krieg begonnen, würde meine ihn beenden? Die Neugierigen erhoben sich und folgten uns, so daß wir eine beträchliche Anzahl von Gaffern hinter uns herzogen, als wir uns dem flatternden, bunt gestreiften Zelt näherten, in dem Agamemnon sich göttergleich auf seinem Thron räkelte, umgeben von den wichtigeren Königen auf Schemeln, Frösche um einen Schwan.

Dort hieß Eurybates mich stehenbleiben, während Talthybios allein weiterging. Er brauchte einige Minuten, um die Aufmerksamkeit des Obersten Herrn zu erringen, aber dann hob Agamemnon seinen großen Kopf, um mich anzustarren. Die Zuschauer verstummten. Er winkte ungeduldig. Eurybates versetzte mir einen Schubs. Die groben Züge des Großen Königs waren erhitzt, die schwarzen Locken widerspenstig und vom Wind zerzaust. Trotz all seines Purpurs und Goldes, all seiner Ringe, Ketten und Armreifen war er mehr brutaler Schläger als König – und das war Zeus' Abgesandter auf Erden! Der schwitzende Pöbel drängte sich hinter mir herein, schloß sich um das königliche Zelt und tauchte es in Schatten. Krieger und Niedriggeborene glotzten.

»Da ist sie ja endlich!« bellte er. »Komm, Kind, und begrüße deinen neuen Herrn und Meister. Näher!«

Ich trat näher, so nah, daß ich vor ihm aufragte. Er erwartete vermutlich, daß ich mich ihm zu Füßen warf – ich war eine Sklavin, und ein einziger aufsässiger Blick kann für einen Sklaven die Katastrophe bedeuten. Ich aber wußte, daß ich Athene auf meiner Seite hatte, und so verzog ich meinen Mund und sah mit aller Verachtung, die ich aufbringen konnte, in seine blutunterlaufenen Schweinsaugen hinunter. Meine Eingeweide krampften sich vor Furcht zusammen, aber es muß mir gelungen sein, diese Regung zu verbergen, denn er runzelte die Stirn und sprang auf, ein großer Mann, allerdings nicht größer als ich.

»Sie ist eine ansehnliche Färse, nicht wahr, meine Herren? Zu gut für diesen emporgekommenen Balg des Peleus! Seht ihr dieses gute Paar Milchkrüge hier? Gestern hat sie sie vor uns zur Schau gestellt – so.« Er zerriß mein Gewand bis zur Taille.

Warum sollte es einen Unterschied dazwischen geben, zur Schau gestellt zu werden und sich selbst zur Schau zu stellen? Ich spürte, wie ich dunkelrot anlief, und mußte meine ganze Willenskraft aufbieten, um meine Arme an meiner Seite zu lassen.

Der Große König kicherte und wandte sich seinem Publikum zu. »Sind sie nicht würdig, einen König zu trösten?«

Er löste überhaupt keine Reaktion aus. Manche Männer tranken, andere kratzten sich, und der Rest sah nirgendwohin. Ihr Oberherr hatte den besten Kämpfer weggeworfen, um eine Frau zu besitzen. Ihre Verachtung lag wie Gestank in der Luft.

Zornig zog Agamemnon mich an sich, bog mich zurück und preßte seinen weinverschmierten Mund

auf meinen. Sein Schwertgurt und seine Ketten
stachen mir schmerzhaft in die Brüste. Überrascht
und wütend hielt ich meine Augen geöffnet. Er tat es
mir gleich. Einen Moment lang starrten wir einander
an. Dann richtete er mich auf und ließ mich los.

Er wandte sich ab. »Nimm sie! Bringt sie in den
Pferch, wo sie hingehört.«

Während ich die Fetzen meines Gewandes um
mich raffte, hörte ich die krächzende Stimme des
alten Nestor ertönen: »Ruf die Barden, mein Herr,
und laß uns ein paar beflügelnde Gesänge über die
edlen Taten der Helden von einst hören, Dryas oder
Exadios oder irgendeinen von ihnen, denn wahrhaftig, unsere unbedeutenden Zeiten haben nichts
ihnen Vergleichbares hervorgebracht.«

»Kein eben vielversprechender Anfang, Schätzchen«,
schnurrte Alkandre, als sie mich durch das mykenische Lager geleitete. »Den Männern muß man
schmeicheln – das weißt du doch!«

»Er ist ein Bauer!«

»Oh, ein absoluter Rüpel, aber es ist nicht deine
Aufgabe, das zu demonstrieren, besonders nicht vor
seinem gesamten Heer. Ich fürchte, Achilleus hat
dich verwöhnt, meine Liebe.« Ihr Lächeln war völlig
unverfälscht – insofern, als sie es offensichtlich genoß, an mir ihre Krallen zu wetzen.

Alkandre *Schätzchen!* Die *liebe* Alkandre, sie sah
so reizend aus wie eh und je. Die Schicksalsgöttin-
nen woben ein kompliziertes Muster. Königin
Alkandre von Pedasos, Königin Briseis von Lyrnessos und Prinzessin Chryseis von Thebe waren alle
am selben Tag die höchsten Preise ihrer jeweiligen
Städte gewesen, und jetzt hatte Chryseis' Abfahrt
mich in Alkandres Fänge geworfen!

Ich mußte meine Pläne überdenken. Agamemnon hatte den Kuß nur vorgetäuscht. Was ihn auch immer dazu bewogen haben mochte, mich Achilleus wegzunehmen, fleischliche Begierde war es nicht. Falls er mich diese Nacht nicht in sein Schlafgemach beorderte, dann hatte ich es statt dessen mit Alkandre zu tun. Vielleicht war eine Flucht doch noch möglich.

»Wir müssen eine Nadel auftreiben, um dein Gewand zu nähen«, flötete meine Begleiterin. »Ich bin sicher, wir haben kein zweites in deiner Größe.«

»Mutter hat immer gesagt, der hohe Wuchs sei ein untrügliches Kennzeichen edlen Blutes.« Meine Entgegnung wurde mit einem boshaften Seitenblick belohnt, denn Alkandres Vater war ein gewöhnlicher Seemann gewesen, allerdings ein außergewöhnlich reicher – nachdem der alte König Altes ein Auge auf seine Tochter geworfen hatte.

Wir kamen an dem größten Gebäude vorbei, das die Griechen auf dem Kap errichtet hatten: dem hohen Palast des Großen Königs, ihres Völkerhirten, der turmhoch über seine Umgebung aus Hütten, Zelten und Verschlägen hinausragte. Vor uns lag eine weitere Landmarke, der Bereich, in dem Agamemnon seine Frauen hielt. Als ich am Kap eintraf, war es eine einzelne Hütte gewesen, und ich hatte verfolgt, wie sie zu einem Weiler von einem Dutzend und mehr Gebäuden, umgeben von einer hölzernen Palisade, angewachsen war. Mehr als vierzig Frauen, die in den Kämpfen des vergangenen Jahres gefangengenommen worden waren, wohnten zum damaligen Zeitpunkt noch dort. Viele andere waren nach Mykene geschickt oder an wichtige Gefolgsleute verteilt worden, aber im allgemeinen geizte Agamemnon mit Frauen ebenso wie mit lebloser Beute. Er hortete sie.

Jeder Hort benötigt einen Drachen. Selbst der Große König war nicht so dumm, die Schwierigkeiten zu übersehen, die sich daraus ergaben, Dutzende weiblicher Schönheiten inmitten eines Lagers von Tausenden gelangweilter junger Männer einzupferchen, und aus diesem Grund hatte er eine Wächterin ernannt – Alkandre. Achilleus würde mit Einbruch der Dämmerung absegeln. Es war Alkandres Aufgabe, zu verhindern, daß ich mit ihm fuhr.

Ich wurde ärgerlich, als ich bemerkte, daß die Wachen am Tor sie grüßten, und noch ärgerlicher, als ich ihre persönliche Unterkunft entdeckte. Sie beeindruckte mich mehr, als ich zugeben wollte: ein geräumiges Bett, einige Truhen, Stühle, Lampen, Krüge mit Öl und Wein. Künstlerisch gestaltete Teppiche hingen an den Wänden, um die erbarmungslosen trojanischen Winde abzuhalten, während der Herd im Winter einen großen Luxus darstellte. Die einstige Königin von Pedasos fuhr nicht schlecht mit ihrer kleinlichen Tyrannei.

Ein paar der anderen Hütten innerhalb des abgezäunten Bereichs sahen einigermaßen stabil aus, die meisten aber waren erbärmliche Verschläge aus Zweigen und Häuten. Mindestens vierzig Frauen saßen müßig und gelangweilt herum, kümmerten sich um Kinder oder schwatzten durch die Palisade hindurch mit Männern, die sich draußen herumtrieben.

»Thallata!« rief Alkandre. »Komm her! Zieh dein Kleid aus«, befahl sie mir. »Setz dich, Liebes. Hättest du gern ein wenig Wein?«

Sehr schlau! Thallata war eine frühere Badedienerin aus Lyrnessos, also einst mein Eigentum, nun unter ihrer Fuchtel. Nervös erwiderte sie mein Lächeln, als ich ihr mein zerrissenes Kleid aushändigte und ihr befohlen wurde, es mitzunehmen und zu nähen.

Der Wein war exzellent. Als ich klagte, daß ich den ganzen Tag nichts gegessen hätte, wurde ein anderes Mädchen geschickt, um Nahrung zu holen. Man zeigte mir die Vorteile freiwilliger Zusammenarbeit.

»Er hat dir wirklich seinen Stempel aufgedrückt, nicht wahr?« bemerkte Alkandre, nippte an ihrem Wein und beäugte die Kratzer auf meinen Brüsten mit unverhüllter Heiterkeit.

»Mag er es im Bett rauh?«

Achzelzucken. »So heißt es.« Es ging sie nichts an.

»Wie geht das heute abend vor sich? Paradieren wir gesammelt vor ihm auf und ab, bis er seine Entscheidung trifft?« Ich war nicht so unwissend, wie ich vorgab. Vom Klatsch am Waschplatz wußte ich, daß Agamemnon manchmal persönlich kam, um sich eine Bettgespielin für die Nacht auszusuchen, manchmal aber auch nur Befehl gab, ihm eine zu bringen. Dann würde Alkandre die Auswahl treffen.

»Heute abend? Heute abend wird Eurymedon ihn ins Bett stecken und in den Schlaf küssen. Sein Wagenlenker.« Sie lächelte angesichts meiner Über-raschung. »Heute morgen beim Rat war er sehr hochgestimmt. Als du eintrafst, war er entschieden deprimiert. Sehr deprimiert. Er wird sich in den Schlaf trinken. Kein Bedarf nach Gesellschaft.«

Das erklärte den feuchten Kuß. »Wie lange hält diese schlechte Stimmung an?«

»Das kann man nicht sagen. Manchmal mehrere Tage.«

»Und dann kann er mit Frauen nichts anfangen? Aber mit Jungen?«

»Jungen nie. Er kann dann mit niemandem etwas anfangen. Wenn er ein absolutes Hoch hat, läßt er sich manchmal drei Mädchen in einer Nacht brin-gen.«

Ich verdaute diese Information erst einmal

schweigend. Der Tag neigte sich bereits seinem Ende entgegen, die Schatten wurden lang. Ich sah keine Möglichkeit, daß Alkandre mir ihre Hilfe freiwillig gewähren würde. Ich müßte es auf die direkte Tour versuchen, à la Achilleus. Die einzige Frage war, ob ich sie jetzt gewaltsam meinem Willen gefügig machen oder bis zur Dunkelheit warten und einen Wasserkrug auf ihrem Schädel zertrümmern sollte.

»Aber er wird nicht für immer in dieser niedergeschlagenen Stimmung verharren, so daß ich davon ausgehen kann, mich früher oder später in seinem Bett wiederzufinden?«

»Oh, ich glaube nicht, daß er dich nur zum Deckenweben will, Liebes.«

Ein Korb mit Brot und kaltem Fleisch wurde für mich gebracht, und ich machte mich eifrig darüber her. Thallata brachte mein zusammengenähtes Gewand. Ich dankte ihr.

Alkandre schenkte sich noch ein wenig Wein nach, vergaß aber, auch mir welchen anzubieten. »Wir müssen ein Eckchen für dich finden. Ich wünschte, ich hätte früher gewußt, daß du zu uns stoßen würdest, liebste Briseis! Chryseis' Quartier habe ich schon neu vergeben. Neuankömmlinge müssen sich für gewöhnlich mit einem Strohhaufen in der Hütte da drüben neben den Latrinen zufriedengeben, aber ich werde mich natürlich bemühen, in deinem Fall etwas Passenderes ausfindig zu machen.«

»Würde es helfen, wenn ich ein bißchen im Staub kriechen und dir die Füße küssen würde?«

Alkandre kicherte und zeigte ihre untere Zahnreihe, was die Alternative mit dem Wasserkrug noch verlockender werden ließ. Zugegeben, sie hatte Grund zur Verbitterung. Wie ich war sie Witwe. Als die myrmidonische Horde die Wälle von Pedasos bezwang, hievte der alte Altes sich von seinem Krankenbett hoch und taumelte mit einem Speer in der Hand nach draußen, um als Krieger sterben zu können. Achilleus hatte seinen Mut belohnt und ihm die Ehre zuteil werden lassen, ihn höchstpersönlich zu erschlagen. Nach Fug und Recht hätte sie schon seit langem gegen Lösegeld freigekauft werden müssen, denn ihr Stiefsohn Elatos war der Plünderung entkommen und führte noch immer die überlebenden Leleger an. Noch wichtiger war indes, daß eine von Priamos' Frauen, die Mutter von Lykaon und Polydoros, ihre Stieftochter war. Wir Gefangenen hatten jedoch von keinem Angebot gehört, das unterbreitet worden wäre.

»Damit wir uns richtig verstehen«, fuhr ich mit vollem Mund fort. »Mit den anderen kannst du so lange du willst die Sklavenmeisterin spielen, meine Herrin, aber nicht mit mir. Wenn ich gegessen habe, wirst du mir den Rest der Unterkunft zeigen, damit ich mir das Gebäude und die Mitbewohnerinnen aussuchen kann, die mir am meisten zusagen.«

Dieser Trotz bewirkte, daß sie vor Entzücken schnurrte. »Du wirst nicht die erste Königin sein, meine Liebe, die lernt, daß sie hier zu tun hat, was man ihr sagt.«

»Ich habe vor, die erste zu sein, die es nicht tut«, versetzte ich gelassen. »Ich weiß, wie du hier das Regiment führst, du und deine Speichellecker. Ich weiß, daß du anordnen kannst, daß andere Frauen ausgepeitscht oder in einen Käfig gesperrt werden, daß du entscheidest, wer zum Waschplatz geht oder etwas von dem Wein oder dem Essen abbekommt. Ich weiß aber auch Bescheid über Besuche von glücklichen Liebhabern hier drinnen und über Frauen, die sogar draußen ihre Freunde treffen. Man muß sich dafür nur deiner Gunst versichern, nicht

wahr? Nun, mich wirst du nicht herumkommandieren!«

»Und was sollte dich zu etwas Besonderem
machen, mein Samtäugelchen?« Ihr Lächeln besagte,
daß sie mich bereits am Auspeitschpfahl festgebun-
den sah.

Ich gestikulierte umständlich mit dem Rippen-
stück, das ich gerade verzehrte. »Erstens, du gibst zu,
daß ich mich früher oder später Nase an Nase mit
Agamemnon wiederfinde und daß du keine Möglichkeit hast, das zu verhindern. Wenn es dazu
kommt, kann ich ihm jede Menge faszinierende
Geschichten erzählen. Im Detail! Dein großgewach-
sener Spartaner, dieser Thibron? Würde er einen Eid
vor Zeus schwören, daß er und ein paar ausgesuchte
Freunde nie eine Nacht im Frauenbezirk verbracht
haben? Oder dieser fette Argiver, Telandros? Ein
wahrhaft lüsterner Knabe, wenn man den Erzählungen Glauben schenken darf. Er …«

»Das würdest du nicht wagen!«

Medusa muß ähnliche Augen haben.

Ich lachte. »Ach nein? Du kannst mir keine Angst
machen, Alkandre, denn ich kenne Geheimnisse,
deren Enthüllung dir gar nicht gelegen kommen
dürfte. Ich kann dem Großen König erzählen, warum
er für dich nie ein Lösegeldangebot erhalten hat.
Falls ihm das noch nicht unangenehm aufgefallen
sein sollte, kann ich dafür sorgen. Hat er dir wirklich
einen reichen Ehemann versprochen? Das besagen
jedenfalls die Gerüchte – wenn du seine kleinen
Täubchen hier gut bewachst, wird er dich an einen
wohlhabenden Fürsten daheim in Griechenland verheiraten. Wenn ich ihm aber darlege, daß der Grund,
warum die Trojaner nichts mit dir zu tun haben
wollen, der ist, daß du eine blutschänderische Affäre
mit deinem Sohn Elatos hattest, dann dürfte sich

jede Hoffnung auf eine Heirat meiner Meinung nach in …«

Sie sprang auf. »Er wird deinem boshaften Tratsch keinen Glauben schenken!«

»Ich denke, ich kann ihn überzeugen. Wenn es sein muß. Reden wir jetzt über die Bedingungen?«

Wir redeten über die Bedingungen.

Da ich diesen gastlichen Ort vor der Morgendämmerung wieder zu verlassen gedachte, hatte ich kein wirkliches Interesse an meiner Unterbringung, aber der Aufstand, den ich deswegen veranstaltete, lenkte sie von meinen wahren Absichten ab.

Danach war es einfach. Wenn du auch nur das mindeste über Slaven weißt, muß ich dir nicht erzählen, daß es einen geheimen Weg aus dem Pferch hinaus gab. Meine neuen Zimmergenossinnen kicherten, als sie mir erklärten, wie die Wachen bestochen wurden. Froh, mir einen Gefallen tun zu können, versprachen sie, das für mich zu erledigen. Der schwierigste Teil bestand darin, wach zu bleiben, während das Lager in Schlaf sank und auch im Rest des Harems Ruhe eingekehrt war. Dann gingen als erste meine Mitverschwörerinnen, indem sie lautlos durch ein Loch hinter den Wasseramphoren krochen. Sie blieben dabei nicht nur unbemerkt, sondern mußten sich allen Ernstes auf die Suche nach den Posten begeben, die sie bewachen sollten. Ich folgte ihnen und verschwand in der Dunkelheit wie ein Fisch, der vom Haken gleitet.

2 Der Mond schien durch die Wolken wie ein silberner Teller. Zuerst hielt ich mich in Richtung Westen, zerkratzte mir die Beine am Gestrüpp und scheuchte grasendes Vieh auf, aber kein Mensch sah mich. Als ich mich sicher vor Entdeckung fühlte, lief ich in Richtung Norden, bis ich das Lagerende erreichte. Zu meiner Überraschung war das Lager der Myrmidonen genauso dunkel und still wie der Rest. Es war zu spät für das gewohnte Singen und Zechen, aber wenn die Schiffe bei Dämmerung in See stechen sollten, hätte man Vorbereitungen treffen müssen, und davon war nichts zu sehen. Ich hielt inne, um wieder zu Atem zu kommen und dieses neue Problem zu überdenken. Wenn Achilleus nicht abfuhr, konnte ich offensichtlich auch nicht mit ihm gehen. Irgendein Omen mußte ihn dazu bewogen haben, seinen Aufbruch zu verschieben.

Die myrmidonischen Posten würden wachsamer sein als die mykenischen. Zwar würden sie mir sicher nichts tun, wenn sie mich fingen, aber sie würden sich über den Siegespreis ihres Prinzen köstlich amüsieren, der sich im Schutz der Dunkelheit zu ihm zurückschlich. Am Morgen würde irgendeiner den Witz einem Boiotier oder Kreter weitererzählen, und bald würde sich die Neuigkeit wie ein Lauffeuer durch das ganze Lager verbreiten.

Auf der anderen Seite konnte ich auch nicht zu Agamemnon zurückschleichen, ohne nicht wenigstens in Erfahrung gebracht zu haben, was Achilleus plante. Aus dem Kamin stieg kein Rauch auf, und ich würde es nicht wagen, ihn zu stören, wenn er schlief, aber konnte er denn überhaupt schlafen? Gelähmt stand ich da, bis mir die Schwalbe wieder einfiel. Da hob ich meine Arme über den Kopf und rief: »Potnia Athene, höre mein Flehen! Als Sklavin kann ich dir nichts anbieten, aber laß mich Achilleus' Frau werden, dem du deine Gunst gewährst, und ich will mein ganzes Leben lang deine Altäre mit Gaben überhäufen und Opfer für dich verbrennen! Jeden Monat werde ich ein prächtiges neues Gewand bringen, um dein Bildnis zu schmücken. Laß mich mit meinem Geliebten sprechen.«

Ich suchte mir meinen Weg über das silbrig im Mondlicht schimmernde Gras. Durch eine glückliche Fügung hatte ich den Wind im Rücken, so daß die Hunde meinen Geruch aufnahmen und sich zu meiner Begrüßung versammelten, ohne zu bellen. Kein Wachposten rief: »Wer da!«, und ich beglückwünschte mich schon zu meiner lautlosen Annäherung, als sich eine Hand auf meine Schulter legte und mich herumwirbelte. Schieres Entsetzen erstickte meinen Aufschrei.

»Briseis!«

»Patroklos!« In meiner Erleichterung versuchte ich ihn zu umarmen, er aber umfaßte meine Handgelenke und hielt mich auf Abstand.

Er war in einen dunklen Mantel gehüllt, ein vager Schatten in der Finsternis, und seine Stimme klang unnatürlich kalt und harsch. »Wenn der Große König denkt, er könnte auf diese Art Abbitte leisten, ist er ein noch größerer Narr, als ich dachte.«

»Was?«

»Er hat dich vor dem ganzen Heer gestohlen. Auf dieselbe Art und Weise muß er dich zurückerstatten und glänzende Geschenke zur Wiedergutmachung hinzufügen. Nichts weniger wird …«

»Er hat mich nicht geschickt … Ich bin geflohen!«

»O du Wahnsinnige!« Patroklos gab mich frei und fuhr sich mit den Fingern durchs Haar. »Du weißt, was sie mit entflohenen Sklaven machen! Agamemnon wird das ganze Lager durchkämmen lassen, um dich zu finden. Er wird dich auspeitschen lassen oder dem Pöbel überantworten. Er wird behaupten, Achilleus habe dich dazu …«

»Dann kann ich schon auf halbem Weg nach Thessalien sein.«

»Briseis, Briseis! Das kann nie sein. Nie!«

Schockiert und verletzt, begann ich Einwände hervorzubrabbeln, aber Patroklos legte einen starken Arm um meine Schultern und schob mich von dem Blockhaus fort. In meiner Verzweiflung drückte ich mich eng an ihn und zog Trost aus seiner Kraft, obwohl er mich in die falsche Richtung führte.

»Liebe Briseis«, begann er, und seine Stimme war so leise, daß der Wind sie beinah verwehte. »Ja, Achilleus liebt dich. Er liebt dich, wie er nie eine Frau geliebt hat, und wird dich wahrscheinlich immer lieben. Aber sein Herz bricht nicht wegen dir. Es warst nicht nur du, die Agamemnon ihm gestohlen hat, sondern seine Ehre, und die kannst du ihm nicht wiedergeben. Er trauert, dich verloren zu haben, ja. Wärest du tot, würde er dich beklagen und dir die prachtvollsten Riten zuteil werden lassen. Aber der Tod wäre ein Akt der Götter, den jedermann nur erdulden kann, indem er sich ihrem Willen unterwirft. Dies ist weitaus schlimmer, war es doch ein Sterblicher, der ihn im Angesicht des gesamten Heers erniedrigt hat.«

»Aber Thessalien …«

»Nein, Briseis! Möglicherweise entscheidet er sich für die Heimfahrt, weil er hierherkam, um Ruhm zu erlangen, er aber keinen Ruhm erlangen kann, indem er für diesen Rüpel kämpft. Aber sich mit dir in seinem Boot versteckt davonstehlen … kannst du das nicht begreifen? Das würde alles nur hundertmal schlimmer machen! Die Männer würden sagen, er habe sich durch die Liebe zu einer Frau seiner Kraft berauben lassen, seine Konkubine sei ihm wichtiger als der Krieg. Glaubst du denn, der Sohn des Peleus würde dich Agamemnon stehlen und wie ein Dieb in der Nacht fliehen? Wie dieser Tunichtgut von Paris?«

»Mynes hat er mich auch gestohlen!«

»Er hat dich durch Tapferkeit und die Stärke seines Arms gewonnen. Er kann nicht wegen dir gegen Agamemnon kämpfen – mit Freuden würde er es tun, wenn es nur eine Sache zwischen den beiden wäre. Er ist nicht Paris, der für seine Lust sein Volk vernichtet. Ich bin empört, daß du so etwas von Achilleus glauben kannst.« Mit einem Seufzer ließ Patroklos mich los. »Vergib mir meine harten Worte. Es war kein leichter Tag, nicht wahr? Geh zurück zum Obersten Herrn der Griechen. Ergib dich deinem Schicksal, Frau.«

Der Mond verschwand hinter einer silbern geränderten Wolke und tauchte die Welt in tiefen Schatten. Konnte ich denn gar nichts tun?

»Laß mich wenigstens zu ihm und nur ein Wort des …«

Patroklos' Hand hielt mich auf, als ich mich an ihm vorbeizwängen wollte. »Nein. Muß ich dich eigenhändig zu den Mykenern zurückschleppen? Wenn du Achilleus wirklich liebst, dann vergißt du ihn und bereitest ihm keinen zusätzlichen Kummer. Geh, Briseis! Und beeil dich, bevor man dich vermißt. Errege nicht den Zorn des Großen Königs, denn das löst kein Problem.«

Er küßte mich. Es war ein flüchtiger, brüderlicher Kuß und für mich an jenem schrecklichen Abend kostbarer als alles Gold Trojas. Noch bevor ich etwas erwidern konnte, schritt er in die Dunkelheit davon.

Närrin, die ich war, wollte ich nicht glauben, was er mir gesagt hatte.

»Göttin!« schrie ich. »Hilf mir! Hilf Achilleus!«

Stumm und unheilverkündend glitt eine große weiße Eule aus dem Dunkel hervor und verschwand in Richtung Westen. Mein Herz tat einen Freudensprung, denn die Eule ist das wichtigste Symbol

Athenes. Seit meiner Kindheitsvision von den beiden Adlern hatte ich nie ein klareres Zeichen erhalten. Die Eule teilte mir mit, daß sich Achilleus überhaupt nicht im Megaron aufhielt. Er war nie vom Strand zurückgekehrt, wo er sich früher am Tag hinbegeben hatte. Ich begann zu laufen.

Dreimal schwebte Athenes Eule lautlos über mir, und immer führte sie mich westwärts, an den Rand des Landes selbst, hoch über der tief unten tosenden Brandung, wo der Wind so heftige Versuche unternahm, daß er mich beinah von der Klippe gestoßen hätte. In der Dunkelheit tief unter mir konnte ich außer den weißen Zähnen der Brecher nichts erkennen. Früher im Frühling hatten Männer an diesen Klippen Eier gesammelt, aber sie hatten bei Tageslicht und in Gruppen gearbeitet und Seile benutzt. Dennoch hatte die Göttin mich zu einer Stelle geführt, wo ein Abstieg möglich war, wo ein Teil der Klippen ins Meer gestürzt war und einen Einschnitt oben sowie eine steile Rampe nach unten zurückgelassen hatte. Gebete murmelnd ließ ich mich auf die Knie fallen und wagte den Versuch.

Kein Mondlicht half mir, der Wind jedoch versuchte mich aus jedem wackligen Halt, den ich mir erkämpft hatte, zu reißen. Die Steigung war sogar noch übler, als ich befürchtet hatte − eine locker gepackte Schütte aus Steinen und Kieseln, rutschigen Graspartien, Felsen, größer als Streitwagen, sowie ein paar wenigen Büschen und Bänken loser Erde. Im Handumdrehen waren meine Knie aufgeschürft, war mein Kleid zerfetzt und meine Finger bluteten. Als ich etwa die Hälfte des Weges zurückgelegt hatte, kam ich an einer Quelle vorbei, die mich für den Rest des Abstiegs boshafterweise berieselte und das Gelände, von glitschigem Schlamm überzogen, noch trügerischer machte.

Achilleus hatte den Tag und die halbe Nacht klagend und allein am Meer verbracht, hatte die Götter angefleht, das erlittene Unrecht wiedergutzumachen, sie an die Opfergaben erinnert, die er ihnen in der Vergangenheit dargebracht hatte, und nach einem Zeichen gesucht, daß sie ihn erhört hatten. Da er wußte, wie die Olympier sich in Gestalt von Sterblichen manifestieren konnten, hätte er möglicherweise sonderbare Schlüsse gezogen, wenn ich ihn unvermittelt aus dem Dunkeln überfallen hätte.

Dazu kam es nicht. Während ich mich die schlüpfrige Felswand hinunterarbeitete, übersah ich, wie nah ich der tosenden See bereits gekommen war. Sie pflückte mich aus der Wand, saugte mich hinab in die Schwärze und einen lähmenden Kälteschock. Die Wellen hoben mich wieder empor, als ob ein Junge Steine übers Meer hüpfen ließ, und versuchten, mich an der Felsklippe zu zerschmettern, aber Achilleus sprang über den vor Seetang rutschigen Felsen und packte meinen Arm. Einen kurzen Augenblick lang rang er mit Poseidon um meinen Besitz, bis zur Brust in einem donnernden Aufruhr weißer Gischt versunken. Als das Wasser sich zurückfallen ließ, um zu einem erneuten Versuch Atem zu holen, gelang es ihm, mich hochzuziehen und mit mir auf einen höheren Felsen zu springen. Ich war zerschunden, blutig und dem Ertrinken nah. Er wußte, ich war keine Unsterbliche.

Er trug mich zu einem Streifen Sand, nicht viel größer als ein Bett, und dort stellte er mich auf die Füße. Heftig zitternd klammerte ich mich an seine mächtige Gestalt. Er begann mir meine nasse Kleidung vom Leib zu reißen, und ich tat es ihm gleich. Ein normales Gespräch war unmöglich. Wir brüllten einander gegen den Donner der Wellen an, die ein Stückchen unter uns gegen die Klippen brandeten und ihre Gischt zu den Sternen emporschleuderten.

»Briseis! Wie konntest du ...« *Wumm!* Röhrte die Brandung. »... dich geschickt?«

»Athene!« gellte ich. »Es war Athene, Athene persönlich.«

Diesen Namen verstand er zumindest, denn er bleckte triumphierend die Zähne. Er zog mich auf den nassen Sand hinunter und nahm mich in seine Arme. Seine Haut war feucht und kalt, sein Gewicht schien mich zu erdrücken, und sein Haar peitschte mir in salzigen Strähnen ins Gesicht. Der Krach war hier etwas gedämpft, und er konnte mir ins Ohr brüllen. »Ich habe um ein Zeichen gebetet ... Athene ... Sie hat dich geschickt!«

»Sie hat mich geleitet!«

»Eulenäugige Athene! Das ist das Zeichen! ... wird mir zurückgegeben werden!« Er brüllte seine Freude heraus. *Donner!* echoten die Wellen und wirbelten Sterne zum Himmel.

Was folgte, war in der Tat eine eigenartige Leidenschaft. Wir hatten einander viel zu sagen, aber wir waren wiedervereinte Liebende, nackt und verzweifelt, und Aphrodite entflammte uns – sein Mund auf meinem, seine Hände überall; seine Männlichkeit war schon riesig und hart, rieb sich an meinem Schoß, suchte Einlaß. Er, der mich einem anderen überlassen hatte, mühte sich, mich zu besitzen und zu unterwerfen, während ich, die ihn mehr als alles andere begehrte, mich mit allen Kräften wehrte, seine salznasse Haut zerkratzte und zerbiß. Liebe ist nicht nur Zärtlichkeit. Zu viel kann eine Qual sein, und in dieser Nacht gaben wir alles. Er nahm mich mit einem einzigen zertrümmernden

Stoß, tief hinunter bis in mein Innerstes. Ich hatte nicht so viel so schnell erwartet, tödlichen Schmerz und doch auch Lust. Ich schrie. Ich schrie erneut, als er sich zurückzog und wieder zustieß. Und wieder. Ich trat nach seinem Rücken und zerkratzte ihn, außer mir vor Liebe und Wut, Schmerz und Lust, alles auf einmal.

»Mein!« röhrte er, und ich spürte, wie sich der Refrain mit jedem wuchtigen Stoß wiederholte: *Mein! Mein! Mein!*

Eine Sklavin kann keinen Widerstand leisten, aber ich war eine Königin gewesen und würde wieder eine sein. Ich würde mich nicht wie ein Zuchttier ergeben, und so kämpfte ich, als sei es Agamemnon persönlich, der mir Gewalt antat. Er hämmerte seinen Körper gegen meinen. Ich biß, kratzte und trommelte mit den Fäusten auf ihn ein, bis schließlich mein Verlangen nach ihm den Sieg davontrug, mein Körper dahinschmolz und sich in ekstatischem Heulen ergab.

Mit einem gewaltigen Schrei warf er den Kopf zurück und ergoß sich mit Konvulsionen in mich, die nicht enden wollten und unglaublich lange anhielten.

Schließlich kam er keuchend zur Ruhe, der Länge nach auf mir ausgestreckt wie ein Toter. Ich hielt ihn umschlungen, während unsere Herzen wie rasend pochten und die Wellen unter uns tosten. Ich wäre gern für immer so liegengeblieben, ein Fleisch mit Achilleus. Er hatte sich nicht zurückgezogen, und ich wußte, was das bedeutete.

»Wir müssen uns sputen. Wir müssen gehen, bevor sie mich vermissen.«

Nach einem kleinen Moment grunzte er und hob seinen Kopf, um mir in die Augen zu sehen. »Was?«

»Nach Hause fahren!« erläuterte ich. »Heim nach

Thessalien – jetzt, heute nacht! Das ist die Botschaft, die die Göttin uns gesandt hat!«

»Nein.«

»Doch!« weinte ich. Ich war hilflos in seiner Umarmung, aber ihn anflehen konnte ich noch. »Du mußt nach Hause fahren! Geliebter, du bist sterblich. Du hast deinen Mut bewiesen, so daß niemand daran zweifeln kann. Du hast großen Ruhm und kostbare Beute gewonnen. Du mußt nicht mehr kämpfen.« Die Brandung toste, schäumte und saugte an den Klippen. »Du kannst nicht immer gewinnen! Heim in deines Vaters Halle, dort kannst du ein langes und glückliches Leben führen. Verstehst du denn nicht? *Bleib hier, und du wirst ganz gewiß unter den Mauern von Troja sterben!*«

»Mit Schande bedeckt heimkehren?« grölte er, denn die Wut hatte ihn noch nicht verlassen. »Niemals! Den ganzen Tag habe ich den mächtigen Zeus um Gerechtigkeit angefleht, und er hat mir dich als Zeichen geschickt, daß er meine Bitte erfüllen wird. Die eulenäugige Athene wird dafür sorgen! Er wird den Sieg den Trojanern geben und die Griechen zurücktreiben, bis sie sich mir zu Füßen werfen und mich anflehen, für sie zu kämpfen. Agamemnon wird dich zusammen mit reichen Geschenken zurückschicken! Dieses *Schwein!*« knurrte er, und ich fühlte, wie seine Männlichkeit sich in mir regte. »Dieser Hund!« Der nächste Stoß war schon fester, härter. Ich keuchte protestierend auf, aber er beachtete mich nicht. »Dieses hundsäugige *Schwein*, dieser Sohn einer *Hure!* Sieh nur *zu*, wie sein Triumph über *mir* bröckelt vor dem *Zorn* der Götter, wie sein *Stolz* zerbricht.« Die Worte wurden lauter, die Stöße wilder. »Wenn die Trojaner um die Schiffe toben, dann wird er angekrochen kommen. Dann wird er dich zurückgeben!« Meine

Einwände wurden in einem Kuß erstickt, mit dem er es darauf anzulegen schien, mir das Herz aus der Brust zu saugen.

Es gab mehr, viel mehr. Er trank sich satt an mir in jener Nacht, und ich blieb ihm nichts schuldig – die Liebe hat viele Formen, und Besitzenwollen ist eine davon. Als es vorüber war, half er mir die Klippe hinauf und begleitete mich an die Grenze des mykenischen Lagers, obwohl Agamemnon sich bestimmt zu ungeahnten Höhen des Wahnsinns aufgeschwungen hätte, wenn wir entdeckt worden wären. Unbemerkt erreichte ich den Pferch und die Geheimtür.

Mittlerweile hatte ich Achilleus' Auslegung des Omens fraglos übernommen. Ich vergaß, daß meine eigene Stimme seinen Tod prophezeit hatte wie einst den von Mynes.

3 Alkandre muß von meinem nächtlichen Ausflug erfahren haben, aber wir wußten beide, daß ein einziges Wort darüber zu Agamemnon das Ende für uns beide bedeutet hätte. Für den Rest meines Aufenthalts im Frauenpferch begegneten wir einander mit kühler Höflichkeit.

Tag um Tag verharrten die myrmidonischen Schiffe am Strand, das Heer wartete auf Befehle, und Agamemnon tat nichts. Ein kurzer Aufschub nach dem Ende der Seuche war durchaus vernünftig, aber die Pause zog sich in die Länge. Und wollte nicht enden. Trojanische Bundesgenossen wurden in den Bergen gesichtet, der Skamander führte weniger Wasser, die Marschen trockneten aus. Es hieß, die Untätigkeit des Obersten Befehlshabers mache die kleineren Könige verrückt, und immer noch zauderte er. Nie schickte er nach einer Frau. Ein Mann, der keine Verwendung für eine Bettgenossin hat, kann niemandem von großem Nutzen sein.

Achilleus untersagte jeglichen Kontakt zwischen den Myrmidonen und den übrigen Griechen. Er befahl sogar den Frauen, eine Quelle weiter oben auf dem Kap zu benutzen, anstatt zum allgemeinen Waschplatz zu gehen, aber die alte Maera schuf sich ihre eigenen Gesetze und versorgte mich mit Neuigkeiten.

»Hab' nie einen Mann gesehen, der so lange wütend bleiben kann wie dieser Riesenbursche von dir. Er schmollt nur den ganzen Tag über im Haus herum oder unternimmt lange, gesunde Spaziergänge – ganz für sich allein. Wenn irgend jemand ihn anspricht, reißt er ihm den Kopf ab.«

»Er vermißt mich also?« Ich wagte es nicht, geradeheraus zu fragen, wer sein Bett teilte, denn wenn ich auch ungern denken wollte, daß er sich nach mir verzehrte, so fürchtete ich doch noch mehr, er würde es nicht tun. Ich vermißte ihn schmerzlich.

Sie gackerte. »Das hat er mir nicht gesagt. Er glaubt, es ist ein Problem von Athene. Wenn du willst, daß Aphrodite sich einmischt, wirst du sie selbst fragen müssen.«

Natürlich betete ich zu Aphrodite. Ich betete zu Potnia und jeder Göttin, die mir einfiel, aber warum sollten sie auf mich hören? Ich war eine Sklavin und konnte ihnen nichts anbieten.

Eines Morgens, als der Mond zu einer dünnen Locke kurz oberhalb der Dämmerung am Horizont zusammengeschrumpft war, zogen Herolde vorüber, die eine Heeresschau ankündigten. Wir hörten die Gongs und Trompeten und später eine Menge Geschrei in der Ferne, aber das war auch schon alles. Was genau geschehen war, sollte nie völlig geklärt werden, auch wenn alle Neuigkeiten am Ende irgendwie zu uns vordrangen, und sei es nur durch verbotene Liebhaber, die durch die Lücken im Zaun mit den Frauen flüsterten.

Agamemnon hatte sich in einer Ansprache an das ganze Heer gewandt. Das war eine Dummheit, denn er hatte wenig Verständnis für die Denkweise der Hauptleute und Adligen, geschweige denn für die der Gemeinen. Ob er witzig zu sein versuchte oder sich einbildete, er müsse auf irgendeine Weise den Eifer der Kämpferscharen auf die Probe stellen, mag dahingestellt bleiben, jedenfalls begann er damit, die Schwierigkeiten der griechischen Stellung zu betonen − die Unbesiegbarkeit der Mauern von Troja, die Stärke der trojanischen Verbündeten und so fort. Möglicherweise arbeitete er auf einen mitreißenden Aufruf zum Durchhalten hin, aber seine Zuhörer schlossen aus seinen Worten nur, er beende die Belagerung. In einem begeisterten Tumult stapften die Truppen zu den Schiffen.

Odysseus, Sohn des Laërtes, rettete die Angelegenheit. Er entriß Agamemnons gelähmter Hand das Szepter und rief die Krieger zu den Fahnen. Dann watete er unter den Mob der Unzufriedenen und schlug um sich. Ein Lümmel namens Thersites hatte sich eine Gefolgschaft erworben, indem er Agamemnon der Habgier und Feigheit bezichtigte. Das hatte selbst Achilleus nicht gewagt. Odysseus schlug Thersites mit dem Szepter des Obersten Befehlshabers selbst nieder und zerstreute die Meuterer.

Offensichtlich war die griechische Armee ohne Achilleus' Führung ein nichtsnutziger Haufen. Würde Agamemnon seinen Stolz hinunterschlucken und ihn zu versöhnen versuchen?

Als der trübe Tag sich seinem Ende näherte, kam

der Herold Talthybios in den Pferch, um Alkandre mitzuteilen, daß ich dem Obersten Herrn heute nacht Gesellschaft leisten sollte.

»Eine willkommene Unterbrechung der Eintönigkeit«, erklärte ich, nachdem meine Gänsehaut sich gelegt hatte. »Schlimmer als Durchfall kann er auch nicht sein.« Diese Bemerkung erntete am heutigen Tag das meiste Gelächter und fand eine Menge Zustimmung.

»Du hast nichts zu befürchten«, tröstete mich einer der Dardanier. »Der Morgen wird seine Stimmung nicht gerade verbessert haben. Wenn sie so am Boden liegt, geht es seinem Stab genauso. Du wirst eine Nacht in einem bequemen Bett durchschlafen können.«

Als Alkandre und ich die verfügbaren Gewänder durchsahen, äußerte ich: »Ich frage mich, ob er daran denkt, mich zurückzuschicken? Vielleicht möchte er nur meinen Rat hören, wie man Achilleus' Ärger am besten besänftigt.«

Sie ließ einen skeptischen Laut hören. »Rechne lieber nicht damit, Schätzchen. Von Sklaven nimmt er keinen Rat entgegen. Leider nimmt er ohnehin selten von *irgend* jemandem Rat an. Ich kann dir nicht sagen, was du zu erwarten hast. Manchmal ist er königlich großzügig. Manchmal heißt es nur: ›Zieh dich aus und leg dich hin!‹ Oder hock dich hin. Wenn ich recht informiert bin, liebt er es, Pferd und Reiter zu spielen.«

»Das ist gut. Dann muß ich ihn dabei nicht sehen.« Ich konnte so tun, als sei es ein anderer Mann auf meinem Rücken.

Das Opfer der Nacht herauszuputzen, war eine gemeinschaftliche Anstrengung, die in meinem Fall durch die Suche nach einem Gewand in meiner Größe zusätzlich erschwert wurde. Schließlich kleidete man mich in einen Rock mit sieben Volants in Rot, Weiß und Grün sowie ein vorne offenes Mieder, das von einem einfacheren Kleid abgetrennt worden war. Eine kilikische Freigeborene fertigte einen Hut für mich, und wir trieben tatsächlich ein Paar rote Ledersandalen auf, die meine Füße nicht allzusehr einengten. Selbst Ctimene hatte meine Locken nie besser hinbekommen als jene vielen geschickten Hände, die sich an jenem Abend an meinem Haar zu schaffen machten. Gebadet, geölt, geschminkt und parfümiert war ich fertig, lange bevor die Herolde mich holen kamen.

Die Experten im Pferch waren sich darin einig, daß der Oberste Herr bald wieder obenauf sein mußte. Dann würde er das Heer der Griechen gegen den Feind und in die Katastrophe führen. Das jedenfalls hatte Achilleus vorausgesagt. Von meinem Standpunkt aus betrachtet, wurde der Krieg besser jetzt als später wiederaufgenommen. Ich trug also am besten soviel wie möglich dazu bei, Agamemnon aufzumuntern. Wenn ich ihn dazu bringen konnte, seine Lanze für mich zu erheben, würde er möglicherweise auch Lust bekommen, sie gegen die Trojaner zu schwingen. Es war dieser Gedanke, der mich Hals über Kopf in meinen dritten schweren Fehler stolpern ließ.

Ich wurde zu einem kleinen Blockhaus gebracht, nicht in die Haupthalle. Als die Tür sich quietschend hinter mir schloß, zog ich meine Schuhe aus und sank auf die Knie, allein mit dem Großen König. Obwohl ich meine Augen demütig niederschlug, konnte ich sagen, daß die Umgebung üppig ausgestattet war; frische Felle bedeckten den Boden, farbenprächtige Webarbeiten schmückten die Wände.

Tische und Truhen waren exquisit gearbeitet und mit Einlegearbeiten verziert, Lampen funkelten durch den Rauch, und im zentralen Herd prasselte ein Feuer. Das Bett in der Ecke war hoch mit farbenfrohen Steppdecken bedeckt.

»Die liebreizende Briseis!« Zwei behaarte Beine schritten auf mich zu, und eine haarige Hand streckte sich nach mir aus, um mich aufzurichten. Während er mich mit feuchten Lippen und offensichtlichem Wohlgefallen musterte, führte er mich an der Hand zu einer Liege neben dem Herd und setzte sich dicht neben mich. Er versuchte, freundlich zu sein, nicht nur Ausziehen-und-Beine-breit, aber trotz allem strahlte er Macht und arrogante Männlichkeit aus. Er trug einen Umhang, der ihm bis zu den Oberschenkeln reichte, die Zwillingslöwen von Mykene auf rotem Untergrund, über die linke Schulter geschlungen und unter der rechten Achselhöhle mit einer Goldnadel geschlossen ... ein Golddiadem sowie drei oder vier goldene Armreifen und sonst nichts. Er war gewiß nicht so gekleidet, als wolle er mit mir darüber sprechen, mich mit Geschenken und Entschuldigungen zu Achilleus zurückzuschicken, auch nicht so, als wolle er meinen Rat als Seherin einholen. Sein Interesse war ausschließlich körperlicher Natur.

»Prachtvoll!« Er fuhr mit den Fingerspitzen über meine rechte Brustwarze. Seine Augen glänzten vor Begierde, unter seinem Mantel jedoch zeigte sich noch keine vielsagende Ausbuchtung.

Ich versuchte, ein Schaudern zu verbergen. »Du bist sehr freundlich, mein Herr.«

»Ich hoffe, das wirst du auch sein. Ich sehe für uns beide einen aufregenden Abend voraus.« Er drehte sich zu dem Tisch neben sich um und schöpfte mit einem Rhyton in Form eines Stierkopfes Wein aus einer silbernen Schale. Ich interessierte mich zwar mehr für den anderen Tisch, dessen Fleischsorten und Brote und Käse eine willkommene Abwechslung zum faden Brei der Sklavennahrung darstellten, nahm aber dennoch den dargebotenen Pokal mit einem koketten Augenaufschlag entgegen.

»Ich auch, mein Herr.« Der Wein war angenehm mit Honig und einem Hauch Leinsamen aromatisiert. »Köstlich!« Ich stieß einen Seufzer aus, der ihm die Augen aufgehen ließ.

Da ich in der Angelegenheit sowieso keine Wahl hatte, würde es mir niemand zum Vorwurf machen, wenn ich mich ihm hingab oder ihn sogar ermutigte, es so schnell wie möglich hinter sich zu bringen. Allerdings hätte ich das Gefühl gehabt, Achilleus untreu zu sein, wenn ich dabei Vergnügen empfunden hätte. Nun wurde mir klar, daß es möglicherweise schwerfallen könnte, diesen Entschluß aufrechtzuerhalten. Der Mann dünstete Macht förmlich aus. Er war der Große König, dem ägyptischen Pharao oder dem hethitischen Kaiser ebenbürtig. Ich war mir der Tatsache, daß sein muskulöser Oberschenkel sich an meinen preßte, durchaus bewußt, des rauhen Kriegerkörpers neben mir, der mit schwarzem Fell wie dem eines Bären bedeckt war, der vielen leeren Nächte, seit ich und Achilleus uns an jenem Strand gegenseitig Gewalt angetan hatten.

»Trink aus! Wir müssen noch eine ganze Schale schaffen.« Er leerte seinen Becher.

Ich gehorchte; er schenkte mir nach. Närrin, die ich war, dachte ich nur an die intimen Liebkosungen, die man von mir verlangen würde, und um wie vieles erträglicher sie mit einem Bauch voller Wein sein würden. Ich vergaß die anderen Folgen, die Unbedachtheiten, zu denen mich das verleiten könnte.

»Dieses Gemach ist prächtig, mein Herr! Du hast ein Auge für die Schönheit.«

Er plusterte sich auf. »Ah, warte nur, bis du Mykene siehst! Doch selbst mit allen Schätzen und allen Reichtümern, die ich von der Plünderung Trojas heimbringen werde, wird die schöne Briseis der strahlendste Schatz von allen sein!«

Das glich Achilleus' Lieblingssätzen gefährlich. Es mißfiel mir. Ich hegte nicht die geringste Absicht, je in die Nähe von Mykene zu kommen. Die Göttin hatte es schließlich versprochen.

»Von großen Palästen verstehe ich nicht viel, mein Herr. Aber kostbare Webstoffe vermag ich zu beurteilen.« Ich prüfte den Stoff seines Mantels, wobei ich einen Fingernagel über seine Brustwarze kratzen ließ.

Er zuckte die Achseln. »Von Klytaimnestra. Meine Frau webt wesentlich besser, als sie bumst.«

Flegel!

»Dann ergänzen wir einander!« Ich berührte die Goldnadel. »Auch das ist eine sehr feine Arbeit.« Wieder ließ ich meine Wimpern flattern.

Subtilität war bei ihm verschwendete Liebesmüh. Er dachte, ich wolle die Nadel haben. »Sie stammt aus dem Beutegut von Thebe.« Er setzte zu einer langatmigen Erklärung an.

»Die Beute von Troja wird noch wesentlich größer werden!« Ich beugte mich über ihn, um meinen Becher auf den Tisch zu stellen.

Ein verschwitzter Arm legte sich um meine Schultern. »Doch um welchen Preis? So viele edle Krieger sind bereits zum Hades hinabgestiegen, und so viel mehr werden ihnen noch folgen. Mir mangelt es nicht an Tapferkeit in der Schlacht, wie du sicher weißt, aber ich gebe zu, daß ich die lieben Freunde betraue, die ich in den Tod schicken muß.« Er

tunkte den Silberrhyton ein, um meinen Pokal nachzufüllen. »König zu sein ist eine schwere Bürde.
Nachts werfe ich mich schlaflos im Bett hin und her,
gequält von der Last der Verantwortung.«

»Wenn du schon kostbare Schlafenszeit verlierst,
mein Herr, solltest du sie einem besseren Zweck zuführen.«

»Ein Großer König ist ein einsamer Mann!«

Seine anfängliche Fröhlichkeit hatte ihn verlassen.
Ich begann mir Sorgen zu machen.

»Jetzt bist du nicht allein, mein Herr.« Ich streichelte
seinen Schenkel.

Er ächzte. »Ach! Und wie lange noch, ihr Götter,
wie lange noch? Wann wird Zeus sein Versprechen
erfüllen, daß die Türme von Troja fallen müssen?«
Der Becher, den er krampfhaft auf seinem Knie umklammert hielt, war leer, so daß ich meinen an seine
Lippen führte. Er drehte das Gesicht weg. »Der
Gebieter der Stürme versprach uns, wir würden Priamos' Schatzhäuser plündern und seine Frauen
schänden. Das zumindest hat Kalchas behauptet.
Ah, dieser verächtliche Sohn des Thestor! Hat er
sich geirrt? Nie will er mir eine eindeutige Antwort
geben. Was für ein Narr ich war, unsere Hoffnungen
einem so nutzlosen Seher anzuvertrauen!«

Ich nahm einen Schluck, während ich das neue
Thema überdachte. Außerdem ließ ich meine Hand
zur Innenseite seines Schenkels wandern. Agamemnon reagierte mit einem Ruck. Er verstärkte den Griff
um meinen Nacken und schob seine Hand nach
unten, um meine Brust zu befingern. Mit feuchten
Lippen grinste er mich lüstern an. »Aber genug von
diesen unerfreulichen Dingen! Ich muß eine oberste
– wie war gleich das Wort, das du gebraucht hast? –
Gefährtin ernennen. Ich habe so viele Gespielinnen,
daß eine die höchste sein muß. Du bist die offen-

sichtliche Wahl, meine Liebe, denn keine der anderen gleicht so sehr einer Göttin wie du.«

»Du schmeichelst mir, mein Herr.« Ich leerte meinen Becher. Seine abrupten Stimmungswechsel führten dazu, daß sich mir der Kopf drehte.

»Überhaupt nicht! An Schönheit übertriffst du Chryseis bei weitem, obwohl ich gestehen muß, daß dieser kleine Streifen roten Pelzes über ihrem Schoß mich ungeheuer zu erregen pflegte. Ich freue mich darauf, deinen kennenzulernen. Wir müssen prachtvolle Gewänder für dich finden, in denen du umherstolzieren kannst, und Juwelen und Gold. Ketten aus Gold! Armreifen und Ohrgehänge! Edelsteine! Ich werde dich mit königlichen Schätzen behängen! Onyx! Achat! Alabaster, so weiß wie deine herrlichen Brüste! Hämatit! Chalcedon! Sardonyx! Jaspis! Ich will dich zu einem Wunder machen, das die Männer angaffen sollen!« Er sprühte vor Begeisterung. »Und du darfst nicht mit dem Rest des Viehs in diesem Pferch leben – nein, nein! Von nun an wirst du hier in meinen Privatgemächern bleiben. In jenem Bett ist Platz genug für drei, wenn ich Lust habe, mich von einer anderen unterhalten zu lassen. Du wirst dem Großen König zur Ehre gereichen, meine Schöne!«

Entsetzen über Entsetzen! Sich ihm hinzugeben war unvermeidlich, aber zuzulassen, daß er mich mit Ehren überhäufte, wäre Verrat an Achilleus.

»Mein Herr! Du wagst zuviel.«

Er runzelte die Stirn, und sein bereits erhitztes Gesicht verdunkelte sich. »Ich wage zuviel?«

»Du weiß nicht, ob ich dessen würdig bin, mein Herr! Würdest du ein Pferd allein nach seinem Aussehen beurteilen? Würdest du etwas Wertvolles auf es setzen, bevor du es nicht ausprobiert hast?« Um seinen Gunstbeweisen zu entgehen, würde ich sehr enttäuschend sein müssen, selbst auf die Gefahr hin, daß er mich dafür auspeitschen ließ.

Er stieß ein heiseres Kichern aus. »Verschlagene Färse! Wie ich höre, bist du eine Vogelschauerin von großem Geschick.«

»Oh! Ähm ... Ja! Ich habe Omen gesehen.«

Er legte eine Hand um meine Kehle und drückte meinen Kopf zurück, bis er gegen die Krümmung seines Ellbogens stieß, während er mir mit finsterem, mißtrauischem Blick in die Augen sah. »Was für Omen?«

Ich war betrunken, ja. Plötzlich bekam ich auch Angst, denn nie zuvor war ich einem so sprunghaften Mann begegnet. Ich wußte nicht, ob er mich verführen oder erwürgen wollte. »Gute Omen, mein Herr! Große Omen!«

»Erzähl!« Der Griff seiner Finger verstärkte sich, grub sich in meinen Hals.

»Den Fall von Troja!« quiekte ich.

Er leckte sich die Lippen. »Ja? Ja! Weiter! Wer plündert Troja? Achilleus?«

»Nein! Du! Zeus hat entschieden! Die Zeit wird kommen, wenn du seine Straßen mit Griechen füllst, seine Frauen schä...«

Er krächzte triumphierend und zog mich auf seinen Schoß. Sein Kuß war schleimig und dennoch gewaltsam. Als er endete, hatte Agamemnon mir mein Mieder vom Leib gerissen. »Mehr! Erzähl mir mehr!«

»Was gibt es da noch zu erzählen?« rief ich. »Du wirst die Trojaner zerschmettern und erschlagen. Du wirst alles nehmen, was ihnen gehört.«

»Wann?« Seine grapschenden Hände wanderten zu meiner Taille herunter.

»Jetzt! Bald!«

»Hoch!« knurrte er, da er Probleme mit meinem

schweren Rock hatte. Er wuchtete mich in eine aufrechte Position. »Ist das eine wahre Botschaft vom Donnerer? Woher weißt du das?«

Während ich mich erhob, riß er mir das Gewand herunter, so daß ich schwankend und nackt vor ihm stand und mich an seinen Schultern festhielt, um nicht umzufallen. Der Raum um mich drehte sich, und ich wußte nicht mehr, was ich sagte. Ich vermute, ich sprach von Träumen, denn das ist das Ungefährlichste. Wie meine Worte auch gelautet haben mögen, er glaubte mir. Mit einem siegesgewissen Geheul sprang er auf. Mit der einen Hand packte er meinen Arm, den anderen schob er zwischen meine Beine, stemmte mich hoch und taumelte durch das Gemach, um mich aufs Bett zu werfen – welche Fehler er auch besessen haben mag, Agamemnon war ein Mann von ungeheurer physischer Stärke. Während er sich den Umhang vom Leib riß, fiel er über mich her.

In dieser Lage wußte ich wieder, was ich tat. Wir veranstalteten eine Zeitlang ein erotisches Gerangel, aber dann hörte er auf, in meinen Mund zu sabbern, damit er noch mehr Fragen hervorbrüllen und Einzelheiten des überlegenen Sieges verlangen konnte, den ich ihm da prophezeite. Als ich zögerte, puffte und kniff er mich, fuhr aber gleichzeitig fort, mich zu begrabschen und sich zu winden. Wollte er eine Seherin oder eine Bettsklavin? Als mir klarwurde, was für furchtbare Dinge ich da sagte, griff ich nach seinen Lenden, fand dort aber nichts oder doch sehr wenig – keine Pastinake, gerade mal eine Erbsenschote. Das nächste Mal, als er uns herumwälzte, gelang es mir, mich so zu verrenken, daß ich sie zwischen meine Lippen nehmen konnte. Er stöhnte vor Lust und Überraschung. Ich saugte und knetete und vertraute darauf, daß er mich nicht mit Fragen belästigen würde, solange ich das tat. Er zog meine Beine näher zu sich heran und begann, mich unbeholfen zu liebkosen. Das tat weh, so daß ich meinen Mund schneller und heftiger bewegte, und bald hatte ich ein männliches, ordentliches Stück Fleisch im Mund, mit dem man arbeiten konnte, heiß und fest, wenn auch kein Vergleich zu Achilleus' mächtigem Schaft. Da ich zu dem Ergebnis gelangte, alles andere könne auch nicht schlimmer sein als sein Finger in mir, versuchte ich, die Stellung zu verändern.

»Nicht aufhören!« Er preßte meinen Kopf wieder nach unten.

Also machte ich mich daran, ihn weiter zu bearbeiten, und verdoppelte meine Bemühungen, als er gewaltsam einen zweiten Finger in mich steckte. Seine freie Hand packte mich an den Haaren und pumpte meinen Kopf auf und ab, wobei er mich fast erwürgte. Ich hatte Mundarbeit immer als Appetitanreger, nie als Hauptmahlzeit eingesetzt, und fand das Ergebnis widerwärtig. Agamemnon offenbar nicht, denn bei der ersten Zuckung quiekte er auf, zappelte ein paarmal wie ein an Land verendender Fisch und erschlaffte endlich. Er schwitzte und keuchte, als hätte er die übliche Arbeit verrichtet.

Ich rollte mich von ihm fort, spie seinen Samen aus, wischte mir den Mund mit einer Steppdecke ab und blieb, vor Ekel zitternd, still neben ihm liegen. Bis dahin war ich wieder nahezu nüchtern, obwohl sich das Bett noch immer zu drehen schien. Angestrengt versuchte ich mich zu erinnern, was genau ich ihm gesagt hatte. Bestimmt das, was er hören wollte, denn das ist bei Königen immer das Sicherste, aber ich hatte es ihm als Zeus' Willen verkündet. Wenn Agamemnon es bis zum Morgen auch vergessen haben mochte, die Unsterblichen würden sich unweigerlich an meine Anmaßung erinnern.

Zugegeben, ich hatte mich in einer äußerst prekären Lage befunden, aber Maera hatte mir beigebracht, daß die Tat und nicht die Absicht zählte. Ich hatte genau das getan, wovor Helenos mich vor Jahren so eindringlich gewarnt hatte – ich hatte falsches Zeugnis im Namen der Götter abgelegt.

Mein Brüten wurde von einem gewaltigen Schnarchen des Großen Königs unterbrochen. Ich stand auf und breitete eine Decke über ihn, obgleich ich bezweifelte, daß jemand so Pelziges eine brauchte. Ich begab mich zum Herd zurück, um mir einen ausgiebigen Schluck süßen Weins zu genehmigen, und dann blieb ich nackt dort sitzen, während ich voller Behagen meine Haut am Feuer wärmte und ein köstliches, einsames Abendessen genoß. Einzig die schweinischen Grunzlaute vom Bett trübten mein Vergnügen. Als ich nichts mehr herunterbekam, schichtete ich Vliese und Steppdecken neben dem Herd auf und legte mich hin, um die Spanne Schlaf, die er mir zubilligen würde, zu genießen. Ich rechnete damit, in ein oder zwei Stunden wieder geweckt zu werden.

Mehrmals hörte ich ihn um sich schlagen und im Alptraum irgend etwas murmeln, aber er schlief durch bis zur Dämmerung. Als er erwachte, nahm er überhaupt keine Notiz von mir. Er polterte herum, fluchte und stolperte über Möbelstücke, dann stürmte er hinaus, ließ die Tür offenstehen und brüllte Befehle.

Ich kleidete mich an und schlenderte zum Frauenpferch zurück. Das Lager befand sich im Aufruhr. Was immer ich in der letzten Nacht gesagt oder getan hatte, der Oberste Herr aller Griechen war zumindest aus seiner Lethargie erwacht.

4 Achilleus war nicht ganz gerecht gewesen, als er Agamemnon beschuldigt hatte, sich vor der Schlacht zu drücken. Bei anderer Gelegenheit hatte ich ihn den Mut des Großen Königs in höchsten Tönen preisen hören; er hatte ihn mit einem Bullen verglichen, der neunundzwanzig Tage im Monat friedlich Gras frißt und die Kühe beglückt, am dreißigsten jedoch in blinder Wut auf alles losgeht, was ihm unter die Augen kommt. An jenem Tag war es soweit. Er rüttelte das Heer auf wie ein Maultier, das einen Bienenkorb umtritt, bellte seine Krieger an, ihre Kämpferscharen gegen den Feind zu führen, mahnte, zankte, konnte seine Ungeduld kaum so lange zügeln, bis die Männer gegessen hatten. Später kam mir zu Ohren, er habe ständig etwas von Träumen und Botschaften von Zeus vor sich hin gebrabbelt, aber was er auch gesagt haben mag, es war offensichtlich einleuchtend genug, um die anderen Könige zu überzeugen.

So begann die viertägige Schlacht, die bittersten Kämpfe des gesamten Krieges. Vergessen waren die Artigkeiten, die die bisherigen Jahre gekennzeichnet hatten – anberaumte Zweikämpfe, Waffenstillstände zur Bestattung der Toten, Freikauf von Gefangenen gegen Lösegeld. Nun herrschte reine Brutalität.

Vor Einsetzen des Winters hatte Achilleus die trojanischen Bundesgenossen vertrieben, ihre Städte zerstört, Troja bis vor die Mauern der Zitadelle in Schutt und Asche gelegt und die Verteidiger hinter ihren Wällen festgenagelt. Frühlingshochwasser und Seuchen hatten die Pattsituation verlängert, aber nun konnten die Feindseligkeiten wiederaufgenommen werden. So zuversichtlich waren die Griechen, daß sie eine Maultierkette mit Sturmleitern mit sich führten. Als der Lärm ihres Aufbruchs sich legte, blieben nur die Gefangenen sowie ein paar Kranke und Verwundete zurück. Einige Frauen machten sich in der Hoffnung, fliehen zu können, in Richtung Süden auf den Weg nach Larissa, aber ich bezweifle, ob auch nur eine von ihnen den Männern und Hunden, die die Palisade bewachten, entging. Die meisten von uns begaben sich zum westlichen Hügelkamm, von dem aus man die Ereignisse des Tages wie Zuschauer bei einem Streitwagenrennen verfolgen konnte.

Alkandre und ich fanden einen von der Sonne erwärmten Abhang, der das Lager überblickte. Es war ein heiterer Tag, windig, und doch warm – die silbrig-blaue Bucht war mit weißen Seevögeln gesprenkelt, frisches Gras sproß zusammen mit Schwertlilien und Anemonen, die leuchtend grüne Landschaft war mit Streifen gelbblühenden Ginsters durchsetzt. Vögel tummelten sich am Himmel. Ein perfekter Tag für eine Schlacht.

Die weißtürmige Zitadelle auf ihrer Anhöhe auf der anderen Seite der Bucht erschien viel zu unbedeutend, um der Grund von so viel Leid und Gemetzel zu sein. Nur noch ein schwarzer Fleck unterhalb der Festung bezeichnete den Platz, an dem die Stadt gestanden hatte, denn alles, was brennen konnte, war verbrannt, und die Winterniederschläge hatten die Aschereste weggespült. Noch ein paar weitere Jahre der Vernachlässigung, und die Ruinen wären gänzlich verschwunden, auch wenn die Zitadelle selbst gewiß bis in alle Ewigkeit stehenbleiben würde, die von Göttern erbauten Türme.

Bis wir unsere Plätze eingenommen hatten, hatte der griechische Heerzug das Ende der Bucht erreicht. Für uns indes sah er aus wie ein dunkler, langsam über die Ebene vorwärtskriechender Fleck. Eine Zeitlang passierte überhaupt nichts, und auf diese Entfernung würden wir ohnehin sehr wenig sehen können. Das Land jenseits davon blieb unheimlich leer. Ich vertraute blind auf einen trojanischen Sieg, der Agamemnon dazu bewegen würde, seine Dummheit einzusehen und mich zu Achilleus zurückzuschicken. Wem Alkandres Wünsche galten, konnte ich nicht einmal ahnen.

Schließlich wurde ich des müßigen Geschwätzes überdrüssig. »Was macht Männer so brutal?« fragte ich. »Warum müssen sie die ganze Zeit kämpfen?«

Sie schenkte mir einen merkwürdigen Blick. »Wärst du lieber noch immer mit Mynes verheiratet?«

»Ich glaube nicht. Es scheint schon so lange her zu sein.«

»Man sagt, Achilleus sei völlig vernarrt in dich.«

»Und ich in ihn.«

»Die Göttin gewährt nur wenigen Sterblichen diese Art von Leidenschaft.«

Bezog sie sich auf Elatos? Einen kurzen Moment lang standen wir an der Schwelle zur Vertraulichkeit. Sie wich als erste vor dem gefährlichen Abgrund zurück. »Aber wir können die Männer nicht dafür verurteilen, daß sie heute kämpfen. Bis jetzt haben sie noch nichts geleistet. Ich werde mich beschweren.«

Ich lachte höflich. »Sie ziehen nicht auf die Furt zu. Der Mündungsbereich muß jetzt schon passierbar sein. Und sieh! Die Trojaner stellen sich zum Kampf.«

»Glaubst du, Agamemnon weiß das bereits?«

»Er dürfte Streitwagen als Kundschafter vorausgeschickt haben. In Kürze wird er sie auch sehen können.« Ich fragte mich, ob ihn diese Demonstration des Trotzes überraschen würde. Achilleus hätte es bestimmt nicht überrascht.

Das trojanische Heer verließ die Stadtmauern und

marschierte am Strand entlang nach Süden, den Griechen entgegen, deren Vorrücken durch die Notwendigkeit, den Fluß überqueren zu müssen, verlangsamt worden war. Ich fand es schwer zu glauben, daß diese weit entfernten, verschwommenen Flecken nicht nur Wolkenschatten, sondern Tausende von atmenden, schwitzenden Männern waren, die in den Kampf zogen, um zu töten oder getötet zu werden. Dann begann eine weitere Schattenzunge aus den Bergen herabzufließen. Bald kam noch eine aus dem Tal des Skamander in Sicht. Heute würde Agamemnon keine Sturmleitern brauchen.

Für die darin Verwickelten muß eine Schlacht ein schreckliches Ereignis sein, für diejenigen jedoch, die sie aus der Ferne beobachten, ist sie schlicht langweilig. Als diese vier Schattenflecken zu einem einzigen verschmolzen, konnten Alkandre und ich nicht das geringste Detail mehr ausmachen. Wir hörten keine Schreie, sahen kein Blut, lediglich einen Dunstschleier im Wind. In dem Kampf um Lyrnessos hatte ich Männer sterben sehen. Während der Kämpfe des vergangenen Jahres hatte ich mich in dem Bewußtsein, daß Achilleus stets im dichtesten Getümmel sein würde, zu Tode geängstigt. Das hier aber waren nur Schatten auf dem Land.

Natürlich hörten wir hinterher große Geschichten. Edle und tapfere Taten wurden von den Barden besungen, gute Krieger fanden einen ruhmreichen Tod, unzählige Niedriggeborene verbluteten im Staub, vergessen von allen außer den Familien, die sie zurückließen. Die Trojaner wurden von den Lykiern, Dardaniern und Lydiern unterstützt, die eine beträchtliche Überzahl von Streitwagen und Bogenschützen ins Feld führten; außerdem war Hektor ein besserer Heerführer als Agamemnon. Ohne die Führung des Achilleus waren die griechischen Krieger wie ein Mückenschwarm, dem es an Zielstrebigkeit und Zusammenhalt fehlte. Der Held dieses Tages war Diomedes von Argos, der überall zugleich zu sein schien. Er feuerte die Männer an, trieb sie vorwärts und metzelte persönlich Horden von Feinden nieder, aber der Zweitbeste war eben nicht gut genug.

Am Spätnachmittag schienen die Griechen eine Weile die Überhand zu gewinnen, und die Schlacht wälzte sich langsam auf Troja zu, als jedoch die besten Kontingente von Erschöpfung überwältigt wurde, wendete sich das Schlachtenglück. Hektor warf Elitetruppen, die er bis dahin in Reserve gehalten hatte, in die Schlacht, eine Taktik, die für Agamemnon zu hoch war. Gegen Ende des Tages wich die griechische Front kämpfend über den Fluß zurück, hart bedrängt von den Trojanern. Die hartnäckigen Salamisier mit ihren Turmschilden lieferten ein erbittertes Nachhutgefecht, um den Rückzug zu decken, und eine Zeitlang konzentrierte sich alles auf den persönlichen Zweikampf zwischen Hektor und dem Großen Aias. Der Einbruch der Dunkelheit zwang beide Seiten, sich vom blutgetränkten Schlachtfeld zurückzuziehen.

Lange davor jedoch begannen sich bereits die Verwundeten ins Lager zurückzuschleppen – auf Streitwagen, Maultierkarren oder auch auf provisorischen Krücken humpelnd. Da die Heiler an der Front durch die schiere Anzahl überfordert waren, kamen die Frauen nun genau den Männern zu Hilfe, die sie ursprünglich gefangengenommen hatten. Diejenigen, die keine Erfahrung besaßen, schleppten Wasser, Verbände und Bettzeug herbei. Andere wie Alkandre und ich legten Verbände an, nähten Wunden, trösteten und schnitten Pfeilspitzen heraus. Ich bemerkte, daß auch die alte Maera Hand anlegte, obwohl ich keine Gelegenheit bekam, ein paar Worte mit ihr zu wechseln. Von den anderen Frauen der Myrmidonen war keine zugegen.

Zelte und Schlafunterkünfte wurden zu provisorischen Krankenhäusern, Orte des Alptraums, nach Blut stinkend, erfüllt von Schmerzensschreien und dem Weinen sterbender Jünglinge. Sie lagen kreuz und quer auf dem Boden, und die Leichen wurden so rasch hinausgetragen, wie neue Verwundete eintrafen. Hast du eine Vorstellung davon, wie schnell Blutfliegen eine Wunde verkleben können? Wußtest du, daß ein toter Mann wie eine Latrine stinkt? Das Grauen des Schlachtfelds hatte ich nicht gesehen, aber hier sah ich Grauen genug. Irgendwann begann eine Frau in der Ecke der Hütte, in der ich arbeitete, hysterisch zu lachen, ein Laut, der so schrecklich war, daß eine Menge Zuschauer vor Angst aufschrien, weil sie glaubten, ein Dämon sei in sie gefahren. Ich hastete zu ihr − soweit man über einen mit Leichen bedeckten Boden hasten kann −, um sie zum Schweigen zu bringen. Sie kniete neben einem hageren Jüngling. Noch heute kann ich das Entsetzen in seinen Augen sehen und die Blässe, die sein Gesicht im Zwielicht glänzen ließ wie den Mond. Sie lachte, weil sie in ihm denjenigen erkannte, der sie vergewaltigt hatte. Er war im Lendenbereich verwundet worden und würde nie mehr eine Frau vergewaltigen. Ich zerrte sie hoch und warf sie hinaus ins Sonnenlicht. Als ich zu dem Jungen zurückkehrte, war er tot und stank bestialisch.

Es war lange nach Sonnenaufgang, als ich in den Frauenpferch zurücktaumelte und mich auf mein Strohlager fallen ließ. Ich war einigermaßen zufrieden mit dem Ausgang des Tages. Zugegeben, die

Trojaner hatten die Griechen nicht aufgerollt wie einen Teppich, wie ich es erhofft hatte. Der Ruhm war annähernd gleich verteilt, aber die griechische Moral lag am Boden. Am Morgen waren sie mit der Erwartung ausgezogen, die Nacht mit schönen Trojanerinnen in Priamos' Megaron zu verbringen, und jetzt waren sie wieder dort, wo sie in den ersten Tagen nach der Landung gestanden hatten, am Ufer des Skamander festgenagelt.

Ein Großteil des Heeres bekam in dieser Nacht überhaupt keinen Schlaf. Sie wurden an der Palisade eingesetzt, die sie von einem Zaun, der Vieh zusammenhalten sollte, zu einer Barrikade verstärkten, die Hektor aufhalten sollte. Zum ersten Mal in diesem Krieg wurden die Toten liegengelassen, wo sie gefallen waren.

5 Sobald es am nächsten Morgen hell genug war, um Freund von Feind zu unterscheiden – was selbst bei Tageslicht nicht immer einfach ist –, wurden die Kämpfe wiederaufgenommen. Die meisten Kontingente besaßen eine Art Kennzeichen wie die Hörner an den mykenischen Helmen, aber in der Hitze der Schlacht kam es immer wieder zu Mißverständnissen. Ein Anführer konnte sich und seine Männer leicht vom Feind umzingelt finden oder seine Männer bis zur Erschöpfung hinter seinem Streitwagen herlaufen lassen. Einige wie Odysseus und der Große Aias benutzten überhaupt keine Streitwagen, aber die meisten pflegten vorzufahren, bis sie eine siegversprechende Öffnung erspähten, ihre Kriegerschar durch Schwenken ihres Umhangs herbeizurufen und dann abzusteigen, um sie zu Fuß gegen den Feind zu führen. Dem Wagenlenker fiel die heikelste Aufgabe überhaupt zu. Er mußte nach möglicherweise anrückendem Ärger Ausschau halten, während sein Anführer, ohnehin vom Helm in seiner Sicht eingeschränkt, sich vollkommen in den Kampf vertiefte. Lief das Gefecht gut, wurde von ihm erwartet, daß er mitten hineinfuhr und die Rüstungen und Waffen einsammelte, die den getöteten Feinden abgenommen wurden. Entwickelte es sich nicht gut, mußte er jederzeit auf dem Sprung sein, ins Handgemenge zu preschen und seinen Krieger herauszuholen; und dennoch mußte er sein Gespann die ganze Zeit über soweit wie möglich außer Gefahr halten, denn für Bogenschützen bot es ein leichtes Ziel. Streitwagen waren die schnellsten und verwundbarsten Spielsteine auf dem Brett, die bis an die Zähne gerüsteten Krieger die langsamsten und unverwundbarsten.

Ich bekam von den Kampfhandlungen jenes Morgens überhaupt nichts mit, weil Alkandre und ich erneut Verwundete pflegten. Gegen Mittag kehrten wir auf unseren Beobachtungsposten auf dem Hügel zurück, um zu sehen, was sich inzwischen ereignet hatte, und es geschah ungefähr zu diesem Zeitpunkt, daß die Götter die Waagschalen gegen die Griechen neigten. Mehr und mehr trojanische Verbündete trafen ein, was nicht unbedingt schlachtentscheidend, aber verheerend für die Moral war. Darüber hinaus zogen von Norden Sturmwolken herbei, die unheilverkündendes Donnergetöse von Zeus mit sich führten. Jeder wußte, was es bedeutete, wenn Blitze auf die Rechte der Trojaner und die Linke der Griechen herniederzuckten.

Zum Höhepunkt kam es, als die große Streitkraft aus Pylos in ernsthafte Schwierigkeiten geriet. Für gewöhnlich wurde sie auf umsichtige Weise vom alten Nestor in seinem Streitwagen befehligt, aber diesmal übernahm er sich. Diomedes führte zu ihrer Rettung die Argiver ins Feld, die aber sämtlich von einem trojanischen Angriff zurückgeworfen wurden. Der Anblick des sich zurückziehenden Diomedes weichte die griechische Moral mehr auf, als irgendein anderes Vorkommnis es vermocht hätte. Binnen kurzem zog sich die Front bis an die Palisade zurück, das Lager füllte sich unheilvoll mit Kämpfern, die vom Schlachtfeld geflohen waren, und unser friedlicher Hügel wurde von finster dreinblickenden, aber kampftüchtigen Männern überflutet.

»Ich denke, meine Liebe«, erklärte Alkandre stirnrunzelnd, »daß wir uns in unser Quartier zurückziehen sollten. Es sei denn, du hättest Lust auf eine kleine Massenvergewaltigung.«

»Dafür ist es noch ein bißchen zu früh am Tage«, versetzte ich. »Laß uns um Potnias Willen einen strategischen Rückzug einleiten, zumal alle Welt das gleiche zu tun scheint.«

Natürlich jubelte ich insgeheim. Achilleus' Voraussagen erwiesen sich als zutreffend wie eh und je. Bald würde Agamemnon zu ihm angekrochen kommen als der Wurm, der er war.

Wir fanden das Lager von Männern wimmelnd vor, denn viele Krieger waren der Ansicht, sie hätten für heute genug geleistet und für sich und ihre Scharen ein wenig Ruhe verdient. Agamemnon persönlich war zurückgekehrt, um die fehlenden Teile seines Heers erneut um sich zu scharen; und nun fuhr er am Strand seinen Streitwagen auf und ab, zwischen den Schiffen und Zelten und Gebäuden hindurch, während er seinen Mantel schwenkte und sich die Seele aus dem Leib brüllte. Wenn er gut war, war er sehr gut, und gerade damals war er auf dem Höhepunkt. Er trieb mehrere hundert Mann zusammen, flößte ihnen wieder Mut ein und führte sie in die Schlacht zurück, die zu jenem Zeitpunkt beinah bis zur Palisade vorgedrungen war. Dort wurde der trojanische Angriff in den letzten Stunden des Tageslichts von einem Gemisch aus Kretern, Spartanern, Mykenern und Diomedes' Argivern zum Stehen gebracht.

Mir kamen nur Fetzen davon zu Ohren, da ich mich wieder um die Verwundeten kümmerte. Ich verbrachte viel Zeit damit, Sterbende zusammenzuflicken, während ihre Kameraden sie für mich festhielten. Es war eine abscheuliche, hoffnungslose, nervtötende Arbeit. Drei von vieren starben. Es wäre gnädiger gewesen, sie auf dem Schlachtfeld mit einer Lanze zu erledigen, auf der anderen Seite erhielten diejenigen, die im Lager starben, wenigstens geziemende Begräbnisriten. Der Gedanke an all die auf der Ebene zurückgelassenen Körper war furchtbar, der schlimmste Greuel, das der Krieg bis dahin hervorgebracht hatte. Was war aus den strahlenden Eiden geworden, die die Krieger Athene geschworen hatten?

Bei Sonnenuntergang begann es heftig zu regnen, was das allgemeine Elend noch vergrößerte. Ich schaffte es, mich davonzumachen, und strebte dem Pferch entgegen. Ich hatte ihn fast erreicht, als mich aus dem Schatten eine tiefe Stimme anrief.

»Briseis!«

Ich fuhr zusammen und wirbelte herum. Zwei Männer kamen auf mich zu, ein Dutzend Gefolgsleute hinter sich, die sich in respektvollem Abstand hielten.

»Sohn des Laërtes!« Ich versank in eine höfische Verbeugung, so gut das in einem dreckigen, blutbespritzten Sklavenfetzen ging. Mein Haar war ein einziges Dickicht aus Sumpfgras.

»Und der Sohn des Neleus. Dies ist die ehemalige Königin von Lyrnessos, mein Herr. Du verstehst nun, warum Kriege um der Schönheit willen geführt werden?«

»Meine Augen sind nicht mehr so scharf wie sie es einmal waren«, entgegnete Nestor mit einem heiseren Kichern, »besonders in diesem Zwielicht, aber ich kann mich nicht erinnern, das jemals so sehr bedauert zu haben wie in diesem Augenblick. Der schönen Helena bin ich nie begegnet. Wie würde ein Vergleich der beiden deiner Meinung nach ausfallen?«

»Das würde voll und ganz von demjenigen abhängen, der mir zuhört. Die Tochter des Brises verfügt mit Sicherheit über den größeren Scharfsinn. Meine Herrin, du hast deinen erzwungenen Müßiggang gut genutzt.«

»Es ist ein Glück, mein Herr, daß die Götter wenigstens der Hälfte der Menschheit ein wenig Verstand mitgegeben haben.«

Nestor gluckste in sich hinein. Odysseus sah sich um, um festzustellen, wie weit seine Gefolgsleute von uns entfernt waren. Dann kam er ein Stückchen näher auf mich zu und bedeutete seinem Gefährten, es ihm gleichzutun. Er sprach mit gedämpfter Stimme.

»Gehe ich recht in der Annahme, meine Herrin, daß du lieber mit dem Sohn des Peleus wiedervereint wärest, als dort zu bleiben, wo du nun bist?«

Meine Herrin? Ich mißtraute dem König von Ithaka, wenn er zu Schmeicheleien griff. »Sklaven haben keine Vorlieben, mein Herr.«

»Aber doch, natürlich haben sie welche. Man ermuntert sie nur selten, sie auszusprechen.«

Dafür hatte er sich ein Lächeln von mir verdient. »Dann gebe ich im Vertrauen zu, daß deine Annahme nicht der Wahrheit entbehrt, edler Sohn des Laërtes.«

»Möglicherweise kannst du die Dinge beschleunigen. Du mußt Achilleus besser kennen als jeder andere mit Ausnahme von Patroklos. Angenommen – wir sprechen selbstverständlich rein hypothetisch –, angenommen, ein gewisser Jemand würde einen Boten schicken wollen, der mit ihm in Verhandlungen treten soll. Wer wäre die klügste Wahl? Wem von all den Heerführern vertraut er am meisten?«

Meine aufwallende Freude wurde rasch durch Wachsamkeit gedämpft. Wenn es auch schmeichelhaft war, daß mein Rat gesucht wurde, war es für eine Sklavin doch ein gefährliches Terrain. »Warum, jeder von euch edlen Herren würde …«

»Laß uns beide einmal heraus. Ich weiß, daß manche Männer mich einer, wie sie es ausdrücken, unschönen Subtilität im Ausdruck bezichtigen.«

Der König von Pylos kicherte. »Und die jungen schätzen es gar nicht, wenn alte Männer ihnen langatmige Lektionen erteilen.«

»Meine Herren! Ich schwöre euch, daß ich Achilleus nie so über einen von euch habe sprechen hören. Wenn ich es recht bedenke, kann ich mich überhaupt nicht daran erinnern, daß er sich je abschätzig über einen Mann von Stand geäußert hätte. Es ist nicht seine Art, Fehler an anderen zu suchen.«

»Wir glauben dir«, antwortete Odysseus, »und wir schätzen ihn dafür. Aber bitte beantworte meine Frage.« Er zögerte, dann formulierte er die Frage unmißverständlich: »Wenn du Agamemnon wärst, dem es um eine Versöhnung geht, wen würdest du aussuchen, um ihn zu bitten?«

In einer solchen Angelegenheit um Rat gefragt zu werden, konnte einem schon zu Kopf steigen, obwohl ich mir nicht vorstellen konnte, daß sie wirklich auf meinen Rat angewiesen waren. Ich nahm mir einen Augenblick Zeit zum Nachdenken, während ich mich hauptsächlich fragte, worauf diese listigen Könige tatsächlich hinaus wollten. Der Regen legte an Stärke zu.

»Ich meine, keiner steht höher in seiner Wertschätzung als sein Verwandter Aias, meine Herren.«

Sie tauschten Blicke aus, als hätte ich lediglich ihre Vermutungen bestätigt. Nestor nickte. »Immer noch angenommen. Man hält es oft für klug, wenn man die Bitte an einen König durch einen Gefolgsmann vortragen läßt, der sein Ohr und Vertrauen besitzt. Wir alle wissen, daß Patroklos, Sohn des Menoitios, wie ein zweiter Schatten für Achilleus ist, aber es könnte ihm widerstreben, seinen lieben Freund zu belästigen. Falls ein solcher Vorschlag, wie wir ihn hier theoretisch angesprochen haben, dem Achilleus unterbreitet würde, wer unter seinen Gefolgsleuten wäre am ehesten geneigt, ihn zu unterstützen?«

Aha! Nun waren wir zum Kern des Ganzen vorgedrungen. Hier benötigten sie meine Kenntnis des myrmidonischen Kontingents vermutlich wirklich. Glücklicherweise konnte ich ohne zu zögern antworten. »Phoinix, Sohn des Amyntor, ist ein unerbittlicher Kämpfer und doch ein kluger Mann, dessen Rat Achilleus vor allen anderen schätzt.«

»Tatsächlich?« Odysseus gewährte mir eins seiner seltenen Lächeln. »Wir sind dir dankbar für deine Hilfe. Heute abend wird der Oberste Herr ein Gastmahl für die griechischen Führer veranstalten. Das ist eine vernünftige Annahme, oder nicht, Sohn des Neleus?«

»Er sollte es tun«, pflichtete Nestor ihm bei. »Ich kann mich an viele ähnlich gelagerte Beispiele erinnern … Wir werden sehen, wie wir ihn in die richtige Richtung schieben können.«

»Ich glaube, es wäre hilfreich, wenn seine vielen Ehrenpreise anwesend wären, um die Halle mit dem Glanz ihrer Schönheit zu schmücken. Briseis, wirst du dafür sorgen, daß sie zurechtgemacht und bereit sind, wenn er nach ihnen verlangt?«

Diese beiden Männer waren die gerissensten der griechischen Führer, und ich war mir ziemlich sicher, daß ich alles, was sie sich ausdachten, auch unterstützen konnte. »Ich werde tun, was ich kann, meine Herren.«

Odysseus lächelte grimmig. »Das werden wir auch. Möge unsere Gebieterin Athene unseren Bemühungen gnädig sein.«

Ihre Bemühungen waren erfolgreich. Agamemnon wurde davon überzeugt, ein Fest für die Krieger zu geben und seine Frauen zu seiner Zierde hinzuzuziehen. Als der alte Talthybios prustend und erhitzt zum Pferch kam, stellte er zu seiner Überraschung und Freude fest, daß wir bereits unseren Prunkstaat angelegt hatten. Er führte uns durch den Nieselregen zur Halle des Großen Königs und bat uns, einige Minuten in der Vorhalle zu warten. Durch die breite Tür konnten wir Feuerschein und das Flackern von Lampen sehen, während der herauswehende Rauch den Duft bratenden Fleischs zu uns trug und uns den Mund wässrig machte. Das ohrenbetäubende Stimmengewirr bewies, daß der Wein bereits in Strömen floß. Männer eilten an uns vorbei, schafften noch mehr Speisen, noch mehr Schemel, noch mehr Teller heran.

Talthybios kehrte zurück mit Eurymedon, Sohn des Ptolemaios, Agamemnons Wagenlenker; die beiden kämpften mit einer Holztruhe, die, wie sich herausstellte, bis zum Rand mit Gold, Silber und Edelsteinen gefüllt war. Diese Schätze holten sie mit vollen Händen hervor und behängten uns damit, als scheffelten sie Eintopf in Schalen – der Schmuck einer Königin für jede von uns. Ich erhielt vier nicht zueinanderpassende Halsketten, Ringe aus Hämatit, Jaspis, Karneol, Elfenbein und Amethyst, ein halbes Dutzend Armreifen und einen mit goldenen Ziermünzen besetzten Hut, der viel zu klein für meinen Kopf war. Ich tauschte ihn gegen ein Filigrankrönchen von der Frau neben mir, und niemand erhob Einsprüche. Ich vermute, es zählte nur der Gesamteindruck. Nach den Prügeln, die die Griechen an diesem Tag bezogen hatten, hatten sie Selbstbestätigung dringend nötig. Wir sollten Symbole dessen darstellen, was sie bereits erreicht hatten, eine Demonstration von Agamemnons Ruhm und Macht.

Dann wurden wir in die Halle beordert.

»Um was zu tun?« flüsterte ich Alkandre ins Ohr.

»Zu glänzen«, gab sie mit diesem für sie typischen katzenhaften Lächeln zurück. »Halte ihnen deinen Busen unter die Nase, meine Liebe, und mach sie sabbern.«

Ich ließ den Blick über die Menge männlicher Krieger schweifen. »Und was passiert, wenn sie mich auch zum Sabbern bringen?«

»Ach! Na, ich glaube, du wirst enttäuscht sein. Wenn ich es recht bedenke, versuch, den Obersten Herrn lieber nicht zu sehr aufzuregen.«

Wir trennten uns. Ich mischte mich entschlossen unter die Krieger, wobei ich mich vom Thron des Großen Königs fernhielt. Die Halle war laut, rauchgeschwängert, daß es einem die Tränen in die Augen trieb, und vollgepfropft mit Kriegern und ihren

Wagenlenkern – die aßen, tranken, herumlärmten, lachten und sich heftig über die Ereignisse des zurückliegenden Tages stritten. Die meisten saßen auf Stühlen oder Schemeln; aber andere standen, und nicht wenige schliefen vor lauter Erschöpfung ausgestreckt auf dem Boden. Die Trojaner lagerten vor der Barrikade, warteten auf die Morgendämmerung. Ihre Feuer funkelten wie die Sterne am Himmel über die ganze Ebene.

Ich bemerkte, daß der wilde, feuerhaarige Diomedes inmitten eines Schwarms von Bewunderern hofhielt. »Natürlich weiterkämpfen!« rief er als Antwort auf irgendeine Frage. »Wenn jemand gehen will, laßt ihn gehen. Ich werde ausharren, bis Troja fällt oder ich falle, wie mein Vater es getan hätte. Ich entsinne mich ...« Er ließ eine seiner endlosen Geschichten über seinen Vater vom Stapel.

Odysseus stand allein auf der gegenüberliegenden Seite der Halle, umfaßte seinen Becher mit beiden Händen und taxierte die Gesellschaft. Er gehörte ebenfalls zu denen, die nicht ans Aufgeben dachten. Ganz anders inzwischen Menelaos – ein Blick auf sein Gesicht genügte, um es jedem als gute Idee erscheinen zu lassen, ein Schiff fahrbereit zu machen und in See zu stechen, solange die Strömung es erlaubte. Der rothaarige König von Sparta sah so durcheinander aus wie ein Hündchen, dem man seinen Knochen weggenommen hatte. Sein Bruder saß in sich zusammengesunken auf seinem Thron, starrte düster zu Boden und sprach mit niemandem, als hasse er Feste und wolle nichts lieber als ins Bett gehen. Offensichtlich war er wieder ganz tief unten.

Es war das seltsamste Festgelage, an dem ich je teilgenommen hatte. Vierzig wunderschöne Frauen waren gerade hereinstolziert, und kaum jemand verschwendete einen Blick an sie. Wenn Männer so viele Sorgen mit sich herumschleppten, war alles möglich. Aber es mußte schon bald geschehen, denn die Trojaner warteten vor dem Tor.

Eine große Hand griff nach meinem Arm. Ich drehte mich um und blickte in die großen blauen Augen und das sorglose Lächeln des Großen Aias. Er hockte auf einem Schemel, der viel zu niedrig für ihn war, und hielt eine mit Fleisch und Brot vollgehäufte Eßschale fest.

»Hungrig? Möchtest du das mit mir teilen?«

»Es ist mir eine Ehre, mein Herr!«

»Das Vergnügen liegt ganz auf meiner Seite.« Er zog mich auf einen Schenkel massiv wie einen Ponyrücken und bog mich zurück, so daß ich mich gegen ihn lehnen mußte. »Iß es ruhig auf.«

Ich suchte mir einen saftigen Schlegel aus und dankte den Göttern, daß sie mir einen so angenehmen Gesellschafter gegeben hatten. Nie hörte ich jemand ein böses Wort über den Sohn des Telamon sagen, weder als Kämpfer noch als Mensch. Er war Achilleus' Vetter, von derselben Titanenmachart, mit goldenem Haar und einem Gesicht zum Verlieben. Ein kleiner unschuldiger Flirt mit ihm würde die Zeit auf höchst angenehme Weise vertreiben.

Beim Essen sagte ich: »Ich habe schon große Geschichten über die vergangenen beiden Tage gehört, mein Herr. Die Männer singen dein Loblied.«

Aias zuckte die Achseln, was sich für mich wie ein minder schweres Erdebeben anfühlte. »Was kümmert es mich, was die Männer sagen? Viel zu viele gute Männer werden nie wieder etwas sagen. Wichtiger ist da womöglich, was die Frauen sagen.«

Ich saugte das saftige Fett von der Rippe, die ich in der Hand hielt. »Ich weiß nicht, was du meinst, mein Herr.«

»Du hast meinen Namen in Umlauf gesetzt, Briseis.«

Ich sah in diese offensichtlich so harmlosen, babyblauen Augen, die meinen so nah waren. »Ich? In Umlauf gesetzt? Ich wüßte gar nicht, wie man so etwas macht.«

Er schüttelte sich vor Lachen, ein weiteres Erdbeben. »Falls Achilleus deiner jemals überdrüssig wird, komm in mein Zelt, ja?«

»Ich gehöre nicht mehr dem Sohn des Peleus.«

»Dieses Unrecht muß wiedergutgemacht werden.« Sein Feixen sagte mir, er sei bei der Verschwörung dabei, wie immer sie auch aussehe.

»Ich habe deinen Namen nur ins Spiel gebracht, um zu berichten, daß Achilleus dich vor allen anderen Männern schätzt.«

Er zog seine flachsfarbenen Augenbrauen in die Höhe. »O nein! Du hast durchklingen lassen, daß ich einen geeigneten Botschafter abgeben würde. Diese Fähigkeit hat mir noch niemand zugeschrieben. Mein starker Arm ist oft genug gepriesen worden, meine Zunge jedoch nie.« Er kicherte über meine Verlegenheit. »Aber das ist der entscheidende Punkt, nicht wahr?«

Er hob einen Silberpokal auf, der zwischen seinen Füßen stand, und hielt ihn mir an die Lippen. Während ich trank, schloß sich eine schwielige Hand sanft um meine Brust. Als ich ausgetrunken hatte, lugte ich in die grobe Richtung von Agamemnon, aber der war hinter einer Gruppe lärmender Kreter verborgen.

»Obwohl ich mich durch dein Interesse natürlich geschmeichelt fühle, mein Herr, frage ich mich doch, ob du es so in aller Öffentlichkeit demonstrieren solltest? Manche Männer sind über Gebühr mißtrauisch und wittern Verrat, wo gar keiner ist.«

628

Aias runzelte die Stirn. Daran hatte er gar nicht gedacht. »Ich liebe es halt, eine schöne Frau anzufassen! Zu viele meiner Freunde werden nie wieder ein solches Vergnügen haben, und nach dem nächsten Sonnenuntergang könnte ich zu ihnen gehören. Dafür seid ihr doch hier, oder? Was kann das schon schaden?«

Wenn er das nicht wußte, wo war er dann in den letzten beiden Wochen gewesen? Obgleich er hinreißend aussah und auch in der Schlacht ein Koloß an Kraft war, war er eben doch nicht Achilleus.

»Mir gefällt es genauso, von einem schönen Mann gehätschelt zu werden. Ich habe nicht gesagt, daß es etwas schadet, nur daß andere das vielleicht denken könnten.« Ich schob ihm einen schmackhaften Bissen in den Mund und ließ ihn meine Finger ablecken.

Selbst hundemüde, wie er sein mußte, war der König von Salamis eine anregende Gesellschaft, fröhlich und aufmerksam. Um uns herum durchlebten die Männer noch einmal die Kämpfe des vergangenen Tages, er aber wollte davon nichts hören. Er hatte den Krieg aus seinen Gedanken verbannt, bis es an der Zeit war, sich wieder darüber den Kopf zu zerbrechen, genauso, wie Achilleus es getan hätte. Er erzählte mir einige vergnügliche Geschichten vom Leben in Salamis und lachte dröhnend über meine, solange sie nicht zu hintergründig waren.

Als Herolde mit lauter Stimme um Ruhe baten, entschuldigte ich mich widerstrebend und schlüpfte zur Vorhalle, wo ich mich allerdings weiter herumdrückte, um alles zu verfolgen. Der alte Nestor war auf den Beinen und setzte Agamemnon auf eine Weise zu, wie es kein anderer gewagt hätte. Wenn er mit seiner gewohnten Beredsamkeit austeilte, war der alte Haudegen so brutal wie eine Schlachtaxt: Die Griechen brauchten Achilleus, und es war Agamemnons Fehler, daß Achilleus fehlte. Er sagte sogar: »Ich hab' es dir gesagt«, aber das war sein Vorrecht. Der Große König würde die Frau Briseis zurückschicken müssen.

Der Göttin sei Dank!

In einem Schweigen, das so tief war, daß ich die Wellen auf dem Strand zischen und sogar eine ferne Eule – vermutlich die lachende Athene – hören konnte, kehrte er zu seinem Stuhl zurück. Agamemnon schoß wütende Blicke um sich, um zu sehen, ob irgend jemand Nestors Ausführungen widersprechen würde. Niemand widersprach. Sein Gesicht, bereits vom Wein gerötet, lief purpurn an. Er wuchtete sich hoch.

»Sehr wohl, meine Herren, ich gestehe, daß ein Fehler gemacht wurde. Meine Worte mögen taktlos gewesen sein. Wie sehr muß ich den Knaben noch anflehen, seine Männer wieder kämpfen zu lassen? Was meint ihr, welche Geschenke werden seinen Stolz besänftigen? Zehn Goldbarren, hm? Sieben brandneue Bronzekessel? Ja, und ich will noch zwanzig kostbare, schimmernde Schalen dazulegen!«

Niemand sagte ein Wort.

Er stolzierte auf das Feuer zu. »Und sieben herrliche Frauen aus Lesbos, wohl bewandert in allen Künsten des Haushalts.«

Ich schnaubte innerlich vor Wut. Was war mit mir? Glaubte er wirklich, er könne mich behalten?

Nein, er warf mich drauf. »Und das Mädchen Briseis.« Er spähte in das tödliche Schweigen um sich herum.

Irgend jemand hüstelte fragend.

»Und … und, wenn er es wünscht, werde ich einen feierlichen Eid vor den Göttern schwören, daß ich mit ihr nie auf die Art und Weise verkehrt habe, wie es Mann und Frau für gewöhnlich tun.«

Auf diese ungeheuerliche Gotteslästerung folgte ein kollektiver Seufzer der Erleichterung, der aus jeder Kehle in der Halle aufzusteigen schien. Er hatte es überaus vorsichtig formuliert. Ich fragte mich, ob die Götter solche Haarspalterei hinnehmen würden.

Jetzt machte er kehrt und schritt zum Thron zurück. Vielleicht war er erleichtert, nicht an Ort und Stelle von einem Blitzschlag niedergestreckt worden zu sein, denn er erhob von neuem die Stimme und brüllte das Lob irgendwelcher prachtvoller Pferde heraus, die er dem Ganzen noch hinzufügen wollte. Bewunderndes Murmeln wurde daraufhin laut, obwohl jedermann wußte, daß Achilleus bereits die besten Pferde auf dem Kap besaß. Ermutigt hörte Agamemnon auf, seine Schatztruhen zu leeren, und begann statt dessen Versprechungen anzuhäufen.

»Und wenn die Götter unserer Sache gnädig sind, mag Achilleus sich die zwanzig schönsten trojanischen Frauen aussuchen – abgesehen von Helena natürlich –, und seine Schiffe mit Priamos' Schätzen füllen!« Er wurde jetzt immer erregter. »Wenn wir nach Griechenland zurückkehren, werde ich ihn als meinen eigenen Sohn adoptieren und ihm eine meiner drei liebreizenden Töchter zur Gemahlin geben, welche er auch wählen mag!«

Mir sträubten sich wieder die Haare.

»Ich werde keine Brautgeschenke für sie verlangen. Nein, ich werde ihm Land geben – sieben herrliche Städte werden ich ihm als meinem Schwiegersohn geben!« Er rasselte ihre Namen herunter. Sechs kannte ich nicht, aber den Namen Hire, wo Euneos herrschte, bekam ich mit.

Narr! dachte ich. *Idiot!* Er verstand noch immer nicht. Achilleus hatte bereits die Frau gewählt, die er heiraten wollte. Konnte dieser törichte König nicht begreifen, daß das das ganze Problem war? Oder zumindest ein Teil des Problems. Warum erbot er sich nicht einfach, Achilleus als Heerführer anzuerkennen, was er in Wirklichkeit die ganze Zeit über gewesen war? Ihm den Oberbefehl über die Griechen erteilen und ihm sagen, er solle hingehen und Troja erobern – das und mich und eine öffentliche Entschuldigung würden vermutlich reichen. Ein paar Goldbarren zusätzlich würden auch nicht schaden.

Als wolle er seine Verblendung unter Beweis stellen, schloß Agamemnon mit einem letzten Brüllen: »Aber er muß anerkennen, daß ich der Oberste Befehlshaber bin!« Keuchend und finstere Blicke versprühend, ließ er sich auf den Thron zurückfallen.

Nach einem kurzen Moment erhob sich Nestor: »Wahrlich, mein Herr, das sind wunderbare Geschenke! Mir fällt nichts Vergleichbares ein, sei es aus den hehren Liedern der Barden, sei es aus meinem eigenen Erfahrungsschatz, so groß er auch sein mag. Wir müssen Gesandte zum Sohn des Peleus schicken, die unsere Sache vertreten und ihm dein großzügiges Angebot unterbreiten. Mein Vorschlag wäre, daß …«

Derweil er sich mit wohlgesetzten Worten darum drückte, Namen zu nennen, hastete ich in die Nacht davon.

6 Die Gesandten nahmen den einfachen Weg am Strand entlang, geleitet von den Myriaden von Feuern und Lichtquellen des Lagers, wohingegen ich im Nieselregen, der die Sterne verdeckte, den Weg durchs Landesinnere einschlug und über Stock und Stein stolperte, während Gestrüpp und Dornbüsche mir die Beine zerkratzten. Hinzu kam, daß lebende Männer nicht meine größte Sorge darstellten, obwohl sie mich vergewaltigen, mich mit Schimpf beladen wieder in die Gefangenschaft zurückschleppen oder mir wegen der Schätze, die ich am Leib trug, die Kehle durchschneiden konnten. Wesentlich schlimmer war der Gedanke an all die Toten, die unbestattet auf dem Schlachtfeld lagen. Zum Glück für meine Entschlossenheit beschäftigten mich die kleinen Widrigkeiten, meinen Weg über Land im Dunkeln zu finden, so sehr, daß ich mir keine Sorgen um die Geister machte, die das Schlachtfeld heimsuchen mußten und nach den geziemenden Riten jammerten, die sie befreien würden. Manches Mal stolperte ich und stürzte, zerriß mir mein Kleid und verlor Teile meines Schmucks, aber ich erreichte das Lager der Myrmidonen unbehelligt von Mann, Tier oder Geist.

Die Boten waren schneller gewesen, aber bei Erreichen der Grenzen des myrmidonischen Lagers mußten sie zuerst mit Automedon verhandeln, der in jener Nacht Offizier der Nachtwache war, um dann nach Phoinix zu schicken, damit er sich für sie verwenden könnte. Bis all das erledigt war, hatte ich mich zur Rückwand von Achilleus' Haus geschlichen und preßte mein Ohr auf einen Spalt zwischen den Balken. Er spielte Kithara und sang, und die vertrauten Laute schnürten mir die Kehle zu und fügten Tränen zu den Regentropfen hinzu, die bereits über meine Wangen rannen – ich war zu Hause! Ich würde natürlich nicht bleiben können, aber die Dringlichkeit der griechischen Bitte war so groß, daß ihre Erledigung nicht bis zum Morgen warten konnte.

Sobald Achilleus Agamemnons Bedingungen akzeptiert hätte, würde er mit den Gesandten zurückkehren und seine Geschenke, mich eingeschlossen, in Empfang nehmen. Wie ich rechtzeitig zur Übergabe dorthin zurückkehren konnte und wie ich meinen abgerissenen Zustand erklären sollte, waren Probleme, deren Lösung ich auf einen späteren Zeitpunkt verschob.

Die Hunde in der Vorhalle brachen in wütendes Gebell aus. Automedon rief ihnen etwas zu, und ich schlüpfte rechtzeitig um die vordere Ecke, um beobachten zu können, wie sie die Besucher, dunkel vor der helleren See hinter ihnen, beschnüffelten und anknurrten. Die Musik brach ab. Achilleus' Stimme dröhnte fast neben mir nach draußen:

»Freunde! Gute Freunde, willkommen! Kommt! Tretet ein!« Ich riskierte einen weiteren Blick, als er, die Kithara noch unter dem Arm, in die Vorhalle hinaustrat. Er ergriff Aias' Hand, eine kluge Entscheidung, weil weder Alter noch Rang, noch Ansehen die beiden Könige unterschied, aber Patroklos trat hastig hervor und geleitete Odysseus hinein. Hinter ihnen kamen der alte Eurybates und ein anderer, sogar noch älterer Herold, gefolgt von den beiden Myrmidonen; und sie alle verschwanden im Inneren des Hauses, ohne zu bemerken, daß die Hunde einen weiteren Besucher entdeckt hatten.

Als ich genug Ohren gekrault hatte, eingehend abgeleckt und mit Schwanzwedeln begrüßt worden war, glitt ich wie ein Geist in die Vorhalle, um zu verfolgen, was geschah. Der alte Phoinix strahlte, während Automedon, der sich hinter ihm herumdrückte, bei der Aussicht, Achilleus' Streitwagen wieder anschirren zu lassen, wie ein Haifisch grinste.

Iphis und … *Diomede?* O nein! Ich konnte verstehen, daß Achilleus sich eine neue Bettgenossin genommen hatte, aber doch wohl eine mit mehr Grips als diese Milchkuh aus Lesbos? Ich hätte mich vielleicht geschmeichelt fühlen sollen, weil er sich die einzige Frau im Myrmidonenlager ausgesucht hatte, die es an Körpergröße auch nur annähernd mit mir aufnehmen konnte, aber wie konnte er ihren Stumpfsinn, ihren schlurfenden Gang, ihr krächzendes Dohlenlachen ertragen? Ärgerlich stampfte ich mit dem Fuß auf. Selbst Iphis warf besorgte Blicke auf ihren geliebten Patroklos, fürchtete sie doch, er würde in die Schlacht zurückkehren müssen – nur diese hohlköpfige lesbische Bärin lächelte noch immer. Sie hatte noch nicht erkannt, daß sie zum Fußvolk zurückgeschickt werden würde.

Nun gut, wenn Diomede der beste Ersatz war, den Achilleus hatte auftreiben können, dann würde er um so froher sein, mich zurückzubekommen.

Nun wurde mir klar, daß ich mich nicht so hätte beeilen müssen, denn hier würde noch lange nichts Wichtiges geschehen. Wenn Könige in geschäftlichen Angelegenheiten vorsprechen, müssen alle Begrüßungsformalitäten beachtet werden, und Achilleus war stets ein gewissenhafter Gastgeber. Feine Webereien wurden auf Tischen und Schemeln ausgebreitet, Wein wurde kredenzt, Trankopfer wurden dargebracht. Automedon schürte das Feuer; Patroklos legte Fleisch auf den Hackblock. Zitternd tastete ich in der Vorhalle herum, bis ich ein Handtuch fand, mit dem ich mir das Gesicht trocknen konnte. Ich behielt aber immer alles im Auge, damit ich mich rasch verstecken konnte, falls jemand herauskam, um irgend etwas zu holen.

Achilleus' bronzefarbene Locken waren nicht so perfekt frisiert und geölt, wie es sein sollte, und seine Tunika war von einem widerlichen Gelb, eine Farbe, die ich haßte; aber offenbar hatte die verabscheuungswürige Diomede sich einigermaßen gut um ihn gekümmert. Zu gut! In dem dämmrigen Licht konnte ich mir nicht sicher sein, aber ich argwöhnte, das, was man an seinem Hals sah, konnte durchaus ein Liebesbiß sein. Schamlose Schlampe! Ich hatte meine Spuren nie an einer Stelle hinterlassen, wo die Tunika sie nicht verdeckte. Jedenfalls fast nie.

Es schien Jahre zu dauern, bis das Fleisch auf den vielzinkigen Gabeln garte. Währenddessen tranken die Männer und unterhielten sich über Belanglosigkeiten. Der Krieg oder die Trojaner, die Männer, die gestorben waren oder all die tausend Dinge, die sie belasten mußten, kamen nicht zur Sprache. Man sprach über Pferde und über Segelrouten nach Euboia. Ich hätte auf Händen und Knien herkriechen können und wäre immer noch rechtzeitig gekommen.

Odysseus und Aias waren beide einzigartige Krieger, dabei aber sehr unterschiedliche Männer, weshalb Nestor sie ausgewählt hatte. Der listenreiche König von Ithaka war ein überlegener Verhandlungspartner, genau der Botschafter, der Achilleus seinen Zorn auszureden vermochte, und doch konnte sich gerade seine subtile Art gegen ihn auswirken; denn Achilleus, berüchtigt dafür, selbst kein Blatt vor den Mund zu nehmen, mochte seiner gerissenen Zunge mißtrauen. Deshalb hatte man Aias als Unterpfand des guten Glaubens mitgeschickt, einen Mann, der noch direkter war als Achilleus. Und wenn sein Leben davon abhinge – was sehr gut der Fall sein konnte –, der König von Salamis würde nie zulassen, daß sein Genosse ein Thema umging oder eine Wahrheit unterschlug.

Schließlich beendeten die Besucher ihr zweites Festmahl an diesem Abend. Die Unterhaltung verstummte, und erwartungsvolles Schweigen setzte ein. Automedon schenkte eine weitere Runde Wein ein, um dann wieder Platz zu nehmen und gespannt in die anderen Gesichter zu blicken. Die beiden Herolde schoben ihre Schemel zurück, während Iphis und der lesbische Wal sich in eine schattige Ecke zurückzogen.

Achilleus saß mit dem Gesicht zur Tür mit Odysseus zu seiner Rechten und Patroklos zu seiner Linken. Aias und Phoinix drehten mir den Rücken zu.

Achilleus schaute Phoinix fragend an und leitete die Verhandlungen ein. »Was kann ich für dich tun, alter Freund?«

Der Sohn des Amyntor räusperte sich. »Mein Herr, ich bitte dich, dir die Botschaft anzuhören, die diese edlen Könige dir bringen.«

»Ich höre ihnen immer gerne zu, denn ich schätze sie vor allen anderen Männern.«

Odysseus trank ihm dankend zu. »Du bist stets gnädig, Sohn des Peleus, und stets ein unvergleichlicher Gastgeber. Wir haben wohl gespeist heute abend, sowohl bei dir als auch bei unserem Obersten Herrn, doch nun müssen Kameradschaft und gute Laune ernsteren Dingen Platz machen. Traurig sind die Neuigkeiten, die ich dir überbringen muß. Die beiden letzten Tage haben ein großes Blutbad gesehen und viele gute Männer in die finstren Hallen des Hades geschickt. Das trojanische Heer hat sein Lager auf der Ebene aufgeschlagen, nachdem es uns bis an die Palisade zurückgetrieben hat, und wartet nur auf das neue Tageslicht, um seinen Angriff zu erneuern. Der Donnerer ermutigt sie mit Omen; Hektor rast vor Stolz. Alle Griechen stimmen darin überein, daß er morgen unsere Verteidigungsanlagen überrennen und unsere Schiffe in Brand setzen wird« – er legte eine Pause ein, um

seine Zuhörer abzuschätzend anzusehen – »es sei
denn, du kehrst in die Schlacht zurück.«

Achilleus saß mit steinerner Miene auf seinem
großen Stuhl, Patroklos runzelte die Stirn und kaute
an einem Fingernagel, Phoinix nickte düster, und
Automedon gelang es nicht ganz, seine Schaden-
freude zu verbergen.

Odysseus fuhr fort: »Deshalb hat der Große König
uns geschickt, um die vielen prachtvollen Geschenke
aufzuzählen, die er dir geben will, sofern du deinen
Zorn hintansetzt und in den Kampf zurückkehrst.
Zehn Barren aus Gold bietet er dir an …«

Während er die Aufzählung wiedergab, Wort
für Wort wie ein Herold, beobachtete ich Achilleus,
aber sein Gesichtsausdruck war außergewöhnlich
beherrscht und offenbarte nichts von dem Triumph,
den er empfinden mußte. Erst als Odysseus damit
fertig war, die Vorzüge der sagenhaften Pferde darzu-
legen, und begann, die Versprechungen zukünftiger
Wohltaten aufzulisten, suchten selbst mich, die ich
ihn so gut kannte, die ersten Ahnungen der schrecklichen Wahrheit heim – daß er nicht das Gefieder
über seinen Sieg spreizte. Nein, als Odysseus bei
den sieben Jungfrauen aus Lesbos angelangt war,
traten seine Knöchel weiß hervor. Als die Warenliste
zu der wunderschönen Tochter des Agamemnon als
Gemahlin kam, begannen die Muskelstränge in seinen Unterarmen zu schwellen. Ich hätte am liebsten
losgeschrien. Er würde das Angebot ablehnen!

Er würde es *ablehnen!*

Odysseus gelangte zu dem Punkt, wo Agamemnon verlangt hatte, Achilleus müsse seine Ober-
hoheit anerkennen – und ließ ihn aus. Das war auch
nicht mehr nötig. Die Tochter als Gemahlin sagte
alles.

»All diese großzügigen Geschenke bietet er dir an,

wenn du deinen Zorn vergessen und wieder in die Schlacht zurückkehren wirst.«

Schweigen. Ich sah es ihren Gesichtern an, wie die Wahrheit ihnen allmählich dämmerte, als schreite Iris persönlich um den Herd und berühre einen nach dem anderen von ihnen mit ihrem Stab – Patroklos' und Automedons und schließlich Odysseus' Lächeln verblaßte, und an ihre Stelle trat schieres Entsetzen. Aias' Gesicht entzog sich meinen Blicken.

»So?« versetzte Achilleus ruhig. »Also bin ich es, der sich Agamemnon unterwerfen und ihm nachgeben soll, nicht wahr? Nun gut, ich werde offen sprechen. Ich verachte Männer, die das eine sagen und etwas anderes meinen.« Seine Stimme wurde lauter. »Die Wahrheit also. Er will, daß ich für ihn kämpfe! Warum sollte ich? Wofür? Es ist ganz gleich, wie hart ein Mann kämpft oder nicht kämpft, jeder erhält dieselbe Belohnung. Was ist das für eine Gerechtigkeit? Ich habe mein Leben aufs Spiel gesetzt, Tag um Tag, und was habe ich dafür bekommen, das ich vorzeigen könnte? Einen Hungerlohn! Ein paar dahingeworfene Brosamen!« Die zornigen Worte sprühten aus ihm heraus wie Funken von einem Feuer. »Kämpfen, Plündern ... ein Vogel, der Futter für seine Jungen anbringt ... alles habe ich diesem Hund zurückgebracht, der sich derweil im Lager herumgesuhlt hat. Zwölf Städte am Meer, elf im Landesinneren. Das habe ich für ihn erobert. Das habe ich ihm überlassen. Und was kriege ich dafür? Herzlich wenig!« Jetzt brüllte er, umklammerte die Armlehnen seines Stuhls, als wolle er sie zerquetschen. »Und das Liebste von allem, meine Braut, mir geraubt! All diese anderen Stubenhocker, und er nimmt mir *meinen* Preis! Meinen! Mein Ehrengeschenk! Und jetzt versucht er mich mit ihr zu kaufen?«

Er sprang auf und hob anklagend den Finger. »Was tun wir hier? *Warum kämpfen wir gegen die Trojaner, Sohn des Laërtes?*«

Odysseus starrte ihn sprachlos an. Einst hatte er mir gesagt, warum er kämpfte. Achilleus selbst kämpfte für Ehre und Ruhm, und er maß sie in Beutegut und schönen Frauen.

»Helena, oder?« donnerte Achilleus. »War es nicht Helena, deretwegen wir alle vor Troja gezogen sind? Also dann, sind die Söhne des Atreus die einzigen, die ihre Bettgenossinnen lieben? Ich liebte Briseis genauso, wie Menelaos Helena liebte, selbst wenn ich sie mit meiner Lanze gewonnen habe. Und dieser stinkende Schuft hat sie mir im Angesicht der ganzen Armee genommen!« Er hieb mit der Faust gegen die Säule. Das Haus erzitterte in seinen Grundfesten, ein feiner Staubregen fiel von der Decke und verbrannte funkensprühend im Feuer.

»Er hat mich geprellt! Mich beschämt! Glaubt ihr, ich könnte ihm je wieder trauen? Das Heer hat sie mir gegeben. Meint ihr, ich wollte sie jetzt zurückhaben, einen durchgekauten Bissen, den mir dieser schweinsgesichtige Dieb hinwirft, wie man einem Hund einen Knochen hinwirft? Nie mit ihr geschlafen? Glaubt ihr das etwa? Fein, jetzt kann er sie behalten und so oft bumsen, wie er will. Laßt ihn selbst gegen Hektor kämpfen. Ihr und die anderen könnt ihm helfen, wenn ihr wollt. Ihr seid ja ohne mich prächtig gefahren, nicht wahr? Habt eine große, starke Palisade gebaut, oder? Macht weiter so. Als ich noch da war, ist Hektor nie so nah herangekommen. Und das ist Agamemnons Angebot? Eine Tochter zur Ehe? Schwiegersohn? Er kann sie behalten. Alles, alles kann er behalten.« Wieder und wieder hämmerte er gegen die Säule. Seine Raserei traf das Megaron wie Peitschen aus Feuer. »Wenn das sein

640

Angebot ist, dann segle ich mit der Morgendämmerung heim. Ich habe Reichtümer genug für ein ganzes Leben, und ich werde genug für viele andere mit heimnehmen. Gold und Bronze und Silber, schöne Frauen – o ja, Schiffsladungen voller Schätze werde ich heimbringen nach Thessalien, so daß die Leute staunen werden! Was brauche ich –«

Odysseus fand seine Sprache wieder. »Du bist nicht konsequent. Vor einer Minute hast du dich noch darüber beklagt, daß ...«

»Konsequent? *Konsequent?* Aber der Sohn des Atreus ist konsequent. Ein konsequenter Feigling, ein konsequenter Betrüger!«

Draußen im Dunkeln kauernd, vor Entsetzen gelähmt, sah ich, wie seine mächtige Brust sich hob und senkte, als ringe er um Selbstbeherrschung. Achilleus, Achilleus! Was war nur in ihn gefahren? Seine Gebete waren erhört worden, die Prophezeiung hatte sich erfüllt. Agamemnon hatte seinen Irrtum eingestanden, hatte versprochen, mich zurückzugeben, hatte ihm zusätzlich unglaubliche Geschenke angeboten. Was stimmte denn nicht?

Er machte zwei Riesenschritte auf Odysseus zu und baute sich vor ihm auf. Der König von Ithaka mußte den Kopf in den Nacken legen, um zu ihm hochzusehen. »Ich spucke auf seine Geschenke und Versprechen. Ich würde sie nicht annehmen, und wenn er das Zehnfache, das Zwanzigfache gelobte! Er hat mich einmal hintergangen – und jetzt soll ich ihm vertrauen, ja? Ich würde ihm nicht trauen, wenn er mir die ganze Welt gäbe. Noch würde ich seine verfluchte Tochter nehmen, und wenn sie so schön wie Aphrodite wäre. Mein Vater daheim in Thessalien wird eine Braut für mich finden.«

Ich stöhnte auf, aber niemand hörte es. Sie hatten nur Augen für diesen wütenden, rasenden Giganten.

»Für Agamemnon kämpfen? Nein, ich werde nicht mehr kämpfen. Was nützen Schätze einem Toten, Sohn des Laërtes?«

Erstaunlicherweise gab Odysseus ihm eine Antwort. Wenige Männer hätten den Mut dazu besessen. »So redet ein Feigling!«

Achilleus ballte die Faust, dann machte er abrupt kehrt und stolzierte zu seinem Platz zurück. Er warf sich auf seinen Stuhl und griff nach dem Weinbecher. Seine blauen Augen blitzten tödlich, und seine Stimme war heiser vor Erregung. »Ein Weiser. Das ist eine Wahrheit, die die Götter selbst mir offenbart haben. Wenn ich bleibe und kämpfe, werde ich Ruhm erringen, aber auch hier sterben, unter den Wällen von Troja. Jung sterben. *Bald sterben!* Wenn ich heimkehre, wird mein Leben langweiliger, aber auch entschieden länger sein.«

Es kam einem Wunder gleich, daß ich da nicht laut aufschrie, denn das waren *meine eigenen Worte!* Meine Stimme hatte ihn in jener Nacht am Strand gewarnt, auch er sei nur sterblich. Nun behandelte er meine Bitte wie eine göttliche Prophezeiung, die seinen Tod voraussagte. Hatte ich aus eigener Machtbefugnis gesprochen oder im Auftrag der Göttin? Ich wußte es nicht.

»Ha!« höhnte Odysseus. »Ein langes, langweiliges Leben? Rückzug? Namenlosigkeit? Ein Ziegenhirt, vergessen, sobald die Asche abkühlt? Ist es der Sohn des Peleus, den ich da sprechen höre?«

Achilleus bleckte die Zähne. »Ich habe dich zuerst gefragt: Was nützt Reichtum einer Leiche? Welche Lust kann ein Toter durch eine Frau gewinnen, wie schön sie auch sein mag? Sag es mir! Ich habe lange darüber nachgedacht. Die Götter haben mir die Wahl gelassen, und ich wähle das Leben. Heute nacht beladen wir unsere Schiffe. Mit der nächsten

Dämmerung segeln die Myrmidonen nach Thessalien. Geht zurück zu Agamemnon, ihr beide. Sagt ihm, seine Betrügereien verfangen bei mir nicht. Findet einen anderen Weg, Hektor aufzuhalten.« Er leerte seinen Becher und hielt ihn Automedon hin, der sich beeilte, ihm nachzuschenken.

Heimkehren nach Thessalien? Ich würde mit ihnen fahren, und wenn ich mich unter einer Ruderbank verstecken mußte ... Hatte Achilleus mich dort draußen im Schatten herumlungern sehen? Wendete er sich insgeheim an mich? Mein Herz flatterte wie ein Vogel in der Schlinge.

Patroklos biß sich auf die Lippe und beobachtete Achilleus, war jedoch klug genug zu schweigen. Odysseus machte den Mund auf und klappte ihn wieder zu. Er schoß Aias einen verzweifelten Blick zu und zuckte die Achseln. Ihre Mission war beendet. Das Angebot war zurückgewiesen worden. Die Gesandtschaft war gescheitert. Er stellte seine Füße auf den Boden und umfaßte die Armlehnen seines Stuhls. ...

»Ach, mein lieber Achilleus!« ergriff da Phoinix das Wort. »Ich habe zu lange geschwiegen. Wenn ich in diesen letzten Tagen geschwiegen habe, so nicht, weil ich deine Handlungsweise billigen würde. Gestattest du mir jetzt, daß ich schließlich doch meine Meinung sage?«

Achilleus sah flüchtig zu den beiden Fremden hinüber und zog eine Grimasse. »Muß das jetzt sein, alter Freund?«

»Ich denke, ja, so sehr ich dich auch liebe.«

»Dann sprich, so wahr ich dich liebe.«

»Dein Vater hat mich zu deinem Mentor und Führer ernannt. Ich habe dich auf meinen Knien geschaukelt, als du ein kleines Kind warst, und habe mit Freuden verfolgt, wie du zu einem herrlichen

Mann herangewachsen bist. Ich habe dich gelehrt, ein Krieger zu sein. Ich habe versucht, dir beizubringen, wie man sich in der Ratsversammlung verhält. Du bist der Sohn gewesen, den ich nie haben konnte – diese Geschichte kennst du –, und deshalb spreche ich zu dir als ein Vater und so, wie ich allen Ernstes glaube, daß dein Vater zu dir sprechen würde, wäre er nun hier. Lieber Junge, zügele deinen Zorn! Selbst die Götter können mit Opfern und Gebeten besänftigt werden! Ist dein Zorn so viel größer als der eines Gottes?«

Achilleus funkelte ihn wütend an.

Der Ältere schüttelte bekümmert sein Haupt. »Vorher hätte ich das nicht gesagt, aber nun kann ich es sagen, weil Agamemnon freigebig Geschenke angeboten hat, ein wahres Vermögen. Er will die Frau Briseis zurückerstatten, die du so sehr liebst. Er hat öffentlich die großherzigsten Versprechen gemacht. Er hat die edelsten Heerführer entsandt, um mit dir zu verhandeln. Und doch verhöhnst du diese Männer, deine Freunde? Erniedrigst sie? Erniedrigst den Großen König? Achilleus, mein Sohn, was mehr könntest du verlangen?«

Achilleus antwortete nicht, sondern starrte ihn nur an, finster wie Donner, während die Adern auf seiner Stirn hervortraten. Nie zuvor hatte ich das Verlangen verspürt, ihn zu bemuttern, aber nun überkam es mich. Ich wollte zu ihm laufen und seinen Kopf an meine Brust drücken, ihn wiegen und trösten. Er gab keine Antwort, weil es keine Antwort gab – nicht, wenn er meiner Prophezeiung glaubte. Welche Ehre konnte den sicheren Tod aufwiegen? Nun, wenn Agamemnon vor dem ganzen Heer niederknien und ihn um Verzeihung bitten würde ... aber wie könnte der Große König der Griechen das tun?

»Nimm die Geschenke an, Achilleus! Wenn du sie

jetzt verschmähst und es später bereust, wenn die Schiffe schon brennen, dann mußt du genauso hart kämpfen, und es wird keine Geschenke geben.«

Achilleus fand die Sprache wieder. »Nein, das werde ich nicht. Morgen mit der Dämmerung werden wir in See stechen. Drei Tage bis nach Hause, wenn der Gebieter Poseidon uns günstige Winde schickt.«

Phoinix seufzte. »Du bist der Anführer. Du entscheidest, aber bedenke die Folgen. Ja, in Thessalien wird man dich als Held empfangen. Ja, dein Vater wird Tränen der Freude weinen, wenn er vors Tor gelaufen kommt, um dich zu umarmen. Die Leute werden staunen ob des Reichtums an Beute und der berühmten Schönheiten, die du gewonnen hast. Aber dann? Dann wird Peleus sagen: ›Also ist Troja gefallen und der Krieg vorüber?‹ Was antwortest du ihm dann, Achilleus?« Die leise Stimme war Sand in einer Wunde. »Nein‹, wirst du erwidern. ›Trojas Mauern stehen noch. Helenas Gefangenschaft dauert an. Die Griechen wurden hart bedrängt, als ich abfuhr, wahrscheinlich wurden sie besiegt und erschlagen, ihre Schiffe verbrannt. Aber Agamemnon hat mich beleidigt, so daß ich nicht mehr für ihn kämpfen wollte. Ich war wütend und kam heim.‹ Ist es das, was du ihm sagen willst?«

Achilleus' Augen zuckten zu Aias hinüber, dann zu Odysseus, dann zurück zu Phoinix. Er schluckte hart, wand sich wie ein Kind unter dem Tadel.

»Bist du jetzt fertig?«

»Nein, das bin ich nicht. Ich habe dich ausgebildet. Ich habe dich gelehrt, mit Waffen und Pferden umzugehen, dich in Strategie und Tapferkeit unterwiesen. Nein, nicht Tapferkeit. An der hat es dir bis jetzt nie gefehlt. Aber ich habe dich zum Krieger gemacht, und ich habe dich vor den Altar der

Athene in Pthia geführt, um deinen Schwur zu leisten. Erinnerst du dich an diesen Schwur?«

»Ich erinnere mich an den Schwur.« Der Schweiß ließ Achilleus' Stirn im Feuerschein glänzen wie polierte Bronze. »Der erste in der Schlacht zu sein? Diesem Schwur bin ich treu geblieben. Kein Mann im Heer ist diesen Worten treuer gewesen als ich. Die Körper meiner toten Feinde mit geziemenden Riten zu ehren – immer! Die Ehre meiner Gefolgsleute zu achten? Habe ich es euch je an etwas mangeln lassen? Habe ich euch je etwas gegeben und es dann wieder zurückgenommen? Einen hübschen Becher? Einen Umhang, von dem mich getrennt zu haben mich reute? Nein, nicht ein einziges Stück! Spreche ich die Wahrheit, Sohn des Diores?«

Automedon nickte heftig mit dem Kopf.

»Sohn des Menoitios?«

Auch Patroklos nickte.

»Und der Rest?« Phoinix klang, als sei er den Tränen nah. »Der Teil, den du ausgelassen hast?«

»Die Ehre meines Feldherrn zu achten? Denkst du, das hätte ich vergessen?« Achilleus entblößte die Zähne. »Aber beantworte mir dies, Sohn des Amyntor – ist Agamemnon nicht auch ein Krieger? Hat er nicht dieselben Eide geschworen? Wie oft habe ich ihn in der Schlacht in vorderster Front gesehen? Und was ist mit der Respektierung der Ehre seiner Gefolgsleute? Ha! Was ist damit? Bitte mich nicht darum, diesen Mann zu schätzen. Sosehr ich dich auch liebe, das nehme ich nicht hin, selbst von dir nicht!«

Ich wartete darauf, daß Odysseus von Agamemnons Heldentaten während der letzten beiden Tage berichtete, aber niemand sagte etwas.

»Nimm die Geschenke an und schlucke deinen Zorn herunter«, flüsterte Phoinix so leise, daß ich ihn kaum verstehen konnte. »Du kannst dich nicht davonschleichen wie ein getretener Hund, bevor der Krieg vorüber ist!«

Achilleus schmetterte mehrmals die Faust auf die Armlehne, als leide er Schmerzen. Dann richtete er sich auf und sah die Besucher an. »Ihr habt meine Antwort, meine Herren: *Ich werde nicht kämpfen!*« Er wandte sich Phoinix zu, sichtlich bemüht, seinen Ärger zu unterdrücken. »Es ist spät. Hört nur den Regen! Bleibt heute nacht bei uns. Wir werden euch eine Bettstatt bereiten lassen.« Die Hintersinnigkeit dieser Andeutung für die anderen war typisch Achilleus. Dann fügte er hinzu: »Es tut mir leid, daß ich deinen Rat in dieser Angelegenheit nicht beherzigen kann, alter Freund, aber das soll nicht zwischen uns stehen. Du weißt, ich hege nie Groll. Laß uns morgen früh weiterreden und dann entscheiden, ob wir gehen oder bleiben.«

Odysseus warf einen verstohlenen Blick zu Aias hinüber, aber der Sohn des Telamon schien diese kaum merkliche Veränderung in Achilleus' Haltung nicht bemerkt zu haben. Meinte Achilleus es ernst, oder versuchte er aus Rücksicht auf die Gefühle des alten Phoinix seine Weigerung abzumildern? Ich hätte es nicht sagen können.

Odysseus hob seinen Becher. »Dann also ein Trankopfer für Zeus, der morgen zwischen Trojanern und Griechen entscheiden wird, und für die Gebieterin Athene, die den Kämpfern Ehre und Kühnheit verleiht.«

Er sprengte einige Tropfen ins Feuer und trank dann. Die anderen folgten seinem Beispiel, obwohl Achilleus die Formulierung des Gebets nicht gefallen hatte.

»Sohn des Peleus!« Aias erhob sich wie ein großer Bär und stapfte schwerfällig ums Feuer herum, um seine Pranke auf Achilleus' Schulter zu legen. »Ich bin nicht so geschickt im Umgang mit Worten wie die anderen hier, aber dies muß ich dir sagen, und ich bin dein Gast, also wirst du mich anhören. Wenn ein Mann erschlagen wird – ein Sohn oder Bruder –, akzeptiert seine Familie einen Blutpreis, damit das Dorf nicht von einer Blutfehde zerrissen wird. Selbst die unsterblichen Götter überwinden ihren Zorn, wenn man ihnen reiche Opfergaben darbringt. Nur du nicht! Nein, dein Herz ist aus Stein. Du läßt dich nicht erweichen, obwohl wir die inständigen Bitten aller Griechen bringen, deiner Freunde und Waffengefährten, derjenigen, die dich in der Vergangenheit so geehrt haben und auch danach trachten, dich in Zukunft zu ehren. Deine Freunde, Achilleus? Denk an deine Freunde! Sie sterben!«

Und Achilleus, dessen Gesicht feuerrot angelaufen war, während die anderen gesprochen hatten, wurde nun blaß wie Eis. Er schaute zu seinem Ankläger hoch, so wie Odysseus kurz zuvor mit in den Nacken gelegtem Kopf zu ihm hatte aufsehen müssen, und mit demselben Ausdruck des Entsetzens und der Ungläubigkeit.

»Helenos, Sohn des Oinops«, knurrte der Sohn des Telamon, »Oinomaos, Menesthios, Sohn des Areïthoos, Trechos … und auch Tlepolemos darf ich nicht vergessen! Ja, der mächtige Sohn des Herakles wurde von Sarpedon erschlagen! Ich könnte bis zur Morgendämmerung fortfahren, die Namen der Gefallenen aufzuzählen. Anchialos und Oresbios, Iphinoos, Sohn des Dexios – weißt du noch, wie er an deiner Seite in Larissa gefochten hat?«

Achilleus stöhnte und schloß die Augen, und immer noch wollte das grausige Verzeichnis nicht enden.

»Teuthras. Aineias fällte sowohl Orsilochos als

648

auch Krethon, die Söhne des Diokles. Oh, so viele sind in den letzten zwei Tagen umgekommen! Wie viele werden morgen sterben, wenn Hektor unser Lager stürmt?«

Nein! Nein! Ich preßte mir die geballte Faust in den Mund, um einen Aufschrei zu ersticken. Aias hatte die Antwort gefunden. Der schlichte, direkte Aias hatte den Weg zu Achilleus' Herz gefunden, wo alle anderen gescheitert waren – er würde für seine Freunde kämpfen.

Aber der große Mann verpfuschte seine Eröffnung wie ein Wolf, der mitten in einen Schafpferch springt und sofort wieder hinausspringt, ohne all die saftigen Lämmchen zu entdecken, die sich in der Ecke zusammenkauern. »Während du hier schmollst! Du machst zu viel Aufstand um ein einziges erbärmliches Mädchen. Der König bietet dir sieben Mädchen und sogar seine eigene Tochter an! Komm mit raus und kämpfe!«

Achilleus' Kopf schnellte in die Höhe, als habe man ihn ins Gesicht geschlagen. Er sprang auf, und dann konnte er sogar auf den Sohn des Telamon hinabsehen. »Du brauchst mich, um deine Schiffe zu retten, nicht wahr?« brüllte er. »Nun, es war deine Idee, dich an jenem Ende des Lagers niederzulassen. Damit mußt du jetzt leben. Wenn Hektor dieses Ende angreift, werde ich es verteidigen.«

Einen kurzen Moment maßen die beiden Titanen einander mit wütenden Blicken. Dann seufzte Aias und wandte sich ab, ungläubig den Kopf schüttelnd. Odysseus und die beiden Herolde standen auf und steuerten auf die Tür zu. Das war das Ende, das schlimmstmögliche Ende – Achilleus würde weder mich zurücknehmen und kämpfen noch nach Thessalien heimsegeln und sich in Sicherheit bringen.

Ich floh in die Dunkelheit.

Buch 9
ACHILLEUS

1 Das Lamm hatte sich gegen den Wolf gewandt. Zwei Tage zuvor war Troja belagert worden, doch nun standen die Trojaner vor dem griechischen Lager. In der Morgendämmerung führte Agamemnon sein Heer in einer sowohl simplen als auch absolut typischen Schlachtordnung hinaus aufs Feld − er senkte den Kopf und griff den Feind an wie ein Ziegenbock. Es gab eine Alternative, wie Achilleus sie ihm eröffnete, bevor dieser Tag des Jammers enden sollte, der Große König jedoch wollte weder daran denken noch zuhören, wenn jemand anderes es tat.

Hektor, von irgendeinem Gott beraten, wich vor dem Angriff zurück, um sich Zeit zu verschaffen. Der Kampf war brutal und blutig, doch schließlich erlahmte die Wildheit des griechischen Angriffs aus reiner Erschöpfung. Agamemnon selbst wurde wie viele andere griechische Anführer verwundet. Dann wendete sich das Schlachtenglück, und Hektor warf die bislang zurückgehaltenen Reserven in den Kampf. In fünf Marschkolonnen griff er auf der gesamten Breite der Palisade an.

Ich wußte in diesem Augenblick kaum etwas über den Kampfverlauf, da ich wieder einmal vollauf damit beschäftigt war, mich um die Verwundeten zu kümmern. Diejenigen, die die Nacht überlebt hatten, wanden sich im Wundfieber. Uns blieb kaum Zeit, sie zu verpflegen und zu verbinden, als auch schon neue schwere Fälle hereingebracht wurden. Der Regen hatte aufgehört, so daß wir sie unter freiem Himmel behandeln konnten, wo der Gestank und die Fliegen nicht ganz so lästig waren. Davon abgesehen waren uns die Vorräte an Verbandszeug, Mohnmilch, Sehnen zum Vernähen der Wunden und Feuerholz zum Erhitzen von Wasser ausgegangen. Zu manchen Zeiten trafen die Patienten so schnell ein, daß wir kaum Zeit hatten, unsere Messer zu wetzen.

Das pylosische Lazarett, das uns nächste nach Norden zu, wurde geschickt von Hekamede geleitet, Nestors Gefährtin. Ich hatte sie seit dem unheilvollen Tag, an dem ich mich mit Chryseis gezankt hatte, nicht mehr gesehen, aber sie stand unter großem Druck, mit der Schlächterei Schritt zu halten. Als sie uns um Hilfe ersuchte, nahm ich drei andere Frauen mit und eilte zu ihr. Mütterlich wie eh und je, hieß sie mich mit einer Umarmung und einem warmherzigen Lächeln willkommen.

»Fang mit diesem zähen Kämpfer an«, bat sie mich und führte mich zu einem stämmigen Jüngling, der im Gras saß. »Er muß ein gebrochenes Bein geschient bekommen. Er kann dir verliebte Augen machen, während du ihn behandelst. Glücklicher Bursche – jetzt kann er als Held nach Hause segeln und wieder den Mädchen hinterherherlaufen.«

Ihre Worte zauberten ein Grinsen auf seine aschfahlen Züge. Unverzüglich erzählte er mir, wie knapp er davongekommen war und wie ein trojanisches Streitwagenrad ihm über den Unterschenkel gefahren war. Ich tat für ihn, was ich konnte, und versuchte, ihm nicht zu sehr weh zu tun, befürchtete jedoch, daß es mit dem Rennen für ihn vorbei war.

Vielleicht gefiel es den Göttern, mich wieder mit Hekamede zu vereinen. Sie war zugegen gewesen, als Chryseis mich provoziert hatte, und das war der erste Axthieb gewesen. Nun sollte sie zugegen sein, als Nestor selbst den letzten Hieb führte, der den Baum fällen sollte. Von nun an konnten selbst die Unsterblichen ihm nur noch beim Fallen zuschauen, ganz gleich, wie viele andere er mit sich zu Boden reißen würde.

Unser Arbeitsplatz war ein langgestreckter, windgeschützter Grasstreifen zwischen zwei Schiffen. Gegen Mittag stellten wir zu unserer Erleichterung fest, daß der Zustrom neuer Patienten allmählich versiegte. Uns war jedoch nicht klar, was das bedeutete: Die Griechen zogen sich zurück und ließen ihre Verwundeten im Stich. Hekamede teilte mich ein, einem braunhaarigen Jungen zu helfen, der von einer trojanischen Lanze durchbohrt worden war. Ich piekste ihn ein paarmal, um so zu tun, als würde ich das klaffende Loch in seinem Bauch nähen, um ihm dann einen Verband aus seinem eigenen Lendentuch anzulegen. Er litt furchtbare Schmerzen und erzählte immer und immer wieder von seiner Heimat nahe Kyparisseïs, von dem Gehöft, das er erben würde, von der Ehefrau, die seine Eltern ihm bei seiner Rückkehr versprochen hatten, während sein Lebensblut die ganze Zeit ins Gras sickerte. Ich kniete mich neben ihn, hielt seine Hand, wischte ihm ein paarmal die Stirn ab und flößte ihm kleine Schlucke Wein ein, aber hauptsächlich hörte ich ihm zu.

Nestor traf mit rasselndem Harnisch und quietschenden Rädern am Heck des Schiffs ein. Sowohl er als auch sein Wagenlenker waren staubbedeckt und verschwitzt, ihre Pferde schäumten, und sie brachten einen Schwerverwundeten. Frauen drängten sich um sie, um ihnen zur Hand zu gehen, darunter Hekamede.

»Rasch!« sagte der alte König. »Denn hier ist Machaon, Sohn des Asklepios, Herr von Trikke, der von einem Pfeil in die Schulter getroffen wurde. Wir haben den Eschenholzschaft abgeschnitten, aber die mit Widerhaken versehene Spitze steckt noch in der Wunde. Ihr werdet sie mit einem scharfen Bronzemesser herausschneiden und die Wunde mit lindernden Kräutern behandeln müssen, bevor ihr sie fest verbindet, um den Blutfluß zu stillen. Hört ihm gut zu, wenn er euch Anweisungen erteilt, denn er ist wie sein großer Vater in der Heilkunde bewandert.« Und so weiter. Niemand sprach das Offensichtliche gekonnter aus als Nestor. Erst wenn er hintergründig wurde, war er gefährlich.

Machaon wurde nur wenige Schritte von mir entfernt unter die Bugkrümmung des Schiffs gebettet, und Frauen knieten sich um ihn nieder. Ich hielt meinen Kopf gesenkt, ganz auf meinen Patienten konzentriert. Für den Fall, daß der alte König meine lange Abwesenheit in der vergangenen Nacht bemerkt hatte, wollte ich seine Aufmerksamkeit keinesfalls auf mich lenken.

»Sie ist nicht so schön wie du«, sagte der Junge, »aber sie ist das hübscheste Mädchen in Pylos.«

»Da bin ich mir sicher.«

Ein neuer Schatten fiel über mich, und mein Herz machte einen Satz, als ich Patroklos neben mir sprechen hörte. »Sohn des Neleus, berichte mir von der Schlacht! Achilleus hat mich geschickt, um mich zu erkundigen, wer gefallen ist, wer verletzt wurde und ob der Vormarsch der Trojaner zum Stehen gebracht werden konnte.« Mich, die ich zu seinen Füßen kauerte, bemerkte er gar nicht.

Nestor drehte sich bedächtig um und musterte ihn. Sein Bart schien Funken zu sprühen.

»Es berührt den Sohn des Peleus also so sehr, daß er sich erkundigt? Es überrascht mich, das zu hören. Du kannst ihm berichten, daß es schlechte Neuigkeiten gibt. Agamemnon selbst ist verletzt, so wie viele andere. Die Trojaner haben Graben und Palisade überrannt und setzen uns schwer zu. Komm in meinen Unterstand und teile einen Becher Wein mit mir, dann kann ich dir mehr erzählen.«

»Nein, mein Herr, dein Angebot ist willkommen, aber ich muß sofort zurückkehren. Achilleus ist nicht der Geduldigste. Ich werde ihm von Agamemnon und dem Sohn des Asklepios hier berichten.«

»... braune Augen, so sanft wie die eines Rehs«, wisperte der Junge, »und wenn sie lacht, wird es Frühling.«

Ich lächelte und nickte, wagte es jedoch nicht, zu Patroklos hochzusehen, der mir so nahe stand, daß ich ihn fast hätte berühren können.

»Dann berichte ihm also«, erklärte Nestor mit strenger Stimme, »von Odysseus und Diomedes, beide verwundet! Berichte ihm, daß die Griechen sterben und ihre Schiffe kurz davor stehen, in Brand gesetzt zu werden. Ach, hätte ich nur noch die Kraft meiner Jugend, Sohn des Menoitios!« Er ließ eine ausgesprochen lange Geschichte über irgendeinen Viehdiebstahl vom Stapel, die aus einer Zeit stammte, in der wir anderen alle noch nicht geboren waren. Patroklos' Füße zuckten unruhig, aber er blieb und ertrug den Wortschwall. Mein Mund lächelte meinem Patienten vage zu, während ich den Schweiß von seiner Braue tupfte, doch meine Ohren hörten sein wirres Gerede nicht. Machaon wimmerte unter dem Messer. Hekamede brachte Weinbecher aus dem Blockhaus. Und immer noch schwafelte Nestor.

»Erinnerst du dich noch an den Tag, Patroklos, als Odysseus und ich nach Phthia kamen, um uns Achilleus' Unterstützung in diesem Krieg zu versichern? Dein Vater war zugegen, und Peleus ebenfalls. Entsinnst du dich noch, was dein Vater dir an jenem Tag sagte? ›Achilleus ist mächtiger als du‹, sagte er, ›aber du bist älter. Laß ihm stets deinen weisen Rat zuteil werden, denn er wird auf dich hören.‹ Ist dies nicht die Situation, die er in seiner Weisheit voraussah, Patroklos?«

»Ich habe es versucht, mein Herr! Er läßt sich nicht umstimmen! Er will nicht kämpfen!«

Dann endlich kam der alte Mann zur Sache. Er schwang die tödliche Axt der Worte. »Aha! Das hat er gesagt, mein Junge, das hat er gesagt! Aber hat er *dir* verboten, zu kämpfen? Kehre zu Achilleus zurück und sage ihm, wie hart wir bedrängt werden. Beknie ihn, dir den Oberbefehl zu geben, das Heeresaufgebot in die Schlacht zu führen! Schwenke seinen Umhang, so daß die Trojaner meinen, du wärest er. Sie werden kehrtmachen und vor dir fliehen, und er wird den Eid, den er geschworen hat, nicht gebrochen haben.«

»Ja!« rief Patroklos aus. »Das könnte funktionieren! Ich werde zu Achilleus gehen und ihm deinen Vorschlag unterbreiten!«

Seine Füße verschwanden aus meinem Gesichtsfeld, als er über den Strand fortrannte. Nestor kicherte leise vor sich hin. Als mir klarwurde, daß ich einen Leichnam anlächelte, ließ ich seine kalte Hand ins Gras gleiten, schloß dem Jungen die Augen und richtete mich auf. Nestor war zu Machaon hinübergegangen und wandte mir den Rücken zu. Ich folgte Patroklos. Als ich den Schiffsbug umrundete, entdeckte ich ihn nicht weit entfernt, aber zusammen mit einem anderen Mann. Taumelnd blieb ich stehen.

»Briseis?«

In Hekamedes Stimme in meinem Rücken schwang steinharte Autorität. »Ich glaube nicht, daß sich das schicken würde.« Sie klang genau wie meine Mutter.

Bestürzt drehte ich mich um. »Der Junge ist tot.«

»Er hat länger durchgehalten, als ich dachte. Komm mit, wir suchen dir einen Lebenden, um den du dich kümmern kannst.«

2 Als Patroklos aus dem Schiffsschatten auf den sonnenbeschienen Muschelkiesstrand hinaustrat, stieß er fast mit Eurypylos, Sohn des Euiamon, zusammen, der auf seine Lanze gestützt in kompletter Rüstung über den Strand humpelte. Sein rechtes Bein mitsamt Beinschiene war scharlachrot, sein Gesicht totenbleich und schweißbedeckt.

Die Botschaft an Achilleus war dringlich, dennoch konnte Patroklos einem Freund in Not seine Hilfe nicht verweigern. Er legte Eurypylos' Arm um seine Schulter und stützte ihn, obwohl er ein schwerer Mann und durch den Blutverlust geschwächt war. Während sie gemeinsam über den Strand schwankten, bombardierte ihn Patroklos mit Fragen. Die leisen Antworten waren allesamt schlecht. Die Trojaner hatten Bogenschützen und Lanzenkämpfer durch die Palisade gebracht, ihre Streitwagen folgten. Aias war der einzige der großen griechischen Krieger, der noch Widerstand leistete. Er lieferte ein verzweifeltes Rückzugsgefecht und wurde immer weiter zu den Schiffen zurückgetrieben. Zwischen dem Plätschern der Wellen und dem rasselnden Atem des Verwundeten war inzwischen auch Schlachtenlärm zu hören. Aias gegen Hektor? Mann gegen Mann, ja, aber nicht Heer gegen Heer. Aias verstand von Strategie nicht mehr als ein Dachs.

Sie kamen an Odysseus' Lager vorbei und erreichten endlich das von Eurypylos. Männer liefen herbei, um ihnen zu helfen, viele von ihnen verwundet und mit Verbänden, aber alle gemeinsam trugen sie ihren Anführer zu den Zelten hoch. Patroklos vergewisserte sich, daß er in fähige Hände kam, um dann so schnell er konnte zurückzurennen.

Achilleus benutzte das nächstgelegene seiner

Schiffe als Aussichtsturm. Er balancierte gefährlich auf dem Dollbord am Heck und starrte grimmig nach Süden, in Richtung der Schlacht. Er wußte, daß er in Kürze zwischen Kämpfen und Fliehen wählen mußte. Seine Gefolgsleute drängten sich auf dem Deck am Bug zusammen: Phoinix, Eudoros, Peisandros, Menesthios, Automedon, Alkimedon; alle waren sie angespannt vor Sorge und hatten Angst, ihren Heerführer mit einem unbedachten Wort zu reizen. Die übrigen Schiffe waren voll von Lanzenkämpfern, die sich der besseren Aussicht wegen praktisch gegenseitig auf die Schultern stiegen; viele waren bereits bewaffnet.

Patroklos sprang hinauf und schwang sich an Bord. Die Männer am Bug umringten ihn, um Neuigkeiten von ihm zu erfahren, aber eine Zeitlang konnte er nur nach Luft schnappen.

Achilleus sprang aufs Deck herunter. »Du siehst aus, als wolltest du gleich losheulen. Erzähl!«

Patroklos sprudelte all die schlechten Nachrichten über die Toten und Verwundeten und die siegreichen Trojaner hervor. Er begleitete jede Nennung mit einem anklagenden Heulen, redete mit Achilleus, wie er noch nie mit ihm gesprochen hatte. »Wie kannst du nur hier herumstehen und nichts tun? Hast du einen Stein, wo andere ein Herz haben? Deine Freunde sind tot oder sterben!«

Achilleus' blaue Augen wurden kalt wie die See im Winter. »Sie brauchen mich also? Wo waren sie, als ich sie brauchte?«

»Erwartest du etwa, daß sie dich noch einmal bitten? Glaubst du, die Trojaner warten so lange, bis sie mit dir verhandelt haben?« Patroklos warf sich auf die Knie. »Ich weiß, du hast gelobt, nicht zu kämpfen, aber das bezog sich nicht auf uns übrige. Über uns hast du nie etwas gesagt! Laß mich gehen, Achilleus, bitte! Laß mich die Myrmidonen in die Schlacht führen! Gib mir deinen Umhang, damit die Trojaner denken, ich sei du. Sie werden vor uns fliehen, und das Lager ist gerettet!«

Achilleus ließ finster den Blick über die zappelnden, mit den Füßen scharrenden Anführer schweifen, über die kampfbegierigen Mannschaften auf den anderen Schiffen, und dann wieder zurück zu der fernen Schlacht, die mittlerweile gar nicht mehr so fern war.

»Es wird nicht funktionieren. Dort unten findet ein solches Gemetzel statt, daß sie deine Ankunft gar nicht bemerken werden.«

»Wir müssen etwas tun!«

Achilleus wägte die Angelegenheit ab. »Ich habe geschworen, daß ich nicht kämpfen werde ... wohl wahr. Ich habe nicht geschworen, daß ich weiterhin grollen würde, oder?«

»Wir dürfen also gehen?«

»In Ordnung, ihr dürft gehen. Laßt die Schiffe zu Wasser.«

Patroklos heulte auf: »*Was?*«

Die Krieger hinter ihm stöhnten entsetzt.

Achilleus deutete über die Bucht. »Segelt dort entlang.«

Obwohl sie alle seine brillanten Einfälle kannten, begriffen sie nicht. Er grinste über ihre Ratlosigkeit.

»Du sagst, die Trojaner stehen im Begriff, das Lager einzunehmen? Sie müssen ihre letzten Reserven in den Kampf geworfen haben, nicht wahr? Dann sehen sie, daß der Sohn des Peleus dabei ist, Troja zu erobern. Was wird Prinz Hektor dann wohl tun, der Arme?«

Automedon gellte seinen Kriegsschrei und sprang über Bord. Kurz darauf folgten ihm die anderen – Alkimedon, Phoinix, Eudoros, Peisandros, Mene-

sthios –, schrien ihre Männer an, rannten auf ihre
Kontingente zu und brüllten Befehle.

Als Patroklos sich erhob, umklammerte Achilleus
seine Schulter mit schmerzhaftem Griff. Seine blauen
Augen brannten. »Das ist ein Trick, hast du verstanden? Nicht mehr. Sobald die Trojaner den Skamander überqueren, wirst du wieder an Bord gehen
und zurückkommen! Du kannst die Stadt nicht
erobern, Sohn des Menoitios. Das gesamte trojanische Heer würde dich einschließen. Du darfst
nicht zulassen, daß sie euch von den Schiffen
abschneiden!«

»Ich verstehe«, antwortete Patroklos.

Achilleus hielt ihn noch einen Augenblick länger
fest und schaute ihn zweifelnd an, ließ ihn aber
schließlich los.

Patroklos ging.

3 Binnen weniger Minuten hatten die Männer ihre
Waffen geholt und an Bord gebracht. Eilfertige
Hände zogen in einem wilden Rennen, wer der erste
wäre, die Schiffsbuge zum Wasser hinunter. Ohne
sich die Zeit zu nehmen, die Masten aufzurichten,
brachten sie die Ruder aus und begannen, sie in die
sanft gewellte, silbrige Wasseroberfläche zu tauchen,
hinüber nach Troja. Achilleus schaute ihnen nach.
Dann begab er sich in sein Haus, um Zeus zu opfern
und für ihre sichere Heimkehr zu beten.

Da die Trojaner ihn und seine Myrmidonen vor
allen anderen fürchteten, müssen sie sich unablässig
gefragt haben, wie weit sie den Löwen reizen konnten. Sie wußten, wer am Nordende sein Lager aufgeschlagen hatte, und als ebenjene Schiffe in See stachen und über die Bucht glitten, muß ihnen die

662

ganze grimmige, dreitägige Schlacht als ein reines Ablenkungsmanöver vorgekommen sein, um sie von den Mauern ihrer Stadt fernzuhalten. Auf der Stelle hoben sie die Belagerung auf und eilten zur Rettung ihrer Heimat-Streitwagen, berittene Dardanier vorneweg, die Fußtruppen hinterher.

Die erste Reaktion der Griechen war Verzweiflung und Schreie, daß Achilleus sie nun verließe. Wir hasteten ans Meer oder kletterten auf die Schiffe, um besser sehen zu können. Dann folgten die Erkenntnis und das Siegesgeschrei. Er fuhr nicht heim – er fuhr nach Troja!

Die Finte gegen die Stadt war eine aus dem Stegreif getroffene Entscheidung in verzweifelter Lage, ein genialer taktischer Streich. Es war indes keine Zeit gewesen, ihn richtig zu planen. Wenn Achilleus den Ausfall eigenhändig angeführt hätte, hätte durchaus die Möglichkeit bestanden, daß er den Druck auf die Griechen beseitigte, ohne sich in einen Kampf verwickeln zu lassen. Die Myrmidonen hätten zurücksegeln und sich über einen unblutigen Sieg ins Fäustchen lachen können. Oder sie hätten weitermachen und Troja tatsächlich einnehmen können – wer außer den Göttern wollte das wissen? Unglücklicherweise blieb er jedoch im Lager, und nur Patroklos hatte seine ausdrücklichen Befehle vernommen.

Noch bevor die Expedition die Hälfte des Weges zurückgelegt hatte, begann sich der Plan in seine Bestandteile aufzulösen, weil Menelaos, Sohn des Atreus, in die durch den Ausfall aller Führer entstandene Lücke sprang. Da die Finte ihn ebenso täuschte wie die Trojaner, befahl er, noch mehr Schiffe zu Wasser zu lassen, und führte eine zweite Flotte hinter den Myrmidonen her, entschlossen, daß kein Mann vor ihm zu Helena vorstoßen solle.

Patroklos' Schiff landete unbehindert, und er war der erste, der an Land sprang. Seine Schiffsmannschaft verwandelte sich in eine Kämpferschar und tauschte Ruder gegen Lanzen, gerade rechtzeitig, um einem Angriff einiger trojanischer Bundesgenossen zu begegnen, hauptsächlich Paionier aus dem fernen Westen und Lykier aus dem Süden, die am Morgen die Hauptwucht des griechischen Angriffs getragen und sich dann zurückgezogen hatten, um sich neu zu formieren. Sie lieferten den Neuankömmlingen einen rühmlichen Kampf, vor allem wenn man in Betracht zog, daß sie sich frischen Truppen gegenübersahen, mit denen sie nicht gerechnet hatten. Der lykische Anführer war der große Sarpedon, Sohn des Zeus, der beim Gefecht gegen die Rhoder, in dessen Verlauf er Tlepolemos erschlagen hatte, verwundet worden war. Am Morgen hatte er sich an der Palisade erneut ausgezeichnet; nun rief er seine Männer zum Kampf, um noch einmal Griechen niederzumachen. Unbeeindruckt − oder vielleicht auch nicht getäuscht − vom Umhang des Achilleus hielt er geradewegs auf Patroklos zu. Sarpedon hätte mühelos den Sieg davongetragen, wäre er nicht erschöpft und von seiner Verwundung geschwächt gewesen, aber im Krieg gibt es keine Gerechtigkeit. Sein Tod stellte sowohl einen gewaltigen persönlichen Triumph für den Sohn des Menoitios als auch einen schweren Schlag für die trojanische Sache dar. Um den Leichnam entbrannte ein blutiger Kampf.

Als er beendet war, überquerte die trojanische Vorhut den Skamander. Das war der Moment, in dem Patroklos den Rückzug hätte einleiten müssen, aber die myrmidonischen Kämpferscharen waren wie Ameisen über die trojanische Ebene ausgeschwärmt, geradewegs auf die Zitadelle zu. Patroklos versuchte es nicht einmal. Entweder sah er die zweite Flotte sich nähern, oder er nahm an, daß das Ablenkungsmanöver in einen tatsächlichen Angriff umfunktioniert worden war. Vielleicht hatte ihm auch der Blutrausch die Sinne verwirrt. Was immer der Grund sein mochte, er und seine Männer zogen weiter gegen die Mauern von Troja, wohin seit dem vergangenen Herbst kein Grieche mehr vorgedrungen war.

Ihr Angriff war hoffnungslos, denn ihnen fehlten Seile und Leitern. Dreimal versuchte Patroklos selbst, die Mauern zu erklimmen, dreimal fiel er wieder herunter. Beim vierten Versuch erkannte er, daß die Götter ihm die Stadt nicht geben würden, und er ordnete den Rückzug an, nur daß es jetzt dafür zu spät war – die trojanischen Streitwagen trafen ein. Kurz darauf auch die zweite griechische Welle. Was als Ablenkungsmanöver geplant gewesen war, entwickelte sich zu einer großen Schlacht, zu einer großen Katastrophe. Als die griechische Streitmacht sich zu ihren Schiffen zurückschlug, trugen die Kämpfer den Körper des Patroklos mit sich. Verwundet, umzingelt und abgeschnitten, hatte Hektor persönlich ihn niedergemäht.

So starb der edle Sohn des Menoitios.

4 Ich wußte nichts davon, nicht einmal, ob Achilleus selbst losgezogen war oder an seiner Statt Patroklos geschickt hatte. Die Schlacht war für uns zu weit entfernt, um irgend etwas erkennen zu können, obwohl die dunklen Gewitterwolken, die Zeus schickte, um die Stadt zu verhüllen, uns zeigten, daß die Kämpfe ernst sein mußten. Wir hatten aber ohnehin keine Zeit, uns darüber den Kopf zu zerbrechen, denn der trojanische Abzug spülte uns eine neue Flut von Verwundeten ins Lager. Manche von ihnen hatten stundenlang auf dem Schlachtfeld gelegen und sich totgestellt. Keine Seite hatte Gefangene gemacht.

Etwa zu dem Zeitpunkt, als das Unwetter am fernen Ufer sich aufklärte und die Griechen an Bord zu gehen begannen, ergriff ein Dämon von mir Besitz, etwas, was mir zum ersten und letzten Mal passierte. Ich hielt den Kopf eines Mannes, während ein griechischer Arzt sein zerschmettertes Bein abnahm und den Stumpf ausbrannte. Der Patient hörte auf zu kreischen, verdrehte die Augen nach oben und starrte mich anklagend an. Genau dasselbe war dem letzten widerfahren, vor nicht einmal zehn Minuten.

»Tot«, sagte der Arzt traurig. »Der nächste?«

Die vier Soldaten, die den Mann festgehalten hatten, erhoben sich, wuchteten die Leiche hoch und machten Anstalten, sie zu entfernen, aber ich konnte mich nur wegschleppen, stöhnend und nach Luft schnappend. Ich erstickte; mein ganzer Körper zitterte unkontrollierbar. Hekamede kniete neben mir nieder und sprach mir leise Trost zu, bis der Anfall vorüberging. Trotzdem schlugen meine Zähne noch so hart aufeinander, daß ich kaum sprechen konnte.

»Es ist sein Geist! Er bestraft mich!«

»Nein«, widersprach sie. »Du bist nur übermüdet. Du hast hier wahre Wunder vollbracht. Es ist Zeit, daß du dich ein wenig ausruhst. Dasselbe gilt für mich.«

»Aber hier sind noch so viele, die unsere Hilfe brauchen!«

»Du hast mehr als genug getan. Du könntest im Moment keinen gebrochenen Daumen verbinden, geschweige denn, ein Messer oder eine Nadel führen. Komm.«

Sie führte mich in die Unterkunft des Königs. Sogar auf diesem kurzen Fußmarsch konnte ich sehen, daß sich das Lager in heilloser Unordnung befand. Verwundete wanderten ziellos umher, lachten unerklärlich; offensichtlich unverletzte Männer staksten mit leeren, starrenden Gesichtern an uns vorbei; und viel zu viele fliegenverseuchte Leichname waren noch von keinem Kameraden eingefordert worden. Über all dem ein scheinbar zielloses, aber geschäftiges Treiben wie Wespengesumm mit hin und her trottenden Meldeläufern und Herolden. Allerdings war das vielleicht schon das erste Anzeichen wieder einkehrender Ordnung, als Nestor, Odysseus und Idomeneus die Zügel an sich rissen.

Als Hekamede und ich uns gewaschen hatten, suchte sie mir ein passendes Kleid heraus, einen weißen Leinenchiton. Obwohl meine Atmung sich inzwischen normalisiert hatte und meine Hände ruhig genug waren, daß ich mir das Haar kämmen konnte, blieb ich doch eigenartig abwesend: Wie ein Zweig in einem reißenden Gebirgsbach wirbelte ich umher und trieb weiter ohne Ziel und Willen. Selbst an dem Tag, als Lyrnessos gefallen war, war mir der Willen der Götter bekannt gewesen; ich hatte begriffen, daß ich mich nur in mein Schicksal ergeben mußte, welcher der Sieger mich auch als sein eigen beanspruchen würde. Nun wußte ich nicht mehr, wer mich besaß, was die Götter von mir erwarteten oder ob sie noch zu mir sprachen, wie sie es in der Vergangenheit getan hatten.

Nestors Haus war geräumiger und geschmackvoller eingerichtet als das von Achilleus, was, wie ich mir sicher bin, Hekamedes Werk war. Im Megaron hingen farbenfrohe Wandbehänge anstelle von Waffen, außerdem fehlte jene entsetzliche Anhäufung von Möbelstücken, die Achilleus bevorzugte. Abgesehen von zwei Frauen, die die Kinder hüteten, war niemand sonst da, so daß wir uns auf kostbar gearbeitete Stühle in der Vorhalle setzten und mit Honig gesüßten Wein aus silbernen Bechern tranken. Ich stürzte ihn in völligem Schweigen herunter, während Hekamede redete, aber ich mußte die ganze Zeit daran denken, wie der Tote so vorwurfsvoll zu mir hochgeblickt hatte, so daß ich nichts von dem mitbekam, was sie erzählte. Schließlich fiel mir auf, daß die Schiffe in versprengter Formation mit auf- und abtauchenden Ruderreihen über die Bucht zurückfuhren.

»Sie kehren zurück«, stellte ich fest. Die Myrmidonen waren in die Schlacht gezogen. Das war wichtig, oder?

»Ja, das tun sie«, bestätigte sie, während sie in aller Ruhe meinen Becher wieder auffüllte. »Nun, wir wollen jemand schicken, der für uns Neuigkeiten in Erfahrung bringt.«

Sie schickte ein Mädchen los und befahl einem anderen, uns Käse und Gerstenmehl zu bringen, um es in unseren Wein zu streuen.

Ich wollte selbst in das myrmidonische Lager laufen, entsann mich aber, daß sie das höchstwahrscheinlich unschicklich finden würde. Also riß ich mich zusammen und versuchte ihr zuzuhören, als sie Konversation über alles außer den Krieg machte. Aber es *gab* nichts außer dem Krieg, nichts sonst unter dem Himmel. Er überschattete unser aller Leben.

»Es hat viel geregnet, nicht wahr?« merkte sie an. »Höchst ungewöhnlich für die Jahreszeit. Schau, der Ida ist noch immer in Wolken gehüllt.«

»Ich nehme an, daß der Skamander steigen wird. Die Heere werden die Furt benutzen müssen.«

Sie schürzte die Lippen und versuchte es noch einmal. »Weiß steht dir gut.«

»Mein Schwager sagte das auch immer. Achilleus sieht mich gern in Rot.«

»Aha. Das ist ein wunderschöner Tisch, nicht wahr? All diese eingelegten Elfenbeinplättchen? Greife und Adler. Was für eine exquisite Arbeit!«

»Er kommt aus Lyrnessos. Das war eines von Mutters Lieblingsstücken.«

Hekamede zuckte zusammen und gab es auf, um den heißen Brei herumzureden. »Jetzt, wo Achilleus wieder in den Krieg gezogen ist, wirst du ihm sicher bald zurückgegeben werden, Kind.«

»Ich weiß nicht, ob Achilleus wieder in den Krieg gezogen ist. Er könnte Patroklos als Anführer der Myrmidonen geschickt haben.«

»Wer immer ihr Anführer ist«, versetzte Hekamede, »sie haben die Schlacht gerettet.«

Gewiß, die größte Not schien gebannt zu sein; die Schiffe kehrten zurück, und mittlerweile war es zu spät für die Trojaner, den Angriff auf das Lager fortzuführen. Morgen konnte man einen neuen Anfang machen.

Ich schwebte irgendwo über mir selbst. Ihre Worte schienen von weither zu kommen, und sie zu beantworten, erforderte eine ungeheure Anstrengung.

»Agamemnon könnte seine Versprechen zurücknehmen.«

»Nicht nach dem Schrecken, den die Trojaner ihm heute eingejagt haben. Er würde seine Schätze lieber Achilleus geben, als sie Hektor zu überlassen.«

»Achilleus wird unter den Wällen Trojas sterben.«

Hekamede schrie entsetzt auf.

»Eine Weissagung? Wer sagt das?«

»Nicht ich. Mein Mund spricht sie aus, nicht ich.«

Mir erschien das komisch, und so ließ ich ein

schallendes Gelächter hören und leerte meinen Becher. Diesmal schenkte sie mir nicht nach.

Das erste Schiff, das den Strand erreichte, war ein spartanisches Gefährt; es enthielt jedoch Männer aus vielen Kontingenten, waren sie doch in der allgemeinen Verwirrung an Bord des nächstbesten Bootes gestürmt, das sie erreichen konnten. Antilokos, Sohn des Nestor, wurde ausgesandt, um Achilleus die furchtbare Botschaft zu bringen. Ich wußte nichts davon.

»Was ist das für ein Geschrei?« wunderte sich Hekamede.

»Ich weiß nicht.« Es schien sehr weit weg zu sein. Es konnte mich nicht betreffen. Nichts betraf mich.

Dann kam die Frau, die ausgeschickt worden war, um die Neuigkeiten in Erfahrung zu bringen, mit zwei Bewaffneten auf den Fersen herbeigeeilt.

»Meine Herrin!« keuchte sie. »Die Herolde rufen nach Briseis. Der Große König verlangt nach ihr.«

»Du! Komm mit!« herrschte einer der Lanzenträger mich an.

Ich entschied, daß er mit mir sprach. Ich erhob mich und wandte mich um, um mich von meiner Gastgeberin zu verabschieden. Ich kam bis: »Danke für alles –«, bevor mein Arm von einem Löwengriff gepackt und ich fast von den Füßen gerissen wurde.

Ich beschwerte mich nicht und wurde losgelassen, sobald ich mich in Bewegung gesetzt hatte. Wenn ich danach auch nicht mit der Lanzenspitze im Rücken durchs Lager getrieben wurde, so war der Unterschied doch kaum zu bemerken. Es zählte nicht. Es kümmerte mich nicht. Wieviel des seltsam schwebenden Gefühls von dem Dämon und wieviel von Hekamedes Wein stammte, wußte ich nicht.

Ich wurde indes nicht in die Schlafunterkunft des Großen Königs gebracht. Wir hasteten vielmehr zur

Versammlungssenke, wo sich bereits viele Männer eingefunden hatten. Ich blieb dort stehen, wo man es mir befahl, neben dem leeren Thron, und zitterte unter den Tausenden erboster Blicke, die mich durchbohrten, wilde junge Kämpfer, die an ihre gefallenen Kameraden dachten. Jede Minute trafen mehr ein, denn die Krieger führten ihre Kämpferscharen auf den Versammlungsplatz. Viele steckten noch in ihren Panzern, verschwitzt und blutbesudelt, frisch vom Schlachtfeld; aber wie viele würden nicht mehr kommen, die beim letzten Mal noch dagewesen waren? Wie viele waren gestorben, als das Heer ohne Achilleus zu kämpfen versucht hatte? Es war meine Schuld! Überall erblickte ich Verwundete, selbst unter den Adligen – Odysseus, Diomedes. Ich erkannte Lanzenträger, die ich in den letzten drei Tagen versorgt hatte, aber nirgendwo entdeckte ich Sympathie für mich, die Hure aus Lyrnessos, die ihre Anführer verhext und zu dieser Tollheit verleitet hatte. Warum war ich hierhergebracht worden, wo ich ihrem Zorn ausgesetzt war?

Eine Gruppe junger Frauen betrat das Areal und wurde dort aufgestellt, wohin Odysseus zeigte, auf der von mir aus gesehen anderen Seite des Throns. Doch noch immer rasten meine Gedanken von Vermutung zu Argwohn, konnte ich mir noch immer keinen Reim darauf machen, selbst als Männer mit Goldbarren, glänzenden Silberschalen und großen Bronzekesseln mit Beinen erschienen und all das vor meinen Füßen – denn dort wollte der Sohn des Laërtes es hinhaben – ausbreiteten. Verständnislos glotzte ich auf die Schätze hinab. Der Dämon hatte mich noch nicht verlassen.

In der Senke trat Stille ein. Ich hörte Pferde und Stimmen. Agamemnon, auf sein königliches Szepter gestützt, schleppte sich heran und warf mir im

Vorbeigehen einen finsteren Blick zu, bevor er sich auf seinem Thron niederließ. Sein häßliches Gesicht war blaß, und sein rechter Arm steckte in einer Schlinge. Nachdem Odysseus sich mit einem Blick in die Runde davon überzeugt hatte, daß nichts fehlte, humpelte er zu dem Platz unter den Kriegern, den Nestor und Idomeneus für ihn freigehalten hatten.

Achilleus kam den Abhang hinuntergerannt.

Es war lange her, daß ich ihn in Rüstung gesehen hatte, im Sonnenlicht, und ich hatte vergessen, wie er strahlte, gewaltig groß und furchteinflößend. Der Schild hing ihm auf dem Rücken, das Schwert an seiner Seite. Nur Lanze und Helm fehlten, vermutlich hatte er sie im Streitwagen zurückgelassen. In seinen Augen jedoch loderte schon die Kampfeslust. Er warf einen funkelnden Blick auf die Versammlung, scheinbar ohne mich zu bemerken. Das Gebrüll, das er gegen den Obersten Herrn richtete, muß in der halben Troas zu hören gewesen sein.

»Warum verschwenden wir hier Zeit, wenn es Trojaner zu töten gibt? Kommt! In den Kampf!«

Das Heer brach in wilde Jubelschreie aus, rührte sich jedoch nicht. Ich fragte mich, warum sein rotgoldenes Haar so verfilzt und schmutzig war, sein Gesicht dreckverschmiert. Selbst da begriff ich noch nicht.

Agamemnon rappelte sich mühsam hoch, mußte jedoch brüllend Schweigen gebieten, während Achilleus ruhelos herumzappelte. »Seid still! Wie soll ein Redner vor der Versammlung sprechen, wenn niemand ihm zuhört? Das ist eine willkommene Neuigkeit, die uns da zu Ohren kommt. Einige von euch haben wegen dieses Streits schlecht von mir gedacht, und ich gebe zu, daß ich übereilt gesprochen habe. Die Götter haben mir eine Riesendummheit ins Herz geschickt und mir den Verstand geraubt, und daraus ist großes Unglück entstanden. Jeder von uns, der Höchste und der Niedrigste, kann manchmal so fehlgeleitet werden. Nun will ich es wiedergutmachen.« Er legte eine Pause ein und sah flüchtig zu Nestor und Odysseus hinüber, die beide mit strenger Miene an ihrem Platz standen. Agamemnon seufzte. »Seht hier vor euch die reichen Geschenke, die ich dem Sohn des Peleus versprochen habe, wenn er in die Schlacht zurückkehrt. Gestern hat er sie zurückgewiesen. Heute ist er gleichwohl zu uns gekommen. Ich für meinen Teil will sie ihm übergeben, so wie ich es gelobt habe.«

»Die Geschenke zählen nicht!« rief Achilleus. »Das können wir an einem anderen Tag erledigen! Unsere Aufgabe ist es nun, auszurücken und die Trojaner zu lehren, was Krieg bedeutet. Sie sind da draußen auf der Ebene. Wollen wir zulassen, daß sie dort ihr Lager aufschlagen? Kommt, laßt uns sie in ihre Stadt zurücktreiben!«

Wieder jubelte das Heer, und wieder bewegte es sich keinen Zoll. Ich lächelte stolz über ihn, obwohl ich selbst in meinem abwesenden Zustand wußte, daß ich eigentlich gar nicht wollte, daß er in den Kampf zog. Kämpfen war gefährlich.

Odysseus runzelte die Stirn und erhob sich. Agamemnon sank auf seinen Thron zurück, als sei er dankbar, der Notwendigkeit, argumentieren zu müssen, enthoben zu sein. Die Versammlung verstummte.

»Sohn des Peleus, wir alle heißen dich willkommen, und wir alle teilen deine Begierde, die Schlacht wiederaufzunehmen. Doch es ist spät am Tag. Die Männer haben einen harten Tag hinter sich und können nicht weiterkämpfen, ohne sich ausgeruht und gegessen zu haben.«

»Essen?« bellte Achilleus. »Wie kannst du an

Essen denken, solange es da draußen noch lebende Trojaner gibt? Und wenn es spät am Tag ist – um so mehr Grund, sich zu sputen!«

»Nein, spar dir deinen Zorn für morgen auf. In der Morgendämmerung magst du uns in die Schlacht führen, und dann werden wir uns mit Freuden von dir zeigen lassen, wie man Männer erschlägt. Doch nun nimm die Geschenke des Großen Königs an. Und sei zugegen, wenn er einen feierlichen Schwur vor Zeus tut, daß er dem Mädchen niemals beigewohnt hat.«

Auf sein Zeichen trat eine Gruppe von Wagenlenkern vor, um die auf dem Gras ausgebreiteten Schätze einzusammeln. Ich verfolgte das Ganze mit verständnisloser Neugier, bis eine Hand meinen Arm berührte und ich mich umsah und in das faltenreiche Lächeln des alten Eurybates, des Herolds, schaute.

»Meine Herrin?«

»Ich?«

»Ich habe die Ehre, dich wiederum zu geleiten, meine Herrin.«

»Oh? Wohin?«

Nun war es an ihm, verwirrt zu sein, aber er schob mich vorwärts, und ich gehorchte. Ich wäre ja lieber zu Achilleus gegangen, auch wenn ich sogar in meiner merkwürdigen Benommenheit spürte, daß er andere Dinge im Sinn hatte und mich just jetzt nicht bei sich haben wollte. Als wir die Versammlung verließen, zerrte ein anderer Herold ein quiekendes Schwein herbei, das Agamemnon anschließend Zeus opferte, während er einen feierlichen Eid schwor, daß er nicht mit mir geschlafen hatte. Ich war nicht Zeuge des Rituals, nehme aber an, daß sein Abstreiten genauso sorgfältig formuliert war wie am vergangenen Abend.

Von Eurybates geleitet, führte ich die Prozession an, die sich am Strand entlang zum myrmidonischen Lager bewegte. Hinter uns kamen die sieben Frauen, junge Männer, beladen mit Edelmetallen, andere, die Pferde am Zaum führten. Inzwischen war mir klargeworden, daß ich Achilleus zurückgegeben wurde, und dennoch wurden Freude und Triumph, die ich eigentlich hätte empfinden sollen, durch den Schleier, den der Dämon über mich geworfen hatte, auf seltsame Weise gedämpft. Als wir uns unserem Bestimmungsort näherten, sah ich, wie das letzte der Schiffe auf den Strand gezogen wurde und sich die Männer Schweiß und Blut der Schlacht vom reinigenden Meer abspülen ließen, hörte aber auch die Schreie der Verwundeten, die behandelt wurden. Wieder begann ich zu zittern.

Der Herold nahm mich am Arm, um mich zwischen den Schiffen und sodann zwischen den Zelten hindurchzuführen. Ein anderes, sogar noch mißtönenderes Klagen brach durch den Nebel, der mich umgab. Der Nebel hob sich, und die Götter enthüllten mir, was Achilleus' erneuten Zorn hervorgerufen hatte. Mit einem Schrei des Entsetzens begann ich zu laufen.

Vor dem Blockhaus lagen Männer der Länge nach am Boden, warfen sich in zwanghaften Zuckungen unerträglicher Trauer Schmutz auf den Kopf. Patroklos' Leichnam war in der Vorhalle aufgebahrt, umringt von den myrmidonischen Frauen, die allesamt heulten und wehklagten. Ich schleuderte sie beiseite, zwängte mich durch sie hindurch und warf mich über seinen armen, blutbesudelten Körper. O Patroklos, Patroklos! Meine Eltern, meine Brüder – sie hatte ich nicht beklagen dürfen, wie ich es gewollt hätte, für ihn jedoch konnte ich mir das Herz aus der Brust reißen. Zu spät erkannte ich, wie lebenswichtig er gewesen war und welch große Lücke er in unser aller Leben hinterlassen würde. Von allen großen Kriegern, die ich kannte, hatte er allein ein mitleidiges Herz gehabt. Ich erinnerte mich an seine Freundlichkeit, als Lyrnessos gefallen war, seine gefaßte Tapferkeit, als der Tod in den darauffolgenden Tagen mit ihm geliebäugelt hatte, seine nie erlahmende Liebenswürdigkeit. Kreischend zerkratzte ich mir Gesicht, Hals und Brüste, schrie seinen Namen und meine Verzweiflung hinaus.

5 Natürlich hatte Odysseus recht – es war viel zu spät, um noch am selben Tag Rache an den Trojanern zu nehmen –, aber die Qual ließ Achilleus keine Ruhe. Er verließ die Versammlung, sobald Agamemnon seinen Schwur getan hatte, und brauste allein in seinem Streitwagen davon. Es heißt, vor dem griechischen Palisadenzaum sei er auf eine trojanische Kämpferschar gestoßen. Da er keinen Wagenlenker dabeihatte, der das Gespann hätte führen können, konnte er ihnen nichts anhaben, fuhr aber vor Haß brüllend geradewegs auf sie zu. Und als die Trojaner den Rasenden in seiner wilden Wut auf sich zupreschen sahen, nahmen sie Reißaus und flohen, durch den bloßen Anblick von Achilleus in Angst und Schrecken versetzt. Ich kann mich nicht für die Wahrheit dieser Geschichte verbürgen, die die Barden in späterer Zeit singen sollten, bin aber geneigt, sie zu glauben. Es dauerte nämlich eine ganze Weile, bis er ins Haus zurückkehrte und die Totenklage wiederaufnahm, und seine Stimmung war unglaublich verbittert.

Als er auftauchte, hielt ich noch immer Patroklos' Haupt, hatte aber keine Tränen mehr. Die Menge der

Trauernden war größtenteils betrübt auseinandergegangen. Alle Griechen zeigen ihre Trauer ganz offen, aber Achilleus machte wie immer keine halben Sachen. Er warf sich auf den Leichnam und begann wieder zu wehklagen, wobei er abwechselnd seinen Kummer herausschrie sowie Hektor und den Trojanern schreckliche Rache schwor. Seine Trauer erweckte auch die meine von neuem, und ich vergoß weitere Tränen. Die Dunkelheit war hereingebrochen, bevor sein Schluchzen verebbte.

»Mein Herr?« flüsterte ich.

Kurz darauf hob er den Kopf.

»Dürfen wir mit den Zeremonien beginnen, mein Herr? Ihn waschen?«

Er stöhnte, nickte aber dann und richtete sich schwerfällig auf.

Unterstützt von den anderen Frauen, wuschen Iphis und ich den Leichnam, salbten ihn mit den kostbaren Ölen und hüllten ihn in ein fürstliches Totengewand. Dann trugen Achilleus und die anderen Myrmidonen die Bahre am Strand entlang zu einem flachen Gelände nördlich des Lagers. Nahezu das gesamte Heer paradierte hinter ihnen her – nicht nur Krieger, sondern auch ganze Kämpferscharen, die Niedriggeborenen von den Tälern und Inseln, die ihren Herren nach Troja gefolgt waren, denn kein Mann hatte sich solcher Achtung erfreut wie der Sohn des Menoitios.

Als Achilleus zurückkehrte und ins Megaron ging, um sich seiner Rüstung zu entledigen, folgte ich ihm, da ich damit rechnete, ihm zu Diensten zu sein.

»Darf ich dir helfen, mein Herr?«

Er fuhr mit seiner Tätigkeit fort. Ihm konnte niemand helfen. Nichts würde helfen außer Rache. Ich ließ ihn mit seiner Trauer allein.

Wir trauerten die ganze Nacht. Ich schlief nicht,

obwohl mich meine Erschöpfung einmal zwang, mir etwas zu essen zu holen. Achilleus nahm soweit ich weiß nichts zu sich. Allein war er in die Nacht verschwunden, und wenn er überhaupt geschlafen hatte, dann dort draußen auf der kalten Erde.

Er kam zurück, als die ersten Spuren der Morgendämmerung die Dunkelheit auflockerten. Ich habe ihn nie gerne in den Kampf ziehen sehen, habe mich aber auch nie vor meiner Verpflichtung gedrückt, ihn so gut ich es vermochte vorzubereiten, ist das doch ebenso Pflicht einer Kriegerfrau wie die Begrüßung nach der Schlacht.

Ich hatte seinen Panzer gesäubert, das Feuer aufgeschichtet, Kessel mit Wasser zum Erwärmen aufgesetzt und den Schemel auf den Ochsenfellen am Herd zurechtgestellt. Er blieb im Eingang stehen, und plötzlich fürchtete ich, er würde mich hinausschicken.

»Du mußt frieren, mein Herr. Eine Waschung wird deine Glieder wärmen, damit sie dir in der Schlacht nicht den Dienst versagen.«

Seufzend näherte er sich. Er zog seine Tunika aus und setzte sich. Ich kniete vor ihm nieder, um seine Beinschienen abzuschnallen, und begann ihn dann im flackernden Schein des Feuers zu waschen. Es war nichts Sinnliches an diesem Bad; ich hätte ebensogut ein Schlachtroß striegeln können, denn ich rüstete diesen Giganten dafür, hinauszuziehen und zu töten. Meine Gedanken weilten dabei, wie ich Patroklos gewaschen hatte – damals in Lyrnessos, als er verwundet war, und nun als Leichnam. Eingedenk der Prophezeiung fragte ich mich, ob ich Achilleus nicht bald schon denselben Dienst würde erweisen müssen.

Er muß dasselbe gedacht haben, denn als ich seine Schultern wusch, sagte er unvermittelt: »Du hast meinen Tod vorausgesagt.«

Ich tauchte den Schwamm in das dampfende Wasser und wrang ihn mit einer heftigen Bewegung aus. Merkwürdige Gedanken gingen mir durch den Kopf, Zweifel und wilde Hoffnungen und schleichendes Entsetzen. »Ich habe dich gewarnt, daß du sterblich bist. Das sagt einem die Vernunft, daß du nicht immer der erste in der Schlacht sein kannst, ohne …«

Er packte mich mit seinen schwieligen Fingern am Kinn. »Du hast gesagt, wenn ich in Troja bliebe, werde ich immerwährenden Ruhm erringen, aber hier sterben und nicht nach Thessalien zurückkehren. Du hast gesagt, diese Worte kämen von Athene!«

Vielleicht hätte ich selbst da noch Reue zeigen können. Ich hätte ein Mißverständnis vorschützen oder abstreiten können, daß ich im Namen der Göttin gesprochen hatte, aber in meiner Torheit verzagte ich vor dem Aufblitzen in seinen Augen und murmelte: »Ich erinnere mich nicht.«

So folgen wir unserem Geschick. Ich versäumte, meine falsche Prophezeiung zu leugnen, und hinterging die Götter so ein zweites Mal. Helenos hatte mich gewarnt, daß die Unsterblichen sich nicht verspotten ließen.

»Du! Mein Ehrengeschenk!« Achilleus' Stimme war so bitter wie der vorzeitige Tod selbst. »Ich konnte es nicht ertragen, ohne meine Ehre zu gehen, und so blieb ich. Weil ich blieb, ist Patroklos gestorben. Mächtig saß ich hier am Strand − nutzlos! Gräßlich ist der Zorn, süß wie Honig, doch nun gilt mein Zorn Hektor. *Ihn muß ich erschlagen!* Dann will ich mich nicht beklagen, welches Los die Götter mir auch zugedacht haben. Obwohl ich nie zurückkehren werde, um zu Füßen meines Vaters niederzuknien und seine Halle mit Schätzen zu übersäen, obwohl ich ihn im Alter nicht trösten und ihm nicht das ehrenvolle Begräbnis geben werde, das sein Recht und meine Pflicht ist, muß ich jetzt in den Kampf ziehen. Keine Weissagung wird mich von dieser Schlacht fernhalten. Heute werde ich viele neue Witwen in Troja weinen machen. Sie werden feststellen müssen, daß der Krieg bis jetzt nur ein Spiel gewesen ist.«

»Tu das!« bestärkte ich ihn. »Vernichte die, die Patroklos erschlagen haben, und möge Athene dir helfen.« Die Worte kamen aus meinem Herzen, hinterließen aber einen bitteren Nachgeschmack auf der Zunge.

Der Himmel hinter der Tür wurde rasch heller. Klirrende Töpfe im Lager riefen die Männer zum Frühstück; Pferde wieherten vor Ungeduld, endlich losgaloppieren zu dürfen. Ich rieb Achilleus mit süßem Öl ein, kämmte sein Haar aus und kleidete ihn in eine parfümierte Tunika aus feinstem Leinen. In der Nähe hatte ich einen Tisch mit Speisen aufgestellt, aber er zeigte wenig Interesse daran, außer daß er sich ab und zu einen Brocken griff, als sei er sich nicht bewußt, was seine Hände da taten. Er schnallte sich die bronzenen Beinschienen und seinen schweren Brustpanzer um. Ich hängte ihm seinen Sternenumhang um und schloß ihn am Hals mit einer Goldnadel. Er schlang sich das Schwert über die rechte Schulter, den Schild über die linke, und dann tauchte Automedon mit dem Streitwagen vor der Tür auf. Vorher war er stets freudig in die Schlacht gezogen, an jenem grimmigen Morgen aber sagte er kein einziges Wort. Er setzte seinen Helm auf, nahm seine große Lanze in die Hand und schritt hinaus.

So sandte ich Achilleus, Sohn des Peleus, aus, die Trojaner zu zerschmettern.

Ein Mann unter tausend sollte eigentlich keinen Unterschied darstellen, aber Achilleus hatte die Götter auf seiner Seite. Als die Morgenröte Rosenblätter auf dem Berg Ida verstreute, führte er das Heer aus dem Lager, und Poseidon schickte einen vom Meer herbeiwabernden Nebel, der seine Bewegungen vor dem Feind verbarg.

Hektor, der nun die Gefahr kannte, die Stadt ungeschützt zu lassen, traf die beste Wahl, die ihm zur Verfügung stand, indem er sich entschloß, die Furt zu verteidigen. Er nahm, gewiß zu Recht, an, der Mündungsbereich des Skamander sei für die Griechen unpassierbar, weil der Fluß immer auf der Seite der Trojaner gestanden hatte und an diesem Tag von den Regenfällen angeschwollen, gefährlich und reißend war. Seine Verbündeten wurden schwächer wie Holzplanken, die unter seinen Füßen wegfaulten, er aber warf sie zusammen mit den Dardaniern an die vorderste Front und postierte die Trojaner selbst auf dem östlichen Ufer. Auf diese Weise hielt er seine besten Truppen in Reserve, ganz so, wie er es auch am vergangenen Tag getan hatte.

Wie am vergangenen Tag umging Achilleus ihn und fiel ihm in den Rücken. Zuerst marschierte er auf die Furt zu, während er in seinem Streitwagen vor dem Heer hergaloppierte und feindliche Kundschafter wie Spinnweben niederstampfte. Andere Streitwagen folgten ihm, die Kämpferscharen jedoch gingen, vom Nebel behindert, am Rand der Sümpfe um diese herum. Erst als sie den Fluß erreichten, kehrten die Streitwagen um und vereinigten sich mit ihnen. Hektor mußte seine Aufstellung umdrehen und seine zusammengewürfelte Streitmacht auf beiden Ufern flußabwärts schicken, um eine mögliche griechische Überquerung zu verhindern, und das führte dazu, daß sein Heer vom Fluß in zwei Teile gespalten wurde.

Die Dardanier waren die ersten, die Feindberührung hatten, indem sie aus dem Nebel heraus angriffen. Sie schlugen sich tapfer, aber viele der Bundesgenossen, die bei ihnen hätten sein sollen, bewegten sich lieber in die entgegengesetzte Richtung, als die Stellung zu behaupten und gegen Achilleus zu kämpfen. Wieder begegneten sich Aineias und Achilleus in der Schlacht, und wieder entkam mein Vetter in Nebel und Chaos.

Dennoch waren Bundesgenossen zugegen: Lydier, Thraker und andere. Viele waren von weither gekommen, um auf der Ebene von Troja zu sterben. Und auch Trojaner waren dort, denn unter denen, die in jener Schlacht unter Achilleus' Lanze starben, waren zwei Söhne des Priamos. Einer von ihnen war Polydoros. Sein Vater hatte seinem jüngsten und geliebtesten Sohn verboten zu kämpfen, er aber wollte bei seinen Brüdern sein.

Als das Blutbad beendet war und die Verteidiger flußaufwärts flohen, führte Achilleus die Griechen in den Fluß. Kein anderer hätte es gewagt, den Skamander während des Frühlingshochwassers herauszufordern, die Männer jedoch wären Achilleus sogar in den Styx gefolgt. Und irgendwie schaffte er es, die meisten von ihnen hinüberzubringen, trotz heftigen Widerstands sowohl des Flusses als auch der Trojaner, die das andere Ufer besetzt hielten. Beizeiten war der Fluß mit Körpern verstopft; als die Sonne die Nebelschwaden wegbrannte, war das Wasser feuerrot.

Als mehr und mehr Griechen ans Ufer drängten,

brachen die Bundesgenossen ein und flohen flußaufwärts. Das viertägige Gemetzel hatte ihnen die Lust auf weiteres Kämpfen vergällt, und Priamos war das Gold ausgegangen, um sie zu entlohnen. Achilleus verfolgte sie, hetzte und jagte sie gnadenlos, bis sie sich in den Bergen verstreut hatten. Mit ihnen gingen die letzten Hoffnungen der Trojaner dahin. Der Krieg war so gut wie gewonnen.

Die Trojaner selbst führten einen geordneten Rückzug nach Troja durch. Ihre Nachhut leistete heldenhaft Widerstand, bis nur noch Hektor und seine Kämpferschar vor den Mauern zurückblieben, nahe dem Skaiischen Tor. Nachdem sie alle möglichen Fluchtwege gesperrt hatte, ließ sich der Rest der griechischen Armee nieder, um auf Achilleus zu warten, der ausdrücklich Befehl erteilt hatte, keiner außer ihm dürfe Hektor ein Haar krümmen. Als er schließlich eintraf, glühend wie ein tödlicher Stern auf der Ebene, flohen Hektors Männer hinter die Mauern und ließen ihn im Stich. Die Verteidiger riefen ihm mehrfach zu, er solle ihnen folgen, doch er blieb bei seinem Streitwagen stehen und weigerte sich, sich von der Stelle zu rühren, selbst als seine Eltern herbeieilten und ihn ebenfalls beschworen. Schließlich wurde das massive Tor in seinem Rücken zugestoßen, verriegelt, verschlossen und verbarrikadiert.

Nur die Götter wissen, warum er diese fatale Entscheidung traf. Auch wenn er davon geträumt haben mag, Achilleus im Zweikampf zu besiegen, so kann er doch nicht gehofft haben, das ganze griechische Heer zu besiegen. Die Zeit, um an Verhandlungen, eine Rückgabe Helenas oder Sühneleistungen zu denken, war längst verstrichen. Dieser strenge, pflichtbewußte Mann, den ich so flüchtig kennengelernt hatte, hatte mit tiefer Zuneigung von seiner Gemahlin und seinem kleinen Sohn gesprochen, hatte seine Verantwortung betont, sie mit seinem Leben zu verteidigen, und dennoch muß er gewußt haben, daß er sein Leben wegwarf und sie schutzlos zurückließ. Vielleicht wußte er, daß er den Krieg verloren hatte, und konnte es nicht ertragen, sich den Vorwürfen seiner Familie und den anderen Kriegern zu stellen. Stolz war die Stärke, die die Krieger dazu brachte, für ihren Lebensunterhalt ständig dem Tod ins Gesicht zu blicken, und Stolz war ihre Schwäche. Agamemnon konnte es nicht ertragen, Chryseis zu verlieren, Achilleus mich oder Hektor Troja.

Es sollte jedoch noch seltsamer kommen: Im letzten Moment sprang er in seinen Streitwagen, peitschte sein Gespann zum Galopp und floh vom Schlachtfeld. (Ich weinte, als ich das erfuhr.) Hatte der Sohn des Peleus eine so übernatürlich-schreckliche Wirkung, daß sogar der große Hektor die Nerven verlor? Achilleus verfolgte ihn natürlich, und die beiden Streitwagen rasten um die Zitadelle, während die Trojaner jammerten und die Griechen vor Verachtung johlten.

In der Nähe der Wälle war der Boden mit den Überresten niedergebrannter Hütten bedeckt. Falls es Hektors Absicht gewesen sein sollte, Achilleus in Reichweite der Bogenschützen der Verteidiger zu locken, dann wurde er durch diese Ruinen und die Lenkkünste Automedons besiegt, der immer weiter aufholte. Eine Runde nach der anderen drehten sie, und die Lücke wurde zusehens kleiner. Schließlich hielt Hektor sein schaumbedecktes Gespann an und sprang herunter, um sich zum Kampf zu stellen. Achilleus stieg ebenfalls ab, und die beiden Männer stürmten aufeinander zu und griffen mit Schild und Lanze an.

In einem Getöse von Bronze trafen sie aufeinander. Beiden gelang es, den Stoß des anderen abzuwehren und aufrecht stehenzubleiben, Achilleus jedoch war der erste, der sich wieder erholte und zum zweiten Stoß ansetzte. Er rammte die Lanzenspitze durch Hektors Hals und blieb über ihm stehen, bis er tot war.

So starb Priamos' größter Sohn – ein Versager und augenscheinlich im letzten Moment ein Feigling. So nannte ihn Achilleus, und so machen sich die Barden noch immer über ihn lustig. Aber die Barden sind Griechen, und später hörte ich eine andere Version der Ereignisse von Laothoë. Wie dem auch sei – er war tot; Achilleus hatte Patroklos gerächt und Troja zum Untergang verurteilt. Er ließ einen Truppenkordon um die Stadt zurück, um die Belagerung aufrechtzuhalten, und führte den Rest des Heers im Triumph ins Lager zurück. Er riß Hektors Leichnam eigenhändig die Rüstung herunter, zog Schnüre durch seine Knöchel, band ihn an seinen Streitwagen und schleifte ihn als Siegestrophäe ins Lager.

6 Ich verbrachte den größten Teil des Tages mit finsterem Brüten im Megaron, das ohne Patroklos' Strahlen noch düsterer als gewöhnlich wirkte. Ich traf Vorbereitungen für die Begräbnisfeierlichkeiten, ließ Wein und Vieh herbeischaffen, schickte Trupps ans Ende des Kaps, um Treibholz für das Totenfeuer zu sammeln. Die Verwundeten, die im Lager zurückgelassen worden waren, leisteten meinen Anweisungen ohne Widerspruch Folge, und die anderen Frauen der Myrmidonen gehorchten mir selbstverständlich. Die dralle Diomede schickte ich zum Fußvolk zurück, wobei ich ihr versicherte, ihre Dienste würden nicht länger benötigt, und Maera trug ich auf, sich um die untröstliche Iphis zu kümmern.

Verletzte, die von der Schlacht an der Furt zurückströmten, berichteten uns von der verheerenden trojanischen Niederlage. Als wir an den Staubwolken erkennen konnten, daß das Hauptheer ins Lager zurückkehrte, begann ich mich darauf vorzubereiten, Achilleus zu empfangen, nahm ich doch an, daß er wie üblich vor Siegesfreude strahlend zurückkäme. Ich zog einen Chiton aus feinstem Leinen an, setzte Kessel aufs Feuer und legte Bettzeug aus. Unzählige Male hatte ich ihn willkommen geheißen, wenn er von einem Plünderzug zurückgekehrt war, und jedesmal war die Liebe sein erstes Bedürfnis gewesen – gewöhnlich auch das zweite und dritte. Nachdem ich so lange auf seine Umarmung hatte verzichten müssen, dürstete ich förmlich danach. Patroklos hätte uns diesen Trost sicher nicht geneidet.

Aber wehe! Schwerfällig stieg er aus dem Streitwagen, als schmerzte ihm jeder Knochen im Leib, und stapfte ohne einen Blick für mein Lächeln an mir vorbei. Ich folgte ihm ins Blockhaus. Er riß sich die Rüstung herunter, schleuderte sie von sich und wandte sich ab, als ich mich ihm näherte, um ihm behilflich zu sein. Sein Gesicht und Haar und seine Glieder waren mit Schmutz und geronnenem Blut verkrustet. Dennoch ignorierte er die dampfenden Kessel und griff nach der Tunika, die ich bereitgelegt hatte.

»Darf ich dich baden, mein Herr?«

»Ich werde keinen Tropfen Wasser an meinen Leib lassen, bevor mein Freund nicht die ihm gebührenden Riten erhalten hat.« Steifbeinig ging er zur Tür, während er sich die Tunika überstreifte.

»Das ist widerwärtig! Du kannst doch nicht den Göttern opfern, ohne dir die Hände zu waschen.

Willst du deinem Freund in diesem abstoßenden Zustand die letzte Ehre erweisen? Du entehrst sein Gedächtnis!«

Entsetzt über meine eigenen Worte, schlug ich mir die Hand vor den Mund. Achilleus blieb stehen. Langsam zog er die Tunika wieder aus und ließ sie zu Boden gleiten. Dann stapfte er wieder zum Herd zurück und setzte sich auf den Schemel, ohne mich eines Blickes zu würdigen. Ich benetzte den Schwamm und begann ihn zu säubern, wagte es jedoch nicht, auch nur ein einziges weiteres Wort zu sagen.

Als ich sein Gesicht reinigte, merkte ich, daß er weinte. Er starrte blicklos geradeaus, und die Tränen, die ihm aus den Augen stürzten, hatten kleine Rinnen durch die Schmutz- und Blutkruste auf seinen Wangen gegraben. Er hatte seine Rache gehabt, aber Patroklos war noch immer tot. An ihm klebte so viel Blut, daß ich schon eine furchtbare Wunde zu finden fürchtete. Es schien jedoch alles Trojanerblut zu sein, bis ich zu seinem rechten Unterarm vorstieß, und dort entdeckte ich eine häßlich klaffende Wunde. Sie hatte aufgehört zu bluten, die Wundränder standen aber weit auseinander. Ich tupfte sie behutsam sauber. Er zuckte zusammen.

»Ich sollte das besser nähen.«

»Laß es sein.«

»Es wird eine Narbe geben.«

»*Laß es sein!*«

Ich gab nach, aber wir wußten beide, daß das ein Omen war. An seinem Körper gab es keine anderen Narben. Er war noch nie zuvor verwundet worden.

»Du hast einen großen Sieg errungen, mein Herr?«

Er grunzte.

»Du hast den Sohn des Menoitios gerächt?«

Er seufzte. »Vielfach. Und Hektor ist tot.«

»Das freut mich.« Ich zog einen Kessel mit frischem Wasser näher heran und kniete mich hin, um die Beine meines Gebieters zu waschen. Im Gegensatz zu all den anderen Malen, wenn ich ihn nach der Schlacht willkommen geheißen hatte, bewirkten meine Aufmerksamkeiten keinen Gruß.

»Und Priamos hat noch andere Söhne verloren. Er wird sich an diesen Tag erinnern, wenn er seine Dummheit bereut, dem verachtenswerten Paris Schutz gewährt zu haben.« Es war, als spräche Achilleus nicht mit mir, sondern mit Patroklos' Schatten, aber dann fügte er hinzu: »Lykaon! Erinnerst du dich noch an ihn? Einer deiner Bettgenossen!«

Überrascht und erschrocken ließ ich beinah den Schwamm fallen, denn ich hatte meine früheren Eskapaden ihm gegenüber nie erwähnt. Und er hatte nie gefragt. Lykaon mußte es ihm selbst erzählt haben, als er als Gefangener bei uns weilte.

»Bevor ich dir begegnete.« Mit kräftigen Bewegungen säuberte ich Achilleus' Füße, ohne den Blick zu heben.

»Junger Narr! Ich dachte, ich würde ihn nicht mehr wiedersehen, als ich ihn nach Lemnos geschickt hatte, aber er ist zurückgekommen. Ich bin ihm im Fluß begegnet, und er besaß die Frechheit, mich um sein Leben zu bitten. Weil er mein Gast gewesen sei! Stell dir das vor! Ich habe ihm geantwortet, nun, da Patroklos tot sei, gäbe es keine Gnade mehr. Ich habe ihm gesagt, ich sei ein weitaus besserer Mann als jeder Sohn des Priamos, und da ich vor Troja sterben müsse, müsse er es ganz gewiß.«

Ich sagte nichts.

»Er berichtete mir, sein Bruder sei vor ihm gestorben, Polydoros.«

Daraufhin muß ich irgendeinen Laut von mir gegeben haben, denn Achilleus fauchte. »Er auch?«

»Ich kannte ihn. Er war zu jung, um zu sterben.«

»Na ja, jetzt ist er tot. Sie sind beide tot. Hektor ist tot. Und Patroklos ist tot.«

Ich war noch nicht fertig, aber er erhob sich und begab sich zu seiner abgeworfenen Tunika. Zitternd richtete ich mich auf.

»Darf ich dich nicht einmal abtrocknen, mein Herr? Einölen?«

An der Tür hielt er kurz inne. »Tochter des Brises!« Seine Stimme knirschte hart und unvertraut, die Stimme eines Fremden. »Es wäre weitaus besser gewesen, wenn du in der Schlacht um deine Stadt gestorben wärst. Dann hätten Agamemnon und ich mich nicht so erbittert um dich gestritten, und manch ein tapferer Mann wäre noch am Leben.« Er schlug die Tür hinter sich zu, daß das ganze Haus in seinen Grundfesten erbebte.

Er hätte mich oder sein Leben in Thessalien dafür gegeben, Patroklos wieder lebendig zu machen, vermutlich sogar seinen Vater Peleus. Ich konnte seinen Worten nicht widersprechen, was aber nichts daran änderte, daß sie schmerzten. Entsetzt und bestürzt krümmte ich mich zusammen und weinte auf den aufgehäuften Bettfellen.

Sofort schlich die alte Maera herein wie eine schlaue schwarze Bohrassel. Sie mußte Achilleus gesehen und die Situation richtig eingeschätzt haben.

Ich setzte mich auf, fuhr mir über die Augen und schnauzte sie an: »Was willst du?« Mein Hals tat weh.

»Sehr wenig.« Sie hockte sich auf einen Schemel aus Ölbaumholz. »Du aber willst Achilleus zurück, und das heißt von den Göttern eine Menge verlangen.«

»Warum? Wieso eine Menge? Sie haben mich ihm zurückgegeben, und er wußte es. Ich begreife das nicht! Er hat immer gesagt, daß er mich liebt!«

»Patroklos hat er mehr geliebt.«

»Es war nicht meine Schuld!«

»Vielleicht doch.« Sie hielt ihre winzige, von der Gicht verkrüppelte Hand hoch, um mir Schweigen zu gebieten. »Warum ist er nicht heim nach Thessalien gefahren, wie er es gesagt hat? Hätte er dich aufgegeben, wäre Patroklos noch am Leben. Männer suchen sich gern andere, denen sie die Schuld für ihre eigenen Fehler geben können. Nimm zum Beispiel Hektor.«

»Was ist mit Hektor?«

Sie verzog ihre zahllosen Runzeln zu einer Grimasse. »Achilleus hat den Leichnam ins Lager geschleift und neben der Totenbahre liegenlassen. Er beabsichtigt, ihn weiter zu schänden.«

»Nein! Doch nicht Achilleus! Das würde er nie tun! Das ist gegen den Kriegereid.«

»Schlimmer noch.« Sie rang ihre verkrümmten Hände und wirkte aufgebrachter, als ich sie je erlebt hatte. »Es ist ein Verstoß gegen die Götter und alle Gesetze der Menschlichkeit. Er hat ein krankes Herz, dein mächtiger Mann, richtig krank. Sei vorsichtig, Briseis! Wie sehr er dich auch liebt, er könnte es sich jetzt in den Kopf setzen, sich deiner zu entledigen. Er will verhindern, daß die anderen Männer denken, er hätte wegen einer Sklavin den Kopf verloren. Auf wen sonst sollte er wohl böse sein? Jedesmal, wenn er dich ansieht, denkt er an Patroklos.«

Ganz genau wie ich, denn mit Problemen war ich immer zu Patroklos gegangen. »Was kann ich tun?«

Maera zuckte mit ihren zarten Schultern. »Warten und beten. Er will noch nicht wieder glücklich sein. Wenn die Leichenfeier vorbei ist und er wieder in den Kampf zieht, wird es vielleicht besser.« Sie stand auf und ging zur Tür. »Paß auf, was er mit dem Leichnam anstellt. Ich fürchte den Zorn der Götter, wenn er ihn nicht zurückgibt.«

Ich wusch mir das Gesicht und begab mich nach draußen. Im Gras vor dem Blockhaus funkelte ein Berg von Bronze in der Abendsonne – Schwerter, Brustpanzer, Helme und all die anderen Ausrüstungsgegenstände eines Kriegers –, ein Grabhügel aus Waffen, die seine Männer den Gegnern abgenommen hatten, die er an jenem Tag erschlagen hatte. Ich fragte mich, was Sphelos wohl dazu gesagt hätte. Das Ganze war ein Königreich wert, und jetzt pinkelten schon die Hunde darauf.

In der Vorhalle türmten sich noch immer Agamemnons Goldbarren und Silberschalen. Während ich noch hin und her überlegte, wohin sie sollten, kam Automedon von den Zelten herauf, mit federndem Schritt und frisch geschrubbt; er sah aus, als laufe ihm noch die Muttermilch übers Kinn, aber er wirkte ungeheuer zufrieden mit sich. Er tippte sich zum Gruß an die Schläfe.

»Herrin Briseis! Ist der Sohn des Peleus bereit?«

»Er ist bereits aufgebrochen.«

»Oh!«

Verblüfft runzelte er die Stirn.

»Hast du einen guten Tag gehabt, Sohn des Diores?« Ich konnte das Strahlen des Sieges sehen, das wie Feuer unter seiner Haut pulsierte.

Er grinste. »Achilleus' Wagenlenker in der Schlacht am Skamander? Mein Lebtag werde ich dafür geehrt werden.« Er machte Anstalten, sich umzudrehen, hielt dann jedoch inne. »Ähm, meine Herrin?«

Ich muß die einzige Sklavin in der ganzen Troas

gewesen sein, die so angesprochen wurde. Patroklos hatte damit begonnen, und alle anderen taten es ihm nach. »Wagenlenker?«

»Möchte er ... Hat er etwas verlauten lassen ...« Er scharrte mit den Füßen. »Soll ich hier schlafen?«

Ich wußte es nicht. Ich hatte gedacht, ich verstünde Achilleus, aber nun war er ein Fremder für mich. Für gewöhnlich stand ein Wagenlenker oder ein anderer hochgeborener Kamerad seinem Krieger jederzeit zu Diensten, aber niemand konnte je Patroklos ersetzen. Der arme Automedon war so eifrig darauf bedacht, alles richtig zu machen, und hatte doch eine so unmögliche Aufgabe geerbt.

»Er hat nichts gesagt. Ich ... Wenn ich du wäre, würde ich mich lieber hier aufhalten und ließe mich wegschicken, als daß ich nicht hier wäre und erst gerufen werden müßte.«

Seine Antwort bestand aus einem bekümmerten Nicken und einem halbherzigen Grinsen, aber ich hatte soeben die sieben kunstfertigen Jungfrauen von Lesbos erspäht, die sich in der Aufmerksamkeit einer Gruppe von Lanzenträgern sonnten. Achilleus hatte auch in bezug auf sie keinerlei Anweisungen hinterlassen. Falls eine von ihnen den Ehrgeiz hegte, mich in seinem Bett abzulösen, so besaßen sie wenigstens soviel Verstand, es mir nicht zu zeigen. Ihnen würde nach der langen Gefangenschaft in Agamemnons Sklavenpferch alles wie eine Verbesserung vorkommen.

Sollte ich es wagen? »Wie geht es Alexandra?«

Automedon feixte. »Dick genug für Drillinge.«

Nahezu jede Frau im Lager war schwanger oder stillte. Ich war eine Ausnahme. Ich holte einmal tief Luft und ließ es darauf ankommen. »Achilleus möchte, daß diese Mädchen unter den Kriegern verteilt werden. Würdest du dich bitte darum kümmern?«

Er bekam große Augen. »*Ich* soll das entscheiden?«

»Und du hast die erste Wahl. Soll ich sie dir vorstellen?«

Ich ging ein großes Wagnis ein, aber falls Achilleus beabsichtigte, eine von ihnen als Ersatz für mich zu behalten, war meine Sache ohnehin verloren.

Ich geleitete meinen eifrigen jungen Gefährten zu ihnen und stellte ihm den Haufen kichernder Schönheiten vor, um ihm dann die Entscheidung zu überlassen. Er schien seine Aufgabe nicht gerade als Strafe zu empfinden.

Säulen in die Dunkelheit aufsteigender Funken zeigten mir den Weg zum Fest, aber das war ein ausschließlich den Männern vorbehaltenes Ritual mit einer Menge Waffengeklirr und lauten Reden über die Heldentaten des Verstorbenen; und danach würden die Krieger die Bahre in ihren Streitwagen umrunden. Ich hielt mich im Hintergrund und beobachtete, wie Lämmer und Bullen geschlachtet und zerlegt wurden, ihr Blut in Silberschalen aufgefangen und als Trankopfer für die stille, in weiße Leichentücher gehüllte Gestalt ausgegossen wurde. Nichts von alledem schien mir in irgendeiner Beziehung zu dem Patroklos zu stehen, den ich gekannt hatte, aber ich neigte ohnehin dazu, den mächtigen Kämpfer, den ich gegen Mynes hatte fechten sehen, zu vergessen. Ich zog es vor, mich an ihn als den großzügigen Gefährten zu erinnern, den Mann, der mir gestanden hatte, daß er kämpfte, weil sein Freund kämpfte – und der gestorben war, weil sein Freund es nicht getan hatte.

Ich ging zurück ins Haus und traf dort Eriphyle an, eine der sieben. Sie war ein gutmütiges Mädchen, nicht dumm und auf eine schlanke Weise eine ins Auge fallende Schönheit, die Tochter eines wohlhabenden Kapitäns aus Thermi.

»Ich sehe, der Sohn des Diores hat einen ausgezeichneten Geschmack«, bemerkte ich.

Sie lachte und warf ihr langes Haar zurück. »Offenbar sind die Moiren ihm gnädig gesinnt! Ich glaube, auch mir hätten sie übler mitspielen können.« Ihr leichtfertiger Tonfall verbarg eine ernste Frage.

»Wesentlich übler«, beruhigte ich sie. »Soweit ich weiß, hat er keine Brüder und wird ein reiches Landgut in Thessalien erben. Alexandra hat sich nie darüber beklagt, wie er sie behandelt.«

Erleichtert seufzte sie. »Meine Mutter sagte immer, Glück sei ein warmes Bett und ein voller Kochtopf. Das letzte Jahr über habe ich beides gehabt, und ich glaube langsam, daß das so weitergehen könnte.«

»Was immer darüber hinausgehen sollte, ich nehme an, Automedon kann es beisteuern.«

»Ich sollte ihn also halten?«

»Auf alle Fälle. Spar keine Mühen.«

Sie kicherte und errötete. »Oder Freuden?«

»Keine einzige!« Später, als wir gemeinsam das Mahl zubereiteten, hörte ich mich murmeln: »Lächeln.«

»Wie bitte?«

Ich hatte gar nicht laut reden wollen. »Glück«, führte ich aus. »Das braucht man zusätzlich – warmes Bett, vollen Topf und Menschen, deren Miene sich aufhellt, wenn sie dich sehen.« Ich vermute, ich fragte mich, was Achilleus zu mir sagen würde. Er würde inzwischen erfahren haben, wie ich mit den sieben Jungfrauen aus Lesbos verfahren war.

Schließlich hörten wir, daß die Pferde in das Gehege zurückgebracht wurden, was bedeutete, daß die Streitwagenparade vorüber war. Wir breiteten

Bettzeug auf beiden Seiten des Herdes aus, entklei-
deten uns und schlüpften unter unsere jeweiligen
Laken. Dann lagen wir stumm da und warteten.

Ächzend ging die Tür auf, quietschend ging sie
wieder zu. Automedon zögerte im Dunkeln, spähte
von einem Schlafplatz zum anderen. Eriphyle war so
hilfsbereit, sich aufzusetzen und die Arme nach ihm
auszustrecken, wobei die Decke herunterrutschte
und im Schein des Feuers eine ziemlich schlanke,
aber nichtsdestotrotz wohlgeformte Figur enthüllte –
in seinen Augen auf alle Fälle, denn in einem
Schauer von Umhang, Tunika, Beinschienen und
Schuhen stürmte er herüber und stürzte sich splitternackt unter die Laken, die sie für ihn hochhielt.
Ineinander verschlungen verschwanden sie hinter
dem Steinkreis des Herdes, meinen Blicken entzogen. Bald vernahm ich winselnde Laute mädchen-
hafter Lust, die ich als übertrieben, unglaubhaft und
außerordentlich störend empfand. Sie erfüllten allerdings ihren Zweck, denn bald darauf gesellten sich
tiefere männliche Stöhnlaute dazu. Die Fähigkeiten,
die Agamemnon an den sieben Jungfrauen aus
Lesbos gerühmt hatte, beschränkten sich nicht auf
Spinnen und Weben. Dann befanden sich Eriphyles
Füße hinter ihren Ohren, Automedons bleiche
Gesäßbacken hoben und senkten sich im Feuerschein, und mit jedem Stoß, der sein Ziel fand,
konnte ich ihr Keuchen hören. Sie schrien ihr Vergnügen ziemlich schamlos heraus. Ich wälzte mich
auf die andere Seite, fast selbst ganz naß, und versuchte, nicht zu laut mit den Zähnen zu knirschen.

Ich wartete umsonst auf Achilleus. Er brachte die
Nacht damit zu, über das Kap zu wandern, von
Geistern gehetzt und unfähig, Frieden zu finden.

7 Der Tag graute kalt und trübe, mit prasselndem Regen und noch Schlimmeres verheißenden schweren Wolken – ein angemessenes Wetter für Begräbnisse. Arbeitstrupps und Maultiergespanne fällten in dem Gebiet südlich der Bucht von Besik Bäume und sammelten Dutzende griechischer Leichname auf der Ebene ein. Trojanische Tote, erkennbar an ihren kürzeren Haaren, wurden den Vögeln und Füchsen überlassen. Die Gefängniswärter, die den Belagerungsring um die Zitadelle bildeten, sorgten dafür, daß die Verteidiger davon erfuhren, und johlten höhnisch über deren Ohnmacht, ihren Toten zu helfen. Patroklos war nicht der erste griechische Krieger, der vor Troja gefallen war. Die Myrmidonen aber setzten alles daran, seine Totenfeier zu einem unvergeßlichen Ereignis zu machen. Am nördlichen Kap schichteten sie einen Scheiterhaufen auf, der höher war als vier Häuser.

Achilleus selbst trug den Leichnam hoch und bettete ihn auf seine Spitze. Er schnitt sich Locken seines Haupthaars ab und streute sie über ihn, und alle anderen Adligen folgten seinem Beispiel. Noch mehr Tiere wurden für Blutopfer und zum Bedecken des Leichnams mit brennendem Fett geschlachtet.

Mit auf die Reise gegeben wurden Patroklos seine Rüstung und viele kostbare Geschenke einschließlich vier Pferde, seine beiden Lieblingshunde und zwölf junge Trojaner, die Achilleus zu ebendiesem Zweck am vorigen Tag gefangengenommen hatte und denen nun ungeachtet ihrer Schreie um Gnade die Kehlen durchgeschnitten wurden. Zwei menschliche Diener wären schon großzügig gewesen. Ein Dutzend wirkte übertrieben, aber wer hätte ihm das sagen wollen?

Mit einigen wenigen erstickten Worten des

Lebewohls für seinen verlorenen Freund setzte er den Scheiterhaufen in Brand.

Zunächst tat sich wenig, außer daß Rauch in die trübe Luft aufstieg, bis Achilleus Boreas Opfer und Gebete versprach, was bisweilen recht drastische Folgen haben kann. Daraufhin verfinsterten sich die Wolken noch mehr, die bleiernen Wasser der Bucht begannen sich mit weißen Schaumkronen zu färben, und der Gott kam herbeigerast. Die Flammen schlugen höher als die Mauern von Troja.

Es war eine angemessene Huldigung für einen bedeutenden Mann, und ich war tief bewegt – bis zu diesem Punkt. Ich mißbilligte es zutiefst, als Achilleus Hektors Leichnam an seinen Streitwagen band und ihn um die lodernden Flammen schleifte. Ich sah viele zornige Gesichter und wußte, daß nur Achilleus so etwas tun konnte, ohne Widerspruch zu ernten. Niemand wagte es, Einspruch zu erheben, am wenigsten eine Sklavin wie ich. Ich grämte mich bereits wegen der trojanischen Toten, die unbestattet auf der Ebene lagen, denn sie hatten tapfer gekämpft und verdienten würdige Begräbnisriten. Viele der Frauen im Lager waren außer sich vor Schmerz, besonders diejenigen, die wußten, dort draußen könnten Verwandte von ihnen liegen. Vernachlässigung war übel genug; einen Toten jedoch aktiv zu entehren war verabscheuenswürdig. Wo war der glückliche, großherzige Achilleus, den ich liebte?

Ich glaube, ich sah ihn kurz an jenem Nachmittag, als er den Vorsitz über die Wettkämpfe bei der Leichenfeier führte, in deren Verlauf die Krieger um die Ausrüstung des Toten kämpften. Solch ein schweißtreibender Männerunfug hatte wenig Reiz für mich. Trotzdem freute es mich, daß Diomedes von Argos den Hauptwettstreit gewann, das Streitwagenrennen, weil dieser Preis Iphis mit einschloß.

697

Sie hätte es wesentlich schlechter treffen können, und der Gefolgsmann, dem er sie später schenkte, war ein netter Mann, der sie gut behandelte.

Achilleus hatte zahlreiche kostbare Siegespreise gestiftet. Er führte den Vorsitz mit vollkommener Höflichkeit, ja er zeigte sich sogar Agamemnon gegenüber freigebig. Wenn die Wogen der Erregung höher schlugen, traf er ein gerechtes Urteil und kühlte die erhitzten Gemüter mit gelassenem, freundlichen Humor. Ich bin sicher, er täuschte jeden außer mir, doch obwohl ich aus einiger Entfernung zusah, dick vermummt in einen schweren Umhang, der mich vor dem winterlichen Sturm schützte, erkannte ich bald, daß das, was die Welt hier zu sehen bekam, eine massive Willensanstrengung war: Achilleus, der Achilleus spielte. Bis dahin hätte ich ihn einer solchen Verstellung nicht für fähig gehalten. Zorn und Schmerz zerfraßen ihn noch immer, kaum besänftigt durch Hektors Tod. Als er an diesem Abend ins Haus kam, sprach er kaum ein Wort mit mir. Ich hätte es vorgezogen, wenn er mich wegen meines eigenmächtigen Vorgehens mit den Frauen beschimpft hätte, als daß er einfach nur dasaß und ins Leere starrte. Er verbrachte die Nacht im Freien, und als ich nach ihm sehen ging, fand ich ihn allein dastehen, wie er inmitten umherwirbelnder Schneeflocken in die erlöschenden Flammen des Totenfeuers starrte.

Am nächsten Tag löschte er die glühenden Kohlen des Scheiterhaufens mit Wein und sammelte Patroklos' Gebeine ein. Er befahl, auch die anderen Überreste einzusammeln und einen Hügel darüber aufzuschichten, aber einen bescheidenen, nicht den gewaltigen Grabhügel, den jedermann erwartet hatte. Die Aschenurne, mit Fett versiegelt, setzte er kurz unterhalb der Oberfläche im Gipfel bei, wo man sie rasch wiederfinden konnte. Er war sich sicher, daß man seine eigenen Gebeine in Kürze neben denen seines Freundes bestatten würde.

Der von ihm beschworene Sturm hielt noch Tage danach an und peinigte die zitternden Truppen im Belagerungsring um Troja. Er aß selten und sprach wenig. Schlimmer noch, des Nachts lag er gleichgültig neben mir, während der junge Automedon wie ein Ziegenbock auf der anderen Seite des Herdes kopulierte. Das sah dem alten Achilleus so wenig ähnlich, daß es mich mehr als alles andere ängstigte. Wenn er schlief, suchten ihn Gespenster und Alpträume heim; er murmelte und flüsterte mit ihnen im Schlaf oder erwachte schreiend. Jeder konnte sehen, daß die Götter ihn verflucht hatten.

Selbst die alte Maera war um Rat für mich verlegen. Was konnten wir tun, um die Unsterblichen zu beschwichtigen? Ich verlor nicht die Hoffnung, daß einer der bedeutenden Feldherren einschreiten werde − Nestor oder Odysseus −, doch selbst sie wagten es nicht. Als ich versuchte, Phoinix' Unterstützung zu gewinnen, ließ er mich einfach stehen, bevor ich auch nur ein Dutzend Worte gesagt hatte. Niemand wagte es, Achilleus' schwelenden Zorn zu wecken.

Niemand war glücklich. Die Griechen brauchten jemand, gegen den sie kämpfen konnten, aber die trojanischen Verbündeten waren geflohen und die Trojaner selbst unerreichbar hinter ihren Mauern eingeschlossen. Und dort würden sie bleiben, bis sie ihre Pferde aufgegessen hätten, ihre Maultiere, ihre sämtlichen Vorräte und zu guter Letzt die Spatzen und Ratten. Es würde Monate dauern.

Eines Morgens – ich hatte die Übersicht über die Tage verloren – erwachte ich jäh, als Achilleus sich an meiner Seite aufsetzte und seine Beinschienen festzuschnallen begann. In der Halle war es noch kalt und dunkel, und auch im Oberlicht zeigten sich erst die grauen Vorboten der Dämmerung. Über dem Heulen des Windes hörte ich gleichmäßige Geräusche von der anderen Herdseite und ahnte, was ihn geweckt hatte. Er zog seine Tunika an und stand auf, bereit, hinauszugehen und einem weiteren Tag des Jammers ins Gesicht zu sehen.

Ich entschied, daß ich nicht mehr so weitermachen konnte. Ich mußte den Mund aufmachen, und wenn er mich dafür umbrachte. Als er auf die Tür zuschritt, stützte ich mich auf.

»Auf der Jagd nach Ruhm?«

Automedons feuchte Knutschgeräusche verstummten abrupt.

Achilleus wirbelte herum. »Was hast du da gesagt?«

Ich setzte mich auf und warf die Decken von mir. »Ich habe gesagt, daß du ein Narr bist, Sohn des Peleus! Die Götter haben dir immerwährenden Ruhm versprochen, wenn du bleiben und unter Trojas Wällen kämpfen würdest, du hast es getan, und *sie haben ihn dir gegeben*. Du hast die trojanische Armee vernichtet, und die Barden werden deinen Namen bis in alle Ewigkeit singen. Zu gegebener Zeit wird die Stadt fallen. Was willst du mehr? Was kannst du sonst noch suchen? Was ist das für ein Krieger, der Krieg gegen Leichen führt?«

Automedon verschluckte sich.

Achilleus war zu erstaunt, um mehr zu erwidern als: »Schweig!«

Ich sprang auf, splitternackt. »Das werde ich nicht! Meine Liebe zu dir gebietet mir, zu sprechen. Die

Götter bestehen darauf. Begreifst du denn nicht, daß du dir ihren Zorn durch deine Verachtung für Hektor zugezogen hast? War er nicht ein würdiger Gegner? Haben die Unsterblichen zu seinen Lebzeiten nicht auch ihn geliebt? Und nun schändest du seinen Leichnam! Das ist eines Kriegers unwürdig, eine Beleidigung für Patroklos' Andenken, eine Schande für den Namen deines Vaters! Entsage deinem Zorn, Achilleus! Nimm ein angemessenes Lösegeld an, ein großes Lösegeld, wenn du willst, doch gib den Sohn des Priamos seiner Familie zurück, so daß seine Seele Frieden finden möge. Und ich sage dir, tust du es nicht, dann wirst du keinen Frieden finden, nicht hier und nicht in der Unterwelt!«

Die ganze Zeit, während ich meine Phrasen drosch, stand er regungslos im Schatten. »Zeig mir das Lösegeld.« Er machte auf dem Absatz kehrt und ging hinaus. Die Tür machte er lautlos hinter sich zu.

Ich sackte erleichtert in mich zusammen. Der Schweiß strömte in Bächen aus meinen Poren, aber kein Blitz hatte mich niedergestreckt. Noch nicht.

Automedon hatte sich aufgesetzt und glotzte mich mit offenem Mund an.

»Du hast ihn gehört!« sagte ich. »Besorg mir einen Streitwagen.« Ein schlichtes weißes Gewand, entschied ich. Ein Schleier, kein Schmuck.

»Streitwagen?« quiekte er. »Er hat nicht …«

»Willst du mich zu Fuß nach Troja gehen lassen?« Ich durchwühlte eine Truhe, um das Nötige zu finden. »Oder erwartest du, daß ich Agamemnon oder Aias um Hilfe bitte? Irgend jemand muß Priamos die Nachricht bringen.« Die Herolde der Myrmidonen waren beide während der Pest gestorben. Achilleus hatte nie Ersatz für sie ernannt, soweit ich wußte, und Automedon erhob ohnehin keine Einwände mehr.

Er stöhnte nur noch. Er wollte verzweifelt das Richtige tun und muß sich gefragt haben, wie sich Patroklos in dieser Situation verhalten hätte. Patroklos hätte gar nicht erst zugelassen, daß Achilleus sich in eine solch üble Lage manövrierte.

»Meine Herrin, er hat geschworen, nie Lösegeld für den Leichnam anzunehmen!«

Glücklicherweise hatte ich das nicht vorher gewußt. »Dann hat er offensichtlich seine Meinung geändert oder erwägt, sie in Zukunft zu ändern. Du hast selbst gehört, wie er mir befohlen hat, das Ganze zu arrangieren, und ich muß den Weisungen meines Gebieters folgen. *Also*, Sohn des Diores?«

»Aber eine Frau …?«

Ungeachtet meiner Nacktheit drehte ich mich zu ihm um und funkelte ihn wütend an. »Ich mag nicht mehr das Szepter führen, aber ich bin noch immer die Königin von Lyrnessos. Ich kann einen Streitwagen ebensogut lenken wie du! Muß ich dem Sohn des Peleus berichten, daß du dich weigerst, mir zu helfen?«

Während er auf Eriphyle hinabblickte, als fürchte er, sie zum letzten Mal zu sehen, antwortete er: »Nein, meine Herrin. Läßt du mich wenigstens mitkommen?«

»Nein. Sie würden dich nur erschießen. Bring mir einfach einen Streitwagen.«

8 In aller Eile kleidete ich mich an. Als ich Hermes ein Opfer darbrachte, wurde mir bewußt, daß meine Mission mehr als einem Zweck dienen konnte. In Troja würde ich mit den Trojanern sprechen, gewiß, aber ich konnte mich auch an die mächtigen trojanischen Götter wenden. Ich holte ein Goldarmband, das Achilleus mir geschenkt hatte, aus seinem Versteck unter einem Herdstein hervor.

Genau in dem Augenblick, in dem ich vor die Tür trat, fuhr Automedon im Zwielicht kurz vor der Dämmerung heran. Meine Pose hatte ihn nicht eingeschüchtert; er war einfach nur perplex angesichts Achilleus' bewußt zweideutigen Befehlen und immer noch verzweifelt darauf bedacht, das zu tun, was von ihm verlangt wurde. Ich erhob Einwände, als er mir die Hand zum Einsteigen bot, er jedoch erwiderte ungehalten: »Ohne mich kommst du nicht aus dem Lager.«

Er hatte recht. Ich nahm seine Hilfe an und kletterte hinter ihn. Als er das Gespann in Bewegung setzte, griff ich schnell nach der Brüstung. »Ich bin dir dankbar. Ich versuche nur, Achilleus zu helfen.« Der unbarmherzige Wind riß an meinem Umhang und blähte ihn auf. Die Luft fühlte sich kalt genug für Schnee an.

Als wir die sanfte Böschung zum Muschelkiesstrand hinunterfuhren, sagte er: »Versprich mir nur, daß ich ein anständiges Begräbnis bekomme.«

Ich warf ihm einen scharfen Blick zu und entdeckte den Anflug eines zynischen Grinsens unter seinem kupferfarbenen Stoppelbart. Der Sohn des Diores wäre nie Achilleus' Wagenlenker geworden, wenn es ihm an Mut gefehlt hätte.

»Achilleus hat eingesehen, daß er sich im Unrecht befindet. Wenn ich scheitere, kann er sich von mir distanzieren. Ich kann nur hoffen, daß es dir nicht genauso ergehen wird.«

»Du bist seiner würdig, meine Herrin.«

»Ich bemühe mich. Wie wir alle.«

Automedon hatte mit Sicherheit sein Bestes getan, indem er zwei lebhafte Ponies und einen leichten

Streitwagen aus Korbwerk ausgesucht hatte, der einst der Rennwagen eines edlen Trojaners gewesen war. Niemand schenkte einem Wagenlenker Beachtung, der mit seinem Gespann am Strand übte, und es gab auch keinen Grund, warum er nicht seine Frau mitnehmen sollte, wenn ihm danach war – oder die Frau eines anderen, wenn er damit durchzukommen meinte. Eine Frau jedoch, die allein fuhr, hätte Aufmerksamkeit erregt. Die einzigen Frauen hier waren Gefangene.

Er fuhr mich zur Palisade, sprang dann hinunter und öffnete ein Tor. Mit Erleichterung stellte ich fest, daß er nicht vorhatte, mich den ganzen Weg bis Troja zu begleiten, denn obwohl er nicht einmal annähernd Achilleus' Statur erreichte, konnte ich mir doch nicht vorstellen, ihn vom Wagen zu werfen. Er blieb dort stehen und sah mir hinterher, bis ich außer Sicht verschwunden war.

Zu jener Jahreszeit hätte ich eigentlich einen wunderschönen Frühlingsmorgen mit tirilierenden Lerchen und auf Krokussen und Hyazinthen funkelndem Tau treffen sollen. Statt dessen hatte das Mißfallen der Götter die Welt in ein einziges trübes Grau verwandelt – grauer Himmel, graues Meer, sogar gräuliche Berge. Es gab nirgendwo viel zu sehen. Ares' Stiefel hatten die ursprünglichen Siedlungen zu verkohlten Balken und Baumstümpfen niedergetrampelt, die Felder waren Disteldickichte geworden. Amselschwärme, von meiner Ankunft aufgeschreckt, flatterten von Zeit zu Zeit auf, und meist flogen sie nach rechts davon, was ein ermutigendes Zeichen war. Man konnte sich denken, was sie gefressen hatten. Zur Mündung hin war der Fluß passierbar, aber dort hatte auch das größte Gemetzel stattgefunden, und so hielt ich mich weiter flußaufwärts in Richtung der Furt. Doch auch dort erblickte ich Tote. *Ich tue das auch für euch,* eröffnete ich ihnen, während ich die Augen abwandte.

Bis dahin hatte ich meine Fahrt genossen, denn es war mein erster Ausflug aus dem Lager seit jenem Tag, an dem ich Chryseis das Maul gestopft hatte. Jahrelang war ich nicht mehr so allein gewesen. Ich hatte vergessen, wieviel Spaß mir ein Streitwagen machte – der Wind in meinem Gesicht, das muntere Auf und Ab, die Herausforderung, das Gespann auf den ebensten Weg zu lenken. Der erste flüchtige Blick auf die unbestatteten Toten ließ meine Stimmung jäh umschlagen. Während ich gen Norden fuhr, fühlte ich mich ganz nackt und winzig und anmaßend. Selbst wenn ich die griechischen Belagerer umgehen und mir Zutritt zur Zitadelle verschaffen konnte, mochten die Trojaner mir das Gehör verweigern, mich gegen Lösegeld festhalten oder zahllose andere schlimme Dinge mit mir anstellen.

Irgendein Trojaner konnte einen Pfeil in meiner Brust versenken, bevor ich das Tor erreichte, aber wenn sie sahen, daß ich eine Frau war, sollte mir eigentlich die schiere Neugier eine Unterredung verschaffen. Eine noch größere Gefahr waren die griechischen Belagerer, obwohl sie vielleicht annehmen würden, daß ein einsamer Streitwagenlenker nur irgendein hitzköpfiger Aufschneider war, der die Verteidiger verhöhnen wollte.

Troja stand am Rand des Plateaus, aber der Anstieg von Süden war sanft genug, daß ich die Pferde durchgängig im Trab gehen lassen konnte. Höher, als ich es erwartet hatte, ragte die Zitadelle vor mir auf; möglicherweise hatte der Krieg sie noch eindrucksvoller gemacht, indem er die niedrigen

Gebäude, die sich vorher um den Fuß ihrer Mauern gedrängt hatten, weggewischt hatte. Hochmütig, wie die Trojaner in ihren Zeiten zweifellos waren, war ihre Überheblichkeit doch in gewisser Weise verständlich, wo doch ihre Mauern den Himmel kratzten und ihre Wälle aus glatten, fuglos aufeinanderpassenden Quadersteinen so uneinnehmbar erschienen. Innerhalb der inneren Festung stiegen die Flachdachhäuser in Terrassen bis zum Pergamon, dem schimmernden Palast, an.

Zum Glück hatte Achilleus seine Truppen auf der landeinwärts gelegenen Seite konzentriert, so daß es zum Meer hin keine Zelte gab. Keine Streitwagen waren zu sehen. Ich hatte den halben Weg bergauf zurückgelegt, als mich eine Fußpatrouille entdeckte. Der Anführer rief etwas, und dann begannen sie alle zu laufen.

Der Weg hoch zum Skaiischen Tor überquerte ein ebenes Ödland, gesprenkelt mit verkohlten Balken, verschandelt mit den Fundamenten verschwundener Häuser. Zur Linken reckte sich der Große Turm quadratisch über der Mauer gen Himmel, zehnmal so hoch wie ein Mann. Die Götter des Heiligen Troja standen seit unzähligen Jahrhunderten am Fuß des Turms. Nun waren sie aus Sicherheitsgründen in die Zitadelle gebracht worden, so daß man nur die leeren Plinthen sehen konnte. Rechts von der Straße erhob sich das Haus der Opfer, überragt von der Mauer dahinter. Weiter im Osten befanden sich das Dardanische Tor und ein weiterer Turm.

Ich erstickte fast an der überraschend in mir aufwallenden Furcht, als die Stadt wie ein steinernes Ungeheuer vor mir aufragte. Angenommen, sie hielten mich fest? Troja war eine Falle; es würde brennen. Ich konnte nicht mehr zurück, denn die Griechen waren fast in Reichweite.

»Wer da?«

Ich zügelte das Gespann und schaute in eine Reihe überaus erstaunter Gesichter und ein unheilvolles Glitzern von Bronze hoch. Demut würde hier nichts nützen.

»Königin Briseis von Lyrnessos. Ich muß mit dem Sohn des Laomedon sprechen.« Ich warf einen raschen Blick hinter mich. »Rasch, oder mir werden Federn wachsen.«

Die Griechen näherten sich mit angelegten Bögen. Sie hielten mich vermutlich für eine entflohene Sklavin, die einen Streitwagen gestohlen hatte. Jeden Augenblick würden sie anfangen, auf mich zu schießen. Ich persönlich konnte mir keinerlei Grund vorstellen, warum zum jetzigen Zeitpunkt irgend jemand *nach* Troja fliehen sollte, aber Männer denken nicht immer so logisch.

»Das letzte Mal, als wir einander begegneten, meine Herrin, sagtest du, ich sei in deinem Haus nicht willkommen.«

Ich suchte die Brustwehr mit Blicken ab, um den Urheber dieses vertrauten Spotts auszumachen – Paris persönlich, der Grund allen Unheils. Er war barhäuptig, seine dunklen Locken flatterten im Wind, und er wirkte jünger, als ich ihn in Erinnerung hatte. Sein Grinsen war verabscheuenswürdig wie eh und je.

»An jenem Tag übermittelte ich dir eine Botschaft des Wolkengebieters, mein Herr.«

»Bringst du dieses Mal auch eine?«

»Jetzt sind meine Worte für deinen edlen Vater und für seine Ohren allein bestimmt.«

Glücklicherweise hatte Paris bereits befohlen, das Tor zu öffnen, während er mich piesackte. Mit einem dumpfen Knall fielen Balken zu Boden, und einer der gewaltigen Flügel schwang ächzend auf. Ich schenkte den griechischen Rufen keine Beachtung und trieb das Gespann unter dem riesenhaften steinernen Türsturz hindurch in eine schmale, gepflasterte Straße, beidseitig von hohen Mauern beschattet und mit bewaffneten Männern angefüllt, die mich mit mißtrauischen Blicken unter ihren Helmen hervor musterten. Hände streckten sich nach den Halsriemen der Pferde aus und hielten sie fest. Mit einem Donnerhall fiel das Tor hinter mir wieder zu.

Ich saß in der Falle.

»Das ist ein trauriges Wiedersehen, meine Herrin.«

Mit plötzlicher Erleichterung sah ich auf das weiße Haar und in die betrübten, dunklen Augen von Helenos hinab, dem ich mehr als jedem anderen Trojaner vertraute. Er trug eine schlichte, stumpfbraune Tunika, keine prinzliche Kleidung. Haar und Bart waren verfilzt, und sein Gesicht wirkte zerfurchter, als ich es in Erinnerung hatte, verschmiert mit der Asche der Totenklage.

»Du hast mich erwartet?«

»Ich habe irgend jemanden erwartet, aber nicht das Vergnügen, dich wiederzusehen.« Er schwang sich auf den Streitwagen und stellte sich an meine Seite. »Es war Kassandra, die dich geweissagt hat, aber ohne deinen Namen zu nennen.« Er winkte die Männer von den Pferden weg. »Fahr zu, Witwe des Mynes. Ich werde dich zu meinem Vater bringen.«

Leichter gesagt, als getan. Die Straße stieg nur sachte an und beschrieb eine Linkskurve, aber die Pferde scheuten in der drangvollen Enge. Erst als wir Tor und Wachen hinter uns gelassen hatten, konnte ich mir einen näheren Blick auf meinen Gesellschafter erlauben.

»Wir trauern sowohl um die Toten als auch um die Lebenden«, sagte er leise, ohne mich anzusehen.

»Ich hoffe, ich kann ein wenig tun, um eure Bürde zu erleichtern, aber viel wird es nicht sein.«

»Erleichtern? Ich kenne den Zweck deines Besuchs nicht, Königin Briseis, aber Kassandra hat vorausgesagt, daß du der Stadt den Untergang bringst.«

Entsetzt schrie ich auf: »Nein!«

Er zuckte mit abgestumpfter Gleichgültigkeit die Achseln. »Ein rasches Ende könnte jetzt eine Gnade sein.« Mehr wollte er nicht sagen.

Ich wünschte, ich hätte Troja in den Zeiten seines Glanzes kennengelernt. Beinah bedaure ich meinen flüchtigen Blick auf die Stadt in jenen grimmigen Zeiten, als Horden von Flüchtlingen sie aus allen Nähten platzen ließen. Adelshäuser waren so dicht gepackt wie Fischkrüge, von jedem Balkon, von jedem Dach lugten Gesichter herunter. Die Straßen waren mit provisorischen Schuppen und Vieh verstopft, dessen Exkremente die ehemals weißen Wände bespritzt hatten, die bunt bemalten Balken und Säulen. Immer wieder mußte ich warten, bis man dem Gespann den Weg freiräumte. Der vermischte Gestank von Unrat, verdorbenen Nahrungsmitteln und ungewaschenen Menschen stach mir in die Augen, und die Luft selbst schien düster vor Verzweiflung zu sein. Die Zukunft konnte nur noch schlimmer werden.

Wir schlängelten uns den Berg hinauf – es war nicht weit –, bis wir in einen Hof vor dem Palasttor gelangten, und selbst der war mit Flüchtlingen vollgestopft, hauptsächlich Frauen und Kinder, die in geduldigem Elend um ihre wenigen noch verbliebenen Besitztümer kauerten und die letzten Tagen der Stadt miterlebten, die sich endlos dahinzudehnen schienen. Nachdem wir den Streitwagen bei einem Sklaven gelassen hatten, erklommen wir die breiten, zu einem geräumigen Säulengang führenden Marmorstufen, dem ersten leeren Platz, den ich zu sehen bekam. Der luftige Hof dahinter war voll von Flüchtlingen einer anderen Art. Zwischen marmornen Bänken und unter vier silbrigen Olivenbäumen – die hohen, steifen Götterfiguren, die so lange das Skaiische und das Dardanische Tor bewacht hatten. Die Zeit hatte das Holz und den bemalten Ton splittern lassen, und dennoch waren sie immer noch eine ehrfurchtgebietende Versammlung, irgendwie noch mitleiderregender als das menschliche Treibgut in den Straßen.

»Briseis, Kind!« Zwei Frauen näherten sich mir aus entgegengesetzten Richtungen, jede einen Schweif von Dienerinnen hinter sich. Diejenige, die mich angesprochen hatte, war hochgewachsen und hübsch, denn selbst die Spuren der Trauer konnten Helenas berühmte Schönheit nicht zum Verblassen bringen. Prüfungen und Leid hatten ihr nichts anhaben können. Ihre Jugendlichkeit überraschte mich, aber ich war ja noch ein Kind gewesen, als sie nach Lyrnessos gekommen war.

»Wie wundervoll, dich wiederzusehen, und wie tragisch, daß unser Wiedersehen unter so unseligen Umständen stattfinden muß!« Sie ergriff meine Hände und musterte mich mit einem versonnenen Lächeln. »Ja! Ich habe dir Schönheit vorausgesagt, und ich habe mich nicht geirrt.«

Ich betrachtete den sanften Schwung ihrer Wangen, nicht allzu tief von Nägeln zerkratzt und mit einer feinen Ascheschicht beschmiert, den Glanz der kastanienbraunen Locken, die auf so geschmackvolle Weise unfrisiert wirkten, das könnerhaft zerrissene schwarze Gewand, das eine vollkommene Brust entblößte.

Ich bekam einen galligen Geschmack im Mund. »Und ich habe mich nicht geirrt, als ich das Leid weissagte, das dir folgen würde, meine Herrin.«

Sie schüttelte zustimmend ihren reizenden Kopf. »Wahrhaftig, ich bin verflucht unter den Frauen, einen solch furchtbaren Krieg verursacht zu haben. Weibliche Schönheit sollte den Männern Freude bringen. Wie traurig, wenn sie ein Grund zum Streiten wird.«

Sie verurteilte mich weder durch Worte noch durch Blicke, und dennoch fuhr ich die Krallen aus. »Es geschah nicht wegen mir, daß mein Gemahl und mein Liebhaber gegeneinander kämpften.«

»Du liebst den furchtbaren Achilleus?« Ihre Fingerspitze fuhr eine Linie auf meiner Wange nach. »Du hast getrauert. Nicht für den Sohn des Peleus, noch nicht. Für Hektor? Er hat deine Schönheit in den höchsten Tönen gepriesen. Alle Trojaner betrauern Hektor, und niemand mehr als ich. Von all meinen Schwagern war er der einzige, der mir Freundlichkeit erwiesen hat.«

Helenos starrte sie mit unverhülltem Haß an. »Du entschuldigst uns, Prinzessin? Mein Vater −«

Ich wandte mich zu der anderen Frau um, und sie kreischte auf, als sie meiner ansichtig wurde. »*Nein! Schafft sie fort! Tötet sie!*« Sie schlug wild um sich, als habe sie panische Angst vor mir, als versuche sie, mich abzuwehren. Kassandra war angeblich die schönste der zwölf Töchter des Priamos, und doch, in jenem Augenblick wirkte sie alles andere als schön. Ihr Gesicht und ihr Hals waren von tiefen Kratzspuren entstellt, und einige hatten sich unter dem Schorf entzündet; sie hatte sich ganze Haarbüschel ausgerissen, so daß zwischen den goldenen Haarwurzeln dunkle Blutkrusten zu sehen waren. Wo Helena pfirsichweich und rund war, war Kassandra hart und eckig; in ihr brannte ein merkwürdiges Licht wie in einem geschliffenen Berg-

711

kristall. In ihrer Raserei wehrte sie unsichtbare Schrecken ab. »Erschlagt sie jetzt, jetzt sofort! Könnt ihr nicht sehen, daß sie Rache sucht? Sie wird die furchtbaren Argiver auf uns loslassen!«

Ich bekam eine Gänsehaut und versuchte zurückzuweichen. Helenos legte beschützend den Arm um mich und bugsierte mich an seiner irr redenden Zwillingsschwester vorbei.

»Pst, Schwester! Sie kommt als Gast.«

»Sie kommt als Zerstörerin! Sie bringt das Pferd, das unsere Mauern niederreißen wird!«

»Reg dich nicht auf, Kind«, riet mir Helena. »Es ist eine angenehme Abwechslung, daß einmal jemand anderes als ich die Zielscheibe ihres wirren Gefasels ist. Sie versteht nicht, welchen Kummer sie den Menschen damit bereitet.« Sie folgte uns, als Helenos mich vorwärtsschob. Helena dachte an *ihren* Kummer. Und an niemandes sonst. Ich schüttelte mich wie ein nasser Hund.

Im Hintergrund heulte Kassandra noch immer. »Schneidet ihr den Kopf ab, aber das werdet ihr ja nicht. Ach, Erbarmen! Wir sitzen alle im selben Boot! Tötet sie!«

Ich haßte Troja. Es verdiente den Untergang. Ich haßte Helena und Paris und Kassandra und ihre ganze Sippschaft. Ich war gefangen in einem Grab voller Leichen und Maden.

9 Helenos führte mich in das Herz des Pergamons, in das Megaron, wo Priamos zwei Generationen lang geherrscht hatte. Leider war es weder größer noch prächtiger als das von Lyrnessos. Die vier dicken Säulen waren massiver, aber Rauchspuren hatten die Wandgemälde zu bleichen Schatten verblassen lassen, und die Muster auf dem Boden waren volkommen ausgetreten. Im trüben Tageslicht, das von der Decke hereinfiel, lag nur kalte Asche im Herd. Der Thron von Tros selbst, zurückgesetzt im Schatten an der östlichen Wand, war ein schlichter Alabasterstuhl, wesentlich weniger beeindruckend als der hölzerne für die Königin daneben. Zum erstenmal wurde mir klar, wieviel mein Vater in seinem kleinen Königreich erreicht hatte. Und all dies hier würde untergehen, wie jenes untergegangen war.

Ich hatte angenommen, wir beide würden allein oder doch fast allein mit dem König sein. Zu meiner Bestürzung war die Halle jedoch gedrängt voll mit Männern und Frauen. Ungefähr zwanzig von ihnen standen in mürrischem Schweigen herum und warteten offenbar darauf, welch furchtbare Botschaft ich ihnen zu überbringen hätte. Zu jener Zeit gab es in Troja kaum etwas anderes zu tun. Ich sah Helena und Paris zusammenstehen, obwohl nicht besonders nah beieinander, dazu Gesichter, die ich vor langer Zeit in Pedasos gesehen hatte. Das waren die überlebenden Mitglieder der königlichen Familie: Söhne und Ehefrauen, Töchter und Ehemänner.

Mit sittsam niedergeschlagenen Augen folgte ich Helenos zum Herd. Dort drehten wir uns um, um uns dem Thron zu nähern. Ich kniete vor dem König nieder, umfaßte jedoch nicht seine Knie, war ich doch nicht als Bittsteller gekommen. Noch war ich als Herold gekommen. Ich war eher so etwas wie ein Betrüger, ein Verräter, ein Spion. Ich zwang mich, aufzuschauen, und mein erster klarer Blick auf Priamos raubte mir fast den Atem.

Er war furchtbar – gewaltig groß wie Achilleus, aber sehr alt, wie ein riesiger Baum, der seit unzähligen Jahren auf einer windumtosten Klippe aufragte, krumm und versehrt, aber immer noch trotzig, auch wenn die Erde zwischen seinen Wurzeln weggespült worden war und seine Äste abgefallen waren. Er war schmutzig und zerlumpt in seiner Trauer; silbernes Haar und ein ebensolcher Bart umrahmten struppig die Ruine eines Gesichts, das einmal schön gewesen sein mußte, jetzt jedoch nur noch aus Leder und Knochen bestand, verwüstet, aber dennoch gebieterisch, ein lange von der gnadenlosen See gepeitschter Fels. Aber ein Fels kann nicht leiden. Er wartete noch immer darauf, daß ich das Wort ergriff, starrte mit diesen gequälten Augen auf mich herab, bis ich meine Geistesgegenwart wiederfand.

»Mein Herr, ich bin Panope, Tochter des Brises und einst Königin von Lyrnessos.«

»Dort als Siegespreis gestohlen von dem verfluchten Sohn des Peleus.« Seine Stimme war wie das Rumpeln von Mühlsteinen.

Ich nickte zustimmend, kämpfte gegen die Tränen an oder vielleicht gegen die Scham, daß ich den Mann lieben konnte, der so viele Söhne dieses alten Mannes erschlagen hatte.

»*Was hat er mit dem Leichnam meines Sohnes getan?*«

»Mein Herr ... er liegt auf der Erde, verhöhnt und unbestattet.« Die Frau an seiner Seite heulte auf wie ein verwundeter Hund, ich aber sah nur die Qualen, die Priamos' Gesicht verzerrten, das Ballen dieser starken Hände. Ich duckte mich, so daß ich ihn nicht ansehen mußte. Ich führte nicht aus, daß Achilleus sich ein Vergnügen daraus machte, den Toten hinter seinem Streitwagen um Patroklos' Grab zu schleifen.

»Hat er dich geschickt, um uns das zu sagen?«

»Nein, mein Herr. Nicht genau.«

»Warum bist du dann hier?«

»Weil diese Schändlichkeit ein Greuel gegen die Sitten der Menschen und die Gebote der Götter ist und gegen Achilleus selbst. Er erniedrigt sich selbst und seinen edlen Vater. Heute morgen habe ich ihm das gesagt.«

»Warum sollte man ihm das erst sagen müssen?« donnerte Priamos.

Ich schauderte und machte mich auf dem Boden zu seinen Füßen so klein wie möglich. »Ich glaube es ja auch nicht, nun, da sein Zorn ... Aber niemand wollte es ihm sagen! Trotzdem hat er nicht gegen mich gewütet, wie ich gedacht hatte, mein Herr! Ich habe ihm gesagt, es sei Unrecht und er solle ein angemessenes Lösegeld akzeptieren und den Leichnam freigeben. Er antwortete nur: ›Zeig mir das Lösegeld!‹ – mein Herr.«

Im Megaron herrschte Totenstille.

»Wir haben Lösegeld geboten. Es wurde höhnisch zurückgewiesen.«

»Ich glaube, jetzt würde es angenommen werden«, flüsterte ich.

»Du glaubst? Du weißt es nicht?«

»Ich hoffe es. Ich bete.«

»Aber er hat dir keine Befehle erteilt? Er hat eine Sklavin geschickt, keinen Herold?«

»Er hat mich nicht geschickt, ich bin einfach gekommen. Um es dir mitzuteilen.«

»Die Hunde, die um unsere Mauern streifen, wissen nichts davon?«

»Nein, mein Herr.«

Schweigen.

Königin Hekabes verbittertes Krächzen überschüttete mich mit Hohn. »Du *liebst* dieses Ungeheuer? Du läßt dich von ihm mit seinen Mörderhänden liebkosen? Du schmilzt dahin in seiner Umarmung und gibst dich ihm hin?«

Ich hob meinen Blick, um ihr ins Gesicht zu sehen. Trotz der Verwüstungen, die Alter und Kindersegen angerichtet hatten, trotz der hängenden Brüste und eingefallenen Wangen oder der grauen, von Trauerasche verfilzten Locken besaß sie, wie das Glühen eines Sonnenuntergangs, noch Reste ihrer legendären Schönheit. Und die Augen. Ihre Augen brannten wie die der Medusa.

»Ja, ich liebe ihn. Er ist nicht immer so.«

Sie öffnete ihre Haifischkiefer, um mich wieder zu beschimpfen, aber ihr Gemahl herrschte sie an: »Schweig! Erhebe dich, Witwe des Mynes. Du bist willkommen in unseren Hallen, hast du doch keinen Anteil an Achilleus' Schande und erfüllst die Gebote der Götter, indem du hierher kamst. Sahst du Omen oder Weissagungen? Oder was hat dich dazu bewogen?«

Schwankend richtete ich mich auf. Meine Augen schwammen in Tränen.

»Keine Omen, mein Herr. Es war meine Liebe zu Achilleus, die mich hierhergeführt hat. Dennoch könnte er seine Wut gegen mich wenden, wenn er hiervon erfährt. Schick einen Herold mit mir zurück und …«

»Nein!« Auch Priamos erhob sich jetzt. Selbst im Sitzen hatte er das Megaron dominiert, und aufgerichtet machten seine außergewöhnliche Größe und sein Alter ihn furchteinflößender als Kronos. »Herolde sind gescheitert. Ich selbst werde gehen und mit dem Sohn des Peleus verhandeln.«

Gellende Schreie und Protestrufe brachen in der Halle aus, doch keine waren lauter als die Schreie Hekabes. Der schreckliche alte Mann brüllte sie alle nieder und schwang seinen Stab so lange, bis sie alle vor ihm zurückwichen.

Dann kam die Reihe an mich. »Mein Herr«, weinte

ich, »ich bringe dir kein Versprechen, kein sicheres Geleit. Ich kam lediglich, um …«

Er richtete seinen wahnsinnigen Blick auf mich. »Du kamst auf Geheiß der Götter. Der Gebieter der Stürme selbst hat dich gesandt.«

Mehrere Söhne und Töchter erhoben abermals laut Einspruch.

»Schande!« brüllte er. »Schimpf! Oh, Witwe des Mynes, ich vergehe vor Scham, wenn ich diese Würmer sehe. Abschaum, das sind sie! Der Bodensatz. Einst hatte ich viele prachtvolle Söhne, schöne Söhne, starke Krieger, und nun sieh diese Parasiten, die mir in meinem Alter geblieben sind!« Er stürzte auf sie zu, und sie flohen vor ihm. Gleichzeitig weinend und rasend, scheuchte er sie mit seinem durch die Luft wirbelnden Stab aus dem Megaron. Und immer noch rief er zu mir zurück: »Ja, Frau des Achilleus, ich will mit dir zum furchtbaren Sohn des Peleus gehen, und ob er mich erschlägt oder nicht, das kümmert mich nicht − nicht, wenn er mich nur ein einziges Mal über dem Leichnam meines Hektor weinen läßt. Hinfort, ihr alle! Aus meinen Augen! Verschwindet!«

An der Tür blieb er stehen, stützte sich am Türpfosten ab, um wieder zu Atem zu kommen, und ging dann hinaus. Ich blieb allein mit der Königin von Troja.

»Alter Narr!« zischte Hekabe. »Wahnsinniger!« Sie erhob sich mit schmerzhaft verzogenem Gesicht, immer noch stattlich, wenn auch vom Alter gebeugt. Als ich ihr zu helfen versuchte, zuckte sie vor mir zurück. »Faß mich nicht an! Deine Hände sind verderbt; sie haben Achilleus gestreichelt. Oh, wie ich diesen Mann verabscheue! Ich nehme an, wir sollten dir etwas zu essen anbieten, Kind. Noch sind wir nicht bei den Ratten angelangt.«

Selbst wenn ich nicht die Gespielin des verhaßten Sohns des Peleus gewesen wäre, war ich für Hekabe doch wenig mehr als eine junge Lagersklavin, die Witwe eines unbedeutenden Heerführers und eine ernsthafte Gefahr, die ihrem Gemahl Flausen in den Kopf gesetzt hatte.

Sie übergab mich einer leise sprechenden, wesentlich jüngeren Frau, während sie selbst davonging, um – wie ich vermutete – Priamos ausfindig zu machen und ihm so lange zuzusetzen, bis er wieder Vernunft annahm.

Laothoë, meine neue Gastgeberin, überraschte mich mit einer warmherzigen Umarmung. »Mein Sohn war ganz hingerissen von dir, Witwe des Mynes.«

Ich erkannte, daß diese untersetzte Laothoë Priamos' jüngste Frau sein mußte, die Tochter des Altes von Pedasos. Sie hatte so viel Unglück wie kaum jemand erfahren, hatte sie doch beide Söhne in der Schlacht am Skamander durch Achilleus' Lanze verloren. Dennoch machte sie es mir behaglich – so behaglich, wie es in einem Haus voll Furcht und Trauer sein konnte – und führte mich in ihre eigenen Gemächer, wo sie Dienerinnen hatte, die sich meiner annahmen. Da die Trojaner nur über einen einzigen Brunnen innerhalb der Mauern verfügten, war Wasser knapp, aber sie wuschen und ölten mich und kleideten mich in ein schlichtes Gewand.

Wir speisten auf einem hohen Balkon im Pergamon, von dem aus der Blick über die gesamte Welt schweifte: die Bucht von Troja, das griechische Lager, Imbros und Tenedos und das ferne Samokrathe, dahinter das blaue Band der Dardanellen mit der Küste Thrakiens. Über uns gab es nichts als den goldenen Apollon.

Wir weinten zusammen und sprachen ausführlich über die goldenen Tage vor dem Krieg; sie vergoß Tränen für ihre Söhne, ich für meine verlorene Jugend. Ich erzählte ihr, wie Polydoros mich in die Liebe eingeführt hatte – wobei ich natürlich seine Technik eher zu hoch als zu niedrig ansetzte – und sprach von Lykaons außergewöhnlichen Verführungskünsten.

Sie lachte und sagte, das sehe ihnen ähnlich. »Das muß ich Priamos erzählen. Meine Söhne waren seine Lieblinge …«

»Abgesehen von Hektor?«

»Natürlich. Hektor hatte nicht seinesgleichen.« Sie seufzte.

»Warum blieb er vor den Wällen, um Achilleus zum Zweikampf herauszufordern?« wollte ich wissen. »Selbst wenn er gesiegt hätte, wie hätte er hoffen können …« Ich musterte sie einen Moment in ihrer Trauer. »Gibt es da vielleicht etwas, das ich nicht weiß?«

Zögernd antwortete sie: »Möglicherweise.« Dann zuckte sie mit den Schultern und begann wieder von Polydoros zu sprechen.

»Bitte!« beharrte ich. »Ich kannte Hektor und möchte nicht gerne etwas Falsches von ihm denken. Was hat er damit bezweckt?«

Es widerstrebte ihr sehr, mehr zu sagen, und sie behauptete immer wieder, es nicht zu wissen – auf meiner Seite war es lediglich ein Verdacht, reine Vermutung –, aber schließlich, nachdem ich geschworen hatte, es niemandem außer Achilleus weiterzuerzählen, faßte sie ihre Angst in Worte.

»Er muß gewußt haben, daß Achilleus ihn verfolgen würde, wenn er floh, oder?«

»Ja, aber … ein Hinterhalt!« rief ich aus und schauderte, als ich mir ausmalte, wie mein Geliebter hinterrücks niedergestreckt wurde. »In den Ruinen versteckte Bogenschützen?«

Laothoë biß sich auf die Lippen und flüsterte: »Das vermute ich.«

»Was ist dann schiefgegangen?«

»Die Götter haben es anders entschieden, nehme ich an.«

Wieder schauderte ich, und diesmal mußte ich an Hektor denken, als er feststellen mußte, daß er allein und betrogen war, sein Plan gescheitert. »Wer? Wer hätte dort sein sollen? Als Priamos heute gegen seine Söhne wütete ...« Welcher von ihnen hatte Hektor im Stich gelassen? Aber offensichtlich wußte meine Gefährtin das nicht, und meine bohrenden Fragen bereiteten ihr nur unnötige Pein. Ich wechselte das Thema. »Wird Priamos es wirklich wagen, heute mit mir ins Lager der Griechen zu gehen?«

Sie lächelte warmherzig, während sie sich die Tränen abwischte. »Ich denke, ja. Er ist wie Zeus. Wenn er einmal eine Entscheidung getroffen hat, vermag keiner von uns, ihn davon abzubringen.«

Die Erwähnung des Donnerers gemahnte mich daran, daß ich hier noch etwas zu erledigen hatte. »Ich muß gehen und zu Unserer Gebieterin beten.«

»Die Straßen sind vollgestopft mit Menschen«, gab Laothoë rasch zu bedenken.

Leuchtete da Besorgnis in ihren Augen auf? War sie meine Gastgeberin oder meine Aufpasserin? Vielleicht hatte Priamos Anordnung erteilt, mich von allen anderen abzuschirmen – Priamos oder einer seiner überlebenden Söhne, die er so verunglimpfte. Die Trojaner hatten nicht den geringsten Grund, mir, Achilleus' Spielzeug, zu trauen, aber welchen Schaden konnte eine Frau allein schon anrichten? Was konnten sie fürchten, wenn man Kassandras kryptisches Krächzen einmal außer acht ließ?

»Ich habe eine Opfergabe mitgebracht.« Ich zeigte mein goldenes Armband vor. »Meine Herrin, ich habe Potnia verkörpert. Ich kann unmöglich Troja besuchen, ohne zu ihrem Schrein zu gehen.«

Laothoë zuckte angesichts dieser Wahrheit zusammen und redete noch ein bißchen dagegen an, aber am Ende ließ sie uns Umhänge und Kopfschleier bringen. Weder nahm sie eine Dienerin mit, als wir zum Schrein der Athene aufbrachen, noch begab sie sich außerhalb des Palastbezirks. Statt dessen führte sie mich durch verstohlene Gänge, als versuche sie, meine Anwesenheit geheimzuhalten.

Am Schrein angekommen, hatte ihre Hand kaum den Riegel berührt, als die große, goldbeschlagene Tür auch schon quietschend vor uns aufging. Die Priesterin, die dort stand, hatte ihre besten Jahre längst hinter sich, war aber genauso hochgewachsen wie ich und überaus beeindruckend in ihrem vielfarbigen Gewand und mit dem heiligen Knoten in ihrem Haar. Sie wußte oder erriet, wer ich war, denn als ich vor ihr niederknien wollte, gebot sie mir mit ausgestrecktem Arm Einhalt.

»Für Unsere Gebieterin sind wir Schwestern, Witwe des Mynes.« Sie umarmte mich und bat mich hinein, während sie der jüngsten Frau des Priamos mit einer knappen Ausrede von wegen persönlicher Frömmigkeitsübungen die Tür vor der Nase zuschlug. »Sei willkommen im Schrein. Ich bin Theano, Tochter des Kisses.« Ihr Name sagte mir nichts, ihr Gebaren allerdings schien mir zu verstehen zu geben, daß er das sollte.

Die beengte Kammer war feucht und dunkel und schwirrte vor Fliegen, die die Opfergaben anzogen. Ich drehte mich um, um vor der Göttin niederzuknien, dem Palladium, dem heiligsten aller Darstellungen der Pallas, die Athene und Potnia und andere

mehr ist. Sie war uralt, ein wenig kleiner als lebens-
groß und hielt eine Lanze in der Hand. Obwohl ihre
Gesichtszüge unbeholfen gemalt waren, hüllte das
von irgendwo oben kommende schwache Licht sie
in Ehrfurcht und Geheimnis, während die Pracht
ihrer Gewänder und ihres Schmucks den einfachen
Armreif, den ich ihr zu Füßen legte, lächerlich gering
erscheinen ließ.

»Du erbittest eine Menge für solchen Tand«, sagte
eine Männerstimme.

Mit einem wütenden Aufschrei sprang ich auf und
funkelte die Gestalt an, die im Schatten lauerte.

Seine Augen leuchteten golden, als er vortrat, um
mich zu umarmen. »Und wirst du auch für deine
Familie beten?« Der Spott in seiner Stimme hätte
Essig gerinnen lassen. Das eine Jahr hatte Aineias
nicht verändert. Falls der Adler sich gemausert
haben sollte, so konnte ich es nicht erkennen, und
der Hochmut – nun, Aineias wäre noch hochmütig,
wenn er schon zwei Monate tot war.

»Ich habe nicht damit gerechnet, dich hier anzu-
treffen. Bist du diesmal in die falsche Richtung gelaufen?« Ich wirbelte herum, um mich bei der Priesterin
zu beschweren. »Ich bin gekommen, um Athene
meine Verehrung zu bezeugen, nicht, um die Beleidigungen dieses Mannes zu ertragen.«

»Du bist in ihren Angelegenheiten hier«, erwiderte
Theano. »Sie hat meine Gebete erhört und dich geschickt.«

Das hatte ich nicht erwartet. »Mich?«

»Unsere Gebieterin hat dich gesandt.«

»Sie und andere«, mischte Aineias sich wieder ein.
»Ich sah dich in einem Traum. Du hast mir den
Gebieter Poseidon zu Hilfe gebracht. In einer gol-
denen Wolke hat er mich emporgetragen.«

Erst jetzt erkannte ich die tiefere Bedeutung seiner

Worte und wandte mich zitternd ab. Kassandra hatte es gewußt. Erführe je ein Sohn des Priamos davon, wäre ich vor Einbruch der Nacht tot. »Wahnsinn! Ich bin nur eine Sklavin.«

»Die Sklavin des Achilleus. Du kannst ihm eine Nachricht überbringen.«

»Hör auf!« stöhnte ich und fragte mich, wer wohl lauschen mochte. »Ich kam her, um zur Tochter des Zeus zu beten. Wenn du dem Sohn des Peleus etwas zu sagen hast, schick ihm einen Herold!«

»Närrin!« fuhr Theano mich an. »Glaubst du, wir könnten einen Herold lebend über die Mauer schleusen?«

Sie wollte der Göttin nicht mit Asche im Haar dienen, ihre Wangen und Brüste jedoch trugen die Narben der Totenklage – manche älter, manche noch nicht verheilt. Niemand in Troja beweinte nicht irgendeinen Lieben. Wieder spürte ich ihre anmaßende Vertraulichkeit. Da ich das Gefühl haßte, von diesen beiden in die Enge getrieben worden zu sein, griff ich sie in meiner Furcht mit bösen Worten an.

»Ist dies der angemessene Ort, um Verrat zu planen, meine Herrin? Bete lieber darum, daß die silberäugige Athene diesen meinen mutlosen Vetter mit wahrem Kriegermut beseelt. Du schändest dein Amt, indem du ihm bei seinen Betrügereien hilfst!«

Aineias packte mich an der Schulter und drehte mich unsanft zu sich herum. »Sie hilft mir nicht. Ich helfe ihr.«

»Was kannst du schon für eine Hilfe sein?« gellte ich. »Schmollst du noch immer, daß Priamos dich nicht zum Heerführer ernennen will? Ist es verwunderter Stolz, der dich so tief sinken läßt?«

Er zuckte zurück. Wenigstens seinen Panzer aus Arroganz hatte ich kurzfristig durchdrungen. »Ich tue es für meinen Sohn, meinen Vater und … Erinnerst du dich noch an den jungen Akamas? Er ist tot. Iphidamas tot. Archilochos tot. Laodamas tot. Demoleon tot. Koon …«

»Hör auf!« kreischte ich und hielt mir die Ohren zu.

Theano sank zu Boden und umklammerte meine Knie. »Meine Söhne, aber nicht all meine Söhne. Ich muß die wenigen retten, die mir noch geblieben sind. Und meinen geliebten Ehemann.«

Mein erster Freier – der Junge, der Aineias' als Wagenlenker gedient hatte –, war Akamas, Sohn des … Sohn des … Antenor, gewesen, eines hohen trojanischen Würdenträgers, durch Heirat dem Haus des Priamos verbunden. »O Herrin, weiß dein Gemahl, daß du die Stadt zu verraten versuchst?«

Aineias antwortete an ihrer Stelle: »Natürlich weiß er es. Aber heutzutage vertraut man niemandem mehr. Wenn Dardanier Wache haben, dann nie ohne Trojaner. Wenn Lykier an der Reihe sind, dann müssen Thraker und Söhne des Priamos dabeisein. *Wirst du Achilleus meine Botschaft überbringen?*«

»Nicht Achilleus«, widersprach Theano, während sie sich aufrichtete. »Odysseus. Als er und Menelaos als Gesandte kamen, besuchten sie unser Haus. Er hat einen scharfen Verstand.«

So wie sie. Der Sohn des Laërtes wäre viel eher als Achilleus geneigt, diese Schändlichkeit zu akzeptieren. Bestürzt wandte ich mich zu der Göttin um. Sie erhörte auch meine Gebete, denn wenn die Stadt fiel, mußte Achilleus nicht unter ihren Mauern sterben. Vielleicht würde er doch am Leben bleiben! Wie hätte ich mich weigern können? »Ich verspreche nichts«, flüsterte ich, »außer daß ich den Griechen eure Botschaft bringen will. Nicht für dich, Vetter, tue ich das, sondern für die Mutter des Akamas. Und nun sagt mir, was ihr vorschlagt.«

10 Gegen Abend trafen Befehle ein, daß ich zu Priamos gebracht werden sollte. Als man mich vor die Tür des Megarons führte, geleitete er mich eigenhändig hinein und setzte mich auf den Stuhl der Königin.

Wie ich trug er Schwarz. Man hatte ihn gebadet und gekämmt, und nun sah er mit seinen langen, offenen Silberlocken und dem schneeweißen Bart dem gottgleichen Herrscher, den ich mir immer vorgestellt hatte, schon wesentlich ähnlicher, obwohl er immer noch kein Gold und keinen Schmuck trug, wie es sich für einen untröstlichen Vater und Bittsteller geziemte. Obgleich sein hochmütiges, hageres Gesicht noch immer von Kummer und Leid geprägt war, hatte es doch die zügellose Wildheit der Trauer verloren und eine grimmige Würde gewonnen. Falls er vorhatte, in den Tod zu gehen, so würde er es stolzen Mutes tun. Diener stellten kleine Tische mit Speisen und Wein auf. Anschließend allein gelassen, knabberten wir beide an den Speisen herum, aber mehr aus Gewohnheit denn aus Hunger.

Er behandelte mich mit ausgesuchter Höflichkeit, obwohl er immer noch ein mächtiger König und ich nur die gefangene Bettgespielin seines ärgsten Feindes war. Mir tat das Herz weh um ihn, sah es doch so aus, als würden meine Bemühungen, seinen Kummer zu lindern, ihm den Tod bringen. Er fragte mich ausführlich über Achilleus aus, welche Art Mann er sei, und ich antwortete ihm offen, obwohl ich zugeben mußte, daß er auch für mich Geheimnisse und Abgründe hatte, die ich bis vor kurzem nicht in ihm vermutet hätte.

»Zorn?« Er lächelte nicht, aber ich spürte ein wenig von jener Heiterkeit, die die ganz Jungen in den Alten und Weisen erregen können. »Große

Krieger sind immer Männer von großem Zorn, Kind, weil der Zorn das einzige ist, was die Angst vor dem Tod, die in uns allen lauert, überwinden kann. Aber der Zorn muß für die Schlacht und den Gegner aufgespart werden.« Er grübelte einen Augenblick, als rufe er sich Beispiele ins Gedächtnis – schließlich war er in seiner Zeit ein mächtiger Kämpfer gewesen und König von Troja schon lange bevor ich geboren wurde. Priamos von der Eschenlanze, wie die Barden ihn nannten. »Sie sind auch oft zu sehr großer Liebe fähig, Männer von gewaltiger Leidenschaft. Stumpfe Seelen oder Träumer geben keine guten Kämpfer ab. Wenn ein solcher Mann einen Fehler begeht, kann er furchtbares Unrecht begehen.«

»Du hast ihn genau beschrieben, mein Herr.«

Aber dachte er dabei an Achilleus oder an einen Vater, der einen mißratenen Sohn zu sehr liebte? Hätte er Helena zu Menelaos zurückgeschickt und Paris eine Tracht Prügel verabreicht, wie er es verdiente, würde seine Stadt jetzt nicht um ihn herum zerfallen.

Er fuhr fort, mich über Peleus auszufragen, und ich berichtete ihm, was ich wußte – das wenige, das ich von Achilleus und Patroklos erfahren hatte. Nach Peleus begann er sich nach Agamemnon zu erkundigen, wobei er erstaunliches Wissen über das Zerwürfnis zwischen dem Obersten Herrn und Achilleus an den Tag legte – Gefangenen entrissene Informationen, vermutete ich.

»Und ist seine Verwundung tatsächlich so schwer, wie er vorgibt?«

»*Vorgibt*, mein Herr? Warum sollte der Große König? … Ich verstehe nicht.«

Da lächelte der listige alte Mann beinah über meine Verwirrung. »Ist nicht, solange er dahinsiecht und nicht kämpfen kann, Achilleus der eigentliche Befehlshaber – der Anführer der Griechen?«

»Ich denke, ja.« Er besaß nicht den Titel, aber seinen Befehlen wurde Folge geleistet, als besäße er ihn, und das war sicherlich ein zufriedenstellendes Arrangement für alle Beteiligten, besonders für Agamemnon. Daran hatte ich bis jetzt nicht gedacht, aber Priamos war es aufgefallen.

Als der Himmel über dem Oberlicht sich verdunkelte, klatschte er in die Hände, um Träger mit Fackeln zu rufen, und sodann führte er mich in seine Schatzkammer, einen großen, von Säulen gestützten Raum, der bis zur Decke mit Truhen und Packkörben vollgestapelt war – die gehorteten Schätze einer Stadt, die so alt war wie die Götter selbst.

»Wähle!« knurrte er. »Du kennst den Mann. Was würde ihn ansprechen?«

Ratlos gab ich zurück: »Gold, nehme ich an, mein Herr.«

»Davon ist nur noch wenig übrig.« Er nickte einem Bediensteten zu, der uns in eine Ecke führte, wo ungefähr ein Dutzend glänzender Barren lagen; sie mußten der letzte Überrest eines weitaus größeren Stapels sein, denn der Boden um sie herum war frei von Staub. Die Träger begannen die Barren fortzuschaffen.

»Was sonst?« verlangte Priamos zu erfahren. »Such heraus, was ihm gefallen wird, und hör erst auf, wenn ich es dir sage.«

Es war ein Traum jenseits der Habsucht. Von Fackelträgern behütet, erkundete ich das Labyrinth und deutete auf alles, was meine Phantasie reizte – Kunstwerke aus Silber und Bronze und feine Holzarbeiten, eingelegt mit Elfenbein oder Kristall oder Fayence. Doch Achilleus besaß bereits viele solcher Kunstschätze, und so wählte ich hauptsächlich

Stapel der berühmten Tuche von Troja aus, Dutzende von Mänteln und Gewändern und Decken und herrlichen Webarbeiten. Die Jungen hasteten mit ihrer Last fort und kehrten bald zurück, um sich weitere aufzuladen, bis Priamos endlich Einhalt gebot. Mehr, sagte er, passe nicht auf einen Wagen.

Ich folgte ihm über die schmale Stiege wieder nach oben. Mir schwindelte. »Sohn des Laomedon, du bietest ein reicheres Lösegeld an, als Agamemnon es tat, um Achilleus wieder in den Kampf zu locken.« Und all das, um einen Leichnam zurückzukaufen!

»Welchem besseren Nutzen könnte ich meine Reichtümer nun noch zuführen?« knurrte er.

Der Streitwagen, den ich mir angeeignet hatte, stand wartend da, die Pferde im Geschirr jedoch waren größer und besser als die beiden, mit denen ich hergefahren war. Der kleine Mann, der mit krummem Rücken auf dem Kutschbock des Maultierwagens hockte, wirkte fast ebenso alt wie Priamos. In seiner reglosen Haltung vermochte ich nichts als grimmige Entschlossenheit zu entdecken; also hatte man ihm entweder nicht gesagt, wohin es ging, oder er legte wie sein Herr keinen großen Wert mehr auf sein Leben.

Als die Fackeln in dem dunkler werdenden Hof aufflammten, gab es nur noch eine letzte Zeremonie zu erledigen. Gestützt von ihren Frauen, schlurfte Hekabe mit einem Goldbecher herbei, damit Priamos dem Zeus ein Trankopfer darbringen konnte. Diener reichten ihm ein silbernes Becken und einen Wasserkrug.

Die Königin war mit seiner Mission offenbar noch nicht versöhnt. »Ich habe dich in deinem Leben viele törichte Dinge tun sehen, Sohn des Laomedon«, krächzte sie, »aber nichts davon kommt diesem hier gleich. Bete zum Herrn der Stürme, daß er dich in deiner Torheit beschützt. Wenn er wirklich von dir erwartet, daß du diese Torheit begehst, wird er dir ein Zeichen schicken.«

»Wir werden danach Ausschau halten.« Der alte Mann wusch sich die Hände, sprach sein Gebet, gab ihr den Becher ohne ein weiteres Wort zurück und steuerte auf den Streitwagen zu. Das war alles. Seine Gemahlin blieb zurück und starrte ihm hinterher. Ich hoffte, daß sie sich bereits unter vier Augen Lebewohl gesagt hatten, ansonsten wäre es ein zu bitterer Abschied für eine Frau, die ihm neunzehn Kinder geboren hatte.

Ich stieg neben ihm auf. Er ergriff die Zügel, und einer seiner Söhne schob die Bremsbacken hoch. Wir setzten uns in Bewegung, hinaus in die engen Gassen, die durch das Vieh und die Flüchtlinge, welche die fragwürdige Sicherheit Trojas gewählt hatten, noch enger geworden waren.

Die Straße, der wir folgten, war nicht dieselbe, auf der ich gekommen war, dafür steiler und gewundener; wir wären so gut wie gar nicht vorangekommen, wäre nicht eine Schwadron von mit Stäben bewehrten Prinzen vor uns hergegangen. Sie hauten uns den Weg frei und brachten uns endlich zum Westtor. Als die Posten auf den Wällen bestätigt hatten, daß keine griechischen Patrouillen in der Nähe waren, wurde das Tor geöffnet, um uns in Nacht und Wind hinauszulassen.

Boreas' eisige Hände zerrten an meinem Gewand und Haar und zwickten mich ins Fleisch. Mit festfrierenden Fingern klammerte ich mich an der Brüstung fest. In schneller Fahrt ging es den steilen Abhang hinunter. Priamos trat die Bremsbacken heraus, um das Gespann zu verlangsamen. Der Maultierkarren ratterte hinter uns her. Unter steingrauen Wolken lag ein letzter rötlicher Schimmer des Sonnenuntergangs um den westlichen Rand der Bucht − Kap Sigeum, wo die Griechen lagerten, unser Ziel. Ich rechnete nicht damit, daß wir uns würden viel weiter als einen Bogenschuß von den Wällen entfernen, ohne daß das griechische Heer über uns herfallen würde. Was das bedeutete, versuchte ich mir lieber nicht vorzustellen.

»Sieh, Witwe des Mynes!«

Der alte Mann wies mit seinem langen Arm nach Norden. Seine alten Augen waren unglaublich scharf. Ich konnte kaum einen winzigen Fleck ausmachen, der hoch oben auf dem Wind segelte.

»Ein Adler?«

»Der Vogel des Zeus.«

Es war nicht ganz ein Lächeln, das seine grimmig zusammengepreßten Kiefer lockerte, kam dem aber schon recht nah.

»Und zur Rechten! Dein Gebet ist erhört worden, mein Herr!«

»Mögen meine anderen Gebete ebenfalls erhört werden.«

Wir meisterten den Abhang ohne Zwischenfall und wandten uns gen Süden. Abgesehen von Kleinigkeiten blieb uns beim Weg keine Wahl. Die an ihren Achsen quietschenden Räder, die klappernden Hufe von Pferden und Maultieren, all das schien einen Lärm zu machen, den man bis Lemnos hören mußte. Nicht nur die Eiseskälte unter den Sternen ließ mich zittern; immer wieder sah ich vage aufflackernde Bewegungen in der Dunkelheit, von denen ich nicht wußte, ob es Geister oder lebendige Späher waren. Ich spürte Augen in der Nacht. Trotzdem rief uns niemand an. Eine Eule glitt vorbei, lautlos wie die dünnen Wolkenschleier. Ich erkannte sie und jubelte innerlich, denn sie ist weniger unbeständig als ihr Vetter. Als wir uns dem Fluß näherten, trug der Wind uns den ekelhaft süßlichen Gestank des Todes zu. Ich schauderte.

»Wirst du auch diese freikaufen, mein Herr?«

»Auch hier befinden sich zwei Söhne von mir«, knurrte Priamos.

Beschämt stammelte ich eine Entschuldigung.

Am Flußufer hielt er an, um die Pferde trinken zu lassen, und auch der Maultierkarren kam hinter uns zum Stehen. In der jähen Stille konnte ich das Planschen der Pferde und in der Ferne den Wellenschlag des Meeres hören. Dann stieß mein Gefährte einen Laut aus, der halb Schrei, halb überraschtes Aufkeuchen war. Ich schaute mich um und sah einen undeutlichen, bleichen Schemen näher kommen, eine Gestalt aus weißem Feuer in der Finsternis. Ich fühlte, wie mir die Haare zu Berge standen.

Wenn die Barden über Priamos' Fahrt in jener Nacht singen, dann behaupten sie, er sei geleitet vom Götterboten selbst, den Vater Zeus geschickt habe, unbemerkt bis ins griechische Lager gelangt. Das ist eine nette Geschichte, aber ich könnte meine Hand nicht dafür ins Feuer legen. Ich erblickte nicht Hermes, obwohl ich die Möglichkeit nicht abstreite. Damals dachte ich, es sei Alkimos, gewandet in einen weißen Chiton, dessen aschblondes Haar im Wind wehte. Ich sprang ab und lief auf ihn zu.

Weder mochte ich den Sohn des Polyktor noch traute ich ihm. Er hatte Priamos vermutlich am Schwurtag gesehen, bevor Menelaos und Paris ihren Zweikampf ausfochten, und würde ihn nun wiedererkennen. Priamos zu erschlagen würde ihm immerwährenden Ruhm einbringen. Als er an mir vorbeizugehen versuchte, trat ich ihm in den Weg.

Er runzelte die Stirn. »Hast du noch nicht genug Unheil angerichtet, Mädchen?«

»Unheil? Ich bringe einen Herold aus Troja, der Lösegeld für Hektors Leichnam anbietet. Das hat Achilleus mir aufgetragen!«

»Nicht, wenn man Achilleus glauben soll! Denkst du, er schickt Sklaven, um mit Königen zu verhandeln?« Die Dunkelheit verbarg sein höhnisches Grinsen, aber es klang wie Alkimos' Stimme und nicht so, wie ein Gott sprechen würde. »Wenn das herauskommt, gibt es einen gewaltigen Aufruhr, einen Skandal!«

»Automedon hat ihm gesagt, wohin ich gegangen bin?«

»Ihm blieb keine Wahl. Achilleus hat ihn am Hals hochgehoben und geschüttelt. Mit nur einer Hand. Wenn du glaubst, er war damals wütend auf Agamemnon, dann warte ab, bis er dich heute sieht. Aus dem Weg, Weib!«

»Aber es ist doch nur ein alter Herold!«

»Ein alter Herold?« Alkimos spähte an mir vorbei. »Und was ist in dem Karren? Feuerholz?«

»Selbstverständlich nicht.«

»Und angenommen, Agamemnon bekommt das in seine Hände?« Er schob sich an mir vorbei und stolzierte zu Priamos hinüber. »Du hast dir eine merkwürdige Stunde und eine merkwürdige Straße für deine Reise ausgesucht, alter Herr!«

Priamos reagierte gelassen. Ich stolperte über das rauhe Gras zum Maultierkarren und stieg hinter dem Fahrer auf. Kurz darauf nahmen wir die Flußüberquerung in Angriff. Mein Fahrer, Idiaos, sagte kaum ein Wort während der ganzen Fahrt, und was Priamos und sein Führer miteinander redeten, hörte ich nicht. Auch Barden, die die beiden hätten belauschen können, gab es nicht.

Natürlich hatten Alkimos' Worte mich in bange Erwartung versetzt. Ich machte mir Sorgen, welchen

Empfang mir Achilleus wohl bereiten würde, war mir jedoch verhältnismäßig sicher, daß das königliche Lösegeld, das Priamos mitbrachte, seinen Ärger besänftigen konnte. Zu wissen, daß wir erwartet wurden, war ebenfalls erleichternd. Da Achilleus inzwischen Kenntnis von meinem Tun hatte und von den Spähern am Strand vermutlich Bestätigung erhalten hatte, mußte er Befehl gegeben haben, daß in jener Nacht jede Gesandtschaft, die aus Troja kam, unbehelligt durchgelassen wurde. Ich hatte tatsächlich Augen in der Nacht gesehen.

So hatte ich also keine Angst mehr vor Halsabschneidern und griechischen Patrouillen, aber ich war durchgefroren und todmüde und sehr besorgt über Achilleus' Reaktion auf Priamos. Gewiß würde er den alten Tyrannen nicht persönlich erwarten, den Mann, dessen Hochmut den Krieg verursacht hatte, den Vater von Patroklos' Mörder.

Im Sternenlicht näherten wir uns der Palisade, wo Alkimos absprang und ins Dunkel davonrannte. Keine Wachtposten waren in Sicht, als Streitwagen und Maultierkarren durchs Tor fuhren. Da er sich aber nicht die Mühe machte, es hinter uns zu schließen, folgerte ich, daß die Posten sich nur außer Sichtweite zurückgezogen hatten. Wir hielten bewußt Abstand zu Zelten und Schiffen und ratterten auf dem zur See hin gelegenen Grat des Kaps nach Norden, bis wir uns auf gleicher Höhe mit den ersten Lagerfeuern befanden. Dann wandten wir uns nach Osten. Als wir die Hinterseite des Blockhauses erreichten, bellte kein einziger Hund. Das mag das Werk der Götter oder Achilleus' Vorkehrungen zu verdanken gewesen sein, seine nächtliche Begegnung geheimzuhalten.

11 Ich folgte Primaos auf den Fersen, als der alte Riese durch die Vorhalle schritt. Nach dem Dunkel der Nacht erstrahlte die Halle um so heller. Ein gewaltiges Feuer loderte im Herd, und weißer Rauch bildete Wölkchen und stieg zur Decke auf. Dahinter rekelte sich Achilleus auf seinem großen Stuhl, Eriphyle räumte Geschirr von einem Tisch neben ihm, und Automedon nagte herzhaft an einer Gänsekeule.

Der Wind hatte die Geräusche unserer Ankunft verschluckt. Achilleus, der nur ein weißes Tuch um seine Lenden und einen quastenbesetzten Umhang um die Schultern trug, war nicht darauf vorbereitet, Besucher zu empfangen. Dennoch fand ich, er habe einem Gott nie ähnlicher gesehen, denn der Haarflaum, der seine Glieder und Brust bedeckte, schimmerte bronzefarben und golden, als sei er in Feuer gehüllt.

Vielleicht sah ich ihn aber auch nur neu mit Priamos' Augen, und die Illusion verblaßte, denn sein Gesicht verlor jede Farbe, als sich der mächtige alte Mann näherte.

Automedon sprang auf, um dem Besucher Achtung zu erweisen, doch begriff er offenbar nicht, wen er da vor sich hatte. Priamos bewegte sich steif, aber mit königlicher Würde, als er vor Achilleus niederkniete und seine Knie umfaßte. Achilleus starrte sprachlos auf sein weißes Haupt hinab und reagierte noch nicht einmal, als der alte Mann erst seine eine und dann seine andere Hand ergriff und an seine Lippen führte. Dann hob Priamos seinen gramerfüllten Blick zu ihm hoch und begann mit grollender, gebrochener Stimme zu sprechen. Die Waffen an der Wand gaben ein kriegerische Echo zurück.

»Sohn des Peleus, ich habe ein großes Lösegeld

734

gebracht, das ich dir für den Leichnam meines Jungen biete. Viele prachtvolle Söhne hatte ich, und die Besten von ihnen sind nun tot, die meisten von ihnen durch diese Hände erschlagen. Ich habe diese Hände geküßt – welcher Vater hat je soviel getan? Hektor war der beste meiner Söhne. Wenn du kein Mitleid für mich empfinden kannst in meiner Trauer, dann bitte ich dich, an deinen eigenen Vater zu denken, der dasselbe Alter hat wie ich. Denk an seinen Kummer, wenn er angstvoll im fernen Thessalien sitzt und sich Tag und Nacht darüber grämt, welches Schicksal dir hier vor Troja beschieden sein mag.«

Achilleus fuhr sich, immer noch schockiert, mit der Zunge über die Lippen. »Einen Moment lang … Als du hereinkamst, dachte ich, du *seist* mein Vater!«

»Er ist glücklicher als ich, denn er kann sich noch immer Hoffnung auf deine unbeschadete Heimkehr machen, während ich mitansehen mußte, wie meine Blumen unter meinen Wällen niedergemäht wurden. O Sohn des Peleus, gib mir Hektor zurück, ich flehe dich an! Gib ihn mir zurück, damit wir ihn mit den Riten ehren können, die dem großen Krieger gebühren, der er war, und seinen Schatten in Frieden über den Fluß schicken können.«

»Du bist selbst gekommen? Damit hatte ich nicht gerechnet … Dazu bedurfte es nicht wenig Mutes, mein Herr!«

Dann schien sich Achilleus wachzurütteln. Er nahm den König an den Händen, erhob sich und richtete auch ihn auf. Priamos straffte sich, und die beiden sahen einander in die Augen: der uralte, verwitterte Held einer vergangenen Zeit – schrecklich verwundbar und doch ungebeugt –, und der männliche junge Schlächter, der so viele seiner Söhne getötet hatte; der König, der über ein so großes Reich geherrscht hatte, und der junge Kämpfer, der übers

Meer gezogen war, um es zu vernichten. Nicht um Fingersbreite unterschieden sie sich hinsichtlich ihrer Körpergröße. In atemlosem Schweigen maßen sie einander, und dann verzerrte sich Achilleus' Gesicht vor Schmerz. Mit einem erstickten Schluchzen schlang er seine Arme um Priamos und umarmte ihn. Ob er an Peleus oder Patroklos oder vielleicht auch an Hektor dachte, weiß ich nicht zu sagen, aber ich begann plötzlich zu zittern, als die Spannung sich löste. Heute würde es kein weiteres Blutvergießen geben. Dieser Gesandtschaft war kein elendes Scheitern beschieden wie der letzten, die als Bittsteller in dieses Haus gekommen war. Priamos war persönlich gekommen; Agamemnon nicht.

Ich konnte nur Priamos' Gesicht sehen. Seine Augen waren fest geschlossen, seine Wangen jedoch glänzten feucht im Schein des Feuers. Als die beiden Männer sich trennten, sah ich, daß auch Achilleus geweint hatte, und ich entsann mich der Worte des alten Königs, daß große Kämpfer leidenschaftliche Männer sein müssen.

Beschämt fuhr Achilleus sich mit dem Handrücken über die Augen. »Wahrhaftig, die Götter sind launisch, mein Herr. Dir und meinem Vater haben sie viele große Gaben gewährt: mächtige Reiche zu beherrschen, zahllose Krieger zu führen, unermeßlichen Reichtum. Ihm jedoch gewährten sie nur einen einzigen Sohn, der nie zurückkehren und ihn in der Schwäche des Alters trösten und schützen wird. Du warst mit zahlreichen Söhnen gesegnet und mußtest mitansehen, wie sie starben. Welches Schicksal ist grausamer? Ich weiß es nicht zu sagen, mein Herr. Ich weiß nur, daß wir das Los hinnehmen müssen, welches die Götter uns schicken, und es mit allem Mut tragen müssen, den wir aufbringen können, denn Mut ist unsere einzige Zuflucht. Das

Ende unseres Lebensfadens wird schon bei unserer Geburt gesponnen. Ich kann dir deinen Sohn nicht lebendig zurückgeben, aber ich will dir seinen Leichnam für eine würdige Bestattung überlassen. Automedon, einen Stuhl für unseren Gast!«

»Zuerst laß mich meinen Sohn sehen!«

Priamos' Forderung brach den Bann beinah. Achilleus' Gesicht lief flammendrot an. »Setz dich, alter Mann! Du wirst ihn sehen, wenn er dazu bereit ist. Bis dahin bleib hier und reize mich nicht!«

Priamos zuckte zurück und nahm auf dem Stuhl Platz, den Automedon ihm hinstellte. Achilleus warf ihm einen letzten wütenden Blick zu und verließ dann das Megaron, während er uns übrigen winkte, ihm zu folgen.

»Wo ist es?« fragte er.

»Auf der Rückseite, mein Herr«, gab ihm Alkimos zur Antwort.

Also begab sich unser Troß zur Rückseite des Hauses, wo wir den alten Idiaos noch immer mit krummen Rücken auf seinem Kutschbock sitzen fanden. Er zitterte erbärmlich. Achilleus befahl Alkimos, ihn nach drinnen zu bringen, damit er sich aufwärmen konnte. Dann machte er sich an den Seilen zu schaffen, die die Schutzplane hielten. Eriphyle und Automedon und ich kamen ihm zu Hilfe.

»Es ist eine ganze Menge, soviel steht fest!« murmelte er vor sich hin. Aber als er die Lederhaut beiseitegeschlagen hatte, entstand ein Knurren tief unten in seiner Kehle. »Was ist denn das für ein Unfug? Decken? Alte Kleider? Bin ich eine Bauernbraut, daß man mich mit solchem Tand zu blenden sucht?«

»Nein, nein, mein Herr!« rief ich. »Halte sie ins Licht und schau sie dir an! Ich selbst habe sie ausgewählt. Es sind kostbare Webarbeiten, prächtige

Umhänge, herrliche Mäntel – weiche Teppiche, geschmückt mit heroischen Szenen, mein Herr! Alle Männer werden wunders staunen, wenn sie die Halle deines Vaters zieren! Nie sah ich ihresgleichen. Zuunterst sind auch noch Goldbarren.«

Achilleus stöhnte und stützte sich auf den Haufen, umarmte ihn mit ausgebreiteten Armen und vergrub sein Gesicht darin. Automedon und ich wechselten besorgte Blicke. Zitternd im kalten Atem des Nordens warteten wir.

»Briseis«, begann Achilleus erneut, ohne den Kopf zu heben, »du zeigst mir diese Geschenke, um mich vom einmal beschworenen Pfad abzubringen. Ich habe Patroklos' Schatten geschworen, daß ich nie den Leichnam seines Mörders freigeben würde. Wie könnte ich es jetzt tun? Sag es mir!«

»Tuch brennt. Gib Patroklos seinen Anteil, und er wird nichts dagegen haben.«

Nach einem kurzen Moment seufzte er. »Wohl wahr, das kann ich tun. Dann kommt.« Er richtete sich auf und hob mit einem Grunzen einen mächtigen Stapel hoch. »Laß es uns hereinbringen. Briseis, sieh zu, daß der Leichnam präsentabel wird.«

Die Leichenwäsche war Frauenarbeit, und ich war eine Frau – an wen sonst hätte er sich also wenden sollen? Er stolzierte mit seiner Beute davon. Automedon folgte ihm, gleichermaßen beladen.

Mit im Wind klappernden Zähnen schaute ich Eriphyle an. »Je mehr Hände, desto besser.«

»In Ordnung«, erwiderte sie mit wenig Begeisterung.

»Dann geh und treib sie zusammen. Keine, die kurz vor der Niederkunft steht oder stillt.«

»Sie werden alle im Bett sein!«

Ich lachte, und es hörte sich schriller an, als ich

gedacht hatte. »Na und! Wenn ein Mann beschäftigt ist, laß ihn natürlich erst fertig werden. Ich besorge Fackeln, Wasser …«

»Duftöle?«

»Ja, Duftöle auf alle Fälle«, stimmte ich ihr zu.

Vielleicht hatten die Götter das kalte Wetter geschickt, um Hektors Leichnam zu erhalten, denn er war nicht so verfault und aufgedunsen, wie ich es befürchtet hatte. Außerdem verbreitete er einen stechenden Geruch nach Kiefer wie der Extrakt, den wir zur Reinigung der Latrinen verwendeten. Auch wenn das den Verwesungsgeruch nicht vollständig überdecken konnte, so hatte es doch die Lagerhunde davon abgehalten, sein Fleisch anzufressen. Ich nahm an, daß einige der trojanischen Frauen den Leichnam heimlich behandelt hatten.

Eriphyle kam mit sechs oder sieben Helferinnen zurück. Wir wechselten uns reihum ab, dankbar für die Dunkelheit, die halbwegs verbarg, was wir taten. Schon einmal, damals in Lyrnessos, hatte ich Hektor, Sohn des Priamos, gewaschen. Ich konnte meine Erinnerungen an jenen majestätischen jungen Prinzen jedoch nicht mit diesem leblosen Klumpen verrottenden Fleisches in Einklang bringen. Wir überschütteten ihn mit Duftölen und Parfümen, wickelten ihn in prächtige Webarbeiten und trugen ihn dann zu dem Maultierkarren hinüber, auf dem er seine Heimreise antreten sollte. Wir hatten unser Bestes gegeben, und mit Dankesbekundungen entließ ich die Frauen.

Bis Eriphyle und ich aufgeräumt hatten und ins Haus zurückkehrten, nahmen Achilleus und Priamos ein rituelles Mahl miteinander ein. Automedon legte ihnen gebratenes Lamm vor, während Alkimos draußen Wache stand, um ungebetene Besucher zu verscheuchen. In einer dunklen Ecke mampfte der alte Idiaos mit seinen wenigen verbliebenen Zähnen das, was gut seine letzte anständige Mahlzeit sein konnte.

Gastgeber und Gast bemühten sich, eine schickliche Unterhaltung zu führen, hatten aber große Schwierigkeiten, unverfängliche Themen zu finden. Immer wieder erstarb das Gespräch, so daß sie dasaßen und einander nur mit Staunen und Ungläubigkeit – und vielleicht gegenseitiger Bewunderung – anschauten. Die Goldbarren waren neben dem Herd aufgestapelt worden; jeder Tisch und jeder Stuhl in der Halle war mit ausgesuchten Tuchen geschmückt. Während ich Achilleus sorgfältig beobachtete, begann ich allmählich zu hoffen, daß das Feuer seines Zorns endlich ausgebrannt sei. Ich konnte sehen, daß er mit den Reichtümern, die die Nacht ihm eingebracht hatte, und dem freudigen Wissen, daß Agamemnon ihrer nicht habhaft werden würde, überaus zufrieden war. Wenn die Entfernung von Hektors Leiche seinen Kummer nicht lindern konnte, dann würde ihn gar nichts lindern.

Das Feuer fiel langsam zu glühenden Kohlen und Asche zusammen, er aber ließ es nicht wieder aufschichten. Mir wurden die Lider schwer.

»Briseis!«

Ich fuhr hoch. »Mein Herr?«

»Bereite unserem Gast und seinem Diener in der Vorhalle ein Lager. Sie sind müde und werden morgen früh aufbrechen wollen.«

Eriphyle und ich rafften Decken und Felle zusammen und trotteten hinaus.

»Da ist ja nicht mal für zwei Katzen Platz, geschweige denn für die beiden!« raunte sie mir zu, während sie den Blick über all die Töpfe und Truhen und Kessel schweifen ließ.

Alkimos trat von seiner Wache herein. Sein flachs-
farbenes Haar leuchtete im Sternenlicht. »Ich glaube
nicht, daß ihr euch groß anstrengen müßt«, äußerte
er, für seine Verhältnisse richtig freundlich. Er war
zufrieden mit seinen Leistungen in dieser Nacht.

»Wenn du so großzügig wärst, diese Kisten zusam-
menzuschieben, mein Herr«, umschmeichelte ich
ihn, »dann könnten wir die Decken auf ihnen ausbreiten. Ich denke doch, das dürfte reichen?«

»Aber darauf können sie doch unmöglich schlafen!« wand Eriphyle ein, als Alkimos seine Muskeln
spielen ließ.

»Das werden sie auch nicht. Mein Vater hat mir
einmal erzählt, der Grund, warum Gäste stets in der
Vorhalle schlafen, ist der, daß sie sich von da am
schnellsten aus dem Staub machen können. Ist es
nicht so, Sohn des Polyktor?«

Er kicherte. »Sie wissen, daß sie vor Anbruch der
Dämmerung verschwunden sein müssen. Das ist
meine Aufgabe.«

So geschah es, und wir breiteten nur symbo-
lisches Bettzeug aus. Achilleus geleitete die beiden
Männer hinaus, während er die Bedingungen eines
Waffenstillstands mit Priamos besprach, in dessen
Verlauf die Trojaner ihre Toten einsammeln und ver-
brennen konnten.

Eriphyle und ich zogen uns nach drinnen zurück,
um Automedon dabei zu helfen, die Überreste der
Mahlzeit wegzuräumen und den Anschein von
Ordnung wiederherzustellen. Mehr denn je glich die
Halle nun einer Schatzkammer. Das Problem, einen
Platz zum Schlafen zu finden, stellte sich nun hier
genauso wie in der Vorhalle. Wir schufen Platz auf
beiden Seiten des Herdes und legten farbenfrohe trojanische Teppiche und weiche Decken überein-
ander.

Ich kniete gerade auf der Erde, um sie zu ordnen, als die Tür mit einem lauten Knall zufiel. Achilleus blieb kurz stehen und ging dann auf den verblassenden Feuerschein zu. Ich erhob mich, war mir bewußt, wie mein Herz schlug. Er sah sich um, ließ den Blick über den Beutehaufen gleiten, den die Nacht seinen Schätzen hinzugefügt hatte, stemmte dann die Hände in die Hüften und schaute mich an. Ich wußte nicht, würde er mich schlagen oder sich mir weinend zu Füßen werfen oder irgend etwas dazwischen.

»Habe ich gefehlt, mein Herr?« fragte ich tapfer.

»Du bist eine Verrückte, Briseis!«

Mein Puls beschleunigte sich angesichts seines Lächelns – noch nicht ganz sein altes Lächeln, aber nah dran!

»Wie ich hörte, war mein Herr verärgert über mich.«

»Ich war *wütend!* Ich dachte, die Trojaner würden dich dabehalten. Ich hatte Angst, dich verloren zu haben.«

»Oh.« Ermutigend! »Eine Sklavin würde nicht sehr viel Lösegeld einbringen.«

Eriphyle, die Götter mögen sie segnen, zog Automedon auf ihre Bettstatt hinunter und begann ihn abzulenken, was ihr nie besonders schwerfiel.

Achilleus schüttelte den Kopf. »Eine lebende Sklavin ist mehr wert als ein toter Prinz, viel mehr. Jedenfalls für mich.« Wenn auch nicht ganz so um Worte verlegen wie Mynes, war er doch nie ein Mann gewesen, der mich mit zärtlichen Worten überschüttet hätte – seine Spezialität war das Handeln –, aber selbst er wußte, daß dies die Zeit für Worte war. Er gab sein Bestes.

Es genügte mir nicht. Ich meinte, mehr verdient zu haben. Er hatte mich fortgegeben, sich geweigert, mich zurückzunehmen, mich schließlich, als er mich zurückbekommen hatte, verschmäht.

Ich verschränkte meine Arme vor der Brust. »Ich bin erleichtert, daß du mich einer Leiche vorziehst, mein Herr. Andererseits, wenn man Sklavin wie Leiche einfach herumliegen läßt, kann es keinen großen Unterschied zwischen ihnen geben.«

Er kam einen Schritt näher. »Ich habe dich vernachlässigt.«

»Hast du.«

»Es tut mir leid. Ich habe mich von meiner Trauer blenden lassen.« Er löste seinen Chiton. Ich machte keine Anstalten, ihm zu helfen. »Leider, Briseis, hätte man mir die Wahl zwischen Patroklos und dir gelassen, hätte ich Patroklos gewählt – vermutlich ist es gut, daß die Götter uns solch eine Wahl nicht zugestehen. Erst heute, als ich fürchtete, euch beide verloren zu haben, habe ich ...« Er holte tief Luft. »... Habe ich erkannt ... habe ich begriffen, wenn die Götter mein Leben schon abkürzen wollen, sollte ich versuchen, das wenige zu genießen, was mir noch bleibt. Mir ist klargeworden, was du mir bedeutest.« Er schaute mich sehnsüchtig an, wie ein kleiner Junge, der seine Mutter um Verzeihung bittet.

»Sag es mir.«

»Ich könnte es dir besser zeigen. Siehst du?«

»Lust zeigen und Liebe zeigen sind schwer auseinanderzuhalten.«

Seine Lippen verzogen sich zu einem Lächeln, wobei sie diese absurden Grübchen produzierten. »Oh, das ist doch hauptsächlich eine Frage des richtigen Zeitpunkts, nicht wahr? Und wenn ich verspreche, es ganz, ganz langsam zu machen?«

Automedon und Eriphyle machten es ganz, ganz schnell, um nur ja zu beweisen, daß sie nicht lauschten. Meine Brustwarzen begannen zu kribbeln.

»Du kannst mir nicht zufällig eine kleine Andeutung machen?«

»Wenn die Trojaner Agamemnon als Lösegeld für dich verlangt hätten, hätte ich ihn in Ketten gebunden abgeliefert.«

»Jetzt soll ich mich wohl geschmeichelt fühlen, auch wenn ich dich nie im Verdacht hatte, den Sohn des Atreus über Gebühr zu lieben. Wie es aussieht, hast du mich ja auch umsonst zurückbekommen. Sag mir genau, was du in dieser Sache zu unternehmen gedenkst.«

»Das.« Für einen so großen Mann bewegte er sich äußerst flink. Er hatte mich seit der Nacht am Strand nicht mehr geküßt, versuchte aber, dieses Versäumnis mit einer überwältigenden Umarmung wettzumachen. Im Handumdrehen führten seine gewaltige Stärke, der berauschende Geschmack seines Mundes und die schiere Hitze seiner Leidenschaft dazu, daß mein Zorn schmolz und mir der Kopf zu schwirren begann. Die Erinnerung spielt uns Streiche. Im Rückblick will es mir so scheinen, als habe dieser eine verheerende Kuß ohne Unterbrechung angedauert, während er mir die Kleider vom Leib riß und mich auf das Lager drückte, in mich eindrang, mich zu unerträglichen Qualen der Lust trieb und mir schließlich in die Erfüllung folgte. Erst als er in schlaffer Erschöpfung mit ausgestreckten Gliedern auf mir lag, trennten sich unsere Lippen wieder, und zu diesem Zeitpunkt bearbeitete ich ihn schon mit meinen Fingernägeln, begierig auf mehr. Priamos mußte längst in Troja angekommen sein, bevor wir einander schlafen ließen.

12 Nun hielt der Sommer wieder Einzug in der Troas. Achilleus war mit dem ersten Schimmer der Dämmerung auf den Beinen und verbreitete die Nachricht vom Waffenstillstand, den er den Trojanern gewährt hatte – eine Neuigkeit, die manche Augenbraue in die Höhe zucken ließ und zu einer Menge Mutmaßungen führte, im allgemeinen aber begrüßt wurde. Nun konnten die Toten bestattet werden, und der Krieg würde anschließend neu aufgenommen, jubelte das Heer. Griechische Schiffe wurden unter den Stadtmauern an den Strand gezogen. Griechische Wachen beobachteten die trojanischen Arbeitstrupps, wie sie Feuerholz fällten und ihre Leichen einsammelten, und verhöhnten sie dabei. Jeder, der zu entkommen versuchte, wurde zur Strecke gebracht, brutal verprügelt und in die Stadt zurückgeschickt, wo er dann vermutlich dazu beitrug, die letzten Vorräte zu vertilgen.

Troja war zum Untergang verurteilt, und jeder wußte es.

Achilleus war ebenso verdammt, und auch das wußte jeder. Nur ich selbst wollte die Weissagung aus meinem eigenen Mund nicht hinnehmen. Als ich ihn an diesem Abend badete, unternahm ich einen entschlossenen Versuch, ihn zur Abreise zu bewegen. Automedon war fort auf Trojanerjagd, so daß wir das Haus für uns allein hatten.

»Die Götter haben dir Ruhm versprochen. Und sie haben ihn dir gegeben. Du hast den Krieg gewonnen. Troja muß fallen. Jetzt kannst du gehen.«

Er betrachtete mich mit Augen so blau und gefährlich wie die See. Er war nicht ganz wieder der alte Achilleus, denn seine Rippen waren deutlicher zu sehen als vorher, und von seinem Kopf standen stachlige Büschel ab, wo er sich Locken für Patroklos' Bahre abgeschnitten hatte. Die Wunde an seinem Unterarm jedoch verheilte sauber, und seine Männlichkeit stellte bereits wieder unter Beweis, daß der Fluch von ihm genommen war. »Betrügen? Versuchen, meinen Teil des Handels nicht einzuhalten?«

Ich wrang den Schwamm aus und versuchte, seinen stechenden Blick zu erwidern. »Vielleicht haben sie ein Einsehen mit dir.«

»Dann werden sie mich zu gegebener Zeit heimkehren lassen. Aber ich glaube es nicht. Glaubst du es?« Seine Hand schloß sich um meinen Arm.

»Athene begünstigt dich vor allen anderen Männern.«

»Ohne ihre Hilfe hätte ich Hektor nicht erschlagen können.«

»Warum sollte sie dir dann jetzt ihre Gunst entziehen?«

»Vielleicht, weil ich weglaufe?« Sein Lächeln wurde versonnen, als sei der Tod eine peinliche Schwäche. »Hektors Tod hat Trojas Schicksal besiegelt. Andere Götter werden dafür Rache fordern – Apollon bestimmt, der auf dem Gipfel von Troja steht. Zeus muß entscheiden, und er hat uns wissen lassen, wie er entscheiden wird.« Bevor ich etwas erwidern konnte, fuhr er fort: »Nebenbei bemerkt, falls es irgendeinen Weg gibt, die Sache noch zu verpfuschen, Agamemnon würde ihn finden. Nein, meine Geliebte, ich bleibe hier, kämpfe, solange ich kann, und sterbe, wenn ich muß. Ich werde nicht davonlaufen wie Hektor.«

»Du hast Odysseus gefragt, was ein Toter mit einer Frau anfangen soll. Was aber soll eine Frau mit einem Toten anfangen? Was passiert mit mir, wenn du stirbst?«

Er zog mich auf seinen Schoß und drückte mich

an sich, bis ich kaum noch Luft bekam. »Ich weiß es nicht, Liebste«, antwortete er traurig, während sein Kinn auf meiner Brust ruhte. »Du und Peleus, Sohn des Aiakos, ihr braucht mich beide. Ich habe lange und eingehend darüber nachgedacht, und alles, was ich weiß, ist, daß es nichts gibt, was dem Ruhm gleichkommt. Ich muß danach streben, und die Götter werden urteilen. Sie haben den Preis festgesetzt, und ich muß ihn zahlen, selbst wenn der Preis ein früher Tod ist. Ich habe Patroklos in den Kampf geschickt und bin nicht mit ihm gegangen, so daß er gestorben ist, und das belastet mich sehr. Ich werde nicht noch einmal kneifen. Ich bin Achilleus und werde nicht weniger sein.«

Ich wappnete mich, ihm zu erzählen, um wie vieles leichter Antenor und Aineias seine Aufgabe machen würden, aber er war für diesen Abend mit ernsthaften Dingen fertig.

»Ein kurzes Leben macht das Vergnügen nur noch kostbarer, nicht wahr?« Er ließ eine nasse Zunge in meinen Chiton gleiten und brachte mich zum Quieken. Innerhalb kürzester Zeit war ich genauso nackt wie er, und wir balgten uns auf dem Boden.

Die Trojaner schnitten Brennholz, und die Griechen bauten Leitern. Wenn sie keine Leitern bauten, schärften sie ihre Waffen. In gewisser Weise waren das glückliche Tage für mich: meinem Liebhaber zurückgegeben, mein Liebhaber mir zurückgegeben. Die Nächte waren sogar noch glücklicher, denn nachdem Achilleus zu dem Entschluß gekommen war, daß man das Leben genießen mußte, verfolgte er dieses Ziel mit der ihm eigenen Beharrlichkeit und der Sturheit eines bronzenen Ziegenbocks. Dennoch blieb Patroklos' Tod eine schwärende

Wunde. Wenn die Ruhelosigkeit ihn überkam, tat ich, was ich konnte, um ihn zu beschwichtigen. Selbst mitten in der Nacht, wenn er aufwachte, ins Dunkle starrte und über sein Los brütete, weckte mich gerade seine Reglosigkeit. Dann streckte ich die Arme nach ihm aus, und er ging verzweifelt auf mich ein. Wenn Aphrodite uns verließ, pflegte sie den Schlaf zu schicken, den größten Tröster von allen.

Aus Angst, seinen furchtbaren Zorn zu wecken, schob ich es bis zum letzten Tag des Waffenstillstands hinaus, Antenors Angebot zu erwähnen, und ich erzählte es Achilleus nur, weil es mir illoyal erschien, zuerst zu Odysseus zu gehen. Selbst dieser Schnitzer hätte wahrscheinlich nichts ausgemacht, wenn ich ihn nicht durch einen zweiten übertroffen hätte.

Alle Anführer waren schrecklich beschäftigt mit den Vorbereitungen für den Angriff am nächsten Tag, und als Achilleus am Abend auf der Suche nach Entspannung und Behaglichkeit steifbeinig ins Haus gestapft kam, war er äußerst gereizt, hungrig, staubverkrustet und heiser. Ich erwartete ihn, liebte ich es doch zu sehen, wie seine finstere Miene sich bei meinem Anblick in das Lächeln eines Liebenden verwandelte. Ich erwiderte seine Umarmung, dann hielt ich ihn jedoch davon ab, ins Innere zu gehen, weil Automedon und Eriphyle sich dort aufhielten.

»Schau!« forderte ich ihn auf, während ich zu der trutzigen Zitadelle auf der anderen Seite der Bucht deutete, die wie ein Gespenst vor dem indigoblauen Himmel gleißte.

»Was ist damit? Ich hasse sie.«

»Das tue ich auch. Laß sie brennen! Vermagst du

748

ihre Türme zu schleifen und ihre Tore nieder-zureißen, Sohn des Peleus? Denn ich vermag es!«

Er verschränkte seine mächtigen Arme. »Welche Visionen hast du nun schon wieder, Briseis?«

Ich holte tief Luft und stieß, so schnell ich konnte, alles hervor. »Die Priesterin der Athene in Troja ist die Gemahlin des Antenor. Als ich mich zur Göttin begab, um vor ihr zu beten, bat sie mich um Hilfe und nahm mir das Versprechen ab, daß ich dir diese Botschaft überbringen würde. Sag Achilleus, so sprach sie, wenn er uns sicheres Geleit schwört, werden wir des Nachts ein Tor für ihn öffnen. Freier Abzug für fünfzig – etliche Männer, aber auch Frauen und Kinder. Niemand aus dem Hause des Priamos außer einer Tochter.«

Achilleus' Gesicht hatte sich verdüstert wie der Abendhimmel. »Krieg ist Männersache!«

»Athenes Sache, und ich erhielt diese Botschaft in ihrem Schrein. Das Zeichen wird sein, einen Altar für Poseidon außerhalb der Stadt zu erbauen, an einer Stelle, die von den Wällen aus gut zu sehen ist. Du mußt ein riesiges Pferd bauen, das Symbol des Erderschütterers, und das wird dein Schwur sein, daß du der Vereinbarung zustimmst und sie abzie-hen läßt. Zwei Nächte, nachdem du es geweiht hast, wird Antenor die Pforte am Ostturm öffnen. Laß sie hinaus, dann gehst du hinein, und Troja gehört dir.«

»Verrat?« knurrte er, aber es war eine Versuchung für ihn – ich konnte es sehen, obwohl Unschlüssig-keit für ihn unbekanntes Gelände war. »Wo bleibt der Ruhm, wenn man eine Stadt durch Verrat erobert?«

»Wie viele Griechen müssen noch sterben, wenn du dich weigerst?« Und er mit ihnen. »Wie viele Monate mußt du noch warten? Wie bald wird Agamemnon wieder auf der Bildfläche erscheinen, um dir den Triumph zu stehlen? Greif zu, Sohn des Peleus, greif zu!«

Seufzend betrachtete er die ferne Stadt. »Warum hast du mir das nicht schon früher erzählt? Warum zwei Nächte? Warum Poseidon?«

»Sie brauchen zwei Nächte, um die Nachtwache mit ergebenen Gefolgsleuten zu besetzen. Und Aineias hat gesagt, daß Poseidon −«

Das war mein zweiter Fehler.

»Aha!« machte Achilleus. »Der Sohn des Anchises? Dein Vetter ist auch dabei, ja? In Lyrnessos ist er mir entkommen. In Pedasos und auch an den Ufern des Skamander ist er geflohen. Und nun hofft er, mir abermals zu entkommen? Dreimal meinetwegen, aber nicht viermal. Es ist zweifellos eine Falle, eine üble List, um dich zu täuschen und unsere besten Krieger zu töten.«

»Sie haben vor Athene geschworen …«

»Nein!« röhrte der Sohn des Peleus. »Wo bleibt der Ruhm dabei? Nachdem so viele tapfere Männer ehrenvoll gestorben sind, will ich nicht als Betrüger in die Lieder der Barden eingehen, der Troja durch Verrat erobert hat!« Seine Augen funkelten vor Zorn, und seine großen Hände packten mich an den Schultern, als wolle er mich schütteln. »Ich werde die mutigen Männer, die bereit sind, zur Verteidigung ihrer Stadt zu sterben, nicht mit Schande bedecken, indem ich sie in ihren Betten ermorde. Sprich nie wieder von dieser Heimtücke − weder zu mir noch zu irgend jemand anderem, Briseis!«

Oh, was für eine Torheit! Unterwürfig versprach ich es ihm.

»Morgen werden wir die Tore niederreißen.« Er ließ mich los und ging ins Haus.

Er war nie nachtragend. Nachdem er meine Einmischung zurückgewiesen hatte, verbannte er sie
aus seinen Gedanken, und in dieser Nacht glich
seine Liebe einer gewaltigen, schamlosen Balgerei
mit jeder Menge Gelächter und Kitzeln und absurden Verrenkungen. Er schlief kaum, und bevor die
ersten Lichtstrahlen einfielen, war er schon auf und
davon, begierig auf die Schlacht.

Ich ließ den ganzen Vormittag den Kopf hängen,
starrte über die Bucht zur Zitadelle hinüber, die gerade so weit entfernt war, daß man nicht sehen
konnte, was dort vor sich ging. Gelegentlich legte ein
Schiff ab oder landete, aber die einzige Nachricht,
die uns erreichte, war die, daß die Kämpfe wild und
erbittert waren. Gegen Mittag erschien der Herold
Eurybates im Haus, um mir mitzuteilen, daß Agamemnon mich zu sehen wünsche; warum, konnte
er mir nicht sagen.

»Vielleicht hat sich seine Wunde verschlechtert«,
schlug ich vor, »oder er möchte einen Vogelschauer
zu Rate ziehen? Um einen Traum zu deuten?«

Ich wagte es nicht, den Ruf zu mißachten, so
unbehaglich ich mich dabei auch fühlte. Meine
Bestürzung wuchs, als Eurybates mich geradewegs
ins Schlafquartier des Großen Königs führte. Es
mußte sich um ein medizinisches Problem handeln.
Seine Wunde hatte sich wieder geöffnet. Doch als ich
an der Schwelle stehenblieb, um meine Schuhe auszuziehen, riefen der Anblick und die Gerüche der
Hütte Erinnerungen in mir wach. Ich dachte an die
entwürdigende Nacht, die ich dort verbracht hatte,
und plötzlich fiel mir auch wieder ein, was ich
damals geweissagt hatte. Ich hatte *vorgetäuscht,* ein
Zeichen erhalten zu haben. Meine Worte, die ich am
Strand an Achilleus gerichtet hatte, waren ein Mißverständnis gewesen, Agamemnon jedoch hatte ich

gesagt, die Götter würden ihm Troja ohne Achilleus' Hilfe geben, und damals war mir bewußt gewesen, daß ich log.

Er knallte die Tür zu, schloß den Sonnenschein aus, umfaßte meinen Kopf mit beiden Händen und drückte mir einen sabbernden Kuß auf den Mund. Sofort wußte ich, was geschehen war. Er war offenbar in Hochstimmung, aufgekratzter, als ich es je an ihm erlebt hatte. Vor Erregung geifernd, packte er meinen Arm und zerrte mich zum Bett hinüber. Diese Ungeheuerlichkeit hätte er nie gewagt, wenn Achilleus noch lebte.

Ich hätte mich geschmeichelt fühlen sollen, daß sein erster Gedanke, nachdem er die Neuigkeit erfahren hatte, mir galt, aber in Wirklichkeit war ich zu entsetzt, als daß es mich gekümmert hätte. Ich leistete keinerlei Widerstand, als er mir die Kleider vom Leib riß und mich rücklings aufs Bett warf. Ich duldete stumm, daß er mich besabberte und kniff und knetete, um irgendeine Reaktion von mir zu erzwingen, und sei es auch nur ein Schmerzensschrei. Ich sagte nichts, als er auf mich kletterte und mich aufspießte. Stumpf und gefühllos ertrug ich sein Gestoße.

Ich wußte, daß die Götter zugegen waren. Auf diesem Bett hatte ich sie herausgefordert, und auf diesem Bett ließen sie meine Marter beginnen. Dreimal hatte ich sie verhöhnt − am Strand mit Achilleus, in jenem Bett mit Agamemnon und ein drittes Mal, als Achilleus mich gefragt hatte. Ich hatte meine falsche Prophezeiung nicht geleugnet. Dreimal, aber nie viermal ...

Sie bestraften mich für meine falschen Prophezeiungen, indem sie sie wahr werden ließen. Achilleus hatte Ruhm errungen und war dafür jung gestorben, wie ich es vorausgesagt hatte, und nun

würde Agamemnon Troja ohne seine Hilfe einnehmen.

Als der Große König befriedigt war und sich
schwitzend und keuchend von mir herunterwälzte,
begann ich zu lachen.

Er brüllte: »Du findest das komisch? Jetzt gehörst
du mir, Weib! Der Sohn des Peleus ist tot!«

Ich setzte mich auf und spie ihm ins Gesicht.

»Du bist auch schon so gut wie tot! Erkennst du
einen Fluch nicht, wenn du ihn vor Augen hast?
Jeder Mann, der mich je begehrt hat, ist tot – außer
dir, Sohn des Atreus. Lange hast du nicht mehr zu
leben!«

EPILOG

Das Feuer war heruntergebrannt, die Alte verstummt. Das Unwetter war nur noch eine Erinnerung. Irgendwo sang ein Vogel, und die ersten trüben Vorläufer der Dämmerung lugten durch die Mauerritze in die Ruine. Kalt und steif, reckte ich meinen schmerzenden Rücken. Wenn schon ein junger Mensch so viel im Laufe des langen Zuhörens gelitten hatte, fragte ich mich, wie hatte es bloß ihre alte Stimme geschafft, das alles zu erzählen.

»Wurde er an der Ferse verwundet?«

»Wer?«

»Achilleus. Es heißt doch, das sei die einzige verwundbare Stelle an ihm gewesen.«

Sie hüstelte heiser. »Bah! Du hast den Barden zugehört. Habe ich dir nicht erzählt, daß er durch und durch sterblich war? Er kämpfte vor dem Skaiischen Tor, den Rücken zum Großen Turm von Ilium. Ein Pfeil traf ihn von hinten, hinter die Beinschienen. Paris beanspruchte den Schuß für sich. Warum sollte irgendein Mann sich einer solchen Tat rühmen? Wahrlich, es war der rachsüchtige Apollon, der den Schaft lenkte. Achilleus wurde nicht schwer verwundet, aber er stürzte zu Boden, und die Trojaner deckten ihn mit einem Hagel von Geschossen und Pfeilen ein. Sie schickten Männer über die Mauern, und um ihn entbrannte eine Entscheidungsschlacht. Als Aias ihn endlich aus dem Getümmel schaffen konnte, war er an den vielen Wunden verblutet.«

»Was ist mit dem Fall Trojas?«

»Was soll schon damit sein?« krächzte sie. »Odysseus kannte Antenors Angebot. Ich habe nie gefragt, ob er es von Achilleus oder aus einer anderen Quelle erfahren hat. Die Griechen drehten es im Rat hin und her, und schließlich nahmen sie es an. Sie bauten ein prächtiges hölzernes Pferd, weihten es zusammen mit dem Opfer etlicher Stuten dem Poseidon, und zwei Nächte später öffneten die Verräter die Pforte am Osttor. Antenor und Aineias durften mit ihren Familien abziehen, und dann drangen die Griechen in die Stadt ein. Blut und Feuer und Schmerz.«

»Deine Weissagungen erfüllten sich also wiederum?« Sie stufte sich augenscheinlich in eine Reihe mit Delphi oder Dodona ein. »Ist Aineias nach Westen gesegelt?«

»Pah! Woher soll ich das wissen? Ich habe einmal gehört, daß Antenor es getan hätte, aber niemand hat je von den Taten des Aineias gesungen. Er hat nie irgend etwas Denkwürdiges vollbracht. Geh, kleiner Junge, und laß mich schlafen.« Unter ihrer Decke zusammengekauert, war sie ein formloser Haufen im Schatten.

Ich sollte mich wirklich wieder auf den Weg machen, bevor das Böse in den Ruinen am Hügel sich rührte. Ich streckte meine Arme aus und gähnte. »Ich brauche noch das Ende deiner Geschichte. Agamemnon hat dich also hierher nach Mykene gebracht?«

»Ja«, antwortete sie ungehalten, »und im selben Schiff wie Kassandra, ganz, wie sie es geweissagt hatte. Mich und viele andere, um die Adligen in ihren Bädern zu waschen und für sie auf ihren Feldern zu ackern. Oder von ihnen in ihren Betten beackert zu werden. Um ihre Bastarde zur Welt zu bringen und aufzuziehen − manch ein Hektor oder Antenor hält sich heute für einen guten Griechen und weiß nicht, daß seine Großmutter oder deren Mutter aus der Troas stammt.«

»Und bist du Zeuge von Agamemnons Ermordung geworden?«

Die alte Frau seufzte. »Nein. Wünschte, ich hätte es mitbekommen, aber in jener Nacht hat Kassandra ihn im Bad betreut. Sie starb mit ihm.«

»Nun, so habe ich es auch gehört«, räumte ich ein und erhob mich, so daß ich mit eingezogenem Kopf unter der eingebrochenen Decke stand. »Aber vieles von dem, mit dem du mir letzte Nacht die Ohren vollgebrabbelt hast, Großmutter, geht mir gegen den Strich. Omen? Große Helden, die wie die Katzen kopulieren? Auch beschreiben die Barden das hölzerne Pferd anders, als du es tust.«

»Dann mußt du zwischen Wahrheit und Kunst wählen. Die Wahrheit ist für gewöhnlich ungefährlicher. Und jetzt raus!«

»Ich glaube den Barden, die die Worte der Musen singen – das sind sicherlich melodiösere Worte als deine. Aber deine Geschichte hat mir die Nacht vertrieben, und ich danke dir für deine Gastfreundschaft.«

Ich dachte, sie würde den Mund nicht mehr aufmachen, aber dann murmelte sie: »Denk dran, deine Gastgeschenke mitzunehmen: einen prachtvollen Umhang, einen Silberrhyton, einen kostbaren, mit Elfenbein eingelegten Schemel.«

»Ich werde dir meinen Heerführer schicken, um sie einzusammeln«, versetzte ich. »Mögen die Götter dein Leben erhalten.«

»Sie haben mich schon viel zu lange am Leben gehalten.«

Als ich vor dem Eingangsloch hockte, hielt ich noch einmal inne. »Das Leben kann nie zu lang sein, nur zu unangenehm. Eine letzte Frage, Briseis, falls das tatsächlich dein Name und nicht nur ein weiteres Produkt deiner Einbildung ist. In deinem Geschwafel hast du viele große Helden auf übelste Weise verleumdet, nicht zuletzt Achilleus. Ich fürchte,

sein Schatten heult ganz erbärmlich in Hades'
Hallen, wenn er deine Lügen hört. Nun denn, wenn
du die Götter überhaupt fürchtest, alte Vettel, beantworte mir diese Frage: Wenn Zeus in seiner endlosen Weisheit dir gewährt hätte, dir einen dieser
großen Krieger zum Lebensgefährten auszusuchen –
wenn du all diese langen Tage über seine Gemahlin
hättest sein können, ihm einen ganzen Stall voller
Söhne und Enkel geschenkt hättest, bis heute an
seiner Seite hättest alt werden können – sag mir,
wen du gewählt hättest.«

Ihr Atem rasselte ein paarmal, bevor sie murmelte: »Warum fragst du? Den Sohn des Peleus natürlich.«

»Wirklich? Meinen Ohren wollte es scheinen, als
liebtest du die Aussicht, seinen Thron zu teilen,
mehr als den Mann selbst.« Da ich keine Antwort
erhielt, versuchte ich es noch einmal: »Wen betrau-
erst du am meisten, Frau?«

»Achilleus!« krächzte sie. »Habe ich dir das nicht
die ganze Nacht über erzählt?«

»Das hast du gesagt, Großmutter, aber vielleicht
habe ich es dennoch nicht gehört!« Über ihre Ver-
bohrtheit kichernd, kroch ich aus ihrem Erdloch in
die frische Dämmerung und sog die süße, unver-
brauchte Luft ein. Nichts regte sich in den verstreuten Ruinen von Mykene. Ich sann über die seltsamen Lügen nach, die sie mir aufgetischt hatte, und
machte mich auf den langen Weg nach Athen.

Brises' Tochter nunmehr,
    wie die goldene Aphrodite,

als sie gesehn Patroklos,
    zerfleischt von der Schärfe des Erzes,

goß sie um jenen sich hin und weinete
    laut und zerriß sich

beide Brüst und den blühenden Hals
    und ihr rosiges Antlitz.

Also sprach mit Tränen das Weib,
    den Göttinnen ähnlich:

Ach, mein treuer Patroklos,
    gefälligster Freund mir im Elend!

Lebend noch verließ ich im Zelte dich,
    als ich hinwegging,

und ich Kehrende finde dich tot nun,
    Völkergebieter,

hingestreckt! So verfolgt mich Unheil
    immer auf Unheil!

Meinen Mann, dem der Vater mich gab
    und die würdige Mutter,

sah ich dort vor der Stadt zerfleischt
    von der Schärfe des Erzes,

auch drei leibliche Brüder,
    von einer Mutter geboren,

herzlich geliebt, die mir alle der Tag
  des Verderbens hinwegriß.

Dennoch wolltest du nicht,
  da den Mann der schnelle Achilleus

mir erschlug und verheerte die Stadt
  des göttlichen Mynes,

weinen mich sehn; du versprachst mir,
  des göttergleichen Achilleus

jugendlich Weib zu werden,
  der einst in Schiffen gen Phthia

heim mich brächt und feierte den Myrmidonen
  das Brautmahl.

Ach, du starbst, und ohn Ende bewein ich dich,
  freundlicher Jüngling!

Homer, Ilias, 19,82−19,101,
in der Übersetzung von Johann Heinrich Voß.

Nachwort

Die ersten Städte Europas wurden im Griechenland der Bronzezeit erbaut, und die größte von ihnen war Mykene, dessen umfangreiche Ruinen noch heute beeindrucken. Die Menschen sprachen und schrieben eine frühe Form des Griechischen. Sie hatten eine militaristische Sklavenhaltergesellschaft, die von einer Palastbürokratie streng kontrolliert wurde – die Anregung für Sphelos, wie man sich denken kann. Sie trieben mit so weit entfernten Ländern wie Sizilien und Ägypten Handel, und mit Sicherheit hatten sie auch Kontakte nach Kleinasien, der heutigen Türkei. Wir wissen nichts über ihre Politik oder warum Mykene so bedeutend war. Die bleibende Legende, daß sein König einen panhellenischen Kriegszug anführte, um Troja zu belagern und zu erobern, wird durch keinerlei archäologischen oder historischen Beweis untermauert. Allerdings gibt es auch keine gegenteiligen Beweise.

Das heutige Troja ist nicht eben beeindruckend, wenn man eine große Stadt erwartet. Überdauert haben lediglich die Ruinen einer Zitadelle, einer schon in der Steinzeit gegründeten Festung, die nahezu ohne Unterbrechung über einen Zeitraum von dreitausend Jahren bis in christliche Zeiten bewohnt wurde. Die Archäologen stießen bei den Ausgrabungen auf neun Hauptschichten (Hinzufügung d. Ü.) oder sechsundvierzig Unterschichten. Seine bronzezeitlichen Einwohner handelten mit Griechenland, sprachen aber vermutlich Luvisch, eine kleinasiatische Sprache.

Die Kriegsführung wurde vom Streitwagen beherrscht, der ›Atombombe‹ seiner Zeit, obwohl wir nicht wissen, wie er genau eingesetzt wurde. Achilleus und Patroklos sind die Archetypen des Kriegerfürsten und seines treuen Wagenlenkers, einer todbringenden Partnerschaft, die um 1600 v. Chr. in einer Art ›Streitwagen-Blitzkrieg‹ die gesamte bekannte Welt von Europa bis Indien überrollte. Ihre Nachkommen und Nachahmer gründeten militärische Elitekasten, die die nächsten vier Jahrhunderte lang die Herrschaft ausüben sollten. Die in den Kuppelgräbern von Mykene beigesetzten Fürsten waren größer als die durchschnittliche männliche Bevölkerung. Ob das der Rasse oder der besseren Ernährung zuzuschreiben ist, entzieht sich unserer Kenntnis, aber die Tradition, daß ein Held hochgewachsen zu sein habe, hielt sich bis in die homerische Zeit. Selbst heute sind wir nicht ganz frei von dieser Vorstellung. Selbst bei modernen Wahlen gewinnt für gewöhnlich der größte Kandidat.

Die Ursache des plötzlichen Zusammenbruchs des Römischen Reichs vor sechzehnhundert Jahren ist noch immer ein Rätsel, aber noch einmal sechzehnhundert Jahre davor beendete eine vergleichbare Katastrophe diese bronzezeitliche Zivilisation. Sie fegte über Griechenland, Kreta, Kleinasien und Syrien hinweg, offenbar in kürzester Zeit. Die Paläste brannten nieder; viele der Stätten sind nie wieder besiedelt worden. Nur Ägypten überlebte den Ansturm. Pharao Ramses III. schlug eine Invasion der sogenannten ›Seevölker‹ zurück, die möglicherweise der Grund der Katastrophe waren oder auch Flüchtlinge, die vor ihr flohen.

Ein dunkles Zeitalter folgte, und für die folgenden fünfhundert Jahre sind praktisch keinerlei historische Fakten überliefert. Gegen 700 v. Chr. taucht mit der Einführung der Schrift ein erster historischer Lichtschimmer auf, eine trübe Dämmerung, die uns Griechisch sprechende Völker enthüllt, welche an der türkischen Westküste und auf den davorliegenden ägäischen Inseln siedeln. Sie haben aus ihrer griechischen Heimat die Legenden des längst vergangenen Trojanischen Krieges mitgebracht – die sie dazu benutzt haben mögen, ihre eigenen Eroberungen zu rechtfertigen. An diesem Ort und zu dieser Zeit – oder ein bißchen früher – war es, daß Homer die besten dieser Mythen zur *Ilias* und *Odyssee* verwob.

Von Homer selbst wissen wir absolut nichts, außer daß er des Lesens und Schreibens unkundig und Shakespeare und Dante zumindest ebenbürtig war. All die große Kunst, Philosophie und Zivilisation, die wir mit dem Begriff ›griechisch‹ verbinden, sollten erst noch kommen. Alexander der Große wurde 356 v. Chr. geboren. Achilleus war ihm also zeitlich gesehen so fern wie uns Wilhelm der Eroberer.

Homer verschmolz zweifellos zahlreiche Erzählstränge zu einem einzigen. Außerdem hatten fünfhundert Jahre mündlicher Überlieferung sein Material mit Sitten und Gebräuchen des Dunklen Zeitalters vermengt. So erwähnt er Eisengerätschaften und phönizische Händler, die beide nicht in die Bronzezeit gehören. Er läßt den Gott Hephaistos Bronze bearbeiten, als sei es Eisen. Er irrt sich gewaltig bezüglich der mykenischen Bewaffnung, ihres religiösen Glaubens und ihrer Begräbnissitten; er unterschätzt den Reichtum der Paläste, schickt eine Prinzessin an den Fluß, um Kleider zu waschen, und läßt den Großen König von Mykene seinen gefallenen Gegnern eigenhändig die Rüstungen ausziehen. Ich will nicht behaupten, daß Agamemnon die Beute verschmäht hätte, aber sie inmitten einer Schlacht selbst einzusammeln, offenbart die Weltsicht eines Dorfschlägers. Natürlich benutzte Homer auch seine eigene Phantasie. Als er die Roboter in Hephaistos'

Schmiede im Olymp beschrieb, erfand er die Science Fiction.

Epische Dichtkunst ist zu erstaunlichen Leistungen kollektiver Erinnerung fähig, aber historische Genauigkeit ist nicht ihre Stärke. In *Morte d'Arthur, Beowulf, Nibelungenlied* oder *Rolandslied* ist die tatsächliche Geschichte arg verzerrt worden. Troja blieb wie Camelot jahrhundertelang unvergessen und zog wie ein Magnet die besten Geschichten an. Der alte keltische Held Tristan wurde dem Artushof angegliedert und erhielt einen Platz an der Tafelrunde. Homers Aias ist ein wundervoller Charakter, die Archäologen weisen jedoch beharrlich darauf hin, daß sein Turmschild bereits Jahrhunderte vorher aus der Mode gekommen war.

Auch Diomedes wurde nach Troja versetzt – ein gewaltiger Held, einer der Sieben gegen Theben, der König von Tiryns. Aber Tiryns liegt mit einem schnellen Streitwagen nur eine Stunde von Mykene entfernt, wo Agamemnon regierte, und obgleich Homer versucht, die Argolis zwischen ihnen aufzuteilen, ist sie doch einfach nicht groß genug für beide. Ich vermute, Diomedes lebte einige Generationen früher und wurde von Homer oder einem seiner Vorläufer ›gekidnappt‹. Nestor erging es ebenso. Der redselige gerenianische Reiter ist nach Odysseus Homers Lieblingsfigur; er erläutert eine Menge, *tut* aber nie besonders viel. Ich persönlich bin davon überzeugt, daß Nestor zu einer früheren Zeitschicht gehört und Homer selbst ihn in die Geschichte geholt hat, wobei er den Anstand hatte, ihn zu einem uralten Mann zu machen.

Die Piraterie liegt im Fall von Sarpedon auf der Hand, einem Held aus Lykien im südlichen Kleinasien, den es vermutlich hauptsächlich deshalb nach Troja verschlagen hat, damit er einen eindrucksvollen Sieg für Patroklos abgibt. Sein früherer Zweikampf mit Tlepolemos von Rhodos hört sich wie die Aufarbeitung einer berühmten Lokalfehde an, sein Grabmal jedoch muß ein vielverehrter Ort in Lykien gewesen sein, denn kaum ist der arme Kerl tot, läßt Homer Apollon seinen Leichnam nach Hause tragen. Achilleus und Agamemnon mögen gut wirkliche Menschen gewesen sein. Ich bin mir nicht sicher, ob sie einander je begegnet sind.

Nichtsdestoweniger verbergen sich in den Gesängen viele Kerne echter mykenischer Überlieferung. Die Palastlisten in Pylos erwähnen Adlige, die Gefolgsleute genannt werden, mit Streitwagen und besonderen, möglicherweise quastenbesetzten Umhängen. Eberzahnhelme sind bedeutende Relikte mykenischer Kunst, offenbar ein Statussymbol. Hier haben wir die Samurai, die Kriegerkaste, vor uns. Wenn Odysseus die Meuterei in Gesang 2 der *Ilias* niederwirft, läßt Homer ihn eine klare Unterscheidung zwischen dem Adel und den Gemeinen treffen. Als Hermes sich Priamos nähert, hat der alte Mann Angst, bis er den jungen Fremden sprechen hört und seine adlige Redeweise erkennt. In Gesang 8 schart Agamemnon seine Truppen um sich, indem er seinen roten Umhang schwenkt. Ich habe keine Quelle dafür, daß die Umhänge seiner Gefolgsleute Abzeichen wie die mittelalterlicher Waffenröcke trugen, aber auf ihren Siegelsteinen verwendeten die Mykener regionale Symbole – Löwen für Mykene, einen Stier für Kreta und andere. Genausowenig habe ich einen Beweis für einen formellen Kriegereid, es muß jedoch einen allgemein anerkannten Verhaltenskodex gegeben haben, um Achilleus' Zorn zu erklären, als Agamemnon ihn brach.

Die Badewanne habe ich nicht erfunden. Als Odysseus' Sohn Telemach König Nestor daheim in

Pylos besucht und von der wunderschönen Prinzessin Polykaste gebadet wird, verläßt er das Bad ›mit göttergleichem Aussehen‹. In Homers Tagen wurde ein Gott als junger Mann dargestellt, der nichts am Leib trug als ein verschmitztes Grinsen, das einem die Frage aufdrängt, was er wohl gerade getrieben haben mag. Ausgrabungen in Pylos legten das Bad selbst und die Bank, auf der Nestor saß, frei, und Palastlisten zählen, auch wenn sie nicht die schöne Polykaste erwähnen, siebenunddreißig Badedienerinnen und ihre achtundzwanzig Kinder auf. Glauben Sie wirklich, diese siebenunddreißig hätten ihr Lebtag damit verbracht, Brennholz zu sammeln? In anderen Legenden zeugte König Aigeus von Athen, als er auf dem Rückweg von Delphi in Troizen Halt machte, mit der Prinzessin Aithra den Held Theseus – mit stillschweigender Einwilligung ihres Vaters. Das Leben in jener Zeit war kurz. Alles, was die Geburtenrate steigerte, dürfte willkommen gewesen sein, und eine herrschende Klasse, die Mischehen mit Angehörigen niederer Schichten wie die Pest mied, wird gelegentliche Beimischungen ›edlen‹ Bluts begrüßt haben. Natürlich hätte die Gepflogenheit als eine religiöse Pflicht verbrämt sein müssen, um jeglichen Einspruch von seiten der Mädchen von vornherein zum Verstummen zu bringen. Hier sei nur daran erinnert, daß Zeus der Gott der Gastfreundschaft war, der schlimmste Lüstling von allen.

Mykenische Frauen scheinen verhältnismäßig ›emanzipiert‹ gewesen zu sein. Mit Sicherheit fuhren sie Streitwagen, und Priesterinnen besaßen auch Land. Eine Vererbung in weiblicher Linie ist in vielen Legenden stillschweigend enthalten, obwohl die Vorstellung Homer erstaunt und die Männer des perikleischen Athen entsetzt hätte. Sie erklärt, warum die Freier so erpicht darauf waren, Penelope zu heiraten, und warum weder Odysseus' Sohn noch sein Vater in seiner Abwesenheit als König herrschten. Als Troja fiel und Menelaos Helena wieder in seine Gewalt bekam, nahm er sie heim nach Sparta, wo sie wieder Königin wurde, anstatt ihr, wie man vermuten könnte, den Hals umzudrehen.

Entgegen Homer begruben die Mykener ihre Toten und glaubten an ein Leben nach dem Tode; ansonsten hätten sie ihnen keine Grabbeigaben mitgegeben. Sie verehrten alle Gottheiten der klassischen Zeit − vielleicht abgesehen von Apollon, der ein trojanischer ›Import‹ gewesen sein mag − sowie weitere, meist Göttinnen. Was die Menschen tatsächlich glaubten und wie sie diesen Glauben ausübten, ist unbekannt. Meine Versuche, die Lücken zu füllen, beruhen auf vereinzelten Zeugnissen und einer Menge Mutmaßungen (hautpsächlich auf dem, was von der kretischen Religion bekannt ist, A. d. Ü.).

Lyrnessos ist nie gefunden worden. Brises' Palast habe ich deshalb Ausgrabungen in Pylos zugrunde gelegt, obwohl es in der Troas außer Troja vermutlich nichts so Prächtiges gab. Was Homer eine Stadt nennt, kann nicht mehr als ein Weiler gewesen sein. Seine Zahlenangaben für Agamemnons Flotte und Heer erscheinen zudem viel zu hoch gegriffen, auch wenn Kritiker in klassischer Zeit sie für viel zu niedrig hielten.

Die Archäologen sind zu dem Schluß gelangt, daß Schicht VI. h in Troja Homers Beschreibung am besten entspricht und etwa zum richtigen Zeitpunkt zerstört wurde, wahrscheinlich jedoch durch ein Erdbeben. Es wurde als ein schäbigeres, kleineres Troja VII. a wiederaufgebaut und bald durch jemand anders gebrandschatzt und geplündert − durch Mykener? Seevölker? Oder waren sie ein und dieselben? (Sicher nicht, denn die sog. Seevölker haben vermutlich auch Mykene und Tiryns zerstört, A. d. Ü.) Die Archäologie sagt uns, daß die abschließende Katastrophe bald nach dem Fall von Troja eintrat, und die Legenden sprechen davon, daß die meisten Helden ins Unglück rannten, als sie heimkehrten.

Was hat ihre Welt so plötzlich vernichtet? Dazu eine Theorie, aber behalten Sie immer im Sinn, daß Sie einen Roman lesen. Wir wissen, daß ihre primitive Landwirtschaft der Erosion Vorschub leistete, und archäologische Zeugnisse in Pylos legen die Vermutung nahe, daß kurz vor dem Untergang neues Land gerodet wurde. Es wäre nicht das letzte Mal in der Geschichte der Menschheit, daß Regierungen entschlossene Schritte unternahmen, um alles noch schlimmer zu machen. Schlechtere Böden erforderten mehr Sklaven, um sie zu bearbeiten, und zogen mehr Kriege nach sich und mehr Mäuler, die es zu stopfen galt. Die Nahrungsmittelvorräte befanden sich in den Palästen, so daß, wenn eine Hungersnot ausbrach, der nächste Palast in einem regionalen ›Tag der Erstürmung der Bastille‹ dran war. Der Zusammenbruch von Ordnung und Gesetz führte zu geringeren Ernten und noch mehr Hunger, so daß sich der nächste Raubzug gegen einen weiter entfernten Palast richtete. Verteidigung wurde zu einer fixen Idee, die mehr und mehr von den Ressourcen der Wirtschaft vereinnahmte und die größenwahnsinnigen Zyklopenmauern von Tiryns und Mykene schuf. In unserer Zeit haben wir den unendlich viel größeren und komplexeren Zusammenbruch der Sowjetunion in wenigen Monaten erlebt.

Das Leben in der Bronzezeit war unzweifelhaft kurz und gewaltsam und wäre uns als sehr unangenehm erschienen, muß aber seine Helden und Liebenden, Triumphe und Tragödien, Freuden und

Leiden gehabt haben. Sie waren Menschen wie wir, wie fremdartig wir ihre Sitten und Überzeugungen auch finden mögen. Homer verlieh ihnen Erhabenheit, indem er eine epische Dichtung schuf. Da ich in einem realistischeren Medium arbeite, will ich zufrieden sein, wenn ich sie menschlicher gemacht habe.

Weiterführende Literatur

Homer, *Ilias* und *Odyssee*.
Die klassischen Übersetzungen beider Werke stammen von Johann Heinrich Voß, einem Zeitgenossen Goethes.

Finley, M.I.: The World of Ulysses, London 1972

Götter und Helden der Bronzezeit. Europa im Zeitalter des Odysseus.
Katalog, hrsg. v. National Museum of Denmark, Kunst- und Ausstellungshalle der Bundesrepublik Deutschland, Bonn, u.a., 1999

Müller–Karpe, H.: Handbuch der Vorgeschichte, Band IV, Bronzezeit, München 1980

Verzeichnis der Personen und Orte

Die Schreibweise der griechischen Orts- und
Personennamen ist an die Homer-Übersetzung von
Johann Heinrich Voß angelehnt.
Kursiv gesetzte Namen findet man bei Homer.
(Das Verzeichnis wurde um ca. 15 im Text vorkom-
mende Eintragungen ergänzt, A. d. Ü.)

Abydos, Stadt in der Troas,
      das moderne Canakkale

Achilleus, Anführer der Myrmidonen,
      Sohn des Königs Peleus von Thessalien

Adramyttion, Golf südlich der Troas,
      der moderne Golf von Edremit

Adrestos, früherer König von Hire

Agamemnon, Sohn des Atreus,
      König von Mykene,
      der Große König der Griechen

Aigisthos, Liebhaber der Klytaimnestra,
      der Agamemnon erschlug

Aineias, Sohn des Anchises,
      ein trojanischer Held und Bundesgenosse,
      Heerführer der Dardanier. Homer berichtet,
      wie Poseidon ihn vor Achilleus rettet.
      Vergils *Aeneis* erzählt, wie er den Krieg
      überlebte und mit Gefolgsleuten nach
      Italien floh, wo er Rom gründete.

Aisakos, Sohn des Priamos, ein Seher.
  Obwohl von Homer nicht erwähnt,
  ist er doch aus anderen Quellen bekannt.

Aias, Sohn des Telamon, der sogenannte Große

Aias, griechischer Held, König von Salamis

Aias, Sohn des Oileus, der sogenannte Kleine

Aias, griechischer Held, Anführer der Lokrer

Akamas, Sohn des Antenor,
  Aineias' Wagenlenker. Homer berichtet,
  wie er von Meriones erschlagen wurde.

Aktaion, Figur aus der griechischen Mythologie,
  ein Jäger, der zur Strafe, Artemis im Bade
  gesehen zu haben, in einen Hirsch
  verwandelt und von seinen eigenen
  Hunden zerfleischt wurde

Alexandra, Automedons Konkubine

Alkandre, Gemahlin des König Altes
  von Pedasos

Alkathoos, Sohn des Aisyetes,
  König der Dardanier. Homer berichtet,
  wie er von Idomeneus erschlagen wird.

Alkimos, Sohn des Polyktor,
  ein junger Myrmidone,
  Patroklos' Wagenlenker

Alkmene, eine Frau im Palast von Lyrnessos,
    Freundin der Königin Nemertes

Alkimedon, Sohn des Laërkes,
    Myrmidone, Gefolgsmann des Achilleus

Altes, Sohn des Molion, König von Pedasos

Amphidora, Bademädchen in Lyrnessos

Amphimedes, Meister der Bienen in Lyrnessos

Amphitrite, Sklavenmädchen in Lyrnessos

Anchialos, griechischer Gefallener,
    von Aias genannt

Anchises, Sohn des Capys, Vater des Aineias.
    Laut Vergil überlebte er die Plünderung
    von Troja und starb in Sizilien.

Andromache, Gemahlin des Hektor

Antenor, ein trojanischer Ratgeber,
    einer der Anti-Helena-Partei.
    Homer erzählt wenig von ihm,
    aber die anderen Quellen berichten, daß er
    und seine Familie die Plünderung
    Trojas überlebt hätten; er steht schon lange
    im Verdacht, die Stadt verraten zu haben.

Antikleia, eine Frau im Palast von Lyrnessos,
    Freundin der Königin Nemertes

Antilokos, Sohn des Nestor,
    ein Krieger aus Pylos, Freund des Achilleus

Apaisosianer, Kontingent des griechischen Heers

Aphrodite, die Göttin der Liebe

Apollon, Sohn des Zeus und der Leto,
     ein Olympier, der Gott der Seuchen
     (›der Fernhintreffende‹), Prophezeiungen,
     Musik etc., aber auch der Schutzgott Trojas

Archilochos, Sohn des Antenor

Ares, der Gott des Krieges

Argiver, Einwohner der Argolis,
     der Landschaft um Mykene

Arkadier, Kontingent des griechischen Heers

Arkesilaos, Sohn des Promachos,
     ein boiotischer Hauptmann

Artemis, die Göttin der wilden Tiere
     und der Jagd

Askanios, Sohn des Aineias, ein Junge

Assarakos, legendärer Vorfahr des Aineias

Ate, die Göttin der Torheit

Athene, Göttin der Weisheit (›die Eulenäugige‹),
     Tochter des Zeus und die größte
     Unterstützerin der Griechen unter den
     Göttern

Atreus, Sohn des Pelops, Vater des Agamemnon
und des Menelaos

Aulis, Stadt in Griechenland, wo Agamemnons
Heeresaufgebot sich versammelte

Automedon, Sohn des Diores, ein Myrmidone,
Achilleus' Wagenlenker

Bacchus, ein kleinasiatischer Gott,
der mit Dionysos gleichgesetzt wurde

Bienor, Briseis' Zwillingsbruder

Boiotier, ein Kontingent des griechischen Heers

Boreas, der Nordwind

Briseis, Tochter des Brises und der Nemertes,
Königin von Lyrnessos, Gemahlin des
Mynes, Siegespreis des Achilleus

Brises, Sohn des Mydon, Briseis' Vater,
König von Lyrnessos

Chariseos, Diener im Palast von Lyrnessos

Chloris, Bademädchen in Lyrnessos

Chryseis, Tochter des Chryses,
Gemahlin des Pollis,
Agamemnons Konkubine

Chryses, Chryseis' Vater, Priester des Apollon

Chthonia, Totengöttin in Lyrnessos

Ctesios, ein Myrmidone

Ctimene, Briseis' Sklavin

Daos, Sklavenjunge in Lyrnessos

Dardanos, legendärer Vorfahr von Hektor und
Aineias, der Namensgeber der Dardanellen

Delphi, wichtigstes griechisches Orakel

Demeter, die Göttin der Erde

Demodokos, Barde in Lyrnessos

Demoleon, Sohn des Antenor

Diktynna, eine westkretische Göttin,
. manchmal mit Artemis gleichgesetzt

Diomede, eine Sklavin,
eine von Achilleus' Gefangenen

Diomedes, Sohn des Tydeus,
König von Argos, ein griechischer Krieger

Dionysos, der Gott des Weines

Dodona, nach Delphi wichtigstes
griechisches Orakel

Dryaden, Töchter des Zeus,
niedere Naturgottheiten in Bäumen

Dryas, legendärer Held, von Nestor erwähnt

Eëtion, König von Thebe

Elatos, Sohn des Altes,
      Führer des lelegischen Heeres.
      Wahrscheinlich der Elatos von Pedasos,
      von dem Homer erwähnt, er sei von
      Agamemnon erschlagen worden.

Elysion, paradiesischer Aufenthaltsort
      der Seligen, z.B. der Helden

Enispe, Stadt in Arkadien, Geburtsort des Brises

Enops, Bruder der Briseis

Enualios, Kriegsgott,
      entweder Ares selbst oder sein Sohn

Epistrophos, Sohn des Euneos,
      Bruder des Mynes

Erichthonios, legendärer Vorfahr des Aineias

Erinyen, lat. Furien, wohnten in der Unterwelt
      und bestraften die Bösen

Eriphyle, Sklavin, dem Automedon gegeben

Eudoros, Enkel des Phylas, Myrmidone,
      Gefolgsmann des Achilleus

Eumaios, ein von Epistrophos erwähnter
      Viehräuber

Euneos, Sohn des Iason,
    Bruder des Königs Thoas von Lemnos

Euneos, Sohn des Selepos,
    Vater des Mynes und des Epistrophos

Eurybates, ein griechischer Herold

Eurymedon, Sohn des Ptolemaios,
    Agamemnons Wagenlenker

Eurypylos, Sohn des Euiamon,
    ein griechischer Anführer,
    dem Patroklos zu Hilfe kommt

Exadios, legendärer Held, von Nestor erwähnt

Gorgo, Briseis' Hündin

Greif, Bienors Hund

Hades, der Aufenthaltsort der Toten
    gleichzeitig auch der König der Toten

Halizonen, trojanische Bundesgenossen
    vom Südufer des Schwarzen Meers

Hekabe, Königin von Troja,
    Gemahlin des Priamos

Hekamede, Nestors Konkubine aus Tenedos

Hektor, Sohn des Priamos,
    trojanischer Heerführer

Helena, Königin von Sparta,
Gemahlin des Menelaos, deren Entführung
durch Paris den Trojanischen Krieg auslöste

Helenos, Sohn des Oinops,
ein griechischer Gefallener,
von Aias erwähnt

Helenos, Sohn des Priamos, ein Vogelschauer

Helios, der Sonnengott

Hera, Schutzgöttin der Stadt und der Ehe,
Schwester und Gemahlin des Zeus

Herakles, legendärer Held und Halbgott

Hermes, der Gott der Reisenden, des Handels
und der Diebe. Er geleitete auch die Seelen
der Toten in das Reich des Hades

Hermione, Tochter Helenas

Hippodemia, Tochter des Anchises,
Königin der Dardanier,
eine Schwester des Aineias

Hippothoos, Sohn des Lethos,
Anführer des pelasgischen Heeres

Hippothoos, Sohn des Priamos,
ein trojanischer Prinz, von Lykaon erwähnt

Hire, eine Stadt auf der Peloponnes,
beherrscht von Euneos, auch wenn Homer
das nicht erwähnt

Ida, Berg oberhalb von Lyrnessos,
    höchste Erhebung der Troas

Idiaos, Priamos' Herold

Idomeneus, Sohn des Deukalion,
    König von Kreta

Ilium, anderer Name für Troja

Imbros, eine Insel, das moderne Gokçeada

Iokaste, Mutter und Gemahlin des Oidipus
    in älteren Legenden

Iphidamas, Sohn des Antenor

Iphimedeia, Schreiberin in Lyrnessos

Iphinoos, Sohn des Dexias,
    ein griechischer Gefallener,
    von Aias erwähnt

Iphis, Patroklos' Konkubine

Iris, Götterbotin

Isos, Sohn des Priamos,
    Homer erzählt, wie er von Agamemnon
    erschlagen wurde.

Kaïkos, Fluß in Kleinasien, der heutige Bakir

Kaineus, legendärer Held, von Nestor erwähnt

Kalchas, Sohn des Thestor, griechischer Seher

Karen, trojanische Bundesgenossen

Kassandra, Tochter des Priamos,
      Seherin und Zwillingsschwester
      von Helenos

Kikonen, trojanische Bundesgenossen

Kilikier, Stamm in der südöstlichen Troas,
      um Thebe herum

Klymene, eine von Briseis' Großtanten

Klytaimnestra, Gemahlin des Agamemnon,
      die ihn nach seiner Rückkehr aus Troja
      erschlug

Knossos, Palast und Stadt auf Kreta

Koon, Sohn des Antenor

Kopi, Bademädchen in Lyrnessos

Kreion, Hauptmann der Wache in Lyrnessos

Kreter, Kontingent des griechischen Heers

Krethon, Sohn des Diokles,
      ein griechischer Gefallener,
      von Aias erwähnt

Kronos, Vater des Zeus

Kyparisseïs, Stadt in Pylos,
   vermutlich das moderne Kiparissia

Laodamas, Sohn des Antenor

Laothoë, Tochter des Altes,
   Gemahlin des Priamos,
   Mutter des Polydoros und des Lykaon

Larissa, Stadt in der Troas,
   möglicherweise in der Nähe der Mündung
   des Satniois

Leda, frühere Königin von Sparta,
   Mutter der Helena

Lede, Meisterin der Tuche in Lyrnessos

Leleger, Stamm in der südwestlichen Troas,
   um Pedasos

Lemnos, das moderne Limnos,
   eine Insel vor der Troas,
   griechischer Verbündeter

Lesbos, das moderne Lesvos,
   eine Insel südlich der Troas,
   trojanischer Verbündeter, berühmt für die
   Schönheit seiner Frauen

Lethos, Sohn des Teutamos, König von Larissa

Leto, Mutter des Apollon und der Artemis

Lokrer, griechisches Kontingent,
   angeführt vom Kleinen Aias

Lydien, Land östlich der Troas

Lykaon, Sohn des Priamos, Enkel des Altes.
   Homer erzählt, wie er von Achilleus
   gefangengenommen und in Lemnos in die
   Sklaverei verkauft wurde, heim nach Troja
   entkam und von Achilleus erschlagen
   wurde, als sie einander wiederbegegneten.

Lykien, Land im Süden der kleinasiatischen
   Küste, gegenüber von Rhodos

Lyrnessos, eine von Achilleus geplünderte Stadt
   in der Nähe von Troja, von der man
   annimmt, sie habe nahe der hellenischen
   Stadt Antandros, dem heutigen Altinoluk,
   gelegen.

Machaon, Sohn des Asklepios,
   König von Trikke,
   einer der griechischen Anführer

Maera, alte Priesterin in Lyrnessos

Maionier, trojanische Bundesgenossen

Megara, eine alte Dienerin der Königin Nemertes

Melantho, Witwe des Königs von Larissa,
   später Konkubine des Menesthios

Melite, eine von Briseis' Großtanten

Menelaos, *Sohn des Atreus,* König von Sparta,
      Agamemnons Bruder

Menesthios, Heerführer der Athener

Menesthios, *Sohn des Areïthoos,*
      . ein griechischer Gefallener,
      von Aias erwähnt

Menesthios, *Sohn des Boros,* Myrmidone,
      Gefolgsmann des Achilleus und sein Neffe

Mestor, *Sohn des Priamos,* trojanischer Prinz.
      Von Homer nur nebenbei erwähnt; es ist
      jedoch aus anderen Quellen bekannt, daß
      er bei der Plünderung von Pedasos umkam.

Methymna, Stadt auf Lesbos

Milet, Stadt im Süden der kleinasiatischen
      Küste, wo Maera in ihrer Jugend Priesterin
      war.

Moirai, die Schicksalsgöttin

Mykene, Agamemnons Stadt auf der
      Peloponnes, neben Pylos die bedeutendste
      Stadt des Griechenlands in der Bronzezeit

Mynes, *Sohn des Euneos,* König von Lyrnessos,
      Briseis' Gemahl

Myrmidonen, die Kämpfer aus Thessalien,
      Achilleus' Männer

Mysier, Land östlich der Troas,
       trojanische Bundesgenossen

Nemertes, Königin von Lyrnessos,
       Mutter der Briseis

Nereiden, Töchter des Zeus,
       niedere Naturgottheiten im Meer

Nestor, Sohn des Neleus, König von Pylos,
       ein betagter Held

Nymphen, Töchter des Zeus,
       niedere Naturgottheiten wie Dryaden und
       Nereiden

Odysseus, *Sohn des Laërtes,* König von Ithaka,
       griechischer Feldherr und Krieger

Oinomaos, ein griechischer Gefallener,
       von Aias erwähnt

Opos, Geburtsort des Patroklos

Oresbios, ein griechischer Gefallener,
       von Aias erwähnt

Orestes, Sohn des Agamemnon, rächte den Tod
       seines Vaters, indem er seine Mutter tötete

Oros, Sohn des Ormenos, ein Arkadier,
       dem Agamemnon Ctimene gab

Orsilochos, Sohn des Diokles,
      ein griechischer Gefallener,
      von Aias erwähnt

Paionier, trojanische Bundesgenossen

Palladium, eine Darstellung der Pallas Athene,
      angeblich von der Göttin selbst geschnitzt

Pammon, Sohn des Priamos, trojanischer Prinz

Panope, Briseis' eigentlicher Name,
      bedeutet ›die Allsehende‹

Paphlagonen, trojanische Bundesgenossen

Paris, Sohn des Priamos, trojanischer Prinz,
      seine Entführung der Helena löste den
      Trojanischen Krieg aus

Patroklos, Sohn des Menoitios,
      Achilleus' Wagenlenker und Freund

Pedasos, Stadt in der Troas, von Altes beherrscht,
      von Achilleus geplündert, von der man
      annimmt, es handle sich um das heutige
      Assos, wo man Spuren bronzezeitlicher
      Ruinen gefunden hat.

Peisandros, Sohn des Maimalos, Myrmidone,
      Gefolgsmann des Achilleus

Pelasger, trojanische Bundesgenossen

Peleus, Sohn des Aikos, König von Thessalien,
      Achilleus' Vater

Penelope, Gemahlin des Odysseus

Pergamon, der Palast des Priamos in Troja

Perimedes, Brises' Mundschenk

Perithoos, legendärer Held, von Nestor erwähnt

Pero, Badedienerin in Lyrnessos

Persephone, die Göttin der Unterwelt,
    Gemahlin des Hades

Perseus, legendärer Gründer von Mykene

Phaidra, eine Weberin in Lyrnessos

Philaios, Mynes' Lustknabe in Lyrnessos

Philona, Königin Nemertes' Leibsklavin
    in Lyrnessos

Phoibos, Beiname des Apollon

Phoinix, Sohn des Amyntor,
    myrmidonischer Anführer,
    früher Achilleus' Mentor

Phrygier, trojanische Bundesgenossen

Phthia, Achilleus' Heimat in Thessalien

Phylo, Dienerin im Palast von Lyrnessos

Poias, Schmied in Lyrnessos

Pollis, Sohn des Eëtion, Fürst von Thebe,
    Gemahl der Chryseis

Polydamma, Bademädchen in Lyrnessos

Polydoros, Sohn des Priamos, Enkel des Altes.
    Homer berichtet, wie er von Achilleus
    erschlagen wurde.

Polyphemoos, legendärer Held,
    von Nestor erwähnt

Ponteos, ein Sklave in Lyrnessos

Potnia, die herrschende Göttin in Lyrnessos.
    Potnia, ›meine Herrin‹, war später eine
    ehrerbietige Anrede für Göttinnen,
    besonders Athene, oder adlige Frauen,
    in mykenischer Zeit jedoch war Potnia
    ein Oberbegriff für die lokale Göttin –
    ›Unsere Gebieterin von …‹

Potnia Aphaia, Aspekt der kretischen Göttin

Priamos, Sohn des Laomedon, König von Troja

Pylaios, Sohn des Lethos,
    Bruder des Hippothoos

Pylos, griechicher Palast und Stadt,
    Nestors Königreich in Messina

Rhodos, Insel vor der Südspitze Kleinasiens

Samothrake, Insel nordwestlich der Troas,
das heutige Samothraki

Sarpedon, Sohn des Zeus, Anführer der Lydier,
einer der wichtigsten trojanischen
Bundesgenossen

Satnios, ein Fluß in der Troas

Skaiisches Tor, das Haupt- und Südtor Trojas

Skamander, der Fluß in der Nähe Trojas,
der heutige Menderes

Selepos, Großvater des Mynes

Sime, Briseis' frühere Amme in Lyrnessos

Simois, Fluß im Norden der Troas,
heute Dumrek Su, ein Zufluß des
Skamander

Sisyphos, sprichwörtlicher legendärer Gründer
Korinths, der zur Strafe für einen
Gottesfrevel bis in alle Ewigkeit einen
Marmorblock einen Berg hochrollen muß,
der ihm kurz vor dem Gipfel wieder
herunterrollt.

Skyros, eine Insel in der Mitte der Ägäis, von
Achilleus geplündert, die Heimat von Iphis,
das heutige Skiros

Smintheus, der homerische Name für Apollon

Sokos, einer von Aineias' Dardaniern

Spartaner, Kontingent des griechischen Heers

Sphelos, Bruder der Briseis

Strati, Insel in der Ägäis

Strophos, Kurzform für Epistrophos,
     den Bruder des Mynes

Talthybios, ein griechischer Herold

Telandros, angeblicher Freund der Alkandre

Telephos, König der Mysier,
     kommt in Homer nicht vor, ist aber aus
     anderen Quellen bekannt.

Tenedos, eine kleine Insel vor der Küste der
     Toras, das heutige Bozcaada

Teuthras, ein griechischer Gefallener,
     von Aias erwähnt

Thallata, einstige Badesklavin in Lyrnessos,
     eine von Agamemnons Gefangenen

Theano, Tochter des Kisseus, Gemahlin des
     Antenor, Priesterin der Athene in Troja

Thebe, die von Eëtion regierte Stadt,
     von Achilleus geplündert, vermutlich
     in der Nähe des heutigen Edremit gelegen

Thermi, Stadt auf Lesbos

Thersites, ein griechischer Soldat, ein
    Unruhestifter

Thessalien, der heutige Name für Achilleus'
    Heimat, wo Peleus herrscht

Thetis, eine Meeresgöttin,
    die Mutter des Achilleus

Thibron, ein Spartaner,
    angeblicher Freund der Alkandre

Thoas, Sohn des Iason, König von Lemnos,
    ein griechischer Bundesgenosse

Thraker, trojanische Bundesgenossen

Tiryns, eine griechische Burg nahe Mykene

Tisamenos, Sohn des Orestes,
    späterer Herrscher von Mykene

Titios, Meister der königlichen Weinberge
    in Lyrnessos

Tlepolemos, Sohn des Herakles,
    Anführer der rhodischen Griechen, von
    Sarpedon erschlagen

Trechos, ein griechischer Gefallener,
    von Aias erwähnt

Troas, Halbinsel im Süden der Dardanellen,
    die Landschaft um Troja herum

Tros, legendärer Gründer von Troja

Xanthos, ein Herold in Lyrnessos

Xeinios, Zeus' Erscheinungsform
        als Gott der Gastfreundschaft

Zephyros, der Westwind

Zeus, Vater und König der Götter

**Personen, Schauplätze, Begriffe, Hintergründe:
das fundierteste Lexikon zur Fantasy-Welt von J. R. R. Tolkien,
bearbeitet und ergänzt von Helmut W. Pesch**

Das Standardwerk zur Welt des ›Herrn der Ringe‹, des ›Hobbit‹ und
des ›Silmarillion‹. Mit genauen Worterklärungen aller Namen und
Bezeichnungen. Sachkundig bearbeitet und auf den neuesten
Stand gebracht von einem der führenden Tolkien-Experten
Deutschlands, unter Verwendung von Tolkiens bislang nicht auf
Deutsch erschienenen Manuskripten und Studien zu Mittelerde.
Mit ausführlichen Textverweisen auf die deutschen Ausgaben von
Tolkiens Werken.

›Robert Fosters Das große Mittelerde-Lexikon *stellt, wie ich durch
häufigen Gebrauch herausgefunden habe, ein bewundernswertes
Nachschlagewerk dar.‹*
Christopher Tolkien

ISBN 3-404-20453-0

Diana L. Paxson
BRUNHILDS LIED
Die Töchter der Nibelungen
Roman

BASTEI LÜBBE

›DIE TÖCHTER DER NIBELUNGEN sind für Deutschland das, was die NEBEL VON AVALON für England sind: die spannende Wiederbelebung eines alten Mythos.‹

(Marion Zimmer Bradley)

Europa im 5. Jahrhundert christlicher Zeitrechnung. Es ist die Zeit der Völkerwanderung, eine Zeit, in der die Gestalten der Mythologie in das Licht der Geschichte treten. Dies ist die Zeit des tapferen Volkes der Burgunden, deren Schicksal es ist, zwischen den vordringenden Hunnen und dem zerfallenden, doch immer noch mächtigen Römischen Reich zermalmt zu werden.

Und es ist die Geschichte eines Außenseiters: Sigfrid, Gestaltwandler und Wanderer zwischen den Welten. Sein Schicksal wird bestimmt von zwei Frauen: Gudrun, der goldenen Prinzessin der Burgunden, und Brunhild, einer jungen Kriegerin aus dem Hause Attilas und eine Verstoßene der Walkyriun.

ISBN 3-404-20380-1

BASTEI LÜBBE

Diana L. Paxson

Die Herrin vom See

Roman

**Historischer Roman
aus einer der dunkelsten Zeiten Britanniens**

Das Römische Reich hat seine Truppen aus Britannien zurückgezogen. Was übrig bleibt, ist eine Vielzahl von sich befehdenden Stämmen. Es gibt jedoch die Prophezeiung von einem kommenden König, der das Land eint. Nur einer kann helfen, diese Prophezeiung Wirklichkeit werden zu lasen: der Seher Merlin …

Die Artussage gehört zum großen Erbe unserer Zivilisation. Anders als in anderen Nacherzählungen dieser Legende steht hier der Konflikt zwischen Römern und Kelten im Vordergrund, zwischen einer alten und einer neuen Weltordnung.

ISBN 3-404-20456–5

Diana Wynne Jones

Die Spielleute von Dalemark

Roman

Ein Klassiker der englischen Fantasy.

Dalemark ist seit Jahrhunderten gespalten. Nur fahrenden Spielleuten wie Clennen und seinen Kindern ist es gestattet, zwischen dem Süden und dem Norden hin und her zu reisen. Sie sind nicht nur Boten von wichtigen Nachrichten, sondern nehmen in ihren Wagen auch Passagiere mit auf die Reise. Ein solcher Passagier ist Kialan, ein geheimnisvoller, schweigsamer junger Mann, der nur schwer Kontakt zu Clennens Kindern Moril und Brid findet. Steht er in Zusammenhang mit den Gewalttaten, die plötzlich über die Familie hereinbrechen? Und welche Rolle spielt dabei die uralte Laute, die Moril zu erlernen versucht und der man magische Kräfte nachsagt? Als Clennen getötet wird, sind die Kinder in einer feindlichen Welt ganz auf sich alleine gestellt...

ISBN 3-404-20442-5

BASTEI
LÜBBE

**Ein Roman vor keltischem Hintergrund
von Bestsellerautor Raymond Feist –
Erstmals in werkgetreuer Neuübersetzung**

Phil Hastings ist ein glücklicher Mann: Er hat Geld,
Erfolg und eine Familie, die das Leben auf dem Land
in vollen Zügen genießt. Das Haus der Hastings liegt
jedoch im Schatten eines sagenumwobenen Hügels,
der seit jeher Okkultisten und Abenteurer anlockt.
Hier machen Hastings Söhne eine unheimliche Entdeckung. Im Elfenhügel hausen tatsächlich seltsame
Geschöpfe. Aus dem schönen Spiel wird bald gefährlicher Ernst, als Hastings feststellen muss, dass seine
beiden Söhne vertauscht wurden ...

ISBN 3-404-20461–1

STEFAN BAUER • HERAUSGEBER

DAS VERMÄCHTNIS DES RINGS

Neue fantastische Geschichten
J.R.R. Tolkien zu Ehren

›Nach dem HERRN DER RINGE war die Welt der Fantasy nicht mehr dieselbe‹, hieß es auf dem Klappentext zum Vorgängerband dieser Anthologie: DIE ERBEN DES RINGS herausgegeben von Martin H. Greenberg (Bastei Lübbe Band 13 803). In jenem Band verbeugten sich anglo-amerikanische Autoren vor dem großen Erzähler.

Doch nicht nur im englischsprachigen Raum hat Tolkien seine Spuren hinterlassen, auch eine junge Generation von deutschen Schriftstellern wird auf die ein oder andere Art von ihm beeinflusst. In dieser Anthologie sind neue Geschichten gesammelt, die Tolkien zu Ehren geschrieben wurden, oft mit einem Augenzwinkern, aber stets voller Respekt.

ISBN 3–404–20421–2

BASTEI
LÜBBE